ଏଇ ଧାପେ ଆକାଶ

ଏଇ ଧାପେ ଆକାଶ

ବିରଜା ରାଉତରାୟ

BLACK EAGLE BOOKS
2021

 BLACK EAGLE BOOKS

USA address:
7464 Wisdom Lane
Dublin, OH 43016

India address:
E/312, Trident Galaxy, Kalinga Nagar,
Bhubaneswar-751003, Odisha, India

E-mail: info@blackeaglebooks.org
Website: www.blackeaglebooks.org

First International Edition Published by
BLACK EAGLE BOOKS, 2021

AE DHAPE AAKASH
Selected stories of **Biraja Routray** till 2015

Cover & Interior Design: Ezy's Publication

ISBN- 978-1-64560-178-4 (Paperback)

Printed in the United States of America

ସୂଚିପତ୍ର

ବସ୍ତି

ଅତି ନିଦାରୁଣ ଭାବରେ ସକାଳକୁ ଚହଲ କରି ଦେଇଛି ବୁଲ୍‌ଡୋଜରର ଘର ଘର ଆବାଜ । ତା'ର ହାତୀ ଦାନ୍ତର ପାନିଆ ପରି ମୁନିଆ ମୁନିଆ ମୁଠାରେ ଉପର ମୁଣ୍ଡ ବସ୍ତିଟା ଧରାଶାୟୀ ହେବାକୁ ଆରମ୍ଭ କରିଛି ମାତ୍ର । ବୋହି ନେଲା ଭଳି ଜିନିଷ ଯାହା ଥିଲା ସକାଳ ସୁଦ୍ଧା ନିଆ ସାରିଥିଲା । କେବଳ ତାସ୍ ମୁଠାରେ ଗୁଞ୍ଜା ଗୁଞ୍ଜି ବସ୍ତିର ନିର୍ଜୀବ ମଡେଲଟା ଗୋଟାଏ ହାଲିକା ଶକ୍ତ ଧକ୍କାକୁ ଅପେକ୍ଷା କରିଥିଲା । ତା'ର ଗେରୁଆ ରଙ୍ଗ ବୋଲା ଦଲୁତ୍ତା କାନ୍ତୁ ସନ୍ଧିରେ ଆଷ୍ଟୁମାଡ଼ି ପଡ଼ିଥିବା ଅସୁମାରୀ ସଂଗ୍ରାମ ଓ ସ୍ୱପ୍ନର କାହାଣୀ । କେଇହାତ ଗୁଞ୍ଜାର ସାମ୍ରାଜ୍ୟରେ ମିଳୁଥିବା ରାତିରେ ଅଭୟ, ଏମିତି ଗୋଟା ଗୋଟା ଛାତି କଟାଡ଼ି ମିଶି ଯିବେ ମାଟିରେ । ଶେଷରେ ଯେଉଁ ଆବୁଡ଼ା ଖାବୁଡ଼ା ପଡ଼ିଆ ଖଣ୍ଡିକ ବସ୍ତିର ଇତିହାସକୁ ନେଇ ପଡ଼ି ରହିବ । ପ୍ରଥମେ ଦୁର୍ବାଦଲ ପରେ ବହୁ ତାରକା ପ୍ରାସାଦ ତଲେ ବିଲୁପ୍ତି ଘଟିବ । ଏମିତି ଘଟିଛି ସବୁଥର, ସବୁ ବସ୍ତିର ଭାଗ୍ୟରେ ।

ତଳମୁଣ୍ଡ ବସ୍ତିରେ ଆତଙ୍କ ଖେଳି ସାରିଛି । ଉପରମୁଣ୍ଡ ବସ୍ତିର ସଦ୍ୟ ଯମ ମୃତ୍ୟୁକୁ ଦେଖିଥିବା ଦେଖଣାହାରୀଙ୍କ ବର୍ଣ୍ଣନାରେ ବସ୍ତିବାସୀଙ୍କ ମଧ୍ୟରେ ଜରୁରୀକାଳୀନ ଫୁର୍ତ୍ତି । ଦନ୍ଥିଲା ବାଉଁଶ ବଳା, ଫାଲି ବତାର ବିଡ଼ା ଯାହାକୁ ଉଦ୍ଧାର ଓ ପୁନଃ ବିନିଯୋଗ କରାଯାଇ ପାରେ ଖୋଜା ଗୋଟା ଚାଲିଛି । ଆଉ ସମୟ କେଇଟା ପରେ ଗୋଟିଏ ବଡ଼ ମାର୍କ ଦଶାରେ ନିଷ୍ଠୁର ହୋଇଯିବ ପୂରା ବସ୍ତିଟା । ଏଥିପାଇଁ ଧାରଣା, ଅନଶନ, ପ୍ରତିବାଦର ପୂଜାପାଠ ରକ୍ଷା କରି ପାରିଲାନି ଗୋଟିଏ ପୁରାତନ ବସ୍ତିଟାକୁ ।

"ହେ ରମା ଦା, ବସିଛ କ'ଣ ବା ? ଆଉ ସମୟ ଅଛି ବସି ଭାବିବାକୁ । ଯାହା, ପୁଲେ ଅଛି କାଢ଼ି ଦେଇଥାଆ । ଉପରମୁଣ୍ଡ ପୋଛା ସରିଲାଣି, ଏଇନେ ତଳକୁ ମାଡ଼ି ଆସିବ ।"

କିଛି ମୁରବୀ ପରି ଦିଶୁଥିବା ଲୋକ ରମାପଦ ନାୟକର ଝୁଣ୍ଡ୍ରି ତଳ ପିଣ୍ଡା ଅନ୍ଧାରକୁ ଝାଙ୍କି ସାନ୍ତ୍ୱନା ମିଶା ତାଗିଦ୍‌ଟା ଶୁଣାଇ ଦେଇଗଲେ ।

ରମାପଦର ଅନ୍ଧାର କଣା ମିଶା ଜୁଲୁ ଜୁଲୁ ଆଖିରେ ସକାଳ ନିଷ୍ଟବ ଜଣାପଡୁଥିଲା । ଏକ ଲୟରେ ସେ ପାଖ ଟ୍ୟୁବ୍‌ୱେଲ୍‌ରୁ ସରି ଆସୁଥିବା ପାଣି ଧାରକୁ ଚାହିଁଥିଲା । ସରୁ ନାଳିଟା ପଥର ଟେଣାରେ ଶିଉଳି ବୋଲି ବୋଲି ଅସଂଜତ ହୋଇ ବହି ଯାଇଛି ତଳକୁ ତଳକୁ । ଠାଆ ଠାଆ କେତେଟା କଳା ପାଉଁଶ ବୋଲା ମେଞ୍ଚା ମେଞ୍ଚା କୁଟା ଭିତରୁ ଧଳା ଧଳା ଭାତଗୁଡ଼ା ଦାନ୍ତ ନିକୁଟୁ ଥିଲେ ବସ୍ତିର ଭାଗ୍ୟକୁ ।

ଠିକ୍ କହି ନ ପାରିଲେ ବି ତା’ ଯୁଆନ୍ ବୟସରେ ରମାପଦ ନାୟକ ଓରଫ ରମାଦା ଗାଁ ଛାଡ଼ି ରାଜଧାନୀରେ ଛାଉଣୀ ପକେଇ ଥିଲା ପେଟପାଟଣା ଆଶାରେ । ସେତେବେଳେ ନୂଆ ରାଜଧାନୀ ତିଆରିର ବୋଝ ତା ପରି ମୂଲିଆ କାନ୍ଧେଇଥିଲେ । ଏକାମ୍ରବନରୁ ଆଜିର ଏକାମ୍ର ନଗର ତିଆରି ପଛରେ ତା’ ସମୟର ମୂଲିଆମାନଙ୍କ ଅଧେ ଜୀବନର ମୂଲ ବିତି ଯାଇଛି । ତା’ ଝିଅ ଏଠି ଜନ୍ମ ପରଘରକୁ ବାହା ହୋଇ ବଢ଼ିଲା ପିଲାଛୁଆ ଦେଖିଲାଣି । ସ୍ତ୍ରୀ କେବେଠୁ ତାକୁ ଏକଲା କରି ଦେଇ ଚାଲିଯାଇଛି । ତା’ ବେଳର ଅନେକ ଆଉ ବି ନାହାନ୍ତି । ଚାଳିଶ ବର୍ଷ ତଳର ଲଗାଲଗି କେତୁଟା ଚାଳିକୁ ନେଇ ସହରର ଛାତିରେ ଗଢ଼ି ଉଠିଥିବା ଛୋଟ ବସତିଟି ଆଜି ବିରାଟ ବସ୍ତିର ରୂପ ନେଇ ସାରିଛି ।

ଏ ସହର ଯେତେ ଲମ୍ବିଛି ରାସ୍ତାରେ, ଯେତେ ଉଚ୍ଚା ଦିଶିଛି କୋଠାରେ ଏଇ ବସ୍ତିଟି ସେତିକି ବଢ଼ିଛି, ସେତିକି ମାଡ଼ିଛି । ଭାତ ଆଉ ସହରର ଆକର୍ଷଣ ସବୁ ଗାଁ ଛଡ଼ାକୁ ଏକାଠି କରି ଚାଲିଛି ବର୍ଷ ବର୍ଷ ଧରି ଏଇ ବସ୍ତି । ପ୍ରଥମ ମୂଳ ବସ୍ତି ତଳମୁଣ୍ଡରେ ସେମିତି ରହିଯାଇଛି, ଉପରମୁଣ୍ଡ କାହିଁ କେତେଯାଏ ମାଡ଼ି ଯାଇଛି ।

ରମାପଦର ସେକାଳ ମହିଁଷିଆ ତେହେରା ଧୁଡୁକି ଗଲାଣି କେବେଠୁ । ହାତର ଶକ୍ତ ମାଂସପେଶୀଗୁଡ଼ାକ ମିଳାଇ ଗଲାଣି ଚମଡ଼ାର ଲୋଚା ସନ୍ଧିରେ । ଏଇ ହାତରେ ଗଇଁଟି ଧରି ସେ କଣା ମାଟିରେ ସହରୀ ଶିଳ୍ପ ଫୁଟାଇ ଚାଲିଥିଲା ବର୍ଷ ବର୍ଷ ଧରି । କେତେ ଟାଣ ଟାଣ ପଥର ଚଟାଣକୁ ବୋଲ ମନେଇ ଭଳିକି ଭଳି କୋଠାରେ ଫୁଲ ଫୁଟେଇଛି । ଅନେକ ଥର ଆଖି ଉଠାଇ ସନ୍ତୁଷ୍ଟ ନୟନରେ ଚାହିଁଛି ଗୁନ୍ଦା ଫୁଲର ମାଳପରି ଧୋବଧଉଲା କୋଠାର ଧାଡ଼ିକୁ ।

ଦିନକୁ ଦିନ ଏ ସହର ଯେତେ ଦର୍ପ ଆଉ ସମୃଦ୍ଧ ହୋଇ ଉଭା ହୋଇଛି ବସ୍ତିର ଭାଗ୍ୟ ସେତିକି ସଂକୁଚିତ ହୋଇଯାଇଛି । ଚାରିକଡ଼ରେ ବଡ଼ ବଡ଼ କୋଠାମାନଙ୍କ ଛାଇକୁ ଏହି ବସ୍ତି ଆହୁରି କର୍ଦ୍ଦମାକ୍ତ କରି ଦେଇଛି ବୋଲି ତାଙ୍କ

ଙ୍ଗାଲରେ ତୋଲା ବଡ଼-କୋଠାର ବାବୁଭାୟାମାନେ ଆଙ୍ଗୁଠି ଉଠେଇଛନ୍ତି । ସରକାରୀ ନୋଟିସ୍ ଆସିଛି ବସ୍ତି ଉଚ୍ଛେଦ ପାଇଁ । ସହରର ସର୍ବାଙ୍ଗୀନ ଉନ୍ନତି ଭିତରେ ବସ୍ତିର ଉନ୍ନତି କେବେ କଳନାକୁ ଆସିନି ସରକାରଙ୍କର । ବସ୍ତି ଥିବା ଜାଗାରେ ସେମାନଙ୍କ ପାଇଁ ଆଉ କିଛି ବିକଳ୍ପ ମଧ୍ୟ ସରକାରଙ୍କ ପାଖରେ ନାହିଁ । ଥରକୁ ଥର ବସ୍ତି ମୁରବୀ ହୋଇ ଅନ୍ୟମାନଙ୍କ ସହିତ ମନ୍ତ୍ରୀ, ଏମ୍ଏଲ୍ଏଙ୍କ ଦେଖା କରି ସାରିଛି ରମାଦା । ଫି ଇଲେକ୍ସନକୁ ସବୁଦଳର ନେତା ଆସନ୍ତି । ପଡ଼ିକାର୍ଡ, ପଟ୍ଟା ଦେବାର ପ୍ରତିଶ୍ରୁତି ଉଠାନ୍ତି । ଏ ସହର ପ୍ରତି ଥିବା ବସ୍ତିଭାଇଙ୍କ ମୂଲ୍ୟବାନ ଶ୍ରମକୁ ସମ୍ମାନ ଜଣେଇ ଭାଷଣ ଦେଇଥାନ୍ତି । କ୍ଷମତାକୁ ଆସିଲେ ଦୁଃଖକୁ ଘୁଞ୍ଚେଇ ଦେବେ ବୋଲି ଉଚ୍ଚ ସ୍ୱରରେ ହଲପ କରି କହିଯାଇଛନ୍ତି ।

ସବୁ ଫୁ... ଖାଲି ସୁଆଗିଆ କଥା । ଏ ସହର ପାଇଁ ଅପାଂକ୍ତେୟ ହେବାର ସମୟ ଆସିଯାଇଛି । ବେଶ୍ ମୁଣ୍ଡକୁ ହାତ ପାଇ ସାରିଛି ଏ ସହରର ।

ପ୍ରଥମେ ଏ ସହର ନା ପ୍ରଥମେ ବସ୍ତି ? ଏ ପ୍ରଶ୍ନକୁ ୟୁଦ୍ଧ ଚାଲିଛି ରମାପଦ । ତା'ର ଚାଳିଶ ବର୍ଷର ପୁରୁଣା ଆଖ୍ୟକୁ ବୋଧ ଦେଇ ପାରୁନି । ସହରର ବଢ଼ିଲା ରୂପଗୁଡ଼ାକ ଗୋଟାଏ ପରେ ଗୋଟାଏ ଆଖ୍ୟ ଆଗରେ ନାଚି ଯାଉଛନ୍ତି- 'ଉଁଚା ଉଁଚା ଆବୁଡ଼ା ଖାବୁଡ଼ା ଜଙ୍ଗଲ ପଛକୁ ପଛ ପଦା ହୋଇ ଚାଲିଛି । ଯେମିତି ହାରରେ ପଥର ବସେଇଲା ପରି ସୁନ୍ଦର ହର୍ମ୍ୟ ଗୋଟିକୁ ଗୋଟିଏ ଉଙ୍କି ମାରି ପଛକୁ ପଛକୁ । ଜଙ୍ଗଲୀ ଅନ୍ଧାରକୁ ଘଉଡ଼େଇ ଚାଲିଛି ସୂର୍ଯ୍ୟଙ୍କ ସୁନେଲି କିରଣ ।'' ଏଇଠି ଚାଲି ମାରିଲା ପରେ ଯେଉଁ ସହର ଖେଳିଲା, ବଢ଼ିଲା ଏବେ ତା'ରି ଇଚ୍ଛାରେ ଏଇଠୁ ଚାଲି ଉଠିବ ।

ଏ କଥା ଭାବିଲା ବେଳକୁ କେଉଁଠି ଓୟ କିନା ନିଃଶ୍ୱାସ ଅଟକି ଗଲା ଭଲି ଲାଗିଲା । ରମାପଦ ଗୋଟାଏ ତୀବ୍ର ଆଶ୍ୱସ୍ତିରେ କାନ୍ଥକୁ ପଛୁଆ ହାତ ଘଷି ଉଠି ପଡ଼ିଲା । ଦ୍ରୁତ ପାଦରେ ଘର ଭିତର ଅନ୍ଧାରକୁ ମୁହୂର୍ତକ ପାଇଁ ଅଦୃଶ୍ୟ ହୋଇଗଲା । ହଠାତ ବାହାରକୁ ଧପାଲି ଆସିଲା ତା'ର ପୁରୁଣା ଗଇଁତି ଖଣ୍ଡେ ଧରି । ତା'ର ଧନୁ ପରି ସାମାନ୍ୟ ବଙ୍କା ଅଣ୍ଟାକୁ ସଲଖ କରି ଗଇଁତିକୁ ତୋଲି ଧରିଲା ପୁରୁଣା ଭଙ୍ଗୀରେ । କିଛି ଗୋଟାଏ ଅନୁମାନ କରିବା ପୂର୍ବରୁ ତା ନଇଁଲା ଚାଲିକୁ ମୂଲରୁ ଚୋଟ ପରେ ଚୋଟ ବସାଇ ଚାଲିଲା । ଧଡ଼ାସ କରି ମାଟି କାମୁଡ଼ି ପଡ଼ିଲା ତାର ଘାଟିମାଟି ବସାଟା, ଗୋଟିଏ ବହୁବର୍ଦ୍ଧିତ ସହରର ନଗଣ୍ୟ ମୁଖଶାଲା ପରି ।

ସେତେବେଳକୁ ବୁଲଡୋଜରଟା ଉପରମୁଣ୍ଡ ଭାଙ୍ଗି ତଲମୁଣ୍ଡ ବସ୍ତି ଆଡ଼କୁ ସାଫ୍ କରିଦେବାକୁ ଉଦ୍ୟତ ହେଉଥିଲା ।

ଜେଜେ

ଶିଖାକୁ ଯେତେବେଳେ ତେର ବର୍ଷ ବୟସ, ସେହି ବର୍ଷ ଶେଷଥର ପାଇଁ ସେ ଆସିଥିଲା ଗାଁକୁ ।

ଦୋଲପୂର୍ଣ୍ଣମୀ ଆସିବାକୁ ଆହୁରି କିଛି ଦିନ ଥାଏ । ଗାଁକୁ ଯିବା ପାଇଁ ମନେ ମନେ ସଜବାଜ ଆରମ୍ଭ କରିଦେଇଥିଲା ସେ । ବର୍ଷକୁ ଦୁଇଥର ମାତ୍ର ତାକୁ ଗାଁକୁ ଯିବାର ସୁଯୋଗ ମିଳୁଥିଲା । ଥରେ ଦୋଲପୂର୍ଣ୍ଣମାରେ । ଯେବେ ଗାଁରେ ଘରେ ତାଙ୍କର ଅଷ୍ଟପ୍ରହରୀ ହୋଇଥାଏ । ତା ପଛକୁ ପଡ଼େ ଦୋଲମେଳଣ । ରଙ୍ଗବେରଙ୍ଗର ବିମାନ ସବୁ ଘରକୁ ଭୋଗ ଖାଇବାକୁ ଆସିଥାନ୍ତି । ଆଉଥରେ ଯାଇଥାଏ ଖରାଛୁଟିରେ । ଛୁଟି ସରିଗଲେ ସ୍କୁଲ ଖୋଲେ । ତା ସହିତ ତାକୁ ବି ଫେରିବାକୁ ପଡ଼ିଥାଏ ଗାଁରୁ । ଗାଁଠାରୁ ଶହଶହ ମାଇଲ ଦୂରରେ ଆସି ରାଉରକେଲା ସହରରେ ରହୁଥିଲା ବାପା ମା'ଙ୍କ ସହିତ । ଇଚ୍ଛା ଥିଲେ ମଧ ଅଧିକଥର ଆସିପାରୁ ନ ଥିଲା । ସେଥିପାଇଁ ଗାଁକୁ ଯିବାର ନିର୍ଦ୍ଦିଷ୍ଟ ସମୟଟିଏ ଆସିଗଲେ ମନଟି ଆପେ ଆପେ ଉଚ୍ଛନ୍ନ ହୋଇଉଠିଥାଏ ତାର ।

ଦିନେ ସେମିତି ଗାଁକୁ ଯିବା ପୂର୍ବର ଏକ ମୁହୂର୍ତ୍ତରେ ଚିଠିଟିଏ ଆସି ପହଞ୍ଚିଥିଲା ଗାଁରୁ । ଚିଠିଟି ପହଞ୍ଚିଲାପରେ ସମସ୍ତଙ୍କ ମନରେ ଏକ ଅଜଣା ପ୍ରଶ୍ନ ଖେଳିଉଠିଥିଲା – 'ଆଉ ଦୁଇଦିନ ପରେ ତ ସମସ୍ତେ ପହଞ୍ଚିଥାନ୍ତେ ଯାଇ ଗାଁରେ, ପୁଣି ଏ ଚିଠି କାହିଁକି'? ଚିଠିଟି ପଠାଇଥିଲେ ତାର ଜେଜେ । ଯଦି ଓ ସେ ଜାଣିଥିଲା ଜେଜେ ତାକୁ ଲେଖି ନ ଥିଲେ । ଫାଙ୍କା ସମୟ ଦେଖି ଖରାବେଳରେ ପୋଷ୍ଟଅଫିସର ବାବୁଜଣଙ୍କୁ ନିଶ୍ଚୟ ଡ଼ାକିଥିବେ, ଆଉ ଲେଖି ପଠାଇଥିବେ । ବେଳେ ବେଳେ ଖଣ୍ଡେ ଅଧେ ଚିଠି ମଝିରେ ମଝିରେ ଚମକାଇ ଦେଲାପରି ପଠାଇଥାନ୍ତି । ଖୁବ୍ ଖୁସି

ମନରେ ଥିଲେ   ନ ହେଲେ ଖୁବ୍ ଦୁଃଖରେ ।   ବାହାଘରର ପାଞ୍ଚବର୍ଷ ପରେ ଯାଇ ସାନଦାଦାଙ୍କର   ପୁଅ ହୋଇଥିଲା । ସେଥିପାଇଁ   ଜେଜେଙ୍କ ମନ ଭରା କଳସ ପରି ଖୁସିରେ   ଉଛୁଳି ଉଠିଥିଲା । ସେ ହିଁ ପ୍ରଥମେ   ଚିଠି ଲେଖି ଜଣାଇଥିଲେ ।

ଆଉ ଗୋଟିଏ ବର୍ଷ ତାର   ସପ୍ତମ ଶ୍ରେଣୀ   ବୋର୍ଡ ପରୀକ୍ଷା ପଡ଼ିଥିବାରୁ କେହି ଯାଇ ପାରି ନଥିଲେ ଗାଁକୁ । ସେହି   ବର୍ଷ   ଛୋଟ ପିଲାଙ୍କ ପରି   ଅଭିମାନଭରା ମନରେ ସେ ଚିଠି ଲେଖିଥିଲେ   ତାରି ପାଖକୁ ।   ସେହି   ଚିଠି   ଖଣ୍ଡିକ ଥିଲା ଜେଜେଙ୍କର ତାରି ଉଦ୍ଦେଶ୍ୟରେ ପ୍ରଥମ ଚିଠି । ସେଥିରେ   ଯେମିତି   ସେ ତାଠାରୁ ଆଉ ଷାଠିଏ ବୟସର ବଡ଼ ମଣିଷ ହୋଇ ନ ଥିଲେ । ଯେମିତି ସାଙ୍ଗରେ   ନଈକୁ ଗାଧୋଇନେଇ ଗଲାବେଲେ   କି ନଈପଠା ବିଲ ମଝିରେ   ଥିବା ପଲାରେ   ବସି ଘଣ୍ଟାଘଣ୍ଟା ଧରି   ଗପସପ କରୁଥିବା ଜଣେ ଭଲ ସାଙ୍ଗଟିଏ   ପରି ଚିଠି ଲେଖିଥିଲେ । ତା ଭିତରେ ଖୁନ୍ଦି ହୋଇ ରହିଥିଲା ତାଙ୍କର ସ୍ନେହବୋଲା   ସାନ୍ନିଧ୍ୟ । ସେଥିପାଇଁ କାଲେ କେଉଁଠି ହଜିଯିବ ବୋଲି   ବହିଥାକ ଭିତରେ ସାଇତି ରଖିଥିଲା ସେ ତାକୁ । ସେ ଦିନ ସେମିତି ଜେଜେଙ୍କଠାରୁ   ଆଉ ଗୋଟିଏ   ଚିଠି ଆସି   ପହଞ୍ଚିବା କଥାଟା ତାକୁ ବିସ୍ମିତ କରିଥିଲା ।

ଶିଖାର   ବାପା   ଚିଠିଟିକୁ ଫିଟାଇ ଏକା   ନିଃଶ୍ୱାସକେ ପଢ଼ିସାରିଥିଲେ । ଅତ୍ୟନ୍ତ ଉତ୍କଣ୍ଠାର ସହିତ ଚାହିଁ ରହିଥିଲା ସେ   ତା ବାପାଙ୍କ   ମୁହଁକୁ । ମଝିରେ ତା ବୋଉ   ପଚାରିଥିଲା – 'କଣ' ସେମିତି ଘଟିଛି କି ? ଏ ଅବେଲରେ   କାହିଁକି ଚିଠିଟା ଆସିଲା ମ' ଜାଣେ' ! ବାପା ଦୀର୍ଘନିଃଶ୍ୱାସ ଖଣ୍ଡେ ପକାଇ ଚିଠି ଉପରୁ ମୁହଁ ଉଠାଇ କହିଲେ – 'ସେହି ପୁରୁଣା ଅଭିଯୋଗ ବାପାଙ୍କର । କେହି   ତାଙ୍କ କଥା ମାନୁନାହାଁନ୍ତି, କେହି   ତାଙ୍କ କଥା ଶୁଣୁନାହାନ୍ତି, ଏସବୁ କଥା । ତଳ ଦିଜଣ ଭିନ୍ନ ହେବାକୁ   ମନ କଲେଣି । ଘରର   ଅବସ୍ଥା ଧୀରେ ଧୀରେ   ବିଗିଡ଼ି ଆସୁଛି । ସେହି ଚିନ୍ତାରେ ବାପା   ଭାରି   ବ୍ୟସ୍ତ ହୋଇପଡ଼ିଛନ୍ତି । ସେଥିପାଇଁ ଯିବା   ଆଗରୁ ଚିଠିଟେ ଲେଖି ପଠାଇଛନ୍ତି । ଗଲେ, ମୁଁ ଏହାର   କିଛି   ଗୋଟିଏ ସମାଧାନ   କରିବି ବୋଲି ତାଙ୍କର   ଆଶା' ।

ବୋଉ ସେ କଥାକୁ   ଶୁଣି   ଓଲଟି ପ୍ରଶ୍ନ କଲାଭଳି ପଚାରିଲା – 'ବ୍ୟସ୍ତ ହେଲେ   କଣ ହେବ ? ସିଏ କଣ ଜାଣିନାହାନ୍ତି ଯେତେ ପୁଅକୁ   ସେତେ ଘର ବୋଲି । କେତେ ଦିନ   ଏମିତି ଥା' ଥା' ମା' ମା' କରି ରଖିହେବ । ଦିନେ   ନା ଦିନେ ତ ଭିନ୍ନ ହେବାକୁ ପଡ଼ିବ । ବୁଝିଲ, ତମେ ଏଥର   ଏହାର କିଛି ଗୋଟାଏ ସ୍ଥାୟୀ ବ୍ୟବସ୍ଥା କରିକି ଆସିବ । ନହେଲେ, ଭିତରେ ଭିତରେ   କଥାଟା ସେମିତି

କୁହୁଳୁଥିବ । କେଉଁ ଦିନ ଭୁସ୍‌କିନା ନିଆଁ ଧରି ପକେଇବ ଯେ ସେତେବେଳେ ତମ ଅଣ୍ଟିରେ ପାଣି ନ ଥିବ ଲିଭାଇବାକୁ' । ଚେତାବନୀ ଦେଲାଭଳି ତା ବୋଉ ଶୁଣାଇକହିଥିଲା ବାପାଙ୍କୁ । ପ୍ରତିକ୍ରିୟାରେ ବାପା କିଛି କହି ନ ଥିଲେ । ନିଜ ଭିତରେ ଭାଙ୍ଗି ପଡ଼ିଲା ପରି ଖୁବ୍ ନିରାଶାଭରା ଆଖିରେ ଚାହିଁରହିଥିଲେ ଝରକା ସେପଟକୁ । ଝରକା ସେପଟେ ଦିଶୁଥିଲା କିଛି ଦୂରରେ ଥିବା ଷ୍ଟିଲ୍‌ପ୍ଲାଣ୍ଟ ଗ୍ୟାସ୍ ଫର୍ଣ୍ଣେସ୍ । ସେଥିରୁ ମୋଟାମୋଟା କଳା ଧୂଆଁ ଉଠି ନୀଳ ଆକାଶର ରଙ୍ଗକୁ ବିଷାକ୍ତମୟ କରିଦେଉଥିଲା । ବାପାଙ୍କ ଆଖିରେ ଭରିଆସିଥିଲା ଅଦିନିଆ କଳା ବଉଦର ଛାଇ ।

ପୂର୍ଣ୍ଣମୀର ଚାରିଦିନ ଆଗରୁ ସମସ୍ତେ ବାହାରିଥିଲେ ଗାଁକୁ । କଟକରେ ପହଞ୍ଚି ସକାଳୁ ସକାଳୁ ବାଦାମବାଡ଼ି ଭିତରେ ଖୋଜିବାକୁ ପଡ଼ିଥିଲା ଜମ୍ବୁ ରାମନଗର ବସ୍ତିକୁ । ସେହି ଗୋଟିଏମାତ୍ର କମଳା ରଙ୍ଗର ସରକାରୀ ବସ୍ତି ସେତେବେଳେ ଯାଉଥିଲା ତାଙ୍କ ଗାଁ ଆଡ଼କୁ । ଯଦି ଭାଗ୍ୟରେ ସେହି ବସ୍ତି ମିଳିଲା ତା ହେଲେ ଭଲ । ନ ହେଲେ ତା ବଦଳରେ ବାଟରେ ଆଉ ଦୁଇଟି ଗାଡ଼ି ବଦଳାଇଯିବାକୁ ପଡ଼ିଥାଏ । ସେଦିନ ଠିକ୍ ସମୟ ଆଗରୁ, ପହଞ୍ଚିଯାଇଥିବାରୁ ବସ୍ତି ମିଳିଯାଇଥିଲା ।

ଗୋପାଳଗଡ଼ାରେ ପହଞ୍ଚିଲାବେଳକୁ ଅପରାହ୍ନ ଚାରିଟା ହୋଇଯାଇଥିଲା । ପୂର୍ବଦିନ ଠିକ୍ ଏହି ସମୟରେ ସେମାନେ ରାଉରକେଲାରୁ କଟକ ଅଭିମୁଖେ ବାହାରିଥିଲେ । ପୁରା ଚବିଶ ଘଣ୍ଟାର ଏହି ବସ୍ ଯାତ୍ରା ସମସ୍ତଙ୍କୁ ଅବସନ୍ନ କରିଦେଇଥିଲା ଯେମିତି । କାହା ପାଟିରୁ କଥା ବାହାରୁ ନ ଥିଲା । ଏପରିକି ସବୁବେଳେ ଚବର ଚବର ହେଉଥିବା ତାର ସାନଭାଇ ସିପୁ ବି ନିସ୍ତେଜ ପାଲଟି ବୋଉକୁ ଆଉଜି ଶୋଇ ଯାଇଥିଲା । ବସ୍ ବାଟ ସିନା ସରିଯାଇଥିଲା କିନ୍ତୁ ଚଲାବାଟ ଆହୁରି ବାକିଥିଲା । ଏହି ଗଡ଼ାରେ ଓହ୍ଲାଇ ଚାରି ପାଞ୍ଚ ମାଇଲ ଚାଲି କରି ଗଲାପରେ ପଡ଼ିବ ଲୁଣାନଇ । ଘାଟ ପାରିହେଲେ ସେପଟ ବନ୍ଧ ତଳକୁ ଗଡ଼ିଲେ ଯାଇ ପଡ଼ିବ ତାଙ୍କ ଗାଁ କରଞ୍ଜ । ସେହି ରାସ୍ତାରେ ମାଇଲିଏ ଖଣ୍ଡେ ଆଗକୁ ଗଲେ ମଇଁସାହିରେ ତାଙ୍କର ଘର ।

ନଈପାରି ହୋଇ ଆର ପଟରେ ପହଞ୍ଚିଲା ବେଳକୁ ଘାଟକୂଳରେ ଆଗରୁ ଅପେକ୍ଷା କରିବସିଥିଲେ ଜେଜେ । ଡ଼ଙ୍ଗାରୁ ଓହ୍ଲାଉ ଓହ୍ଲାଉ ଝପଟି ଆସିଲେ ସେମାନଙ୍କ ଆଡ଼କୁ । ବାପାଙ୍କ ହାତରୁ ବ୍ୟାଗ ଖଣ୍ଡେ ଛଡ଼ାଇ ନେଇ ସିଧା ବୁଲିପଡ଼ି ଚାଲିଲେ ଘରମୁହାଁ ହୋଇ । ବାକି ଜିନିଷପତ୍ର ଧରି ପଛେ ପଛେ ଚାଲିଥିଲେ ଅନ୍ୟମାନେ । ସେ ଦିନ କାହିଁକି ଶିଖାକୁ ଗାଁର ପରିବେଶଟା ଟିକେ ଖାପଛଡ଼ା ଲାଗୁଥିଲା । ଆଗରୁ ତାଙ୍କ ଆସିବାବେଳେ ମଇଁଆଦାଦା ସାନଦାଦାଙ୍କ ଭିତରୁ ଜଣେ କେହି ଆସି ଛିଡ଼ା

ହୋଇ ରହୁଥିଲେ ଏହି ଘାଟ ମୁହଁରେ। ଏଠୁ ଜିନିଷପତ୍ର ବୁହାବୋହି କରି ନେବା ସବୁ ତାଙ୍କରି ଦାୟିତ୍ୱ ଥିଲା। ଏଥର ସେମାନେ କେହି ଆସିନଥିଲେ। ଆସିଥିଲେ ଜେଜେ। ସବୁବେଳେ କଥା କହୁଥିବା ମୁହଁଟା ତାଙ୍କର ନିଛାଟିଆ ଖରାଦିନ ପରି କେମିତି ଏକା ଏକା ଲାଗୁଥିଲା। ଆଖିରେ ଭରି ରହିଥିଲା ଉଦାସପଣ। କେଉଁ ଏକ ଅସମାହିତ ଚିନ୍ତାର ଛାୟାରେ ତାଙ୍କ ଶିଶୁସୁଲଭ ମୁଖମଣ୍ଡଳର ଉଜ୍ଜ୍ୱଲତା ଘୋଡ଼ାଇ ହୋଇଯାଇଥିଲା। ସିଏ ବୋଧେ ଭୀଷଣ ଅସନ୍ତୁଷ୍ଟ ଥିଲେ ସମସ୍ତଙ୍କ ଉପରେ। ତାକୁ ଲାଗିଲା, ଯେପରିକି ରାତିରେ ଶୁଣାଉଥିବା ବୁଢ଼ୀ ଅସୁରୁଣୀ ଓ ସାଧବ ପୁଅର ଗପ ପରି କିଛି ରହସ୍ୟକୁ ସେ ଲୁଚାଇରଖିଥିଲେ ତାଙ୍କର ମୁହଁ ତଲେ।

ଘରେ ପହଞ୍ଚିଲାବେଳକୁ ସନ୍ଧ୍ୟା ବୁଡ଼ିଆସୁଥାଏ। ମ୍ଲାନ ସୂର୍ଯ୍ୟକି ରଣର ଅନ୍ତିମ ପରସ୍ତ ଆଲୁଅରେ ଶେଷଥର ପାଇଁ ଗାଁଟି ଦୃଶ୍ୟ ରୂପରୁ ଅଦୃଶ୍ୟ ଅନ୍ଧାର ଭିତରେ ଲୁଚିଯିବାକୁ ବସିଥାଏ। ସେମାନଙ୍କ ପାଇଁ ପିତ୍ତଳ ଭାଲରେ ଦୁଇ ଭାଲ ପଣି ସଜାହୋଇ ରଖାଯାଇ ଥିଲା ଦାଣ୍ଡପଟରେ ଥିବା ଗୋଡ଼ଧୁଆ ପଥର ଉପରେ। ଘର ଭିତରୁ ଖୁଡ଼ି ଓ ଅନ୍ୟ ଛୋଟପିଲାମାନେ ମୁହଁକୁ ପଦାକୁ କାଢ଼ି ଚାହିଁ ରହିଥିଲେ ସେମାନଙ୍କ ଆସିବା ବାଟକୁ।

ଦାଣ୍ଡ ଦୁଆରରେ ଥିବା ବୃନ୍ଦାବତୀଙ୍କ ଆଗରେ ସନ୍ଧ୍ୟାବଲିତା ଲାଗିଲା ପରେ ଜେଜେ ଠାକୁରଘର ଆଗରେ ବସି ଭାଗବତରୁ ଆଧାଏ ଶୁଣିଲେ। ତା ପରେ ସେଠାରୁ ଉଠି ଆସି ଅମାରଘର ପିଣ୍ଡା ଉପରେ ସାନ୍ତାମ ହୋଇ ବସିପଡ଼ିଲେ। ସେହି ଜାଗାଟି ଅପେକ୍ଷାକୃତ ଟିକେ ଓ ସାରିଆ ଥିବାରୁ ଘରର ସମସ୍ତେ ସେଇଠି ବସାଉଠା କରିଥାନ୍ତି। ଜେଜେଙ୍କ ବସିବାର ଦେଖି ତା ବାପା ଆସନଟିଏ ପକାଇ ଲାଗିକରି ବସିଥିଲେ ତାଙ୍କ ପାଖରେ। ପରେ ମଝିଆ ଦାଦା, ସାନଦାଦା ଜଣକ ପରେ ଜଣେ ଆସି ସେଠି ବସିଥିଲେ। ବୋଧହୁଏ ସେଦିନ କିଛି ଗୋଟିଏ ଗମ୍ଭୀର ପ୍ରସଙ୍ଗ ଉଠାଇବାକୁ ଚାହୁଁଥିଲେ ଜେଜେ। ବାପା ଥାଇ ଥାଇ ହଠାତ୍ ମନାକରି କହିଲେ – 'ଏ ଅଷ୍ଟପ୍ରହରୀଟା ଯାଉ, ତାପରେ ଯାଇ ତମ କଥା ପକାଇବ'। ମନଭିତରେ ବାପା ବୋଧେ ଚାହୁଁ ନ ଥିଲେ କିଛି ଅପ୍ରୀତିକର ଘଟଣା ଘଟୁ ବୋଲି। କାରଣ ଜେଜେ ଯେଉ କଥା ସବୁ ଉଠାଇଥାନ୍ତେ ସବୁ ସେ ଭଲଭାବରେ ଜାଣିଥିଲେ। ସେଥିପାଇଁ କୌଣସି ପ୍ରକାରେ କଥାଟାକୁ ଚପାଇଦେବାକୁ ତାଙ୍କର ଇଚ୍ଛା ଥିଲା।

ଥକିପଡ଼ିଥିବାରୁ ସେଦିନ ଶୀଘ୍ର ଶୋଇଯାଇଥିଲା ଶିଖା। ଅନ୍ୟ କୌଣସି ଦିନ ହୋଇଥିଲେ ଜିଦି କରି ଜେଜେଙ୍କଠାରୁ ଶୁଣିଥାନ୍ତା ଗପ। ଅଧରାତି ପର୍ଯ୍ୟନ୍ତ

ନ ଶୋଇ ଜିଗିର୍ କରିଥାନ୍ତା - 'ତାପରେ କଣ ହେଲା ? ..... ତା ପରେ କଣ ହେଲା' ? ମାତ୍ର ସେଦିନ ତାଙ୍କ ଉଦାସ ଗମ୍ଭୀର ମୁହଁକୁ ଦେଖି ଚୁପଚାପ୍ ଆସି ଶୋଇପଡ଼ିଥିଲା ଖଟରେ। ଏଇଟା ତାର ପୁରୁଣା ଅଭ୍ୟାସ। ଗାଁକୁ ଆସିଲାକ୍ଷଣି ଗପ ଶୁଣିବା ପାଇଁ ଶୋଇଥାଏ ଆସି ଜେଜେଙ୍କ ପାଖରେ। ଏହା ପଛରେ ବି ଗୋଟିଏ କାରଣ ଥାଏ। ତାହା ହେଉଛି ଶୋଇଲାବେଳେ ବୋଉକୁ ଯେତେ କହିଲେ ବି ସେ ଜମା ଗପ ଶୁଣାଇ ନ ଥାଏ। ବରଂ ଓଲଟି କହେ - 'ଏତେ ବଡ଼ ଆସି ହେଲୁଣି, ଶୋଇବା ପାଇଁ ତଥାପି ଗପ ଶୁଣିବା ଦରକାର ପଡୁଛି। ଠାକୁରଙ୍କ ନାଁ ଧରି ଆଖିବୁଜି ଶୋଇପଡ। ନିଦ ଆପେ ଆପେ ଆସିଯିବ। ସେ କିଛି ନ କହି କାନ୍ଥପଟକୁ ମୁହଁ ବୁଲାଇ ଶୋଇବାକୁ ଚେଷ୍ଟା କରିଥାଏ। ମାତ୍ର ଗାଁରେ ଥିଲେ ଯେତେ ରାତି ହେଲେ ବି ଜେଜେ କଥାର ପେଡ଼ି ଫିଟାଇ ଗୋଟିଏ ପରେ ଗୋଟିଏ ଚମକ ଭରା କାହାଣୀ ଶୁଣାଇଥାନ୍ତି ତାକୁ। ନିଦ ଆସିବା ପର୍ଯ୍ୟନ୍ତ ସେ ଶୁଣିଚାଲିଥାଏ ସେ ସବୁକୁ।

ସକାଳୁ ନିଦ ଭାଙ୍ଗିଲା ପରେ ଶିଖା ଉଠି ଚାହିଁଲା ବିଛଣାକୁ। ପାଖରେ ଜେଜେ ନ ଥିଲେ। ବ୍ୟସ୍ତ ହୋଇ ଏଣେତେଣେ ଚାହିଁଲା। ସକାଳୁ ଉଠିଲା ମାତ୍ରେ ଜେଜେ ତା ହାତକୁ ଧରି ସାଙ୍ଗରେ ନେଇଥାନ୍ତି ଫୁଲ ତୋଳିବାକୁ। ତାଙ୍କ ଘର ଆଗ ଅଗଣାର ଦୁଇପଟରେ କନିଆରୀ, ଚମ୍ପା, ଟଗର ପ୍ରଭୃତି ଫୁଲଗଛ ଠାରୁ ଆରମ୍ଭ କରି ଥୋପାମଦାର ଓ ନୀଳ ଅପରାଜିତା ଗଛ ସବୁ ଥାଏ। ସବୁଗଛରୁ ଅଳ୍ପ କିଛି କିଛି ଫୁଲ ତୋଲୁତୋଲୁ ଡ଼ାଲା ଭର୍ତ୍ତି ହୋଇପଡ଼େ। ସେଥିମଧ୍ୟରୁ ଅଧିକାଂଶ ହାତପାହାନ୍ତାର ଫୁଲଗୁଡ଼ିକୁ ସେ ତୋଲିଥାଏ। ବାକିଗୁଡ଼ିକୁ ଜେଜେ ଆଙ୍କୁଡ଼ି ଲଗାଇ ସଂଗ୍ରହ କରିଥାନ୍ତି। ସେତିକି ଫୁଲ ତୋଲିବାକୁ ସେମାନଙ୍କୁ ଘଣ୍ଟାଏ ପାଖାପାଖି ସମୟ ଲାଗିଯାଇଥାଏ।

ବୋଧେ ତାକୁ ଛାଡ଼ି ଏକୁଟିଆ ଜେଜେ ଫୁଲତୋଲିବାକୁ ଚାଲିଯାଇଛନ୍ତି ବୋଲି ଭାବି ସେ ଆସି ଖୋଜିଲା ବାହାରପଟ ଅଗଣାରେ। ସେଠି ତାଙ୍କୁ ନ ପାଇ ଇଆଡ଼େ ସିଆଡ଼େ ଖୋଜି ଯାଇ ପହଞ୍ଚିଲା ବାଡ଼ି ପଟରେ। ଦେଖିଲା ବାଡ଼ିପଟର ସବା ପଛକୁ ଥିବା ପୋଖରୀ ହୁଡ଼ା ଉପରେ ଜେଜେ ଆଣ୍ଠୁଭାଙ୍ଗି ବସିଥିଲେ ଚୁପଚାପ୍। ସକାଳର ଶାନ୍ତ ନିର୍ମଳ ପୋଖରୀ ପାଣିର ଛାଇରେ ନିଜର ଚେହେରାକୁ ଖୋଜିହେଉଥିଲେ ଧ୍ୟାନସ୍ତମୁଦ୍ରାରେ। ସେହି ପ୍ରତିଛବି ଭିତରେ ବୁଡ଼ିଯାଇ କଣ ଏପରି ଦେଖୁଥିଲେ ଯେ ତା ର ପାଖକୁ ଆସିବାର ଶଢକୁ ମଧ୍ୟ ଜାଣିପାରିନଥିଲେ। ପଛରୁ ଚମକାଇଲାଭଳି ସେ ଆସି ପଚାରିଲା 'କଣ ଏଠି ବସି ଦେଖୁଛ ଜେଜେ !

ଆଜି କଣ ଫୁଲ ତୋଳିବାକୁ ତମର ମନେ ନାହିଁ କି’? ତା ପ୍ରଶ୍ନରେ ଧାନ ଭାଙ୍ଗିଯାଇଥିଲା ଯେମିତି ଜେଜେଙ୍କର। ବୁଲିକି ଚାହିଁ କହିଲେ – ‘ନାଇଁ ଲୋ ମା’ ମନଟା ଭଲ ଲାଗୁ ନ ଥିଲା, ସେଇଥିପାଇଁ ଚାଲିଆସିଥିଲି ପୋଖରୀ ହୁଡ଼ାକୁ ଚାଲ ଏଥର ଯିବା ଆମେ ଫୁଲ ତୋଳିବା’।

ସବୁଥର ସେମାନେ ଗାଁରେ ପହଞ୍ଚିଲା ପରେ କେମିତି ଏକ ଅଜଣାପୁଲକ ଖେଳିଯାଏ ସବୁଆଡ଼େ। ସମସ୍ତେ ଏକାଠି ହୋଇ ପଡ଼ିଥାନ୍ତି ସେହିଦିନ ମାନଙ୍କରେ । ବଡ଼ମାନଙ୍କ ମୁହଁରେ ହସ ଫୁଟିଉଠେ। ବାକି ଯେତେ ଛୋଟପିଲାମାନେ ରହିଲେ ତାଙ୍କ କଥା ନ କହିଲେ ନ ସରେ । ବାଡ଼ିରୁ ଦାଣ୍ଡପାଖ ଏକାଠି ମିଶି ଡ଼ିଆଁକୁଦା ମାରି ଚଢେଇ ଭଳିଆ କିଚିରିମିଚିରି ଶଢରେ କମ୍ପେଇ ଦେଇଥାନ୍ତି ସାରା ଘରଟାକୁ। ଅନ୍ୟ ସମୟରେ ଚୁପ୍‌ଚାପ୍ ସାଧାସିଧା ଥିବା ତା ସାନଭାଇ ସିପୁ ମଧ୍ୟ ସେମାନଙ୍କ ସାଙ୍ଗରେ ପଡ଼ି ବିଲକୁଲ୍ ଗାଉଁଲି ଦୁଷ୍ଟ ପାଲଟିଯାଇଥାଏ। ତାର କିନ୍ତୁ ଗାଁକୁ ଆସିଲେ ସବୁଠାରୁ ଆଗ ଆଉ ପ୍ରଥମ ସାଙ୍ଗ ରୂପେ ଖୋଜାପଡ଼ିଥାନ୍ତି ଜେଜେ । ସେ ଏହି ଛୁଆମାନଙ୍କ ସାଙ୍ଗରେ ବେଶୀ ସମୟ ଖେଳିବାକୁ ପସନ୍ଦ ନ କରି ଜେଜେଙ୍କ ପଛେ ପଛେ ଗୋଡ଼ାଇଥାଏ। କେତେବେଳେ ବିଲ ଗୋହିରୀ ଆଡ଼କୁ ତ କେତେବେଳେ ଗାଁ ମଝିରେ ଥିବା ଲଙ୍ଗଳେଶ୍ୱର ମନ୍ଦିର ଆଡ଼କୁ। ପୁଣି କେତେବେଳେ ପାଖ ପଞ୍ଚାୟତ ହାଟକୁ ତ ଆଉ କେତେବେଳେ ଗାଁ ଶେଷମୁଣ୍ଡରେ ହୁକୁମ୍ ଦେଉଥିବା ହୁକୁମ୍ ବାବାଙ୍କ ମଠକୁ । ଏଥର କାହିଁକି ସମସ୍ତଙ୍କ ଭିତରେ ସେ ଅନୁଭବ କରୁଥିଲା ସେହି ପୁରୁଣା ଉନ୍ମାଦନାର ଅଭାବକୁ। ଖାଲି ଛୁଆମାନଙ୍କୁ ଛାଡିଦେଲେ ସମସ୍ତେ ଯେପରି ଏକ ଅପ୍ରକାଶ୍ୟ ଉଦାସୀନତା ଭିତରେ ନିଜକୁ ଲୁଚାଇ ରଖିଥିଲେ । ଏପରିକି ଜେଜେ ମଧ୍ୟ।

ଆଉ ଦୁଇଦିନ ପରେ ଥିଲା ଅଷ୍ଟପ୍ରହରୀ। ବୃନ୍ଦାବତୀଙ୍କ ଚଉରାକୁ ଲାଗିଥିବା ଗାଦି ନିକଟରେ ଜେଜେଙ୍କୁ ଦେଖି ଶିଖା ଆସି ପହଞ୍ଚ ଯାଇଥିଲା ତାଙ୍କ ପାଖରେ। ଦେଖିଲା, ଜେଜେ ଗାଦି ଚାରିପଟରେ ଉଠିଥିବା ଘାସବୁଦାକୁ ହାତରେ ଟାଣି ଉପାଡି ଚାଲିଛନ୍ତି। ସବୁଥର ଅଷ୍ଟ ପ୍ରହରୀ ଆଗରୁ ଏହି ଗାଦିଟାକୁ ସଫା କରାଯାଇଥାଏ ଭଲ ଭାବରେ। ଜେଜେ ତାକୁ ନିଜ ହାତରେ ବସି ସଜାଡ଼ି ଥାନ୍ତି। ଖଣ୍ଡ ଖଣ୍ଡ ହୋଇ ଖସି ଆସିଥିବା ମାଟିର ଚୋପାକୁ ଛଡ଼ାଇ ଆଉଥରେ କାଦୁଅ ନେସିଦେଇଥାନ୍ତି ତାରି ଉପରେ। ଟିକେ ଖରାଖାଇ ଶୁଖିଲା ପରେ ଠେକିରେ ଚୂନ ଗୋଲାଇ ଆଣି ମାରିଥାନ୍ତି ଗାଦି ଚାରିପଟ୍ୟାକ । ଯେମିତି ଆଖିକୁ ସୁନ୍ଦର ଦିଶିବ ସେଇଟା। ଏତକ ହେଲାପରେ ଯାଇ ବାକି କାମ ଆଗକୁ ବଢେ। ଗାଦିର ଚାରିକୋଣରେ ପୋତାଯାଏ

ବାଉଁଶ । ତା ଉପରମୁଣ୍ଡକୁ ଦେଉଳ ଭଳି ଛନ୍ଦାଛନ୍ଦି କରି ଯୋଡ଼ି ଦିଆଯାଏ ଫାଳିବତାରେ । କାଗଜରେ କଟାଯାଇ ରଙ୍ଗୀନ ଝାଲେରି ସବୁ ସେହି ବତାର ଧାରେ ଧାରେ ମରାଯାଇଥାଏ । ବାଡ଼ିପଟରୁ ସଜ ପୁଆକଦଳୀଗଛ କଟାଯାଇ ଆଣି ପୋତାଯାଇଥାଏ । ଶେଷକୁ ଯାଇଁ ନିତାଇ ଗୌରଙ୍ଗ ଫଟୋ ରଖାଯାଇଥାଏ ମଝିରେ । ଫାଙ୍କା ଦିଶୁଥିବା ଗାଦିର ଚାରିପଟ ଯାକ କାନ୍ତୁରେ ଅନ୍ୟ ଠାକୁରମାନଙ୍କ ଛୋଟବଡ଼ ଫଟୋକୁ ଆଣି ସଜାଯାଇ ରଖାଯାଇଥାଏ ।

ସେଥର ଗାଦିମୂଳରେ ଜେଜେଙ୍କ ପାଖରେ ବସିଥିଲାବେଳେ ହଠାତ୍ ଉପରପଟରୁ ଖସିପଡ଼ିଥିଲା ଗୋଟିଏ ଇଟା । ଅଙ୍କେ ବର୍ତ୍ତିଯାଇଥିଲା ସେ । ହେଲେ ଜେଜେଙ୍କ ଗାଦିରୁ ସେହି ଅଶୁଭ ଇଟା ଖଣ୍ଡଟି ଖସିବା ଯେପରି ବଡ଼ ଦେଉଳରୁ ପଥର ଖଣ୍ଡେ ଖସିବା ସଦୃଶ ଥିଲା । ତାଙ୍କ ମନର ଆକାଶରେ ଘୋଟିଯାଇଥିଲା ଆଶଙ୍କାର ଧୂମକେତୁ । ଭାରି ହତୋସାହିତ ହୋଇପଡ଼ି ସେ ତା ଆଡ଼କୁ ଚାହିଁ କହିଲେ – "ମୋତେ କାହିଁ ଜଣାଗଲାଣି ଲୋ ମା', ଆଗକୁ ଏ ଅଷ୍ଟପ୍ରହରୀଟା ପୁରା ବନ୍ଦ ହୋଇଯିବ ଏହି ଘରେ" । ପୁଣି କଣ ଭାବି କିଛି ସମୟ ସମୟ ରହିଯାଇ କହିଲେ – 'ଦୁଇ ପୁରୁଷ ଆସି ହେଲାଣି ଦାଣ୍ଡମଝିରେ ଗାଦି ବସାଇ ଏହି ପରମ୍ପରା ଚାଲିଛି । ପିଲାବେଳେ ଗାଁ କୁ ଆସିଥିଲେ ଥରେ ନଦିଆର କୀର୍ତ୍ତନ ମଣ୍ଡଳୀ । ବାପା ନିମନ୍ତ୍ରଣ କରି ଆଣିଥିଲେ ସେମାନଙ୍କୁ ଘରକୁ । ମୋ ପିଲାବେଳ ଯାଇ ଆସି ପାଚିଲା ବାଲ ହେଲାଣି, ସେହି ବର୍ଷଠାରୁ ଏ ଅଷ୍ଟପ୍ରହରୀ ଚାଲିଛି । କଣ ଆଗକୁ ହେବ ସେହି ନିତାଇଗୌର ଜାଣେ' ! ଏତିକି କହିସାରି ଖୁବ୍ ଜୋରରେ ଦୀର୍ଘ ନିଃଶ୍ୱାସଟେ ଛାଡ଼ିଥିଲେ ସେ । ଶିଖାକୁ ଲାଗିଲା ଜେଜେଙ୍କର ଏହି ନିଃଶ୍ୱାସ ଭିତରେ ଯେମିତି ମାଇଲ ମାଇଲ ବ୍ୟାପି ଶୂନ୍ୟତା ଲମ୍ବିହୋଇରହିଥିଲା । ଆଉ ସେ ଶୂନ୍ୟତା ସବୁ ଏକାଠି ହୋଇ ଘୋଡ଼ାଇ ପକାଉଥିଲା ତାଙ୍କ ଭିତରେ ଲୁଚି ରହିଥିବା ପୂର୍ଣ୍ଣତାକୁ । ସେ ଅପଲକ ନୟନରେ ଚାହିଁରହିଥିଲା ତାଙ୍କ ମୁହଁକୁ । ମୁହଁରେ ବସିଯାଇଥିବା ଦୁଇ ଓତର ଧାର ପରି ତାଙ୍କ ଚାହାଣୀ ବି ନୀରବି ଯାଇଥିଲା ଆଗତ ସମୟର ପଦପାତକୁ ଦେଖି ପରସ୍ତ ପରସ୍ତ ହୋଇ ଶୂନ୍ୟତା ଯେପରି ବେଢ଼ି ଯାଇଥିଲା ତାଙ୍କୁ । ସେ ଦେଖାଯାଉଥିଲେ ଖୁବ୍ ଏକୁଟିଆ ଓ କ୍ଲାନ୍ତ ।

ଦେଖୁ ଦେଖୁ ଅଷ୍ଟପ୍ରହରୀର ଦିନ ଆସି ପହଁଞ୍ଚିଯାଇଥିଲା । ଅଧିବାସ ନିମନ୍ତେ ବଡ଼ିଭୋରରୁ ଉଠି ସଂକୀର୍ତ୍ତନ ବାଲାଙ୍କ ସହିତ ଜେଜେ ନଈତୁଠକୁ ଯାଇ କଳସରେ ପାଣି ଆଣି ଗାଦି ସମ୍ମୁଖରେ ସ୍ଥାପନ କରିଥିଲେ । ବିଧି ମୁତାବକ ପୂଜାର୍ଚ୍ଚନା ପରେ ଅଖଣ୍ଡ ଦୀପ ଜଳାଯିବା ସହିତ ନାମ ଧରିବା ଆରମ୍ଭ ହୋଇଥାଏ ସେହି ପ୍ରାତଃ

ମୁହୂର୍ତ୍ତରୁ । ମୃଦଙ୍ଗ, ଝାଞ୍ଜ ଓ ଗିନିର ତାଲେ ତାଲେ କୃଷ୍ଣ ନାମ ଧ୍ୱନିରେ କମ୍ପିଉଠାଏ ଚତୁର୍ଦ୍ଦିଗ । ଏହି ସମୟରେ ଜେଜେଙ୍କ ଭିତରେ ଏକ ଅଦ୍ଭୁତ ପରିବର୍ତ୍ତନ ଦେଖିବାକୁ ମିଳିଥାଏ । କୀର୍ତ୍ତନିଆ ଦଳ ଆଗରେ ଛିଡ଼ା ହୋଇ ନିଜର ଦୁଇ ହାତକୁ ଉପରକୁ ଟେକି ସମ୍ପୂର୍ଣ୍ଣ ମଗ୍ନ ଅବସ୍ଥାରେ ସେ ନୃତ୍ୟ କରିଥାନ୍ତି ଘଣ୍ଟା ଘଣ୍ଟା ଧରି । କେଉଁ ଆଡ଼କୁ ତାଙ୍କର ନଜର ନ ଥାଏ, ଧ୍ୟାନ ମଧ୍ୟ ନ ଥାଏ । ନାମ ସଂକୀର୍ତ୍ତନ ଭିତରେ ପୂର୍ଣ୍ଣ ଆତ୍ମବିସ୍ମୃତ ହୋଇଯାଇଥାନ୍ତି ସେ । ଏଥର ମଧ୍ୟ ଅବିକଳ ସେହି ଅବସ୍ଥାରେ ଜେଜେଙ୍କୁ ଦେଖିବ ବୋଲି ଶିଖା ଭାବିନେଇଥିଲା । ହେଲେ ସେ ଆଶ୍ଚର୍ଯ୍ୟ ହୋଇଯାଇଥିଲା ତାଙ୍କୁ ଦେଖି । ଗୋଟିଏ ପଟ କଣରେ ବସି ଚୁପ୍ ଚାପ୍ ଗିନି ବଜାଉଥିଲେ ସେ । ତାଙ୍କ ପାଟିରୁ ବି ସେହିପରି ଅତି ଉତ୍ସାହର ସ୍ୱରଟି ନରମିଯାଇ ଶୁଭୁଥିଲା ଖୁବ୍ ଧିରେ ଧିରେ । ସବୁ ବର୍ଷ ଠାରୁ ଏତେ ଅଲଗା ଜଣାପଡୁଥିଲେ କାହିଁକି ଜେଜେ ! ଏକଥା ଦେଖି ଭାରି ବ୍ୟଥିତ ହୋଇପଡ଼ିଥିଲା ସେ । କିନ୍ତୁ କାହାକୁ ମନ କଥା ଖୋଲି କିଛି କହିପାରୁ ନଥିଲା । ବାପା, ବୋଉ, ଦାଦା, ଖୁଡ଼ୀ ଯାହାର ମୁହଁକୁ ବି ଚାହୁଁଥିଲା ସମସ୍ତେ ଯେପରି ଜାଣି ମଧ୍ୟ ଉଦାସୀନ ଜଣାପଡୁଥିଲେ ।

ପରଦିନ ଅଷ୍ଟପ୍ରହରୀ ଉଦ୍ୟାପନ ହେଲାବେଳକୁ ସକାଳ ହୋଇଯାଇଥିଲା । ସେହିଦିନ ଥିଲା ରଙ୍ଗ ଖେଳ । ଶିଖା ଅନ୍ୟ ଛୋଟପିଲାମାନଙ୍କ ସହିତ ମିଶି ରଙ୍ଗ ଖେଳରେ ମାତିଯାଇଥିଲା । ଏହିଦିନ ମଧ୍ୟାହ୍ନ ବେଳାରେ ତାଙ୍କ ଘରକୁ ଭୋଗ ଖାଇବାକୁ ଆସିଥାନ୍ତି ଆଖପାଖରୁ ଅନେକ ଗୁଡ଼ିଏ ଦୋଲ ବିମାନ । ସେଥିପାଇଁ ଦାଣ୍ଡ ପଟ ଅଗଣାଟା ଆଉଥରେ ଗୋବରରେ ଲିପାପୋଛା ହୋଇଥିଲା । ଭୋଗ ଲାଗିବା ପାଇଁ ଘର ଭିତରେ ପ୍ରସ୍ତୁତି ଚାଲିଥିଲା ନାନାପ୍ରକାର ପିଠା । ଛୋଟ ଛୋଟ ଉଖୁଡ଼ା ଭର୍ତ୍ତି ଠେକିରେ ସେହିସବୁ ପିଠାଗୁଡ଼ିକୁ ରଖାଯାଇ ବିମାନମାନଙ୍କରେ ଥିବା ରାଧାକୃଷ୍ଣଙ୍କ ବିଗ୍ରହ ସମ୍ମୁଖରେ ଭୋଗ ରୂପେ ପରଶାଯାଇଥାଏ ।

ସେ ସେଦିନ ଦେହସାରା ରଙ୍ଗପାଣିରେ ଜୁଡୁବୁଡୁ ହୋଇ ହାତରେ ପିଚ୍କାରୀ ଖଣ୍ଡେ ଧରି ଖୋଜିଥିଲା ଜେଜେଙ୍କୁ । ତାଙ୍କ ଘରେ ବଡ଼ମାନଙ୍କ ଭିତରୁ କେହି ରଙ୍ଗ ନ ଖେଳିଲେ ମଧ୍ୟ ଏକା ଜେଜେ ସେମାନଙ୍କ ସହିତ ଖେଳିଥାନ୍ତି । ନାଲି, ହଳଦୀ ରଙ୍ଗର ଅବିର ଆସି ସମସ୍ତଙ୍କ ଦୁଇ ଗାଲ ମୁଣ୍ଡରେ ବୋଲିପକାନ୍ତି । ଯେଉଁଠି ଯେଉଁଠି ଜେଜେ ଥିବେ ବୋଲି ସେ ଅନୁମାନ କରୁଥିଲା, ସେହି ସେହି ଯାଗାରେ ପହଞ୍ଚି ଖୋଜିଥିଲା ତାଙ୍କୁ । ବାଡ଼ିପଟର ପୋଖରୀ ହୁଡ଼ାରୁ ଆରମ୍ଭ କରି ମନ୍ଦିର ବେଢ଼ା ଯାଏଁ ସବୁଆଡ଼େ ଖୋଜିଲା ହେଲେ କେଉଁଆଡ଼େ ତାଙ୍କୁ ପାଇ ନ ଥିଲା । ଖୋଜି ଖୋଜି ଶେଷରେ ନଡ଼ଙ୍କୁଳ ବିଲ ମଝିରେ ଥିବା ପଲା ଭିତରେ ତାଙ୍କୁ ବସିଥିବାର

ଦେଖିବାକୁ ପାଇଥିଲା । ସିଧା ପାଖକୁ ଚାଲିଯାଇ ପିଚ୍‌କାରୀର ସବୁତକ ରଙ୍ଗକୁ ନେଇ ଢାଳିଦେଲା ତାଙ୍କରି ମୁଣ୍ଡ ଉପରେ । ସେଥିପ୍ରତି କୌଣସି ପ୍ରତିକ୍ରିୟା ନ ଥିଲା ତାଙ୍କର । ଆଗରୁ ମୁଣ୍ଡ ଭିତରେ ଯେମିତି କୌଣସି ଗୋଟିଏ ବଡ଼ କଥା ପଶିଯାଇ ଅନ୍ୟମନସ୍କ କରି ରଖିଥିଲା ତାଙ୍କୁ । ସେ ତାଙ୍କ ହାତକୁ ଖୁବ୍‌ ଜୋର୍‌ରେ ଟାଣିଧରି କହିଲା 'ଏଠି କଣ ବସିଛ ଜେଜେ, ସେୟାଡ଼େ ଆଉଟିକେ ଗଲେ ଦୋଳ ବିମାନ ସବୁ ପଛକୁ ପଛ ଆସି ପହଞ୍ଚିଯିବେ । ଆସ ଯିବା' । ସୁନା ପିଲାପରି ତା ହାତକୁ ଧରି ପଛେ ପଛେ ଯିବାପାଇଁ ଉଠିପଡ଼ିଥିଲେ ଜେଜେ ।

ଅଷ୍ଟପ୍ରହରୀ ଓ ଦୋଳପୂର୍ଣ୍ଣିମାର ବ୍ୟସ୍ତତା ଭିତରେ ଚାହୁଁ ଚାହୁଁ ସେମାନଙ୍କର ଗାଁରେ ରହିବା ସମୟତକ ସରିଆସୁଥିଲା । ଘରର ପରିସ୍ଥିତି ଅପେକ୍ଷାକୃତ ଭାବେ ସ୍ୱଭାବିକ ଜଣାପଡ଼ୁଥିବାର ଦେଖି ଦିନେ ସକାଳୁ ତା ବାପା ଜେଜେଙ୍କ ଆଗରେ ରାଉରକେଲା ଫେରିଯିବା କଥା ଉଠାଉଥିଲେ । ସେହି କଥା ପଦକ ଶୁଣି ହଠାତ୍‌ ଜେଜେଙ୍କ ଚେହେରାର ରଙ୍ଗ ବଦଳିଯାଇଥିଲା । ଏତେଦିନ ଧରି ମୌନ ରଖିଥିବା ନିଜର ପାଟିକୁ ଫିଟାଇ ବାପାଙ୍କ ଆଡ଼କୁ ଚାହିଁ ଆକ୍ଷେପ କରି କହିଲେ – 'ଚାଲିଯିବାକୁ କଣ ବାହାରିଛୁ ! ମୋ କଥା ଏଠି ବୁଝିବ କିଏ ? ସବୁଥର ଆସୁଛୁ, ଏମିତି ଦୁଇଚାରିଦିନ ରହି ପଳେଇଯାଉଛୁ । ତୁ ଗଲାପରେ କେମିତି ମୁଁ ଏଠି ରହୁଛି କେବେ ଜାଣିବାକୁ ଚାହିଁଛୁ ? ମୋ ଅଭାବ ଅସୁବିଧା ପ୍ରତି କେବେ ଧ୍ୟାନ ଦେଇଛୁ ? ତୋ ବୋଉ ଆରପାରିକୁ ଚାଲିଗଲାପରେ ମୋ କଥା ଏଠି ବୁଝିବାକୁ ସମସ୍ତେ ଥାଇ ବି କେହି ନାହାନ୍ତି । ପାରୁଛୁ ଯଦି ମୋତେ ସାଙ୍ଗରେ ରାଉରକେଲାକୁ ନେଇଯା । ଏଠି ଆଉ ଗୋଟିଏ ଦିନ ସୁଦ୍ଧା । ମୁଁ ଭଲରେ ନିଃଶ୍ୱାସ ମାରି ରହିପାରିବି ନାହିଁ କି ଏ ଘରଟାକୁ ଭିନ୍ନ ହେବାର ଦେଖିପାରିବି ନାହିଁ । ଏତିକି କହି ଛୋଟ ପିଲାଙ୍କ ପରି ଭୋ ଭୋ କାନ୍ଦିପକାଇଥିଲେ ସେ । ତାଙ୍କ ସମଗ୍ର ଦେହଟା ଥରୁଥିଲା ଏକ ଅଦୃଶ୍ୟ କୋହରେ । ଭାରି ଅସମ୍ଭାଳ ଥିଲା ତାଙ୍କର ସେହି ଅବସ୍ଥା । ଯେମିତି ସଂବାଲୁଆ ଖୋସାରୁ ପ୍ରଜାପତି ବାହାରି ପଡ଼ିଲା ପରି ବହୁଦିନ ଧରି ଚପାଇ ରଖିଥିବା ମନ ତଳର କଥାଗୁଡ଼ାକ ପଦକୁ ବାହାରିଆସିଥିଲା ।

ସମସ୍ତଙ୍କର ଚେତା ଯେମିତି ପଶିଥିଲା ତା ପରେ । ବାପା, ମଝିଆ ଦାଦା ଓ ସାନଦାଦା କେହି କାହାର ମୁହଁକୁ ଚାହିଁପାରୁ ନ ଥିଲେ କିମ୍ୱା ତାଙ୍କ ମୁହଁକୁ ସାମ୍‌ନା କରିବା ପାଇଁ ସାହସ ଜୁଟାଇପାରୁ ନଥିଲେ । ସମସ୍ତେ ଦୋଷୀ ଭଳି ଯେଠାଯେଠା ମୁହଁକୁ ପୋତି ଛିଡ଼ା ହୋଇରହିଥିଲେ । କିଛି ସମୟ ଚୁପ୍‌ ରହିଲା ପରେ ଜେଜେଙ୍କୁ ବୁଝାଇବାକୁ ଯାଇ ବାପା ଆଗକୁ ବାହାରି ମୁହଁ ଫିଟାଇ କହିଲେ – 'ହଉ ହଉ, ଆଉ

ବ୍ୟସ୍ତ ହୁଅନି । ଏଥର ମୁଁ ତମକୁ ସାଙ୍ଗରେ ନେଇଯିବି ରାଉରକେଲା । ତମେ ଆଉ ଏଠି ରହିବ ନାହିଁ, ହେଲା' ! ଶିଖା ଜାଣିଥିଲା ଜେଜେଙ୍କୁ ବୁଝାଇବାକୁ ଯାଇ ବାପା ଯେଉଁ ଆଶ୍ୱାସନାର ବାଣୀ ଶୁଣାଇଥିଲେ, ତାହା ଥିଲା ବିଲକୁଲ୍ ମିଛ । ଆଗରୁ କେତେଥର ସେ ଏପରି କହି ଜେଜେଙ୍କୁ ଭୁଲାଇ ସାରିଛନ୍ତି । ସେ ଭଲ ଭାବରେ ଜାଣିଥିଲା ଯେ ବୋଉର ଡରରେ ବାପା କେବେ ଜେଜେଙ୍କୁ ସାଙ୍ଗରେ ନେବେ ନାହିଁ । ବୋଉ କେବେ ଚାହୁଁ ନଥିଲା ଜେଜେ ଆସି ତାଙ୍କ ପାଖରେ ରହନ୍ତୁ ବୋଲି । ଯଦିଓ ମଝିରେ ମଝିରେ ବାପା ଇଚ୍ଛା ପ୍ରକାଶ କରୁଥିଲେ କିନ୍ତୁ ବୋଉର ଭୟରେ ତାହା ସମ୍ଭବ ହୋଇପାରୁନଥିଲା ।

ତାଙ୍କର ରାଉରକେଲା ଫେରିଯିବା କଥାଟା ସେଦିନ ପାଇଁ ସ୍ଥଗିତ ରହିଥିଲା । ଦ୍ୱିପ୍ରହରରେ ଖାଇସାରି ସମସ୍ତେ ବିଶ୍ରାମ ନେଉଥିଲେ । ଶିଖା ତାର ପୁରୁଣା ଅଭ୍ୟାସ ମୁତାବକ ଜେଜେଙ୍କ ଖଟ ଉପରେ ଆସି ଗଡ଼ପଡ଼ ହେଉଥିଲା । ମନ ଭଲ ଲାଗୁ ନ ଥିବାରୁ ଜେଜେଙ୍କଠାରୁ ଆଉ ଗପ ଶୁଣିବା ପାଇଁ ଜିଦି କଲା ନାହିଁ । ସୁନାପିଲା ପରି ପଡ଼ିରହି ଶୋଇବାକୁ ଚେଷ୍ଟା କଲା । ଏହା ଭିତରେ କେତେବେଳେ ତାକୁ ନିଦ ଆସିଯାଇଥିଲା ସେ ଜାଣିପାରି ନ ଥିଲା । ହଠାତ୍ ଅତିପାଖରୁ କେମିତି ଏକ ଅସ୍ୱାଭାବିକ ଶବ୍ଦ ଶୁଣି ତା ନିଦ ଭାଙ୍ଗିଗଲା । ଆଖି ଖୋଲି ଦେଖିଲା, ଜେଜେ ତାଙ୍କ ପେଟକୁ ଧରି ଖୁବ୍ ଜୋରରେ ଗାଁ ଗାଁ ଶବ୍ଦ କରୁଥିଲେ । ସେ କଣ ହୋଇଛି ! କଣ ହୋଇଛି ! ବୋଲି ଥରକୁ ଥର ପଚାରିଲା । ତାଙ୍କଠାରୁ କୌଣସି ଉତ୍ତର ନ ମିଳିବାରୁ ଧାଇଁ ଯାଇ ସମସ୍ତଙ୍କୁ ଆସିବାକୁ ଡାକ ପକାଇଲା ।

ଜେଜେଙ୍କ ଅବସ୍ଥା ଧୀରେ ଧୀରେ ଖରାପ ହୋଇ ଚାଲିଥିଲା । ପେଟଟି ବହୁତ୍ ଜୋରରେ ଫୁଲିଉଠି ତାଙ୍କ ଯନ୍ତ୍ରଣାକୁ ଦ୍ୱିଗୁଣିତ କରିଦେଇଥିଲା । ଖୁବ୍ ବିକଳରେ ପାଟି କରୁଥିଲେ ସେ । ତାଙ୍କର ଏପରି ଅବସ୍ଥାକୁ ଦେଖି ବାପା ଓ ଦାଦାମାନେ ମିଶି ଠିକ୍ କଲେ ନଈ ସେପଟେ ଥିବା ପାଖ ମାର୍ଶାଘାଇ ଡାକ୍ତରଖାନା ନେଇଯିବାକୁ । ସେଥିପାଇଁ ଗୋଟେ ଦଉଡ଼ିଆ ଖଟ ଆଣି ତା ଉପରେ ସପଟେ ପାରି ଦିଆଯାଇ ଜେଜେଙ୍କୁ ଶୁଆଇଦିଆଯାଇଥିଲା ସେହି ଖଟିଆ ଉପରେ । କାଲେ କେଉଁ ଆଡକୁ ଖସିପଡିବେ ସେଥିପାଇଁ ତାଙ୍କ ଗୋଡ଼ ହାତକୁ ହାଲୁକା ଭାବରେ ଗାମୁଛାରେ ବାନ୍ଧି ଦିଆଯାଇ ନଈକୂଳ ପର୍ଯ୍ୟନ୍ତ ନିଆଯାଇଥିଲା । ତାଙ୍କୁ ଡଙ୍ଗା ଉପରକୁ ଉଠାଯିବା ପରେ ବାପା, ଦାଦା ଓ ଅନ୍ୟ ଦୁଇ ଚାରିଜଣଙ୍କୁ ଛାଡି ସମସ୍ତେ ଫେରି ଆସିଥିଲେ ଘରକୁ । ସେଇଠି ଟିକେ ସେ ବୁଲିକି ଚାହିଁଥିଲା ଜେଜେଙ୍କ ଆଡକୁ । ଏତେ ଯନ୍ତ୍ରଣା ଭିତରେ ବି ମୁହଁରେ ନିଜର କଷ୍ଟକୁ ଲୁଚାଇ ସାମାନ୍ୟ ଟିକେ ହସିବାକୁ ଚେଷ୍ଟା କରିଥିଲେ ସେ

ତା ମୁହଁକୁ ଚାହିଁ। ତାଙ୍କର ସେହି ଚାହାଣୀ ଭିତରେ ଭରି ରହିଥିଲା ଯେପରି ଏକ ଅବ୍ୟକ୍ତ ପ୍ରତିଶ୍ରୁତି – 'ବ୍ୟସ୍ତ ହଅନି ଲୋ ମା', ମୁଁ ଜଲଦି ଠିକ୍ ହୋଇ ଫେରି ଆସିବି। ଦେଖିବୁ ତୋ ସାଙ୍ଗରେ ରାଉରକେଲା ଯିବି। କ'ଣ କହୁଛୁ ! ମୋତେ ସାଙ୍ଗରେ ନେବୁ ନା ନାହିଁ' ?

ଜେଜେଙ୍କର ଡାକ୍ତରଖାନାର ଯିବା ପରେ ଏକ ନୂଆ ପରିବେଶ ଯେପରି ସୃଷ୍ଟି ହୋଇଥିଲା ତାଙ୍କରି ଘରେ। ସବୁ କାମ ଦାମ ଛାଡ଼ି ତା ବୋଉ ଓ ଖୁଡ଼ୀମାନେ ଏକାଠି ମିଶି କ'ଣ ନାହିଁ କ'ଣ ସବୁ ଆଲୋଚନା ଆରମ୍ଭ କରିଦେଇଥିଲେ। ସେ ଶୁଣୁଥିଲା, ବୋଉ ତା'ର କହୁଥିଲା – 'ଏହି ବେଳାରେ ବାପା ଚାଲିଗଲେ ଭଲ ହୁଅନ୍ତା। ବୟସ ବଢ଼ିବା ସହିତ ଦିନକୁ ଦିନ ପିଲାଳିଆ ହୋଇଯାଉଛନ୍ତି ସେ। ପିଲାଙ୍କ ପରି ମାନ ଅଭିମାନ କରୁଛନ୍ତି, କାନ୍ଦୁଛନ୍ତି। ଦେଖିଲନି ଆଜି ସକାଳେ, କୋଉ କୋଉ କଥା ସବୁ ଗଣ୍ଠି ପକାଇ ରଖିଛନ୍ତି ମନ ଭିତରେ। ମଲା, କାହାର କ'ଣ ଜଞ୍ଜାଳ କମ୍ ଅଛି ଯେ ତମ ଖବର ଅନ୍ତର ବୁଝିବାକୁ ଖାଲି ନସରପସର ହେଉଥିବ। ମୁଁ କହୁଥିଲି ଏବେଠୁ ହାତଗୋଡ ଚାଲୁଥିବା ବେଳେ ତାଙ୍କର ଚାଲିଯିବାଟା ଭଲ'।

ସେ ଶୁଣୁଥିଲା ବୋଉର କଥାକୁ। ଇଚ୍ଛା ହେଉଥିଲା ସିଧା ଉଠିଯାଇ ବୋଉର ମୁହଁ ଉପରେ କହନ୍ତା – 'ଏମିତି ଅଶୁଭ କଥା କାହିଁ ସବୁ କହୁଛୁ ବୋଉ କହିଲୁ କ'ଣ ଏମିତି ଜେଜେଙ୍କର ହୋଇଯାଇଛି କି ? ତୁ ଦେଖିବୁ ସେ ପୁଣି ଭଲ ହୋଇ ଠିଆ ଠିଆ ଚାଲିକି ଆସିବେ ଘରକୁ'। ହେଲେ କିଛି କହିଲା ନାହିଁ। ସେ ଜାଣିଥିଲା ତା ବୋଉକୁ। ତାକୁ କହି କିଛି ଲାଭ ନାହିଁ ଜାଣି ମନରେ ଉଠୁଥିବା ରାଗକୁ ସମ୍ଭାଳି ନେଇଥିଲା। ତତ୍‌କ୍ଷଣାତ୍ ସେହି ଜାଗା ଛାଡ଼ି ପଲାଇ ଯାଇଥିଲା ଏମିତି ଏକ ଜାଗାକୁ ଯେଉଁଠି କାନକୁ ସେମାନଙ୍କ କଥା କିଛି ଶୁଭୁ ନଥିଲା।

ସନ୍ଧ୍ୟା ନଆସୁଣୁ ସାନଦାଦା ଫେରି ଆସିଥିଲେ ଘରକୁ। ତାଙ୍କ ଆସିବା ଦେଖି ସମସ୍ତେ କ'ଣ ହେଲା ବୋଲି ଜାଣିବା ପାଇଁ ସମବେତ ହୋଇଯାଇଥିଲେ ଆସି ଚାରିପଟରେ। ଦୁଆର ପାଖରେ ନପହଞ୍ଚୁଣୁ ସାନଦାଦା କହିଲେ – 'ସେମିତି କିଛି ବ୍ୟସ୍ତ ହେବାର ନାହିଁ। ପେଟରେ ବାୟୁ ଆଣ୍ଟି ଫୁଲେଇ ଦେଇଥିଲା। ସେଥିପାଇଁ ଝାଡ଼ା, ପରିସ୍ରା ବନ୍ଦ ହୋଇଯାଇଥିଲା। ଡାକ୍ତରଖାନାରେ ଗୋଟିଏ ଭୁସ୍ ଲାଗିଲା ପରେ ତାଙ୍କ ଅବସ୍ଥା ଟିକେ ସୁଧୁରିଲା । ଯାହା ଝାଡ଼ା ପରିସ୍ରା ଜମା ଥିଲା ସବୁ ବାହାରିଗଲା। ଡାକ୍ତର ଗୋଟାଏ ଇଞ୍ଜେକ୍ସନ ଦେଇଛନ୍ତି। କହିଛନ୍ତି, ଏଥିରେ ଯଦି ଭଲ ହୋଇଯିବ ତାହେଲେ ଆଉ କଟକ ନେବାକୁ ଦରକାର ପଡିବ ନାହିଁ। ଯଦି ଅବସ୍ଥା ଭଲ ରୁହେ, ତାହେଲେ ବାପା ଆଜି ରାତିରେ ପଲେଇ ଆସିବେ ଘରକୁ।

ବଡଭାଇ, ମଝିଆଁ ଭାଇ ତାଙ୍କ ପାଖରେ ଅଛନ୍ତି। କାଲେ ତମେମାନେ ସବୁ ବିବ୍ରତ ହୋଇପଡିଥିବ ଭାବି ମୋତେ ଆଗୁଆ ପଠେଇ ଦେଲେ ଘରକୁ'। ତାଙ୍କ ମୁହଁରୁ ଏତିକି କଥା ଶୁଣି ସାରିଲା ପରେ ଆଉ କାହା ମୁହଁରେ କ'ଣ ପ୍ରତିକ୍ରିୟା ହେଲା ସେକଥା ନଜର ନରଖି ଶିଖା ଖୁସିରେ ଏକପ୍ରକାର ଆମ୍ଫରା ହୋଇଉଠିଲା। ହାତରେ ତାଳି ବାଡେଇ ଖୁସିରେ ଚିତ୍କାର କରି ଉଠି କହିଲା – 'ଜେଜେ ଭଲ ହୋଇଗଲେ.... ଆମ ଜେଜେ ଭଲ ହୋଇଗଲେ। ତା ଦେଖାଦେଖ୍ ବାକି ଥିବା ଛୋଟ ପିଲାମାନେ ମଧ ସ୍ୱର ମିଲାଇ ସେହିଭଳି ଖୁସିରେ ଏକାଠି ଚିତ୍କାର କରିଉଠିଲେ – 'ଆମ ଜେଜେ ଭଲ ହୋଇଗଲେ .... ଆମ ଜେଜେ ଭଲ ହୋଇଗଲେ।

ଜେଜେଙ୍କ ଫେରିବା ବାଟକୁ ଚାହିଁ ବହୁ ରାତି ଯାଏ ଅପେକ୍ଷା କରି ରହିଥିଲା ଶିଖା। ନଶୋଇ ଟେଇଁ ରହି ଖାଲି ଖଟ୍‌ଟା ଉପରେ ଏପଟସେପଟ ହେଉଥିଲା। ଆଖିକୁ ଜମା ନିଦ ଆସୁନଥିଲା। ଏପର୍ଯ୍ୟନ୍ତ ଜେଜେ କାହିଁକି ଫେରି ଆସୁନାହାନ୍ତି ବୋଲି ଭାବି ମନ ତାର ବିଚଲିତ ହୋଇଉଠୁଥିଲା। ସ୍ୱଭାବରେ ଭାରି ଡରୁଆ ଥିଲା ସେ। ରାତିରେ କଦବା କେଉଁଠି ଟିକେ ଖଟ୍‌ କିନା ଶବ୍ଦ ହେଲେ ଆଖିବୁଜି ସିଧା ବୋଉକୁ କୁଣ୍ଢାଇ ପକାଉଥିଲା। ସେଦିନ ତା ଭିତରେ ଏତେ ସାହସ ଆସିଥିଲା କେଉଁଠୁ କେଜାଣି ମଝିରେ ମଝିରେ ଉଠିଯାଇ ଦାଣ୍ଡ କବାଟରେ କାନ ଡେରୁଥିଲା। କବାଟ ସେପଟେ କାହାର ଆସିବା ଶବ୍ଦ ଶୁଣିବାକୁ ଉତ୍କଣ୍ଠାର ସହ ଅପେକ୍ଷା କରୁଥିଲା। ତାହା ଭିତରେ ବୋଉ କେତେଥର କାହିଁ ନଶୋଇ ଟେଇଁ ରହିଛୁ ବୋଲି ପାଟି କରିସାରିଥିଲା। ତଥାପି ତା ଆଖିକୁ ନିଦ ଆସୁନଥିଲା।

ମଝି ରାତିରେ କାହାର କବାଟ ବାଡେଇବା ଶବ୍ଦ ଶୁଣି ସମସ୍ତଙ୍କର ନିଦ ଭାଙ୍ଗି ଯାଇଥିଲା। କେହି ଜଣେ ବାହାରପଟେ ଛିଡା ହୋଇ ବଡପାଟିରେ ଡାକୁଥିଲା। ସମସ୍ତେ ଭାବିଲେ ଜେଜେ ବୋଧେ ଫେରି ଆସିଲେଣି। ରାତିରେ ନଈ ପାରି ହୋଇ ଆସୁ ଆସୁ ଏତେ ଡେରି ହୋଇ ଯାଇଥିବ। କବାଟ ଖୋଲିଦେଲା ବେଳକୁ ସେପଟରେ ଛିଡା ହୋଇଥିଲା ଜଣେ ଶାବନା ରଙ୍ଗର ଅପରିଚିତ ଲୋକ। ସେହି ଲୋକଟା ଗୋଟିଏ ହାତରେ ଧରିଥିଲା ଲଣ୍ଠନ। ଲଣ୍ଠନକୁ ମୁହଁ ପାଖକୁ ଟେକି ସେ ଆମକୁ ପଚାରିଲା – 'ଏଇଟା ଆଦିକନ୍ଦ ନାୟକଙ୍କ ଘର ତ' ? ସମସ୍ତଙ୍କ ମୁହଁରେ ଏକା ସାଙ୍ଗରେ ହଁ ଶବ୍ଦ ବାହାରି ଆସିଥିଲା। କିଛି ଗୋଟେ ଶୁଣିବା ପାଇଁ ସମସ୍ତେ ଖୁବ୍‌ ଉସ୍ତାହର ସହ ଚାହିଁ ରହିଥିଲେ ସେ ଲୋକର ମୁହଁକୁ। ସମୟ ଅତିକ୍ରାନ୍ତ ନକରି ଲୋକଟି କହିଲା – 'ମୁଁ ହେଉଛି ଡଙ୍ଗାବାଲା। ଘାଟ ସେପଟୁ ଖବର ଆସିଥିଲା। ଆସିଥିଲି ଜଣେଇବାକୁ। ଆଦିକନ୍ଦ ନାୟକ ଯିଏ ସେ ଚାଲିଯାଇଛନ୍ତି। ନଈ କୂଲରୁ ଶବ ବୋହି ଆଣିବାକୁ

ଶୀଘ୍ର ଭାର ନେଇ ଯାଇ ପହଞ୍ଚିବାକୁ ଖବର ପଠାଇଛନ୍ତି' । ନିମିଷକ ଭିତରେ କଥାଟା କହିସାରି ଲୋକଟି ଫେରି ଯାଇଥିଲା । ତା ଲଣ୍ଠନରୁ ବାହାରୁଥିବା ଆଲୋକ ଧୀରେ ଧୀରେ ଅନ୍ଧକାର ସହ ମିଳାଇ ଆହୁରି ନିଘଞ୍ଚ, ଭୟଙ୍କର କରିଦେଉଥିଲା ରାତିର ରୂପକୁ ।

ଘର ଭିତରେ କାନ୍ଦ ବୋବାଳିର ଶବ୍ଦ ଆରମ୍ଭ ହୋଇଯାଇଥିଲା । ଶିଖା ନା କାନ୍ଦି ପାରୁଥିଲା ନା କଥା କହିପାରୁଥିଲା । ତା ଆଖି ଉପରେ ଅଚାନକ ଯେମିତି ଓଜାଡ଼ି ହୋଇପଡ଼ିଥିଲା ମେଞ୍ଚା ମେଞ୍ଚା ଅନ୍ଧାର । ସେହି ଅନ୍ଧାର ଭିତରେ ସେ କିଛି ବୋଲି କିଛି ଦେଖ୍ପାରୁ ନଥିଲା । ସହରରେ ଥିଲାବେଳେ ଆକାଶରେ ଉଠୁଥିବା କଳା ଧୂଆଁ, ଚାରିପଟର କୋଠାବାଡ଼ି, ଗାଡ଼ିମଟରର କେଁ କଟର, ରାସ୍ତାରେ ଅଣନିଃଶ୍ୱାସୀ ହୋଇ ଦୌଡ଼ୁଥିବା ଜୀବନ ଓ ତା ପଢ଼ା ଟେବୁଲ ଉପରେ ଥାକ ଥାକ କରି ଗଦା ହୋଇଥିବା ବହିଗୁଡ଼ିକ ଭିତରୁ ମୁହଁ କାଢ଼ି ଯେତେବେଳେ ସେ କେଇଟା ମୁହୂର୍ତ୍ତ ପାଇଁ ଯେଉଁ ଗାଁ ଆଡ଼କୁ ଧାଇଁ ଆସୁଥିଲା ଅପାର ଉତ୍ସୁକତାର ସହିତ, ତାକୁ ଲାଗିଲା ତା'ର ପ୍ରିୟ ମଣିଷ ଜେଜେଙ୍କ ସହିତ ତା'ଠାରୁ ବହୁତ ଦୂରକୁ ଚାଲିଯାଇଛି ତା'ର ସେହି ପ୍ରିୟ ଗାଁ ।

ଗୁଡ୍‌ଲୀର ତୃତୀୟ ଇଚ୍ଛା

କ୍ଲାନ୍ତ ଓ ଅବସର୍ଣ୍ଣ ନିଜର ଦୁଇପାଦକୁ ଘୋଷାରି କେତେବେଳେ ସେ ଆସି ପହଞ୍ଚିଯାଇଥିଲେ ଘର ଆଗରେ। ବେଦନାର କରୁଣ ରାଗିଣୀ ରହି ରହି ଘୁମୁରି କାନ୍ଦୁଥିଲା ତାଙ୍କ ଭିତରେ।ଏକ ଆହତ ବିଷର୍ଣ୍ଣ ରଙ୍ଗ ତାଙ୍କ ମୁହଁର ସର୍ବାଙ୍ଗକୁ ଢାଙ୍କିପକାଇଲା ନିବିଡ଼ ଭାବରେ। ସେ ଜଣାପଡ଼ୁଥିଲେ ଏକ ଚଲନ୍ତି ଲାସ ପରି। ଦେହରେ ଯଦିଓ ପ୍ରାଣ ଥିଲା କିନ୍ତୁ ମନର ନିସ୍ତବ୍ଧ ନାଡ଼ିରେ ସାମାନ୍ୟ ଟିକେ ବଞ୍ଚିବାର ଅସ୍ଥା ପରିଲକ୍ଷିତ ହେଉ ନଥିଲା ତାଙ୍କଠାରେ।

ଏହି କିଛି ସମୟ ଆଗରୁ ଅବିନାଶ ବାବୁ ନିଜ ହାତରେ ଏକମାତ୍ର ଅଲିଅଲି ଝିଅ ଗୁଡ୍‌ଲୀର ଦେହକୁ ଦାହ କରିଆସିଲେ ଇଲେକ୍ଟ୍ରିକ୍‌ଲାରେ। ଅନଉ ଅନଉ ତାଙ୍କ ଜୀବନର ଏକମାତ୍ର ପ୍ରିୟ ଝିଅଟିର ଶରୀର ତୋଫା ଗୋରା ରଙ୍ଗରୁ କଳା ପାଉଁଶ ରଙ୍ଗରେ ପରିଣତ ହୋଇଯାଇଥିଲା। ତା ସହିତ ପୋଡ଼ି ଅଙ୍ଗାର ପାଲଟିଯାଇଥିଲା ତାଙ୍କ ଜୀବନର ସ୍ୱାଭାବିକ ରୂପ,ରସ, ଗନ୍ଧ ଆଉ ସବୁକିଛି।

ନିଜ ଘର ଆଗରେ ଆସି ଛିଡ଼ା ହୋଇଥିଲେ ବି ସେଇଟା ତାଙ୍କୁ ଆଦୌ ଜଣାପଡ଼ୁନଥିଲା ଘର ପରି। ଲାଗୁଥିଲା ଯେପରି ଜୀବନବିହୀନ କବାଟ ଆଉ କାନ୍ଥର ଏକ ଇମାରତ୍‌। ଗୁଡ୍‌ଲୀ ବିନା ସେଇଟା ଯେପରି ତାଙ୍କ ପାଇଁ ପାଲଟିଯାଇଥିଲା ଗୋଟିଏ ମୃତ ପ୍ରାୟ କୋଠାରୀ। ସେଇ ଘର ଭିତରକୁ ପଶିବାକୁ ଆଦୌ ମନ ଡାକୁ ନ ଥିଲା ତାଙ୍କର। ଭାରି ଅବଶୋଷର ସହିତ ସେ କବାଟଟିକୁ ଫିଟାଇ ଭିତରକୁ ପ୍ରବେଶ କଲେ ସତ କିନ୍ତୁ ବେଶୀ ବାଟ ଯାଏଁ ଯାଇପାରିଲେ ନାହିଁ। ଦାଣ୍ଡଘରର ସୋଫା ଉପରେ ଲଥ କରି ବସିପଡ଼ିଲେ। ଲୁହ ଛଳଛଳ ଆଖିରେ ଜୀବନ୍ତ ଚିତ୍ର ପରି ଭାସିଉଠିଲା ହଜିଲା ମୁହୂର୍ତ୍ତର ସଚଳ ଦୃଶ୍ୟ ଗୁଡ଼ିକ। ସେହି ଦୃଶ୍ୟଗୁଡ଼ିକ ଯେମିତି

ତାଙ୍କୁ ହାତ ଠାରି ଇସାରା କରୁଥିଲେ । ଏଇ କେତୋଟି ମୁହୂର୍ତ ଆଗରୁ ଅତୀତ ହୋଇଯାଇଥିବା ସମୟତକ ଅବିଶ୍ରାନ୍ତ ଶ୍ରାବଣ ପରି ତାଙ୍କ ଆଖିରୁ ବହିଚାଲିଥିଲା ଅବିରତ ଭାବରେ ।

ବର୍ଷକତଳ ପର୍ଯ୍ୟନ୍ତ ସବୁ ଠିକ୍ ଠାକ୍ ଚାଲିଥିଲା ତାଙ୍କ ଜୀବନରେ । ଗୁଡ଼ୁଲୀ ସ୍କୁଲ ଯାଉଥିଲା ନିୟମିତ । ଆଉ ସେ ମଧ ଅଫିସ୍ ଯାଉଥିଲେ ସବୁଦିନ । ଦେଖୁ ଦେଖୁ ଗୁଡ଼ୁଲୀକୁ ଆଠବର୍ଷ ହୋଇଯାଇଥିଲା । ତାକୁ ଯେତେବେଳେ ଚାରିବର୍ଷ ହୋଇଥିଲା ଅସମୟରେ ତା'ର ମମି ଚାଲିଯାଇଥିଲା ଆରପୁରକୁ । ତାଙ୍କ କୋଳରେ ଛାଡ଼ିଯାଇଥିଲା ଝିଅର ଭବିଷ୍ୟତ । ଏକୁଟିଆ ସେ ତାର ବାପା ମା' ହୋଇ ତାକୁ ବଢାଇଥିଲେ, ଖେଳାଇଥିଲେ, ପଢାଇଥିଲେ । ପିତୃ ସ୍ନେହର ପ୍ରାଚୁର୍ଯ୍ୟ ଭିତରେ ସେ ବଢିଚାଲିଥିଲା ଏକ ସଯତନ ବର୍ଦ୍ଧିତ ଫୁଲଗଛ ପରି । ଯାହାର ମାଳୀ ଥିଲେ ଅବିନାଶ ବାବୁ ।

ଯେଉଁଦିନ ଜଣାପଡ଼ିଲା ଝିଅ ତାଙ୍କର ରକ୍ତକର୍କଟ ରୋଗରେ ଆକ୍ରାନ୍ତ ବୋଲି ସେଦିନ ପୃଥିବୀଟା ଫାଳ ଫାଳ ହୋଇଯାଇଥିଲା ତାଙ୍କ ଆଗରେ । ଭରା ଆକାଶଟା ଛିଣ୍ଡିପଡ଼ିଥିଲା ତାଙ୍କ ମୁଣ୍ଡ ଉପରେ ଯେମିତି । ପୂରା ଦେହଟା ବରଡ଼ା ପତ୍ର ପରି ଥରିଉଠିଥିଲା ଅନାହାତର କମ୍ପନରେ । ବୁଡ଼ିଯାଉଥିବା ଡଙ୍ଗା ଯେମିତି ଟଳମଳ ହୁଏ ଭରାନଈର ସୁଅରେ ସେମିତି ଥରିଉଠିଥିଲା ତାଙ୍କ ଛୋଟିଆ ସଂସାର । ଘନ ଅନ୍ଧାର ଘୋଟିଆସିଲା ପରି କାଳ ରୂପକ କଳାବାଦଲର ଆତଙ୍କରେ ଘୋଡ଼ାଇ ହୋଇଯାଇଥିଲା ତାଙ୍କ ବିପର୍ଯ୍ୟସ୍ତ ଭାଗ୍ୟ ।

କଥାଟାକୁ ଲୁଚାଇବାକୁ ଚାହିଁ ମଧ ସେ ଲୁଚାଇ ପାରିନଥିଲେ ଶତ ଚେଷ୍ଟା କରି । ବାରମ୍ବାର ଡ଼ାକ୍ତରଙ୍କ ପାଖକୁ ଦୌଡ଼ିବା ଓ ଥରକୁ ଥର ଡ଼ାକ୍ତରୀ ପରୀକ୍ଷା ଭିତରେ ଶେଷକୁ ଦିନେ ନିଜ ଦେହରେ ସଂଚରିଆସୁଥିବାଭୟଙ୍କର ରୋଗ ସଂପର୍କରେ ଗୁଡ଼ୁଲୀ ଜାଣିପାରିଥିଲା । ଜାଣି, ତାଙ୍କ ମୁହଁକୁ ଖାଲି ଅତି କରୁଣ ଭାବରେ ଚାହିଁରହିଥିଲା ଢେର ସମୟ ଯାଏ । ମୁହଁ ଖୋଲି ପଚାରିଥିଲା, ବାପା, ମୁଁ ଆଉ ବଞ୍ଚିବି ନା ନାହିଁ ? ସେ ପର୍ଯ୍ୟନ୍ତ ନିଜ ଅନ୍ତରର ଲୁହକୁ ନିଷ୍ଠୁର ଭାବରେ ଚାପିରଖିଥିବା ଅବିନାଶ ବାବୁଙ୍କ ପିତୃତ୍ୱ କୌଣସି ବନ୍ଧବାଡ଼ ନ ମାନି ଉଚ୍ଛୁଲି ପଡ଼ିଥିଲା ଅମାନିଆ ସୁଅ ପରି । ଦୁହେଁ ଦୁହିଁକୁ କୁଣ୍ଢାଇ ଧରି କାନ୍ଦିଥିଲେ ଢେର ସମୟ ଯାଏ । ତାଙ୍କ ଆଖରେ ଲୁହକୁ ଦେଖି ଗୁଡ଼ୁଲୀ କେବଳ ଏତିକି ବୁଝିପାରିଥିଲା ଯେ ତାର ପଚାରିଥିବା ପ୍ରଶ୍ନର ଉତ୍ତର ବାବାଙ୍କ ପାଖରେ ନାହିଁ ବୋଲି ।

ତାହା ପରଠାରୁ ଅବିନାଶ ବାବୁଙ୍କ ଜୀବନର ଲକ୍ଷ୍ୟ ହୋଇଯାଇଥିଲା

ଶେଷପର୍ଯ୍ୟନ୍ତ ନିଜ ଝିଅର ଓଠରେ ହସଟିକେ ଫୁଟାଇବା । ସେଥିପାଇଁ ସେ ନିଜର ପିତୃତ୍ୱକୁ ନିରବଚ୍ଛିନ୍ନଭାବରେ ପରୀକ୍ଷାରେ ଅବତୀର୍ଣ କରାଇଚାଲିଥିଲେ । କାନ୍ଦିଥିଲେ ଭିତରେ ଭିତରେ କିନ୍ତୁ ହସୁଥିଲେ ବାହାରକୁ । କାରଣ ସେ ଜାଣିଥିଲେ ଖୁସି ହିଁ ଏକମାତ୍ର ମାଧ୍ୟମ ଯାହାଦ୍ୱାରା ସେ ତାଙ୍କ ଝିଅକୁ ଆଉ କିଛି ଦିନ ବଞ୍ଚାଇ ରଖିପାରିବେ ବୋଲି । ପାରୁପର୍ଯ୍ୟନ୍ତ ଚେଷ୍ଟା କରୁଥିଲେ କୌଣସି ମତେ ଝିଅର ଶୁଷ୍କଓଠରେ ଧାରେ ହସର ସ୍ମରଣ ଖେଳାଇବା ପାଇଁ ।

ଦିନେ ସେହିପରି ଏକ ସ୍ୱର୍ଶୀଆତୁର ମୁହୂର୍ତରେ ସେ ପଚାରିବସିଥିଲେ ଝିଅକୁ ତାର ଇଚ୍ଛା ବିଷୟରେ । ତାର ଦୁଇ ଉଦାସ ଆଖିରେ ଛୋଟ ଏକ ତରଙ୍ଗ ଖେଳିଯାଇଥିଲା ତାଙ୍କର ସେହି ପ୍ରସ୍ତାବରେ । କିଛି ସମୟ ପାଇଁ ତା ଓଠକୋଣରେ ଫିଟିପଡ଼ିଲା ହସର କ୍ଷୀଣ ଧାରଟିଏ । ଗୁଡ଼ୁଲୀ କହିଥିଲା ବାପା, ମୋର ଗୋଟିଏ ନୁହେଁ ଦୁଇଟା ନୁହେଁ ପୁରା ତିନିଟା ଇଚ୍ଛା ଅଛି । ତମେ କଣ ସବୁଯାକ ପୂରଣ କରିପାରିବ ! ଆଶ୍ଚର୍ଯ୍ୟ ହୋଇ ଚାହିଁରହିଥିଲେ ସେ ତା ମୁହଁକୁ । କିଛି କହିବା ଆଗରୁ ଦୁଇ ହାତରେ ଆଉଁସି ଦେଲେ ତା ମୁଣ୍ଡକୁ । ଭିତରେ ଯେପରି ତାଙ୍କ ପିତୃସୁଲଭ ପ୍ରାଣ ଗଦ୍‌ଗଦ୍‌ ହୋଇ କହି ଆସୁଥିଲା – 'ତୋର ତିନିଟା ଇଚ୍ଛା କଣ ମା', କହିବୁ ଯଦି ମୋ ହାତରେ ସମ୍ଭବ ଥାନ୍ତା ତୋର ଶହେଟା ଇଚ୍ଛାକୁ ବି ପୂରଣ କରିଦିଅନ୍ତି' । ହେଲେ ନିଜର ଭାବନାକୁ ଯଥାସମ୍ଭବ ଚାପିରଖି ସେ ପଚାରିଥିଲେ କଣ ତୋର ଇଚ୍ଛା ସବୁ କହ ମା', ମୁଁ ଚେଷ୍ଟା କରିବି ସବୁ ପୂରଣ କରିବାକୁ । ଗୁଡ଼ୁଲୀ କହିଲା, ମୋର ଗୋଟେ ସର୍ତ ଅଛି । ଗୋଟିଏ ଇଚ୍ଛା ପୂରଣ ହେଲେ ଯାଇ ଆର ଇଚ୍ଛାଟି କହିବି ।

–ଆଚ୍ଛା ହେଉ, ତୋର ପ୍ରଥମ ଇଚ୍ଛାଟା କଣ କହିଲୁ । ପଚାରିଥିଲେ ଅବିନାଶ ବାବୁ ।

– ପୁରୀ ସମୁଦ୍ରକୂଳ । କହିଥିଲା ଗୁଡ଼ୁଲୀ ।

ସମୁଦ୍ର ଓ ସମୁଦ୍ର ବେଳାଭୂମି ଗୁଡ଼ୁଲୀର ସବୁଠାରୁ ବଡ଼ ଦୁର୍ବଳତା ଥିଲା । ପୂଜାଛୁଟି ହେଉ କି ଗ୍ରୀଷ୍ମଛୁଟି , ଛୁଟି ପଡ଼ିଲା ମାତ୍ରେ ତାର ଏକାଜିଦ୍ ଥିଲା ପୁରୀ । ଆଗରୁ ଅନେକଥର ବୁଲିଯାଇଛି ସେ ତାଙ୍କ ସାଥିରେ । ତା ମମି ଥିଲାବେଳେ ପୁଣି ନ ଥିଲା ବେଳେ ବି । ତାର ଏହି ପ୍ରଥମ ଇଚ୍ଛାକୁ ପୂରଣ କରିବା ପାଇଁ ପ୍ରସ୍ତୁତ ହୋଇଥିଲେ ଅବିନାଶବାବୁ । ଦୁହେଁ ବାହାରିପଡ଼ିଥିଲେ ପୁରୀ ଅଭିମୁଖେ । ରହିଥିଲେ ଦୀର୍ଘ ସାତଦିନ ସେଠାରେ । ବିସ୍ତୀର୍ଣ ସମୁଦ୍ରକୁ ଲାଗି ଲମ୍ବିଯାଇଥିବା ବେଳାଭୂମିରେ କଟିଯାଇଥିଲା ସେହିସବୁ ଦିନଗୁଡ଼ିକର ଅଧିକାଂଶ ସମୟ । ଏକାଠି ଲହଡ଼ି ଭାଙ୍ଗି

ସମୁଦ୍ର ସ୍ନାନ କରିବା, ଓଦା ବାଲିରେ ଶାମୁକା ସାଉଁଟିବା, ସମୁଦ୍ର କୂଳରେ ଘଣ୍ଟା ଘଣ୍ଟା ଧରି ଛିଡ଼ା ହୋଇ ସୂର୍ଯ୍ୟାସ୍ତ ଓ ସୂର୍ଯ୍ୟୋଦୟର ରଙ୍ଗକୁ ପରଖିବା, ଓଦା ବାଲିର ପିଠିରେ ବସି ହସଖୁସି ହେବା ଭିତରେ ସରିଯାଇଥିଲା ସେହି ସବୁଦିନ। ଗୁଡ଼ିଲୀ ଭାରିଖୁସି ଥିଲା। ତା ଦେହରେ ଯେପରି ଏକ ତାଜା ସ୍ଫୂର୍ତ୍ତି ଖେଳିଉଠିଥିଲା। ସେ ଦେଖାଯାଉଥିଲା ଖୁବ୍ ସତେଜ୍ ଆଉ ପ୍ରାଣଚଞ୍ଚଳ। ତା ଚେହେରାରେ ଏହି ପରିବର୍ତ୍ତନକୁ ଦେଖି ଭାରି ଖୁସି ହୋଇଥିଲେ ଅବିନାଶ ବାବୁ। କିଛି ସମୟ ପାଇଁ ସେ ଭୁଲିଯାଇଥିଲେ ଯେ ତାଙ୍କ ହାତର ଆଙ୍ଗୁଳି ଫାଙ୍କରୁ ଅଦୃଶ୍ୟ ସମୟ ଚୋରେଇ ନେଉଛି ଖୁସିର ଏହି ସାଇତା ମୁକ୍ତା ସବୁକୁ। ତାଙ୍କ ଝିଅ ଯେ ଆଉ ଅଳ୍ପଦିନର ଅତିଥି ଏ କଥାଟାକୁ ପାଶୋରି ପକାଇଥିଲେ, ଯେ ପର୍ଯ୍ୟନ୍ତ ଗୁଡ଼ିଲୀ ତାଙ୍କୁ ତାର ଦ୍ୱିତୀୟ ଇଚ୍ଛା ବିଷୟରେ ସଚେତନ କରାଇ ନ ଥିଲା।

ଦ୍ୱିତୀୟ ଇଚ୍ଛାରେ ସେ ଯିବାକୁ ଚାହୁଁଥିଲା ସୁଦୂର ଢେଙ୍କାନାଳର ମାମୁଁଘର ଗାଁ। ଚାରିପଟେ ଉଞ୍ଚା ଉଞ୍ଚା ପାହାଡ଼। ମଝିରେ ପଡ଼େ ସେହି ଗାଁ। କଣ ପାଇଁ ସେ ଏପରି ମନ କରିଥିଲା ଅବଶ୍ୟ ସେ ଟିକେ ପରେ ବୁଝିପାରିଥିଲେ। ପ୍ରଥମତଃ ତାର ମମି ବଞ୍ଚିଥିବା ପର୍ଯ୍ୟନ୍ତ ନିୟମିତ ଯିବା ଆସିବା କରୁଥିଲା ମାମୁଁ ଗାଁକୁ। ଗୁଡ଼ିଲୀ ଛୋଟ ଥିଲା ବେଳେ ସେ ଚାକିରୀ କରୁଥିଲେ ରାଜ୍ୟ ବାହାରେ। ଯେଉଁଥି ପାଇଁ ସେ ତା ମମି ସହିତ ବର୍ଷର ଅଧିକାଂଶ ସମୟ ଆସି ଏଠାରେ ରହୁଥିଲା। ହୁଏତ ବିତାଇଥିବା ଶୈଶବର ସ୍ମୃତି ଖୋଜିବାକୁ ସେ ପସନ୍ଦ କରିଥିଲା ମାମୁଁଘର ଗାଁ।

ଏହାଛଡ଼ା ଅନ୍ୟ ଏକ ଆକର୍ଷଣ ବି ରହିଥିଲା ତାର ସେଠାକୁ ଯିବାପାଇଁ। ସେ ଭଲ ଚିତ୍ର କରିପାରୁଥିଲା। ତା ଚିତ୍ର ଖାତାର ଅଧିକାଂଶ ପୃଷ୍ଠାରେ ହାତଅଙ୍କା ହୋଇ ଶୋଭାପାଉଥିଲା ଏହି ଗାଁ ଚାରିପଟର ଦୃଶ୍ୟରାଜି। ପାହାଡ଼ଗୁଡ଼ିକ କୁଞ୍ଚକୁଞ୍ଚ ହୋଇ ସବୁଜ ରଙ୍ଗରେ ଶୋଭାପାଉଥିଲେ। ଡେଙ୍ଗା ଡେଙ୍ଗା ତାଳଗଛ, ଧୂସର ରଙ୍ଗରେ ଅଙ୍କା ବଙ୍କା ପାଦାଚଲା ରାସ୍ତା, ନୀଳରଙ୍ଗର ଦୂର ଆକାଶରେ ଦଳ ଦଳ ହୋଇ ଉଡ଼ିଯାଉଥିବା ଚଢ଼େଇ। ସେଥିରେ ଧଳା ରଙ୍ଗର ଖଣ୍ଡ ଖଣ୍ଡ ହୋଇ ଭାସିବୁଲୁଥିବା ଭସାବାଦଲ। ଏହି ସବୁ ଦୃଶ୍ୟଗୁଡ଼ିକ ଜାଗା ମାଡ଼ିବସୁଥିଲେ ତା ଚିତ୍ର ଖାତାରେ। ଅବିକଳ ଏହିପରି ସିନେରୀ ସବୁ ଆଙ୍କିବାରେ ସେ ଥିଲା ଓସ୍ତାଦ୍। ଆଖି ପିଛୁଳାକେ ଏକ ସୁନ୍ଦର ଲ୍ୟାଣ୍ଡସ୍କେପ୍ ତିଆରି କରିଦେଉଥିଲା ଏ ସବୁକୁ ମିଶାଇ। ଦେଖୁ ଦେଖୁ ଗ୍ରୀଷ୍ମଛୁଟିଟା କଟିଯାଇଥିଲା ତାର ମାମୁଁ ଘର ଗାଁରେ। ସେ ପର୍ଯ୍ୟନ୍ତ ସେ ସ୍କୁଲ ଯିବା ବନ୍ଦ କରି ନ ଥିଲା। ପାଠ ପଢ଼ିବା ପ୍ରତି ତା'ର ଥିଲା ଯଥେଷ୍ଟ ଆଗ୍ରହ। ଛୁଟି ସରିବା ଆଗରୁ ଫେରିଯିବା କଥାଟା ସେ ନିଜେ ମନେ ପକାଇ ଦେଇଥିଲା ତା ଆଡ଼ୁ। ଖୁବ୍

ସ୍ୱାଭାବିକ ଜଣାପଡୁଥିଲା ତାର ବ୍ୟବହାର । ଯେପରି କିଛି ବୋଲି କିଛି ପରିବର୍ତ୍ତନ ହୋଇନାହିଁ ତାର ସବୁଦିନିଆ ଜୀବନରେ । ବୋଧହୁଏ ତାଙ୍କୁ ଜଣାଇବାକୁ ଚାହୁଁଥିଲା ଯେମିତିକି ସେ କେଉଁ ମୃତ୍ୟୁ ଫୃତ୍ୟୁର ଭୟରେ ବିଚଳିତ ନୁହେଁ । କିମ୍ୱା ଏହି ଚିନ୍ତାରେ ତା ବାପାଙ୍କୁ ଦୁଃଖୀ ଦେଖିବାକୁ ଚାହୁଁ ନ ଥିଲା । ଏକଥା ଭଲଭାବରେ ଅନୁଭବ କରିପାରୁଥିଲେ ଅବିନାଶ ବାବୁ ।

ସହରକୁ ଫେରିଆସିବାର କିଛି ଦିନ ପର୍ଯ୍ୟନ୍ତ ତାର ହାବଭାବ ସେହିପରି ଅପରିବର୍ତ୍ତିତ ଥିଲା । ସେ ତା କୋମଳ ଚେହେରା ତଳେ ସବୁତକ ଦୁଃଖକୁ ଲୁଚାଇବାକୁ ଆପ୍ରାଣ ଉଦ୍ୟମ କରୁଥିଲା । ହେଲେ ତାଙ୍କ ନଜରରୁ ଏହି କଥାସବୁ ଲୁଚି ରହିପାରି ନ ଥିଲା । ଗୁଡ଼ୁଲୀ ଦିନକୁ ଦିନ ଜଣାପଡୁଥିଲା ବୟସ୍କା । ସେହିପରି ତାର କଥାବର୍ତ୍ତା ବି ବଦଳି ଯାଇଥିଲା । ଯେପରିକି ତାଙ୍କର ସେ ଝିଅ ନ ଥିଲା, ଥିଲା ସବୁ ବୁଝିପାରୁଥିବା, ସବୁକିଛିକୁ ନୀରବରେ ସହିପାରୁଥିବା ମା' ।

ଅସମୟରେ ସ୍ତ୍ରୀ ସୁମିତ୍ରା ତାଙ୍କଠାରୁ ସବୁଦିନ ପାଇଁ ବିଦାୟ ନେଲାପରେ ଏକା ଗୁଡ଼ୁଲୀ ହିଁ ଥିଲା ଅବଶିଷ୍ଟ ଜୀବନ ବଞ୍ଚିବାର ସାହାରା । ହେଲେ ନିଷ୍ଠୁର ସମୟ ସେହି ଶେଷ ସାହାରାଟିକୁ ବି ତାଙ୍କଠାରୁ ଛଡ଼ାଇ ନେବାକୁ ପଛାଇଲା ନାହିଁ । ଆଗକୁ ତାଙ୍କ ଜୀବନର ଚଲାପଥରେ ଦିଶୁଥିଲା ଖାଲି ମେଘା ମେଘା ଅନ୍ଧାର । ଆତ୍ମୀୟସ୍ୱଜନ ହୀନ ଏକ ନିଃସଙ୍ଗ ଯାତ୍ରା । ସେହି କଥାକୁ ଭାବି ପ୍ରତି ମୁହୂର୍ତ୍ତରେ ପାଦ ତଳୁ ଧସି ପଡୁଥିଲା ମାଟି । ଏକ ଚରମ ଶୂନ୍ୟତା, ! ଖାଁ ଖାଁ ପଣ ଭିତରକୁ ସେ ଯେପରି କ୍ରମଶଃ ଠେଲି ହୋଇଯାଉଥିଲେ । ନିରନ୍ତର ନିଜଭିତରେ କାନ୍ଦି ଚାଲିଥିଲେ ବି ମୁହଁରେ ହସ ଫୁଟାଉଥିଲେ ପ୍ରାଣପ୍ରିୟ ଝିଅ ପାଇଁ ।

କିନ୍ତୁ ଗୁଡ଼ୁଲୀର ଏପରି ନିର୍ଭୟ ମିଜାଜ୍ ବେଶୀଦିନ ତିଷ୍ଠି ରହିପାରିଲା ନାହିଁ । ଭଗ୍ନ ପ୍ରାୟ ପୋଲ ପରି ଭୁଷୁଡ଼ି ପଡୁଥିଲା ତାର ମନୋବଳ । କେମିତି ଏକ ଭୟର ପାଣ୍ଡୁର ବର୍ଷ ତା ସର୍ବାଙ୍ଗକୁ ଆବେରି ପକାଉଥିଲା । ସର୍ବଦା ସ୍ଥିର ଶାନ୍ତ ଲାଗୁଥିବା ମୁହଁଟି ଦିନକୁ ଦିନ ବିଷାଦର କାଳିମାରେ ପୋତି ହୋଇଯାଉଥିଲା । ସେହି ଅନୁସାରେ ତାର ବ୍ୟତିବ୍ୟସ୍ତତା ମଧ ବଢ଼ିଯାଇଥିଲା । ଝିଅର ଦିନକୁ ଦିନ କ୍ଷୟସ୍ତୁ ପାଲଟୁଥିବା ଏହି ରୂପଟି ବ୍ୟଥିତ କରିପକାଉଥିଲା ଅବିନାଶ ବାବୁଙ୍କୁ ।

ଏହାକୁ ଦେଖ ଝିଅପ୍ରତି ତାଙ୍କର ଧ୍ୟାନ ଅଧିକ ବଢ଼ିଯାଇଥିଲା । ସେ ଚେଷ୍ଟା କରୁଥିଲେ ଅଧିକରୁ ଅଧିକ ସମୟ ତା' ପାଖରେ ରହି କାଟିବା ପାଇଁ । କ୍ରମଶଃ ତା'ର ଦେହ ଖରାପ ଆଡ଼କୁ ଗତି କରିବାରୁ ସ୍କୁଲ ଯିବା ବନ୍ଦ ହୋଇଯାଇଥିଲା ପୁରାପୁରି । ଘର ଭିତରେ ରହି ସବୁତକ ସମୟ କାଟୁଥିଲା । ଅଧିକାଂଶ ସମୟ ସେ

କାଟୁଥିଲା ଚିତ୍ର ଆଙ୍କିବାରେ । ରଙ୍ଗ ତୂଳୀର ଦୁନିଆ ଭିତରେ ସେ ତା ଜୀବନର ବାକି ସମୟତକ ହଜାଇବାକୁ ଚାହୁଁଥିଲା । ଛୋଟ ଛୋଟ କାର୍ଡ ବୋର୍ଡରେ ରଙ୍ଗ ବୋଳି ତିଆରି କରୁଥିଲା ଭଲିକିଭଲି ପେଣ୍ଟିଂ । ସଂଧ୍ୟା ହେଲା ମାତ୍ରକେ ତାଙ୍କ କୋଳରେ ବସି ସେ ଆଙ୍କିଥିବା ଚିତ୍ର ସବୁକୁ ଦେଖାଉଥିଲା ଗୋଟି ଗୋଟି କରି । ମନ ଧ୍ୟାନ ଦେଇ ସେ ସବୁଗୁଡିକୁ ଦେଖୁଥିଲେ ଆଉ ବାହାବାଃ ଦେଉଥିଲେ ସେଥିପାଇଁ ଗୁଡ଼ୁଲୀକୁ ।

ଏମିତି ତ ଝିଅ ସହ ବାରଣ୍ଡାରେ ବସି ଘଣ୍ଟା ଘଣ୍ଟା ଗପସପରେ କାଟିଦେବା ଏକପ୍ରକାର ଅଭ୍ୟାସରେ ପଡ଼ିଯାଇଥିଲା । ଦିନେ ସଂଧ୍ୟାରେ ସଫେଦ ଜହ୍ନର ଆଲୁଅ ବିଛାଡ଼ି ହୋଇପଡ଼ିଥିଲା ବାରଣ୍ଡାସାରା । ଏହି ସମୟରେ ସେ ଦୁହେଁ ନିବିଡ଼ ଆଲାପରେ ମଗ୍ନ ଥିଲେ । ହଠାତ୍ କଣ ହେଲା କେଜାଣି କଥାର ମୋଡ଼ ବଦଲାଇ ଗୁଡ଼ୁଲୀ ତାଙ୍କୁ ଜହ୍ନ ଆଡ଼କୁ ହାତ ଦେଖାଇ କହିଥିଲା – 'ବାପା, ତମର ମନେ ଅଛି ନା, ମୁଁ ଯେତେବେଳେ ମମି ବିନା କାନ୍ଦୁଥିଲି, ତାକୁ ଖୋଜିହେଉଥିଲି, ତମେ ମୋତେ ବୁଝେଇ କହୁଥିଲ, ଦେଖ ..... ତୋ ମମି ଯାଇ ସେହିଦୂର ଜହ୍ନରେ ଅଛି ବୋଲି । କିଛି ଦିନ ପରେ ମୁଁ ବି ଜହ୍ନକୁ ଚାଲିଯିବ .... ମମି ପାଖକୁ । ତା ପାଖରେ ଯାଇ ରହିବି' । କିଛି ସମୟ ଚୁପ୍ ରହିଲା ପରେ ପୁଣି କଣ ଭାବିଲା ମୁହଁ ଉଠାଇ ଟିକେ ତାଙ୍କ ଆଡ଼କୁ ଚାହିଁ କହିଥିଲା – ମୁଁ ତୁମକୁ ମୋର ତୃତୀୟ ଇଚ୍ଛା ବିଷୟରେ ଏପର୍ଯ୍ୟନ୍ତ କିଛି କହି ନ ଥିଲି ବାପା । ଏଇଟା ମୋର ସେହି ତୃତୀୟ ଇଚ୍ଛା । ତା ଶିଶୁସୁଲଭ ନିଷ୍ପାପ ଆଖିଯୋଡ଼ାରେ ଆକାଶରୁ କିଛି ଜହ୍ନ ଆଲୁଅ ଛିଟିକି ପଡ଼ି ଦୁଇକୋମଳ ତାରାପରି ଚକ୍ ଚକ୍ କରୁଥିଲା ।

ଆଉ ସମ୍ଭାଳିପାରିଲେ ନାହିଁ ଅବିନାଶ ବାବୁ । ଭୋ ଭୋ ହୋଇ କାନ୍ଦି ଉଠିଲେ ପିଲାଙ୍କ ପରି । ଝିଅକୁ ଛାତିପାଖକୁ ଜାକିଆଣିଥିଲେ ଖୁବ୍ ନିବିଡ଼ ଭାବରେ । ଅନେକ ସମୟ ଯାଏଁ କାହା ପାଟିରୁ କଥାଟିଏ ବି ବାହାରି ନଥିଲା । ଦୁହିଁଙ୍କ କୋହମିଶା କାନ୍ଦ ରାତିର ନିର୍ଜନତାକୁ ଅଶ୍ରୁ ସଜଳ କରିଦେଇଥିଲା ।

ସତକୁ ସତ ଗୁଡ଼ୁଲୀ ଚାଲିଯାଇଥିଲା ତାଙ୍କ କୋଳକୁ ଶୂନ୍ୟ କରି । ଆରପୁରକୁ ସବୁଦିନପାଇଁ । ଚେତାଶୂନ୍ୟ ଅବସ୍ଥାରେ ସେ ବସିରହିଥିଲେ ଡ୍ରଇଁରୁମ୍ର ସୋଫା ଉପରେ । ତାଙ୍କ ବିବଶ ଦେହରେ ଯେପରି ପ୍ରାଣ ନ ଥିଲା । ମନରେ ନ ଥିଲା ସରାଗ । ମୁହୂର୍ତ୍ତରୁ ମୁହୂର୍ତ୍ତିଏ ବି କଟାଇବା ତାଙ୍କ ପକ୍ଷେ କଷ୍ଟକର ହୋଇ ପଡ଼ୁଥିଲା । ସେ ନିଜକୁ ମନେ କରୁଥିଲେ ପୃଥିବୀର ସବୁଠାରୁ ବଞ୍ଚିତ ପ୍ରାଣୀ ଭାବେ । ଯିଏ ଏ ସଂସାର ମଧ୍ୟରେ ଅଛି । ଯାହାର କେବେ ସ୍ୱାଟିଏ ଥିଲା, କେବେ ଝିଅଟିଏ ଥିଲା, କେବେ ପରିପୂର୍ଣ୍ଣ ସଂସାରଟିଏ ଥିଲା, କେବେ ହସଖୁସିର ପୂରିଲା ଘରଟିଏ ଥିଲା ।

ଆଜି ତାଙ୍କ ପାଖରେ ସେ ସବୁ କିଛି ବୋଲି କିଛି ନାହିଁ। ସମସ୍ତେ ଗୋଟିଗୋଟି ହୋଇ ଅନ୍ତର୍ଦ୍ଧାନ ହୋଇସାରିଛନ୍ତି। କେବଳ ରିକ୍ତ ହସ୍ତରେ ଏକ ଭରାଶୂନ୍ୟତାକୁ ନିଜ ଭିତରେ ଧରି ସେ ଛିଡା ହୋଇଛନ୍ତି ସମୟ ସମ୍ମୁଖରେ। ଯେଉଁ ଘରଟି କେବଳ ତାଙ୍କ ସହିତ ରହିଯାଇଛି ତାହା ମଧ ତାଙ୍କ ପରି ଶୂନ୍ୟ, ନିର୍ବେଦ ପ୍ରାୟ ଏକ ଭୂତକୋଠି ପାଲଟିଯାଇଛି।

ଅବିନାଶବାବୁ ନିଜର ଅବଶ ଶରୀରକୁ ଲେଉଟାଇ ଦେଇଥିଲେ ଡ୍ରଇଁ ରୁମ୍‌ର ସୋଫା ଉପରେ। ସମଗ୍ର ଘରଟି ସେହିପରି ଅନ୍ଧକାର ଥିଲା। ଆଲୁଅ ଜାଳିବାକୁ ତାଙ୍କଠାରେ ସାମାନ୍ୟ ଆଗ୍ରହ ସୁଦ୍ଧା ନ ଥିଲା। ଆଖ୍ ବୁଜି ସେ ମନେ ପକାଇ ଚାଲିଥିଲେ ତାଙ୍କ ଅଲିଅଲି ଝିଅ ଗୁଡ୍‌ଲୀର ସ୍ମୃତିକୁ। ଆଲବମ୍‌ର ଫଟୋପରି ପଛକୁ ପଛ ସେହି ସ୍ମୃତିଗୁଡ଼ିକ ଉଦ୍ଜୀବିତ ହୋଇଚାଲିଥିଲା ତାଙ୍କ ମନର ଦର୍ପଣରେ।

ଏତିକିବେଳେ ହଠାତ୍ ଜୋର୍‌ରେ ଖଟ୍ କିନା ଶିଘ୍ର ହେବାରୁ ଆଖ୍ ଖୋଲିଗଲା ତାଙ୍କର। ଦେଖିଲେ ହାବୁକାଏ ପବନରେ ପାଖକୁ ଲାଗିଥିବା ଗୁଡ୍‌ଲୀର ବେଡ୍‌ରୁମ୍‌ର ଝରକାଟି ଖୋଲିଯାଇଛି। ଝରକା ଦେଇ ତେରଛା ଜହ୍ନ କିରଣ ପୁଲାଏ ଆସି ପଡ଼ିଛି ତା’ ଖଟ ଉପରେ। ଯେଉଁ ଖଟରେ ବସି ରୋଜ୍ ଚିତ୍ର ଆଙ୍କୁଥିଲା ଗୁଡ୍‌ଲୀ।

ଝରକାଟାକୁ ବନ୍ଦ କରିବାକୁ ସେ ଉଠିଗଲେ ଆରଘରକୁ। ହାତବଢାଇ ଝରକାର କବାଟଟାକୁ ଟାଣିଆଣିଲା ବେଳକୁ ତାଙ୍କ ଦୃଷ୍ଟି ଅଟକିଗଲା ଏକ ଚିତ୍ର ଦେଖି। ଚିତ୍ରଟି ପଡ଼ିରହିଥିଲା ବେଡ୍ ଉପରେ। ବୋଧହୁଏ ଗୁଡ୍‌ଲୀର ହାତତିଆରି ତାର ଶେଷତମ ଚିତ୍ର। ସେଥିରେ ଥିଲା ତାରା ଖଚିତ ଆକାଶ ଓ ଗୋଲେଇ ଜହ୍ନର ଦୃଶ୍ୟ। ସେହି ହାତଅଙ୍କା ଜହ୍ନ ଉପରେ ସତ ଜହ୍ନର କିରଣ ଆସି ଢାଲି ହୋଇ ପଡ଼ିଥିଲା। ତାଙ୍କୁ ଲାଗିଲା ଯେମିତି ସେହି କିରଣର ସ୍ପର୍ଶରେ କାଗଜର ଜହ୍ନଟି ଆସ୍ତେ ଆସ୍ତେ ସତସତିକା ଜହ୍ନ ପାଲଟିଯାଉଛି। ଏବଂ ସେ ସ୍ପଷ୍ଟ ଦେଖିପାରୁଛନ୍ତି ତାଙ୍କ ହାତପାଆନ୍ତାର ସେହି ଜହ୍ନ ରାଇଜକୁ। ଯାହା ଭିତରେ ତାଙ୍କ ଝିଅ ଗୁଡ୍‌ଲୀ ତା’ ମମି ସହିତ ବହୁତ ଖୁସିରେ ଅଛି। ଅବିନାଶବାବୁଙ୍କ ଆଖିରୁ ଝରିପଡ଼ିଲା ଦୁଃଖ ଓ ଆନନ୍ଦର ଫେଣ୍ଟାଫେଣ୍ଟି ଦୁଇ ବୁନ୍ଦା ଅଶ୍ରୁ।

ସଂସାର ସମୁଦ୍ର

ସମୁଦ୍ର କୂଳରେ ଖୁବ୍ ଅନ୍ୟମନସ୍କ ଭାବରେ ଘୁରି ବୁଲୁଥିଲା ଅଭୟ। ଅସ୍ତବ୍ୟସ୍ତ ପାଦ। ବିବ୍ରତ ମୁଖ ମଣ୍ଡଳ। ମଝିରେ ମଝିରେ ବେଳାଭୂଇଁର ବାଲିକୁ ପାଦରେ ଖୁବ୍ ଯୋରରେ ଚକଟି ଦେଲା ପରି ନିଜ ମନ ଭିତରେ ଗୁମୁରୁଥିବା ଓଜନିଆ ଭାବନାକୁ ହାଲକା କରିବାକୁ ଚେଷ୍ଟା କରୁଥିଲା। ହେଲେ ସେଥିରୁ କିଛି ଆଶାନୁରୂପକ ଫଳ ମିଳୁନଥିଲା ତାକୁ। ନିଜର ଦୁଇ ବିକ୍ଷିପ୍ତ ଆଖିକୁ ବାରମ୍ବାର ସମୁଦ୍ରର ଉଚ୍ଛାଳ ଲହରୀ ଉପରକୁ ନିକ୍ଷେପ କରି ମଧ୍ୟ ସେ ନିଜ ଅସ୍ଥିର ମନକୁ ପ୍ରସମିତ କରିପାରୁ ନଥିଲା। ଲହଡ଼ି ସେପଟେ ଯେ ସମୁଦ୍ରର ଏକ ବିସ୍ତୀର୍ଣ୍ଣ ନୀଳ ନିର୍ଲିପ୍ତ ରୂପଟିଏ ଅଛି ତାକୁ ଦେଖିବାର ଇଚ୍ଛା ତା ଭିତରେ ଉଦ୍ରେକ ହେଉଥିଲେ ମଧ୍ୟ କୂଳରେ ଥିବା ଅଶାନ୍ତ ଲହଡିର ବାଡକୁ ଡେଇଁ ଆଖି ଆରପଟକୁ ଯାଇପାରୁ ନଥିଲା। ଅଶାନ୍ତ ମନରେ ଘୁରି ବୁଲୁଥିଲା ଯେପରି ଏକ ଭୟଙ୍କର ଝଡ଼। ଭିତରେ ଭିତରେ କିଏ ଯେପରି ପ୍ରତି ମୁହୂର୍ତ୍ତରେ ଧିକ୍କାର କରି ଚାଲିଥିଲା। କହୁଥିଲା – ଧିକ୍.... ଅଭୟ ଧିକ୍। ଧିକ୍ ତୋ ଦାମ୍ପତ୍ୟ ଜୀବନକୁ। ଏମିତି ବାହା ହୋଇ ନର୍କ ଭୋଗିବା ଅପେକ୍ଷା ତୁ ନ ବାହା ହୋଇଥିଲେ ଆହୁରି ଭଲ ହୋଇଥାନ୍ତା ! ଅନ୍ତତଃ ବୈବାହିକ ଜୀବନରେ ନିତି ଭୋଗୁଥିବା ଯନ୍ତ୍ରଣାକୁ ତ ଭୋଗୁ ନଥାନ୍ତୁ ! ଏହିଭଳି.... ଯେମିତି ଭୋଗୁଛୁ ଏବେ......।

ତା ବାହାଘରକୁ ଆସି ତିନିବର୍ଷ ଛୁଇଁବଣି। ତାକୁ ଲାଗୁଥିଲା ଏହି ତିନିବର୍ଷ ଯେମିତି ତା ପାଇଁ ତିରିଶି ବର୍ଷ। ଜୀବନର ଗାଡି ପଙ୍ଚର ହୋଇ ଘୁସୁରି ଘୁସୁରି ଚାଲିଛି ସମୟର ଏହି ଚଲାପଥରେ। ଯେଉଁଠି କୋଶେ ଖଣ୍ଡେ ବାଟ ଚାଲିବାକୁ ବି ତାକୁ ଦୁଇ କୋଶର ଅସ୍ୱସ୍ତିକର କ୍ଲାନ୍ତ ଅନୁଭୂତିକୁ ସାଙ୍ଗରେ ବୋହି ନେବାକୁ ପଡୁଛି।

ସୁଲେଖା ସହିତ ତାର ବାହାଘର ହୋଇଥିଲା। ବାହାଘର ପରେ ସେମାନେ

ପଦାକୁ ଖାଲି ସ୍ୱାମୀ–ସ୍ତ୍ରୀ ବୋଲି କହିହେଲେ ସିନା କିନ୍ତୁ ଦୁଇଜଣ ଯାକ ଯେପରି ଥିଲେ ଗୋଟିଏ ଖରସ୍ରୋତା ନଈର ଦୁଇକୂଳ । ସେମାନଙ୍କ ଭିତରେ ଥିବା ବିଷମତାର ସୁଅକୁ ଡେଇଁ କେବେବି ଦୁଇ ମନ ଏକାଠି ହୋଇପାରୁ ନଥିଲେ ପବିତ୍ର ଦାମ୍ପତ୍ୟ ବନ୍ଧନ ଭିତରେ । ଯଦିଓ ଏକ ଦୁଇ ବର୍ଷର ଛୋଟ ଶିଶୁ ସେମାନଙ୍କ ଜୀବନର ପରିଧି ଭିତରକୁ ଆସି ସାରିଥିଲା । ତାଙ୍କ ଜୀବନରେ ସେ ନବାଗତ ଶିଶୁର ଆଗମନ ଯେପରି ଏକ ଆକସ୍ମିକ ଘଟଣା ଥିଲା । ପୁରା ଚବିଶୀ ଘଣ୍ଟାରୁ ଚବିଶୀ ଘଣ୍ଟା କେହି କାହାର ମନକୁ ବୁଝୁ ନଥିବେ, କାହା ପ୍ରତି କାହାର ଛାତିରେ ସରାଗ ଟିକେ ବି କଅଁଳୁ ନଥିବ । ସେହି ପରିବେଶରେ ଏହିପରି ଦୁଇ ଅଭୁତ ପ୍ରାଣୀଙ୍କ ଠାରୁ କିପରି ମିଳନର ପ୍ରତୀକ ସ୍ୱରୂପ ସନ୍ତାନଟିଏ ଜନ୍ମଗ୍ରହଣ କଲା ଭାବିଲେ ଆଶ୍ଚର୍ଯ୍ୟ ହେବାକୁ ପଡିଥାଏ ।

ଅଭୟର ବେଶ୍ ମନେଥିଲା ସେହିସବୁ ଦିନମାନଙ୍କର କଥା । ଯେତେବେଳେ ସେ ବାହା ହୋଇନଥିଲା କିନ୍ତୁ ବାହାଘରକୁ ନେଇ ତା ମନ ମଧ୍ୟରେ ଅନେକ କଳ୍ପନା ଜଳ୍ପନାର ରେଖାମାନ ଆଙ୍କି ହୋଇଯାଉଥିଲା । ସମସ୍ତଙ୍କ ପରି ସେ ବି କାମନା କରିଥିଲା ଏକ ସୁସ୍ଥ ଓ ସୁନ୍ଦର ବୈବାହିକ ଜୀବନ । ଯେଉଁ ଜୀବନରେ ସଂସାର ରୂପକ ଫୁଲ ସମୟର କିରଣରେ ହସି ହସି ଖେଳୁଥିବ । ଜଣା ପଡୁନଥିବ ସମୟର ପଦପାତ । ବୟସର ଉତ୍କ୍ରମଣ । ଦେଖିଲା ବେଳକୁ ଫଳ ଫଳିଲା ସବୁ ଓଲଟା ହୋଇ । ଦିନ, ମାସ କଥା ଛାଡ ଗୋଟିଏ ଗୋଟିଏ ମୁହୂର୍ତ ଏ ଜୀବନ ପାଇଁ ଯେପରି ପାଲଟିଗଲା ଏକ ମସ୍ତବଡ ବୋଝ । ଯାହାର ହାତ ଧରି ସଂସାର ଭବସାଗର ପାର ହେବା ପାଇଁ ଆଶା ବାନ୍ଧିଥିଲା, ସେ ହାତ ଯେପରି ତା ପାଇଁ ପାଲଟିଗଲା ସପ୍ତଫେଣୀ କଣ୍ଠାର ଆଲିଙ୍ଗନ ।

ସମୁଦ୍ର ପିଠିରୁ ଛୋଟ ବଡ ଶାମୁକା ଗୋଟାଇ ଆଣିଲା ପରି ସେ ସଂପୂର୍ଣ୍ଣ ଅନ୍ୟମନସ୍କ ଭାବରେ ଖୋଜି ହେଉଥିଲା ଅନେକ ଅସମାହିତ ପ୍ରଶ୍ନର ଉତ୍ତର । ଯେଉଁ ପ୍ରଶ୍ନଗୁଡିକ ଦୀର୍ଘଦିନରୁ ତା ଭିତରେ ନୀରବ ୫ଡ ସଦୃଶ ବହି ଚାଲିଥିଲା ଭୀଷଣ ଭାବରେ । ସେ ବାରମ୍ବାର ନିଜକୁ ପଚାରି ଚାଲିଥିଲା – ଭୁଲ ରହିଲା କେଉଁଠ ? ତା ପାଖରେ ନାଁ ସୁଲେଖା ପାଖରେ ? ସେ ସୁଲେଖାକୁ ବାହା ହୋଇ ଭୁଲ କରିଛି ନା ସୁଲେଖା ତାକୁ । ଯଦି କେଉଁଠ କିଛି ଭୁଲ ନଥିଲା, ତାହେଲେ ଏତେ ପ୍ରଶ୍ନ ଏତେ ଅଶାନ୍ତିକୁ ଭେଟିଚାଲିଛି କିପରି ?

ତା ସାଙ୍ଗରେ ବାହା ହୋଇଥିବା ଅନ୍ୟ ବନ୍ଧୁମାନେ ବେଶ୍ ଭଲରେ ତ ଅଛନ୍ତି ସେ ଦେଖୁଛି । ସେମାନେ ଦେଖାହେଲେ ପଚାରନ୍ତି– କେମିତି ଅଛୁ ଅଭୟ ? ଆଉ କେମିତି ଚାଲିଛି ତୋ ସଂସାର । ସବୁ ଠିକ୍ ଠାକ୍ ତ ? ସେ ମଧ୍ୟ ଏହିସବୁ ଚିରାଚରିତ

ପ୍ରଶ୍ନର ଉତ୍ତର ଦେବାକୁ ଯାଇ ନିଜର ଇଚ୍ଛା ବିରୁଦ୍ଧରେ ଦାନ୍ତ ନିକୁଟାଇ କହେ– ହଁ ଭାଇ ସବୁ ଠିକ୍ ଚାଲିଛି। ବାସ୍, ଏହି ଧାଡ଼ିକରେ ସେ ସବୁ ଉତ୍ତର ଦେଇ ଦିଏ ସିନା, କିନ୍ତୁ ନିଜ ଭିତରେ ସେ ପ୍ରଶ୍ନର ଉତ୍ତର ଖୋଜିବାକୁ ଯାଇ ଶବ୍ଦଟିଏ ବି ପାଏନା। ଗୋଟିଏ ଘୋର ଅଭାବ ଯେପରି ଘୋଟି ଆସି ଘୋଡ଼ାଇ ପକାଏ ତା ବିଷର୍ଣ୍ଣ ମୁହଁର ଇଲାକାକୁ।

ଧୀରେ ଧୀରେ ସେ ନିଜକୁ ବେଲାଭୂଇଁର କୋଲାହଲ ଠାରୁ ଦୂରେଇ ନେଉଥିଲା। ଅନ୍ତର ଭିତରେ ଉଠୁଥିବା କୋଲାହଲକୁ ପ୍ରଶମିତ କରିବା ପାଇଁ ସେ ଅତ୍ୟନ୍ତ ବ୍ୟାକୁଲ ଭାବରେ ଚାହିଁ ରହିଥିଲା ଦୂର ସମୁଦ୍ରର ପ୍ରଶାନ୍ତ ନୀଲ ଜଲରାଶିକୁ। ପାଲଟଣା ଡଙ୍ଗାଗୁଡ଼ିକ ଗୋଟା ଗୋଟା ହୋଇ ଭାସୁଥିଲେ ଢେଉ ଢେଉକା ନୀଲ ଚଟାଣ ଉପରେ। ଥରେ କୂଲର ବିକ୍ଷୁବ୍ଧ ଲହଡ଼ିମାଲକୁ ଲଂଘିଗଲା ପରେ ଏବେ ସେମାନଙ୍କ ଆଗରେ ସୀମାହୀନ ଜଲରାଶି। ସୁଦୂର ପ୍ରସାରୀ ଭବିଷ୍ୟତ। ଦିଗନ୍ତ ଯାଏ ବିସ୍ତାରି ଥିବା ଜଲପଥ।

ନିଜ ଅତୀତକୁ ତନ୍ନ ତନ୍ନ କରି ସମୀକ୍ଷା କଲା ପରି ଅଭୟ ତା ଭାଗ୍ୟ ବିପର୍ଯ୍ୟୟର ପ୍ରଥମ ଦିନଗୁଡ଼ିକ ମନେ ପକାଇବାକୁ ଚେଷ୍ଟା କରୁଥିଲା। ବାହାଘର ପରେ ତାର ପତ୍ନୀ ସୁଲେଖାର ସ୍ୱଭାବ ଓ ରୁଚି ତାକୁ କେମିତି ଖାପଛଡ଼ା ମନେ ହେଉଥିଲା। ଏପରିକି ଛୋଟ ଛୋଟ କଥାରୁ ସେମାନଙ୍କ ଭିତରେ ବଚସା ସୃଷ୍ଟି ହେବାକୁ ଲାଗିଲା। ଦୁଇଜଣ ଯାକ ଦୁଇଜଣଙ୍କ ମତକୁ ସମ୍ମାନ ଦେବା ତ ଦୂରର କଥା କେହି କାହାକୁ ଗ୍ରହଣ କରିବାକୁ ମଧ୍ୟ ପ୍ରସ୍ତୁତ ନଥିଲେ। ଦିନର ଅର୍ଦ୍ଧେକ ସମୟ କଟୁଥିଲା ସ୍ୱାମୀ ସ୍ତ୍ରୀଙ୍କ ଝଗଡ଼ାରେ। ସେ ବିସ୍ମୟ ହୋଇ ଭାବି ଚାଲିଥିଲା, ଭଗବାନ କାହିଁକି ଏପରି ବିପରୀତ ପରସ୍ପର ଚରିତ୍ର ତିଆରି କରିଥାନ୍ତି କେଜାଣି ? ଯଦି ତିଆରି କରିଛନ୍ତି, ତାହେଲେ ସେମାନଙ୍କୁ ଏପରି ଏକାଠି ରଖୁଛନ୍ତି ବା କାହିଁକି ? ଏପରି ପ୍ରଶ୍ନ ପରେ ପ୍ରଶ୍ନରେ ଢାଙ୍କି ହୋଇ ଚାଲିଥିଲା ଅଭୟର ମନ। ତାର ବିଫଲ ବିବାହ ପାଇଁ କେତେବେଲେ ନିଜକୁ ପ୍ରଶ୍ନ ପଚାରୁଥିଲା ତ କେତେବେଲେ ଭାଗ୍ୟକୁ। ମୁଠା ମୁଠା ହୋଇ ଗରମ ଦୀର୍ଘଶ୍ୱାସ କେବଲ ତା ଚାରିପଟେ ଘୁରି ବୁଲୁଥିଲା। ଏକ ବିପନ୍ନ ମନଃସ୍ଥିତିକୁ ଧରି ସେ ସମୁଦ୍ରର ବେଲାଭୂଇଁରେ ମାଡ଼ି ଚାଲିଥିଲା ଆଗକୁ ଆଗକୁ। ବେଲକୁବେଲ ଏହି କଥାକୁ ଭାବି ସେ ଅତିଷ୍ଠ ହୋଇ ଉଠୁଥିଲା। ମନେ ମନେ ଖୋଜୁଥିଲା ତା ଜୀବନ ସଂସାରର ଏହି ଜଟିଲ ନାଗଫାଶରୁ ମୁକ୍ତିର ଉପାୟ। ବର୍ତ୍ତମାନ ପାଇଁ କ'ଣ ହୋଇପାରେ ସେ ଉପାୟ ? ସେ କ'ଣ ଏମିତି ସୁଲେଖା ସହ ତାଲିପକା ଜୀବନଟିଏ ବିତାଇ ଚାଲିଥିବ ଶେଷ ପର୍ଯ୍ୟନ୍ତ ? ବଞ୍ଚିଥିବା

ଯାଏ ସେ କଣ ପ୍ରତି ନିୟତ ଏ ନର୍କକୁ ସାମନା କରୁଥିବ ? ନାଁ ତାକୁ ଏ ବିଷୟରେ କିଛି କଠୋର ନିଷ୍ପତି ନେବାକୁ ପଡ଼ିବ ? ଡିଭୋର୍ସ...... ହଁ .....ଡିଭୋର୍ସ କଣଏହାର ଏକମାତ୍ର ଉତ୍ତର !

ଏମିତି କିଛି ନିମଗ୍ନ ଚିଉରେ ଭାବି ଚାଲିଥିଲା ବେଳେ ହଠାତ୍ ତାକୁ ଅନ୍ୟମନସ୍କ କଲା ପରି ଏକ ଦୃଶ୍ୟ ସେ ଦେଖିବାକୁ ପାଇଲା। ଦେଖିଲା ସମୁଦ୍ର କୂଳରେ ଛିଡ଼ା ହୋଇ ଜଣେ ଛୋଟିଆ ପିଲା ବାରମ୍ବାର ଏକ ନିଷ୍ଫଳ କାର୍ଯ୍ୟକୁ ପୁନରାବୃତ୍ତି କରିଚାଲିଛି। ଲହଡ଼ି ସୁଅରେ ଭାସି ଆସୁଥିବା ଗୋଟିଏ ଶଙ୍ଖକୁ ହାତରେ ଗୋଟାଇ ଆଣି ପୁଣି ଫୋପାଡ଼ି ଦେଉଛି ଫେରନ୍ତା ଲହଡ଼ି ଭିତରକୁ। ପୁଣି ସେ ଶଙ୍ଖଟି କୂଳକୁ ଭାସି ଆସୁଛି ଆଉ ସେ ପିଲାଟି ଥରକୁ ଥର ତାକୁ ଗୋଟାଇ ଲହଡ଼ି ଭିତରକୁ ଫୋପାଡ଼ି ଚାଲିଛି। ତାର ଏହି ନିରର୍ଥକ କାର୍ଯ୍ୟକୁ ଦେଖ ସେ ସେହି ପିଲାଟିକୁ ପଚାରିଲା – ଆରେ ବାବୁ, ତୁ ତ ଯାହାକୁ ଫୋପାଡ଼ୁଛୁ ସେ ତ ଭାସି ଆସି ପୁଣି କୂଳରେ ଲାଗୁଛି। ତାହେଲେ ବୃଥାଚାରେ ପରିଶ୍ରମ କରୁଛୁ କାହିଁକି ? ପିଲାଟି ସେମିତି କୂଳରୁ ଶଙ୍ଖକୁ ଗୋଟାଇ ଫୋପାଡ଼ୁ ଫୋପାଡ଼ୁ କହିଲା, ଅଙ୍କଲ, ଏହି ଯେଉଁ ଲହଡ଼ି ସବୁ ଦେଖୁ ନାହାନ୍ତି, ସେତିକି ଥରେ ପାର ହୋଇଗଲେ ସରିଲା। ତାପରେ ଏହି ଶଙ୍ଖ ଆଉ ଫେରିବନି। ସେ ଭାସି ଚାଲିଯିବ ସମୁଦ୍ର ଭିତରକୁ।

ପିଲାଟିର ଏହି ଅପ୍ରତ୍ୟାଶିତ ଉତ୍ତର କିଛି ସମୟ ପାଇଁ ହତବାକ୍ କରିଦେଲା ଅଭୟକୁ। ସେ ଯେପରି ବହୁ ସମୟ ଧରି ଖୋଜି ହେଉଥିବା ତା ପ୍ରଶ୍ନର ଦୁର୍ଲ୍ଲଭ ଉତ୍ତର ଟିକକ ପାଇଯାଇଥିଲା ସେଥିରୁ। ଭାବିଲା, ସତ ତ ! ସଂସାର ସମୁଦ୍ରକୁ ପାର ହେବାକୁ ହେଲେ ପ୍ରଥମେ କୂଳରେ ଥିବା ଅଶାନ୍ତ ଲହଡ଼ି ସହ ଥରକୁ ଥର ଝୁଝିବାକୁ ପଡ଼ିଥାଏ। ଯିଏ ଏହି ଲହଡ଼ି ଡେଇଁ ଆରପଟକୁ ଗଲା ତା ପାଇଁ ବାକି ଜୀବନଟା ସମୁଦ୍ରର ଏହି ନୀଳ ପ୍ରଶାନ୍ତ ରୂପ ପରି। ସେ କ'ଣ ଚାହିଁଲେ ସୁଲେଖାକୁ ଟିକେ ବୁଝି ପାରନ୍ତାନି, ଆଉ ସୁଲେଖା ତାକୁ !

ସୀତା ଚୋରି

ଆଜି ସୀତାଚୋରି ।

ଆଉ   କିଛି ସମୟ ପରେ ପାଖ   ରାମଲୀଳା ପଡ଼ିଆରୁ ପ୍ରଚାର   ନିମନ୍ତେ ଖଣ୍ଡେ ରିକ୍ସାଗାଡ଼ିରେ ଦୁଇପଟେ ଦୁଇଟା ବଡ଼ ବଡ଼ ମାଇକ୍ ଫନେଲ ବନ୍ଧା ଯାଇ ବାହାରି ପଡ଼ିବ ପଦାକୁ । ବଜାରର ଗଳିକନ୍ଦି, ମୁଖ୍ୟରାସ୍ତା ଟପି ଆଖ ପାଖ   ଗାଁ ଗଣ୍ଡା ଭିତରକୁ ପଶି ଲୋକଙ୍କ କାନ ପାଖରେ ଦୋହରେଇ ଦୋହରେଇ ଶୁଣାଇବ – 'କଳାପ୍ରେମୀ ବନ୍ଧୁଗଣ ... ଭୁଲନ୍ତୁ ନାହିଁ   ... ଆଜି ସଂଧ୍ୟାରେ .... ମା   ସିଦ୍ଧେଶ୍ୱରୀ କଳାକୁଞ୍ଜ .....ତା'ର ନବମ ରଜନୀରେ   ....   ମଞ୍ଚସ୍ଥ କରାଇବ   ... ମହାନ ପୌରାଣିକ ନାଟକ ... ସଂପୂର୍ଣ୍ଣ ରାମାୟଣର ସୁପର ..... ଡୁପର ...ଅଧ୍ୟାୟ .... ବନେ ହରାଇଲି କାନ୍ତ । ବା ସୀତାଚୋରି .....' ।

ସେତେବେଳକୁ ପ୍ରଚାର ଗାଡ଼ି ବାହାରିବାକୁ ଆହୁରି ଡେରିଥାଏ । କିନ୍ତୁ କେଜାଣି କାହିଁକି ସକାଳୁ ସକାଳୁ ରମେଶର କାନ ପାଖରେ ଏହି ପ୍ରଚାରଧର୍ମୀ ଭ୍ରାମ୍ୟମାଣ ଶିଢ଼ଗୁଡ଼ିକ ଗୁଣ୍ଡୁଗୁଣ୍ଡୁ ହୋଇ ଗୀତ ବୋଲିବା ଆରମ୍ଭ କରି ଦେଇଥାନ୍ତି । ମନକୁ ମନ ଏହି ଧାଡ଼ିଗୁଡ଼ିକୁ ଶୁଣି ତା ଦେହରେ   ଖେଳିଯାଉଥାଏ ଏକ ଅପୂର୍ବ ଶିହରଣ । ଛାତି ଦୁଲୁକି ଉଠୁଥାଏ ଅଦେଖା କମ୍ପନରେ । ମୁହଁର ପରଦା ଟେକି ପରିଚ୍ଛନ୍ନ ମୃଦୁ ହସର ଧାରଟିଏ ଖେଳିଉଠୁଥାଏ ତା ଓଠରେ । କାହିଁକି ବା ନ ହେବ   ! ଆଜି ରାତିର ସେ ହେଉଛି   ରାଣୀ । ସୀତାଚୋରିର ସୀତା । ବହିର ମୁଖ୍ୟ ନାୟିକା ।

ରାମଲୀଳାରେ ସବୁରାତିରେ ଅଲଗା ଅଲଗା ଆଧ୍ୟାୟ ହୋଇଥାଏ । କେଉଁ ରାତିରେ ମଧୁବନ ତୋଟା ଭାଙ୍ଗିବ ତ ସେଠି ହନୁମାନ ଆଗ । କେଉଁ ରାତିରେ ଲକ୍ଷ୍ମଣ ଶରବିଦ୍ଧ ହେବ ତ ସେଠି ଲକ୍ଷ୍ମଣ ଆଗ । କେଉଁ ରାତିରେ ଇନ୍ଦ୍ରଜିତ ବଧ ହେବ   ତ

ସେଠି ଇନ୍ଦ୍ରଜିତ ଆଗ । କେଉଁ ରାତିରେ ରାବଣ ବଧ ହେବ ତ ସେଠି ରାବଣ ଆଗ । ଆଜି ସୀତାଚୋରିରେ ସେ ଆଗ ନ ହେବ ବା କାହିଁକି ? ବାକି ସବୁ ରାତିରେ ଖାଲିପତିବ୍ରତା ନାରୀ ସାଜି ରାମଙ୍କ ସହ ପେଣ୍ଠାଲ ସାରା ପାଦ ଘୋଷାରି ବୁଲିବା, ନହେଲେ କେଉଁଠି ପଦେ ଅଧେ ସଂଲାପ ଟିକିଏ କହିବା ଛଡ଼ା ଆଉ ସେପରି କିଛି ଆଖିଦୃଶିଆ ଭୂମିକା ନ ଥାଏ । ଅଭିନୟ ଫୁଟାଇବାକୁ ଏହି ସୀତାଚୋରି ରାତି ତା ପାଇଁ ସର୍ବୋଉମ ରାତି । ମନ ପସନ୍ଦର ରାତି । ମନମୋହିନୀ ରାତି । ରାତି ଭିତରେ ରାତି । ଏମିତି ଆଉ ଯାହା ରହିଲା ସବୁ ...... ସବୁ । ଭାବିଲା ବେଲକୁ ମନରେ ଖେଳିବୁଲୁଥାଏ ଖୁସିର ତରଙ୍ଗ । ରାତିରେ ସେ ପାଲଟିଯିବ ସମସ୍ତଙ୍କର ଆକର୍ଷଣର ପ୍ରଧାନ କେନ୍ଦ୍ରବିନ୍ଦୁ । ଚାରିପଟେ ଘେରିଥିବା ଶହ ଶହ ଦର୍ଶକଙ୍କର ନଜର ଏକାଠି ହୋଇ ଲାଖିଯିବ ଆସି ତାରି ଦେହରେ । ତାର ଜୀବନ୍ତ ଅଭିନୟ ଦେଖି ମୁଗ୍ଧ ଜନତାଙ୍କ ତାଲିମାଡ଼ରେ କମ୍ପିଉଠିବ ରାମଲୀଳା ପଡ଼ିଆ । ବର୍ଷକରେ ଯୋଉ ଦିନକୁ ତାର ସବୁଠାରୁ ଅଧିକ ଅପେକ୍ଷା ଥାଏ, ସେହିଦିନ ଆସି ପହଞ୍ଚିଛି ।

ସେଇଥିପାଇଁ ଗାଧୁଆଯାତୁ‍କୁ ଆସିଲାବେଲେ ସେ ସାଙ୍ଗରେ ନେଇକରି ଆସିଛି ଖଣ୍ଡେ ଦେହଲଗା ସାବୁନ, ଗୋଟାଏ ଫଟା ସମ୍ପୋ, ଭଙ୍ଗା ଆଇନାରୁ ଟେନାଏ ଓ ଗୋଟିଏ ନୂଆ ବ୍ଲେଡ଼ ପାତ । ତୁ‍ଠ ଭିତରକୁ ଓହ୍ଲାଇ ଆଣ୍ଠୁଏ ପାଣି ଭିତରେ ଛିଡ଼ା ହୋଇ ଉପରକୁ ଥିବା ମାଙ୍କଡ଼ା ପଥରର ଶିଉଳି ଲଗା ପାହାଚ ଦେହରେ ନିଜର ଦୁଇପାଦର ଧାରକୁ ଘସିପକାଇଲା ଭଲ ଭାବରେ । ଯେମିତି ପଦାକୁ ଦିଶୁଥିବା ବୁଢ଼ା ମଲିନମଟ‍ଗୁଡ଼ା ଛାଡ଼ିଯାଇ ପାଦଟା ପୁରା ପରିଷ୍କାର ଦିଶିବ । ଏହି ପାଦରେ ଅଲତା ପିନ୍ଧିବ ଆଜି ସିଏ । ସଂଧ୍ୟା ବୁଡ଼ୁ ବୁଡ଼ୁ ଏହି ଯୋଡ଼ାକ ପାଦ ଆଉ ତାର ହୋଇ ନରହି ହୋଇଯାଇଥିବ ସୀତାଙ୍କର – ଦୁଇ ପଦ୍ମ ପାଖୁଡ଼ା ପାଦ । ଖୁବ୍ ବେଲଯାଏ ସେଥିଲାଗି ସେ ତା'ର ଦୁଇ ପାଦକୁ ଥର ଥର କରି ଘଷିଚାଲିଥିଲା ସେହି ପାହାଚ ଉପରେ । ଯେମିତି ଟିକେ ଈଷତ୍ ଗୋଲାପୀ ରଙ୍ଗ ଚହଟି ଆସିବ ସେଥିରୁ । ତା ପରେ ମୁହଁକୁ ଦୁଇ ଚାରି ଆଣ୍ଠୁଲା ପାଣିଛାଟି ଟିକି ଟିକି ହୋଇ ବଢ଼ିଆସୁଥିବା ରୁଢ ଉପରେ ଦୁଇଘେରା ସାବୁନ ଫେଣ ବୋଲି ପକାଇଲା । ସାଙ୍ଗରେ ଆଣିଥିବା ଭଙ୍ଗା ଆଇନାକୁ ଗୋଟିଏ ହାତରେ ଟେକି ଧରି ଆର ହାତରେ ଉପର ତଲ କରି ବ୍ଲେଡ଼ ଚଲାଇ ଦାଢ଼ିଟକ ସଫା କଲା । ଏବେ ସେ ଦିଶୁଥିଲା ପୁରା ସଫେଦ୍ ଗୋରା । ନା ନାକତଲେ ନିଶ ଥିଲା ନ ଗାଲରେ ଦାଢ଼ି । ଯୁଆଡ଼େ ହାତ ମାରିବ ଖାଲି ଚିକ୍‍ଣିଆ ଚମଡ଼ା । ଏହି ମୁହଁକୁ ସେ ସଜେଇଦେବ ସୀତା ପରି । ସ୍ନୋ, ପାଉଡ଼ର ସାଙ୍କୁ ମଥାରେ ଲଗେଇଦେବ ଛୋଟ ଛୋଟ କୁଙ୍କୁମ ଟିପା ଓ ଆଉ ଯେତେ ଯାହାକରି ସଜେଇହେବ ।

ଯେହେତୁ ଆଜି ସୀତା ଚୋରି ତେଣୁ ସ୍ୱେଶାଲ ସଜବାଜ । ସମସ୍ତଙ୍କ ଆଖି ଆସି ଯେମିତି ଲାଖିଯାଉଥିବ ତାରି ଉପରେ ।

ଏହା ପରେ ମୁଣ୍ଡ ପଛରେ ଖୋସିଥିବା ଦେଢ଼ ହାତିଆ ଲମ୍ବା ବାଳକୁ ଫିଟାଇ ପାଣି ଉପରକୁ ଅଙ୍କଟିକେ ନଈଁ ପଡ଼ି ଓହଲା ବାଳକୁ ହାତରେ ଥାପୁଡ଼ି ଓଦାକରି ପରସ୍ତ ପରସ୍ତ କରି ଦୁଇ ଥର ଶାମ୍ପୋ ଲଗାଇସଫା କଲା ମୁଣ୍ଡକୁ । ଦେହକୁ ସାବୁନରେ ଭଲ ଭାବରେ ରଗଡ଼ି ହାତରେ ପାଣିକୁ ଦୁଇଭାଗ କରି ବୁଢ଼ୁଟିଏ ମାରିଦେଇ ଉଠିଆସିଲା ତୁଠ ଉପରକୁ । ତଟକା ସୂର୍ଯ୍ୟକିରଣ ତଳେ ମୁଣ୍ଡ ବାଳକୁ ପୋଛି ପାଛି କିଛି ସମୟ ମୁକୁଲା କରି ଶୁଖାଇ କ୍ଷଣଟିଏ ପାଇଁ ଚାହିଁଦେଲା ସକାଳର ସତେଜ ସୂର୍ଯ୍ୟଙ୍କ ମୁହଁକୁ । ମନକୁ ମନ ଫୁଲେଇ ହୋଇ ଭାବିଲା– 'ତା ମୁହଁଟା ନିଶ୍ଚୟ ସୁରୁଜଙ୍କ ପରି ଖାଲି ଜକ ଜକ କରୁଥିବ । ଯିଏ ବି ଦଣ୍ଡେ ଚାହିଁଦେବ ତାର ଏହି ରୂପଲାବଣ୍ୟକୁ ଦେଖି ଆଖି ଖୋସିପକେଇବ । ହେଲେ ସେ ରଇଜଲା କୁମ୍ଭାରସାହି ଗୁଲିଆ ଟୋକା ଏତିକି କଣ ଦେଖିପାରୁନାହିଁ । ଏଇଠି ଥାଆନ୍ତା କି ସେ ଯୋଗନିଖିଆ ଟୋକା, ଦେଖନ୍ତା ମୋ ଦେହଟା କେମିତି ଦୁଉଛି । ବାଡ଼ିପଶାକୁ କେତେ ଠା'ର ମାରିଲିଣି, କୋଉ ବୁଝୁଛି ନା ପାଖ ମାଡ଼ୁଛି ! ପିଛିଲା ସନରୁ ସେ ଆସି ରାବଣ ପାର୍ଟ କଲାଣି । ମାଲୋ, ତାର କି ଡ଼ଉଲୁ ଡ଼ାଉଲୁ ଦେହ, ପୁରିଲା ପୁରିଲା ଗାଲ, ଉଁଚା ଉଁଚା ଛାତି …. ଯୋଗନିଖିଆକୁ ସେ ଛତରଖିଆ ଅଲିଆ ରୂପଟା ଏତେ ବଡ଼ ଦୁଉଛି ଯେ ମୋ ଆଡ଼େ ଟିକେବି ଅନିଶା କରୁନି । ହଁ, ମନ୍ଦୋଦରୀ ଯେତେବେଲେ ହେଉଛି, ସବୁ ସବୁ ସରାଗ ତ ତା ଉପରେ ଖାଲି ଢାଲିଦେଉଛି ….. ଅଲ୍ପେଇସା । ରହ, ଆଜି କେମିତି ମୋତେ ତୁ ଉଣା ନଜର କରିବୁ ମୁଁ ଦେଖିବି' । ଏତିକି ନିଜକୁ ନିଜେ ଶୁଣାଇଲି ପରି କହିସାରି ସେ ତାର ଫୁରୁଫୁରିଆ ମୁକୁଲା ବାଳକୁ ସଜାଡ଼ି ଶପଥ ନେଲା ଭଙ୍ଗୀରେ ଖୋସାଟାଏ ଭିଡ଼ିଦେଲା ପଛଆଡ଼େ । ସତେ ଯେମିତି ମହାଭାରତର ଇଏ ଓଲଟ ଦ୍ରୋପଦୀ । ଦୁଃଶାସନର ରକ୍ତକୁ ମୁଣ୍ଡରେ ନ ମାରିବା ପର୍ଯ୍ୟନ୍ତ ଦ୍ରୋପଦୀ ଯେମିତି ବାଳମୁକୁଲା ଛାଡ଼ିଥିଲେ, ସେହି ଭଙ୍ଗୀରେ ହଲପ କଲା ପରି ରମେଶ ତା ବାଳରେ କଷିକରି ଖୋସାଟିଏ ମାରିଲା । ଅଣ୍ଟାକୁ ନଟେଇ ନଟେଇ ପାଦ ପକାଇଲା ଘର ଆଡ଼କୁ ।

ଗଲା ପାଞ୍ଚବର୍ଷ ଧରି ସେ ସୀତା ରୋଲରେ ଅଭିନୟ କରି ଆସୁଛି । ସଂପୂର୍ଣ୍ଣ ରାମଲୀଳା ଭିତରେ ଯେତେ ସବୁ ଫିମେଲ୍ ପାର୍ଟ ରହିଛି ତା ଭିତରେ ଏହି ରୋଲଟି ସବୁଠାରୁ ବଡ଼ ଆଉ ଗୁରୁତ୍ୱପୂର୍ଣ୍ଣ । ସେଥିପାଇଁ ଫିମେଲ୍ ପାର୍ଟଅରମାନଙ୍କ ମଧରେ ଏହି ଭୂମିକାଟି ପାଇବା ପାଇଁ ସବୁଠାରୁ ବେଶୀ ଆଗ୍ରହ । ଆଗରୁ ବଢ଼େଇ ସାହିର

ଗଣିଆ ଏହି ସୀତା ଭୂମିକାରେ ଅଭିନୟ କରିଆସୁଥିଲା। ଯୋଗକୁ ଗୋଟିଏ ବର୍ଷ ତାର ହାର୍ଣିଆ ବାହାରିପଡ଼ିବାରୁ ତା ବଦଳରେ ରମେଶକୁ ସେହି ଭୂମିକାରେ ଅଭିନୟକରିବା ପାଇଁ ବଛା ଯାଇଥିଲା। ନ ହେଲେ ପୂର୍ବରୁ ତାର ପାର୍ଟ ଥିଲା ଲକ୍ଷ୍ମଣଙ୍କ ସ୍ତ୍ରୀ ଉର୍ମିଳା। ତାହାର ବହୁତ ପୂର୍ବରୁ ସେ କେତେ ପ୍ରକାରର ଛୋଟମୋଟ ରୋଲ୍ କରିଆସୁଥିଲା। ପିଲାବେଳୁ ରାମଲୀଳା ପେଣ୍ଡାଲ ଓ ଠାକୁରାଣୀ ମନ୍ଦିର ସଂଲଗ୍ନ ଆଖଡ଼ାଘର ସହିତ ଘନିଷ୍ଠ ସଂପୃକ୍ତି ରହିଆସିଥିଲା। ପ୍ରଥମେ ପ୍ରଥମେ ତାକୁ ମଞ୍ଚ ଉପରେ ଗୋଟିଏ ଦୃଶ୍ୟ ସରିଗଲେ ସେହି ମଧବର୍ତୀ ଅନ୍ଧାର ଭିତରେ ପଠାଯାଇ ପଡ଼ିଥିବା ଧନୁତୀର ଓ ଖଣ୍ଡାଖୋଲ ପ୍ରଭୃତି ଗୋଟାଇ ଆଣିବାର କାମ ଦିଆଯାଇଥିଲା। ମଝିରେ ମଝିରେ କେତେବେଳେ ବାନର ବେଶ ହୋଇ ହନୁମାନ ପଛରେ ଧାଇଁବାକୁ ପଡ଼ୁଥିଲା। ସେହିତକ ଥିଲା ତାର ରାମଲୀଳାରେ ଅଭିନୟର ପ୍ରଥମ ପରୀକ୍ଷାର ବେଳ। ବୟସ ବଢ଼ିବା ସହିତ ଧୀରେ ଧୀରେ ଦୂତ କିମ୍ବା ସେହିପରି କିଛି ମଝିମଝିଆ ଭୂମିକା ସବୁ ମିଳୁଥିଲା। କେତେ ବର୍ଷ ପରେ ଯାଇ ତାକୁ ଏହି ବହୁ ଆକାଂକ୍ଷିତ ରୋଲ୍ ଖଣ୍ଡିକ ମିଳିଥିଲା। ରୋଲଟାକୁ ଭଲ କରି ଫୁଟେଇ ପାରୁଥିଲା ବୋଲି ସେହି ବର୍ଷରୁ ଆଜିଯାଏ ଲଗାତାର ତାକୁ କେହି ସୀତା ଭୂମିକାରୁ ହଟାଇ ପାରିନାହାଁନ୍ତି। ନ ହେଲେ ସଠିକ୍ ଅଭିନୟ ଦକ୍ଷତା ନ ଥିଲେ କେତେ କେତେ ଲୋକଙ୍କର ଭୂମିକାକୁ ଆବଶ୍ୟକ ସ୍ଥଳେ ପରିବର୍ତନ କରାଯାଇଥିବାର ସେ ଦେଖିଛି।

ଆଖଡ଼ା ଘରେ ଆଜି ଦିନବେଳା ରିହଲସେଲ୍ କରିବାକୁ ମୃଷାମାଷ୍ଟେ କହିଛନ୍ତି। ସେ ହେଉଛନ୍ତି ତାଙ୍କ ରାମଲୀଳାର ମାଷ୍ଟେ। ହରମୋନିୟମ ଖଣ୍ଡେ ଧରି ଠିକ୍ ବାଗରେ ଚରିତ୍ରମାନଙ୍କ ମୁହଁରେ ପଦକୁ ବୋଲାଇବା ଓ ସେଥିନିମନ୍ତେ ଲୋଡ଼ା ପଡ଼ୁଥିବା ଅଭିନୟର ତାଲିମ ଦେବା ହେଲା ତାଙ୍କର କାମ। ଦେଖିବାକୁ ଟାଙ୍କର ବାଙ୍କର ଅଥଚ ଭାରି ଟିଙ୍ଗା। କହିବାକୁ ଗଲେ ପୂରାପୂରି କ୍ଷଣକୋପୀ। ଠିକ୍ ଜାଗାରେ ଯଦି ପାଟିରୁ ବଚନ ନ ବାହାରେ ମାଷ୍ଟେ ଏକଦମ୍ ରାଗିକି ଖପ୍ପା ହୋଇପଡ଼ନ୍ତି। ହାର୍ମୋନିୟମକୁ ଛାଡ଼ି ତତ୍କ୍ଷଣାତ୍ ଛିଡ଼ା ହୋଇପଡ଼ି ଆଖଡ଼ା ଘରୁ ପଲେଇଯିବାକୁ ବସନ୍ତି। ଟିକେ ଫୁସୁଲାଫୁସୁଲି କଲେ ଯାଇ ତାଙ୍କ କୋପ ଶାନ୍ତ ହୁଏ। ପୁଣି ବହି ଆଗକୁ ଗଡ଼େ। ସେଇଥିପାଇଁ କାଲେ କେଉଁଠି ଭୁଲଭଟକା ହୋଇଯିବ ସମସ୍ତଙ୍କୁ ଭଲକରି ପଦ ଘୋଷିବାକୁ ପଡ଼ିଥାଏ। ଯେଉଁ ରାତିକୁଯେଉଁ ଅଧ୍ୟାୟ ହେବ, ଦିନବେଳା ତାର ରିହଲସେଲ୍ ଆଖଡ଼ା ଘରେ ହୋଇଥାଏ।

ରିହଲସେଲ୍ ପାଇଁ ସେଦିନ ଟିକେ ବିଲମ୍ବରେ ଯାଇ ପହଞ୍ଚିଥିଲା ରମେଶ।

ଉଦ୍ଦେଶ୍ୟଥିଲା କାଲେ ଗୁଲିଆ ଯଦି ଶୀଘ୍ର ଟିକେ ଆସିଯାଇଥିବ, ସହସା ତାର ଏହି ନବଯୌବନ ରୂପକୁ ଦେଖି ବିମୋହିତ ହୋଇଯିବ। ସେହି ଆକର୍ଷଣରେ ସେ ଛତରଖିଆ ଅଲିଆର ପାଖ ଛାଡ଼ି ତା ସହ ଆସି ଯୋଡ଼ି ହେବ। ଯେତେବେଳେ ସେ ତାକୁ ଅଲିଆ ସହିତ ଗୁପୁଚୁପୁ କଥା ହୋଇ ହସଖୁସି ହେଉଥିବାର ଦେଖେ ତା ଦେହରେ କେଉଁଠୁ ଏତେ ରାଗ ଆସେ କେଜାଣି ପାଚିଲା ଲଙ୍କାର ରଙ୍ଗ ଭଳିଆ ତା ମୁହଁ ଲାଲ ପଡ଼ିଯାଏ। ହେଲେ କିଛି ବୋଲି କିଛି କରିପାରେନା। ଗୋଟାପଣ ରାଗରେ ଥରି ସେହି ଜାଗା ଛାଡ଼ି ପଳାଇ ଆସେ। କାନ୍ଦିବାକୁ ଇଚ୍ଛାକରେ। ପୁଣି ଇଚ୍ଛା କରେ ଦୌଡ଼ିଯାଇ ଗୁଲିଆ ଛାତିରେ ଦୁଇଚାରି କୁନ୍ଦା ପକାଇ ଦିଅନ୍ତା କି, ନଖରେ ତା ଗାଲକୁ ଛାତିକୁ ରାମ୍ପୁରି ବିଦାରି ପକାଇ କହନ୍ତା - 'ହଇରେ ଯୋଗନିଖିଆ ..... ତୋ ଆଢ଼େ ଚାହିଁ ଚାହିଁ ମୋ ଆଖିରୁ ପାଣି ମଲାଣି। ଦେଖିଲାବେଳକୁ ତୁ ସେହି ଡ଼ିଙ୍କୁଣିଖିଆଟା ସାଙ୍ଗରେ ନାଟ ଲଗେଇଛୁ !' ହେଲେ ସବୁତକ ରାଗ ଅଭିମାନକୁ ମନ ଭିତରେ ସାଇତି ନିଜକୁ ବୁଝାଇବାକୁ ଯାଇ କହେ - 'ଆଜି ନ ହେଲେ କାଲି କେଉଁଠି ଗୋଟେ ହେଲେ ବି ମୋ ପ୍ରେମର ବାସ୍ନା ତାକୁ ନିଶ୍ଚୟ ଘାରିବ। ବଲେ ବାଟ ଶୁଙ୍ଗି ଶୁଙ୍ଗି ଆସି ପହଞ୍ଚିବ ମୋ ପାଖରେ। ଭଲା, କୁଆଡ଼େ ଯିବ ସେ ......।'

ଗଲିଆ ସହିତ ଅଲିଆର ସଂପର୍କକୁ ସେ ଜମା ସହିପାରେନା। ଦୁହିଁଙ୍କୁ ଏକାଠି ଦେଖିଲା ମାତ୍ରେ ଛାତି ପିଟି ହୁଏ ଭିତରେ ଭିତରେ। ପୁଣି ଦୁହିଁଙ୍କ ବିଷୟରେ ଯେତେ ଯାହା ଅସନା କଥା ସବୁ ଆ' ତା ମୁହଁରୁ ଶୁଣେ, ସେତେବେଳେ ତା ମନଟା ରଡ଼ ନିଆଁରେ ଜଳିଗଲା ପରି ଲାଗେ। ଆଉ ସେହି ନିଆଁରେ ଘିଅ ଢାଲିଥାଏ ନିଜେ ସେ ଛତରଖିଆ ଅଲିଆ। ତାକୁ ଦେଖିଲା ମାତ୍ରେ ଚିଡ଼ାଇବାକୁ ଯାଇ ମୁହଁକୁ ମୋଡ଼ି ଯୋଉ ରକମର ଭଙ୍ଗି କରେ ତାର ଇଚ୍ଛା ହୁଏ ସେହିକ୍ଷଣି ତା ଚୁଟିକୁ ମୁଠେଇ ଘୋଷାରି ଗଡ଼ାଇ ଗଡ଼ାଇ ପିଟିବାକୁ। 'ଖାଲି ଚିକ୍କଣିଆ ଗୋରାରଙ୍ଗ ଟିକେ ପାଇଛି ବୋଲି ନ ହେଲେ ....। କିଛି ସମୟ ଈର୍ଷାର ଅନ୍ତର୍ଦାହରେ ଜଳିଉଠି ପୁଣି ନିଜକୁ ପ୍ରଶମିତ କରିବାକୁ ଯାଇ ମନକୁ ମନ ବୁଝାଇ କହେ - 'କେଇ ରାତି ରାବଣର ସ୍ତ୍ରୀ ହୋଇ ଅଭିନୟ କରିଦେଲା ବୋଲି ନିଜକୁ ଭାବିନେଇଛି ବୋଧେ ଗୁଲିଆର ସତସତିକା ମନ୍ଦୋଦରୀ। ସେହି ମନ୍ଦୋଦରୀକୁ ତ ଛାଡ଼ି ସୀତା ମାୟାରେ ବାୟା ହେଲାରୁ ସାତଖଣ୍ଡ ରାମାୟଣ ଲେଖା ହେଲା। ଦେଖିବା, ମୋତେ ଛାଡ଼ିକି ସେ ବା ଆଉ କେତେ ଦିନ ଅନ୍ୟଠି ଲାଖିକି ରହିବ' ? ବାତ୍ୟାକ ନିଜ ଭିତରେ ଏମିତି କିଛି ଅସମାହିତ ପ୍ରଶ୍ନ ଓ ସ୍ୱାନ୍ତନା ମୂଲକ ଉତ୍ତର ସହ ଗୁଣ୍ଡ ତୁଣ୍ଡ

ହୋଇ ଆସିବା ଭିତରେ ସେ କେତେବେଳେ ପହଞ୍ଚିସାରିଥିଲା ଆସି ଠିକଣା ଜାଗାରେ ।

ଆଖଡ଼ା ଘର ଦର ଆଉଜା କବାଟ ପେଲି ଭିତରକୁ ପଶିଯାଇ ଦେଖିଲା ମୃଷାମାଷ୍ଟ୍ରଙ୍କ ସମେତ ଅନ୍ୟ ସମସ୍ତ ଆସି ପହଞ୍ଚିଯାଇଛନ୍ତି ରିହଲ୍‌ସେଲ୍ ପାଇଁ, କେବଳ ସେ ଗୁଲିଆ ଅଲିଆ ଯୋଡ଼ିକୁ ଛାଡ଼ି । ମାଷ୍ଟ୍ରେ ତାଙ୍କର ଝରକା ପାଖରେ ସପ ଟାକୁ ପାରିଦେଇ ବସିଯାଇଛନ୍ତି ଧ୍ୟାନମୁଦ୍ରାରେ । ଆଗରେ ହାରମୋନିୟମ । ତା’ ଉପରେ ଦୁଇ ଫାଳ ହୋଇ ମେଲା ହୋଇ ରହିଛି ରାମାୟଣର ବହି । ସାମ୍ନା ପଟୁ ତାଙ୍କୁ କେତେ ଜଣ ବେଢ଼ି କରି ବସିଛନ୍ତି । ମାଷ୍ଟ୍ରେ ତାଙ୍କର ଅଭିନୟ ଅନୁସାରେ ଯାହାର ଯାହା ପଦ ଥରକୁ ଥର ଦୋହରାଇ ମୁଖସ୍ତ କରାଇବାକୁ ଚେଷ୍ଟା କରୁଥିଲେ ସେମାନଙ୍କ ମୁହଁରେ । ବାକି କିଛି ମଝି ଚଟାଣ ଉପରେ ଛିଡ଼ା ହୋଇ ରିହଲ୍‌ସେଲ ପାଇଁ ପ୍ରସ୍ତୁତ ହେଉଥିଲେ । ସମସ୍ତଙ୍କର ଅପେକ୍ଷା ଥିଲା ରମେଶ ପାଇଁ । ଯିଏ ଥିଲା ଆଜିକାର ବହିର ପ୍ରଧାନ ନାୟିକା । ତାକୁ ପହଞ୍ଚିବାର ଦେଖି ସମସ୍ତଙ୍କ ଆଖିରେ ଯେମିତି ଏକ ଚମକ ଖେଳି ଉଠିଲା । ତା’ର ଏହି ସଦ୍ୟସ୍ନାତ ପରିଚ୍ଛନ୍ନ ଚେହେରା ସାଙ୍ଗକୁ ଛନ୍ଦିତ ଚାଲି ନିମଷେକ ପାଇଁ ଆଖଡ଼ା ଘରେ ସିଞ୍ଚାରି ଦେଲା ଏକ ନୂତନ ପ୍ରାଣ ଓ ପୁଲକ । ସମସ୍ତଙ୍କ ଆଖି ଆସି ଲକ୍ଷ୍ୟବିଦ୍ଧ ହୋଇଥିଲା ତାରି ଦେହରେ । କିଏ ମନ୍ତବ୍ୟ ଦେବାକୁ ଯାଇ କହିଲା – ‘ଆଲୋ, ତୁ ତ ଆଜି ସତସତିକା ସୀତା ପରି ସୁନ୍ଦର ଦିଶୁଛୁ’ । ଆଉ କିଏ ଏହି ଟପ୍ପଣୀକୁ ସମର୍ଥନ ଜଣାଇବାକୁ ଯୋଡ଼ି କହିଲା – ‘ସକାଳୁ ତ ବିନା ବେଶରେ ଏମିତି ଦିଶିଲୁଣି, ରାତିକୁ ମେକ୍‌ଅପ୍ ନେଲେ କ’ଣ ନଦିଶିବୁ ମ’ ! ସବୁ ଶୁଣି ଆହୁରି ଫୁଲେଇ ହୋଇ ଉଠୁଥାଏ ରମେଶର ମନ । ଆଖିକୁ ନଚାଇ ସନ୍ତୁଷ୍ଟ ଭଙ୍ଗୀରେ ନିଜର ମୁଣ୍ଡ ବାଲକୁ ସାଉଁଲେଇ ହେଉଥାଏ ଥରକୁ ଥର । ମୁହଁ ଉପରକୁ ଖାଲି ଦେଖେଇ ହୋଇ କହୁଥାଏ – ‘ଯା’ମ.... ଏ ସୁହାଗିଆ କଥାଗୁଡ଼ା ଆଉ କାହାକୁ ଯାଇ ଶୁଣାଇବ । ଯିଏ ତ ଏ ରୂପକୁ ଦେଖିବା କଥା, ସିଏ ତ ନଜର ଉଠାଇ ଟିକେ ଦେଖୁନାହିଁ । ତମେ ଅଜରା ଗୁଡ଼ାକ ଦେଖିଲେ ମୋର କେଉ ନାଭ ମ....’ ! କାହାକୁ ମନକଥା ନ ଜଣେଇଲେ ମଧ ଏଣେ ଭିତରେ ଭିତରେ ସେ ଖୁସି ହୋଇଉଠୁଥିଲା ଏହା ଭାବି ଯେ ଆଜି ତା ରୂପ ଆଗରେ ଅଲିଆର ଚିକ୍‌କଣିଆ ରୂପ ନିହାତି ତୁଚ୍ଛ ଦିଶିବ । ଧୋବ ଫର ଫର ସଫା ଲୁଗା ଆଗରେ ମଲିମୁକୁଟିଆ ଲୁଗା ଯେମିତି ଦିଶେ ସେମିତି ଦିଶିବ ଆଜି ତାରି ରୂପ ଆଗରେ । ତା ମୁହଁରେ ଫୁଟି ଉଠୁଥିଲା ଆମ୍ବସନ୍ତୋଷରେ ଦୁଇଧାର ହସ ।

କିଛି ସମୟ ପାଇଁ ଅପେକ୍ଷାରେ ଆଉଟୁପାଉଟି ହୋଇ ଅଧୈର୍ଯ୍ୟ ହୋଇପଡ଼ିଲା ସେ । କାହିଁ ଏପର୍ଯ୍ୟନ୍ତ ଗୁଲିଆ ଆସିଲା ନାହିଁ । ତା ବିନା ରିହଲସେଲ କରିବାକୁ ମନ

ଜମା ଡାକୁ ନଥିଲା । 'ଯେଉଁ ସୀତାର ଶରୀରକୁ ଆଜି ସେ ଚୋରାଇବ ରାତିର ଅନ୍ଧାରରେ କେବେଠୁ ତ ସେ ସେହି ସୀତାର ମନକୁ ହରଣ କରି ନେଇଛି । ଖାଲି ନାଁକୁ ମାତର ସୀତାଚୋରୀ । ଯୋଗନିଖୁଆ ତା ଆଡୁ ଖାଲି ଟିକେ ଇସାରା କରନ୍ତା ଯଦି ଏହି ପେଣ୍ଠାଲ ଉପରୁ ବିନା ଟଣା ଝିଙ୍କା କନ୍ଦାକଟାରେ ସିଧା ସିଧା ତା ହାତ ଧରି ପଳାଇ ଆସନ୍ତି । ତେଣିକି ଯାହା ହଅନ୍ତା ଦେଖା ଯାଆନ୍ତା' । ଗୁଲିଆ ପ୍ରେମରେ ଏକତରଫା ଭାବେ ମସଗୁଲ ରମେଶର ଏହା ଥିଲା ପ୍ରେମ ତପସ୍ୟାର ନମୁନା ରୂପକ ମନର ପରିଭାଷା । କିନ୍ତୁ ଏଭଳି ପରୀକ୍ଷା ଦେବାର ସୁଯୋଗ ତା ଭାଗ୍ୟରେ ସେପର୍ଯ୍ୟନ୍ତ ଜୁଟି ନଥିଲା । ପ୍ରେମ ନିବେଦନର ଶତେକ ଇଚ୍ଛା ତା ଭିତରେ ଅଙ୍କୁରିତ ହୋଇସାରିଥିଲେ ମଧ ସେହି ଇଚ୍ଛାକୁ ଚରିତାର୍ଥ କରିବା ପାଇଁ ମନକୁ ଯେଉଁ ପୁରୁଷ ପାଖରେ ଅର୍ପଣ କରିବା କଥା, ସେ ଥିଲା ଏଥିପ୍ରତି ସଂପୂର୍ଣ୍ଣ କାଷ୍ଠ ପାଷାଣ । ତା ହୃଦୟରେ ପୂର୍ବରୁ ଅଲିଆ ରୂପକ ଭୂତ ସବାର ହୋଇ ଏକପ୍ରକାର ଅନ୍ଧ କରି ତାକୁ ବାନ୍ଧି ରଖିଥିଲା ଫାଁଶରେ । ଯେମିତି ଗୋରୁ ଗାଈ ବନ୍ଧା ହୋଇ ରହିଥାନ୍ତି ଗୁହାଲ ଭିତରେ, ସେମିତି ତାର ମନ ବନ୍ଧା ହୋଇ ରହିଥିଲା ଆଉ କାହାର ଗୁହାଲରେ । ସେଠାରୁ ଫିଟିଲେ ଯାଇ ସିନା ଆଉ କାହା ଗୁହାଲରେ ପଶିବ । ନହେଲେ ଖାଲି ପ୍ରେମର ଫାଁଶ ଦଉଡି ଧରି ପଛେ ପଛେ ବୁଲିଲେ ଲାଭ କ'ଣ ?

ସେପଟେ ହାରମୋନିୟମର ତାଲେ ତାଲେ ମୂଷାମାଷ୍ଟେଙ୍କ କଣ୍ଠରୁ ପଦ ପରେ ପଦ ଆବୃତି ଚାଲିଥିଲା । ତା' ସହିତ ତାଲ ଦେଇ ଯିଏ ଯାହାର ଅଭିନୟରେ ଅଭ୍ୟାସ ଆରମ୍ଭ କରିସାରିଥିଲେ, ଖାଲି ତାକୁ ଛାଡି । ମନ ତା'ର ଉଠୁଥିଲା ଅନ୍ୟ ଆଡେ । ଖୋଜି ହେଉଥିଲା ସୀତା ହରଣକାରୀ ରାବଣକୁ । ବିନା ରାବଣରେ ସୀତା ଚୋରି ହେବ ବା କେମିତି ? ସବୁ ରିହଲସେଲ ଫିହଲସେଲକୁ ପଛକରି ସେ ସିଧା ଉଠି ପଳାଇଗଲା ଦୁଆରମୁହଁ ପାଖକୁ । ସେଠି ଗୋଡର ଗୋଟିଏ ଆଣ୍ଠୁକୁ ପଛୁଆ ଭାଙ୍ଗି ଦୁଆର ବନ୍ଧରେ ପାଦକୁ ଭରା ଦେଇ ଛିଡା ହୋଇ ରହିଲା କେଉଁ ଏକ ପ୍ରତୀକ୍ଷାରତ ନାୟିକା ପରି । ରାସ୍ତା ଉପରକୁ ନଜର ବିଛାଇ ଅପେକ୍ଷା କରି ଚାହିଁ ରହିଲା ମନର ମଣିଷ ଗୁଲିଆକୁ ।

ଏମିତି ଚାହିଁ ଚାହିଁ କେତେବେଲେ ଭାବନା ରାଜ୍ୟରେ ବୁଡ଼ି ଯାଇଥିଲା ସେ । ସେହି ରାଜ୍ୟରେ ଦେଖୁଥିଲା ଏକ ଅପୂର୍ବ ଦୃଶ୍ୟ । ସୀତାଚୋରି ମଞ୍ଚସ୍ଥ ହେବା ପାଇଁ ନାନା ରଙ୍ଗର ଫୁଲ ଆଉ ଗଛ ଡାଲରେ ସଜାହୋଇଛି ପେଣ୍ଠାଲ । ସେହି ପେଣ୍ଠାଲ ମଝିରେ ରହିଛି ଏକ ପତ୍ର କୁଟୀର । ସେହି କୁଟୀର ଆଗରେ ସେ ଏକାକିନୀ ସୀତାବେଶ ହୋଇ ଅପେକ୍ଷା କରି ବସିରହିଛି । ସଂପୂର୍ଣ୍ଣ ଭିନ୍ନ ସୀତାଚୋରିର

ସେହି ଦୃଶ୍ୟରେ ନା ସୁନାହରିଣ ଦେଖାଯାଉଛି ନା ରାମ ଓ ଲକ୍ଷ୍ମଣ । କେବଳ ସେଠାରେ ସେ ଅପେକ୍ଷା କରି ରହିଛି ତା'ର ପ୍ରିୟ ପୁରୁଷ ଗୁଲିଆକୁ । ଯିଏ ରାବଣ ବେଶରେ ଆକାଶ ମାର୍ଗରୁ ପୁଷ୍ପକ ବିମାନରେ ଓହ୍ଲାଇ ଆସୁଛି । ତାପରେ ସ୍ମିତହାସ୍ୟରେ ପ୍ରବେଶ କରୁଛି ତା କୁଡ଼ିଆ ଆଗରେ । ତାର ଆସିବା ପଥରେ ବାଧା ଦେବାକୁ ନା ଅଛି ଲକ୍ଷ୍ମଣଙ୍କ ତିନିଗାର ନା କିଛି ପ୍ରତିବନ୍ଧକ । ସେହି ଅଲଗା ପ୍ରକାରର ରାମାୟଣରେ କେବଳ ସେ ଦୁହେଁ ନାୟକ ନାୟିକା । ଅନ୍ୟ କେଉଁ ଚରିତ୍ରର ଅଭିନୟର ଆବଶ୍ୟକତା ସେଠି ନାହିଁ । ଦେଖୁ ଦେଖୁ ରାବଣ ଅଗ୍ରସର ହୋଇ ଆସି ପହଞ୍ଚିଯାଉଛନ୍ତି ତାର ଖୁବ୍ ନିକଟରେ । ସହାସ୍ୟ ମୁଖରେ ପ୍ରେମର ଭିକ୍ଷାଥାଲି ମେଲାଇ ପ୍ରେମ ନିବେଦନ କରି ବସୁଛନ୍ତି ତାକୁ । ନିଜର ଦକ୍ଷିଣ ହସ୍ତକୁ ପ୍ରସାରିତ କରିଦେଉଛନ୍ତି ସାନ୍ନିଧ୍ୟ ଟିକେ ପାଇଁ । ଆଉ ସୀତା ମଧ ଅକୁଣ୍ଠ ଚିଉରେ ନିଜର ଦୁଇ ବାହୁକୁ ପ୍ରସାରି ଲୋଟି ପଡୁଛନ୍ତି ଆସି ରାବଣର ବକ୍ଷରେ । ଯେମିତି ବହୁ ପ୍ରତିକ୍ଷୀତ ବିରହର ଅବସାନ ଘଟୁଛି । ଆଉ ସେହି ଅପୂର୍ବ ମିଳନକୁ ଦେଖି ସ୍ୱର୍ଗର ଦେବତାମାନେ ମଧ ଆକାଶରୁ ପୁଷ୍ପ ବୃଷ୍ଟି କରୁଛନ୍ତି । ଏତିକିବେଳେ ହାଲୋଜେନ୍ ଲାଇଟ୍ ଜଳିଉଠୁଛି ପେଣ୍ଟାଲ ଖୁଣ୍ଟିରେ । ଆଉ ଦର୍ଶକମାନଙ୍କର କରତାଳିରେ ଫାଟିଉଠୁଛି ଚାରିପଟ୍ୟାକ ।

ତାର ଏହି ମଧୁର ଭାବନାର ଅନ୍ତ ଘଟିଲା କିଛି କ୍ଷଣ ମଧରେ ଯେତେବେଳେ ସେ ଗୁଲିଆକୁ ଆସୁଥିବାର ଦେଖିଲା । ସେ ଆସୁଥିଲା ସତ କିନ୍ତୁ ଏକାକୀ ଆସୁନଥିଲା । ସାଙ୍ଗରେ ଥିଲା ତାର ବହୁ ଚର୍ଚ୍ଚିତ ଅନୁଗାମିନୀ ଅଲିଆ । ଦୁହେଁ ଯେମିତି ସ୍ୱାମୀ ସ୍ତ୍ରୀଙ୍କ ପରି ହାତ ଧରାଧରି ହୋଇ ପାଦରେ ପାଦ ମିଶାଇ ଚାଲିକି ଆସୁଥିଲା । ଦୁଆର ମୁହଁରେ ଚାତକପକ୍ଷୀ ପରି ରମେଶକୁ ଛିଡ଼ାହୋଇଥିବାର ଦେଖି ଅଲିଆ ଜାଣିଶୁଣିଆହୁରି ପାଖେଇଗଲା ଗୁଲିଆ ନିକଟକୁ । ତା ଅଣ୍ଟାରେ ହାତକୁ ବୁଲାଇ ଦେହରେ ଦେହକୁ ଆଉଜାଇ ଏପରି ଛଦି ହୋଇ ଯାଇଥିଲା ଯେ, ଯିଏ ଦେଖିବ ଯେପରି କହିବ ଏମାନେ ହେଉଛନ୍ତି ସତେ ଯେମିତି ଏ ମର୍ତ୍ୟର ଶ୍ରେଷ୍ଠ ଦମ୍ପତି । ଏହି ଦୃଶ୍ୟକୁ ଦେଖି କ୍ରୋଧ ଆଉ କୋହରେ ଫାଟି ଆସୁଥିଲା ଉମେଶ । କୌଣସି ମତେ ନିଜକୁ ସମ୍ଭାଳି ଅଲିଆ ଉଦ୍ଦେଶ୍ୟରେ ଗାଳିଦେବାକୁ ଯାଇ ମନକୁ ମନ କହିଲା । – ''କେତେ ଅଲାଜୁକ ହବୁ ଏମିତି ଆଉ ଦେଖିବା । ରହ ଛତରଖିଆ, ତୋ ବେଳ ଖୁବ୍ ଶୀଘ୍ର ସରିଯାଉଛି । ଆଉ କେତେ ତା ସାଙ୍ଗରେ ଯୋଡ଼ିଯାଉଁଲି ହୋଇ ବୁଲିବୁ ମୁଁ ଦେଖିବି ! ଥରୁଟେ ଖାଲି ମୋତେ ଆଜି ଚାହିଁ ଦେଲା ପରେ ସବୁ ଓଲଟପାଲଟ ହୋଇଯିବଲୋ ... ଦେଖିବୁ । ରାବଣ ଯେମିତି ମନ୍ଦୋଦରୀଠାରୁ ମୁହଁ ବୁଲାଇ ସୀତାକୁ ଚାହିଁଥିଲା, ସେମିତି ରଙ୍ଗ ବଦଲେଇ ସେ ମୋତେ ଚାହିଁବ । ଖାଲି ଜଳକା ଆଖିରେ ଅନେଇଥିବୁ ତୁ ...।

ଗୁଲିଆ ଆଖଡ଼ା ଘରର ଯେତିକି ନିକଟବର୍ତ୍ତୀ ହୋଇ ଆସୁଥାଏ, ରମେଶ ସେତିକି ଚଳଚଞ୍ଚଳ ହୋଇ ଉଠୁଥାଏ। ପାଖକୁ ଆସିବା ଆଗରୁ ନିଜକୁ ପ୍ରସ୍ତୁତ କରିବାକୁ ଯାଇ ଗଭାର ବାଳ ଠିକ୍ ଅଛି କି ନାହିଁ ଦେଖିବାକୁ ଥରେ ହାତ ବୁଲାଇ ଆଣିଲା ସେ। ବିଶେଷ କରି ଖାସ୍ ଆଜି ପାଇଁ ସେଠରେ ସେ ଖୋସିଥିଲା ଶୁଭ୍ର ରଜନୀଗନ୍ଧାର ଫୁଲ। ତା ଉପରେ ବି ଆଙ୍ଗୁଳି ଚଲାଇ ପରଖି ନେଲା, କାଳେ ଏହା ଭିତରେ ଅସଜଡ଼ା ହୋଇ ଯାଇଥିବାର ଭାବି। ଦୁଆର ମୁଣ୍ଡ ପାଖରେ ଛିଡ଼ା ହୋଇଥିବାରୁ ସ୍ୱାଭାବିକ ଭାବେ ଗୁଲିଆର ଆଖି ଆସି ପଡ଼ିଲା ତାରି ଉପରେ। ସେ ନିଜର ଦୁଇଆଖିକୁ ତା ଆଖି ସହିତ ମିଳାଇବାକୁ ଚାହିଁଲା। ଯେମିତି କି ସେ ସ୍ପଷ୍ଟ ଭାବରେ ପଢ଼ିପାରିବ ତା ନିବିଡ଼ ପ୍ରେମର ପରିଭାଷାକୁ। ହେଲେ ପ୍ରତିକ୍ରିୟାଶୂନ୍ୟ ଭାବେ ଗୁଲିଆ ଦେଖୁ ଦେଖୁ ତାକୁ ନଜର ଅନ୍ଦାଜ କରି ଅତିକ୍ରମ କରି ଚାଲିଗଲା ଆଖଡ଼ା ଘର ଭିତର କୁ। ଏହାକୁ ଦେଖି ରମେଶ ଭିତରେ ଥିବା ଧୈର୍ଯ୍ୟର ପାହାଡ଼ ଯେପରି ଭାଙ୍ଗି ଖଣ୍ଡ ଖଣ୍ଡ ହୋଇ ଖସିବାକୁ ଆରମ୍ଭ କଲା। ମନର କଟା ଘା'ରେ ଚୂନ ସଦୃଶ୍ୟ ଲାଗିଲା ତାର ଏହି ବ୍ୟବହାର। ଉପେକ୍ଷାର ଜ୍ୱାଳାରେ ଯେମିତି ଜଳିପୋଡ଼ିଗଲା ତାର ଛାତି। ବାସ୍, ସେଇଠୁ ତାର ଅସମ୍ଭାଳ ରୂପକୁ ସମ୍ଭାଲେ ବା କିଏ ?

ଯେଉଁ ରୂପଖଣ୍ଡକୁ ଆଜି ଅତି ସଯତନରେ ସଜେଇରଖିଲା ସେ କାହାର ମନ ଚୋରାଇବା ପାଇଁ, ସେହି ରୂପକୁ ନିଜ ହାତରେ ବିଗାଡ଼ିବାକୁ ଆରମ୍ଭ କଲା ଏକ ଜାନ୍ତବ ମଣିଷ ପରି। ଖୋସା ଫିଟାଇ ମୁଣ୍ଡର ବାଳକୁ ମୁକୁଲା କରି ହାତର ନଖରେ ଖିନ୍‌ଭିନ୍‌ କରିଚାଲିଲା ନିଜର ମୁହଁକୁ। ବଳପୂର୍ବକ ତାକୁ ଅଟକାଇବା ପୂର୍ବରୁ ସେ ନିଜର ଚେହେରାକୁ ପୁରାପୁରି କଦର୍ଯ୍ୟ କରି ଦେଇ ସାରିଥିଲା। ଏକ ବିପର୍ଯ୍ୟସ୍ତ ନାୟିକା ପରି ଅତି ଭୟଙ୍କର ଦିଶୁଥିଲା ପାଖରୁ। ମନର ଆଶାକୁ ମନରେ ମାରି ଖୁବ୍ କରୁଣ ଭାବରେ ସେ ବିଳାପ କରିବାକୁ ଆରମ୍ଭ କରିଦେଇଥିଲା। ସେଦିନ ଅଭିନୟ ପାଇଁ ଦିଶୁଥିଲା ପୁରାପୁରି ଅଯୋଗ୍ୟ। ଅପାତତଃ ତାର ଏହି କ୍ଷୟକ୍ଷତ ଚେହେରା ଓ ପରିବର୍ତ୍ତିତ ହାବଭାବକୁ ଦେଖି ରାମଲୀଳା କମିଟି ସେଦିନ ରାତିପାଇଁ ସୀତାଚୋରି ଅଧ୍ୟାୟକୁ ସ୍ଥଗିତ ରଖିବାକୁ ସ୍ଥିର କରିଥିଲେ।

ଅଲୋଡ଼ା ଆକାଶ

ଆଉ ଦୁଇ ଦିନ ପରେ ମୁକୁଳିବ ମକର।

ଅବରୁଦ୍ଧ ପଞ୍ଜୁରୀ ଭିତରୁ ମୁକୁଳି ପକ୍ଷୀ ଉଡ଼ିଯିବ ଖୋଲା ଆକାଶକୁ ଫୁର .... ଫୁର ...... ଫୁର। ଜେଲର ସେହି ବିଶାଳକାୟ ଦୀର୍ଘ ଫାଟକଟା କ୍ଷଣିକ ପାଇଁ ଖୋଲି ତାକୁ ସବୁଦିନ ପାଇଁ ମୁକ୍ତ କରିଦେବ ବନ୍ଧନରୁ। ତାପରେ ପାଦ ଥାପିବା ପାଇଁ ମାଟି ଊଣା ପଡୁ ନ ଥିବ। ଯୁଆଡେ ଚାହିଁବ ସିଆଡ଼କୁ ଯିବ। ଅଙ୍କାବଙ୍କା ନଈ ପରି ଗୀତ ଗାଇ ଗାଇ ବହିଯିବ। ଚଲା ବାଦଲ ଖଣ୍ଡ ପରି ଯୁଆଡେ ଇଚ୍ଛା ସିଆଡେ ଭାସିଯିବ ବିସ୍ତୀର୍ଣ୍ଣ ଆକାଶ ପିଠିରେ ପ୍ରଜାପତି ପରି ଏ ଫୁଲରୁ ସେ ଫୁଲଡାଳକୁ ଡେଇଁ ବୁଲିବ ନିର୍ବିଘ୍ନରେ। ପାହାଡ କନ୍ଦରରୁ ଗୀତଟିଏ ହୋଇ ଲହରେଇ ଭାସିଯିବ ଖୁବ୍ ଦୂରକୁ। ହାତରେ ବେଡ଼ିର ଡର ନଥିବ। ଚାରିପଟରେ ନିବୁଜ ଆତଙ୍କ ନଥିବ। ଦୁଇପାଦକୁ ଚାହିଁରହିଥିବ ବିସ୍ତୀର୍ଣ୍ଣ ଚଲାବାଟଉଁ। ଦିଗନ୍ତ ହାତଠାରୁଥିବ ଆ.......ଆ.......ଆ।

ନୀଳିମାମୟ ଅପରାହ୍ନର ଆକାଶ। ଦୃଷ୍ଟିକୁ ପ୍ରଲୁବ୍ଧ କରୁଥିଲା ତା'ର ଆକର୍ଷଣୀୟ ରଙ୍ଗ ଆଉ ବିସ୍ତାରରେ। ଆଖିଠାରୁ କାହିଁ କେତେ ଦୂରରେ ପୁଣି କେତେ ପାଖରେ ! ଥରେ ମନଖୋଲି ଚାହିଁଲେ ଭିତରର ସସୀମ ଶୂନ୍ୟତା ଡେଣା ଝାଡ଼ି ଝାଡ଼ି ମିଶିଯାଉଥିଲା ସେହି ଅସୀମତା ଭିତରେ। ଏକଲାପଣ ହଜିଯାଉଥିଲା। ନିଜ ଭିତରେ ନିଜେ ଆବିଷ୍ଟ ହୋଇପଡ଼ୁଥିଲା। ଆହୁରି ଲମ୍ବିଯିବାକୁ ଚାହୁଁଥିଲା ଆଖି ଆଗକୁ। ଆକାଶର ସୀମାହୀନ ଦୂରତାକୁ ଭରପୁର ନୟନରେ ଅବଲୋକନ କରିବାକୁ ଚାହୁଁଥିଲା। ହେଲେ ଜେଲଖାନା ଚାରିପଟର ସେହି ସୁଉଚ୍ଚ ପାଚେରୀ ଗୁଡାକ ସେଟିକି କରାଇ ଦେଉନଥିଲା। ଇଟା ସିମେଣ୍ଟର ମଜ୍‌ବୁତ୍ କାନ୍ଥରେ ଧକ୍କା ଖାଇ ଫେରି ଆସୁଥିଲା ଭିତରର ସେହି ଅପ୍ରତିହତ ଇଚ୍ଛାଟା। ଥରକୁ ଥର ସେଆଡକୁ ଚାହିଁ ନିରାଶ ହେଉଥିଲା ମକର। କିନ୍ତୁ କ'ଣ ପାଇଁ

କେଜାଣି ଦେଖିବାର ସେହି ଅବଦମିତ ଆସ୍ପୃହାଟି ତା ଭିତରେ ବାରମ୍ବାର ଉଙ୍କି ମାରୁଥିଲା ।

ପାଚେରୀ ସେପଟେ ଲମ୍ବିଯାଇଥିଲା ଆକାଶ । ଦୂରକୁ ଦୂରକୁ କାହିଁ କେତେଦୂରକୁ । ଏଇଠୁ ମାଇଲ ମାଇଲ ଦୂରରେ ତା'ରି ଗାଁ । ବହୁ ବର୍ଷ ତଳୁ ଦୂରେଇ ଯାଇଥିଲା ସେହି ଗାଁ ମାଟିଠାରୁ । ନଇପଠା କାଶତଣ୍ଡି ଫୁଲର ଗାଁ । ସବୁଜ ଧାନକ୍ଷେତ ମଝିରେ ଅଣଓସାରିଆ ପାଦଚଲା ରାସ୍ତା । ସେହି ବାଟେ ଗଲେ ପଡେ ତା'ର ଘର । ଘରେ ନୂଆ ବାହାହୋଇ ଆସିଥିବା ସ୍ତ୍ରୀ । ତା କୋଳରେ କୁଆଁ କୁଆଁ ଡାକୁଥିବା ଛଅ ମାସର ଛୁଆ । ଘର ପଛପଟେ ଲମ୍ବାବାଡି ଆଉ ତା ମଝିରେ ପୋଖରୀ । ଚାରିକଡ ଯାକ ଉଁଚା ଉଁଚା ନଡିଆଗଛ, ଆଗରେ ଛୋଟିଆ ବଗିଚା । ହରଗୌରୀ, ମନ୍ଦାର ଗଛକୁ ଲାଗି ତରାଟ ଫୁଲର ଗଛ, କଡକୁ ଶାଗ ପଟାଳି । ତାରି କଡକୁ ଧାଡି ଧାଡି ଲାଗିଥିଲା ବାଲିମାଟିଆ ମିଠାଖଡା ଗଛ । ତଳେ ମାଡିମାଡି ଯାଇଥିଲା ପୋଇ ସାଙ୍କୁ ଝୁଡଙ୍ଗ । ଗୋଟା ଗୋଟା ଗଣିଗଲା ପରି ମନେପଡିଯାଉଥିଲା ପିଛିଲା ଅତୀତ । ସେସବୁ ଚଲଚିତ୍ର ଫ୍ରେମ କରା ଦୃଶ୍ୟ ପରି ଆଖିର ପରଦାରେ ନାଚି ଉଠୁଥିଲା ।

ଠିକ୍ ଦୁଇମାସ ପରେ ମୁକୁଳିଥିଲା ମକର । ଆଜୀବନ କଏଦୀ । ବାରବର୍ଷରୁ ପୁରା ଏଗାର ବର୍ଷ ଛଅମାସ କାଟିଥିଲା ଜେଲ୍‌ର ଚାରିକାନ୍ତ ଭିତରେ । ବାକି ଛଅମାସର ସଜା ମାଫି ହୋଇଥିଲା । ଦେଖୁ ଦେଖୁ ଗୋଟିଏ ଯୁଗ ଅତିବାହିତ କରିଦେଇଥିଲା ତାରି ଭିତରେ । ଚାରିପଟ ସାରା ଉଁଚା ଉଁଚା ପାଚେରୀ, ଦୁଇ ଆଖି ଅନବରତ ଝୁରିହେଉଥିଲା ପାଚେରି ସେପଟର ବିସ୍ତୀର୍ଣ୍ଣ ନୀଳିମାମୟ ଆକାଶକୁ । ମନର ଅମାନିଆ ହଂସରାଳି ପକ୍ଷୀ ସବୁବେଳେ ସେହି ଅଲଂଘନୀୟ ପାଚେରି ଡେଇଁ ଉଡିଯିବାକୁ ଚାହୁଁଥିଲା ଦୂରକୁ ଦୂରକୁ । ଏହା ଭିତରେ ଅସଂଖ୍ୟ ଦିନ ଅସଂଖ୍ୟରାତି କାନ୍ତୁ କ୍ୟାଲେଣ୍ଡରରୁ ସରି ଯାଇଥିଲା । ଶେଷରେ ତା ବନ୍ଦୀ ଜୀବନରେ ଦିନେ ଆସିଥିଲା ମୁକ୍ତିର ନୂଆ ତିଥି । ସୁଦୀର୍ଘ ପ୍ରତୀକ୍ଷାର ସୂର୍ଯ୍ୟୋଦୟ ।

ମକର ଫେରୁଥିଲା

ଜୁଆରିଆ ନଇ ପରି ଉଚ୍ଛନ୍ନ ଆଉ ଅମାନିଆ ପାଦ । ଚଳଚଞ୍ଚଳ ପାଦ । ଏକାମୁହାଁ ହୋଇ ଧାଇଁଥିଲା ଇପ୍‌ସିତ ଲକ୍ଷ୍ୟ ଆଡକୁ । ରଙ୍ଗଉଦେଇ ଗାଁକୁ । ସେହି ଚେନାଏ ସ୍ୱପ୍ନିଲ ଆକାଶ ଆଡକୁ ଯାହାକୁ ଉଦ୍‌ଗ୍ରୀବ ନୟନରେ ବର୍ଷ ବର୍ଷ ଧରି ଚାହିଁରହିଥିଲା ଦେଖିବାକୁ । ଚହଲା ପାଣିର ଛାଇ ପରି ତା ଆଖିରେ ପହଁରିଯାଉଥିଲା କୁସୁମର ବାଙ୍କଚାହାଣୀ ଆଉ ଲାଜୁଆ ହସ । ପୁଅଟା କଥା ଭାବିଲା ବେଳକୁ ମନ ପୁରି ଉଠୁଥିଲା । ଗାଁରୁ ଆସିଲାବେଳକୁ ମା' କୋଳରେ ଥିଲା । 'କେଡେ ବଡ ହୋଇଯିବଣି ଏହା ଭିତରେ ! କେମିତି ଦିଶୁଥିବ ! ଛୁଆଟା ବେଳେ ତା' ବୋଉ ମୁହଁକୁ ତ ଛଡେଇକି

ଆଣିଥିଲା । ଛୋଟିଆ ଛୋଟିଆ ମିଞ୍ଜି ମିଞ୍ଜି ଆଖି । ପାଖୁଡ଼ା ଭଳି ଓଠ, କୁଞ୍ଚୁ କୁଞ୍ଚୁ ଓ ଟିକିଟିକି ଚୁଟି । ସେତିକି ତ ଦେଖି ଆସିଥିଲା ଯାହା ।' ଭାବି ଅଭିଭୂତ ହୋଇପଡ଼ୁଥିଲା । ଜେଲ୍ କୋଠରୀ କାନ୍ଥରେ ଇଟାରେ ଗାର ଟାଣି ହିସାବ ରଖୁଥିଲା ତା'ର ବଢ଼ୁଥିବା ବୟସକୁ । ଶୂନ୍ୟରେ ପାପୁଲି ରଖି ଅନୁମାନ ଲଗାଉଥିଲା ତା'ର କ୍ରମ ବର୍ଦ୍ଧିଷ୍ଣୁ ଉଚ୍ଚତାକୁ । ପତଲା ବାଦଲର ଆସ୍ତରଣ ସେପଟେ ଜହ୍ନକୁ ଦେଖିଲା ପରି ଦେଖିପାରୁଥିଲା ସୁଦୂରରେ ରହି ବଢ଼ୁଥିବା ନିଜ ପୁଅର ପ୍ରତିଛବିକୁ ।

କୁସୁମ ପାଇଁ ଆଖିରେ ସାଇତି ରଖିଥିଲା ମୁଠା ମୁଠା ସ୍ୱପ୍ନ । ପର ଲାଗିଲା ପରି ସେଗୁଡ଼ିକ ରଙ୍ଗ ବେରଙ୍ଗ ହୋଇ ଯେପରି ଉଡ଼ିବୁଲୁଥିଲେ ବାଟ ସାରା । ସମ୍ମୋହିତ କଲାପରି ବାଟ କଢ଼ାଇ ନେଉଥିଲେ ଆଗକୁ । ଦୁଇପାଦ ଆହୁରି ଅଧୈର୍ଯ୍ୟ ହୋଇଉଠୁଥିଲା ମିଳନର ଆକାଂକ୍ଷାରେ । ଶେଷଥର ପାଇଁ ଯେଉଁଦିନ କୁସୁମ ତା ଦେହରେ ଲୋଟିଯାଇଥିଲା ସେହି ରାତିର ଉଷ୍ଣତାକୁ ଅନୁଭବ କରୁଥିଲା ନିଜ ଭିତରେ । ସେହି ଶୂନ୍ୟତାର ତୀବ୍ରତାକୁ ରାତିର ଅନ୍ଧାର ଭିତରେ ବାରମ୍ବାର ଭେଟୁଥିଲା ସିଏ । ଜେଲ୍‌ର ଚଟାଣ ଉପରେ ଛାଟିପିଟି ହୋଇ କାଟିଦେଇଥିଲା ଅନେକ ବିନିଦ୍ର ପ୍ରହର । ଅବୁଝ । ଆଖିରେ ଥରକୁ ଥର ଚିତ୍ର ପାଲଟି ଝଲସି ଯାଉଥିଲା ତା ଦେହର ଭୂଗୋଲ । ଅଙ୍କା ବଙ୍କା ନଈପରି ଉଚ୍ଛୁଲି ଉଠୁଥିଲା ଯୌବନର ଜୁଆରରେ । ସମ୍ପୂର୍ଣ୍ଣ ପ୍ଲାବିତ କରିଦେଇଥିଲା ତା ତୃଷାର୍ତ୍ତ ଭୂଇଁକୁ । ସେହି ଏକାନ୍ତ ଗୋପନୀୟ ସ୍ମୃତିରେ ଶିହରିତ ହୋଇଉଠୁଥିଲା ଦେହର ପ୍ରତ୍ୟେକ ତନ୍ତ୍ରୀ । ପୁଣି ସେହି ମିଳନର ଆଶାରେ ଘୋଡ଼ା ଝପଟିଲା ପରି ରକ୍ତକଣିକାସବୁ ଦଉଡ଼ିଚାଲିଥିଲେ ଧମନୀ ଭିତରେ । ସେ କ୍ରମଶଃ ଅଣ ନିଶ୍ୱାସ ହୋଇପଡ଼ୁଥିଲା । ଖର ଖର ନିଃଶ୍ୱାସ ଛୁଟୁଥିଲା ଦୁଇ ନାକପୁଡ଼ାରେ ।

ବାହାଘରର ବର୍ଷ କେଇଟା ପୁରିନଥିଲା । କିଆଗଛରେ କିଆ ଫୁଲ ଫୁଟିବା ପରି ଗାଁଟା ଭିତରେ ଧୀର ସୁସ୍ଥ ଭାବରେ ଗତି କରୁଥିଲା ସମୟ । ହଠାତ୍ ଏମିତି ଦୁର୍ଯୋଗ ଯେ ମାଡ଼ି ଆସିବ କିଏ ଅବା ଜାଣିଥିଲା ! ରାଗ ଚଣ୍ଡାଲ, ଦାଉ ସାଧୁଲା । ସ୍ୱଭାବରେ ଖୁବ୍ ବଦରାଗୀ ଥିଲା ସିଏ । କଥା କଥାରେ ଠେଙ୍ଗା ଉଞ୍ଚାଇବା, ନ ହେଲେ ହାତ ଉଠାଇ କାହାକୁ ଚାପୁଡ଼ାଟେ କଷିଦେବାକୁ ପଛାଇ ଯାଉନଥିଲା । କେତେଥର ଆଗୁ ସାବଧାନ କରିଦେଇଥିଲା ବି କୁସୁମ, 'ତମର ତ ଟିକେ ଟିକେ କଥାରେ ମୁଣ୍ଡକୁ ରାଗ ଚଢ଼ିଯାଉଛି, କଣ ଯେ କେତେବେଳେ କରି ପକେଇବ ମୋର ସେହି କଥାକୁ ଡର !' ତା ଡରଟା ବି ଦିନେ ସତକୁ ସତ ଫଳିଗଲା । ସେଇଦିନଠୁ ଯେପରି ଦୁର୍ଭାଗ୍ୟ ଅନ୍ଧାର ପରି ଘନେଇ ପଶିଆସିଥିଲା ସେମାନଙ୍କ ଜୀବନରେ । ସବୁ ହୋଇଯାଇଥିଲା ଅନ୍ଧାରମୟ ।

ବୈଶାଖ ମାସର ସଞ୍ଜ। ଅଗଣା ହେଁସ ଉପରେ ସାହିଟା ଯାକର ବଚ୍ଛା ବଚ୍ଛା ଲୋକ। ଭାଗବଣ୍ଟା ଛିଣ୍ଟା ଚାଲିଥିଲା ଦାଦିପୁତୁରା ଭିତରେ। ପୁତୁରା ବୋଇଲେ ସେ ଏକ ମାତ୍ର। ଅତି ପିଲାବେଳରୁ ବାପ ମା' ଛେଉଣ୍ଟ। ଦାଦି ସାହା ଭରସାରେ ଏପର୍ଯ୍ୟନ୍ତ ଚାଲିଥିଲା। ବାହାହୋଇ ପିଲାଛିଲା ହେବାପରଠାରୁ କେମିତି କଣ' ଗୋଟେ ଝିଙ୍କିର୍ ଝିଙ୍କିର୍ ଚାଲିଥିଲା ଦୁଇଜଣଙ୍କ ଭିତରେ। କୁସୁମର ଜମା ପଟିଲାନି ଖୁଡ଼ୀ ସହିତ। ଖୁଡ଼ୀ ବି ସେପଟୁ ନ'ଛୋଡ ବନ୍ଦା। ପରଞ୍ଚ ଭାବି ଆପଣେଇପାରିଲାନି। ରାତି ପାହିଲେ ଦିହିଙ୍କ ଭିତରେ କଳି। ଶେଷକୁ ଭିନ୍ନ ହେବାରେ ଯାଇଁ କଥା ଅଟକିଥିଲା। ଗୋଟା ଗୋଟା କରି ସବୁ ଛିଣ୍ଟିଲା। ଡଳବାରି, ବାଉଁଶ ବିଲ ପୋଖରୀ, ବିଶିବିଲ ପାଟଜମି, ହାଟ ପଡ଼ିଆ ପାଖ ଆମ୍ବତୋଟା ଯାହା ଯେମିତି ଥିଲା, ହେଲେ ଢିହବାରି ବେଳକୁ କଥାଟା ଅଢ଼ିଣ୍ଟା ହୋଇ ଅଟକି ରହିଲା। ସାହିଲୋକ ଯେତେ ଯାହା ବୁଝେଇଲେ ବି ଅଧଖଣ୍ଡା ଘର ଛାଡ଼ିବାକୁ ଖୁଡ଼ୀ ଅମଙ୍ଗ ହେଲା। ମୁଣ୍ଡ ହଲାଇ ଏକାଜିଦିକଲା ଘରଢିହରୁ ହାଟେଜାଗା ବି କସ୍ମିନ୍ କାଳେ ଛାଡ଼ିବନି ବୋଲି। କାନ୍ତୁ କଣକୁ ଲାଗି ଥିରିକିନା ମୁଣ୍ଡପାତି ଶୁଣୁଥିଲା ବଡ଼ବଡ଼ୁଆଙ୍କ କଥା। ଥରକୁ ଥର ଖୁଡ଼ୀର ଦୋହରା ଜିଦିକୁ ଶୁଣି ତାଲୁକୁ କଣ୍ଠାରକ୍ତ ଉଠିଗଲା ଯେପରି। ଧାଉଁକିନା ମାଡ଼ିଗଲା ଆଗକୁ। ତାର ସେ ହଲୁଥିବା ମୁଣ୍ଡଟାକୁ ଥିର କରିବାକୁ ଯାଇ ଛେଟି ପକାଇଲା ପଛକାନ୍ତୁରେ। ସେଇଠି ଜିଭ କାମୁଡ଼ି ପ୍ରାଣ ଛାଡ଼ିଦେଇଥିଲା ବୁଢ଼ୀ।

ସେହି ରାଗଚଣ୍ଡାଳ ଦୋଷଟା ସବୁ ସାରିଦେଇଥିଲା ସେଦିନ। ତାରି ପାଇଁ ବର୍ଷ ବର୍ଷ କାଳ ପରିଣାମ ଭୋଗିବାକୁ ପଡ଼ିଲା ଆସି ଜେଲ୍‌ଖାନାର ରୁଦ୍ଧ କୋଠରିରେ। ଘରଠାରୁ ଶହ ଶହ ମାଇଲ୍ ଦୂରରେ। ପ୍ରିୟଜନଙ୍କଠାରୁ ବିଚ୍ଛେଦରେ। ଏବେ ସେହି ଦୋଷଟା ଯେପରି ବିଲକୁଲ ମୁଣ୍ଡରୁ ଓହ୍ଲାଇଯାଇଥିଲା। ସେଇ କଥାକୁ ଭାବି ଆଶ୍ୱସ୍ତ ହେଉଥିଲା ମକର। 'ଏକଥାଟା କୁସୁମ ଜାଣିଲେ କେତେ ଖୁସି ହୋଇଯିବ ସତରେ! ସେ ବଦଳିଯାଇଛି ହଁ ହଁ ସେ ବଦଳିଯାଇଛି ଏହା ଭିତରେ'। ଜେଲ୍‌ଖାନାର କଏଦୀମାନଙ୍କୁ ଯୋଗ ପ୍ରାଣାୟମ ଶିଖାଯାଉଥିଲା। ସେଇଟାକୁ ସକାଳ ସଞ୍ଜରେ ରୀତିମତ୍ ଅଭ୍ୟାସ କରୁଥିଲା। ନାକର ବାମପୁଡ଼ାରେ ପବନଟାଣି ଡାହାଣପୁଡ଼ାରେ ଛାଡ଼ୁଥିଲା। ପୁଣି ଡାହାଣ ପୁଡ଼ାରେ ଆଣି ବାମପୁଡ଼ାରେ। ଠାକୁରାଣୀଙ୍କ ପାଖରେ ମାର୍ଜନା କଲାପରି ସ୍ୱଚରିତ୍ରକୁ ଦିନରାତି ମାର୍ଜନା କରିଚାଲିଥିଲା। ପାପ ଦୋଷକୁ ଭରଣା କରୁଥିଲା। ଚଣ୍ଡାଶୋକରୁ ଧର୍ମାଶୋକ ହୋଇଚାଲିଥିଲା। ଖାଲି ସେଟିକିରେ ତା ମାର୍ଜନା ଅଟକିଯାଇନଥିଲା, ସବୁ ଭଲ ତିଥିବାରେ କୀର୍ତ୍ତନିଆ ମଣ୍ଡଳୀର ନେତୃତ୍ୱ ନେଉଥିଲା। ରାମନବମୀ, ଜନ୍ମାଷ୍ଟମୀ, ଶିବରାତ୍ରି, ଦୋଳପୂର୍ଣ୍ଣିମା ତା ସହିତ କାର୍ତ୍ତିକ ମାସର ପଞ୍ଚୁକ

ପାଞ୍ଚଦିନ ଆଉ ଯେତେ ବର୍ଷ ଯାକର ସଂକ୍ରାନ୍ତି ରହିଲା। ବେକରେ ମୃଦଙ୍ଗଟା ଝୁଲେଇ ସବା ଆଗରେ ଡେଉଁଥିଲା ସେ। ସେଇଥିପାଇଁ ତ ସରକାର ମହାଫିଜ୍ ଛଅମାସ ଯାଏଁ ସଜା ମାଫି କରିଥିଲା।

ବିରହର ଅସରନ୍ତି ରାଗିଣୀରେ ସେ ମନେ ପକାଉଥିଲା ବିଗତ ଜୀବନର ଚିତ୍ରକୁ। ସମୟ ହାତରେ ଯେପରି ଖଣ୍ଡ ଖଣ୍ଡ ହୋଇଯାଇଥିଲା ସେଗୁଡିକ। ସମ୍ମୁଖରେ କଟାମୁଣ୍ଡ ଗଣ୍ଠି ପରି ଅଲଗା ଅଲଗା ପଡିରହିଥିଲା ତାର ଅତୀତ ଆଉ ବର୍ତ୍ତମାନ। କୋଶ କୋଶ ଦୂରରେ ଠିଆ ହୋଇରହିଥିଲା ଅତୀତ। ଯାହାକୁ ସେ ଝୁରିହେଉଥିଲା। ଯାହା ସହିତ ଯୋଡି ହୋଇଯିବାକୁ ଚାହୁଁଥିଲା ତତ୍‌କ୍ଷଣାତ। ଯାହାକୁ ଛୁଇଁବାକୁ ତା ହୃଦୟରେ ଅହରହ ମଥା କୋଡୁଥିଲା ଅସରନ୍ତି ଢେଉର ବ୍ୟାକୁଳତା। ସେଇଠି ଛାଡି ଆସିଥିଲା ସବୁକିଛି। ତାରି ଭିତରେ ଥିଲା ତା'ରି ଜୀବନ ନାଟିକା। ଓଠର ହସଧାର। ଟିକିଫୁଲ ପରି ଛୋଟ ସଂସାର। ସବୁକିଛି ସବୁକିଛି।

ବହୁବର୍ଷ ତଳେ ଛାଡି ଆସିଥିଲା ଗାଁକୁ। ଛାଡିଆସିଥିଲା ପ୍ରାଣର ପ୍ରିୟା କୁସୁମକୁ। ଆଉ ତା' କୁନି ନୟନପିତୁଲା ବାବୁକୁ। କଲିଜା ଖଣ୍ଡଖଣ୍ଡ ହୋଇଯାଉଥିଲା, ହୃଦୟ ଫାଲ ଫାଲ ହୋଇ ଚିରିଯାଉଥିଲା। ଯେଉଁଦିନ ପୁଲିସ୍‌ବାଲା ହାତକଡି ପକାଇ ଅଲଗା କରିନେଇଥିଲା ସେମାନଙ୍କଠାରୁ। ଚହଲ ପଡିଯାଇଥିଲା ରଙ୍ଗଉଦେଇ ଗାଁରେ। ରସିରେ ବନ୍ଧା ହୋଇ ଟଣାହୋଇଯାଉଥିଲା ମଝିଦାଣ୍ଡରେ। ଆସିଲାବେଳେ ଭୟରେ ତାଟିକବାଟ ପଡିଯାଇଥିଲା ଦୁଇପଟରେ। ଯିଏ ଯେମିତି ଲୁଚି ଦୂରେଇଯାଇ ତାଟକା ହୋଇ ଚାହିଁରହିଥିଲେ ତାର ଏହି ବିଦାୟକାଳୀନ ଦୃଶ୍ୟକୁ। କାହା ଆଖିରୁ ଠୋପେ ଲୁହ ବି ଝରୁନଥିଲା। ଖାଲି ଏକୁଟିଆ କାନ୍ଦବୋବାଳି ଛାଡି ଲୁହ ଗଡାଉଥିଲା କୁସୁମ, ତା ସ୍ତ୍ରୀ। ପଛେ ପଛେ ଲହୁଲୁହାଣ ହୋଇ ମାଟିରେ ଗଡିଚାଲିଥିଲା। କେତେ ଯେ ନେହୁରା ହେଉଥିଲା ଛାଡି ଦେବାକୁ ପୋଲିସ୍ ବାବୁଙ୍କୁ। ଛାଡିଥାନ୍ତା ବା କିଏ? ମଣିଷ ମାରିଥିଲା ସିଏ। ମକର ପାଲଟିଯାଇଥିଲା ମଣିଷମରା ମକରରେ।

ପିଛିଲା କଥାକୁ ଭାବି ଦେହ ଥରିଉଠୁଥିଲା। ଅଙ୍ଗେ ନିଭା ଦୁଃସ୍ୱପ୍ନ ଭାବି ଭୁଲିଯିବାକୁ ଚାହୁଁଥିଲା। ପଳାଇଯିବାକୁ ଚାହୁଁଥିଲା ସେହି ଅଭିଶପ୍ତ ସମୟଠାରୁ। ଯାହା କରିଥିଲା ଭୋଗିଲା। ସଶ୍ରମ କାରାଦଣ୍ଡ ଯାଇ ପ୍ରାୟଶ୍ଚିତ କଲା। ଏଥର ଫେରିଯିବାକୁ ଚାହୁଁଥିଲା। ଢେଉପରି ମିଶିଯିବାକୁ ଚାହୁଁଥିଲା ଜୀବନର ସ୍ରୋତରେ। ସଂସାର ନଦୀରୁ ବିଚ୍ଛିନ୍ନ ହୋଇ ଦିଗହରା କ୍ଷୀଣଧାରାଟିଏ ପାଲଟିଯାଇଥିଲା ସେ, ପୁଣି ଥରେ ସେହି ନଦୀରେ ମିଶିଯିବାକୁ ବ୍ୟାକୁଳିତ ହେଉଥିଲା ତା'ର ହୃଦୟ। ଏକ ପରିପୂର୍ଣ୍ଣ ସଂସାର ସ୍ୱପ୍ନରେ ଆଚ୍ଛନ୍ନ ହୋଇଉଠୁଥିଲା ମନ। ସେ, କୁସୁମ ଆଉ ପୁଅ ବାବୁ। ମନେ

ପଡ଼ିଯାଉଥିଲା ସେମାନଙ୍କର ମୁହଁ। ଏଗାର ବର୍ଷ ତଳର ମୁହଁ। ନୂଆ ବାହା ହୋଇଥିବା ସ୍ତ୍ରୀର ମୁହଁଟା ଯେମିତି କଣ୍ଢେଇ ପରି ନିଟୋଳ ଆଉ ଗୋଲଗାଲ୍ ଲାଗେ ସେମିତି ଦିଶୁଥିଲା କୁସୁମର ମୁହଁ। ଏବେ କେମିତି ଦିଶୁଥିବ ସିଏ! ଏତେଗୁଡ଼ା ବର୍ଷ ବିତିଗଲାଣି ଏହାଭିତରେ। ଚକିତ ହୋଇ ଭାବୁଥିଲା ମକର। 'ଯେମିତି ହେଲେ ତ ଆଖିକୁ ଅଲଗା ଅଲଗା ଟିକେ ଦିଶିବ! ବୟସର ଚିହ୍ନ କିଛିଟା ଚରିଯାଇଥିବ ଦେହସାରା।' ବାସ୍ତବତା ମଧ୍ୟକୁ ଫେରିଆସୁଥିଲା ଧୀରେ ଧୀରେ।

ଏତେଦିନ କେମିତି କାଟିଥିବ ତା ବିନା! ଦିନ ନୁହେଁ କି ମାସ ନୁହଁ, ବର୍ଷ ବର୍ଷ କେମିତି ବିତାଇଥିବ ସମୟ! କେତେ ବିରହର ଶ୍ରାବଣକୁ ମଥାପାତି ସହି ନେଇଥିବ! କେତେ ବେଦନାର ଆଜସ୍ର ଅଶ୍ରୁକୁ ଧାର ଧାର କରି ଢାଳିଦେଇଥିବ! କେତେ ସୀମାହୀନ ଶୂନ୍ୟତାକୁ ଭେଟିଥିବ ଛାତିର କୋରଡ ଭିତରେ! କେତେ ଅକୁହା ଦୁଃଖ ଜ୍ୱାଳାକୁ ସହିଚାଲିଥିବ ଏକା ଏକା! ସିଏ ଏକୁଟିଆକୁ ସାଙ୍ଗରେ ଛୁଆଟିଏ, କେମିତି ପାଳିଥିବ, କେମିତି ବଢ଼ାଇଥିବ ତାକୁ। ତା ପାଇଁ ଅସରନ୍ତି ସହାନୁଭୂତିରେ ଫାଟିପଡ଼ୁଥିଲା ହୃଦୟ। ବାଦଲଖଣ୍ଡ ଫାଟି ବର୍ଷା ଝରିବା ପରି ବିଗଳିତ ହୋଇଯାଉଥିଲା ମନ। ବହୁ ବର୍ଷପରେ ନିଜର ସେହି ଅତିପ୍ରିୟ ପରିବାର ପାଖକୁ ପୁଣିଥରେ ଫେରିଆସୁଥିଲା। ପୁନର୍ମିଳନର ଘଡ଼ି ଯେତେ ନିକଟତର ହୋଇ ଆସୁଥିଲା, ଖୁସିର ତରଙ୍ଗରେ ଆତ୍ମହରା ହୋଇଉଠୁଥିଲା ତାର ମନ ଆଉ ପ୍ରାଣ। ରଙ୍ଗଉଦେଇ ଗାଁ ପାଖେଇ ଆସୁଥିଲା।

ମକର ଫେରିଛି........।

ହେଇ .... ମକର ଫେରିଛି......... ମଣିଷମରା ମକର। ଚାପା ଚାପା ସ୍ୱରରେ କଥାଟା ଭାସିବୁଲୁଥିଲା ଗାଁର ଏମୁଣ୍ଡରୁ ସେମୁଣ୍ଡ। ଏ ତୁଣ୍ଡରୁ ସେ ତୁଣ୍ଡ। ଏକାନରୁ ସେ କାନ। ଯେମିତି ହାତ ଦୁଇଟା ବନ୍ଦା ହୋଇ ଗଲାବେଲକୁ ଆଉ ଆଖିରେ ଚାହିଁରହିଥିଲେ ଲୋକବାକ, ଆସିଲାବେଲକୁ ସେମିତି ଚକିତ ଆଖିରେ ଚାହିଁ ରହିଥିଲା ରଙ୍ଗଉଦେଇ ଗାଁ। ବହୁବର୍ଷପରେ ପୁଣି ଶଙ୍କିତ କୁଣ୍ଠିତ ଚାହାଣୀରେ ସ୍ୱାଗତ ଜଣାଉଥିଲା ତାକୁ। ଚିହ୍ନା ଲୋକଗୁଡ଼ା ଅଚିହ୍ନା ମୁହଁ ପାଲଟି ଦୂରେଇ ଯାଉଥିଲେ ତା'ଠାରୁ। ଯିଏ ବି କେହି ଆଖି ଆଗକୁ ଆସୁଥିଲା, ଜାଣିପାରି ସେଇଠୁ ବାଟ କଡେଇ ନେଉଥିଲା। ଦିନର ଆଲୁଅ ତଳେ ତା ନିଜ ମୁହଁଟା ପାଲଟିଯାଇଥିଲା ଯେପରି ଖୁବ୍ ଅପରିଚିତ। ଗୋଟିଏ ଅସ୍ପଶ୍ୟ ଅପାଙ୍କ୍ତେୟ ମଣିଷ ପରି ସେ ପାଦଥାପୁଥିଲା ଗାଁ ମାଟିରେ। ନିଜକୁ ନିଜେ ଚାହିଁହେଉଥିଲା। ଖୋଜି ହେଉଥିଲା ନିଜର ବାଟବଣା ଅସ୍ତିତ୍ୱକୁ। ସତେ ଯେପରି ଏବେ ମଧ ତା ଦେହରୁ ବାହାରୁଥିଲୋ ଉକ୍ରଟ ନରଖାଦକର ଗନ୍ଧ। ତତଲା ଝାଞ୍ଜିପବନ

ପରି ଚାଉଁକିନା କାନରେ ଆସି ଛିଟ୍‌କି ପଡୁଥିଲା, ହେଇ .... ମକର ଫେରିଛି .... ମଣିଷ ମରାମକର ।

ଚାରି ରାତି କାଟିସାରିଥିଲା ଗାଁରେ । ତାର ଅତି ଆପଣାର ଗାଁରେ । ଯାହାକୁ ବନବାସରେ ଝୁରିହେଲା ପରି ଝୁରିହେଉଥିଲା ବନ୍ଦୀଶାଳର ଅନ୍ଧ କୋଠରୀରେ । ଯାହାର ଚିତ୍ରକୁ ସ୍ୱପ୍ନରେ ଅଙ୍କିତ କରି ସଜେଇ ରଖିଥିଲା ଆଜିଯାଏଁ । ଯେଉଁଠିକୁ ନୀଡ ଫେରନ୍ତା ପକ୍ଷୀ ପରି ଫେରି ଆସିଥିଲା ଦୀର୍ଘ ବ୍ୟବଧାନ ପରେ । ଯାହା ପାଇଁ ସାଇତି ରଖିଥିଲା ହୃଦୟରେ ଭରପୂର ଆବେଗ ଓ ପ୍ରାଣରେ ଅବଦମିତ ପ୍ରତୀକ୍ଷା । ସେହି ଗାଁରେ କାଟିସାରିଥିଲା ଚାରି ରାତି । ତଥାପି ଛଟପଟ ଆଖିକୁ ନିଦ ନଥିଲା । ବିନିଦ୍ର ରାତିକୁ ସହସ୍ର ଦଂଶନରେ କ୍ଷତାକ୍ତ କରିପକାଉଥିଲା ଅସରନ୍ତି ଅବ୍ୟକ୍ତ ବ୍ୟଥା । ସେଗୁଡିକ ଯେପରି ମକରର ମନ ଗହୀରରେ ବିପ୍ଳାତ କରିଚାଲିଥିଲେ । ଅଦୃଶ୍ୟ ବାଣରେ ନିର୍ମମ ଭାବରେ ପେଷିଚାଲିଥିଲେ ତା ଛୋଟ ହୃଦୟ ଖଣ୍ଡକୁ । ଭିତରେ ଭିତରେ ସେ ଲୁହରେ ଜଡସଡ ହୋଇଯାଉଥିଲା ଯେମିତି ।

ଭାବିଥିଲା, ତାକୁ ଦେଖିଲା ମାତ୍ରକେ ପୁଅ ବାବୁ ପାଖକୁ ଝପଟି ଆସି ଦୁଇ ହାତକୁ ଛନ୍ଦି ଓହଲିପଡିଥାନ୍ତା ବେକରେ । ବାପା, ବାପା ଡାକି କମ୍ପାଇଦେଇଥାନ୍ତା ସାରା ବ୍ରହ୍ମାଣ୍ଡ । ପ୍ରଥମ ଥର କରି ସେ ପୁଅ ମୁହଁରୁ ଶୁଣିଥାନ୍ତା ସେହି ଡାକ । ଯେଉ ଡାକ ଶୁଣିବା ପାଇଁ ବର୍ଷ ବର୍ଷ କାଳ ଥିଲା ତାରି ପ୍ରତୀକ୍ଷା ଆଉ ଶୋଷ । 'ଆଉଥରେ ଆଉଥରେ', କହି ମନ ଭରିବା ପର୍ଯ୍ୟନ୍ତ ତା ମୁହଁରୁ ଶୁଣିଚାଲିଥାନ୍ତା ସେହି ମଧୁର ଡାକକୁ । ଭିତରର ସାଇତା ଅସୁମାରୀ ସ୍ନେହକୁ ସହସ୍ର ଚୁମ୍ବନରେ ଢାଲି ପକାଇଥାନ୍ତା ତା କୋମଳ ଚିବୁକ ଉପରେ । ଗଦ୍‌ଗଦ୍ ଆନନ୍ଦରେ କାହା ପାଟିରୁ ଶବ୍ଦ ସ୍ୱରୁ ନଥାନ୍ତା । ସେହି ମହାମିଳନର ଦୃଶ୍ୟରେ ସେ ଫେରିପାଇଥାନ୍ତା ପୁରୁଣା ଅତୀତକୁ । ପ୍ରିୟ ପରିବାରକୁ । ମାତ୍ର ଘଟଣାଗୁଡିକ ସେମିତି କିଛି ଆଚମ୍ବିତ ଢଙ୍ଗରେ ଘଟିନଥିଲା । ବରଂ ପୁଅର ଆଚରଣ ଅତ୍ୟନ୍ତ ମର୍ମାହତ କରିଦେଇଥିଲା ତାକୁ । କଣ' ଗୋଟେ ଭାବି ଦୂର ଛଡା ହୋଇ ରହୁଥିଲା ବାବୁ । ଯେତେ ଡାକିଲେ ପାଖ ସୁଦ୍ଧା ମାଡୁନଥିଲା । ଯେପରି ବାପର ଛାଇ ତା' ପାଇଁ ପାଲଟିଥିଲା ଏକ ଅଜଣା ଆତଙ୍କ ।

କୁସୁମ ଆଶ୍ୱସନା ଦେଉଥିଲା, 'ସବୁ ଠିକ୍ ହୋଇଯିବ । ଦେଖିବ ଉଜାଣି ସୁଅ ପରି ସବୁ ଫେରି ଆସିବ ଧୀରେଧୀରେ । ଗାଁ ଲୋକେ ପୁଣି ପାଖ ପଶିବେ । ଆଉ ପୁଅ ବାବୁ ସେ ଜାଣିଯିବନି ଛାୟଁ ଛାୟଁ । କୋଳରେ ଥିଲା ବେଳେ କେବେ ଯାଇ ବାପ ମୁହଁକୁ ଚାହିଁଥିଲା । ତା ମଗଜରେ ଏବେ ଏତେଗୁଡା କଥା କୋଉଠୁ ପଶିବ ଯେ ସେ ବାପକୁ ଚିହ୍ନିବ, ଜାଣିବ !' ମକରର ମନଟା କିନ୍ତୁ ମାନୁନଥିଲା । ବାପା ଡାକ ଶୁଣିବ

ବୋଲି ଏତେ ବର୍ଷକାଳ ଉକ୍କ୍ଷୀର ସହ କାନପାତି ରହିଥିଲା। ନିଜର ଅଥୟ ପିତୃପ୍ରାଣକୁ ସମ୍ଭାଳି ରଖିଥିଲା ନିଷିଦ୍ଧ କାରାଗାରର ବେଷ୍ଟନୀ ଭିତରେ। ତାର କୁନି କୁନି ଆଖିକୁ ସ୍ୱପ୍ନରେ ଦେଖୁଥିଲା, ତା ଦରୋଟି କଥାକୁ କାନରେ ଶୁଣିପାରୁଥିଲା। କାନ୍ତରେ ଗାର କାଟି ଗୋଟା ଗୋଟା କରି ହିସାବ କରିରଖୁଥିଲା ତା' ବଢ଼ନ୍ତା ବୟସର ରୂପକୁ। ମୁଗ୍ଧ ଚିତ୍ରକର ପାଲଟି କଳ୍ପନାର ରଙ୍ଗତୂଳୀରେ ଆଙ୍କିଚାଲିଥିଲା ନିଜ ରକ୍ତର ନିର୍ଯ୍ୟାସକୁ।

ତା'ର ଧୈର୍ଯ୍ୟଚ୍ୟୁତି ଘଟୁଥିଲା ଯେପରି। ପୁଅ ମୁହଁରୁ ବାପ ଡାକ ଶୁଣିବାର ଅବଦମିତ ତୃଷା କେବେଠାରୁ ଆଉଟୁପାଉଟୁ ହେଉଥିଲା ଅନ୍ତର ଭିତରେ। ଅସମ୍ଭାଳ ହୋଇପଡ଼ୁଥିଲା ସେ। ନିଜ ଭିତରର ଏହି ଅପ୍ରତିହତ ଉଦ୍‌ଗ୍ରୀବତାକୁ ଆଉ ଚପାଇ ରଖିବା ଅବସ୍ଥାରେ ନ ଥିଲା। ଲାଗୁଥିଲା, ଯେପରି ତା'ଠାରୁ ସେ ଡାକଟେ ନ ଶୁଣିଲେ ପାଗଳ ହୋଇଯିବ। ତା ତୃଷାର୍ଡ଼ ଛାତିରେ ଚରିଯିବ ଘୋର ନିରାଶାର ବାଲିଚର। ପିତୃପିଣ୍ଡରେ ସେମିତି ଅହରହ ଛାତିପିଟି ହେଉଥିବ ଆହତ ପ୍ରାଣ। ନିଜକୁ ଆଉ ଅଟକାଇ ପାରିଲାନି। କୁସୁମ ପାଖକୁ ଯାଇ ଭିଡ଼ି ଆଣିଲା ପୁଅ ବାବୁକୁ। ତା ମୁହଁକୁ ଥରକୁ ଥର ଦୋହରାଇ ପଚାରି ଚାଲିଲା– 'କହ, ମୁଁ ତୋରକିଏ ? କହ....... କହ..........?'

ଅସମ୍ଭବ ଭାବରେ ଧୈର୍ଯ୍ୟହରା ହୋଇପଡ଼ୁଥିଲା ମକର। ସେ ଚାହୁଁଥିଲା ତା ପୁଅ ଥରୁଟିଏ ଡାକୁ 'ବାପା'। ସେପଟୁ ଉତ୍ତର ନ ଥିଲା। ସେମିତି କାଠପ୍ରାୟ ଛିଡ଼ା ହୋଇଥିଲା ବାବୁ। ଭୟାର୍ଦ୍ଦ ଆଖିରେ ନିରୀକ୍ଷଣ କରି ଚାଲିଥିଲା ସମ୍ମୁଖରେ ଉଦ୍ଭଟ ପ୍ରାୟ ଆଚରଣ କରିଚାଲିଥିବା ଅପରିଚିତ ମଣିଷଟିକୁ। କିଛି ସମୟ ପରେ ଯାଇ ପାଟି ଖୋଲିଲା। ଖୁବ୍‌ ଆବେଗିକ ଭାବରେ ଚାହିଁରହିଥିଲା ତାର ଦୁଇ ଓଠକୁ ମକର। ସେଠୁ ବାହାରି ଆସୁଥିବା ଶବ୍ଦଟିକୁ ଶୁଣିବାକୁ ଖୁବ୍‌ ବ୍ୟାକୁଳ ହୋଇଉଠୁଥିଲା ତା'ର ପିତୃପ୍ରାଣ। ସେହି ଡାକର ଉଜ୍ଜ୍ୱଳ ଅନୁଭବ ଟିକକ ପାଇଁ ତା'ର ବର୍ଷ ବର୍ଷର ଅପେକ୍ଷା ସତକୁ ସତ ଫେରି ଆସୁଥିଲା। ମକର ସେମିତି ଚାହିଁରହିଥିଲା ଅପଲକ ନୟନରେ।

କଲିଜାକୁ ସହସା ଦୁଇଖଣ୍ଡ କରି ଚିରିଦେବା ପରି ସେପଟୁ ତୀବ୍ର ଅଥଚ କ୍ଷୀଣ ସ୍ୱରରେ ଉତ୍ତର ଶୁଭିଲା, 'ମଣିଷମରା ମକର'। ସେ ଶବ୍ଦ ଯେମିତି ପ୍ରତିଧ୍ୱନି ପାଲଟି ଗୁଞ୍ଜରିତ ହୋଇଚାଲିଥିଲା ତା କାନର ଗହ୍ୱରରେ .... ମଣିଷମରା ମକର......... ମଣିଷମରା ମକର........। ହାହାକାରରେ ଛାତି ଫାଟିଗଲା ଯେପରି। ଗୋଟାସୁଦ୍ଧା ରକ୍ତ ଜୁଡୁବୁଡୁ ହୋଇଗଲା ତା' ପିତୃରକ୍ତୁଣା ଅନ୍ତରତା। ଯେମିତି ଗୋଟିଏ ପ୍ରଚଣ୍ଡ ବିସ୍ଫୋରଣରେ ତାବ୍‌ଦା ହୋଇଗଲା ପୃଥିବୀ। କ୍ରମଶଃ ବଧିରା ପାଲଟିଯାଉଥିଲା ମନ, ପ୍ରାଣ ସବୁକିଛି। ଅତି ନିଦାରୁଣ ଭାବରେ ତା ଦୁଇ ଆଖିରେ ଅପସରିଯାଉଥିଲା ପ୍ରିୟ ଆକାଶରପ୍ରତିଛବି। ଯାହାର ମନୋରମ ଦୃଶ୍ୟକୁ ଜେଲ ଖାନାର ଆବଦ୍ଧ ପାଚେରୀ

ଭିତରେ ଥାଇ ନିରନ୍ତର ଦେଖିଆସୁଥିଲା। ଆଗତ ସ୍ୱପ୍ନରେ ମସ୍‌ଗୁଲ୍‌ ହୋଇଯାଉଥିଲା। ସେଇଟି ଖୋଜିପାଉଥିଲା ଅବଶିଷ୍ଟ ଜୀବନର ରାହା।

ସେହି ପ୍ରତିକ୍ଷୀତ ଆକାଶ ଯେପରି ମକର ପାଇଁ ଅଲୋଡା ହୋଇଯାଇଥିଲା। ସେହି ଅଲୋଡା ଆକାଶରୁ ମୁହଁ ଫେରାଇ ସେ ପୁଣି ଲେଉଟିଯିବାକୁ ଚାହୁଁଥିଲା ବହୁତଦୂର। ହଁ, ବହୁତଦୂର।

ଲାଫିଙ୍ କ୍ଲବ୍

ଏଇ କିଛି ଦିନ ହେବ ଲାଫିଙ୍ କ୍ଲବ୍‌ରେ ସାମିଲ ହୋଇଥିଲେ ଆସି ସୁଦର୍ଶନ ବାବୁ। ହସିଲେ ଦେହ ମନ ଭଲ ରହିବା କଥା ଆଗରୁ ଜାଣିଥିଲେ। ଏବେ ସେଇ କଥାକୁ ଆପଣେଇ ନେଇଛନ୍ତି ନିଜ ଜୀବନରେ। ଏମିତି କରିବାଟା ତାଙ୍କ ପାଇଁ କେବଳ ଅବସର ବିନୋଦନ ନ ଥିଲା, କହିବାକୁ ଗଲେ ଏକ ଆବଶ୍ୟକତା ହୋଇପଡିଥିଲା। ବୟସ ବଢିବା ସଙ୍ଗେ ସଙ୍ଗେ ଜୀବନଟା ବେଶୀରୁ ବେଶୀ ଉଦାସୀନ ଲାଗୁଥିଲା। ସଂସାର ଚିନ୍ତାର ବୋଝ ତାଙ୍କୁ ଏପରି ଆକ୍ରାନ୍ତ କରିଥିଲା ଯେ ସେ ନିୟମିତ ନିଦ ବଟିକା ଖାଇବା ଆରମ୍ଭ କରିଦେଇଥିଲେ। ଏଠାକୁ ଆସିଲା ପରେ ପ୍ରଥମେ ପ୍ରଥମେ ତାଙ୍କୁ ହସିବା ପାଇଁ ବହୁତ କଷ୍ଟ ହୋଇଥିଲା। ଅନେକଦିନ ହେଲା ହସିବା ଭୁଲିଯାଇଥିଲେ ଯେପରି। ଚେଷ୍ଟା କରୁଥିଲେ କିନ୍ତୁ ହସି ପାରୁନଥିଲେ। ଅନ୍ୟମାନଙ୍କ ସହ ମିଶି ଯେତେବେଳେ ହସିବା ଆରମ୍ଭ କଲେ ଆଦୌ ହସିତ ପାରିଲେନି ଖାଲି ବାହାରକୁ ହା…… ହା ଶବ୍ଦ ଶୁଭାଯାଉଥିଲା। କିଛି ଦିନ ଅଭ୍ୟାସରେ ପଡିଲା ପରେ ଯାଇ ଏବେ ଯଦିଓ ବାହାରକୁ ସେହି ହା…… ହା ଶବ୍ଦ ଶୁଭୁଛି ତଥାପି କିଛି କିଛି ସେ ହସି ପାରୁଛନ୍ତି ବୋଲି ଭାବନ୍ତି।

ମର୍ଣ୍ଡ଼ଓ୍ୱାକର ବନ୍ଧୁ ଶରତବାବୁଙ୍କ ପ୍ରସ୍ତାବ ଥିଲା – ଆପଣ ଏହାକୁ ନିୟମିତ କରନ୍ତୁ, ଦେଖିବେ ଆସ୍ତେ ଆସ୍ତେ ନିଜକୁ ହାଲ୍‌କା ଲାଗିବ। ସବୁ ଷ୍ଟିଫ୍‌ନେସ୍ ଗୁଡାକ କୁଆଡେ ଚାଲିଯିବ। ଆପଣ ଜାଣିନାହାଁନ୍ତି ବୋଧେ ହସିଲେ ଦେହର ସବୁ ମାଂସପେଶୀ ସକ୍ରିୟ ହୋଇଥାଏ। ତେଣୁ ନେଚୁରାଲି ଶରୀର ଲୁଜ୍ ରହିଲେ ମନ ଭଲ ରହିବ।

ସେହିପରି ମହାପାତ୍ରବାବୁଙ୍କ କଥା ଥିଲା ବି ଉତ୍ସାହଜନକ। ସେ କହନ୍ତି– ରିଟାୟାର୍‌ମେଣ୍ଟ କଲାପରେ ତାଙ୍କ ଅବସ୍ଥା କ୍ରମେ ସାଂଘାତିକ ହୋଇ ଆସୁଥିଲା।

ଘରେ ବସି ବସି ଡିପ୍ରେସନ୍‌ର ଲକ୍ଷଣ ସବୁ ବାହାରିପଡ଼ିଥିଲା। ଏହି ଲାଫିଙ୍‌କ୍ଲବ୍‌ରେ ଯୋଗ ଦେଲା ପରେ ତାଙ୍କର ଅନେକ କିଛି ମାନସିକ ପରିବର୍ତ୍ତନ ହୋଇଛି। ତା' ଛଡ଼ା ହସି ହସି ସକାଳୁ ଦିନଟା ଆରମ୍ଭ କଲେ ତାର ଅନ୍ତରୀଣ ପ୍ରଭାବଟା ବି ଦିନସାରା ରହିଥାଏ। ମନରେ ଆପେ ଆପେ ସ୍ଫୂର୍ତ୍ତି ଭରିଯାଏ।

ସେମାନଙ୍କର ସକରାତ୍ମକ ପ୍ରସ୍ତାବ ତାଙ୍କୁ ପ୍ରତ୍ୟହ ଲାଫିଙ୍ କ୍ଲବ୍ ଆଡ଼କୁ ମୁହାଁଇନେଇଥିଲା। ଚେଷ୍ଟା କରୁଥିଲେ ଭିତରର ଯାବତୀୟ ଗମ୍ଭୀର ଚିନ୍ତାରୁ ନିଜକୁ ମୁକୁଲାଇ ରଖିବାକୁ। ଉଚ୍ଚ ରକ୍ତଚାପ ରୋଗ ଏବେ ତାଙ୍କୁ ଗ୍ରାସ କରିଥାଏ। ସେଥିପାଇଁ ସକାଳୁ ଶଯ୍ୟା ତ୍ୟାଗ କରି ପ୍ରାଣାୟାମରୁ କିଛି କିଛି କରିବା ଆରମ୍ଭ କରିଥିଲେ।

ଆଜିକାଲି ନିଜକୁ ଭାରି ଏକୁଟିଆ ମନେ କରୁଥିଲେ ସୁଦର୍ଶନ ବାବୁ। ଘର ବାହାର ସବୁଠି ସେହି ଏକାକୀପଣ ତାଙ୍କୁ ଆବୋରି ପକାଉଥିଲା, ତା ସହିତ ଅସହାୟ ବୋଧ ବି। ଚାକିରୀ ବୟସ ଥିବା ପର୍ଯ୍ୟନ୍ତ କେମିତି କ'ଣ ସମୟ କଟିଯାଉଥିଲା ଜଣାପଡ଼ୁ ନଥିଲା। ଅଫିସ୍‌କୁ ଦଶଟାରୁ ଛଅଟା ଯିବା ଆସିବା ଭିତରେ ସଂସାରର ଛୋଟବଡ଼ ସମସ୍ୟାଗୁଡ଼ିକ ଏତେ ବଡ଼ ପରି ଜଣାପଡ଼ୁନଥିଲା। ଅବସର ପରେ କେମିତି କଣ' ଅବସାଦ ଗୁଡ଼ାକ ଆସି ଘେରିଯାଆନ୍ତି ମଣିଷକୁ କେଜାଣି ଗୋଟାସୁଦ୍ଧା ଥମ୍ କରିଦେଇଥାନ୍ତି ତାକୁ। କାଲି ପର୍ଯ୍ୟନ୍ତ ଚାକିରୀର ଧାଁ ଦୌଡ଼ ଜୀବନ ଭିତରେ ଜୀବନଟା ଅଙ୍କ ବହୁତେ ଘଟଣା ବହୁଳ ଲାଗୁଥିଲା। ଏବେ ଲାଗୁଛି ଘଟଣାକୁ ଛାଡ଼ି ଖାଲି ଜୀବନଟା ରହିଯାଇଛି। ସେହି ଏକା ଟ୍ରାକ୍‌ରେ ଚାଲୁଛି ଗତିହୀନ ସ୍ରୋତରେ, ଯେଉଁ ଟ୍ରାକ୍‌ରେ କେବେ ବିରାମହୀନ ଭାବେ ଦୌଡ଼ିପାରୁଥିଲା ଜୀବନ।

ଏବେ କାହିଁକି ତାଙ୍କର ହୃଦ୍‌ବୋଧ ହେଉଥିଲା ସେହି ପୁରୁଣାଜୀବନର ନିତ୍ୟନୈମିତ୍ତିକ ଘଟଣାଗୁଡ଼ିକ ଜୀବନକୁ ଏକ ଅର୍ଥ ଦେଉଥିଲା। ହେଉ ପଛେ ଚିରାଚରିତ, ମଣିଷ ଗୋଟିଏ ନିଶାରେ ଆଗକୁ ଚାହିଁ ବଞ୍ଚିପାରୁଥିଲା ତ ! ପଛକୁ ଅର୍ଥାତ୍ ନିଜ ସୁଦୀର୍ଘ ଅତୀତ ସଙ୍ଗେ ବର୍ତ୍ତମାନକୁ ତଉଲି ଏହି ନିଷ୍କର୍ଷ ନିକଟରେ ପହଞ୍ଚୁଥିଲେ ସେ।

ବୋଧହୁଏ ବର୍ତ୍ତମାନଟା ତାଙ୍କୁ ଭାରାକ୍ରାନ୍ତ କରିନଥାନ୍ତା ଯଦି ସ୍ତ୍ରୀ ମନୋରମା ଜୀବିତ ଥାଆନ୍ତେ। ସେ ଥିବା ପର୍ଯ୍ୟନ୍ତ ଘରର ଯାବତୀୟ ବିଷୟରେ ମୁଣ୍ଡ ପୁରାଇବା ଦରକାର ପଡ଼ୁ ନଥିଲା ତାଙ୍କୁ। ସବୁ ଚଳେଇ ନେଉଥିଲା ସିଏ। 'ଆଃ, ମନୋରମା ଥାଆନ୍ତା କି ପାଖରେ! ଥିଲେ ହୁଏତ ଏପରି ଘଟିବାକୁ ଦେଇ ନଥାନ୍ତା। ଝିଅ ଯାଇ ଥାଆନ୍ତା ତା' ସ୍ୱାମୀ ପାଖରେ, ତା ସଂସାରରେ। ଆଉ ପୁଅକୁ ସେ କଦାପି ଏପରି ରସାତଳଗାମୀ ହେବାକୁ ଦେଇ ନ ଥାଆନ୍ତା'। ଲମ୍ବା ଉର୍ଦ୍ଧ୍ୱନିଃଶ୍ୱାସ ପକାଇ ପୁଣି ଫେରି

ଆସିଲେ ନିଜ ବାସ୍ତବ ବର୍ତ୍ତମାନକୁ, ଯେଉଁଠି ଆଉଥରେ ଅତୀତକୁ ଫେରିଯିବାକୁ ଆଉ କୌଣସି ସମ୍ଭାବନାର ଦ୍ୱାର ଉନ୍ମୁକ୍ତ ନଥିଲା। ସେଥିପାଇଁ ବେଳେବେଳେ ଭାବନ୍ତି, 'ତାଙ୍କଠାରୁ ଆଗରୁ ଚାଲିଯାଇ ମନୋରମା ବେଶ୍ ଭଲ କରିଛି। ଅନ୍ତତଃ ଆଜିର ଏଦିନ ଦେଖିବାକୁ ରହିନାହିଁ।' ପୁଣି କେବେ ଭାବନ୍ତି, ଏମିତି ତାଙ୍କୁ ନିଃସଙ୍ଗ କରି ଚାଲିଯିବାଟା କଣ' ଠିକ୍ ହୋଇଛି ତାର ! ଆଉ ଆଗକୁ ଭାବିପାରନ୍ତି ନାହିଁ। କୋହାଛନ୍ନ ହୋଇଉଠନ୍ତି ସହସା ମେଘମେଦୁରିତ ଆକାଶ ପରି।

ପାଖାପାଖି ପଇଁତିରିଶି ବର୍ଷ ହୋଇଯିବ ତାଙ୍କର ଭୁବନେଶ୍ୱର ଆସି ରହିବା। ପଇଁତିରିଶି ବର୍ଷ ତଳର ସେହି ନିର୍ଦ୍ଦିଷ୍ଟ ବର୍ଷରେ ତାଙ୍କ ଜୀବନରେ ତିନୋଟି ଗୁରୁତ୍ୱପୂର୍ଣ୍ଣ ଘଟଣା ଘଟିଥିଲା। ପ୍ରଥମତଃ ସେହି ବର୍ଷ ସେ ଖଣ୍ଡେ ସରକାରୀ ଚାକିରୀ ପାଇବା ପାଇଁ ମନୋନୀତ ହୋଇଥିଲେ। ତାର କିଛି ମାସ ପରେ ବାହାଘର, ଆଉ ତାର କିଛି ମାସ ପରେ କ୍ୱାଟର୍ ପାଇ ସ୍ତ୍ରୀକୁ ଧରି ଭୁବନେଶ୍ୱର ଚାଲିଆସିଥିଲେ। ମଞ୍ଜିରୁ ଚାରା, ଚାରାରୁ ଗଛ, ସେହି ଗଛ ପୁଣି ଶାଖା ପ୍ରଶାଖା ମେଲାଇ ଢେର ଉଁଚାଯାଏ ବଢ଼ିଯାଇଥିଲା। ପଛକୁ ପଛ ହୋଇ ଅରୁନ୍ଧତୀ ଓ ଆଲୋକ ଜନ୍ମ ହେଲେ। ଗୋଟିଏ ଝିଅକୁ ଗୋଟିଏ ପୁଅ। ଏଠିକାର ପାଣିପବନରେ ବଢ଼ିଲେ, ସ୍କୁଲ ଗଲେ, ତାପରେ କଲେଜ। ଦେଖୁ ଦେଖୁ ତାଙ୍କ ପରିବାରର ବୃକ୍ଷ ତାର ଶାଖା ପ୍ରଶାଖା ସହ ମାଡ଼ିଚାଲିଥିଲା।

ଏହା ଭିତରେ କାହିଁ କେତେ ବଢ଼ିଯାଇଥିଲା ଏ ସହର। ଏକଦା କ୍ୱାଟର୍ ମାନଙ୍କର ସହର ବୋଲି କୁହାଯାଇଥିବା ଏହି ଭୁବନେଶ୍ୱର ଏବେ ସୌଧ ନଗରୀରେ ପରିଣତ ହୋଇସାରିଛି। କେଉଁଠି ଆରମ୍ଭ କେଉଁଠି ଶେଷ ଦେଖିଲେ ଆଖି ପାଉନାହିଁ। ଯୁଆଡେ ଚାହିଁବ ମାଳ ମାଳ କୋଠା ଆଉ ରାସ୍ତାଭର୍ତ୍ତି ଗାଡ଼ି ମଟର ଓ ମଣିଷଙ୍କର ମୁହଁ। ସେମାନଙ୍କର ଅନିଶ୍ୱାସୀ ଯାତ୍ରା। ତାଙ୍କର ଯାହା ଯେତିକି ମନେ ପଡ଼ୁଥିଲା, ସେସମୟରେ ଆଜିପରି ଗହଳିଚହଳି ନଥିଲା। ଲୋକବାକ ବି ଏତେ ନ ଥିଲେ। ପରିଷ୍କାର ଖୋଲାମେଲା ରାସ୍ତା ସାଙ୍ଗକୁ ଦୁଇପଟରେ ଡେଙ୍ଗାଚଉଡ଼ା ଗଛ, ଚାରିପଟର ଠା'ଠା' ସବୁଜିମା, ସବୁଗୁଡ଼ିକ ମିଶି ଏକ ନିରୋଳା ଶାନ୍ତ ଅନୁଭୂତି ଆଣିଦେଉଥିଲା। ପାଟିରେ ବେଲୁନ ପୁରାଇ ଫୁଙ୍କିଲେ ଯେମିତି ଅନାଡ଼ ଅନାଡ଼ ଆକାରରେ ଛୋଟରୁ ବଡ ପାଲଟିଯାଏ, ସେମିତି ଖୁବ୍ ଶୀଘ୍ର ନିଜ ଆକାର ପ୍ରକାରରେ ଫୁଲି ଉଠିଛି ଏ ସହର। ଆଗପରି ରହିବାକୁ ଆଉ ମୁକ୍ତ ସହଜ ଲାଗୁ ନଥିଲା। ସବୁ କେମିତି ରୁଦ୍ଧାରୁଦ୍ଧି ପାଲଟିଯାଇଥିଲା। କୋଠାବାଡ଼ିଗୁଡ଼ାକ ଏମିତି ଗତିରେ ବଢ଼ିଚାଲିଥିଲା ଯେ ଝରକା କିମ୍ବା ଅଗଣା ଦେଇ ଯେଉଁ ଆକାଶରୁ ଖଣ୍ଡେ ଦିଶୁଥିଲା, ତାହା ବି ଲୁଚିଯାଇଥିଲା। ସେଥି ସହ କ୍ରମଶଃ ନିରୁଦ୍ଧ ହୋଇଆସୁଥିଲା ଏ ସହରର ସାଧାସିଧା ଜୀବନଶୈଳୀର ସାବଲୀଳତା।

ନିଜର ଦୀର୍ଘବର୍ଷର ଚାକିରୀକାଳ ଭିତରେ ଅନେକବାର କ୍ୱାର୍ଟର ବଦଳାଇବାକୁ ପଡ଼ିଛି ତାଙ୍କୁ। ଫ୍ଲାଟ୍‌ରୁ ଟୁଆର, ଟୁଆରରୁ ଥ୍ରୀଆର ପର୍ଯ୍ୟନ୍ତ ଲମ୍ଭିଥିଲା ତାଙ୍କର ଏ ରହଣିକାଳ। ଚାକିରୀ ଶେଷ ହେବା ପରେ ଏବେ ନିଜ ଘରେ ଆସି ରହୁଛନ୍ତି ସ୍ଥାୟୀଭାବରେ। ପକ୍କା ଭୁବନେଶ୍ୱରିଆ ଭଳିଆ ଏତେ ବର୍ଷ କାଟିଲା ପରେ ବି ଗାଁରୁ ସବୁଟିକ ମାୟା ତୁଟାଇପାରି ନଥିଲେ! ଯଦିଓ କିଛି କିଛି ଜମି ଦେଖି ମଝିରେ ମଝିରେ ବିକ୍ରି କରିଦେଇଥିଲେ ତଥାପି ଆହୁରି କିଛି ଭାଗକୁ ଲାଗିଥିଲା। ସମୟ ସୁବିଧା ଦେଖି କେବେ କେବେ ଗାଁକୁ ଯାଇ ଚାଉଳ, ମୁଗ ନ ହେଲେ ବାଦାମରୁ କିଛି ବସ୍ତା, ପୁଲାଏ ନଡ଼ିଆ କି କଦଳୀ କାନ୍ଦି ସାଙ୍ଗରେ ଧରି ଆସିଥାନ୍ତି। ଏହି ଜମିବାଡ଼ିର ଝାମେଲା ତାଙ୍କ ପାଇଁ ଏକ ସବୁଦିନିଆ ମୁଣ୍ଡବ୍ୟଥାର କାରଣ ପାଲଟିଯାଇଥିଲା। ତଥାପି ସେଥିରୁ ନିଜର ମୋହ ତୁଟାଇପାରୁ ନଥିଲେ। ଅନେକସମୟରେ ଏହି ଜମିବାଡ଼ିକୁ ନେଇ କେତେ କଣ' ଚିନ୍ତା ଉଦ୍ରେକକାରୀ ସମସ୍ୟା ସବୁ ଆସି ପହଞ୍ଚେ। ଯେପରି, କିଏ ଜବର ଦଖଲ କଲା, କାହାର ଗୋରୁଗାଈ ପଶି ଫସଲ ଖାଇଲା, କିଏ ମନଇଚ୍ଛା ଗଛ କାଟିପକାଇଲା ପ୍ରଭୃତି। ଏଥିସହିତ ଭାଗୁଆର ଭାଗ ନ ଦେଇ ଠକିବା ପରି ଘଟଣା ତାଙ୍କୁ ମଝିରେ ମଝିରେ ବିବ୍ରତ କରିପକାଏ।

ମନୋରମା ଥିଲାବେଳେ କେତେଥର କହିଛି– 'କାହିଁକି ଦୁଇ ଡଙ୍ଗାରେ ଗୋଡ ଥୋଉଛ କେଜାଣି! ସହରରେ ତ ସବୁଦିନ ପାଇଁ ଆସି ରହିଲ, ଗାଁକୁ ଛାଡ଼ିଲ, ସେହି ସଂପତ୍ତି ଗୁଡାକ ବିକିଦେଲେ ହୁଅନ୍ତାନି? ଆଉ ତ ପାରୁନ। ଏ ବୟସରେ ଆଉ କେତେ ଦୌଡାଦୌଡି କରୁଥିବ କହିଲ? ଅଯଥାରେ ସେଠିକା ବୋଝ ଗୁଡିକ ଏଠି ମୁଣ୍ଡରେ ପୁରେଇ ବସିଛ। କଣ' ଲାଭ ପାଉଛ ସେଥିରୁ ଜାଣେ'! ତା' କଥାପଛରେ ଥିବା ବାସ୍ତବତାକୁ ବୁଝନ୍ତି ସୁଦର୍ଶନ ବାବୁ। ହେଲେ ଗାଁରେ ସବୁଟିକ ବିକ୍ରି କରିଦେବା ପରି ଦୃଢ ନିଷ୍ପତ୍ତି ନେଇପାରନ୍ତି ନାହିଁ। ସେଠି ସେପଟେ ଡିହବାଡ଼ି ତକ ପରିତ୍ୟକ୍ତ ଅବସ୍ଥାରେ ପଡ଼ିରହିଛି। ମାଙ୍କଡ ଡେଉଁଛନ୍ତି ସେଥିରେ। ତଥାପି ତାଙ୍କର ମମତା ତୁଟୁ ନଥାଏ। ତୁଟିବ ବା କେମିତି? ସାତପୁରୁଷର ଚିହ୍ନ ଯେତେବେଳେ। ସବୁଥର ସ୍ତ୍ରୀଙ୍କୁ ଏହି ଗୋଟିଏ ବାହାନା ଦେଖାଇ କଥାଟାକୁ ଟାଳିଦେଇଥାନ୍ତି।

ଏବେ ସ୍ତ୍ରୀ ପାଖରେ ନାହାନ୍ତି। ଗାଁରୁ ଯେବେ ବି ଆଠଘଣ୍ଟାର ରାସ୍ତାପଥ ଅତିକ୍ରମ କରି ଭୁବନେଶ୍ୱରରେ ତାଙ୍କ ପାଖରେ କୌଣସି ସମସ୍ୟା ଆସି ପହଞ୍ଚେ ପତ୍ନୀ ଶୁଣାଇଥିବା ଏହି ମୃଦୁଭର୍ତ୍ସନାଟି ଆପଣାଛାଏଁ ମନେ ପଡ଼ିଯାଏ। ମନରେ ସ୍ଥିର କରନ୍ତି, 'ନାଇଁ, ବହୁତ ହୋଇଗଲା। ସବୁ ତ ମାଡ଼ି ବସି ଖାଉଛନ୍ତି। କଣ' ଏମିତି ପୁଲାଏ ମିଳିଯାଉଛି ସେଥିରୁ ଯେ ଜମିଟାକୁ ସବୁଦିନ ସୁନାପରି ସାଇତି ରଖିଥିବି? ଖାଲି ବୃଥାଟାରେ

ହଲାପଟା ହେବା ସାର ହେଉଛି । ମନୋରମା ଠିକ୍ କହୁଥିଲା, ଦୁଇ ଡଙ୍ଗାରେ ଗୋଡ ଥୋଇଲେ ଏହି ଅବସ୍ଥା ଭୋଗିବାକୁ ହୁଏ । ସେ ଯାହା ହେଲା ହେଲା, ଏଥର ଗଲେ ଯାହା ବି ରହିଛି ସବୁକିଛି ବିକ୍ରିବଟା କରି ଚାଲିଆସିବ' । ହଲପ୍ କଲାପରି କହିଦିଅନ୍ତି ସିନା, କଥାଟାକୁ ସେମିତି ଗଡେଇ ଗଡେଇ ପକେଇ ରଖିଥାନ୍ତି । କେଉଁଠି ନା କେଉଁଠି ତାଙ୍କ ଭିତରେ ଲୋଭର ସୂତାଖିଅଟେ ଲାଖିରହିଥାଏ ।

ଯାହା ଯେମିତି ଚାଲିଥିଲା ଚାଲିଥିଲା, ପରିସ୍ଥିତି ଓ ସମୟ ସହ ଯୁଝି ସେସବୁକୁ ମୋଟାମୋଟି ଗ୍ରହଣ କରିନେଇଥିଲେ ନିଜ ଉତ୍ତୀର୍ଣ୍ଣ ବୟସର ଅପରାହ୍ନରେ । ହଠାତ୍ ଆଉ ଏକ ଶକ୍ତ ଆଘାତ ଆସି ଯୋଡି ହୋଇଗଲା ସେଥିରେ ।ଯେଉଁଦିନ ତାଙ୍କ ବଡ ଝିଅ ଅରୁନ୍ଧତୀର ବିବାହ ବିଚ୍ଛେଦ ଘଟିଲା । ଅନେକ ବୁଝାଇବାକୁ ଚେଷ୍ଟା କରିଥିଲେ ଝିଅକୁ । କୌଣସି ଫଳ ମିଳି ନଥିଲା ସେଥିରେ । ତାର ଏକା ଜିଦ୍ କୌଣସି ପ୍ରକାରେ ଆଉ ଆଡଜଷ୍ଟ କରି ରହିପାରିବ ନାହିଁ ତା' ସ୍ୱାମୀ ସହିତ । ବାହାଘର ବର୍ଷେ ବି ପୁରି ନ ଥିଲା ଏପରି ହେଲା । ନିଜ ପସନ୍ଦର ପୁଅକୁ ବାଛିଥିଲା । କାହିଁକି ତେବେ ତାଙ୍କ ଭିତରେ ମତାନ୍ତର ଘଟି ବିବାହ ବିଚ୍ଛେଦ ଯାଏଁ କଥା ଗଲା ତାର କାରଣ ସେ ବୁଝି ପାରୁନଥିଲେ । ଭାବିଥିଲେ, ପରସ୍ପର ରାଜିହୋଇ ବାହାହୋଇଛନ୍ତି ଯେତେବେଳେ ଦୁଇଜଣଙ୍କର ମନ ନିର୍ଣ୍ଣୀତ ମିଶୁଥିବ । ସୁରୁଖୁରୁରେ ସଂସାରଟା ଗଡିଯିବ ସେମାନଙ୍କର ।ଫଳ ହେଲା ଓଲଟା । ବର୍ଷେ ପୁରିନି ଝିଅ ଆସି ତାଙ୍କ ପାଖରେ ।

ଅସମୟରେ ନିଜ ଝିଅର ଏହି ବିଚ୍ଛିନ୍ନ ବୈବାହିକ ଜୀବନକୁ ସହ୍ୟ କରିନେବା ଖୁବ୍ ଦୁରୂହ ଥିଲା ତାଙ୍କ ପକ୍ଷରେ । ତା'ର ଡିଭୋର୍ସ ପୂର୍ବରୁ ତାଙ୍କ ଆନ୍ତରିକ ଇଚ୍ଛାଥିଲା ଯେମିତି ହେଲେ କିଛି ଗୋଟାଏ ବୁଝାମଣା ହୋଇଯାଉ । ଏହି ବୟସରେ ତା ଭବିଷ୍ୟତଟା ଅନ୍ଧାର ଗର୍ଭକୁ ଠେଲିହୋଇଯାଉ ଆଦୌ ସେପରି ସେ ଚାହୁଁ ନ ଥିଲେ । ନିଜ ତରଫରୁ ଆପ୍ରାଣ ଉଦ୍ୟମ କରି ସୁଦ୍ଧା ତା ଦାମ୍ପତ୍ୟ ଜୀବନକୁ ଅଟୁଟ ରଖିବାରେ ସଫଳ ହେଲେ ନାହିଁ । ଝିଅ ନିଜ ଜିଦ୍ରେ ଅଟଲ ରହିଲା ।

ବାହାଘର ମାନେ ସେ ବୁଝୁଥିଲେ ଏକ ପବିତ୍ର ବନ୍ଧନ । ସ୍ୱାମୀ ସ୍ତ୍ରୀ ହାତ ଧରାଧରି ହୋଇ ଶେଷପର୍ଯ୍ୟନ୍ତ ଚାଲିବା । ଢେଉ ପରି ଉଠୁଥିବା ସଂସାରର ଯେତେପ୍ରକାର ଦୁଃଖ ମିଳିମିଶି ସାମ୍ନାକରିବା । ମିଳୁଥିବା ସୁଖକୁ ନିଜ ଭିତରେ ବାଣ୍ଟିବା । ଯେମିତି ଜୀବନଟେ କାଟିଥିଲେ ସେ ଆଉ ମନୋରମା । ତାଙ୍କୁ ବ୍ୟଥିତ କରୁଥିଲା ଭାବି, ବିବାହ ପରି ଏକ ସ୍ଥାୟୀ ସାମାଜିକ ବ୍ୟବସ୍ଥା ଯାହା ପତିପତ୍ନୀଙ୍କ ମଧ୍ୟରେ ଗଭୀର ସଂପର୍କକୁ ବୁଝାଇଥାଏ ତାହା ଆଜି କେତେ ସଙ୍କୁଚିତ ଓ କ୍ଷଣସ୍ଥାୟୀ ହୋଇପଡିଛି । ଅବଶ୍ୟ ସମୟର ଧାରାରେ କୌଣସି ଜିନିଷ ବି ବର୍ତ୍ତିଯାଇପାରିନାହିଁ । ମୂଲ୍ୟବୋଧ

ଢେର ବଦଳିଯାଇଛି ଏହା ଭିତରେ। ଅରୁନ୍ଧତୀର ବି ଅବିକଳ ସେହିପରି ମତ-
'ବାପା, ତମେ ଖାଲି ସେହି ପୁରୁଣା ସମୟ ଭିତରେ ଅଟକି ରହିଯାଇଛ। ସହରରେ
ଏତେବର୍ଷ ରହିଲଣି ଅଥଚ ବଦଳୁଥିବା ସମୟର ସ୍ପନ୍ଦନକୁ ଜାଣିପାରିଲ ନାହିଁ। ଆଜିର
ନାରୀ ଜୀବନ ସାରା କମ୍ପ୍ରୋମାଇଜ୍ ନେଚରରେ ରହୁଥିବ, ଏଇଟା ସମ୍ଭବ ନୁହେଁ।
ତା'ର ମଧ୍ୟ ନିଜର ବଞ୍ଚିବାକୁ ନେଇ ସ୍ୱତନ୍ତ୍ର ଇଚ୍ଛା ଅଛି। ଯିଏ ସେହି ଇଚ୍ଛାକୁ ସମ୍ମାନ
ନ ଦେବ ତା ପାଖରେ ଦିନଟିଏ ସୁଦ୍ଧା ରହିବା ସମ୍ଭବ ନୁହେଁ। ସେ ସ୍ୱାମୀ ହେଉ କି
ଆଉ କେହି'!

ନିଜର ଏହି ଅବୁଝା ଉଚ୍ଚଶିକ୍ଷିତା ସ୍ୱାଧୀନତାଚେତା ଝିଅକୁ କଣ' ଉତ୍ତର ଦେବେ
ଜାଣିପାରୁ ନଥିଲେ। 'ଯଦି ଏଠାରେ ସେ ତା' ଅବଶିଷ୍ଟ ଜୀବନ ରହିପାରୁଛି ତା
ହେଲେ ଠିକ୍ ଅଛି, ରହୁ'। ଏହା ସତ୍ତ୍ୱେ ବି ତାର ଅନିଶ୍ଚିତ ଭବିଷ୍ୟତକୁ ନିଜ ଆହତ
ଉଦ୍‌ବିଗ୍ନ ମନ ଭିତରୁ କାଢିପାରୁ ନଥିଲେ। ବାପାର ପ୍ରାଣଟି ତାଙ୍କ ଭିତରେ
ଯେତେବେଳେ ଜୀବିତ ଥିଲା ତାହା ତାଙ୍କୁ ଆଦୌ ନିଶ୍ଚିନ୍ତରେ ରଖାଇପାରୁ ନ ଥିଲା।
ମୁହାଁ ଖୋଲି ନିଜର ଉଦ୍‌ବେଗକୁ ପ୍ରକାଶ କରିପାରୁ ନଥିଲେ ମଧ୍ୟ ଏକ ଅସହନୀୟ
ପୀଡା   ଭିତରେ ଭାରାକ୍ରାନ୍ତ କରିଦେଉଥିଲା ତାଙ୍କୁ। ଝିଅର ଏହି ମତିଗତିକୁ ଦେଖି
ତାଙ୍କର ବି ଧାରଣା ହୋଇଯାଇଥିଲା- 'ସତରେ, ସବୁକିଛି ବଦଳିଯାଇଛି। ଆଉ
ବଦଳିଚାଲିଛି ମଧ୍ୟ ଦ୍ରୁତଗତିରେ। ସେ ସମୟ ବି ଆଉ ନାହିଁ ଯାହାକୁ ସେ ଖୋଜୁଥିଲେ।
ପରିବର୍ତ୍ତିତ ସମୟର ଉଗ୍ର ନୂତନ ରୂପରେ ଏ ସହରର କୋଠାବାଡି ରାସ୍ତାଘାଟ ପରି
ନିତି ବଦଳି ହୋଇ ଚାଲିଛି ପୁରୁଣା ଜୀବନରଧାରା। ତାହାର ସୁନ୍ଦରପଣ ଓ ସ୍ଥାୟିତ୍ୱ!

ତାଙ୍କର ଏହି ଧାରଣା ଆହୁରି ମଜ୍‌ବୁତ ହୋଇଥିଲା ସାନପୁଅ ଆଲୋକର
ଚାଲିଚଲନକୁ ଦେଖି। କହିବାକୁ ଗଲେ ବଡଟିଅ ପରି ସେ ଯଦିଓ ମେଧାବୀ ନ ଥିଲା
କିନ୍ତୁ ମୋଟା ଆକାରରେ ଡୋନେସନ୍ ଦେଇ ତା' ପାଇଁ ଭଲ ଶିକ୍ଷାର ବ୍ୟବସ୍ଥା
କରାଇଦେଇଥିଲେ। ପୁଅଝିଅଙ୍କୁ ପାଠ ପଢାଇବାରେ ସାମାନ୍ୟତମ ଅବହେଲା କରି
ନଥିଲେ ନିଜ ତରଫରୁ। ପୁଅ ତା'ର ମ୍ୟାନେଜ୍‌ମେଣ୍ଟ ପାଠପଢା ସାରି ଏବେ ଏକ
ମଲ୍‌ଟିନେସ୍‌ନାଲ୍ କମ୍ପାନୀରେ ଚାକିରୀ କରୁଛି। ସେହି ଦୃଷ୍ଟିରୁ କୌଣସି ମତେ ଥଇଥାନ
ହୋଇଯାଇଥିବାରୁ ସାମାନ୍ୟ ଆଶ୍ୱସ୍ତ ଅନୁଭବ କରୁଥିଲେ ମଧ୍ୟ ତାର ବ୍ୟତିକ୍ରମ
ଜୀବନଶୈଳୀରେ ଆଦୌ ଖୁସି ନ ଥିଲେ। ଏକଦମ୍ ବେପରୁଆ ଭାବରେ ବଞ୍ଚିଚାଲିଥିଲା
ଆଲୋକ। ନିଶାଚରଙ୍କ ପରି ସବୁଦିନ ମଦ୍ୟପାନ କରି ରାତିଅଧରେ ଘରକୁ ଫେରିବ।
ଘରେ ଉନ୍ମାଦଙ୍କ ପରି କାଣ୍ଡକାରଖାନା ଘଟାଇବାକୁ ଅଭ୍ୟାସରେ ପରିଣତ
କରିଦେଇଥିଲା। ତା'ର ଉଚ୍ଛୃଙ୍ଖଳତା କହିଦେଉଥିଲା ଯେପରି କି ସେ ଆଉ କୌଣସି

ଶୃଙ୍ଖଳ ଭିତରେ ରହିବାକୁ ଚାହେଁ ନାହିଁ। ଭଲ ଚାକିରୀ କରୁଛି, ଭଲ ରୋଜଗାର କରୁଛି, ତେଣୁ ଜୀବନକୁ ଉପଭୋଗ କରିବ ହିଁ କରିବ। ନୂଆ ସମୟର ନୂଆ ଲଗାମ୍‌ଛଡ଼ା ଜୀବନ ନେଇ ସେ ବଞ୍ଚିବ। ସେହି ବଞ୍ଚିବାକୁ କିଏ ଗ୍ରହଣ କଲେ କଲା ନ ହେଲେ ନାହିଁ। ସେଥିପାଇଁ ତା'ର ପରବାଏ ନାହିଁ।

ଅନେକଥର ନିଜର ଏହି ବିପଥଗାମୀ ପୁଅକୁ ବୁଝାଇ କୌଣସି ସୁଫଳ ପାଇ ନ ଥିଲେ ସୁଦର୍ଶନ ବାବୁ। ତା' ଉପରେ ରାଗିବାକୁ ଚାହିଁ ବି ରାଗିପାରୁ ନ ଥିଲେ। ସ୍ୱଭାବରେ ସଂପୂର୍ଣ୍ଣ ବଦ୍‌ରାଗୀ ଥିଲେ ସେ। ପିଲାବେଲୁ ଚିଡ଼ିଚିଡ଼ା ମିଜାଜ୍‌ର। କିଏ କିଛି ଜୋର୍‌ରେ କହିଦେଲେ କିମ୍ୱ ତା'ର କିଛି ଏପଟସେପଟ ହୋଇଗଲେ ଚାହୁଁ ଚାହୁଁ ଘରଟାକୁ ଅଶାନ୍ତ ଘୁର୍ଣ୍ଣି ଭିତରକୁ ଠେଲିଦେବ, ତା' ସହିତ ନିଜର କିଛି ଗୋଟେ କ୍ଷତି ମଧ କରିପକାଇବ। କିଛି ବର୍ଷ ତଳେ ଝିଅମାନଙ୍କ ସହିତ ଅବାଧ ମିଳାମିଶାକୁ ନେଇ ଗାଳିଗୁଲଜ କରିଥିବାରୁ ପ୍ରତିକ୍ରିୟାରେ ଛାତ ଉପରୁ ଡେଇଁ ପଡ଼ିଥିଲା ତଳକୁ। ଭାଗ୍ୟକୁ କେବଳ ଗୋଟିଏ ଗୋଡ ଭାଙ୍ଗିବା ଛଡ଼ା ସେପରି ଅଧିକ କ୍ଷତି ଘଟି ନଥିଲା। ସେହି ଦୃଷ୍ଟିରୁ ଏହି ମାମଲାରେ ନିଜକୁ ଯଥା ସମ୍ଭବ ସଂଯତ ରଖିବାକୁ ଚେଷ୍ଟା କରୁଥିଲେ ସେ। ପୁଅଠାରେ ଆଉ ଯେପରି ସେହି ଭୟଙ୍କର ପ୍ରତିକ୍ରିୟା ବା ପରିଣାମର ପୁନରାବୃତ୍ତି ନଘଟୁ ଚାହୁଁଥିଲେ। ଯେତେ ଯାହା ହେଲେ ବି ଏକମାତ୍ର ପୁଅ। ବଂଶର ବିହନ। ସେଥିପାଇଁ ଯେମିତି ଯାହା କରି ବୁଝାଇସୁଝାଇ ଏଥିରୁ ନିବୃତ୍ତି ରଖିବାକୁ ନିଷ୍ଫଳ ପ୍ରୟାସ ଜାରି ରଖିଥିଲେ।

ଆଲୋକର ବ୍ୟବହାର ଦିନକୁ ଦିନ ସୀମା ଅତିକ୍ରମ କରିଚାଲିଥିଲା। ତାଙ୍କ ଭିତରେ ଧୈର୍ଯ୍ୟଶୀଳତାର ପ୍ରାଚୀରକୁ ଆଉ ଅକ୍ଷତ ରଖିବା ଏଥିରେ ସମ୍ଭବ ନ ଥିଲା। କୂଳର ଘେରିବନ୍ଦ ସଦୃଶ୍ୟ ସଂସାର ସମୁଦ୍ରର ଉଦ୍ଧାଳଲହରୀକୁ ସାମ୍ନାକରି ଧୈର୍ଯ୍ୟହରା ହୋଇ ପଡ଼ିଥିଲେ ସେ। କୂଳକିନାରା କିଛି ଖୋଜି ପାଉ ନଥିଲେ, କିପରି ଆଉ କେମିତି ତାଙ୍କର ଏହି ଛୋଟ ପରିବାରକୁ ସମ୍ଭାଳି ଧରି ରଖିବେ ?

ଆଗରୁ ସାଙ୍ଗସାଥୀ ବନ୍ଧୁବାନ୍ଧବ ମହଲରେ ନିଜକୁ ଜଣେ ସଫଳ ମଣିଷ ଭାବି ଗର୍ବ ଅନୁଭବ କରୁଥିଲେ। ତାଙ୍କର ସେପରି ଅନୁଭବ କରିବା ପଛରେ ବି ଦୃଷ୍ଟାନ୍ତ ଯୋଗ୍ୟ କାରଣମାନ ରହିଥିଲା। ଏକେ ତ ଭୁବନେଶ୍ୱରରେ ଦୀର୍ଘବର୍ଷର ରହଣୀ, ତା ସହିତ ନିଜର ଏକ ସ୍ଥାୟୀ ସୁଦୃଶ୍ୟ ଘର ଏତିକି ପ୍ରାଥମିକ ପ୍ରମାଣ ଦେବାକୁ ଯଥେଷ୍ଟ ଥିଲା। ଦ୍ୱିତୀୟତଃ ପିଲାମାନଙ୍କର ନାମୀଦାମୀ ସ୍କୁଲରେ ଶିକ୍ଷା, ସେମାନଙ୍କର ଅତ୍ୟାଧୁନିକ ଚଲଣୀ ଏହିଦାବୀକୁ ଅଧିକ ବିଶ୍ୱାସଯୋଗ୍ୟ ଭାବେ ଉପସ୍ଥାପିତ କରିପାରୁଥିଲା। ସମୟର ଜୁଆର ସେହି ପାରିବାପଶର ଅହଂକାରକୁ ଧୋଇପୋଛି କ୍ଷତିଗ୍ରସ୍ତ କରିଦେଇଥିଲା।

ଏହା ମଧ୍ୟରେ ପରିସ୍ଥିତି ଢେର ବଦଳିଯାଇଥିଲା। ଆଗପରି ନିଜକୁ ସେ ସଫଳ ବୋଲି ଭାବିପାରୁ ନଥିଲେ କି କହିବାର ସାମାନ୍ୟ ସ୍ପର୍ଦ୍ଧା ରଖୁ ନ ଥିଲେ। ଆମ୍ବଡ଼ିମାର ଏହି ଅଳଙ୍କାର ଟିକକ ତାଙ୍କ ପାଇଁ ପରିଧାନ ଅଯୋଗ୍ୟ ହୋଇଯାଇଥିଲା। ବିଫଳ ସଂସାରର ରଥଚକତଳେ ପେଷି ହୋଇଯାଇଥିଲା ତାଙ୍କ ପ୍ରତିଷ୍ଠା, ପରିଚୟ ସବୁକିଛି।

ଦିନେ ରାତିର ଘଟଣା। ସବୁଦିନ ପରି ଶଯ୍ୟାକୁ ଯିବା ପୂର୍ବରୁ ନିଦବଟିକା ଖାଇ ଶୋଇବାକୁ ପ୍ରୟାସ କରୁଥାନ୍ତି ସୁଦର୍ଶନ ବାବୁ। ଆଖିକୁ ନିଦ ଆସୁ ନଥାଏ। ନିଦ ବଦଳରେ ମନ ଭିତରେ ମାଡ଼ି ପଡୁଥାଏ ଅସରନ୍ତି ବିରକ୍ତିକର ତିକ୍ତ ମାନସିକ ଯନ୍ତ୍ରଣା। ଭିତରେ ନ ଶୋଇ ଚେଇଁ ରହି ଛଟପଟ କରୁଥାଏ ଉଦ୍‌ଗ୍ରୀବ ଘରୋଇ ଚିନ୍ତା ଯେତେକ। ପୁଅ ଆଲୋକ ସେ ପର୍ଯ୍ୟନ୍ତ ଘରକୁ ଫେରି ନ ଥାଏ। ରାତି ବାର ବାଜିସାରିଥାଏ। ତା'ର ରାତି ଅଧୁଆ ଫେରିବା ସହ ଝିଅ ଅରୁନ୍ଧତୀ ଅଭ୍ୟସ୍ତ। ସିଏ ତାଲା ଫିଟାଇ ଗେଟ୍‍ ଖୋଲେ ପୁଣି ଦିଏ ଆଉ ତାକୁ ସମ୍ଭାଳେ।

ସେଦିନ ବହୁରାତି ଯାଏଁ ଆଖିକୁ ନିଦ ଆସୁ ନଥିଲା। ଚାରିଆଡ଼ ସ୍ତବ୍ଧ ପଡ଼ିଯାଇଥିଲା ନୀରବତାରେ। ସାରା ସହର ଶୋଇପଡ଼ିଥିଲା ନିଶ୍ଚିନ୍ତ ନିଦ୍ରାରେ। ଏହି ସମୟରେ ପୁଅର କାରହର୍ଣ ଶୁଭିବାରୁ ସେ ଆସିଥିବ ଜାଣି ମେନ୍‍ ଗେଟ୍‍ ଖୋଲିବାକୁ ଉଠିପଡ଼ିଲେ। ସେଠି ପହଞ୍ଚିବା ଆଗରୁ ଝିଅ ଖୋଲିସାରିଥିଲା ଗେଟ୍‌ଟା। ଗାଡ଼ି ଭିତରୁ ନିଶାସକ୍ତ ଅବସ୍ଥାରେ ପଦାକୁ ବାହାରି ଦୋହଲି ଦୋହଲି ତା' ରୁମ୍‍ ଭିତରକୁ ପଶୁଥିଲା ଆଲୋକ। ସାଙ୍ଗରେ ଥିଲା ଏକ ଅପରିଚିତ ଝିଅ। ଏ ଦୃଶ୍ୟ ଦେଖି ଆଉ ଆଗକୁ ବୁଝିବାକୁ କିଛି ବାକି ନ ଥିଲା ତାଙ୍କ ପାଇଁ। ଆଉ ଅଟକାଇ ପାରିଲେ ନାହିଁ ସେ ନିଜକୁ। ନେଡ଼ିଗୁଡ଼ ଯେ ସଂପୂର୍ଣ୍ଣ କହୁଣୀ ଯାଏଁ ବହିସାରିଛି ଏକଥା ଆଉ ଅଛପା ହୋଇ ରହିନଥିଲା ତାଙ୍କ ଆଖିରେ। ଅସମ୍ଭାଳ ହୋଇ ଯାହା ନାହିଁ ତାହା ଗାଳି ବର୍ଷଣ କରିଗଲେ ପୁଅକୁ। ପାଟିରେ କୌଣସି ବାଡ଼ବତା ରହୁ ନଥାଏ। ଦୀର୍ଘଦିନର ଯେତେକ ଅକୁହା ରାଗ ରୋଷ ସବୁତକ ଓଜାଡ଼ି ପକାଇଲେ ସେହି ଗୋଟିଏ ରାତିରେ।

ତା'ପର ଦିନ ସକାଳୁ ଉଠି ଅଭ୍ୟାସ ମତେ ନିଜର ନିତ୍ୟକର୍ମ ପ୍ରାଣାୟମ ପ୍ରଭୃତି କାର୍ଯ୍ୟ ସଂପାଦନ କରି ବାହାରିପଡ଼ିଲେ ମର୍ଣ୍ଣିଂୱାକ୍‍କୁ। ସେୟାଡୁ ସିଧା ଯାଇ ପହଞ୍ଚିଲେ ପାର୍କରେ ଯେଉଁଠି ଲାଫିଙ୍ଗ୍‍ କ୍ଲବ୍‍ ଚାଲେ। ତାଙ୍କ ପରି ସମବୟସ୍କମାନେ ଆସି ଏକତ୍ରିତ ହୋଇଥାନ୍ତି କିଛି ସମୟ ପାଇଁ। ବୟସର ସବୁ ଅବସାଦ ଓ ବୋଝକୁ ଶୂନ୍ୟ ଆକାଶରେ ମିଳାଇଦିଅନ୍ତି ସେମାନଙ୍କ ସମବେତ ହାସ୍ୟରୋଲରେ। ତାଙ୍କ ପହଞ୍ଚିବା ପୂର୍ବରୁ ଅନ୍ୟ କିଛି ବନ୍ଧୁ ଆସି ସେଠାରେ ପହଞ୍ଚ ପୂର୍ବବତ୍‍ ହସ ଅଭ୍ୟାସ ଆରମ୍ଭ କରିଦେଇଥିଲେ। ସୁଦର୍ଶନ ବାବୁ ସେମାନଙ୍କ ସହ ଯୋଗ ଦେଇ ନିଜର

ଦୁଇହାତ ଉପରକୁ ଟେକି ପାଟିକୁ ଯଥା ସମ୍ଭବ ପ୍ରସାରିତ କରି ହା..... ହା କରିବା ଆରମ୍ଭ କରିଥିଲେ ମାତ୍ର।

ଫୋନ୍‌ଟା ଆସିଲା ନା କ'ଣ ସେଥିରେ ବ୍ୟାଘାତ ଘଟାଇଲା। ସେଇଟା ଅରୁନ୍ଧତୀର କଲ୍ ଥିଲା। ସକାଳୁ ପୁଣି କଣ' ଏମିତି ଆବଶ୍ୟକତା ପଡ଼ିଲା ଜାଣିବାକୁ ଚାହିଁ ମୋବାଇଲ୍ ଫୋନ୍‌ଟାକୁ କାନ ପାଖକୁ ନେଲାରୁ ସେପଟୁ ଝିଅର ବ୍ୟତିବ୍ୟସ୍ତ ସ୍ୱର ଭାସିଆସୁଥିଲା– 'ବାପା, ଜଲ୍‌ଦି ଆସ। ଆଲୋକ ତା'ର ହାତର ଶିରାକୁ କାଟିଦେଇଛି। ବହୁତ ଗୁଡ଼ାଏ ରକ୍ତ ବୋହିସାରିଲାଣି। ଏବେ ସେ ପୁରା ସେନ୍‌ସଲେସ୍ ଅବସ୍ଥାରେ। ତାକୁ ଶୀଘ୍ର ମେଡ଼ିକାଲ ନେବାକୁ ହେବ।'

ଆଉ ଅଧିକ କିଛି ଭାବିବା ପାଇଁ ତାଙ୍କ ପାଖରେ ସମୟ ନଥିଲା। ନିଜ ଉଜୁଡ଼ା ସଂସାରକୁ ସଜାଡ଼ିବାକୁ ଯାଇ ଯେଉଁ ଭୟଙ୍କର ପରିମାଣଠାରୁ ଦୂରେଇ ରହିବାକୁ ଚାହୁଁଥିଲେ, ସେଇଟା ଶେଷରେ ଘଟିଲା। ଦ୍ରୁତ ପାଦ ପକେଇ ଫେରି ଆସୁଥିଲେ ଘରକୁ। ପଛରୁ ସେମିତି ଲାଫିଙ୍‌ କ୍ଲବର ମିଳିତ ହାସ୍ୟରୋଳ ଶୁଭୁଥାଏ। ଯେଉଁ ଶବ୍ଦଗୁଡ଼ିକ ଆସି ନିର୍ଦ୍ଦୟ ଭାବରେ ଶରବିଦ୍ଧ କରିପକାଉଥିଲା ତାଙ୍କ ବିକ୍ଷୁବ୍ଧ ମନକୁ। ଦୁଇ କାନକୁ ଉକ୍‌ଟ ଲାଗୁଥିବା ସେହି ହା..... ହା ଶବ୍ଦ ଗୁଡ଼ିକ ଯେପରି ହାହାକାର ସୃଷ୍ଟି କରିଚାଲିଥିଲେ ତାଙ୍କ କ୍ଷତାକ୍ତ ହୃଦୟରେ। ଯେତେ ଶୀଘ୍ର ସେଠାରୁ ଦୂରେଇଯିବା ପାଇଁ ନିଜର ପାଦର ଗତିକୁ ବଢ଼ାଇ ଚାଲିଥିଲେ।

ମାଟି ଖେଳ

ଗାଁ ନାଁ ଶୁଣିଲା ମାତ୍ରେ ଚିହଁକି ଉଠେ ନମିତା। କେଉଁ ଗୋଟାଏ ଅଦୃଶ୍ୟ ପୋକ ଯେମିତି କାମୁଡ଼ି ପକାଏ ଭିତରୁ। ଇସ୍.... ନାକଟା ଅଧଇଞ୍ଚ ପର୍ଯ୍ୟନ୍ତ ଉଠିଯାଏ ଉପରକୁ..... ଘୃଣାରେ। ଆପେ ଆପେ ମୁହଁରେ କେମିତି ଏକ ବିକୃତ ଭାବ ଝଲସି ଉଠେ – 'ଛିଃ...... ସେ ପଚରା ଅପନ୍ତରା ଜାଗାକୁ ମାଡ଼ିବ କିଏ !' ହେଲେ ବିଧାତାର ଅଦୃଶ୍ୟ ସଂଯୋଗର ତାଡ଼ନାରେ ଶେଷକୁ ଦିନେ ତାକୁ ବାହା ହେବାକୁ ପଡ଼ିଥିଲା ଗାଁରେ। ଅଷ୍ଟମଙ୍ଗଳା ଡେଇଁ ଆଉ ସାତଟା ଦିନ ପୁରିଛି କି ନାହିଁ ସେହିଦିନଠୁ ଗାଁ ଛାଡ଼ିଛି ଯେ ଛାଡ଼ିଛି, ଆସିକି ପାଞ୍ଚବର୍ଷ ହେଲାଣି। ତା ପରଠାରୁ ସେୟାଡ଼କୁ ମୁଁ ଫେରାଇନି କେବେ। ମଝିରେ ମଝିରେ ଶନିବାର ରବିବାର ଦେଖ୍ ସ୍ୱାମୀ ସୁମନ୍ତ ତାଙ୍କର ଯାଆନ୍ତି ଗାଁକୁ। ସିଏ ତାଙ୍କର ଜାଣନ୍ତି ସେଠିକାର ଭଲ ମନ୍ଦ ସବୁକିଛି। ଦିନେ ବି କାନ ଉଠାଇ ସେହି ବିଷୟରେ ଜାଣିବାକୁ ଆଗ୍ରହ ନଥାଏ ତାର।

ଏତେବର୍ଷ ପରେ ପୁଣି ସେହି ଏକ ଅଦୃଶ୍ୟର ତାଡ଼ନାରେ ସେ ଏକରକମ ବାଧ୍ୟ ହୋଇଛି ଗାଁକୁ ଆସିବାକୁ। ନଆସିବା ଛଡ଼ା ଅନ୍ୟ କିଛି ଉପାୟ ଯେ ନଥିଲା। ସବୁଥର ପରି ଫାଙ୍କି ଦେବାର କି ଟାଳି ଦେବାର ଅବକାଶ ବି ନଥିଲା। ଏପର୍ଯ୍ୟନ୍ତ ଯେତେଥର ଗାଁକୁ ଯିବା କଥା ଉଠିଛି, ପୂଜା ଛୁଟିରେ ହେଉ କି ବିବାହ ବ୍ରତଘର ପ୍ରତିଥର ତା ନଯିବାର ବାହାନାଟା ବେଶ୍ କାମ କରିଥାଏ କିୟ। ତାର ଅନିଚ୍ଛା ମନୋଭାବକୁ ସୁମନ୍ତ ବୁଝିଯାଏ ଆଉ ତାକୁ ସାଙ୍ଗରେ ଯିବାକୁ ବାଧ୍ୟ କରେନା। ଏଥର କିନ୍ତୁ କଥାଟା ଅଲଗା ପ୍ରକାର ଥିଲା।

ଆଜି ଦିନଟାରେ ପଛକୁ ପଛ ହୋଇ ଗାଁରୁ ଚାରିଥର ଫୋନ ଆସି ସାରିଥିଲା। ପ୍ରଥମ ଫୋନ୍‌ଟି ଥିଲା ଏକ ଅସୁଖକର ସମ୍ବାଦ। ଶ୍ୱଶୁରଙ୍କ ଦେହ ଖରାପ, ତଥା ଶେଷ

ଅବସ୍ଥାରେ ଥିବାର ଖବର । ତାପରେ ତିନି ଥର ଘନ ଘନ ଫୋନ୍ ଆସିଲାଣି –
'ଯେତେଶୀଘ୍ର ପାରୁଛ ଗାଁରେ ଆସି ପହଞ୍ଚ' । ଖବର ପାଇଲା ପରେ ସେ ସୁମନ୍ତଙ୍କ
ଅଫିସ୍କୁ ଜଣେଇ ସାରିଥିଲା । ଆଉ କିଛି ସମୟ ଭିତରେ ସେ ଆସି ପହଞ୍ଚ ଯିବେ ।
ସେୟାଡ଼ୁ କହିସାରିଥିଲେ – ଜିନିଷ ପତ୍ର ସଜାଡ଼ି ରଖ । ମୁଁ ଏକାଥରେ ଏଇଠୁ ଟ୍ୟାକ୍ସି
ଧରି ଯାଇ ପହଞ୍ଚିବି । ସଙ୍ଗେ ସଙ୍ଗେ ବାହାରିଯିବା ।

ଯିବାକଥା ଶୁଣି ନମିତାର ଚିନ୍ତା ବଢ଼ିଯାଇଥିଲା ତାର ଚାରି ବର୍ଷର ପୁଅ ବବ୍ଲୁକୁ
ନେଇ । ଏବେ ଚାରିଆଡେ ଘୋ ଘୋ ବର୍ଷା । ସହଜେ ସେଟା ଦୁଷ୍ଟ । ଏଇ ପାଗରେ
ଗାଁକୁ ଗଲେ ଓଦା ହୋଇ କଣ ଯେ ତା ଦେହର ଅବସ୍ଥା ହେବ ସେଇ କଥା ବିବ୍ରତ
କରୁଥିଲା ତାକୁ । ହାତରେ ସମୟ ଥିଲେ ଏଠାରୁ ମାତ୍ର ଦଶ କିଲୋମିଟର ଦୂରରେ
ଏଇ ସହରର ଆରପଟରେ ରହୁଥିବା ଡାଡି ମମିଙ୍କ ପାଖରେ ନେଇ ଛାଡ଼ି ପାରିଥାନ୍ତା ।
ସେଠି ସେମାନଙ୍କ ସହ ଅନିତା ବି ରହୁଛି । ସିଏ ଭଲ ଭାବରେ ଦେଖା ଚାହାଁ କରିଥାନ୍ତା
ତାକୁ । ମାତ୍ର ସମୟ କମ ଥିବାରୁ ସେପରି କରିବା ତା ପକ୍ଷେ ସମ୍ଭବ ନଥିଲା ।

ଖୁବ୍ ଅଳ୍ପ ସମୟ ମଧ୍ୟରେ ତାକୁ ଅନେକ କିଛି ଯୋଗାଡ଼ କରି ସଜାଡ଼ିବାକୁ
ପଡ଼ିବ । 'କେତେଦିନ ରହିବାକୁ ପଡ଼ିବ କେଜାଣି ? ବୋଧେ ସବୁତକ କାର୍ଯ୍ୟ ସରିବା
ପର୍ଯ୍ୟନ୍ତ । ତା ପୂର୍ବରୁ ତ କେବେ ଆସିହେବ ନାହିଁ ।' ନିଜକୁ ନିଜେ ପ୍ରଶ୍ନ ପଚାରି
ଉତ୍ତର ପାଖରେ ପହଞ୍ଚିବାକୁ ଚେଷ୍ଟା କରୁଥିଲା । ତାଜା ଉପରୁ କପଡ଼ା ଗୁଡ଼ା ହୋଇ
ରଖାଯାଇଥିବା ବଡ଼ ଆଟାଚିଟାକୁ ବାହାର କରିଆଣିଲା ତଳକୁ । ମନେ ପକାଇ ଗୋଟା
ଗୋଟା କରି ସଜେଇ ରଖିବାକୁ ଚେଷ୍ଟା କଲା ଆବଶ୍ୟକୀୟ ଲୁଗାପଟା । ସୁମନ୍ତଙ୍କର
ଦୁଇ ହଳ ପ୍ୟାଣ୍ଟ ଆଉ ସାର୍ଟ, ଗାମୁଛା ଆଉ ଲୁଙ୍ଗି ପ୍ରଭୃତି, ନିଜର କେଇଖଣ୍ଡ ଶାଢ଼ୀ ଓ
ବବ୍ଲୁର ତିନି ଚାରିହଳ ଡ୍ରେସ ।

ଏ ସବୁତକ ରଖିସାରିଲା ପରେ ଆହୁରି କିଛି ଗୁରୁତ୍ୱପୂର୍ଣ୍ଣ ଜିନିଷ ଭୁଲିଗଲା
ପରି ତାକୁ ଲାଗୁଥାଏ । ସେପରି ହେବା ବି ତା ପାଇଁ ସ୍ୱାଭାବିକ । ତର ତର ହୋଇ
ଯେତେବେଳେ ସେ କିଛି ଗୋଟାଏ କାମ କରେ କିଛି ନା କିଛି ଭୁଲିଯାଏ । ଏଇଟା
ତାର ସ୍ୱଭାବ । ସେଥିପାଇଁ ସୁମନ୍ତଙ୍କ ଆସିବାକୁ ଯେତିକି ସମୟ ବାକି ଥିଲା ସେତିକି
ସମୟ ମଧ୍ୟରେ ତନ୍ନ ତନ୍ନ କରି ମନେ ପକାଇବାକୁ ଚେଷ୍ଟା କଲା – ଆଉ କଣ ଛାଡ଼ି
ଯାଇନି ତ ! ହଠାତ୍ ତାର ମନେପଡ଼ିଗଲା ଯେ ସେ ବହୁତ କିଛି ଛାଡ଼ି ଯାଇଛି
ବୋଲି । ଯେପରି କିଛି ସମୟ ପାଇଁ ଭୁଲି ଯାଇଥିଲା ତାର ଏହି କିଛିଦିନର ଯାତ୍ରା
ଆଉ କୁଆଡେ ନୁହେଁ, ଶ୍ୱଶୁର ଘର ଗାଁକୁ ବୋଲି । ଯେଉଁ ଅମା ଅନ୍ଧକାର ଘେରା ଗାଁକୁ
ପାଞ୍ଚବର୍ଷ ତଳେ ଦେଖିଥିଲା ସେଇ ଗାଁକୁ ।

ଯେଉଁ ଗାଁ ତା ଜୀବନରେ କିଛିଦିନ ପାଇଁ ଦୁଃସ୍ୱପ୍ନ ହୋଇ ଧସେଇ ପଶିଯାଇଥିଲା। ସଂପୂର୍ଣ୍ଣ ସହରୀ ଗଢଣରେ ବଢ଼ିଥିବା ନମିତା କେବେ କଳ୍ପନା କରିନଥିଲା ବିବାହ ବନ୍ଧନରେ ଆବଦ୍ଧ ହେବାକୁ ଯାଇ ତାକୁ ଏପରି ଏକ ଅପରିକଳ୍ପିତ ସ୍ଥାନକୁ ଯିବାକୁ ପଡ଼ିବ ବୋଲି। ପୁଅ ସରକାରୀ ଚାକିରି କରୁଥିବାରୁ ତାଙ୍କ ଘରେ ଏହି ଲୋଭନୀୟ ପ୍ରସ୍ତାବ ହାତଛଡ଼ା କରିବାକୁ ଚାହିଁନଥିଲେ। ମମି ବାରମ୍ବାର ତା କାନରେ – 'ମାତ୍ର କିଛିଦିନର କଥା' କହି କୌଣସିମତେ ବୁଝାଇ ସୁଝାଇ ରାଜି କରାଇଥିଲେ ତାକୁ। ଆଗରୁ କେବେ ବସ୍ ଝରକାରେ, ବହିରେ କିମ୍ବା ସିନେମା ପ୍ରଭୃତିରେ ଗାଁର ପ୍ରତିଛବି ଦେଖି ଆସିଥିବା ନମିତା ପାଇଁ ଏହା ଯେପରି ଥିଲା ଏକ ନିତାନ୍ତ ଅସ୍ୱସ୍ତିକର ଅନୁଭବ। ବାହାଘର ପରେ ଯେଉଁ କିଛିଦିନ ଗାଁରେ କଟିଥିଲାସେଠି ଦିନଟିଏ ଚଳିବା ତା ପାଇଁ ଥିଲା ମସ୍ତବଡ ବୁଝାମଣା। ଆଦୌ ଖାପ ଖୁଆଇ ପାରିନଥିଲା ସେହି ନୂଆ ମଫସଲୀ ପରିବେଶ ସହିତ। ସେତେବେଳେ ବି ଏହି ବର୍ଷାରତୁର ସମୟ ଥିଲା। ଘର ଚାରିପଟ ଯାକ କାଦୁଅ ପଚ ପଚ, ମେଞ୍ଛା ମେଞ୍ଛା କଞ୍ଚା ମଇଳା ପାଣି। ଶ୍ୱଶୁର ଘର କହିଲେ ସଂପୂର୍ଣ୍ଣ ମାଟିକାନ୍ଥର ଘର। ଘରର କାନ୍ଥୁ ଆରମ୍ଭ କରି ଚଟାଣ ପର୍ଯ୍ୟନ୍ତ ଓଦା ଗମରା ଗନ୍ଧରେ ଅଶନିଃଶ୍ୱାସୀ ହୋଇପଡୁଥିଲା ସେ। ଲାଗ୍ ଲାଗ୍ ଦେହ ଖରାପ ରହିବାରୁ ବାଧ୍ୟ ହୋଇ ସୁମନ୍ତ ନେଇ ଆସିଥିଲେ ସହରକୁ। ନହେଲେ ସେଠାରୁ ମୁକୁଳିବା ଏତେଶୀଘ୍ର ସମ୍ଭବ ନଥିଲା।

ଏକଥା   ଭାବିଲା ବେଳକୁ ଦଲକାଏ ଶିହରଣରେ ଥରିଉଠିଲା ତାର ଗୋଟାସୁଦ୍ଧା ଦେହ। ପୁରୁଣା ସ୍ମୃତିର ରୋମନ୍ଥନରେ ଏଇ ଯେଉଁ ଅସହ୍ୟ ଚିତ୍ର ତା ଆଖି ଆଗରେ ନାଚିଉଠେ ତାହା ତାକୁ କିଛି ସମୟ ପାଇଁ ଅସ୍ତବ୍ୟସ୍ତ କରିପକାଏ। ଅବଚେତନରେ ଗ୍ରହଣ କରିପାରେ ନାହିଁ ସେହି ସବୁ ଅଘୋଲିଭା ଦିନଗୁଡ଼ିକୁ। ଆଜି ବି ସେପରି ବର୍ଷା ଲାଗିରହିଥିଲା ବାହାରଟା ସାରା । ଏଥିରେ ଆଉଥରେ ପୁଣି ଯିବାକୁ ପଡ଼ିବ ଗାଁକୁ । ରହିବାକୁ ପଡ଼ିବ କିଛି ଦିନ । ସାଙ୍ଗରେ ଯିବ ବବ୍ଲୁ। କେବଳ ତାର   ଚିନ୍ତାଟା ଘାରିପକାଉଥିଲା ଥରକୁ ଥର। 'ଏ ବର୍ଷାପାଣିରେ କି କଦର୍ଯ୍ୟ ଅବସ୍ଥା ହୋଇଥିବ ଗାଁର । ଘର ବାହାର ସବୁ ଯେମିତି କାଦୁଅ ଚିକିଟା ପାଲଟି ଯାଇଥିବ। ଯେଉଁଠି ପାଦ ଥାପିବ ପୁଲାଏ କାଦୁଅ ଅଠା ପରି ବୋଲି ହୋଇଯାଉଥିବ ଗୋଡ଼ରେ। ଛୁଆଟା କେମିତି ରହିବ କେଜାଣି ! ଏଠି କେତେ କଣ କରି ତା ହାତ ଗୋଡ଼କୁ ଜଗି ରଖିବାକୁ ପଡ଼ୁଛି। ସେଠି ଗଲେ ଦୁଷ୍କୁ ଆକଟ କରିବା ଅସମ୍ଭାଳ ହୋଇଯିବ ତା ପାଇଁ। ନାକେଦମ୍ କରିପକାଇବ ତାଙ୍କୁ ନିଶ୍ଚୟ'। ଆଗତ ଦୁର୍ଘଟଣାରେ ସତର୍କ ହୋଇପଡୁଥିଲା ନମିତା। ସେଥିଲାଗି ଅପରିହାର୍ଯ୍ୟ

ଲାଗୁଥିବା କିଛି ଜିନିଷକୁ ଗୋଟାଇ ଆଣି ଭର୍ତ୍ତି କଲା ଆଟାଚି ଭିତରେ। ଯେପରି ବେଡ୍‌ରୁମ୍‌ ଖଟ ଉପରେ ରଖାଯାଇଥିବା ବଡ ଟର୍ଚ ଲାଇଟ୍, ବେସିନ୍ ପାଖରେ ଥୁଆ ହୋଇଥିବା ଡେଟଲ ହାଣ୍ଡୱାସ୍ ଓ ସାବୁନ୍। ପୁଅର ଦେହକୁ ଆଖି ଆଗରେ ରଖ ଥଣ୍ଡା ଜ୍ୱର ପାଇଁ ସିରପ୍ ଇତ୍ୟାଦି।

ବବ୍‌ଲୁର ସ୍କୁଲ ଫେରିବା ସମୟ ହୋଇଯାଇଥାଏ। ଆସିଲା ମାତ୍ରେ ତାକୁ ଖାଇବା ପିଇବାକୁ ଦେଇ ଯିବା ପାଇଁ ପ୍ରସ୍ତୁତ କରିବାକୁ ପଡିବ। ସ୍କୁଲ ଗାଡିର ହର୍ଷଟା ଗେଟ୍ ଆଗରେ ବାଜିବା ଆଗରୁ ସେ ହାତରେ ଛତା ଖଣ୍ଡେ ଧରି ଗେଟ୍ ପାଖରେ ଯାଇ ଅପେକ୍ଷା କରି ରହିଲା। ଏଇ କେଇ ମାସ ହେବ ନୂଆ କରି ନର୍ସରୀରେ ନାଁ ଲେଖାଯାଇଥିଲା ତାର। ସ୍କୁଲକୁ ଗଲା ପରେ ବି ତଥାପି ତାର ପୂର୍ବ ଦୁଷ୍ଟାମି କମୁନଥିଲା। ଯଦିଓ ପ୍ରଥମେ ପ୍ରଥମେ ତାକୁ ସାଙ୍ଗରେ ନେଇ ସ୍କୁଲରେ ଛାଡିବାକୁ ପଡୁଥିଲା। ଏବେ ଆଉ ସେପରି କରିବାକୁ ପଡୁନାହିଁ। ସ୍କୁଲ ଗାଡିରୁ ଓହ୍ଲାଇ ଓହ୍ଲାଇ ବବ୍‌ଲୁ ପୂର୍ବପରି ମମିର ହାତକୁ ଧରି ଡେଇଁ ଡେଇଁ ମୁହାଁଇ ଆସିଲା ଘର ଆଡକୁ। ମମି ମୁହାଁରୁ ଗାଁକୁ ଯିବା କଥାଟା ଅପ୍ରତ୍ୟାଶିତ ଭାବେ ଶୁଣିଲା ମାତ୍ରକେ ଖୁସିରେ ବଡ ପାଟିରେ ଚିଲ୍ଲାଇ ଉଠିଲା। ସେହି କୁନି ଟିକ୍‌ରା ଭିତରେ ଖୁନ୍ଦି ହୋଇ ରହିଥିଲା ଯେପରି ଅସରନ୍ତି ଶିଶୁସୁଲଭ ଉଦ୍‌ଧମତା ଓ ଉସ୍‌ତାହ। ଯାହା ମୁହୂର୍ତ୍ତେ ପାଇଁ ତା ଶରୀରର ସର୍ବାଙ୍ଗରେ ବିଚ୍ଛୁରିତ ହୋଇଗଲା। ଛୋଟ ଓଠ ଓ ଡୁଉଲଡାଉଲ ମୁହାଁରେ ଖେଳିଉଠିଲା ଡେଉ ପରି ଚୂନା ଚୂନା ହସ।

ଆଗରୁ କେତେ ଥର ଡାଡିଙ୍କ ସହ ଗାଁକୁ ଯିବ ବୋଲି ବାହାରିଥିଲା। ସେଥିପାଇଁ ଜିଦି କରିଥିଲା, କାନ୍ଦିଥିଲା। କିନ୍ତୁ କୌଣସି ଥର ମମି ତାକୁ ଛାଡିବାକୁ ପ୍ରସ୍ତୁତ ନ ଥିଲା। ଆଜି ମମି ନିଜଆଡୁ ଗାଁକୁ ଯିବା କଥା କହିଥିବାରୁ ଜମାରୁ ହଇରାଣ ହରକତ ନ କରି ସୁନପିଲା ପରି ସବୁତକ ଖାଇବା ଜିନିଷକୁ ଅବିଳମ୍ବେ ସାରି ପକାଇଲା। ତା' ପରେ ମମି ପିନ୍ଧାଇଥିବା ଡ୍ରେସ୍‌କୁ ପିନ୍ଧି ଅପେକ୍ଷା କରି ରହିଲା ଡାଡିଙ୍କ ଆସିବା ବାଟକୁ। ରଙ୍ଗ ବେରଙ୍ଗ ଅନୁସନ୍ଧିସା ଭାସି ବୁଲୁଥିଲା ତାର ଦୁଇ କୋମଳ ଆଖିରେ। ଗାଁ ଶଢ଼ଟିକୁ ଅନେକ ବାର ଶୁଣିଥିଲା ଡାଡିଙ୍କ ମୁହାଁରୁ। ଡାଡି ଯାହା କହନ୍ତି– ଏଠି କୁଆଡେ ସବୁ ଗ୍ରୀନ୍। ଏଠି ବହୁତ ଗଛ ଦେଖିବାକୁ ମିଳେ। ସହର ଭଳିଆ ଫ୍ଲାଟ୍ ଉଚ୍ଚା ଉଚ୍ଚା ଘର ନୁହେଁ। ଧାତି ଧାତିକା ଚାଳଘର। ଆଖି ପାଉନଥିବା ଲମ୍ବା ଲମ୍ବା ଓ ଚଉଡା ଚଉଡା ଧାନ ବିଲ, ଗୋ'ଲିଆ ଆକାରର ପୋଖରୀ, ଯେଉଁଥିରେ ଫୁଲ ଫୁଟେ ଆଉ ସତ ସଟିକା ମାଛ ସବୁ ପହଁରୁଥାନ୍ତି। ଏମିତି ସବୁ କଥା ଯାହା ସହରରେ ଦେଖିବାକୁ ମିଳେନା।' ସ୍ୱଚକ୍ଷୁରେ ଏସବୁକୁ ଦେଖିବାର ଅବଦମିତ କୌତୂହଳତା ତା ମନର ଟିକି ପକ୍ଷୀକୁ ଚଳଚଞ୍ଚଳ କରିଦେଉଥିଲା।

ସୁମନ୍ତଙ୍କୁ ଦେଖିଲାମାତ୍ରେ ଏକ ଅଣାୟତ ଆବେଗିକ ଭଙ୍ଗୀରେ ଧାଇଁଯାଇ ପାଖକୁ କହିଲା – 'ଡାଡ଼ି .... ଡାଡ଼ି, ଆମେ ଗାଁକୁ ଯିବା'। ହଉ, ବ୍ୟତୀତ ଆଉ କୌଣସି ସ୍ୱର ଶୁଣାଯାଇ ନ ଥିଲା ସୁମନ୍ତଙ୍କ ମୁହଁରୁ । ଅନ୍ୟ କୌଣସି ଦିନ ହୋଇଥିଲେ ହୁଏତ ପିତୃସୁଲଭ ଆବେଶରେ କୋଳକରି ନେଇଥାନ୍ତେ ପୁଅକୁ। ତା' ଖୁସିରେ ଖୁସି ମିଶାଇଥାନ୍ତେ । ହେଲେ ନିଜ ବାପାଙ୍କ ସଂକଟାପନ୍ନ ଅବସ୍ଥା ବିଷୟରେ ଜାଣିସାରିଥିବାରୁ ପ୍ରତିକ୍ରିୟାହୀନ ଭାବେ ନୀରବ ରହିଲେ । ତରତର ହୋଇ ନମିତାକୁ ଜିନିଷପତ୍ର ଆଣିବାକୁ କହି ପୁଅକୁ ଆଗୁଆ ଧରିଯାଇଁ ବସିଗଡ଼ିଲେ ଗାଡ଼ି ଭିତରେ । ତାଙ୍କ ହାବଭାବ ମୁହଁରୁ ଏକ ପ୍ରକାର ଅସ୍ୱାଭାବିକ ବ୍ୟଗ୍ରତା ବାରିହୋଇପଡ଼ୁଥିଲା ।

ଟ୍ୟାକ୍ସିଟି ବହୁ କଷ୍ଟରେ ଗାଁ ମୁଣ୍ଡ ପର୍ଯ୍ୟନ୍ତ ଗଲା । ବର୍ଷା ହେତୁ ରାସ୍ତାଘାଟ ଭୀଷଣ ଭାବେ ଖରାପ ହୋଇଯାଇଥିଲା। ଘରପର୍ଯ୍ୟନ୍ତ ଯିବାକୁ ଆହୁରି କିଛି ବାଟ ବଳକା ଥାଏ। ମାଟିର ବନ୍ଧ ରାସ୍ତାଟା ବର୍ଷା ପାଣିରେ ବତୁରି ଏପରି ସଙ୍ଗୀନ ଅବସ୍ଥାରେ ଥିଲା ଯେ ଆଗକୁ ଗାଡ଼ି ଗଡ଼ିବା ଆଦୌ ସମ୍ଭବ ନ ଥିଲା। ସେହି ସେତିକି ପର୍ଯ୍ୟନ୍ତ ରାସ୍ତା ସତର୍କତାର ସହିତ ଗୋଟିଏ ଗୋଟିଏ ପାଦ ଦେଖି ପକାଇ ଯିବାକୁ ପଡ଼ିଲା। ସୁମନ୍ତ ଅଭ୍ୟସ୍ତ ଥିବାରୁ ଗୋଟିଏ ହାତରେ ଆଟାଚି ଓ ଆର ହାତରେ ପୁଅକୁ କାଖେଇ ଆଗକୁ ଚାଲିଥିଲେ। ଡାଡ଼ିଙ୍କ କାନ୍ଧରେ ମୁଣ୍ଡ ଥୋଇ ବବ୍ଲୁ ଆଖି ପୁରାଇ ଦେଖିଚାଲିଥ ଲା ନୂଆ ଦୁନିଆର ଦୃଶ୍ୟରାଜିକୁ। ଚାରିପାଖରେ ପାଣି କାଦୁଅଭରା ଦୃଶ୍ୟ କୌଣସି ପ୍ରଭାବ ପକାଇ ପାରୁ ନଥିଲା ତା ଉତ୍ସୁକତାରେ। ବରଂ ଓଲଟି ନିଜର ଚକିତ ଚାହାଣିରେ ସେହି ସବୁ ଦୃଶ୍ୟକୁ ପରଖିଚାଲିଥିଲା ଡାଡ଼ିଙ୍କଠାରୁ ଶୁଣିଥିବା କଥା ସହ। ଅନ୍ୟପଟରେ ନମିତା ନିଜର ଯୋତାହଳକୁ ହାତରେ ଧରି ରହି ରହି ପାଦ ଚିପି ଚିପି ଆସିବା ସତ୍ତ୍ୱେ ବି ସେତିକି ବାଟ ଅତିକ୍ରମ କରିବାଟା ତା ପାଇଁ ବହୁତ୍ କଷ୍ଟକର ହୋଇପଡ଼ିଥିଲା।

ଘରେ ପହଞ୍ଚିଲାବେଳକୁ ଘଟଣାକ୍ରମ ସଂପୂର୍ଣ୍ଣ ବଦଲିଯାଇଥିଲା। ନମିତା ଯେପରି ଆଶଙ୍କା କରୁଥିଲା ସେପରି କିଛି ଅଶୁଭ ଘଟି ନ ଥିଲା । ଶ୍ୱଶୁରଙ୍କ ସ୍ୱାସ୍ଥ୍ୟ ଅବସ୍ଥାରେ ଯଥେଷ୍ଟ ଉନ୍ନତି ଘଟିଥିଲା ଏହା ଭିତରେ । ସେ ଭାବିଥିଲା ହୁଏତ ଅଳ୍ପ ସମୟ ମଧ୍ୟରେ ତାଙ୍କ ପ୍ରାଣବାୟୁ ଚାଲିଯାଇଥାଇପାରେ। ସେଥିପାଇଁ ସାରା ଘରଟା ନିଶ୍ଚୟ ଶୋକାକୁଳ ପରିବେଶ ମଧ୍ୟରେ ଆଚ୍ଛନ୍ନ ହୋଇରହିଥିବ। ସମସ୍ତେ ବ୍ୟତିବ୍ୟସ୍ତ ଜଣାପଡ଼ୁଥିବେ। ପରିବାରର କିଛି ସଦସ୍ୟମାନେ କନ୍ଦାକଟା ଆରମ୍ଭ କରିଦେଇଥିବେ। କିନ୍ତୁ ଏଠି ଏକ ବିବର୍ତ୍ତନର ସୂଚନା ମିଳୁଥିଲା । ଏକ ସମ୍ଭାବ୍ୟ ବିୟୋଗାନ୍ତକ ସମୟ ଅପସରିଯାଇଥିବାରୁ ସମସ୍ତଙ୍କ ମୁହଁରେ ଥିଲା ସତେଜତା।

ଯେପରି କଳାବାଦଲ ହଟି ଏକ ନିର୍ମଳ ଆକାଶ ଶୋଭାପାଉଥିଲା ଘରର ମଥାନ ଉପରେ।

ଏହି ବଦଲି ଯାଇଥିବା ପରିସ୍ଥିତି ନମିତାକୁ ତ ବିସ୍ମିତ କରିଥିଲା, ତାହାଠାରୁ ଅଧିକ ଆନନ୍ଦ ମଧ୍ୟ ଆଣି ଦେଇଥିଲା। ମନେ ମନେ ଭାରି ଖୁସି ହୋଇଯାଇଥିଲା ସେ, ଯାହା ହେଉ ଆମର ଆଉ ଏତେଦିନ ଗାଁରେ ରହିବାକୁ ପଡିବ ନାହିଁକି ଏହି ଚକଟା ପାଣି କାଦୁଅରେ ଦିନ ବିତାଇବାକୁ ପଡିବ ନାହିଁ। ମାନସିକ ସ୍ତରରେ ଖୁବ୍ ହାଲୁକା ଲାଗୁଥିଲା ତାକୁ। ଯେଉଁ ନିରବଚ୍ଛିନ୍ନ ଚିନ୍ତା ତାକୁ ଏପର୍ଯ୍ୟନ୍ତ ଆକ୍ରାନ୍ତ କରି ରଖିଥିଲା ସେଥିରୁ ତ୍ରାହି ମିଳିଗଲା ଯେପରି। ନିଜ ଭିତରେ ସାମାନ୍ୟ ଆଶ୍ୱସ୍ତ ଅନୁଭବ କରୁଥିଲା ସେ।

ଗାଁଟା ସାରା ଯୁଆଡେ ଚାହିଁବ ଖାଲି ପଚର ପଚର ପାଣି ଓ ଓଦା ସାଲବାଲୁ ମାଟି। କୌଣସି ମତେ ଛଟପଟ ହୋଇ ରାତିଟା କାଟିଦେଲା ସେ। ଗୋଟିଏ ଦିନ ସୁଦ୍ଧା ରହିବାକୁ ଚାହିଁ ନଥିଲା ସେଠାରେ। ପୁଅକୁ କିପରି ଏହି ସତସନ୍ତିଆ ଅବସ୍ଥାଚକ୍ରୁ ଯଥାଶୀଘ୍ର ଦୂରେଇ ନବ, ସେଇକଥା ମୁଣ୍ଡ ଭିତରେ ପଶି ରହିଥିଲା ତାର। ସକାଳୁ ଫେରିଯିବା ପାଇଁ ତରବର କରାଇଥିଲା ସୁମନ୍ତକୁ। ତାଙ୍କର ଇଚ୍ଛା କିନ୍ତୁ ଅନ୍ୟ ପ୍ରକାର ଥିଲା। ଏତେବର୍ଷ ପରେ ପରିବାର ସହ ଗାଁକୁ ଆସିଥିବାରୁ ଦୁଇ ଚାରିଦିନ ଏଠାରେ ରହିବାକୁ ଚାହୁଁଥିଲେ। ଘରର ଅନ୍ୟ ସମସ୍ତଙ୍କର ମଧ୍ୟ ସେହିପରି ଭାବନା ଥିଲା। କିନ୍ତୁ ନମିତାର ମୁହଁକୁ ଚାହିଁ ସେ ତାଙ୍କ ଇଚ୍ଛାକୁ ବଦଲାଇବାକୁ ବାଧ୍ୟ ହେଲେ। ଜାଣିଥିଲେ, କୌଣସି ପରିସ୍ଥିତିରେ ଏହି ଜାଗା ସୁହାଇବ ନାହିଁ ତାଙ୍କ ସ୍ତ୍ରୀକୁ। ତା ଜିଦ୍‌ଖୋର ସ୍ୱଭାବ ଆଗରେ ପ୍ରଥମରୁ ତ ମୁଣ୍ଡ ନୁଆଁଇ ସାରିଛନ୍ତି, ଆଜି ପୁଣି ଆଉ ଅଧିକ କଣ ! ଶେଷରେ ସତକୁ ସତ ସେମାନେ ଯିବାକୁ ପ୍ରସ୍ତୁତ ହେଲେ। ବବ୍‌ଲୁକୁ ଖୋଜିବାରୁ ତାର ଦେଖା ନଥିଲା ସେଠାରେ। ନମିତା ଏଠି ସେଠି ଖୋଜି ପକାଇଲା ତାକୁ। ନପାଇବାରୁ ବିଚଳିତ ହୋଇ ସ୍ୱାମୀ ସୁମନ୍ତଙ୍କ ଉଦ୍ଦେଶ୍ୟରେ କହିଲା – 'ପୁଅକୁ ଟିକେ ଖୋଜିଲ, କାଲେ ବାହାରକୁ ପଳେଇ ଯାଇଛି ଦେଖ ତ ? ଶୀଘ୍ର ନେଇକି ତାକୁ ଆସ ! ଡ୍ରେସ୍ ପିନ୍ଧାଇ ରେଡି କରିବାକୁ ପଡିବ'। ଏତିକି ଶୁଣି ପୁଅକୁ ଆଣିବା ଅଭିପ୍ରାୟରେ ସୁମନ୍ତ ବାହାରପଟକୁ ଚାଲିଗଲେ। ଦୁଇଜଣଙ୍କ ଫେରିବାରେ ବିଳମ୍ବ ଦେଖି ନମିତା ନିଜେ ସେମାନଙ୍କୁ ଖୋଜିବାକୁ ଦାଣ୍ଡ ଯାଏ ଚାଲି ଆସିଲା। ଦେଖୁ ଦେଖୁ ଏକ ଅପ୍ରୀତିକର ଦୃଶ୍ୟ ଆସି ତାଙ୍କ ଆଖି ଆଗରେ ପଡିଲା।

ଦୁଆରଟା ବର୍ଷା ପାଣିରେ ଭେଦି ସଂପୂର୍ଣ୍ଣ ଭାବରେ ମେଞ୍ଚା ମେଞ୍ଚା କାଦୁଅ ପାଲଟି ଯାଇଥିଲା। ଆଉ ସେଠି ସେହି କାଦୁଅ ଉପରେ ବସି ହାତରେ ଚକଟି ଛୋଟ

ଛୋଟ ଖେଳଣା ତିଆରି କରିଚାଲିଥିଲା ବବ୍ଲୁ। ତା ଦେହ ସାରା ବୋଳି ହୋଇଥିଲା ଅସରା ଅସରା କାଦୁଅ। ସେସବୁ ପ୍ରତି ତାର ଆଦୌ ନଜର ନଥିଲା। ସେଠି ଅନ୍ୟ ଏକ ଦୃଶ୍ୟ ଖୁବ୍ ଆଶ୍ଚର୍ଯ୍ୟ କରିଥିଲା ତାକୁ। କିଛି ଦୂରରେ ଦାଣ୍ଡ ପିଣ୍ଡାରେ ବସି ମୁଗ୍ଧ ନୟନରେ ସୁମନ୍ତ ଉପଭୋଗ କରୁଥିଲେ ପୁଅର ଏହି ମାଟି ଖେଳକୁ। ତାଙ୍କ ମୁହଁରେ ପରିଷ୍କାର ଭାବେ ଝଟକୁଥିଲା ନିଜ ପିଲାଦିନର ଦୃଶ୍ୟ।

ଏତିକି ଦେଖିଲା ପରେ ରାଗ ତମ ତମ ହୋଇ ନମିତା ଫେରି ଆସିଲା ଘର ଭିତରକୁ। ବାହାର ପଟରେ ବାପ ପୁଅଙ୍କ ମାଟି ଖେଲ ଚାଲିଥିଲା ଢେର ସମୟ ଯାଏ।

ଶେଷ ଆଷାଢ଼ର ଗପ

ଦେହ ଜଳା ଖରାର ଦାଉରୁ ସାମାନ୍ୟ ଉପଶମ ଟିକେ ପାଇଁ ଯଦୁ ସ୍ୱାଇଁ ଆସି ଲଥ କରି ବସିପଡ଼ିଲା ବିଲ କଡକୁ ଲାଗିକରି ଥିବା କଇଁଆ ଗଛ ମୂଳରେ । ସାଙ୍ଗକୁ ଲଙ୍ଗଳରେ ଯୋତା ବଳଦ ଦି'ଟାକୁ ବି ଫିଟାଇ ଭିଡ଼ି ଆଣିଲା ଗଛ ମୂଳକୁ । ଏଠି ବି କୋଉ ଖରାର କୋପ କମ୍ ଥିଲା କି ! ଗଛର ଟିକି ଟିକି ପତ୍ର ଫାଙ୍କକୁ ଡେଇଁ ଝାପ୍‌ସା ଖରାର ଆସ୍ତରଣ ବିଛାଡ଼ି ହୋଇପଡ଼ିଥିଲା ବିକ୍ଷିପ୍ତ ଭାବରେ । ଗରମ ଦେହକୁ ଶାନ୍ତ ଟିକେ କରିବାକୁ ଆଉ ବା କଣ ଚାରା ଥିଲା ଏହି ବିଲ ଗୋହିରୀ ମଝିଟାରେ ।

ତା ମୁଦ୍‌ଗରିଆ ଦେହର କାନ୍ତୁକୁ ଫଟାଇ ବହି ପଡ଼ୁଥିବା ଅମାନିଆ ଧାର ଧାର ଝାଳ ଥମିବାର ନାଁ ଧରୁ ନଥିଲା । କେଉଁଆଡେ ପବନ ଟିକେ ବି ନଥିଲା । ଛୋଟ ଛୋଟ ଗଛର ଡାଲଗୁଡ଼ିକ ଓହଲି ରହିଥିଲେ ଖୁବ୍ ସନ୍ତର୍ପଣରେ । ସ୍ଥିର ମୁଦ୍ରାରେ । ଯେମିତି ଏକ ଉଷ୍ମ ଖାଁ ଖାଁ ଝୁଲି ରହିଥିଲା ମୁଣ୍ଡ ଉପରର ଅଧା ଆକାଶ ସାରା । ଶୁଷ୍କ ଆଖ ଯୋଡାକୁ ଟେକି ଯଦୁ ସ୍ୱାଇଁ କ୍ଷଣଟିଏ ଉପରମୁହାଁ ହେଲା । ଥରୁଟାଏ ଚାରିପଟର ଦିଗବଳୟକୁ ଖେଦିଲା ପରି ମୁଣ୍ଡ ଘୁରାଇ ଚାହିଁଲା ଆକାଶଟା ଯାକ । କାଇଁ, କେଉଁଠି ହେଲେ ଘୋଟିଲା ମେଘର ସମ୍ଭାବନା ଦେଖାଯାଉ ନଥିଲା । ଖଣ୍ଡ ଖଣ୍ଡ ଧଳା ଲୁଗା ପରି କାଁ ଭାଁ ଖଣ୍ଡୁଆ ବାଦଲ ଗୁଡାକ ଭାସି ବୁଲୁଥିଲେ ଉପରେ । ଭିତରୁ କୋହଟେ ଉଠିଲା ପରି ହଠାତ୍ ସେ ପାଟିକରି କହିଲା – 'ହେ ପ୍ରଭୁ... ଆଉ କେତେ ହନ୍ତସନ୍ତ କରାଇବ । ଅପେକ୍ଷା କରି କରି ଆଖରୁ ପାଣି ମରିଲାଣି । ଚାହୁଁ ଚାହୁଁ ଆଷାଢ ଆସି ପାଇଯିବାକୁ ବସିଲାଣି । ହେଲେ ବରଷା ବୁନ୍ଦାର ନାଁ ଗନ୍ଧ କାହିଁ ଦିଶୁନାହିଁ ।'

ଆର୍ଦ୍ର ଚିଉରେ ଶୂନ୍ୟ ଆକାଶକୁ ଚାହିଁ ଅନ୍ତରର ଗୁହାରି ଜଣାଇବା ବେଳେ ହଠାତ୍ ତା ଏକାଗ୍ରତାକୁ ଭାଙ୍ଗି ଦୁଇ କାନ ପରଦାକୁ ଛୁଇଁଲା ଆସି ଦୂରରୁ ଶୁଭୁଥିବା –

ଡୁଙ୍ଗୁ... ଡୁଙ୍ଗୁ.....ଡୁଙ୍ଗୁ ଶବ୍ଦ। ତା ସାଙ୍ଗକୁ ତେଲେଙ୍ଗୀ ଫେଁକାଲୀର ଫେଁ..... ଫେଁ....
ଫେଁ। ସେହି ଶବ୍ଦକୁ ଶୁଣି ରାଗିକି ଖଚ୍ଚା ହୋଇଉଠିଲା ସେ – 'ନିହାତି ଅଜରାଗୁଡ଼ାକ।
କୁଆଡ଼େ ବେଙ୍ଗ ବେଙ୍ଗୁଲି ବାହାଘର କରିବାକୁ ବାହାରିଛନ୍ତି। ଓଃ.... ଫାଁ ଗାଳିକି
ଆକାଶ ବରଷିଯିବ ସେଥିରେ.... ଦେଖିବା !' ଏ ସୁଆଙ୍ଗ ଦେଖୁ ଦେଖୁ ଯଦୁ ସ୍ୱାଇଁର
ମୁଣ୍ଡ ବାଲ ତକ ପାଚି ସାରିଥିଲା। କାହିଁ କେଜାଣି ଜମାରୁ ପରତେ ଯାଉନଥିଲା
ସେଥିରେ। ଓଲଟି ତାର ଯୁକ୍ତି ଥିଲା – 'ଧର୍ମଛଡ଼ା.... ପାପ ବଢ଼େଇବ... ଅଧର୍ମ
କୁଲେଇବ, ଗାଁରେ ବିଲାତି ମଦପାଣି ଆସି ପୁରେଇବ, ମିଛକୁ ସତ କହି ଚାଉଟରୀ
କରିବ.... ହେଁ.... ପ୍ରକୃତି ଓଲଟି ଯିବନି ତ ଆଉ କଣ ସଲଖ୍ ହୋଇ ରହିବ !
ମହାପୁରୁଷ ନଜାଣି ମାଲିକାରେ ଲେଖିଛନ୍ତି 'ଆଷାଢ ମାସରେ ଫାଟିବ ଭୁଇଁ'।

ଆଷାଢ ସରି ସରି ଆସୁଥିଲା। ମଡକ ଖରା ଶୋଷି ନେଉଥିଲା ବର୍ଷାଟୋପାର
ଫଳନ୍ତି ଆଶାକୁ। ଚାଷୀକୁଲ ହାଇଁପାଇଁ। ତଥାପି ଆଗକୁ କେଉଁ ମୁହୂର୍ତ୍ତରେ ବରଷା
ଯେ ନହେବ ସେହି ଭରସାରେ ଅଳପ ବହୁତେ ଯେଝା ଯେଝା ଜମିରେ ହଲ ଆରମ୍ଭ
କରିଦେଇଥିଲେ। ଯଦୁ ସ୍ୱାଇଁ ବି ଲଙ୍ଗଲ ମୁନରେ ନିଜ ବିଲର ଖରାଟିଆ ମାଟି ତାଡିବାକୁ
ବାହାରି ପଡ଼ିଥିଲା। ଲାଗି ପାଗି ଶୁଖିଲା ମାଟିକୁ ଦୁଇଫାଲ ଲେଖାଏ କରି ଚିରି ତଲ
ଉପର କରିଦେଲା ସିନା ହେଲେ ଏ ଚାଆଁସିଆ ଖରାକୁ ଅସହ୍ୟ ଗୁଲୁଗୁଲି ଦେହଟାକୁ
ଅବଶ କରିଦେବାରୁ ଦଣ୍ଡେ ବିରତି ଟିକେ ପାଇଁ ଗଛମୂଲରେ ଶରଣ ପଶିଥିଲା। ଆଉ
ଆଗ ଯୁଆନ ବୟସ କୋଉ ଥିଲା ଯେ ତାର, ଏକାଥରକେ ହଲ କାମ ସରିଲା ପରେ
ଯାଇ ହିଡ଼କୁ ଉଠୁଥିଲା। ସିଧା ଲଙ୍ଗଲ ଫିଟେଇ କାନ୍ଧରେ ଲଦି ଫେରୁଥିଲା ଘରକୁ।

ପୁରୁଣା ବେଲଗୁଡ଼ାକ ଜକ ଜକ ହୋଇ ଆଖି ଆଗରେ ଭାସି ଉଠୁଥିଲା।
ଗୋଟିଏ ବୋଲି ଝିଅକୁ ବାହା କଲା ପରେ ଏବେ ଘରକୁ ସ୍ତ୍ରୀ ସୁକାନ୍ତି ଆଉ ସେ ଦୁଇ
ପ୍ରାଣୀ। ବୟସ ଗ୍ରାସିବାରୁ ଦୁଗୁଲି ପଡ଼ିଯାଇଥିବା ତା ସ୍ତୀଟା ଆଉ ଘରଠାରୁ ଦୁଇକୋଶ
ଦୂରକୁ ଚାଲି ବିଲିଯାଏଁ ଆସିପାରୁ ନଥିଲା। ନହେଲେ ଏହି କଇଁଆ ଗଛ ମୂଲେ ପାଣି
ନୋଟା ଆଉ କଂସାରେ ଭାତ ତିଅଣ ଧରି ଆସି ବେଲହୁଁ ଅପେକ୍ଷା କରି ବସିଥିବ।
ସେ ଏପଟେ ପାଟିକୁ ଭାତଗୁଣ୍ଡା ଉଠାଉଥିବ, ସୁକାନ୍ତି ସେପଟେ ତା ଦେହ ଚାରିପଟ
ଗାମୁଛା ହଲାଇ ନିଗିଦା ଝାଲକୁ ଶୁଖାଉଥିବ। ସେହି ସବୁ ମୁହୂର୍ତ୍ତଗୁଡ଼ାକ ଭାବି ଛାତି
ପୁରିଉଠୁଥିଲା ତାର। ଏବେ ପାଖରେ ଗଛମୂଲରେ ସେହି ଶୂନ୍ୟସ୍ଥାନଟି ପଡ଼ି ରହିଛି।
ଶୂନ୍ୟ ଆକାଶ ପରି। ଏକ ବର୍ଷା ବିହୀନ ଆଷାଢ ଆକାଶର ଶୁଖିଲା ମୁହଁ ପରି ନିସ୍ତେଜ
ଆଉ ନିଦାରୁଣ।

ଏବେ କାଇଁ ସବୁକିଛି ତାକୁ କେମିତି କେମିତି ଲାଗୁଥିଲା ଅମଙ୍ଗଳିଆ

ଅମଙ୍ଗଳିଆ ପରି । ଲାଗୁଥିଲା ଯେମିତି ଏ ଅସଂଖ୍ୟ ଅଧର୍ମ ତାପରେ ପୃଥିବୀ ତାର ପ୍ରକୃତି ବଦଳେଇ ଦେଇଛି । ଆକାଶରୁ ଧାର ଧାର ବର୍ଷା ବଦଳରେ ଅଗ୍ନି ବର୍ଷୁଛି । ଏତେବେଳକୁ ଜମିରେ ପାଦେ ପାଣି ଠିଆ ହେବା କଥା । ଧାନଗଛଗୁଡ଼ିକ ଦି'କେନା ମେଲେଇ ଚାଖଣ୍ଡେ ଉଞ୍ଚାରେ ହସୁଥିବା କଥା । ନୂଆ ନୂଆ ସବୁଜିଆ ହସ । ଆଃ... ସେ ହସକୁ ଦେଖ୍ ଅଜାଣତରେ ଓଠରେ ଅଦୃଶ୍ୟ ହସଟିଏ ଖେଳିଯାଏ ତାର । ଠିକ୍ ପାଗଯୋଗ ହୋଇଥିଲେ ଏବେ ଆଉଥରେ ସରୁ ଲଙ୍ଗଳ ମୁନରେ ଦେହୁଟି କରି ବୁଦା ମାରି ସେଗୁଡ଼ିକରୁ ପିଲ ବାହାର କରିଥାନ୍ତା । ଦେଖିଲା ବେଳକୁ ଏଯାଏଁ ହଳକାମ ସୁଦ୍ଧା ଉଠିଲା ନାହିଁ ।

ଗାଁ ଭିତରେ ତେଲିଙ୍ଗି ବାଇଦ ଶବଦ ଧୀରେ ଧୀରେ କାନକୁ ଅଧିକ ଜୋରରେ ଶୁଭୁଥିଲା । ଡୁଙ୍ଗୁ...ଡୁଙ୍ଗୁ....ଡୁଙ୍ଗୁ । 'ବେଙ୍ଗ ବେଙ୍ଗୁଲୀ ବାହାଘର ଚାଲିଥିବ । ଭେଣ୍ଡା କେଇଟା ମାତିଛନ୍ତି । କଣ ବୁଝିଛନ୍ତି ସେଥିରୁ କେଜାଣି ! ପୁଣି ଜାକ ଜମକରେ କରିବା ପାଇଁ ଘର ପିଛା ଚାନ୍ଦାଭେଦା କରିଛନ୍ତି । କୁଆଡେ ଟିଭିବାଲା, ଖବରକାଗଜବାଲା ଆସିବେ । ଫଟୋ ଛପେଇବେ । ଓଃ.... ସେହି ଫଟୋକୁ ଦେଖ୍ ବରଷା ଗଲିପଡିବ ଆକାଶରୁ ! ଅଳପେଇସା... ପାପୀଗୁଡାକ, ଆଗେ ତମ କର୍ମକୁ ଠିକ୍ କର । ସବୁ ଠିକ୍ ଠିକ୍ ଚାଲିବ । ଇନ୍ଦର ଦେବତା ବରଷା ଦେବ, ସୁରୁଜ ଦେବତା ଆଲୁଅ ଦେବ, ପବନ ଦେବତା ପବନ ଦେବ । ଆଉ ମଣିଷକୁ ଅକାଲରେ ମଉକ ଚଡ଼କ ଭୟ ଘାରିବ ନାହିଁ ।'

ଇଆଡୁ ସିଆଡୁ ହୋଇ କଥାଗୁଡାକ ତା ମୁଣ୍ଡରେ ଭୁକୁଥାଏ, ପୁଣି ବାହାରୁଥାଏ । ତେଣେ ବେଳ ଗଡ଼ି ଗଡ଼ି ଦ୍ୱିପ୍ରହର ଆଡ଼କୁ ମୁହାଁଉଥାଏ । ଗଡୁଥିବା ବେଳକୁ ଦେଖ୍ ହଠାତ୍ ଯେମିତି ହୋସ୍ ଫେରିଲା ତାର । ବିଲଟାକୁ ସେୟାଡେ ହଳ ବୁଲେଇ ମାଟି ତାଡି ପକେଇ ରଖିଛି । ଆଉ ପରସ୍ତେ ଲଙ୍ଗଳ ସିଆର ବୁଲେଇ ଆଣିଲେ ମାଟିଟା ଠିକ୍ ଫୁସୁରି ରହିବ । ଯେତେଶୀଘ୍ର ଇନ୍ଦର ଦେବତା ସାହା ହେଲେ ଯାଇଁ ରୁଆ ବୁଣାହେବ ।

ଆଉଥରେ ନିଜର ଦୁଇ ଶିରାଳ ହାତପାପୁଲିକୁ ମଥା ଉପରକୁ ଢାଙ୍କି ନିରିଖେଇ ଚାହିଁଲା ଆକାଶର ଶେଷ ମୁଣ୍ଡକୁ । ବିକ୍ଷିପ୍ତ ବାଦଲ କେତେଟା ଛଡା ବର୍ଷା ହେବାର ଆଭାସ ଟିକେ ବି ନଥିଲା । 'ହେ ପ୍ରଭୁ ସାହା ହ' । ବୋଧହୁଏ ଇନ୍ଦର ଦେବତାଙ୍କ ଉଦ୍ଦେଶ୍ୟରେ ମାଟିରେ ମୁଣ୍ଡିଆଟା ପକେଇ ଅଣ୍ଟା ସଳଖ୍ ଛିଡା ହେଲା । ହାତରେ ପାଞ୍ଚଣକୁ ମୁଠା କରି ନିଥର ହୋଇ ଶୋଇ ରହିଥିବା ବଲଦ ଦି'ଟାର ଲାଞ୍ଜକୁ ମୋଡି ଭୁରୁଡି ପକାଇଲା – ହେଃ...ହେଃ.... ଉଠ୍...ଉଠ୍... । ଦେଖୁ ଦେଖୁ ଗୋଟା ଖେପାକେ ହଳ ବୁଲାଇ ଆଣିଲା ଜମିର ଏମୁଣ୍ଡରୁ ସେମୁଣ୍ଡ ଆଉ ସେମୁଣ୍ଡରୁ ଏମୁଣ୍ଡ । ତା ନଙ୍ଗଳା

ଦେହରେ କୋଉଠି ଖୁନ୍ଦି ରହିଥିଲା ଏ ସାହସ କେଜାଣି ବୟସର ଆକଟ ମାନିବାକୁ ସୁଦ୍ଧା ପ୍ରସ୍ତୁତ ନଥିଲା ।

ନିର୍ଦ୍ଦୟ ଖରା ଶୋଷି ଚାଲିଥିଲା ଧରାପୃଷ୍ଠରୁ ଯେତେ ସବୁ ସତେଜ ସାହସ । କେଇଟା ମୁହୂର୍ତ୍ତ ଭିତରେ ନିସ୍ତେଜ କରି ଫୋପାଡି ଦେଉଥିଲା ଚଳନ୍ତା ମଣିଷଗୁଡାକୁ । ଯଦୁ ସ୍ୱାଇଁ ବା ବର୍ତ୍ତି ଯାଇଥାନ୍ତା କିପରି ? ଚାହୁଁ ଚାହୁଁ ମୁଣ୍ଡକୁ ଘୁରାଇ ହିଡ ମୁଣ୍ଡରେ ଚେତାଶୂନ୍ୟ ହୋଇ ପଡିଗଲା ।

ତା'ପରେ ସବୁ ଯେମିତି ଥିଲା ଏକ କିମିଆ । ଆଖିକୁ ବିଶ୍ୱାସ ନକଲା ଭଳି ପଛକୁ ପଛ ଦୃଶ୍ୟ ସବୁ ଘଟି ଚାଲିଲା । ଗୋଟା ଗୋଟା ଭାସି ବୁଲୁଥିବା ବାଦଲଗୁଡାକ ଆସି ଯଦୁ ସ୍ୱାଇଁର ମୁଣ୍ଡ ଉପରେ ସମବେତ ହେବାକୁ ଲାଗିଲେ । ତା ଦେହକୁ ଶୀତଳ ଛାଇ ଦେଲେ । ଗଭୀର ଆର୍ଦ୍ରତାରେ ତରଳି ଟୋପା ଟୋପା କରୁଣା ରୂପରେ ବର୍ଷିଗଲେ ମାଟିର ଚଉହଦିକୁ ।

କୁଆଡେ ସେଦିନ ବିଲମ୍ୱିତ ମୌସୁମୀ ତା ଅଭିମାନ ଭଙ୍ଗ କଲା ସେହି ଅଖ୍ୟାତ ଗାଁର ନିକାଞ୍ଚନ ବିଲ ମଝିରେ ।

ଅବସୋସ

ଖୁବ୍ ନିବିଡ଼ ଭାବରେ ବର୍ଷାଟୋପାକୁ ଅନୁଭବ କରିବାକୁ ଚାହିଁଲା ।
ଚାରିପଟରେ ସରସର ବର୍ଷା । ଶୂନ୍ୟ ଆକାଶରୁ ଝରିପଡ଼ୁଥିଲା ଅସରନ୍ତି ଶୀତଳ ସ୍ନେହର
ବିନ୍ଦୁ । ଯେପରି ଅଜସ୍ର ମୁକ୍ତ ହୃଦୟରୁ ଥୋପା ଥୋପା ହୋଇ ଖସିପଡ଼ୁଥିଲା ସୀମାହୀନ
ଆପଣାଆପଣ । ତା'ର ସ୍ପର୍ଶରେ ଅଭିଭୂତ ହୋଇପଡ଼ୁଥିଲା ଆରତୀ । ଧୀରେ ଧୀରେ ବହମାନ
ବର୍ଷାଜଳ ପରି ପ୍ରଗଲ୍ଭା ହୋଇ ଆସୁଥିଲା ।

ବଣର ମୟୂରୀ ହୋଇଥିଲେ ପୁଚ୍ଛ ମେଲାଇ ନାଚିବାକୁ ଚାହିଁଥାନ୍ତା । ସବୁଜ
ଶାଖା ଗହଳରେ ଆଶ୍ରା ନେଇଥିବା କୋଇଲିଟିଏ ହୋଇଥିଲେ କୁହୁ କୁହୁ ତାନରେ
ସଂଗୀତ ଗାଇଥାନ୍ତା । ଅଝଟିଆ ପିଲା ହୋଇଥିଲେ ସବୁଠାରୁ କଷ୍ଟ ଲାଗୁଥିବା ଗଣିତ
ଖାତାରୁ ଫର୍ଦ ଫର୍ଦ ପୃଷ୍ଠା ଚିରି ଡଙ୍ଗା କରି ଭସାଇଦେଇଥାନ୍ତା ପାଣି ସୁଅରେ । ଗୋଟାସୁଦ୍ଧା
ଓଦା ହୋଇ ଦାଣ୍ଡ ରାସ୍ତାର ସେହି ଚବଚବ ପାଣିରେ ବୋଉର ଆକଟ ନ ମାନି
ଧାଇଁଥାନ୍ତା ଭାସିଯାଉଥିବା ଡଙ୍ଗା ପଛରେ ।

ଏସବୁ ଭିତରୁ କୌଣସିଟା ସମ୍ଭବ ହେବ ନାହିଁ ବୋଲି ସେ ଜାଣିଥିଲା । ତଥାପି
ସେ ହେବାକୁ ଚାହୁଁଥିଲା । ତା' ଚାହିଁବା ଭିତରେ ଥିଲା ଏକ ଶକ୍ତ ଅମାନିଆ ଆବେଗ ।
ଭିତରୁ କ'ଣ ଗୋଟେ ଫୁଲ ହୋଇ ଫୁଟିଯିବାକୁ ଚାହୁଁଥିଲା । ସେହି ଅପ୍ରକାଶ୍ୟ ରୋମାଞ୍ଚ,
ତା'ର ଦେହ ମନ ପ୍ରାଣ ସବୁ କିଛିର ସୀମାକୁ ଲଂଘି ଅସୀମ ଆଡ଼କୁ ପ୍ରସରି ଯାଉଥିଲା ।
ବ୍ୟାପ୍ତ ଆକାଶ ଓହ୍ଲାଇ ଆସୁଥିଲା ଆରତୀ ଆଡ଼କୁ ।

ସେହି ମଧୁର ଆବେଶରେ ଗୋଟାସୁଦ୍ଧା ବିଭୋର ପାଲଟିଯାଉଥିଲା ସେ ।
କେଜାଣି କ'ଣ ସହସା ତା' କଣ୍ଠ ଫିଟାଇ ଗୀତର ଧାରାଟିଏ ବାହାରି ଆସୁଥିବାବେଳେ
ତଳୁ ଶାଶୁଙ୍କର କଣ୍ଠସ୍ୱର ଶୁଭିଲା – "ଶୀଘ୍ର ଚାଲିଆସେ ଆରତୀ, ବର୍ଷା ଜୋରରେ

"

ପକାଇଲାଣି । ଆଉ ଡ଼େରି କରନା…. ନହେଲେ ଓଦା ହୋଇଯିବୁ !" ପୂର୍ଣ୍ଣପ୍ରାଣରେ ଓ ମନ ଭିତରେ ତ ଓଦା ହେବାକୁ ଟିକେ ଚାହୁଁଥିଲା ସେ । ହେଲେ ତାକୁ କିଏ ବା ଓଦା ହେବାକୁ ଦେଉଛି ! ଏଇ ବର୍ଷାରତୁ ଆସିଲେ ଓଦା ହେବାର ସାମାନ୍ୟ ସୁଯୋଗ ଯାହା ମିଳେ । ଲୁଗା ତୋଳି ଆଣିବା ନାଁରେ ଛାତକୁ ଧାଇଁ ଆସେ । ତାରୁ ଅଧାଶୁଖିଲା ଲୁଗାଗୁଡ଼ିକୁ ସାଉଁଟି ଆଣ୍ତୁ ଆଣ୍ତୁ ମୁଣ୍ଡ ଉପରର ମେଘଭର୍ତ୍ତି ଆକାଶକୁ ଚାହେଁ । ଇଚ୍ଛା କରେ, ଏଇନେ ସାଙ୍ଗେ ସାଙ୍ଗେ ହୋଇଯାଆନ୍ତା କି ଅସରାଏ ବର୍ଷା… । ହେଲେ କୋଉଥର ମେଘ ତାର ଇଚ୍ଛା ପୂରଣ କରେ, କୋଉଥର କରେନା ।

ତାର ମନେ ପଡ଼ୁଥିଲା ସ୍ମୃତିପଟର ଓଦା ଅକ୍ଷର ପରି ବର୍ଷାଭିଜା ଦିନଗୁଡ଼ିକର କଥା । ହଁ, ଏଇ ବର୍ଷା ପ୍ରତି ତା'ର ଅଭିଯୋଗ କାଲି ବି ଯେମିତି ଥିଲା ଆଜି ବି ସେମିତି ଅଛି । ଖାଲି ସମୟ ଢେଉରେ ଅଭିଯୋଗର ଭାଷା ତରଙ୍ଗ ପରି ଅଲଗା ଅଲଗା ଦିଶୁଛି ଯାହା । ପିଲାଦିନେ ବୋଉ ହାତରୁ ଯେତେଥର କାନମୋଡ଼ା, ତା' ସହିତ ପ୍ରବଳ ଗାଲି ଶୁଣିଲା ପରେ ବି ଓଦା ହୋଇ ଦେହରୁ ଥରେ ଫ୍ରକ୍ ଖଣ୍ଡେ ବଦଲାଇବାକୁ ପଡ଼ିଥାଏ । ଆହୁରି ଇଚ୍ଛା ଥାଏ…. । ସେପଟେ ବୋଉର ମାଡ଼କୁ ଡର । ତା' ପଛକୁ ଟିଉସନ୍ ସାରଙ୍କ ସମୟ ପାଖେଇ ଆସୁଥାଏ । ହାତରେ ତିଆରି ଭସାଇଥିବା କାଗଜ ଡଙ୍ଗାଗୁଡ଼ିକ ଦାଣ୍ଡ ଅଗଣାରେ କିଛି ଦୂର ଯାଏଁ ଭାସି ଯାଇ କୋଉ ବାଡ ସନ୍ଧିରେ ଲାଖି ବତୁରି ପଡ଼ିଥାଏ । ମନ କହୁଥାଏ ସେଇଟା ନହେଲା ନାଇଁ । ସାଙ୍ଗେ ସାଙ୍ଗେ ଯାଇ ଆଉ ଗୋଟିଏ ନୂଆ କରି ଭସାଇ ଦେବାକୁ । ହେଲେ …. ! ଘର ଭିତରୁ ବସି ଝରକା ବାଟେ ବାଡ ସନ୍ଧିରେ ଓଲଟି ଯାଇଥିବା ବତୁରା ଡଙ୍ଗାକୁ ଚାହିଁ ଭିତରେ ଭିତରେ ଛାତିପିଟି ହେବାକୁ ପଡ଼ିଥାଏ ଯାହା ।

ଆଉ ଥରେ ଏମିତି ଏକ ବର୍ଷାରେ କଲେଜର ଶେଷ ବର୍ଷ ପରୀକ୍ଷା ଚାଲିଥାଏ । କେଉଁଠି ଥିଲାଥିଲା ବୈଶାଖୀ ଝଡ଼ ପରି ଚତୁର୍ଦିଗରେ ହାଣ୍ଡିକଳା ମେଘ ଛାଇଗଲା । ତା ପରେ ଖାଲି ଅସରା ଅସରା ପବନ । ତା ସାଙ୍ଗକୁ ତୁହାକୁ ତୁହା ବର୍ଷା । ହଲର ଝର୍କାବାଟେ ମେଞ୍ଝା ମେଞ୍ଝା ହୋଇ ପାଣିଛିଟିକା ଧସେଇ ପଶି ପୁରା ପରୀକ୍ଷାହଲର ପରିବେଶଟାକୁ ବିଲକୁଲ୍ ଅଲଗା କରିଦେଲା । କିଛି ସମୟ ଆଗରୁ ଗୁରୁଗମ୍ଭୀର ଲାଗୁଥିବା ହଲଟା ଚାହୁଁ ଚାହୁଁ ଏକ ରୋମାଣ୍ଟିକ୍ ଫୁଲବଗିଚା ପାଲଟିଗଲା । ବଗିଚାରେ ଫୁଲଗୁଡ଼ିକ ଯେପରି ପାଖାପାଖି ଫୁଟି ହସଖୁସିରେ ପରସ୍ପର ଭିତରେ କଥା ହୁଅନ୍ତି ବିଲକୁଲ୍ ସେମିତି ଚାହୁଁ ଚାହୁଁ ପାଲଟିଗଲା ପରିବେଶଟା । ଅନ୍ୟନୋପାୟ ହୋଇ ଓଦା ହୋଇଯାଇଥିବା ବେଞ୍ଚରୁ ପିଲାମାନଙ୍କୁ ଉଠିଆସି ମଝି ବେଞ୍ଚରେ ବସି ପରୀକ୍ଷା ଦେବାକୁ ପଡ଼ିଲା । ଆଗରୁ ମଝି ବେଞ୍ଚରେ ବସି ପରୀକ୍ଷା ଖାତାରେ ଲେଖୁଥିଲା ସେ । ସେପଟ

ବେଞ୍ଚରୁ ଉଠି ପାଖରେ ଆସି ବସିଲା ସମ୍ୱିତ୍ । ଯାହାକୁ ଏତେଦିନ ମନେମନେ କଲେଜର ହିରୋ ଭାବି ବସିଥିଲା ସେ । ଲମ୍ବା ସୁଠାମ ଶରୀର । ମୁଣ୍ଡରେ କଳା କୁଞ୍ଚ କୁଞ୍ଚ ଚୁଟି । ଯୋଡ଼ାଏ ଘୂମନ୍ତ ଚଳଚଞ୍ଚଳ ଆଖି ସାଙ୍ଗକୁ ସବୁଥିରେ ଆଗଧାଡ଼ିରେ ଥିଲା ସେ । କେବଳ ଆରତୀ କାହିଁକି ସମ୍ୱିତ୍ ଥିଲା ସବୁ କଲେଜ ଝିଅଙ୍କ ପାଇଁ ଏକ ଈପ୍ସିତ ସ୍ୱପ୍ନ । ତାକୁ ସଂପୂର୍ଣ୍ଣ ବିସ୍ମିତ କଲା ପରି ବର୍ଷା ଦେଖୁ ଦେଖୁ ସେଦିନ ତା ସ୍ୱପ୍ନକୁ ଜୀବନ୍ୟାସ ଦେଲା । କିଛି ମୁହୂର୍ତ୍ତ ପାଇଁ କିଛି ସମୟର କଥାବାର୍ତ୍ତା । ସଂପର୍କର ଉପକ୍ରମ .....।

ପରଦିନ ସେ ଆତୁର ଭାବରେ ଚାହିଁ ବସିଥିଲା ସେଇ ବର୍ଷାକୁ । ହେଲେ ଦଗା ଦେଇଥିଲା ବର୍ଷା । ସେ ଦିନ ପରି ଆଉ ମଧୁର ସଂଯୋଗର ଦୂତ ସାଜି ତାର ଘନକଳା ମୂଲାୟମ ପକ୍ଷାକୁ ଆଉ ବିସ୍ତାର କଲାନି ପରୀକ୍ଷା ହଲ ଉପରେ । ସମ୍ୱିତ୍ ପୂର୍ବପରି ତା ଝର୍କାପାଖ ବେଞ୍ଚରେ ବସି ପରୀକ୍ଷା ଦେଲା ଆଉ ସିଏ ତା ବେଞ୍ଚରେ । ଯେଉଁ କିଛି ସମୟ ପାଇଁ ବର୍ଷା ଆସିଥିଲା ତା ହୃଦୟରେ ତିଆରି କରିଗଲା ଏକ ଆର୍ଦ୍ର ଭୂମିର ଭ୍ରମ ।

ତା'ର ଏହି ମୁହୂର୍ତ୍ତକର ଅନ୍ୟମନସ୍କତାକୁ ଭାଙ୍ଗି ଆଉଥରେ ପୁଣି ତଳୁ ଖୁବ୍ ଜୋରରେ ଶାଶୁଙ୍କର ଦୋହରା ଡାକ ଶୁଣାଗଲା, "ଏ ଆରତୀ....... ଲୁଗାପଟା ଧରି ଜଲ୍‌ଦି ଜଲ୍‌ଦି ଚାଲିଆସେ ନ ହେଲେ ପୁରା ଓଦା ହୋଇଯିବୁ । "ସବୁ ବର୍ଷାରେ ପୁରା ଓଦା ହେବାକୁ ଚାହୁଁଥିଲା ସେ ! ଭିଜା ବର୍ଷାର ଏକ ନିବିଡ଼ ଅନୁଭବକୁ ଦେହ ମନରେ ସାଉଁଟି ରଖିବାକୁ ଚାହୁଁଥିଲା ସେ ! ହେଲେ ସବୁଥର ବର୍ଷା ତା ପାଇଁ ପାଲଟିଯାଉଥିଲା ଯେପରି ଏକ ଅଧାଭିଜା ସ୍ୱପ୍ନ । ଅଧାବାଟରେ ହାମୁଡ଼ି ପଡ଼ିଥିବା ବତୁରା କାଗଜ ଡଙ୍ଗା । ଓଦା ବେଞ୍ଚର ଚିହ୍ନ ପରି ପ୍ରେମର କ୍ଷଣିକ ସ୍ୱପ୍ନ । ଆଉ ଏ ମୋହାଚ୍ଛନ୍ନ ବର୍ଷାରତୁରେ ଶାଶୁଙ୍କ ସାବଧାନ ।

ଧୀରେ ଧୀରେ ମେଘାଚ୍ଛନ୍ନ ଆକାଶ ଓହ୍ଲି ଆସୁଥିଲା ମାଟି ଆଡ଼କୁ । ଚାହୁଁ ଚାହୁଁ ଝିପିଝିପି ବର୍ଷା ଟୋପା ଟୋପା ବର୍ଷା ଆକାର ହେବାକୁ ଲାଗିଲା । ଆରତୀ ଚାହୁଁଥିଲା ଆଉ ଟିକେ ଭିଜିବାକୁ ଆଉ ଟିକେ ଓଦା ହେବାକୁ ?

ପତାକା ଉତ୍ତୋଳନ

କେଶବ ସାଆନ୍ତରା ହାତ ବଢ଼ାଉଥିଲେ ଉପରକୁ। ବାଉଁଶ ଉପରମୁଣ୍ଡରେ କେଇ ଭାଙ୍ଗ ହୋଇ ତ୍ରିରଙ୍ଗା ପତାକା ଝୁଲି ରହିଥିଲା। ଅପେକ୍ଷା ଥିଲା ଯେପରି କାହାର ହାତର ସ୍ପର୍ଶ। ବାସ୍, ତା ପରେ ଫୁଲର ପାଖୁଡ଼ା ପରି ମେଲି ହୋଇଯିବ ତିନି ରଙ୍ଗର ସ୍ୱପ୍ନ। ଭାରତବର୍ଷର ଆଶା, ଆକାଙ୍କ୍ଷାଁ, ଆଉ ପ୍ରଗତିର ଇପ୍ସିତ ରଙ୍ଗ...।

ପତାକା ଉତ୍ତୋଳନ ହେବାରେ ଡେରି ହେଉଥିଲା। ସମବେତ ଲୋକମାନଙ୍କର ଧୈର୍ଯ୍ୟଚ୍ୟୁତି ହୋଇଆସୁଥିଲା କ୍ରମଶଃ। କିଏ କୋଉ ବ୍ୟସ୍ତତାରେ। କାହା ପାଖରେ ଏତେ ସମୟ ଅବା କାହିଁ ଦୁଇ ମିନିଟ୍ ଅଧିକ ଦେଶ ପାଇଁ ଦେବାକୁ। ନିର୍ଦ୍ଧାରିତ ସମୟ ଭିତରେ କାମଟା ସମାପନ ହୋଇଯିବା ଦରକାର। ନ ହେଲେ ଅନେକ କଥା। ଅନେକ ବ୍ୟତିକ୍ରମ। କିଏ ଏଠୁ ସିଧା ମାଛ ମାର୍କେଟ୍କୁ ଯିବ। ସାଙ୍ଗରେ ମଧ ସେଥିପାଇଁ ଆଣିଛନ୍ତି ଆମିଷ ଜରିର ବ୍ୟାଗ୍। ଅଛୁଆଁ ଦ୍ରବ୍ୟ ପରି କାହା ସାଇକେଲ୍ ହ୍ୟାଣ୍ଡେଲ୍‌ରେ ମୋଡ଼ି ହୋଇ ସେଇଟା ଝୁଲୁଥିବ। ନ ହେଲେ କାହା ଗାଡ଼ିର ଡିକି ସନ୍ଧିରେ ଚାରି ଭାଙ୍ଗ ହୋଇ ଅପେକ୍ଷା କରିଥିବ ଆଲୁଅକୁ। ଆଉ କିଏ ବ୍ୟସ୍ତ ଥିବ ଛୁଟିଦିନଟା ଯେହେତୁ, ମିସ୍ତ୍ରୀ ମୁଲିଆ ବରାଦ ହୋଇଥିବେ। ବାକି ପଡ଼ିଥିବା ଟୁକୁରା କାମକୁ ସାରିବାକୁ। ଏମାନଙ୍କ ମଧରୁ କେହି କେହି ନିଶ୍ଚୟ ରହିଥିବେ, ଆଜିର ଦିନଟାକୁ ଅଗ୍ରିମ ଫିକ୍ସ କରିଦେଇଥିବେ କୌଣସି ଫ୍ୟାମିଲି ପ୍ରୋଗ୍ରାମ ପାଇଁ। ଯେପରି କାହା ଘରକୁ ଟିକେ ବୁଲିଯିବା, ପାର୍କ ଆଡ଼କୁ ଯିବା, ଭ୍ରମଣରେ କେଉଁ ଅନତି ଦୂର ଗନ୍ତବ୍ୟ ସ୍ଥାନକୁ ଯିବା, ଛୁଟିବାର ହେତୁ ବିଗ୍‌ବଜାର କି ପାଣ୍ଡାଲୁନ୍‌ରେ ମେଗା ସପିଙ୍ଗ୍‌ର ପ୍ରୋଗ୍ରାମ କିମ୍ବ ସେହିପରି କିଛି।

ଅନ୍ୟ କିଏ ହୋଇଥିଲେ ବୋଧେ ଗହିଲ ଅଧା ଭାଙ୍ଗି ସାରିତ୍ତାଣି ! ଏତେ

ସବୁ ଯାବତୀୟ ବ୍ୟସ୍ତତା ଭିତରେ ଏମାନଙ୍କ ପାଖରେ ଅପେକ୍ଷା କରିବାର ଧୈର୍ଯ୍ୟ ବା କାହିଁ ? ହେଲେ ସେମାନଙ୍କ ପାଇଁ ଆଜି ବିଶେଷ ଆକର୍ଷଣର କାରଣ ସାଜିଥିଲେ ସ୍ୱୟଂ କେଶବ ସାଆନ୍ତରା । ଅନେକ ଦିନ ପରେ ଯେତେବେଳେ ନିଜ ମୌନ ନିର୍ବାସନରୁ ଫେରୁଛନ୍ତି, କୌତୂହଳତା ନ ଆସିବ ବା କେମିତି !

ସମସ୍ତଙ୍କ ଉଦ୍‌ଗ୍ରୀବତାକୁ ଦେଖି ଆୟୋଜକ ଦୀନବନ୍ଧୁ ବାବୁ ବ୍ୟସ୍ତ ହୋଇଉଠୁଥିଲେ । କାଲେ ଅତିଥି ମହୋଦୟ ବାର୍ଦ୍ଧକ୍ୟର ପ୍ରାବଲ୍ୟତା ହେତୁ ଠିକ୍ ଭାବରେ କାମଟା ସମାପନ କରିପାରିବେ କି ନାହିଁ । ସେଥିପାଇଁ ପ୍ରତ୍ୟକ୍ଷ ସହଯୋଗ ଦେବାକୁ ଆସି ଛିଡ଼ା ହୋଇଥିଲେ ପାଖରେ । ଉଦ୍ଦେଶ୍ୟ, ଶୀଘ୍ର ଶୀଘ୍ର କାମଟା ବଢ଼ିଯିବ । ତା ପରେ ଅତିଥିଙ୍କ ମୁଖନିଃସୃତ ଦୁଇପଦ ଶୁଣିବାକୁ ସମସ୍ତଙ୍କ ପ୍ରତୀକ୍ଷା । ସେତକ ସରିଲେ ଏହି ଆନୁଷ୍ଠାନିକ କାର୍ଯ୍ୟଟା ଅଚିରେ ସମାପନ ହେବ ।   ଯିଏ ଯାହା ଭାଙ୍ଗିଯିବେ ଯେଝା ବାଟ'ରେ । ତା ଛଡ଼ା ସକାଳର ତେରଛା ଖରାଟା ମଧ୍ୟ ଧୀରେ ଧୀରେ ସହ୍ୟ କରିବାର ଧୈର୍ଯ୍ୟ ପରୀକ୍ଷା ନେଉଥିଲା । ଗଲା କେତେ ମିନିଟ୍ ଧରି ସମସ୍ତେ ଉସ୍ୱୁକତାର ସହ ଚାହିଁ ରହିଥିଲେ ଅତିଥିଙ୍କ ଆଗମନକୁ । ଇଆଡେ ଛିଡ଼ାହେବାର ପାଦକଷ୍ଟ, ସିଆଡେ ବଢ଼ିଲା ଖରାର ତେଜ । 'ଆଉ ପୁଣି ବିଳମ୍ବ କାହିଁକି........?' ସଭିଙ୍କ ମୁହଁ ସାରା ବାରି ହୋଇପଡୁଥିଲା ଏହି ଅପ୍ରକାଶ୍ୟ ପ୍ରଶ୍ନ ?

ଦୀନବନ୍ଧୁ ବାବୁ ବେଶ୍ ପଢ଼ିପାରୁଥିଲେ ଅପେକ୍ଷାରତ ଲୋକଙ୍କ ମୁହଁରେ ପ୍ରତିଫଳିତ ଅଧୈର୍ଯ୍ୟର ଭାଷା । କିଛି ସମୟ ଆଗରୁ ଆତ୍ମ ସନ୍ତୋଷରେ ଅଧିର ତାଙ୍କ ତରଳ ମନଟା ମଧ୍ୟ ଏହି ବିଳମ୍ବିତ ପ୍ରକ୍ରିୟାରେ ଧୀରେ ଧୀରେ କଠିନ ହୋଇଆସୁଥିଲା । ଏଇ ମାତ୍ର କିଛି ସମୟ ଆଗରୁ ବଡ ପାଟିରେ ଶୁଣାଇ କହୁଥିଲେ 'କେଶବ ସାଆନ୍ତରାଙ୍କ ପରି ଲୋକ ଆସୁଛନ୍ତି, ଇଏ କଣ କମ୍ କଥା ! ଏ ଅନୁଷ୍ଠାନର ଏଇଟା ସୌଭାଗ୍ୟ ବୋଲି ଜାଣ । ନ ହେଲେ ଗଲା କିଛି ବର୍ଷ ହେଲା ବୟସାଧିକ୍ୟ କାରଣରୁ କୁଆଡକୁ ଆଦୌ ସେ ବାହାରୁନଥିଲେ ।' ସଗର୍ବର ସହ ସମସ୍ତଙ୍କୁ ଜଣାଇବାକୁ ଚାହୁଁଥିଲେ ଏହି ବିଶେଷ କଥା ।

ଶତାୟୁ ସ୍ୱାଧୀନତା ସଂଗ୍ରାମୀ କେଶବ ସାଆନ୍ତରା ପୁଣି ଦୀର୍ଘ ବର୍ଷ ପରେ କୌଣସି ବାହାର କାର୍ଯ୍ୟକ୍ରମରେ ଯୋଗ ଦେବା ଥିଲା ଏକ ବିଲକ୍ଷଣୀୟ ଘଟଣା । ଖାସ୍ କରି ସେହି କାରଣ ପାଇଁ ଆଜି ମହାତ୍ମା ସ୍ମାରକୀ ସେଚ୍ଛାସେବୀ କାର୍ଯ୍ୟାଳୟର ହାତାରେ ଆଶା କରାଯାଉଥିବା ସଂଖ୍ୟାତାରୁ ଥିଲା ଯଥେଷ୍ଟ ଅଧିକ ଲୋକଙ୍କ ଭିଡ । ସେହି ସମାନ କୌତୂହଳ, ସେହି ସମାନ ଜିଜ୍ଞାସା ସମସ୍ତଙ୍କଠାରେ 'ସତରେ କ'ଣ ସାଆନ୍ତରା ଆଜ୍ଞା ଆସୁଛନ୍ତି ! କ'ଣ ଏପରି କାରଣ ଥିଲା, ସେ ଏତେଦିନ କୌନ

ଆତ୍ମନିର୍ବାସନ ଭିତରେ ରହିଗଲେ ?' ଏହିପରି ଧାଡ଼ି ଧାଡ଼ି ହୋଇ ପ୍ରଶ୍ନଚିହ୍ନ ସବୁ ଅପେକ୍ଷାରତ ଜନତାଙ୍କ ମନର ବାତାୟନ ଦେଇ ବାହାରି ଆସୁଥିଲା ପଦାକୁ ।

ଅନୁଷ୍ଠାନର ସଂପାଦକଙ୍କଠାରୁ ପ୍ରାକ୍ ସୂଚନା ପାଇ ଖବରକାଗଜ ବାଲା କେଇଜଣ ମଧ୍ୟ ଅତି ଉସ୍ତୁକତାର ସହ ପହଞ୍ଚିଯାଇଥିଲେ । ଆସନ୍ତା କାଲି ପାଇଁ ତାଙ୍କ ଅଞ୍ଚଳର ସବୁଠାରୁ ଚର୍ଚ୍ଚିତ ସମ୍ବାଦ 'ପ୍ରଖ୍ୟାତ ଶତାୟୁ ସ୍ୱାଧୀନତା ସଂଗ୍ରାମୀ କେଶବ ସାଆନ୍ତରା ଉତ୍ତୋଳନ କଲେ ତ୍ରିରଙ୍ଗା ପତାକା ।' ସେମାନେ ସମସ୍ତେ ନିଜ ନିଜ କ୍ୟାମେରାକୁ ମଝିରେ ମଝିରେ ଉପରକୁ ଟେକି ପରଖି ନେଉଥିଲେ । ଅପେକ୍ଷା ଥିଲା ମୁଖ୍ୟ ଦୃଶ୍ୟର କ୍ଲାଇମାକ୍ସ ।

ଯେତେବେଳେ ଗାନ୍ଧୀଟୋପି ପରିହିତ ଏହି ବର୍ଷୀଆନ୍ ସ୍ୱାଧୀନତା ସଂଗ୍ରାମୀ ହାତ ବଢ଼ାଇ ଉପରେ ଝୁଲୁଥିବା ତ୍ରିରଙ୍ଗା ପତାକାକୁ ଉନ୍ମୁକ୍ତ କରିବେ ଠିକ୍ ସେହି ସମୟରେ ଦୃଶ୍ୟଚିତ୍ର । କାରଣ ଏମିତି ତ ଅନେକ ପତାକା ଉତ୍ତୋଳନର ଚିତ୍ର ଖବରକାଗଜର ପୃଷ୍ଠା ମଣ୍ଡନ କଲେ ବି ଏହି ଫଟୋ ହେବ ଟିକିଏ ସ୍ୱତନ୍ତ୍ର । ଟିକିଏ ଅଲଗା । ପାଲଟିଯିବ ଏହି ଅଞ୍ଚଳର ପାଠକଙ୍କ ପାଇଁ ଏକ ଖାସ୍ ଖବର । ରୋଚକ ସମ୍ବାଦ । ଚମ୍କୃତ କଲାପରି ହାତରୁ ହାତ ଡେଇଁ ଖବରଟା ବ୍ୟାପିଯାଉଥିବ । ସଭିଙ୍କ ଅନୁସନ୍ଧିସା ଠୁଲ ହେଉଥିବ ଏହି ଗୋଟିଏ ସମ୍ବାଦ ପାଖରେ ।

ଦୀନବନ୍ଧୁ ବାବୁଙ୍କ ମୁଖମଣ୍ଡଳ ଦିଶୁଥିଲା ଭୀଷଣ ଭାବରେ ଚାପଗ୍ରସ୍ତ । ଚାରିପଟରେ ବେଢ଼ି ଛିଡ଼ା ହୋଇଥିବା ଦର୍ଶକଙ୍କ ଅବ୍ୟକ୍ତ ପ୍ରଶ୍ନ ଚାହାଁଣୀ ସବୁକୁ ସାମ୍ନା କରିବାକୁ ପଡୁଥାଏ ତାଙ୍କୁ । ଯେପରି କି ଏକାବେଳକେ ଅନେକଗୁଡ଼ିଏ ପ୍ରଶ୍ନ ଚିହ୍ନ ଧନୁର ତୀର ପାଲଟି ତାଙ୍କୁ ବିଦ୍ଧ କରିବାକୁ ବସିଥିଲା । ଉପାୟ ଶୂନ୍ୟ ହୋଇପଡୁଥିଲେ ସିଏ । କ'ଣ ବା କରିବେ ? ଥରଟିଏ ଏହା ପୂର୍ବରୁ ସାହାସ କରି ସାଆନ୍ତରା ଆଜ୍ଞାଙ୍କ କାନରେ ଫିସ୍ଫିସ୍ କରି କହି ସାରିଥିଲେ, 'ଆଜ୍ଞା, ଆଉ ବିଲମ୍ବ କାହିଁକି ? ଏଥର ଏହି କାର୍ଯ୍ୟଟା ଆରମ୍ଭ କରନ୍ତୁ ।' କିନ୍ତୁ କୌଣସି ଫରକ୍ ପଡୁନଥିଲା ।

ସାଆନ୍ତରା ଆଜ୍ଞା ସେପରି ସ୍ଥାଣୁ ମୂର୍ତ୍ତିଟେ ପରି ଚାହିଁ ରହିଥିଲେ ଉପରେ ଝୁଲୁଥିବା ଅଉନ୍ମୁକ୍ତ ତ୍ରିରଙ୍ଗାକୁ । ନିମ୍ନଜିତ ଚାହାଁଣୀ । ଧ୍ୟାନସ୍ଥ ଯୋଗୀ ପରି ଉର୍ଦ୍ଧ ଦୃଷ୍ଟି । କୌଣସି ମତେ ସେଥିରୁ ନିବୃତ୍ତ ହେବା ପରି ଲାଗୁନଥିଲେ । ଏକରକମର ଯେପରି ଭାବନିବିଷ୍ଟ ହୋଇଯାଇଥିଲେ ସେହି ତ୍ରିରଙ୍ଗାର ଅଦୃଶ୍ୟ ଆକର୍ଷଣରେ । ଡେଣା ଫଡ଼ଫଡ଼ କରି ସ୍ମୃତିର ଚଢ଼େଇ ଉଡ଼ିଯାଉଥିଲା । ଗଛର ଏ ଡାଲରୁ ସେ ଡାଲକୁ । ସେ ଗଛରୁ ଆଉ ଏକ ଗଛକୁ । ରୋମନ୍ଥିତ ଅତୀତର ଅଭୁଲା ପତ୍ର ସବୁ ପବନର ଚାମରରେ ପୁଣି ଥରେ ଥରି ଉଠୁଥିଲେ ଜୀବନ୍ୟାସ ପାଇଲା ପରି ।

ରତାଦିଆ ଖଣ୍ଡସାହିର ସାଆନ୍ତରା ପରିବାର । ଖାନ୍ଦାନୀ ଜମିଦାରୀ ଘର । ସେହି ମୂଳକଥାକରେ ବୁନିଆଦି ଜମିଦାରୀ ରୂପେ ଜଣାଶୁଣା । ହଠାତ୍ ସେଦିନ ଚାଲିଆସିଥିଲା ଚର୍ଚ୍ଚାର ପରିଧିକୁ । ଚାରିଆଡେ ଚହଳ । ଗୋବିନ୍ଦ ସାଆନ୍ତରାଙ୍କ ପୁଅ କ'ଣ ଗୋଟାଏ କରିପକେଇଛି ? ସେଥିରେ କୁଆଡେ ବହୁତ ଜୋରରେ ଆଞ୍ଚ ଆସିଛି ବିଟ୍ରିଶ ସରକାରର ସମ୍ମାନକୁ । ସେତେବେଳକୁ ଦୁଇ ହ'ପ୍ତା ପାଖାପାଖି ହୋଇଯିବଣି । ପୋଲିସ ଛାଉଣୀରେ ଘେରି ରହିଥିଲା ସାରା ଗାଁ ଟା । ପୁତ୍ର କେଶବର ସୁରାକ୍ ତଥାପି ମିଳୁନ ଥାଏ । ଶେଷରେ ଅନ୍ୟନୋପାୟ ହୋଇ ସିପେଇ ଦଳ ବାନ୍ଧି ନେଇଗଲେ ପିତା ଗୋବିନ୍ଦ ସାଆନ୍ତରାଙ୍କୁ ।

ବ୍ୟାଲିଶି ମସିହାର ଭାରତ ଛାଡ ଆନ୍ଦୋଳନ । ଦେଶସାରା କର ଅବା ମରର ଡାକରା । ସେହି ଡାକରାର ଗୁଞ୍ଜନ ଖାଲି ସଭା ସମିତି ଆନ୍ଦୋଳନ ମଧ୍ୟରେ ସୀମିତ ହୋଇ ରହିନଥିଲା । ବଣନିଆଁ ପରି ତା'ର ଉତ୍ତପ୍ତ ଆହ୍ୱାନରେ ମଧ୍ୟ ଉଦ୍‌ବୁଦ୍ଧ କରିଥିଲା ଶହ ଶହ ନବ୍ୟଶିକ୍ଷିତ କଲେଜ ପଢୁଆ ଛାତ୍ରଙ୍କୁ । ରେଭେନ୍‌ସା କଲେଜର ପୂର୍ବ ଛାତ୍ରବାସ ମଧ୍ୟରେ ଚାଲିଥିଲା ମଧ୍ୟରାତ୍ରିର ମନ୍ତ୍ରଣା । ଏହି ଜାତୀୟତାର ମହାଯଜ୍ଞରେ ନିଜର, ବ୍ୟକ୍ତିଗତ ସ୍ୱପ୍ନ ଓ ମହତ୍ ଆକାଂକ୍ଷାକୁ ପୂର୍ଣ୍ଣାହୁତି ଦେଇଥିଲା ନୂଆ କରି ସେହି ବର୍ଷ ନାମ ଲେଖେଇଥିବା କେଶବ ସାଆନ୍ତରା । ରାତାରାତି ପାଲଟିଯାଇଥିଲା ଏକ ସକ୍ରିୟ ସଂଗ୍ରାମୀ । ଦୁଃସାହାସ କରି ପରଦିନ ଗୁପ୍ତ ମନ୍ତ୍ରଣାକୁ ପରିଣାମ ଦେଇଥିଲା ସେ । ସ୍ୱସ୍ଥ ଦିବାଲୋକରେ ଯେତେବେଳେ କିଛି ସମଧର୍ମୀ ଛାତ୍ରଙ୍କ 'ଭାରତ ମାତା କି ଜୟ' ଧ୍ୱନିରେ ମୁଖରିତ ହୋଇଉଠୁଥିଲା କଲେଜର ସମ୍ମୁଖ ପ୍ରାଙ୍ଗଣ । ନିର୍ଦ୍ଦୟ ପୋଲିସ ଲାଠି ଚାଲନା କରିବା ଆରମ୍ଭ କରି ଦେଇଥିଲା ରୁନ୍ଧ ହୋଇଥିବା ଛାତ୍ରଙ୍କ ଉପରେ । ଲାଠି ମାଡରେ କିଏ କୁଆଡେ ଛତ୍ରଭଙ୍ଗ ଦେଇଥିଲେ । ସେହିଦିନ ଥିଲା ମହାମହିମ କଟକ କଲେକ୍ଟର ମିଷ୍ଟର ରସେଲ୍‌ଙ୍କ ରେଭେନ୍‌ସା କଲେଜ ପରିଦର୍ଶନର କାର୍ଯ୍ୟକ୍ରମ । ତାଙ୍କ ଘୋଡାଗାଡି କଲେଜ ହତା ଭିତରକୁ ପ୍ରବେଶ କରିସାରିଥାଏ । ଠିକ୍ ସେତିକି ବେଳେ ନିଜ ଲୁକ୍‌କାୟିତ ସ୍ଥାନରୁ ବାହାରି ଆସି ସେହି ଗାଡି ଆଗରେ ଛିଡା ହୋଇପଡିଲେ ଛାତ୍ର ସାଆନ୍ତରା । ମୁହଁରେ, 'ବ୍ରିଟିଶ ଗଭେର୍ଣ୍ଣ ଡାଉନ୍ ଡାଉନ୍ । କୁଇଟ୍ ଇଣ୍ଡିଆ......... ଫ୍ରି ଇଣ୍ଡିଆ' ର ଉଦାତ୍ତ ସ୍ଲୋଗାନ । ହାତରେ ଧରିଥିବା ହ୍ୟାଣ୍ଡବିଲ୍‌କୁ ମୁଠା ମୁଠା କରି ଫୋପାଡି ଥିଲେ କଲେକ୍ଟର ରସେଲ୍‌ଙ୍କ ଘୋଡାଗାଡି ଉପରକୁ । ନିମିଷେକ ମଧରେ ସମସ୍ତଙ୍କ ଆଖିରେ ଧୂଳି ଦେଇ କୁଆଡେ ହୋଇଯାଇଥିଲେ ଉଭାନ୍ ।

ବରହମ୍ପୁର ଜେଲ୍‌ରେ ଦୁଇ ବର୍ଷ ସଶ୍ରମ କାରାବାସର ଦଣ୍ଡାଦେଶ । ଓଡିଶାର କୋଣ ଅନୁକୋଣରୁ ଆସିଥିବା ସଂଗ୍ରାମୀ ବନ୍ଦୀମାନଙ୍କ ସହ ସେଠି ହୁଏ ଭେଟ ।

ସ୍ୱାଧୀନତାର ସ୍ୱପ୍ନକୁ ଏକ ବ୍ୟାପକ ପରିଧି ମଧ୍ୟରେ ପ୍ରଥମ ଥର ପାଇଁ ଉପଲବ୍ଧି କରିବାର ସୁଯୋଗ ତାଙ୍କୁ ମିଳେ । ରୋଜ୍ ସକାଳୁ ଉଠି ରାମଧୁନ୍ ଗାଇବା, ସଂଧ୍ୟାବେଳେ ଅନ୍ୟ ସଂଗ୍ରାମୀମାନଙ୍କ ସହ ମିଶି ଦେଶାତ୍ମବୋଧକ ସଂଗୀତ ପ୍ରାଣତନ୍ତ୍ରୀକୁ ସଦା ମୁଖରିତ କରୁଥିଲା ସ୍ୱଦେଶ ଚେତନାରେ । ବ୍ରିଟିଶ୍ କବଳରୁ ଦେଶର ମୁକ୍ତି ଥିଲା ଏକମାତ୍ର ମହାମନ୍ତ୍ର । ହାତରେ କିପରି ଚରଖା ଚଳାଇ ସୂତା ବୁଣାଯାଏ ସେହି କାମଟି ଶିଖିଥିଲେ ବୟୋଜ୍ୟେଷ୍ଠ ସଂଗ୍ରାମୀ ନିତ୍ୟାନନ୍ଦ ପଟେଲଙ୍କ ଠାରୁ । ଶ୍ରଦ୍ଧାରେ ସବୁ ଅନ୍ତେବାସୀ ମାନେ ତାଙ୍କୁ ଡାକୁଥିଲେ ଗାନ୍ଧୀବାବା । ପଶ୍ଚିମ ଓଡିଶା ସମ୍ବଲପୁର ଅଞ୍ଚଳର ଅଧିବାସୀ । ଦୁଇ ଦଶନ୍ଧି ତଳୁ, ଯେବେଠୁ ମହାତ୍ମାଗାନ୍ଧୀ ଭାରତୀୟ ଜାତୀୟ ଆନ୍ଦୋଳନର ନେତୃତ୍ୱ ନେଇଥିଲେ, ତାଙ୍କରି ଡାକରାରେ ଅଧ୍ୟାପକ ବୃତ୍ତିକୁ ଛାଡି ସଂପୂର୍ଣ୍ଣ ରୂପେ ଉତ୍ସର୍ଗୀକୃତ ହୋଇଯାଇଥିଲେ ଏହି ମହାବିପ୍ଳବର ସ୍ରୋତରେ । ତାଙ୍କ ପରି ବିଦ୍ୱାନ୍ ଲୋକଙ୍କ ଉପସ୍ଥିତିରେ କାରଗାର ମଧ୍ୟ ପାଲଟିଯାଇଥିଲା ମୁକ୍ତ ମହାବିଦ୍ୟାଳୟରେ । ଭାରତର ସମୃଦ୍ଧ ଇତିହାସ, ସଂସ୍କୃତି ଓ ସଂହତିର ରାଶି ରାଶି ତଥ୍ୟ ଓ ଦୃଷ୍ଟାନ୍ତ ତାଙ୍କ ଭିତରେ ନିର୍ମାଣ କରିଥିଲା ଏକ ମହାଭାରତୀୟ ବୋଧ । ଦେଶ ମାତୃକାକୁ ନେଇ ଆତ୍ମଗୌରବ ।

'ଶୁଣ୍ ସାଆନ୍ତରା, ଅତୀତ କେବେ ଦେଶର ଇତିହାସ ତିଆରି କରେନା, କରେ ବର୍ତ୍ତମାନ । ଅତୀତ ଉସ୍ । ବର୍ତ୍ତମାନ ତା'ର ସ୍ରୋତ । ତାହା ଯେତିକି ବେଗଗାମୀ ହେବ ଦେଶର ଭାଗ୍ୟ ସେତିକି ପ୍ରଶସ୍ତ ହେବ ।' କହି ଗଭୀର ଆସ୍ଥାର ସହ ଚାହିଁ ରହି କହନ୍ତି 'ତୁ, ସାଆନ୍ତରା ହେଉଛୁ ସେହି ବେଗଗାମୀ ଅଶ୍ୱ । ତୋ ପିଠିରେ ସବାର ହୋଇଥିବା ବର୍ତ୍ତମାନ ପହଞ୍ଚିବ ଆସନ୍ତା କାଲିର ଭବିଷ୍ୟତରେ ।' କହିଲାବେଳକୁ ପଟେଲ ମହାଶୟଙ୍କ ଆଖିରେ ସ୍ୱାଧୀନ ଦେଶର ଉଜ୍ଜ୍ୱଳ ଚିତ୍ର ଝଲସି ଉଠେ । କିଛି ମୁହୂର୍ତ୍ତ ପାଇଁ ଦେଶ ପ୍ରାଣତାର ଭାବାବେଗରେ ଯେପରି ଶିହରି ଉଠେ ତାଙ୍କ ବୟସ୍କ ଶରୀରର ଶିରାପ୍ରଶିରା । ଜେଲ୍‌ର ଚାରିସୀମା ଉପରେ ଆସନ୍ନ ସଂଧ୍ୟା ଢାଙ୍କି ଆସୁଥାଏ । ତାଙ୍କ ଉଦାତ୍ତ କଣ୍ଠରୁ ଝରିପଡେ ଦେଶ ବନ୍ଦନାର ସଂଗୀତ । ସାରା କାରାଗାର ପରିବେଶଟା ପରିବର୍ତ୍ତିତ ହୋଇଯାଏ ମୁକ୍ତିଯୁଦ୍ଧର ନିରାଜନା ପୀଠରେ ।

ସେଦିନ ବି ଦୂର ନଥିଲା । ତାରା ଖଚିତ ରାତିର ଆକାଶ ପରି ଭାରତ ମାଟିର ରାସ୍ତାଘାଟ, ଗାଁ ଗଣ୍ଡା, ସହରନଗର ସବୁଠି ସଗର୍ବରେ ଶୋଭା ପାଉଥିଲା ଦେଶର ତ୍ରିରଙ୍ଗା । ସ୍ୱାଧୀନ ଭାରତର ପତାକା । ତହିଁ ପୂର୍ବଦିନ ରାତିରେ ସୁଦୂର ଶାନ୍ତିନିକେତନର ବକୁଳ ଉପବନରେ ମଧ୍ୟରାତ୍ରିରେ ପ୍ରକମ୍ପିତ ହୋଇଥିଲା, 'ସ୍ୱାଧୀନ ଭାରତ କି ଜୟ.......ଭାରତ ମାତା କି ଜୟ ।' ହାତରେ ଦୀପଶିଖା ଜାଳି ପ୍ରଗଲ୍ଭ କଣ୍ଠରେ ସେହି ସ୍ୱର ସହ ସ୍ୱର ମିଳାଇ ଚାଲିଥିଲେ ସେ । କେବଳ ଗୋଟିଏ କ୍ଷୋଭ ମନ

ଭିତରେ ରହିଯାଇଥିଲା, ଯେ ମୁକ୍ତିର ଏହି ବିଭୋର ବେଳାକୁ ଅବଲୋକନ କରିବାକୁ ପଟେଲ ମହାଶୟ ସ୍ୱଦେହରେ ନ ଥିଲେ। କାରାଗାର ମଧ୍ୟରେ ତାଙ୍କର ଦେହାନ୍ତ ଖବରକୁ କିଛି ଦିନ ପୂର୍ବରୁ ଓଡିଶାରୁ ଆସୁଥିବା। ଏକ ସୟାଦପତ୍ରରୁ ପଢିବାକୁ ପାଇଥିଲେ। ଖୁବ୍ ମର୍ମାହତ କରିଥିଲା ଏହି ଖବରଟି ତାଙ୍କୁ।

ଜେଲ୍‌ରୁ ଛାଡ ପାଇଲା ପରେ ପଢୁଥିବା ରେଭେନ୍‌ସା କଲେଜରେ ଆଉ ତାଙ୍କ ପାଇଁ ସ୍ଥାନ ନଥିଲା। ଏହା ମଧ୍ୟରେ ଦଣ୍ଡାଦେଶରେ କଟିଯାଇଥିଲା ପୁରା ଦୁଇ ବର୍ଷ। ତତ୍‌କାଳୀନ କଲେଜ କର୍ତ୍ତୁପକ୍ଷଙ୍କ ଆଖିରେ ଏକ ଉଚ୍ଛୁଙ୍ଖଳ, ଆଇନ ଅବଜ୍ଞାକାରୀ ଛାତ୍ର। ସୁତରାଂ ବହିଷ୍କୃତ ଛାତ୍ର ଭାବେ ତାଙ୍କ ନାଁ ଟା କେବେଠୁ ଝୁଲିସାରିଥିଲା କଲେଜର ନୋଟିସ୍ ବୋର୍ଡରେ। ଜୀବନରେ ଆସିଥିଲା ଆଉ ଗୋଟିଏ ମୋଡ। ଜ୍ଞାନର ଦୁର୍ବାର ଆକର୍ଷଣ ତାଙ୍କୁ ଟାଣିନେଇଥିଲା ସୁଦୂର ଶାନ୍ତିନିକେତନ। ଜାତୀୟ ଆଦର୍ଶର ଉତ୍ତୁଙ୍ଗ ଶିକ୍ଷାକ୍ଷେତ୍ର। ଗୁରୁଦେବ ଟାଗୋରଙ୍କ ଗୁରୁକୂଳ।

'ସାଆନ୍ତରା ଆଜ୍ଞା, ବହୁତ ବିଳମ୍ବ ହେଲାଣି ! ଡେରି କରନ୍ତୁନି, ଶୀଘ୍ର କାମଟା ସାରିଦିଅନ୍ତୁ। ଏଣେ ଆପଣଙ୍କ ଠାରୁ ଦୁଇ ପଦ ଶୁଣିବାକୁ ଚାହିଁ ରହିଛନ୍ତି ଯେ........'। ପୁଣି ଥରେ ସାଆନ୍ତରାଙ୍କ ମୁହଁ ପାଖରେ ଦୀନବନ୍ଧୁ ବାବୁ କଥାଟାକୁ ଦୋହରାଇଲେ। ଏଥର ପୂର୍ବାପେକ୍ଷା ଅଧିକ ଜୋର୍ ଥିଲା ତାଙ୍କ ଅନୁରୋଧରେ। ସଭିଙ୍କ ମନକଥାକୁ ପ୍ରତିନିଧିତ୍ୱ କରିପାରୁଥିବା ଭଙ୍ଗୀରେ ସିଏ ନିଜ ଆସ୍ଥା ଯୋଗ୍ୟ ଚାହାଁଣିକୁ ଥରୁଟିଏ ଘୁରାଇ ଆଣିଲେ ସମସ୍ତଙ୍କ ଉପରେ। ଉପସ୍ଥିତ ଲୋକମାନଙ୍କର ଧୈର୍ଯ୍ୟ ସେତେବେଳକୁ ଟଳମଳ ଅବସ୍ଥାରେ। ସମସ୍ତଙ୍କ ମନରେ ସେହି ଏକା ପ୍ରଶ୍ନ, 'କାହିଁକି ସାଆନ୍ତରା ଆଜ୍ଞା ଡେରି କରୁଛନ୍ତି କେଜାଣି ? ପତାକାଟା ଉତ୍ତୋଳନ କରିଦେଲେ ଯାଆଁ'ନ୍ତା କାମଟା ଛିଡିଯାଆଁ'ନ୍ତା ଭଲା।' ତା ସହିତ ସେମାନଙ୍କର ପ୍ରତ୍ୟାଶା ମଧ୍ୟ ରହିଥିଲା, 'ସାଆନ୍ତରା ଆଜି ପାଟି ଖୋଲିବେ.......! ବହୁ ଦିନ ପରେ..... ତାଙ୍କଠାରୁ କିଛି ଶୁଣିବାକୁ ମିଳିବ। ସିଏ ଯେମିତିକା ଲୋକ କ'ଣ ଗୋଟା ଅଲବତ କହିବେ ନା........!'

ପରସ୍ପରର ମୁହଁକୁ ଚାହିଁବା ଭିତରେ ସମସ୍ତଙ୍କ ମୁଖ ମଣ୍ଡଳରେ ସ୍ପଷ୍ଟ ବାରି ହୋଇପଡୁଥିଲା ଚାପା ଚାପା ପ୍ରଶ୍ନଭରା ଚିହ୍ନ। ସେମାନଙ୍କ ଭିତରେ ଉଦ୍‌ଗ୍ରୀବତାର ଥାକ ଥାକ ଢେଉ ମଥା ପିଟି ଚାଲିଥିଲା ବେଶ୍ କିଛି ସମୟ ଧରି। ସେହି ଉତ୍ତରର ଅପେକ୍ଷାରେ ସମସ୍ତେ। ଏକ ସ୍ୱଭାବସୁଲଭ ଅନୁସନ୍ଧିତ୍ସା ଆଚ୍ଛନ୍ନ ହୋଇ ରହିଥିଲା ପ୍ରତ୍ୟେକଙ୍କ ଚେହେରାରେ। ପୁଣି ଅନେକ ବର୍ଷ ପରେ ସାଆନ୍ତରା.........।

ନେତା କି ମନ୍ତ୍ରୀଏ ହେବା ତାଙ୍କ ପାଇଁ ବଡ କଥା ନ ଥିଲା। ଗାନ୍ଧୀ ଆଦର୍ଶରେ

ଅଖଣ୍ଡ ଆସ୍ଥା ରଖୁଥିବା ତାଙ୍କ ପରି କୃଚିତ୍ ସ୍ୱାଧୀନତା ସଂଗ୍ରାମୀ ରହିଥିଲେ ଯେଉଁମାନେ କ୍ଷମତା ବୃକ୍ଷର ଛାଇ ସୁଦ୍ଧା ମାଡିବାକୁ ଇଚ୍ଛା ପ୍ରକାଶ କରୁନଥିଲେ । ରାଜନୈତିକ ଦଳମାନେ ତାଙ୍କର ସାନ୍ନିଧ୍ୟ ଟିକେ ପାଇଁ ବ୍ୟାକୁଳ ଥିଲାବେଳେ ସେ ଥିଲେ ସେମାନଙ୍କଠାରୁ ଯଥେଷ୍ଟ ଦୂରରେ । ଶାନ୍ତିନିକେତନର ପରିକଳ୍ପନାର ସ୍ୱଗ୍ରାମରେ ତିଆରି କରିଥିଲେ ଏକ ବିକଳ୍ପ ଅନୁଷ୍ଠାନ 'ଭାରତ ଶିକ୍ଷାଶ୍ରମ' । ଶିକ୍ଷାଦାନ ସହ ସମାଜ ନିର୍ମାଣର ଉନ୍ମୁକ୍ତ ବିଦ୍ୟାଳୟ । ଯେଉଁଥି ପାଇଁ ଆଜୀବନ ଅବିବାହିତ ରହି ସ୍ୱାଧୀନ ଭାରତର ଉପସିତ ସ୍ୱପ୍ନର ଭାବି ଅଙ୍କୁରମାନଙ୍କୁ ପରିପାଳନ କରିଚାଲିଥିଲେ । ପିତୃପୁରୁଷ ଜମିଦାରୀର ଯାହା କିଛି ରହିଯାଇଥିଲା ତାଙ୍କ ଭାଗରେ ସେ ସବୁକୁ ଯକ୍ଷକୁଣ୍ଠରେ ଆହୁତି ଦେବା ପରି ନିସଙ୍କୋଚରେ ଅର୍ପଣ କରିଥିଲେ ଶିକ୍ଷାଶ୍ରମକୁ । ଜ୍ଞାନର ଦୀପାଳୀରେ ଏକ ପ୍ରବୁଦ୍ଧ ଆଲୋକିତ ଭୁଖଣ୍ଡର ଲକ୍ଷ୍ୟ । ତାହା ହିଁ ତାଙ୍କ ପାଇଁ ଥିଲା ପୂର୍ଣ ଭାରତର ଚିତ୍ର । ସ୍ୱାଧୀନ ଭାରତର ଭବିଷ୍ୟତ ।

ମଝିରେ ଅକସ୍ମାତ୍ ସମସ୍ତଙ୍କୁ ଚମ୍କୃତ କଲାପରି ଶାସକ ଦଳର ମନୋନୀୟତ ପ୍ରାର୍ଥୀ ରୂପେ ରାଜ୍ୟସଭାକୁ ନିର୍ବାଚିତ ହୋଇଥିଲେ । ଘଟଣାଟି ଥିଲା ସେତେବେଳେ ଏକ ପ୍ରକାରର ଅବିଶ୍ୱସନୀୟ ଭାବେ ବିସ୍ମୟକର, 'ସାଆନ୍ତରା ଆଜ୍ଞା, ... ପୁଣି ରାଜନୀତିରେ !' ଅସଂଖ୍ୟ ଲୋକଙ୍କ ମୁହଁରେ ଖେଳିଯାଇଥିଲା ଏହି ଅବୁଝା ପ୍ରଶ୍ନର ଚିହ୍ନ । କିଛି ବର୍ଷ କାଳ ତାଙ୍କୁ ଦେଖିବାକୁ ମିଳିଥିଲା ରାଜନୀତିର ମୁଖ୍ୟସ୍ରୋତରେ । ସଭାସମିତି, ଉତ୍ସବ ଅନୁଷ୍ଠାନ, ବିଭିନ୍ନ କାର୍ଯ୍ୟକ୍ରମ ପ୍ରଭୃତିରେ ଦେଖିବାକୁ ମିଳୁଥିଲା ତାଙ୍କର ଉପସ୍ଥିତି । ଶୁଣିବାକୁ ମିଳୁଥିଲା ତାଙ୍କ ମୁହଁରୁ ବିବର୍ତିତ ଭାରତର ଦୃଶ୍ୟପଟ ଓ ନବନିର୍ମାଣର ସଂକଳ୍ପ । ନୀତିବାଦ, ଆଦର୍ଶବାଦ ବଦଳରେ ନୂଆ ଉଦାରତତ୍ତ୍ୱ, 'ଖାଲି ମୌନ ସନ୍ୟାସୀ ପାଲଟିଗଲେ କୌଣସି ଫରକ୍ ଆସିବ ନାହିଁ, ଏ ଦେଶକୁ ବିକାଶର ପଥରେ ଆଗେଇ ନେବାକୁ ହେଲେ ସଂସାରୀ ସନ୍ୟାସୀ ହେବାକୁ ପଡ଼ିବ । ତାହା ହିଁ ସମାଧାନର ମାର୍ଗ । ନଚେତ୍ ଦୁର୍ନୀତି, ଭ୍ରଷ୍ଟାଚାରର ଅସଂଖ୍ୟ ଅପରାଧର ରାହୁ କେତୁ ମାନେ ଏ ଦେଶର ଭବିଷ୍ୟତକୁ ସମୂଳେ ଗ୍ରାସ କରିପକାଇବେ ।'

ଏ ଯେଉଁ ନୂଆ ଅବତାରରେ ସାଆନ୍ତରା ମହୋଦୟଙ୍କୁ ଦେଖିବାକୁ ମିଳିଲା, ତାହା ବେଶୀ କାଳ ଯାଏଁ ରହିଲା ନାହିଁ । ରାତ୍ରି ଆକାଶର ରହସ୍ୟମୟ ଦୁରନ୍ତ ତାରା ପରି ଖୁବ୍ ଶୀଘ୍ର ନିସ୍ତବ୍ଧ ହୋଇଗଲେ ନଭ ମଣ୍ଡଳରେ । ରାତ୍ରିର ପଥ ଆହୁରି ବାକି ଥିଲା । ଆହୁରି ଆଗକୁ ଥିଲା ଯାତ୍ରା ଅସରନ୍ତି । ଆକାଂକ୍ଷାର ଡାକ । ସୁନାର କିଆରୀରେ ଝଲମଲ ଭାରତ ବର୍ଷର ଚିତ୍ର । ଏକ ପୂର୍ଣାଙ୍ଗ ସକାଳର ସୂର୍ଯ୍ୟୋଦୟର ଅପେକ୍ଷା ଥିଲା,

ମାତ୍ର ତା ଆଗରୁ ଆପଣା ଛାୟଁ ଦୂରେଇଯାଇଥିଲେ ଆଖ୍ଯା। ସଭାମଞ୍ଚରୁ ଉଭେଇ ଯାଇଥିଲା ତାଙ୍କ ବଳିଷ୍ଠ ଚେହେରା। ସମସ୍ତଙ୍କ ମୁହଁରେ ତାଙ୍କର ଏପରି ନାଟକୀୟ ପ୍ରସ୍ଥାନକୁ ନେଇ ଆଙ୍କିହୋଇଯାଇଥିଲା ପ୍ରଶ୍ନ। ଅସରନ୍ତି ପ୍ରଶ୍ନ ....? ହେଲେ ସେପଟୁ ନୀରବତା ହିଁ ଥିଲା ଏକମାତ୍ର ଉତ୍ତର। ସମସ୍ତଙ୍କୁ ଚକିତ କରି ଗହନ ନୀରବତାରେ ଆଉଥରେ ଯେପରି ବାଛି ନେଇଥିଲେ ଆତ୍ମନିର୍ବାସନ। ଅଳ୍ପ ମାତ୍ର ସମୟ ପାଇଁ ଉଦିତ ହୋଇଥିବା ସୁରୁଜ ରଙ୍ଗର ସଫା ନିର୍ମଳ ଆକାଶକୁ ପୁଣି ଆଉଥରେ ଢାଙ୍କି ପକାଇଲା ମଇଲା ମେଘର ଚାଦର।

'ସାଆନ୍ତରା ଆଖ୍ଯା......', ଦୁଇଥର ଡାକ ପକାଇ ଦେହଟାକୁ ସଜୋରେ ହଲାଇ ଦେଲେ ଦୀନବନ୍ଧୁ ବାବୁ। ଏଥର ତାଙ୍କ ବ୍ୟବହାରରେ ବାରି ହୋଇପଡୁଥିଲା ପୂର୍ବାପେକ୍ଷା ସାମାନ୍ୟ ଦୃଢତା। ସେହି ମୃଦୁ ଆଘାତରେ ସଚେତନ ହେଲେ ସାଆନ୍ତରା ଆଖ୍ଯା। ଫେରିଆସୁଥିଲେ ନିଜ ଅନ୍ୟମନସ୍କତାରୁ। ଦୃଷ୍ଟିବୁଲାଇ ଚାହିଁଲେ ଚାରିପଟର ଉତ୍କଣ୍ଠିତ ସମବେତ ଜନତାଙ୍କୁ। ସେମାନଙ୍କ ମଧ୍ୟରୁ ଅନେକ ମୁହଁଙ୍କ ଲାଗୁଥିଲା ଚିହ୍ନା, ଅନେକ ଦୋ' ଦୋ' ଚିହ୍ନା। କେତେ ଅଗଷ୍ଟ ପଦର ଅତିକ୍ରାନ୍ତ ହୋଇଯାଇଥିଲା ଏହା ମଧ୍ୟରେ ! ଭାବୁଥିଲେ ତାଙ୍କ ଅବର୍ତ୍ତମାନରେ କେତେ ଥର ଏ ତ୍ରିରଙ୍ଗା ପତାକା ଉଡ଼ି ସାରିବଣି ଏହି ଖୋଲା ଆକାଶ ତଳେ ! ଆମକୁ କ'ଣ ମୁକ୍ତି ମିଳିପାରିଛି ସତରେ ? ପେଟର କ୍ଷୁଧାରୁ ...... ଦୁର୍ନୀତି ରାକ୍ଷସରୁ ...... ଅସମତୁଲ ଅର୍ଥନୀତିରୁ .... ଜାତିଗତ ବିଦ୍ୱେଷରୁ....... । ଆମେ କ'ଣ ପହଞ୍ଚିପାରିଛେ ସ୍ୱାଧୀନତାର ଅସଲ ସକାଳରେ ! ତେବେ କେଉଁଠି ଉଡ଼ିବ ତ୍ରିରଙ୍ଗା..........? କେଉଁ ସ୍ୱାଧୀନ ଭୂଖଣ୍ଡର ଆକାଶରେ..........?

ଚାରିପଟରେ ମାଡ଼ି ହୋଇପଡୁଥିଲା ଉତ୍କଣ୍ଠା। ରୁଣ୍ଡ ହୋଇଥିବା ଲୋକମାନେ ଅତି ଉତ୍ସାହର ସହ ପ୍ରସ୍ତୁତ ହେଉଥିଲେ କରତାଳି ଦେବା ପାଇଁ। ପତାକା ଉତ୍ତୋଳନ ସହ ପ୍ରକମ୍ପିତ ହୋଇଉଠିବ ମହାତ୍ମା ସ୍ୱେଚ୍ଛାସେବୀ ଅନୁଷ୍ଠାନର ହଟା। ଜନଗଣଙ୍କ ମାନରେ ପୂରି ଉଠିବ ଦେଶାତ୍ମବୋଧର ଉଚ୍ଛ୍ୱସିତ ଭାବପୂର୍ଣ୍ଣ ଉପଲବ୍ଧ।

ସଂପାଦକ ଦୀନବନ୍ଧୁ ବାବୁଙ୍କ ଚେହେରାରେ ଖେଳିଉଠୁଥିଲା ଆଗତ ମୁହୂର୍ତ୍ତର ଉତ୍ଫୁଲ୍ଲତା। କାଲି ସକାଳେ ସବୁ ଖବରକାଗଜରେ ସାଆନ୍ତରାଙ୍କ ଫଟୋ ସହ ତାଙ୍କ ଫଟୋ ମଧ୍ୟ ଛପା ଥିବ। ତା ଛଡା ଆଖ୍ଯାଙ୍କ ଏତେ ବର୍ଷର ନୀରବତା ପରେ ପୁଣି ଥରେ ବାହାରକୁ ଆଣି ପାରୁଥିବାରୁ ସେହି ବାହାଦୁରୀଟା ମଧ୍ୟ ହେବ ତାଙ୍କର ପ୍ରାପ୍ୟ। ଖୁବ୍ ଆଗ୍ରହର ସହ ପତାକା ଉତ୍ତୋଳନ ପାଇଁ ଉଦ୍ଦିଷ୍ଟ ରସିଖଣ୍ଡକୁ ବଢ଼ାଇଦିଅନ୍ତେ, ସେପଟୁ ଅଚାନକ କ'ଣ ଭାବି ବୃଦ୍ଧ ସଂଗ୍ରାମୀ କେଶବ ସାଆନ୍ତରା ନିଜର ମୁହଁକୁ

ଫେରାଇ ଆଣି ରଖିଲେ ସମବେତ ଲୋକଙ୍କ ଆଡକୁ । ସ୍ମିତ ଅଥଚ ଦୃପ୍ତ କଣ୍ଠରେ ସମସ୍ତଙ୍କୁ ଶୁଣାଇଲା ଭଳି କହିଲେ, 'ସେ ବେଳ ଆସିନାହିଁ......।' ଏହି ପଦେ ମାତ୍ର କଥା କହିବା ସହିତ ଉକ୍ତ ସ୍ଥାନରୁ ପ୍ରସ୍ଥାନ କରିସାରିଥିଲେ ।

ଖୁବ୍ ଅବିଶ୍ୱାସଯୋଗ୍ୟ ଲାଗୁଥିଲା ଘଟଣାଟି । ଅବୁଝା ଆଖିରେ ପରସ୍ପର ଆଡକୁ ଚାହିଁ ସମସ୍ତେ ଫେରାଇ ନେଉଥିଲେ ଯେଝା ଯେଝାର ହାତ । ଆଉ ତାଳି ମାରିବାର ଆବଶ୍ୟକତା ଯେହେତୁ ନାହିଁ.... !

ସଂପର୍କ

ଥିଲା ଥିଲା ନାଳକଡର ସେହି ଋଳିଆ ଘରଟା ଦୋହଲି ଉଠିଲା ପରି ଲାଗିଲା। ପୁଣି ସେହି ଏକା ଦୁଃସ୍ୱପ୍ନରେ ନିଦ ଭାଙ୍ଗିଗଲା ଖାତିମା ବିବିର। ଛାତି କଲିଜାରେ ମୁଠା ମୁଠା ହୋଇ ଅଟକିଯାଉଥିଲା ପବନ। ନାକପୁଡାରେ ଥମ୍ ମାରିଯାଉଥିଲା ନିଃଶ୍ୱାସ। ତଣ୍ଟିର ତୋଟାଟା ଦାଉଁ ଦାଉଁ ହୋଇ ଜଳିଉଠୁଥିଲା ଶୋଷରେ। ଅଠା ଅଠା ପାଟି। ପୁରା ଦେହରେ ଖଇଫୁଟା ଜ୍ୱର ପରି ଅଜଣା ଆତଙ୍କର ତାତି। ସେ ଥରୁଥିଲା ଅତ୍ୟନ୍ତ ଅସ୍ୱାଭାବିକ ଭାବରେ। ଖୁବ୍ ଭୟଭୀତ ହୋଇପଡିଥିଲା। ଆଖି ଦି'ଟା ଏଡେ ଏଡେ ଦେଖାଯାଉଥିଲା ତାର ସ୍ୱାଭାବିକ ଆକାରଠାରୁ। ମୁହଁଟା ପୂରା କଣ୍ଠାଖାଲରେ ଓଦା। କିଛି ସମୟ ଯାଏଁ ବସିରହିଲା ବିଛଣାରେ। ହାତଗୋଡ ହଲାଇବାର ଜୁ ନଥିଲା। ଲାଠି ଲାଠି ହୋଇଯାଇଥିଲା ଡରରେ।

କିଛି ଦିନ ହେଲା ଏହି ଦୁଃସ୍ୱପ୍ନଟା ଛାଇ ପରି ତା'ର ପିଛା କରି ଗୋଡାଇରଖିଛି। "ନା ଠିକ୍‌ରେ ଘଡିଏ ଭଲରେ ଶୁଆଇ ଦେଉଛି ଖରାବେଳଟାରେ, ନା ଥୟରେ ରଖେଇ ଦେଉଛି, ଯୋଗନ୍‌ଖିଆ ... ଶୁଅର୍ କାହାଁକା !" ବଜ୍ ବଜ୍ ହୋଇ ରାଗରେ ବକିଉଠିଲା ଖାତିମା। କୁଆଡେ ଥାଏ ଥାଏ କେଜାଣି ସବୁଦିନ ଦ୍ୱିପ୍ରହର ବେଳକୁ ଯେତେବେଳେ ସେ ଖଟିଆ ଉପରେ ଶୋଇରହି କଡ ଲେଉଟାଉଥାଏ ଆଉ ଛାଇନିଦଟା ମାଡି ଆସୁଥାଏ ଆଖିକୁ, ଏତିକିବେଳେ ସେଇଟାନ୍ ସବାର୍ ହେଲା ପରି କୁଆଡେ ପଶି ଆସେ ଭିତରେ। ଇସ୍ .... ଆଖିବୁଜି ହୋଇ ଆସେ ତା'ର। ଦେହର ଲୋମଗୁଡା ଟାଙ୍କୁରି ଛିଡା ହୋଇଯାଏ ସେହି ଦୃଶ୍ୟକୁ ଦେଖି। ଆଗରେ ପିର୍ ପିର୍ ହୋଇ ଛିଟ୍‌କି ପଡିଥାଏ ବହଳ ନାଲି ତାଜା ରକ୍ତ। କଂସେଇ ଛୁରା ଚୋଟରେ ଅଲଗା ହୋଇପଡିଥାଏ ଗଣ୍ଡି ଆଉ ମୁଣ୍ଡ। ମୁଣ୍ଡର କାନ ପରଦାଟା ତଥାପି ଜୀବନ

ଥିବା ପରି ଛଟ୍ ଛଟ୍ ହେଉଥାଏ। ଫଡ଼ା ଫଡ଼ା ଆଖିରେ ତା'ର ଦାରୁଣ ଯନ୍ତ୍ରଣାର ଅନ୍ତିମ ଚିତ୍ର।

ଆଉ ଆଗକୁ ଦେଖିପାରୁନଥିଲା। ଅନ୍ଧାର ଅନ୍ଧାର ଲାଗୁଥିଲା ସବୁ ଯେମିତି। 'ୟା' ଆଲ୍ଲା ରେହେମ୍ କର୍'। ତା' ଦୁଇ ବିସ୍ତାରିତ ଆଖିରେ ପଛକୁ ପଛ ହୋଇ ନାଚିଯାଉଥିଲା ସେହି ଭୟଙ୍କର ଦୁଃସ୍ୱପ୍ନର ବିଭତ୍ସ ଦୃଶ୍ୟରାଜି। ଦେହର ସରୁ ଧମନୀ ଭିତରେ ଶିର୍ ଶିର୍ ହୋଇ ପହଁରିଯାଉଥିଲା ରକ୍ତର ସ୍ରୋତ। ମୁଣ୍ଡର ଶିରାରେ ଧକ୍‌ଧକ୍ ହୋଇ ଶୁଭୁଥିଲା ତାହାର ପ୍ରହାର। ଛାତିର ବେଗଟା ବଢ଼ିଉଠୁଥିଲା ଅଶରୀଷ ପବନ ପରି। ଦେଖି ବି ଦେଖିପାରୁନଥିଲା ସେ ହୃଦୟ ବିଦାରକ ଦୃଶ୍ୟ। ମୁଣ୍ଡହୀନ ଦେହରୁ ଗୋଟାସୁଦ୍ଧା ଛାଲ ଉତରା ହୋଇ ଓଲଟା ଲଟ୍‌କିଥିଲା ରୁଦି। କଟାଗର୍ଦ୍ଦନ ବାଟ ଦେଇ ଥପ୍ ଥପ୍ ହୋଇ ଖସିପଡ଼ୁଥିଲା ରକ୍ତ। ଭଣଭଣ ମାଛି ପରି ତାକୁ ରୁରିପଟ ସାରା ରୁହିଁବୁଲୁଥିଲେ ଥୋକେ ଖଣ୍ଡେ ମଣିଷ। ଆଉ ସେମାନଙ୍କ ମାଂସାଶୀ ଆଖି ଓ ଜିଭ ସାରା ଭର୍ତ୍ତି ହୋଇଥିଲା ଲାଲ। ଭୟରେ ମୁଦି ହୋଇଯାଉଥିଲା ଦୁଇ ଆଖି। ହାତ ଦୁଇ ଶୂନ୍ୟକୁ ଟେକି ହୋଇଯିବା ସହ କମ୍ପିଉଠିଲା ତା'ର ସ୍ୱର, 'ୟା' ଆଲ୍ଲା ରହେମ୍ କର୍.........।

ତଥାପି ପୁରାପୁରି ସାୟ୍‌ସମ ହୋଇନଥିଲା ଖାତିମା। ଦୁଃସ୍ୱପ୍ନର ଜ୍ୱରଟା ଦେହରୁ ସଂପୂର୍ଣ୍ଣ ଖସି ନଥିଲା। ସେମିତି ନିରବଚ୍ଛିନ୍ନ ଭାବେ ଥରି ରୁଲିଥିଲା ତା ଭୀତତ୍ରସ୍ତ ସମଗ୍ର ଶରୀର। ସେପର୍ଯ୍ୟନ୍ତ ସେହି ନିଷ୍ଠୁର ହାସ୍ୟମୁହଁର ଦୃଶ୍ୟ ସବୁ ଅଟକାଇ ରଖିଥିଲା ତା ମନଟାକୁ। ସେଥିପାଇଁ ଚେହେରାରୁ ଜଣାପଡ଼ୁଥିଲା ଭୟଙ୍କର ଭାବେ ବିଚଳିତ। ଭୟାର୍ତ୍ତ ରୁହାଣୀରେ ଘୁରିବୁଲୁଥିଲା ସେହି ହୃଦୟ ବିଦାରକ ଦୃଶ୍ୟ। ବାହାରପଟେ ଉତ୍ତପ୍ତ ମାଧାହ୍ନର ଚକ୍‌ଚକ୍ ଟାଣ ଖରା। ତତଲା ତାଉଆ ପରି ଝୁଲିରହିଥିଲା ଆକାଶର ପିଠିରେ। ରୁରିପାଖଟା ଆହୁରି ନିଛାଟିଆ ଲାଗୁଥିଲା ସେଟିକିରେ। ନିସ୍ତବ୍ଧତାକୁ ଭାଙ୍ଗି କାନକୁ ବାରିହୋଇପଡ଼ୁଥିଲା ଛାତିତଳର ଧଡ଼ପଡ଼୍ ଶବ୍ଦଟା। ସେ ଡରିଯାଇଥିଲା ଅସମ୍ଭବ ଭାବରେ। ଦ୍ୱିପ୍ରହରର କଳାଛାଇ ପରି ପରସ୍ତେ ଆତଙ୍କର ରଙ୍ଗ ଚରିଯାଇଥିଲା ତା ଚେହେରାର ରଙ୍ଗରେ।

କିଏ ଯେମିତି ଖୁଦା ମାରିରୁଲିଥିଲା ତା ଗୋଡ଼ର ତଳ ଆଡ଼କୁ। ହୋସ୍ ଫେରାଇ ରୁହିଁଲା ସେୟାଡ଼େ। ଖଟିଆ ଗୋଡ଼ ପାଖରେ କେତେବେଳେ ଆସି ଛିଡ଼ା ହୋଇଥିଲା ରୁଦି। ମୁଣ୍ଡଟାରେ ଥରକୁ ଥର ଭୂଷି ରୁଲିଥିଲା ପାଦର ପଛପଟ୍‌କୁ। ତା ମୁଣ୍ଡିଆ ସହ ତାଲ ଛିଣ୍ଡାଉଥିଲା ବେକରେ ଲଟ୍‌କିଥିବା ଗୋଟିକିଆ ଘୁଙ୍ଗୁର। ଘୁମ୍.........ଘୁମ୍......... । ଜଣେଇବାକୁ ରୁହଁଥିଲା ତା'ର ଉପସ୍ଥିତି। ଖାତିମା ଆଖିରୁ

ସବୁତକ ଡରକୁ ପୋଛି କହିବାକୁ ରୁହୁଁଥିଲା– "ହେଇ, ଦେଖ୍ ମୁଁ ଅଛି। ହେଇ, ଦେଖ ......ମୁଁ ତୋ ଆଗରେ ଛିଡା ହୋଇଛି।" କୋଉଠୁ ଅରାଏ ସାହାସ ଫେରିପାଇଲା ପରି ସେ ଆଖି ପୁରାଇ ରୁହିଁଲା। ରୁଦି ଛିଡାହେଇଥିଲା ସାମ୍ନାରେ। ତା ଛୋଟ ଲାଞ୍ଜଟାକୁ ମଝିରେ ମଝିରେ ଥରାଇ ପକାଉଥିଲା ଟିକେ ଟିକେ। ଖଟିଆ ଆଡକୁ ଆଗ ଦୁଇଗୋଡକୁ ଟେକି ଉଠିବାକୁ ଉଦ୍ୟମ କରୁଥିଲା। ମୁଣ୍ଡଟାକୁ ଉପରକୁ ଉଠାଇ ଏପଟସେପଟ ହଲାଇ ବେକକୁ ରଗଡିଚାଲିଥିଲା ଖଟିଆର ବନ୍ଧ ଦାଉରେ। ଯେପରି ଆହୁରି ପାଖକୁ ଆସି ଛୁଇଁଯିବାକୁ ରୁହୁଁଥିଲା ତା ମାଲିକାଣୀକୁ। ଭରସା ଦେବାକୁ ରୁହୁଁଥିଲା, "ହଁ, ଦେଖ...... ସେ ହାଣମୁହଁରେ ମରିନାହିଁ, ବଞ୍ଚିଛି ବୋଲି।"

ବର୍ଷକ ତଳେ ହୋଇଯିବଣି, ଆର ମା' ଗୁଲାବୀ ଶେଷଥର ପାଇଁ ଜନ୍ମ ଦେଇଥିଲା ରୁଦିକୁ। ତା'ର କେତେଟା ଦିନ ପରେ କ'ଣ ବେମାର ଧଇଲା କେଜାଣି ରୁଲିବସିଲା। ଗୁଲାବୀ ସବୁସାଲକୁ ଦି'ଟା ତିନିଟା ଛୁଆ ଜନମ କରେ। ସେଗୁଡାକ ବର୍ଷେ ହେଲାବେଲକୁ ଘର ଦୁଆର ମୁହଁରୁ କିଣିନେଇଯାଆନ୍ତି ଆସି ବେପାରୀ। ସେତେବେଲେ ଖାତିମାର ସେସବୁ ବିଷୟରେ କିଛି ଯା'ଆସ ନଥିଲା କି ସେ ଜନ୍ତୁଗୁଡାକ ପ୍ରତି ଏତେ ମାୟାମମତା ଲାଗିନଥିଲା। ପୁରା ମୁଣ୍ଡଟା ଘର ସଂସାର ଭିତରେ ଥିଲା। ତା ମରଦ କାଶୀମମିଆଁ ଏହି ଛେଲିଧଦାଟା କଥା ଦେଖୁଥିଲା। ପୁଲାଏ ଖଣ୍ଡେ ଛେଲି ଆଣି ରଖିଥିଲା ଘରେ। ରୋଜ୍ ସକାଲୁ ସେମାନଙ୍କୁ ଧରି କେନାଲ ବନ୍ଧକୁ ଚରେଇବାକୁ ନେଉଥିଲା। ସେହି ବନ୍ଧ କଡେ କଡେ ପର୍ଯ୍ୟାପ୍ତ ସବୁଜଘାସର ଗଡାଣି। ସେଇଠି ପେଟକୁ ଦାନା ମିଲିଯାଏ ସେମାନଙ୍କୁ। ସେତକ ନ ଅଣ୍ଟିଲେ କୁଆଡେ ବୁଲି ବୁଲି ସାହାଡା ଗଛରୁ ନ ହେଲେ ବର ଗଛର ପତ୍ର ସବୁ ଭାଙ୍ଗୁଥିଲା। ପିଣ୍ଡାରେ ଛେଲିଗୁଡାକୁ ବାନ୍ଧି ତାଙ୍କ ମୁହଁ ଆଗରେ ପୁଲେ ପୁଲେ ପକାଉଥିଲା ସେହି ଭଙ୍ଗାଡାଲ ସବୁକୁ। କେମିତି କ'ଣ ସୁରୁଖୁରୁରେ ଚଲାଇନେଉଥିଲା ସେ କାମଟା ସେକଥା ସିଏ ଜାଣିଥିଲା। ମଝିରେ ମଝିରେ ଛୁଆ ବିକି ବେପାରୀଠୁ ଭଲ ଦି'ପଇସା କମେଇ ନେଉଥିଲା। ରୁଲିଥିଲା, ରୁଲିଥିଲା, ସିଏ ବି ସେମିତି ଅକାଲରେ ପଡି ରୁଲିଗଲା, ସେହି ପାଖାପାଖି ବର୍ଷକ ଖଣ୍ଡେ ତଳେ।

ତାହାଛଡା ଏ ବଲଉଣା ବୟସରେ ଛେଲି ଧାମିଲାଟା ଜମାରୁ ପୋଷେଇଲାନି ଖାତିମାକୁ। ଏଣେ ଏକୁଟିଆ ହୋଇଯିବାକୁ ସକାଲସଞ୍ଜ ସେମାନଙ୍କୁ ପିଛା ଧାଁ ଦୌଡ ବିଲକୁଲ୍ ସମ୍ଭବ ନଥିଲା ତା ପାଇଁ। ବେପାରୀ ହାତରେ ଗୋଟା ଗୋଟା କରି ଗଣି ବିକିଦେଇଥିଲା ସବୁତକ ଛେଲି। ଖାଲି ରହିଯାଇଥିଲା ତ ଏ ଗୁଲାବୀ। ଚାନ୍ଦିର ମା'। କେମିତି କାହିଁକି ସେଇଟାକୁ ବିକିବାକୁ ତା ମନ ଜମା ବଲିଲା ନାହିଁ। ବୋଧେ ସବୁ

ଛେଲିଙ୍କ ଠାରୁ ଟିକେ ଦିଶୁଥିଲା ଅଲଗା, ସେଇଥିପାଇଁ। ତା' ଦେହର ବର୍ଣ୍ଣଟା ଅଧିକ ମନଲୋଭା ଲାଗୁଥିଲା ଆଖିକୁ। ପୁରା ଗୋଲାପୀ ରଙ୍ଗ ନ ହେଲେ ବି ସେହିପରି କିଛି ନିଆରା। ଦେଖିଲେ ନଜରଟା ସିଧା ଯାଇ ଲାଖିଯିବ ତାରି ଉପରେ। ସବୁ କାଳିଆ ଧଳା କି ଛାପାଛାପା କଷରା ମେଳରେ ଏଇଟା ଥିଲା ଅଲଗା, ମୋଟାସୋଟାକୁ ସୁଦରିଆ। ଆଉ ଖାସ୍ ଏଇଥିପାଇଁ ସେ ତା ନାଁ ରଖିଥିଲା ଗୁଲାବୀ।

ଚାନ୍ଦିଟା ଏପଟସେପଟ ହୋଇ ଦିଆଁ ମାରୁଥିଲା ଘର ଭିତରେ। ପୁଣି କେତେବେଳେ ଦୁଆର ମୁହଁ ଡେଇଁ ଚାଲିଯାଉଥିଲା ପଦାକୁ ଆଉ ସେଇଆଡ଼ୁ ଘେରାଏ ବୁଲିପଡ଼ି ପଶିଆସୁଥିଲା ଭିତରକୁ। ବାହାରପଟ ପିଣ୍ଢାରେ ଚାଉଳଧୁଆ କୋଳିଗଛର ପତ୍ରୁ ପୁଲାଏ ଖଣ୍ଡେ କାଟି ଆଣି ଗଦାଇଥିଲା ତାରି ପାଇଁ। ମଝିରେ ମଝିରେ ସେଇଠୁ ଦି'ଚାରିଟା ପତ୍ର ପାଟିରେ ଚୋବାଇ ଆସି ବାହାର ଭିତର ହେଉଥିଲା। ସେହି ସ୍ୱାଧୀନତାଟା ଯେପରି ତା ପାଦର ଚପଲ ଖୁରା ପରି ଥିଲା ଚଳଚଞ୍ଚଳ। ଘରର ଅଦିକନ୍ଦି, ଏଠିସେଠି ଯୋଉଠି ଚାହୁଁଥିଲା ସେଇଠି ଥିଲା ତା'ର ଅବାଧ ପ୍ରବେଶ। ବାହାରପଟ ଗୁହାଳ ଠାରୁ ଆରମ୍ଭ କରି ଶୋଇବା ଘର ଖଟିଆ ତଳ ଯାଏଁ ଯେଉଁଠି ଯେତେବେଳେ ଚାହୁଁଥିଲା। ଗୁହାଳଟା ପଦା ପଡ଼ିବା ଦିନଠାରୁ ତା'ର ଉଠା ବସା ଶୁଆ ସବୁକିଛି ଥିଲା ଏହି ଘରଟା ଭିତରେ। ବୁଢ଼ୀ ସହ ବାନ୍ଧିନେଇଥିଲା ଯେମିତି ସୁଖରୁ ଦୁଃଖରୁ, ତା ନିସଙ୍ଗ ମୁହୂର୍ତ୍ତରୁ କିଛି। ସେମିତି ତଳ ଚଟାଣରୁ ଦେଢ଼ହାତର ମାଟି ଯୋଗାଡ଼ି ନେଇଥିଲା ଶୋଇବାକୁ।

ଖାତିମା ସେମିତି ଆଖିପୂରାଇ ଚାହିଁଥିଲା ଚାନ୍ଦି ଆଡ଼କୁ। ଗୋଡ ଦେହ ଯୁଆଡେ ଦେଖିବ ତା'ର କଳା ଚିକ୍‌କଣ ରଙ୍ଗ। ଠିକ୍ କାଳିଆ ମୁଣ୍ଡର ସାମ୍ନାପଟରେ ମଝାମଝି ଧଳାଚାନ୍ଦି ଚିହ୍ନ। ରୂପରେ ତା' ମାଆ ଗୁଲାବୀଠାରୁ ବି ବଳିଯାଇଥିଲା। ଜନମ ହେଲା ପରେ ତାକୁ ଦେଖୁ ଦେଖୁ ପାଟିରୁ ବାହାରି ଆସିଥିଲା ଏହି ଚାନ୍ଦି ଡାକଟା। ଏହି ନାଁ'ଟା ବି ବେଶ୍ ମାନୁଥିଲା ତା'ଗଢ଼ଣକୁ। ମନଟା ପୂରିଲା ପୂରିଲା ଲାଗୁଥିଲା ତାକୁ ଦେଖି। ନ ହେଲେ ତା' ମରଦ ଚାଲିଗଲା ପରେ ସବୁ ଖାଁ ଖାଁ ହୋଇଯାଇଥିଲା ଯେମିତି।

ସକାଳେ ସଂଧାରେ ରାତିରେ ସେହି ଏକରକମର ଖାଁ ଖାଁ। ପିଲା କବିଲା ସବୁ ବଡ ହୋଇ ଯେଣ୍ଢା ଯେଣ୍ଢା ବାଟରେ। ବଡ ପୁଅ ସଲିମ୍ ଗ୍ୟାରେଜ୍ ମିସ୍ତ୍ରୀ। କାମ କରୁଛି ଯାଇ ହାଇଦ୍ରାବାଦରେ। ତା ସ୍ତ୍ରୀ ପିଲାକୁ ଧରି ସେଠି ରହୁଛି। କେବେ ମନେ ପଡ଼ିଲେ ସାଲ୍ କି ଦୁଇ ସାଲ୍‌କୁ ଥରେ ଆସେ। ଶେଷଥର ତା ଆବୁର ମଲାଖବର ପାଇ ଆସିଥିଲା। ଆସିଥିଲା ତ ସେହିଦିନଠୁ ଯାଇଛି। 'କୋଉଦିନ ଆସି ସାଙ୍ଗରେ

ଧରିଯିବ ବୋଲି କହିଥିଲା, କାହିଁ ? ' ଛାଁକୁ ଛାଁ ପ୍ରଶ୍ନ କରୁଥିଲା ସେ । "ଯଦି ଆସିଯାଏ ଆଉ ତାକୁ ସାଙ୍ଗରେ ନେଇଯାଏ, ତା ହେଲେ............ ? " ଛୋଟରୁ ବଡ ଆକାର ହୋଇ ଆଉ ଗୋଟିଏ ପ୍ରଶ୍ନ ଚିହ୍ନ ପୁଣି ଖେଳିଗଲା ତା ମୁହଁରେ । ତା ହେଲେ .... ? ? ନଜରଟା ଯାଇ ଅଟକିଗଲା ଚାନ୍ଦି ପାଖରେ । ମନଟା ଥିଲା ଥିଲା ଗୋଲେଇଘାଣ୍ଟି ହୋଇଗଲା ଯେମିତି କେଉଁ ଅଜଣା ଆଶଙ୍କାରେ ।

ଏହା ଭିତରେ ଦି'ଥର ଖଣ୍ଡେ ହୋଇଯିବଣି, ସେହି ବେପାରୀ ଫକୀରମିଆଁ ଜାଣିଜାଣି ଆସି ତା' ଦୁଆର ମୁହଁରେ ମୁହଁ ମାରୁଛି । ଥର ଥର ଦି'ଥର ଯାକ ନାହିଁ ନାହିଁ କଲା ପରେ ବି ପିଛା ଛାଡୁନାହିଁ । ତାର ନଜରଟା ଏବେ ଏହି ବକ୍ରା ଉପରେ । 'ଶାଲା, ହାରାମୀ କୋଉଠିକାର ! ନାଁ ରଖିଛି ଫକୀରା, କାମ କରୁଛି ଓଲଟା ? ' ତା ଚେହେରାଟା ମନେ ପଡୁ ପଡୁ ଖୁବ୍ ଜୋରରେ ଖିଂଆରି ଉଠିଲା ଭିତରୁ । ସେହି ନିର୍ଦ୍ଦୟ ଦୃଶ୍ୟଗୁଡାକ ନାଚିଯାଉଥିଲା ଆଖି ଆଗରେ । ଫକୀରା ମିଆଁର ସାଇକେଲରେ ଆଗପଛ ହୋଇ ଝୁଲିରହିଥିଲା ଅଖା ଭର୍ତ୍ତି ବ୍ୟାଗ୍ । ତା' ଭିତରେ ସେ ଏଠୁସେଠୁ ବୁଲି କିଣିଥିବା ଛେଳିଗୁଡାକ ଖୁନ୍ଦିଖାନ୍ଦି କରି ଭର୍ତ୍ତି କରିଥିଲା ଯେମିତି ସେଗୁଡାକ ବେଜୁବାନ୍ ଇଟା କି ଗୋଡି । ଦେଖାଯାଉଥିଲା ତ, ବାହାରକୁ କେବଳ ସେହି ଛେଳିଗୁଡାକର ନିରୀହ ଡରକୁଲା   ମୁହଁ ।   କାନକୁ   ଶୁଭୁଥିଲା   ସେମାନଙ୍କର   ବିକଳ ମେଁ...........ମେଁ.............ଚିକାର । ସେହି କରୁଣ ଶବ୍ଦ ଗୁଡାକ ଏବେ ବି ବୁଲିପଡି ପ୍ରତିଧ୍ୱନି ପରି ଶୁଭୁଥିଲା କାନକୁ । ଛାତି କଲିଜାକୁ ଥରାଇ ପକାଉଥିଲା ଅଦେଖା ବେଦନାରେ ।

ଏହି ଛେଳିଗୁଡାକ ପ୍ରତି ଏତେ ଦରଦ ତାର ଆଗରୁ କେବେ ନ ଥିଲା । ସବୁବେଳେ ତା ମିଆଁ ଉପରେ ବକର ବକର ହେଉଥିଲା ଏଇଥିପାଇଁ । ସିଧା ମୁହେଁ ମୁହେଁ ମନା କରୁଥିଲା 'ଏହି ଝାମେଲା ସମ୍ଭାଳିବ ତ ଯାଇ ପଦାରେ ସମ୍ଭାଳ ! ମୁଁ ଏଗୁଡାଙ୍କୁ ଆଉ ପାଖରେ ରଖିଦେବିନି !' ଘର ଭିତରଠୁ ଦାଣ୍ଡଦୁଆର ଯାଏଁ ଦିନକୁ ସାତଆଠ ଥର ଏମୁଣ୍ଡରୁ ସେମୁଣ୍ଡକୁ ଖରକି ବିରକ୍ତ ହୋଇଉଠୁଥିଲା ଖାତିମା । ଯୋଉଠି ଦେଖିବ ଘରବାହାର ଅଇଁଠା ପରି ଖେଳାଇ ହୋଇପଡିଥିବ ସାହାଡା କି ବରପତ୍ର ଚୁକୁରା ।   ଏଠି ସେଠି ବିଛାଡି ହୋଇପଡିଥିବା ଛେଳିନଣ୍ଡ ଗୁଡାକ ଘରଟାକୁ କଦର୍ଯ୍ୟ କରି ରଖିଥିବ । ତା ସହିତ ଦୁର୍ଗନ୍ଧ ବି । କେଜାଣି କେତେଥର ଝଗଡା ଲାଗିଥିବ ଏଇଥିପାଇଁ ଦୁହେଁଜଣଙ୍କ ଭିତରେ । ଗାରୁ ଗାରୁ ହୋଇ ଯେତେ ଗର୍ଜିଲେ କଣ ହେବ, ସବୁଥର ତାକୁ ହିଁ ସଫାରଫା କରିବାକୁ ପଡିଥାଏ । 'ଯାହା ହେଲେ ବି ମଣିଷଙ୍କ ପରି ତ ରହିବାକୁ ପଡିବ । ଏହି ଛେଳି ବକ୍ରାଙ୍କ ସାଥିରେ ରହି ଜାନୁଆର୍ଙ୍କ ପରି ତ ନୁହେଁ !"

ଯେଉଁଦିନ ତା ସୋହରର ଇନ୍ତେକାଲ୍ ହେଲା, ଜନାଜା ପରେ ଶବକୁ ସାହିଭାଇମାନେ ବୋହିନେଇଗଲେ କବର ସ୍ଥାନକୁ, ତାପରଠୁ ସବୁବେଳ ଗୁଡ଼ାକ ନିଛାଟିଆ ଖରାବେଳ ପାଲଟିଯାଇଥିଲା ତା ପାଇଁ। ନାଲକୁଲରେ ଥିବା ଏହି ଅପ୍ରଶସ୍ତ ଅଗଣା ସାଙ୍ଗକୁ ଛୋଟିଆ ବାଡ଼ିମିଶା ଗୋଟିକିଆ ଘରଟା ପଦାକୁ ଜଣାପଡ଼ୁଥିଲା ଶୂନ୍‌ଶାନ୍। ଆଗରୁ ସେଠି ବାହାରୁଥିବା ସମବେତ ଛେଲିରଡ଼ି ଗୁଡ଼ାକ ନିସ୍ତବ୍ଧତା ଭିତରେ ମିଳାଇଯାଇଥିଲା। ମଝିରେ ମଝିରେ ହାବୁକାଏ ପବନ ପରି ସେହି ନୀରବତାକୁ ଭାଙ୍ଗି ବାହାରି ଆସୁଥିଲା ଚାଦିର ମେଁ …………ମେଁ…………। ନ ହେଲେ ତା ବେକରେ ଝୁଲୁଥିବା ଘୁଙ୍ଗୁରର ଘୁମ୍…………ଘୁମ୍। ଖାତିମାକୁ ଏବେ ଭାରି ଆପଣାର ଲାଗୁଥିଲା ଶବ୍ଦଟା। ଲାଗୁଥିଲା ଯେପରି କେଉଁ ଅଝଟ ଛୁଆର ମା' ମା' ଡାକ ପରି। ଛୋଟ ଛୋଟ ଗୋଡ଼ର ଖୁରାରେ ଡେଇଁ କୁଦି ଉଠ୍‌ପଡ଼୍ କରାଉଥିଲା ତାକୁ। ଚାରିପଟରୁ ଘଉଡ଼ାଇଦେଉଥିଲା ଏହି ମାଡ଼ି ହୋଇପଡ଼ୁଥିବା ଏକାନ୍ତ ଦ୍ୱିପ୍ରହର ପରି ଏକାକୀ ପଣକୁ। ଚାରିଦିଗରୁ ଆବୋଶ କରୁଥିବା ଏହି ନିଃସଙ୍ଗତାକୁ।

ଏଇଠୁ ଚାରିକୋଶ ଆଗକୁ ଗଲେ ଝିଅ ସଲିମାର ଶ୍ୱଶୁର ଘର। ସିଏ ଆସେ। ମଝିରେ କେବେ ସମୟ ପାଇଲେ ତାକୁ ଦେଖି କରି ଚାଲିଯାଏ। 'ଦିନେ ଅଧେ ରହିବାକୁ ଫୁର୍‌ସତ୍ ତାର କାହିଁ ? ପିଲାସଂସାର ଜଞ୍ଜାଲଟା କୋଉ ତା ପିଛା ଛାଡ଼ୁଛି ଯେ ସେ ଆସି ମୋ ପାଖରେ ପଡ଼ି କମେଇହେବ !' କୌଣସି ମତେ ମନଟାକୁ ବୁଝେଇ ସୁଝେଇ ତୁନି କରିଦିଏ ସିନା ଦ୍ୱିପ୍ରହରର ଏହି ନିଛାଟିଆ ଖାଁ ଖାଁ ଛାଇଟା ତଥାପି ଭିତରେ ଭିତରେ ତାକୁ ଡାକ୍ଙ୍କି ପକାଉ ଥିଲା। ଘର, ଅଗଣା, ବାଡ଼ି ଯୁଆଡ଼କୁ ଆଖି ବୁଲାଇ ଚାହିଁଲେ ସବୁଟି ଅନୁଭବ କରିଦେଉଥିଲା ଏହି ଖାଲିପଣ। ଯିଏ ପାଖରେ ଥିଲା ସିଏ ସବୁଦିନ ପାଇଁ ଦୂରେଇଯାଇଥିଲା ଆଉ ଯିଏ କେହି ଅଛନ୍ତି ଯାଇ ରହୁଛନ୍ତି ଦୂରରେ। ପୁରା ଘରଟା ଭିତରେ ଜଣେ ବୋଲି ମଣିଷ। ସେପାଖରେ ଛେଲି ଗୁହାଲଟା ପୁରା ଫାଙ୍କା। ସେଠୁ ଗୋଟା ଗୋଟା ହୋଇ ସବୁୟାକ ଫକୀରାମିଆଁ ଅଖାରେ ଭର୍ତି ହୋଇଗଲା ପରେ ଏବେ ବଳିପଡ଼ିଛି ଏକ୍‌ଲା ଚାଦି। ଛୁଆ ବକ୍‌ରାଟା ଏହା ଭିତରେ କେବେଠୁ ପାଲଟିଯାଇଛି ତା ପରିବାରର ଜଣେ। କହିବାକୁ ଗଲେ ସବୁଠୁ ନିଜର ବୋଲି କେହି।

ଖାତିମା ମନେପକାଉଥିଲା ସେହି ଜଟିଲ ସମୟ ଗୁଡ଼ାକ। ଯେତେବେଳେ ସମୟ ତା ଧୈର୍ଯ୍ୟର ପରୀକ୍ଷା ନେଉଥିଲା। ତା ମିଆଁର ଇନ୍ତେକାଲ୍ ହବାର କିଛି ଦିନର ଘଟଣା। ସାନପୁଅ ରହେମତର ଏକାଜିଦି ସାଉଦି ଯିବ। ସେଥିପାଇଁ ସମସ୍ତଙ୍କୁ ଲୁଚାଇ ଦଲାଲକୁ ପଇସା ଦେଇ ଆଗୁଆ ପାସ୍‌ପୋର୍ଟ ବି ବନେଇ ଦେଇଥିଲା। ମିଆଁବିବି

ତାକୁ ବହୁତ ବୁଝାସୁଝା କରିଥିଲୁ, 'ଦେଖ୍ ତୋ ଭାଇ ସଲିମ୍ ଯାଇ ରହିଲା ହାଇଦ୍ରାବାଦ୍‌ରେ ।। ପାଖରେ ତା ବିବି ଆଉ ପିଲାଛୁଆ । ଏଠି ରହିଲୁ –
–ଆମେ ଦୁଇଜଣ ମଣିଷ । ତୁ ଯଦି ଏତେ ଦୂର ଚାଲିଯିବୁ ତା ହେଲେ ଏ ବୁଢ଼ାବୁଢ଼ୀଙ୍କ ହାଲତ୍ କଣ ହେବ ?' କିଛି କଥା କାମ ଦେଇ ନ ଥିଲା, କି ସେ କିଛି ଶୁଣି ନ ଥିଲା । ତାର ଘର ଛାଡ଼ିବାର ଦୁଇ ଚାରିଟା ଦିନ ଯାଇଛି କି ନାହିଁ ବୁଢ଼ାର ବାହାରି ପଡ଼ିଲା ଛାତି ବେମାରି । ଜୋର୍‌ରେ ଚିନ୍ତା ଧରିପକେଇଥିଲା ତାକୁ । ବଢ଼ିଲା ପୁଅଟା ପାଖରେ ଥିଲେ ଯେମିତି ସବୁଆଡୁ ନିଧଡ଼କ୍ ଲାଗୁଥିଲା, ରହେମତ୍ ବିଦେଶକୁ ଚାଲିଗଲା ପରେ ସବୁ ଆଣ୍ଠ ଭାଙ୍ଗିଯାଇଥିଲା ତା ଆବାଜାନ୍‌ର । ହଁସା ଉଡ଼ିଯାଇଥିଲା । ସେହି ଛାତିମରା ରୋଗରେ ଦିନ କେଇଟା ଭିତରେ କାଳ ହୋଇଗଲା ତାର ।

ବୁରା ସମୟଟା ସେତେବେଳେ ଏମିତି ଥିଲା । ସବୁ ଖରାପଯାକ ଘଟିଯାଉଥିଲା ପଛକୁ ପଛ । ନ ଚାହିଁବା ଜିନିଷଗୁଡ଼ାକ ହେଇଯାଉଥିଲା । ନ ଭାବିବା ଜିନିଷଗୁଡ଼ା ଘଟିଯାଉଥିଲା । ପ୍ରଥମେ ରହେମତ୍ ପଲାଇଗଲା ସାଉଦି । ତା ପଛକୁ ତା ଆବୁ ଆଖିବୁଜିଦେଲା ସବୁଦିନ ପାଇଁ । ତାର କେଇ ହପ୍ତା ଖଣ୍ଡେ ଯାଇଛି କି ନାହିଁ ଗୁଲାବୀଟା ବି ସେମିତି ଥିଲା ଥିଲା ଅଚାନକ ଚାଲିବସିଲା । ଯୋଗକୁ ପେଟରୁ ପିଲାଟାକୁ ଜନମ କରିଦେଇଥିଲା କିଛି ଦିନ ଆଗରୁ । ତା' ମା' ମଲାବେଲକୁ ଚାନ୍ଦିର ଗୋଡଟା ଠିକ୍‌ରେ ମଜବୁତ୍ ହୋଇ ନ ଥିଲା । ଏପଟସେପଟକୁ ନଡ଼ନଡ଼ ହୋଇ ଚାଲୁଥିଲା । କମ୍ ତକ୍‌ଲିଫ୍ ନ ହୋଇଛି ତାକୁ ପାଲିବାକୁ ସେତେବେଳେ । କେଇଦିନର ଛୁଆଟା, ମା'କ୍ଷୀର ଛାତି ନ ଥିଲା । ବିନା ମା'ରେ ତାକୁ ବୋତଲରେ ଗୋରୁକ୍ଷୀର ପୁରାଇ ପାଟିରେ ପିଆଇଦେଉଥିଲା । କାହିଁ କେତେ ବର୍ଷ ତଲେ ଏ ସଲିମ୍, ସାଲ୍‌ମା ଆଉ ରହେମତ୍‌କୁ ଛୋଟଛୁଆ ବେଲେ ବୋତଲରେ କ୍ଷୀର ପିଆଇଥିଲା, ସେହି କାମଟା ତାକୁ ପୁଣି ଥରେ ଏହି ବକତେ ବକ୍‌ରା ପାଇଁ କରିବାକୁ ପଡ଼ିଲା । ଆସ୍ତେ ଆସ୍ତେ ସେ ବକ୍‌ରଟା ଯେମିତି ନିଜର ଟିକି ଛୁଆ ପରି ଲାଗୁଥିଲା । ଆଙ୍ଗୁଲେ ଆଙ୍ଗୁଲେ ବଢ଼ିବା ସହିତ ଅତି ନିବିଡ଼ ହୋଇଯାଇଥିଲା ତା ସହିତ ତାର ସଂପର୍କ ।

କେଉଁଠି ପାଟି ଶୁଭିଲା ନା କଣ, ଧଡ଼୍ କିନା ଛାତିରେ ଛନକା ପଶିଗଲା । ବିବ୍ରତ ହୋଇପଡ଼ିଲା ସହସା । ଅତି ସତର୍କତାର ସହ କାନ ଡେରିଲା ଚାନ୍ଦିର ଘୁଙ୍ଗୁର ଶଦ ଆଡ଼କୁ । ନିଘେଇ ବାରିପାରିଲା ବୋଧେ ସେହି ପତଲା ଘୁମ୍‌ଘୁମ୍ ଆବାଜଟାକୁ ,ଟିକେ ନିଶ୍ଚିନ୍ତ ହେଲା ପରି ଜଣାପଡ଼ିଲା ତା' ମୁଖମଣ୍ଡଲ । ରୋଜ୍ ଦ୍ୱିପ୍ରହର ବେଲଟା ତାକୁ ଏମିତି ଅସ୍ତବ୍ୟସ୍ତ କରିପକାଏ । ଘାଣ୍ଟିପକାଏ ନାନାରକମର ଅମଙ୍ଗଲ ଚିନ୍ତାରେ । ଆଖିରେ ବଲବଲ ହୋଇ ଦିଶିଯାଉଥାଏ ସେହି ବିଭସ୍ ଘାତକ ଦୃଶ୍ୟ । ସେଠି ବାଉଁଶ

ଖୁଣ୍ଟିରୁ ଚମ ଓଟରା ହୋଇ ଓଲଟା ଲଟ୍‌କିଥାଏ ଚାନ୍ଦି । କଣ୍ଠାରକ୍ତରେ ଜୁଡୁବୁଡୁ ଦେହ । ଆଉ ତା କଟାବେକରୁ ବର୍ଷା ପାଣି ପରି ଥପଥପ୍ ଝରୁଥାଏ ତାଜାରକ୍ତର ବୁନ୍ଦା । "ୟା ଆଲ୍ଲା..........।" ଜିଭ କାମୁଡ଼ିପକାଏ ଖାତିମା । ଯୋଉଦିନଠୁ ସେହି ଅଶୁଭ ସ୍ୱପ୍ନଟା ତା ଉପରେ ସବାର ହେବା ଆରମ୍ଭ କରିଛି, ସେହିଦିନଠୁ ସବୁ ବିଗଡ଼ିଯାଇଛି । ଖରାପ ଜିନିଷଗୁଡ଼ା ଆଖିଆଗରେ ନାଚିଯାଉଛି । ଖରାପ ଚିନ୍ତାଗୁଡ଼ା ମୁଣ୍ଡକୁ ଘାରିପକାଉଛି । ତାକୁ ଲାଗୁଛି ଯେମିତି ସୈତାନର କୋପଦୃଷ୍ଟିଟା ପୁଣି ତା' ଘର ଉପରେ ଆସି ପଡ଼ିଛି । "ଯାହା ଥିଲା ସବୁ ତ ଛେଡ଼େଇନେଲା ଆଉ ଅଛି ତ ଯାହା............ଏହି ଚାନ୍ଦିଟା ପାଖରେ ଅଛି । ତାକୁ ବି କ'ଣ ନଜର ପକାଇଲାଣି" ? କଣ୍ଠ ସ୍ୱରଟା ଦବିଆସୁଥିଲା ଅଜଣା ଭୟରେ । ସାରା ଦେହରେ ଶିର୍ ଶିର୍ ଶୀତୁଆ ପବନ ପରି ପ୍ରସରିଯାଇଥିଲା ଆତଙ୍କର ଅଣଚାଷ ।

ଏହି ସମୟଟାକୁ ତାକୁ ପ୍ରବଳ ଭୟ । ନିଦଟା ଭାଙ୍ଗିଯାଇଥିବ ସେହି ଖରାପ ସ୍ୱପ୍ନରେ । ସେହି ଘାରିଲା ଦୁଶ୍ଚିନ୍ତାରେ ଆଉଟୁପାଉଟୁ ହେଲା ବେଳକୁ ସେପଟୁ ସାଇକେଲର ଘଣ୍ଟି ଶୁଭିବ ଫକୀରାମିଆଁର । ଏମିତିବେଳେ ତାର ଫେରିବା ସମୟ । କୁଆଡେ ବୋଝେ ବକ୍ରାକୁ ସାଇକେଲର ଆଗପଛରେ ଝୁଲାଇ ଫେରୁଥିବ ନାଳବନ୍ଦ ରାସ୍ତାରେ । "ଜାଣିଜାଣି ଠିକ୍ ତା ଘର ସାମ୍ନାରେ ସାଇକେଲଟା ରଖି ଡାକଟା ମାରିବ । ଜହ୍ଲାଦ୍ କୋଉଠିକାର ! ଦଶଥର ମନା କରିସାରିଲେଣି ଚାନ୍ଦିକୁ ଦେବିନି ବୋଲି, ତଥାପି ଲୋଭ ଛାଡ଼ୁନି, ବେରହେମ୍.........ପାଜି............!' ଇଆଡେ ପୁଣି ଡର, କେତେବେଳେ ସେ ବଦ୍‌ମାସ ଯେ ଲୁଟେଇ ନ ନେଇଯିବ ? ତା ଦୁଇ ନାକପୁଡ଼ାକୁ ଥରାଇ ପୁଲାଏ ଗରମ ନିଃଶ୍ୱାସ ସହିତ କ୍ରୋଧମିଶା ଆଶଙ୍କା । କିଛି ବାହାରି ଆସୁଥିଲା ପଦାକୁ । ରଡ ଆଞ୍ଚରେ ଖିଅ ଫୁଟିଲା ପରି କୋହଭରା ଗରମ ଶବ୍ଦଗୁଡ଼ା ଅଣାୟତ ହୋଇ ଛିଟ୍‌କି ଆସିଲା ପାଟିରୁ, "ଯୋଗନ୍‌ଖିଆ... କଂସେଇକା ଦଲାଲ୍.......... ଯେତେ ପାପ କଲୁଣି ନର୍କରେ ଘାଣ୍ଟିହେବୁ ।"

ସବୁ ଅଭିଶାପଗୁଡ଼ାକ ଆଣି କୁଢେଇ ପକାଇଲା ସେହି ଫକୀରାମିଆଁ ଉପରେ । ତଥାପି ଖାତିମାର ରାଗ ଥଣ୍ଡା ହେଉ ନଥାଏ । ଦ୍ୱିପ୍ରହରର ତେଜିଲା ଖରାଟା ଦପ୍ ଦପ୍ ହୋଇ ଜଳି ଉଠିଥାଏ ବାହାର ପଟରେ । ଛାତିର କଲିଜାରେ ସେ ଅନୁଭବ କରୁଥାଏ ଏକ ଅପ୍ରକାଶିତ ଉଷ୍ଣତା । ଏକ ଅବ୍ୟକ୍ତ ସଂପର୍କର ଡୋର । ମୁହଁର ଭାଷାଠାରୁ ଅନେକ ଦୂରରେ । ମନର ଭାବନାଠାରୁ ଆହୁରି ଗହୀରରେ । ସେହି ଉଷ୍ଣତାର ଆତିଶୟ୍ୟରେ ଆଗଭର ହୋଇ ଦୁଇହାତ ଲମ୍ବେଇ କୋଲକୁ ଟେକିଆଣିଲା ରୁଦିକୁ । ଖାତିମା ଆଉଥରେ ଅନୁଭବ କରୁଥିଲା ମାତୃତ୍ୱର ନିବିଡ ପରିଭାଷାକୁ । ହୃଦୟର ପ୍ରଶସ୍ତ ଅଗଣାରେ

ବନ୍ଧନର ଅତୁଟ ରଜ୍ଜୁରେ ସବୁଦିନ ପାଇଁ ବାନ୍ଧିହୋଇଯାଇଥିଲା ଯେମିତି କେହି। ଫରକ୍ ଲାଗୁନଥିଲା, ସେ ପଶୁ....କି ମଣିଷ..... କି ଆଉ କିଛି....।

ସେପଟୁ ସାଇକେଲ୍‌ର ଘଣ୍ଟି ଶୁଭୁଥିଲା କାନକୁ। ଆଉ ସେହି ଘଣ୍ଟି ଶବ୍ଦଟାରେ ପୂର୍ବପରି ସେତେ ଡର ଲାଗୁନଥିଲା ଖାତିମାକୁ।

ଖାସ୍ ଫୁଲକଢ଼ିଟେ ପାଇଁ

ରାତିସାରା ନିଦ ନଥିଲା । କେମିତି କ'ଣ ବିଛଣା ଉପରେ ଏପଟସେପଟ କତ ଲେଉଟାଇ ପ୍ରହାଇ ଦେଇଥିଲା ରାତିଟା । ଅସ୍ଥିର ନଟୁ ପରି ତା ସ୍ଥିରମୁଣ୍ଡଟା ଘୁରିବୁଲୁଥିଲା ତକିଆ ଉପରେ । ତା' ସହିତ ତାଳ ଦେଉଥିଲା ଛାତରୁ ତଳକୁ ଝୁଲୁଥିବା ସିଲିଂ ଫ୍ୟାନ୍‌ର ଘର ଘର ଘର.....। କେତେବେଳେ ଲାଗୁଥିଲା ଏଇ ଯେମିତି ଫ୍ୟାନଟା ଛିଣ୍ଡି ତା' ଉପରେ କଡ଼ଡ଼ଟି ହୋଇପଡ଼ିବ ଦୁମ୍ କିନା । ବାସ୍, ସବୁ ସରିଯିବ, ନା ଥିବା ମୁଣ୍ଡ ନା ଥିବ ଟେନ୍‌ସନ । ଆଉ କେତେବେଳେ ଲାଗୁଥିଲା ମୁଣ୍ଡଟା ଘୁରି ଘୁରି ଉଡ଼ି ଫ୍ୟାନ୍ ସହ ଧକ୍କା ଖାଇଯିବ । କଟାଗୁଡ଼ି ପରି ଅଲଗା ହୋଇ ଛିଟ୍‌କି ପଡ଼ିବ କୋଉଠି । ଆପାତତଃ ସେମିତି କିଛି ଘଟି ନଥିଲା ନୀଳିମା ସହିତ । ହବ ନ ହବ ହୋଇ ଏକାନ୍ତ ରାତିର ଦ୍ବନ୍ଦଗ୍ରସ୍ତ ପ୍ରହରଗୁଡ଼ାକ ସରିଯାଇଥିଲା ।

ଏ ଯାଏଁ କପାଳ ଦୁଇପାଖ ଶିରାର ଦିକ୍ ଦିକ୍ ଥମି ନଥିଲା । ତା' ଉପରେ ଥର ଥର କରି ଦୁଇପରସ୍ତ ବୋଲାଯାଇଥିବା ଅମୃତାଞ୍ଜନ ଗନ୍ଧଟା ତଥାପି ନାକକୁ ଛୁଉଁଥିଲା । ଅନିଦ୍ରା ଆଖିକୁ ଚରିଆସୁଥିଲା ଉଜାଗର ପୀଡ଼ା । ଇଚ୍ଛା ହେଉଥିଲା, କେଉଁ ନିରୋଳାରେ ଟିକେ ଘଣ୍ଟାଏ ଅଧେ ଗଡ଼ିପଡ଼ିବାକୁ । ହେଲେ ସେ ସୁଯୋଗ ବା କେଉଁ ଥିଲା ! ଏଇନେ ପଛକୁ ପଛ ଆରମ୍ଭ ହୋଇଯିବ ଧାରାବାହିକ କାର୍ଯ୍ୟ । ସବୁଦିନର ଯାବତୀୟ ରୁଟିନ୍ । ଆଉ କିଛି ସମୟ ପରେ କାମବାଲି ଆସ୍ତା ମା'ର ବେଲ୍ ଶୁଭିବ ଦୁଆର ମୁହଁରୁ । ତା'ର କିଛି ସମୟ ଯାଇଥିବ କି ନାହିଁ, ପହଞ୍ଚିଯିବ ଆସି କ୍ଷୀରବାଲା ।

ଇଚ୍ଛା ହେଉନଥିଲା ଜମା ଆଗକୁ ପାଦ ବଢ଼ାଇବାକୁ । ଠିକ୍‌ରେ ଶୁଆ ହୋଇନଥିବାରୁ ଦେହଟା ଅସହଜ ଲାଗୁଥିଲା । କେମିତି କେମିତି ଓଜନିଆ ଲାଗୁଥିଲା ଚଲିଲାବେଳକୁ । ଦୁଇପାଦ୍ୟାକ ହିମ୍‌ହିମ୍ କରୁଥିଲା । ତା ସାଙ୍କୁ ଗୋଡ଼ର ମାଂସପେଶୀ

ଗୁଡାକ ଟିକେ ଟିକେ ଦରଜ ଲାଗୁଥିଲା। ବେସିନ୍‌ରୁ ଦୁଇ ତିନି ଆଙ୍ଗୁଳା ପାଣି ଆଣି ମୁହଁରେ ଛାଟି ନିଜକୁ ସହଜ କରିବାକୁ ଚେଷ୍ଟା କଲା। ସାମାନ୍ୟ ଟିକେ ସତେଜ ଲାଗିଲା ସତ ତଥାପି ଗୁଡାଏ ଏଯାଡୁ ସେଯାଡୁ କଥା ମୁଣ୍ଡଟାକୁ ଆବୋରି ବସୁଥାଏ। ପୁଲାଏ ତିକ୍ତ ଶ୍ରୁତିକଟୁ ଶବ୍ଦ ରହି ରହି ଧ୍ବନିତ ହେଉଥାଏ କାନର ପରଦା ଉପରେ। ଯେପରି ମେଘେ ଖଣ୍ଡେ ଭଣ ଭଣ ହେଉଥିବା ବର୍ଷାଦିନିଆ ନେଳିମାଛି। ଅନିଚ୍ଛାକୃତ ଭାବେ ପଶିଯାଇଛନ୍ତି ମନର ଅଗଣା ଭିତରେ। ଯେତେ ତଡିଲେ ବି ଯାଉନାହାଁନ୍ତି କି ରଖିଲ ଦେଉନାହାଁନ୍ତି ନିର୍ଝଣ୍ଟରେ। ତାକୁ ବିରକ୍ତ କରି ବାଧ୍ୟ କରୁଛନ୍ତି ଗ୍ରହଣ କରିନେବାକୁ ଏପରି ଇଛା ବିରୁଦ୍ଧ ସ୍ଥିତି ସବୁକୁ।   ସେହି ଭଣ ଭଣ ପରିବେଶରେ ଜୀବନ ସହ ସାଲିସ୍‌ କରି ବଞ୍ଚିବା ଶିଖାଉଛନ୍ତି।

ଗଲା ରାତିରେ ଭୟଙ୍କର ବଚସା ହୋଇଥିଲା ସରୋଜଙ୍କ ସହିତ। "ଇସ୍‌ ଏମିତି ସବୁ କଥାବାର୍ତ୍ତା କରାଯାଏ! କେମିତି କେଉ ରକ୍ତ ଥିବା ମଣିଷ ଯାକୁ ଶୁଣି ସହିବ ? ସବୁ କଥାରେ ଯୁକ୍ତି, ସବୁ କଥାରେ ବିରୋଧ। ଯାଙ୍କୁ ଦରକାର ଥିଲା ଗୋଟା ସଖୀ କଣ୍ଢେଇ। ଖାଲି ଆଖି ବୁଜି ହଁ ସହିତ ହଁ, ନାଁ ସହିତ ନାଁ ମିଳାଇ ରଖିଥିବ। ତା ହେଲେ ଯାଙ୍କୁ ଠିକ୍‌"। ମନତଳର କଥାଟା ଉତୁରି ଆସିଲା ପଦାକୁ। ନୀଳିମାର ମୁହଁଟା ଦିଶୁଥିଲା ଏକ ଲୋର୍‌ କୋର୍‌ ତକିଆ ପରି ମଳିନ ଓ ବିଷର୍ଣ୍ଣ।

ସବୁ କାମ ସାରି ବିଛଣା ଧରିଲା ବେଳକୁ ସେପଟୁ ଆରମ୍ଭ ହୋଇଯାଇଥାଏ ବ୍ୟତିକ୍ରମ। ଛୋଟମୋଟ କଥାକୁ ନେଇ ଯୁକ୍ତି। ତା ପରେ ମୁହାଁମୁହଁ ଅବସ୍ଥା। ଦେହରେ ଜ୍ବର ଆସିଲେ ଯେମିତି ତାତି ବଢେ, ସେମିତି ହୁ ହୁ ହୋଇ ବଢିଚାଲିଥିଲେ କଥାକଟାକଟି। ଏଇଟା କିଛି ନୂଆ ଘଟଣା ନ ଥିଲା ନୀଳିମା ଓ ସରୋଜଙ୍କର ଏହି କିଛିଦିନର ଦାମ୍ପତ୍ୟ ଜୀବନରେ। ଯେପରି ପତିପତ୍ନୀ ହୋଇ ସୁଦ୍ଧା ଦୁହେଁ ଛିଡା ହୋଇଥିଲେ ଦୁଇ ବିପରୀତ ମେରୁରେ। ପରସ୍ପରକୁ ପିଠି କରି କ୍ରମଶଃ ଦୂରେଇ ଯାଉଥିଲେ ମିଳନର କେନ୍ଦ୍ରଠାରୁ ଦୂରକୁ ଅନେକ ଦୂରକୁ।

ଭାଗ୍ୟକୁ ଦୋଷ ଦେବାକୁ ଇଛା ହେଉଥିଲା। ପୁଣି ଇଛା ହେଉଥିଲା ସବୁଯାକ ରାଗ ମାମା ଉପରେ ଶୁଝାଇ ଦେବାକୁ। ସରୋଜଙ୍କର ବିଷୟରେ ସବୁକଥା ତା'ଠାରୁ ଶୁଣିସାରିଲା ପରେ ବି ତା'ର ସେହି ଗୋଟିଏ ଉପଦେଶ। 'ତୋ ପ୍ରକୃତିଟା ଟିକେ ବଦଲା, ଦେଖିବୁ ସବୁ ଆଡଜଷ୍ଟ ହୋଇଯିବ, ସବୁ ଠିକ୍‌ ହୋଇଯିବ'। ମାମାର ଏହି କଥାଟା ତାକୁ ଶୁଭୁଥିଲା ସାଧୁବାବାଙ୍କ ମୂଲ୍ୟହୀନ ପ୍ରବଚନ ପରି। ଶୁଣିବାକୁ ଭଲ। ହେଲେ, ଯାହାର ବାସ୍ତବ ଜୀବନ ସହିତ ତାତ୍ପର୍ଯ୍ୟ ଖୁବ୍‌ କମ। କିଛି ବୋଲି କିଛି ମାଇନା ରଖେନି। 'ଓଃ, ଥରେ ଆସି ମାମା ଦେଖନ୍ତା କି, କି ଅକଥନୀୟ ଅବସ୍ଥାରେ

ମୁଁ ଏତେ ସମୟ କାଟୁଛି ? ଏମିତି କି ଗୋଟା ଗୋଟା ଦିନ ଏତେ ବିଷାକ୍ରମୟ ହୋଇଉଠୁଛି ଯେ ମଣିଷର ପୁରା ଧୈର୍ଯ୍ୟଚ୍ୟୁତି ଘଟୁଛି। ଇଚ୍ଛା ହେଉଛି କଣ ନାହିଁ କଣ ଗୋଟେ କରିଦେବାକୁ। ନଚେତ୍ ଛାଡ଼ି ପଳେଇବାକୁ..........।' ଏସବୁ ବିଷୟଗୁଡ଼ାକ ଟିକେ ଭଲ କି ନ ବୁଝି ତା'ର ସେହି ଗୋଟାଏ କଥା, ଟିକେ ଆଡ୍‌ଜଷ୍ଟ କର। ଟିକେ ନିଜକୁ ବଦଳେଇ......ନେ.........। ମାମା ପ୍ରତି ଅସମ୍ଭବ କ୍ରୋଧ ସଞ୍ଚରି ଆସୁଥିଲା ନୀଳିମା ମନରେ।

ଏଥିପାଇଁ କେବେକେବେ ଭାଗ୍ୟକୁ ମଧ କିଛି ପରିମାଣରେ ଦାୟୀ କରିବାକୁ ରଖୁଁଥିଲା। ଅବଶ୍ୟ ଏହି ଅଦୃଶ୍ୟ ଭାଗ୍ୟ ଉପରେ ଆଗରୁ ତା'ର ଜମାରୁ ବିଶ୍ୱାସ ନଥିଲା। ସାଙ୍ଗସାଥୀ ମେଳରେ, ଘର ବାହାରେ, ଅନେକଥର ଏ ଶଢ଼ଟା ବିଷୟରେ ଅବଗତ ଥିଲା। ସେହି ଅଦୃଶ୍ୟ ଶକ୍ତିର ମଣିଷର ଜୀବନ ଉପରେ ଯେ ଅପ୍ରତିହତ ପ୍ରଭାବ ଥାଏ, ସେ କଥାଟା ଏବେ ତା'ର କିଛି କିଛି ବିଶ୍ୱାସ ହେଉଛି। ନ ହେବ ବା କେମିତି ? ସେ କଣ ଆଶା କରିଥିଲା ଏପରି ଗୋଟେ ଦାମ୍ପତ୍ୟ ଜୀବନ, ଯେଉଁଠି ବସ୍ସ୍ଟାଣ୍ଡ କି ରେଳଷ୍ଟେସନ ପରି ଖାଲି ଶୁଭୁଥିବ ଘୋ' ଘୋ' କୋଳାହଳ। ହୋ' ହାଲ୍ଲାରେ ବ୍ୟତିବ୍ୟସ୍ତ। ଏକ ଶାନ୍ତ ସ୍ନିଗ୍ଧ ସୁନ୍ଦର ଜୀବନ ବିତାଇବାକୁ ରଖୁଁଥିବ ମନଟା ହଜିଯାଉଥିବ ସେହି କର୍କଶ ଭିଡ ଭିତରେ। ସେକଣ ରହିଁଥିଲା, ଏପରି ଏକ ଜୀବନସାଥୀ ? ଯାହାର ଆରଜଣଙ୍କ ମନକଥା ଟିକେ ବୁଝିବାକୁ ନା ଥିବ ଆଗ୍ରହ, ନା ଥିବା ସମ୍ୱେଦନା, ନା ଥିବ ଆପଣାପଣ। ଆଖିବୁଜି ନିଜର ଇଚ୍ଛାଟାକୁ ଆଣି ଲଦିବାକୁ ରଖୁଁଥିବ ଅନ୍ୟଜଣଙ୍କ ଉପରେ। ଅନ୍ୟ ଆଖିର ସ୍ୱପ୍ନ, ଆକାଂକ୍ଷା ପଢ଼ିବାକୁ କଦାପି ଆଗ୍ରହ ପ୍ରକାଶ କରୁନଥିବ। ଏହାକୁ ମନ୍ଦଭାଗ୍ୟ କୁହାଯିବନି ତ ଆଉ କଣ ? ପ୍ରଶ୍ନିଳ ଚିହ୍ନ ପରି ଭସା ଡେଉଟେ ରଖୁଁ ରଖୁଁ ଏ ମୁଣ୍ଡରୁ ଯାଇ ସେ ମୁଣ୍ଡ ଯାଏଁ ପହଁରିଗଲା ତା' ଭିତରେ।

ଦେହ ଶିହିରି ଉଠୁଥିଲା ଭାବିଲାବେଳକୁ ପଛକଥା ସବୁ। ତା ଗୋଲାପୀ ରଙ୍ଗର ସ୍କୁଟି ପରି ଫିନ୍ ଫିନ୍ ହୋଇ ଦୌଡ଼ୁଥିଲା ବୟସ। ପ୍ରଜାପତିର ଡେଣାରେ ଚିତ୍ରିତ ସମୟ ସବୁ ରଙ୍ଗବେରଙ୍ଗ ହୋଇ ଉଡ଼ିବୁଲୁଥିଲେ। ମୁଲାୟମ୍ ଡେଣା ସାରା ଖୁନ୍ଦି ହୋଇଥିଲା ଉଡ଼ିବାର ନିଶା। ଆଖିରେ ଆକାଶୀ ନୀଳିମାକୁ ଛୁଇଁଯିବାର ଭରପୁର ମାଦକତା / ସ୍ୱାଧୀନ ରଙ୍ଗୀନ୍ ଚଢ଼େଇଟି ପରି ଉଡ଼ିବୁଲୁଥିଲା ଇୟାଡେ ସିୟାଡେ। ସିୟାଡେ ଇୟାଡେ। ଯୁଆଡେ. ମନ ସିୟାଡେ ସ୍କୁଟିର ହ୍ୟାଣ୍ଡେଲଟା ଘୁରାଇ ନେଉଥିଲା। କେତେବେଳେ କଲେଜ ତ ଆଉ କେତେବେଳେ ସାଙ୍ଗ, କେତେବେଳେ ସପିଙ୍ଗ ତ କେତେବେଳେ ସାଙ୍ଗମେଳରେ ସିନେମା। ଅଳିଅଳି ସାନଠିଅ। କଟ୍‌କଣା ଯେତିକି ତା ସହିତ ଛୁଟି ବି ମିଳିଯାଉଥିଲା ସେତିକି।

ମାମା ସେତେବେଳେ ବି ସେମିତି କହୁଥିଲା 'ନିଜକୁ ଟିକେ ବଦଲା, ଝିଅ ପିଲାଟା ସବୁଦିନ କ'ଣ ଏମିତି ! ନା ସବୁଦିନ ଏମିତି ରହିଥିବ !'

'ତମର ସେହି ପୁରୁଣାକାଳିଆ ନଜରଟା ଜମାଯାଲାନି ମାମା !'

ମାମାକୁ ଯେ କ'ଣ କହି ଉତ୍ତର ଦେବ ଭାବି ପ୍ରତିକ୍ରିୟାଶୀଳ ହୋଇପଡୁଥିଲା। ରାଗ ଆସୁଥିଲା ତା' ପ୍ରତି। ଖାଲି ନିଜକୁ ବଦଲା ବଦଲା.........। ମୁଁ ଏମିତି କଣ ବଦଳି ଯାଇଛି କି ? ମୁଣ୍ଡ ଉପରେ ଖୋଲା ଆକାଶଟା ପଡିଛି ଯେବେ ଉଡିବାକୁ ମନ ହେଉଛି, ଉଡି ଦେଉଛି, ଏଇଆ ତ ! ମନର ଡାଲରେ ଇଚ୍ଛାମାନଙ୍କୁ ଫୁଲ କରି ଫୁଟେଇ ଦେଉଛି। ସେମାନଙ୍କ ବାସ୍ମୟିତ ଆକାଂକ୍ଷାକୁ ବିତରଣ କରିଦେଉଛି, ଏଇଆ ତ ! ଝିଅପିଲା ନାଁରେ ହାତରେ ଗୋଡରେ ଶୃଙ୍ଖଲାର କଡା ପିନ୍ଧାଇଦେବାଟା କ'ଣ ଠିକ୍ ? ସେୟା ରହୁଛି ମାମା। ତାକୁ ଶୃଙ୍ଖଲା ଭିତରେ ପୁରାଇବାକୁ ରୁହୁଛି, କାନରେ ବାରମ୍ବାର ଗୁରୁମନ୍ତ୍ର ଘୋଷାଇଲା ପରି କହୁଛି– ପ୍ରକୃତି ବଦଳା......... ଟିକେ ନିଜକୁ ବଦଲା। 'ଓଃ......... ସୋ ସିଲି ୟୁ ମାମା'। ଏହି କଥା ସବୁ ଶୁଣି ଶୁଣି ଅତିଷ୍ଠ ହୋଇପଡୁଥିଲା ତା କଲେଜ ଟାଇମ୍‌ରେ।

ଆଜି ପ୍ରଚଣ୍ଡ ରାଗ ମାଡୁଥିଲା ଆଉ ଥରେ ତା' ଉପରେ। ଏଇଠି ଥାନ୍ତା କି, ଆଖିରେ ଦେଖନ୍ତା କେମିତି ତା'ର ଝିଅଟା ଭୋଗିରହିଲିଛି ଦୁର୍ଦ୍ଦଶା। ଆଉ ସେୟାଠୁ ଉପଦେଶ ଦେଲାପରି କହନ୍ତାନି, ଟିକେ ଆଡଜଷ୍ଟ କରି ଯା' ବୋଲି। ସରୋଜ ଅଫିସ୍ ଯାଇସାରିଲା ପରେ ସବୁଦିନ ପ୍ରାୟ ମୋବାଇଲ୍‌ରେ କଥା ହୁଏ ତା ସହିତ। ଏବେ ବାହାଘରଟା ସରିଛି। ମାତ୍ର କେଇଟାଦିନ କଟିଛି କି ନାହିଁ। ରହିଁଲେ ବି ସବୁକଥା ଖୋଲି କରି ଜଣାଇପାରେନା ମାମାକୁ। କିନ୍ତୁ ବେଳେ ବେଳେ ଏମିତି ଅସମ୍ଭାଳ ଲାଗେ ଯେ ସେ ତା ତିକ୍ତ ନବ ଦାମ୍ପତ୍ୟ ଜୀବନର କ୍ଷତକୁ ପ୍ରକାଶ କରିଦେଇଥାଏ ମାମା ଆଗରେ। ଆଖିର ଲୁହ, ଛାତିର କୋହ ବାଧ୍ୟ କରେ। ଅନ୍ୟପଟରେ କହିବାକୁ ଗଲେ ସେ ସିଧାସଳଖ ମାମାକୁ ଦୋଷ ଦିଏ ତା'ର ଏହି ମନୋମାଲିନ୍ୟପୂର୍ଣ୍ଣ ବିବାହିତ ଜୀବନ ପାଇଁ। ତାକୁ ଦୋଷ ଦେବନି ତ କାହାକୁ ଦବ ? ସେ କ'ଣ ଜାଣି ନଥିଲା ସରୋଜ ସହିତ ଆଡଜଷ୍ଟ କରିବାଟା ତା ପାଇଁ କଷ୍ଟ ହେବ ବୋଲି। ପ୍ରଫେସନ୍‌ରେ ସଫ୍ଟୱ୍ୟାର ଇଂଜିନିଅର। ହେଲେ କଣ ହେବ, ରକ୍ଷଣଶୀଳ ଗାଁର ମନୋବୃତ୍ତିଟା କ'ଣ ଏତେ ଶୀଘ୍ର ବଦଳିଯିବ। ତାଙ୍କ ଚିନ୍ତାଧାରା ବିଲକୁଲ୍ ଅଲଗା ମୋ ଠାରୁ। କେମିତି ମାମା ଭାବିନେଲା ସବୁ ଠିକ୍‌ଠାକ୍ ରହିବ ବୋଲି। ପଛ ଜୀବନର ପ୍ରଶ୍ନକୁ ଖୋଲାଇ ପ୍ରଶ୍ନ ପଚରିବାକୁ ଇଚ୍ଛା କରୁଥିଲା ନୀଲିମା। ବାରମ୍ବାର ପଚରିବାକୁ ରହୁଁଥିଲା। ମାମାର ଛାତିରେ ମୁଣ୍ଡ ପିଟି ଉତ୍ତର ଶୁଣିବାକୁ

ରହୁଁଥିଲା "କ'ଣ ପାଇଁ..... ?କଣ ପାଇଁ ....?" ଅସ୍ୱସ୍ତ ହେଲେ ବି ସେପଟୁ ତା କାନକୁ ଯେପରି ଶୁଣାଯାଉଥିଲା ସେହି ଗୋଟିଏ ଚିରାଚରିତ ଉତ୍ତର, ଟିକେ ନିଜକୁ ବଦଲେଇ ନେ, ଆଡ୍‌ଜଷ୍ଟ କରି ନେ ....। 'ଓଃ.......... ସୋ ଷ୍ଟୁପିଡ୍ ଆନ୍‌ସାର୍'! ଅସହ୍ୟ କ୍ରୋଧରେ ଫାଟି ଆସୁଥିଲା ନୀଲିମାର ଛାତିଟା।

ତା' ପାଇଁ ଏହି ଆଡ୍‌ଜଷ୍ଟମେଣ୍ଟ ଶବ୍ଦଟା ଥିଲା ଯେପରି ଏକ ହେଭିଡୋଜ୍ ମେଡ଼ିସିନ୍। ବାହାଘର ପରେ ପରେ ଯେଉଁଦିନ ସେମାନେ ଭୁବନେଶ୍ୱର ଦେଇ ହାଇଦ୍ରାବାଦ୍ ଯିବାକୁ ବାହାରିଥିଲେ ସେହିଦିନଠୁ ଆରମ୍ଭ ହୋଇଯାଇଥିଲା ତା'ର ଏହି ଆଡ୍‌ଜଷ୍ଟମେଣ୍ଟର ପରୀକ୍ଷା। ସେ ରହୁଁଥିଲା ଯିବା ପୂର୍ବରୁ କଟକରେ ଗୋଟେ ଦିନ ମାମା ପାଖରେ ରହିଥାନ୍ତା। କଥାଟା ଦେଖିବାକୁ ଗଲେ ବହୁତ ସାମାନ୍ୟ ଥିଲା। ଅନ୍ତତଃ ଗାଁରୁ ଏୟାର୍‌ପୋର୍ଟ ଯିବା ବାଟରେ ଘଣ୍ଟାଏ ଅଧେ ପାଇଁ ମୁହଁ ମରାଯାଇପାରିଥାନ୍ତା। ମାତ୍ର ସରୋଜଙ୍କର ନିଷ୍ପତ୍ତି ଥିଲା ଅଲଗା ପ୍ରକାର। 'ଏବେ ତ ଅଷ୍ଟମଙ୍ଗଳାରେ ଯାଇ ଘରୁ ଆସିଛ, ପୁଣି କଣ ଯିବ?' କହି ପ୍ରସ୍ତାବଟାକୁ କାଟି ଦେଇଥିଲେ। ତା'ର କିଛି ପ୍ରିୟ ଜିନିଷଗୁଡ଼ା ମାମା ବାଛି ଏକାଠି ରଖିଥିଲା। କହିଥିଲା, 'ଗଲାବେଳେ ଏପଟେ ଯେମିତି ହେଲେ ମୁହଁମାରିଯିବୁ। ତୋ ଜିନିଷଗୁଡ଼ା ରଖିଛି, ଏଠୁ ନେଇଯିବୁ'। ଶେଷ ମୁହୂର୍ତ୍ତ ପର୍ଯ୍ୟନ୍ତ ମାମାର ଇଚ୍ଛାଟା ରହିଲାନି ବୋଲି ଶେଷକୁ ସେ ନିଜେ ଆସି ଏୟାର୍‌ପୋର୍ଟରେ ଦେଖାକରି ତା ପାଇଁ ସଜାଡ଼ି ରଖିଥିବା ବ୍ୟାଗ୍‌ଟା ଦେଇଯାଇଥିଲା। ତା ଛଡ଼ା ଝିଅଟା ବାହା ହୋଇ ପ୍ରଥମଥର କରି ବାହାରକୁ ଯାଉଛି। କୋଉ ମା' ବାପା ଅବା ରହିଁବେନି ଝିଅଟାକୁ ଯିବା ଆଗରୁ ଟିକେ ଆଖି ପୁରେଇ ଦେଖି ନ ନେବାକୁ। ହୃଦୟ ଥିବା ଲୋକଟା ଏତିକି ନିଶ୍ଚୟ ବୁଝିପାରିଥାନ୍ତା! ବିସ୍ମିତ ହୋଇଥିଲା ସରୋଜଙ୍କ ସେଦିନର ସେହି ଆଚରଣରେ।

ପୁଣି ଯେଉଁଦିନ ରାତିରେ ଆଉ ଥରେ ତାଙ୍କୁ ମନେପକାଇ ଦେଇଥିଲା ତା'ର ରଖିରି କରିବା ପ୍ରସଙ୍ଗଟା, ସେଦିନ ସଫା ସଫା ଧରା ପଡ଼ିଯାଇଥିଲା ତାଙ୍କ ଭିତରର ଆଭିମୁଖ୍ୟତା। ଏହି କଥାକୁ ନେଇ ଢେର ସମୟ ଯାଏଁ ଯୁକ୍ତିତର୍କ ଲାଗିଥିଲା ଦୁହିଁଙ୍କ ମଧ୍ୟରେ। ମାନେ, ସେ ଆଦୌ ରହୁଁନଥିଲେ କେଉଁଟି ରଖିରୀ କରୁ ବୋଲି। ତାଙ୍କର ନାହିଁ କରିବାଟାକୁ ଅକାଟ୍ୟ ଭାବେ ଜାହିର କରୁଥିଲେ ତା' ଉପରେ। କଥାଟାକୁ ସେ କିନ୍ତୁ ସହଜରେ ଗ୍ରହଣ କରିପାରୁନଥିଲା। ପାଠରେ କିଛି କମ୍ ଶିକ୍ଷିତା ନଥିଲା ସେ। ଯେତେବେଳେ ସରୋଜଙ୍କ ସହିତ ବାହାଘର ପ୍ରସ୍ତାବ ପଡ଼ିଥିଲା, ତାଙ୍କ ଗାଁ ପୃଷ୍ଟପଟକୁ ଦେଖି ପୁରାପୁରି ଅମଙ୍ଗ ହେଉଥିଲା କହିଲେ ଚଳେ। ମାମା ବୁଝାଇ ଦେଇଥିଲା, 'ତୁ ତ ବାହାଘର ପରେ ହାଇଦ୍ରାବାଦ୍‌ରେ ଯାଇ ରହିବୁ। କୋଉ ସବୁଦିନ ଯାଇ ଗାଁରେ

ରହୁଛୁ ଯେ ତୋତେ ଚିନ୍ତା ଘାରୁଛି ! ତା ଛଡ଼ା ତୁ ରହିଲେ ମଧ୍ୟ ସେଠି କିଛି ଚକିରୀ କରିପାରିବୁ। ଆଜି କାଲି ତ ବାହାରେ ରହି ଚକିରୀ କରୁଥିବା ପୁଅ ସର୍ବପ୍ରଥମେ ଝିଅର କର୍ମଯୋଗ୍ୟତା ଦେଖୁଛନ୍ତି। ସେହି ଦୃଷ୍ଟିରୁ ତୋ ପାଖରେ କଣ ଅଭାବ ଅଛି ଯେ !' କଥାଟା ବି କିଛି ଅଯୌକ୍ତିକ ନ ଥିଲା ବୁଝିବା ପାଇଁ।

ହାଇଦ୍ରାବାଦ୍‍ ସହରକୁ ଆସିବାର ଦିନ କେତେଟା ପରେ ତା ପାଇଁ କେଉଁଠି ନା କେଉଁଠି ଏନ୍‍ଗେଜ୍‍ମେଣ୍ଟ ହେବାଟା ଏକ ପ୍ରକାର ଅପରିହାର୍ଯ୍ୟ ପରି ଲାଗୁଥିଲା। ସଂପୂର୍ଣ୍ଣ ନୂଆ ଅପରିଚିତ ଜାଗା। ସେମାନେ ରହୁଥିବା ଆପାର୍ଟମେଣ୍ଟର ଅଧିକାଂଶ ଅନ୍ତେବାସୀ ଥିଲେ ବ୍ୟାଚ୍‍ଲର। ଅବଶିଷ୍ଟ ଅଳ୍ପ କେତେଜଣ ରହୁଥିବା ପରିବାରର ଉଭୟ ସ୍ୱାମୀ ସ୍ତ୍ରୀ ଦୁହେଁଯାକ ଚକିରିଆ। ସକାଳ ଆଠଟା ପରଠାରୁ ରାତି ଆଠଟା ଯାଏଁ ପୁରା ଯେପରି ନିର୍ଜନ ପାଲଟିଯାଏ ଏହି ଆପାର୍ଟମେଣ୍ଟଟା। ସେହି ସମୟଯାକ ଭାରି ନିସଙ୍ଗ ଲାଗେ। ଯୁଆଡକୁ ରହିଁଲେ ଖାଁ ଖାଁ ନୀରବତା। ସବୁ ତାଲାପକା ଘର ଗୁଡ଼ାକ କେହି ଯେପରି ତା'ର ଏହି ଏକୁଟିଆ ବେଳାରେ ସାଥୀ ଦେବାକୁ ନାରାଜ। ସରୋଜଙ୍କ ଦେଖାମିଳେ ପୁଣି ଯାଇ ରାତି ନଅଟା ପାଖାପାଖି। ସେଥିପାଇ ସିଏ ବି ରହିଁଥିଲା କୋଉଠି ଏନ୍‍ଗେଜ୍‍ ହେବା ପାଇଁ। ଅନ୍ତତଃ ଦିନବେଲାର ଏହି ବାରଘଣ୍ଟିଆ ବୋର ଟାଇମ୍‍ଟା କୁଆଡେ କଟିଯାଆନ୍ତା। କିଛି ନ ହେଲେ କେଉଁ ଘରୋଇ ସ୍କୁଲରେ ପାଠପଢ଼ାଇବା ନଚେତ୍‍ କିଛି ହାଲକା କଂପ୍ୟୁଟର କାମ ଖୋଜିଲେ ସହଜେ ମିଳିଯାଇପାରନ୍ତା। ଏହି ପ୍ରସ୍ତାବଟା ସେ ନିଜ ଆଡୁ ଦେଇଥିଲା ସରୋଜଙ୍କୁ।

କଲେଜ ପଢ଼ିବା ଦିନଠୁ ଓ କଲେଜ ଛାଡ଼ିବା ପରେ କେବେ ବି ତା ଭିତରେ ଥିବା ଉଚ ଆକାଂକ୍ଷା ସବୁ ମଉଳି ପଡ଼ିନଥିଲା। ନିଜର ଭବିଷ୍ୟତକୁ ନେଇ ତା ଆଖିରେ ବି କିଛି ନଥିଲା କମ୍‍ସ୍ୱପ୍ନ। ନିଜ ଜୀବନକୁ ନେଇ ଦେଖୁଥିବା ସ୍ୱପ୍ନକୁ ସତେଜ ଫୁଲ ପରି ଛୁଇଁଯିବାକୁ ମନ କରୁଥିଲା। ପୁଲକିତ ହେବାକୁ ରହିଁଥିଲା ସେହି ପ୍ରସ୍ଫୁଟିତ ଫୁଲର ମହକରେ। ସେହି ଭାବି ସମ୍ଭାବନା ସବୁ ଭିତରେ ଚକିରୀ କରିବାର ଦୃଢ ଇଚ୍ଛାଟି କେବେଠୁ ଅଙ୍କୁରୋଦ୍‍ଗମ ହୋଇସାରିଥିଲା ତା ମଧ୍ୟରେ। ନିଜକୁ ସେଇଆଡେ ପ୍ରସ୍ତୁତ ମଧ୍ୟ କରିନେଉଥିଲା। ମାନସପଟରେ ଆଙ୍କିନେଇଥିଲା ଚ୍ଛପ୍‍ସିତ ଜୀବନର ଦିଗ୍‍ବଳୟ। ତେନାଏ ମୁକ୍ତନୀଳ ଆକାଶ। ଚତୁର୍ଦିଗରୁ ଖୋଲା ପବନର ଲୁଟ୍‍କାଲି। ସୁନାର ଢେଉ ପରି ନରମ ସୂର୍ଯ୍ୟପର ଆଲୋକ। ହରଣାର କୁଲୁକୁଲୁ ନାଦ ପରି ସ୍ୱଛ୍ଛନ୍ଦ ବିଚରଣ। ଏମିତି କିଛି ଜୀବନ। ଖୋଲା............ମେଲା....... ସ୍ୱଛ୍ଛନ୍ଦ। ଏମିତି କିଛି ରହିଁଥିଲା ଭିତରେ ଭିତରେ। ସେହି ସମୟରେ ସରୋଜଙ୍କ ସହିତ ବାହାଘର ପ୍ରସ୍ତାବଟା ଆସି ପଡିଥିଲା। ପିଲାଟା ହାଇଦ୍ରାବାଦ୍‍ରେ ସଫ୍‍ଟ୍‍ୱେୟାର ଇଂଜିନିଅର୍‍ ଜାଣି

ଅନାୟାସରେ ଘର ଲୋକଙ୍କ ସମ୍ପତି ମିଳିଯାଇଥିଲା। ଶେଷକୁ କଥାଟା ଯାଇ ଅଟକିଥିଲା ତା ପାଖରେ।

ସେକଥା ସବୁ ଭାବିଲାବେଳକୁ ଖୁବ୍ ଜୋରରେ ପୁଣି ରାଗ ମାଡ଼ୁଥିଲା ମାମା ଉପରକୁ। କେତେ ସହଜରେ ତାକୁ ବୋକୀ ଝିଅ ପରି ରାଜି କରେଇ ଦେଇଥିଲା ପ୍ରସ୍ତାବଟାରେ। ଇଚ୍ଛା ହେଉଥିଲା, ସକାଳୁ ସକାଳୁ ମୋବାଇଲଟା ଅନ୍‌କରି ବହେ ଖଣ୍ଡେ ଶୁଣାଇଦିଅନ୍ତା ତାକୁ। ସବୁ ରାଗଟକ ଶୁଝ଼ାଇଦିଅନ୍ତା। ସବୁ ଅସନ୍ତୋଷର ଗରଳକୁ ଢାଳିପକାନ୍ତା ତା ଉପରେ। ହେଲେ କ'ଣ ଲାଭ, ବଦଳରେ ତା ପାଖରୁ ଉପଦେଶ ଛଡ଼ା ଆଉ କିଛି ମିଳିବନି ? ବୃଥାଟାରେ......। ହତାଶ ଅନୁଭବ କରୁଥିଲା ନିଜ ଭିତରେ। 'ଛାଡ, ଯାହା ଭାଗ୍ୟ!'ଦୀର୍ଘ ନିଶ୍ୱାସଟିଏ ବାହାରି ଆସୁଥିଲା ଭିତରୁ। ଭାବୁଥିଲା, ଏ ଭାଗ୍ୟଟା ଉପରେ ରାଗିବ ତ କେମିତି ରାଗିବ। ପ୍ରତିଶୋଧ ନବତ କେମିତି ନବ! ମାମାକୁ ସିନା ଏଇଥିପାଇଁ ଦାୟୀ କରି ବହେ ଗାଳି କରିଦେବ ହେଲେ ଏ ଅଦୃଶ୍ୟ ଭାଗ୍ୟର ବା ସେ କଣ କରିପାରିବ ? ଖୁବ୍ ନାଚାର ଲାଗୁଥିଲା ତାକୁ ଆଜି। ଅସହାୟ ବି ଲାଗୁଥିଲା। ଏତେ ଏକୁଟିଆ ସେ ଆଜିପର୍ଯ୍ୟନ୍ତ ନିଜକୁ କେବେ ସୁଦ୍ଧା ଭାବି ନ ଥିଲା ଯେମିତି ଲାଗୁଥିଲା ଏହି ସକାଳଟାରେ। ଉପାୟଶୂନ୍ୟ ଭାବରେ ଝରିଆଡ଼କୁ ରୁହିଁ ମୌଁ ମୌଁ ଡାକୁଥିବା ଏକାକୀ ଛେଳି ଛୁଆ ପରି। ଆଗକୁ ପାଦ ଥାପିବ ତ କେଉଁ ରାସ୍ତାରେ ?

କ୍ଲାନ୍ତ ଦେହଟାକୁ କୌଣସି ମତେ ଠେଲି ଠେଲି ପଛପଟ ବାଲ୍‌କୋନୀ ଯାଏଁ ଆସିବାକୁ ରୁହିଁଲା। ସେ ଜାଗାଟା ସବୁଠାରୁ ପ୍ରିୟ ସ୍ଥାନ ଥିଲା ତା'ର। ଏକୁଟିଆ ଥିଲା ବେଳେ ଅନେକ ସମୟରେ ସେ ଏଇଠି ଆସି ଛିଡା ହୋଇଥାଏ। ବାହାରକୁ ରୁହିଁ ରୁହିଁ କାଟିଦିଏ ସମୟ। ଏଇଠି ଖୋଲାପବନ ଆସି ପିଟି ହୁଏ ତା' ଦେହରେ। ଏଇଠି ମେଲା ଆକାଶକୁ ଦେଖି ହୋଇଥାଏ ଆଖିରେ। ଏଇଠୁ ସିଧା ରାତିର ତାରାମାନେ ଜଳିଉଠନ୍ତି ସାମ୍ନା ଆକାଶର କାନ୍ଥରେ। ଏକ ଝୁଲୁଥିବା ଉଜ୍ଜ୍ୱଳ କ୍ୟାଲେଣ୍ଡର ପରି ଦିଶନ୍ତି ଦୂରରୁ। କିଛି ଦିନ ହେଲା ବାଲ୍‌କୋନୀର ଦୁଇକଡରେ ଆଣି ଧାଡି ଧାଡି କରି ସଜାଇ ରଖିଥିଲା ଫୁଲକୁଣ୍ଡ। ଦିନକୁ ଦୁଇଥର ଗଣି ସେହି କୁଣ୍ଡରେ ପାଣି ଦେଉଥିଲା। କୁଣ୍ଡରେ ଲଗାଯାଇଥିବା ଗଛଗୁଡାକର ବଢ଼ିଲା ସବୁଜପତ୍ରକୁ ନିତି ପରଖୁଥିଲା। ରୋଜ୍ ଡେଙ୍ଗରେ ଜନ୍ମ ନେଉଥିବା କୁନି କୁନି ଫୁଲକଢ଼ିମାନଙ୍କର ହିସାବ ରଖୁଥିଲା। ଆଉ ବେଶୀ ଖୁସି ହେଉଥିଲା ସେଥରୁ ବାହାରି ଆସୁଥିବା ଫୁଟିଲା ଫୁଲର ଫାଖୁଡାକୁ ଦେଖି।

ସେପର୍ଯ୍ୟନ୍ତ ସକାଳ ବୋଧେ ହୋଇନଥିଲା କି ହବାକୁ ଆଉ ଅଚ୍ଛସମୟ ବାକିଥିଲା। ରାତିସାରା ଏପଟସେପଟ ହୋଇ ଆଖିକୁ ନିଦ ଆସିନଥିବାରୁ ଚଞ୍ଚଳ

ଉଠିପଡିଥିଲା ବିଛଣାରୁ । ନ ହେଲେ ତା'ର ଏହି ଉଠିବା ସମୟରେ ସବୁଦିନ କାମବାଲୀ ଆସ୍ପାମ୍ଭ' ଆସି ପହଞ୍ଚିଯାଇଥାଏ । ଡାଇନିଙ୍ଗ୍ ହଲ୍ କାନ୍ଥରେ ଟଙ୍ଗାଯାଇଥିବା ଘଣ୍ଟାକୁ ଚାହିଁଲା ନୀଳିମା । ଛଅଟା ବାଜିବାକୁ ଆହୁରି କିଛି ସମୟ ବାକି ଥିଲା । ଘଣ୍ଟାର ତଳପଟକୁ ଝୁଲୁଥିବା ପେଣ୍ଡୁଲମ୍‌ଟା ସ୍ଥିରମୁଦ୍ରାରେ କାଟସେପଟେ ଚକ୍ ଚକ୍ କରୁଥିଲା ଆଖିକୁ । ଆଉ କିଛି ସମୟ ପରେ ଚମକାଇଲା ପରି ଅତର୍କିତ ଆକ୍ରମଣ କରିବସିବ । ଢୁଙ୍‌..... ଢୁଙ୍‌..... ଶିଘ୍ରେ ହଲିଦୋହଲି ଜଣାଇଦେବ ସମସ୍ତଙ୍କୁ ତାହାର ଅପ୍ରତିହତ ଉପସ୍ଥିତି । ଅଖଣ୍ଡ ଅସ୍ତିତ୍ୱ ।

ମୁଣ୍ଡଟା ଭାରୀଭାରୀ ସହ କେମିତି ଜରୁଆଜରୁଆ ଲାଗୁଥିଲା । ଅନିଦ୍ରାବଶତଃ ଭାରାକ୍ରାନ୍ତ ଲାଗୁଥିଲା ସଂପୂର୍ଣ୍ଣ ଦେହଟା । ମନ କରୁଥିଲା ରୋଷେଇ ଘରକୁ ଯାଇ ଶୀଘ୍ର ଗରମ ରଂ' କପେ ତିଆରି କରନ୍ତା । ସେହି କପ୍‌ର ଧାରକୁ ତା'ର ଅବଶ ଓଠରେ ଲଗାଇ ସଂଗ୍ରହ କରିନିଅନ୍ତା କିଛି ବଳ । କିଛି ତାଜାପଣ । 'କିଛି ନ ହେଲେ କପାଳର ଦକ୍ ଦକ୍ ଟା ତ ବନ୍ଦ ହୋଇଯାଆନ୍ତା ! କେଜାଣି କେତେ ସମୟ ହେଲାଣି ଏହି ମୁଣ୍ଡବିନ୍ଧଟା ତାକୁ ଅସ୍ତବ୍ୟସ୍ତ କରି ରଖିଛି !' ଅଧୈର୍ଯ୍ୟ ହୋଇପଡୁଥିଲା ସେ । କ୍ଷୀରବାଲା ଆସିବାକୁ ଆହୁରି ଡେରିଥିଲା । ଆପାତତଃ ରଂ' ପିଇବାର ଅବଦମିତ ଇଚ୍ଛାଟାକୁ ମନରୁ ଓହ୍ଲାଇ ପକାଇଲା ।

ବାଲ୍‌କୋନୀ ପଟରୁ ବନ୍ଦ ଦରଜାକୁ ଠେଲି କେମିତି ଗୋଟେ ଓଦା ବାସ୍ନା ଚହଟି ଆସୁଥିଲା ଘର ଭିତରକୁ । ସାମ୍ନା ପରଦାକୁ ଆଡେଇ କାଚଦୁଆରଟାକୁ ଖୋଲି ଦେଲା । 'ଓଃ..ହୋ.....' ଏକ ଉଶ୍ୱାସର ଉଚ୍ଚାରଣ ଆପଣାଛାଏଁ ବାହାରିପଡିଲା ଭିତରୁ । ସେ ଅଭିଭୂତ ହୋଇପଡୁଥିଲା ବାହାରର ଦୃଶ୍ୟ ପଞ୍ଜରେ । ରାତିରେ କେତେବେଳେ ଅସରାଏ ବର୍ଷା ତା'ର ପାଦଚିହ୍ନକୁ ଝରିପଟେ ଛାଡିଯାଇଥିଲା । ବାଲ୍‌କୋନୀର ରେଲିଂ ସାରା ଠୋପା ଠୋପା ତାଜା ଜଳ ବିନ୍ଦୁ । ସାମ୍ନା ପଟରୁ ଲ୍ୟାଣ୍ଡସ୍କେପଟା ଆଖିକୁ ଲାଗୁଥିଲା ଭିଜା ଭିଜା । ବର୍ଷାଛିଟା ଲାଗି ଗହଳ ସବୁଜଗଛ ଗୁଡାକ କୋମଳ ମୁଲାୟମ୍ ଲାଗୁଥିଲେ । ଦୂର ଆକାଶର ତଳମୁଣ୍ଡରେ ହାଲ୍‌କା ବାଦଲର ଆସ୍ତରଣ ସେପଟେ ସୂର୍ଯ୍ୟ ଉଙ୍କି ଆସୁଥିଲେ ଫିକା ରକ୍ତିମ ଆଭାରେ । ସଂପୂର୍ଣ୍ଣ ପରିବେଶଟା ଲାଗୁଥିଲା ମନ ମୁଗ୍ଧକର । ଯେମିତି କାନକୁ ଶୁଣାଯାଉଥିଲା ଆଦ୍ୟ ଆଷାଢ ସକାଳର ଶୁଦ୍ଧ ସାହାନାଇ ।

ଥରେ ନଜର ବୁଲାଇ ଆଣିଲା ପାଖ ଫୁଲକୁଣ୍ଡ ଗୁଡିକ ଉପରେ । ଖୁବ୍ ପରିଚ୍ଛନ୍ନ ଓ ତାଜା ଦିଶୁଥିଲେ ସେ ସବୁ । ସକାଳର ଶୁଭ୍ରତା ସବୁ ଓଜାଡି ହୋଇପଡିଥିଲା ସେମାନଙ୍କ ଓଦା ସବୁଜ ପତ୍ରରେ । କ'ଣ ଗୋଟେ ଦେଖି ଆଖି ଖୋସି ହୋଇଗଲା ଯେପରି ନୀଳିମାର । ଛୋଟ ଛୋଟ ଫୁଲକଢି ଗୁଡିକ ଗତ ରାତିର ବର୍ଷାପରଶ ପାଇ ଖୋଲି

ଆସୁଥିଲେ ସେମାନଙ୍କ ମୁଦା ମୁଦା ଓଦା ପାଖୁଡା। ସୃଷ୍ଟିକୁ ଫିଟି ଆସୁଥିଲା କିଛି ଉଜ୍ଜ୍ୱଲ ସମ୍ଭାବନା। କିଛି ଅବ୍ୟକ୍ତ ଆକର୍ଷଣ।

ହଠାତ୍ କେଜାଣି ଭିତରୁ ବାନ୍ତିଟା ଉଠିଲା ପରି ଲାଗିଲା ତାକୁ। ସେ ସହସା ଦୌଡିଗଲା ବେସିନ୍ ପାଖକୁ। ଦର୍ପଣରେ ଝଲସି ଉଠୁଥିବା ମୁହଁକୁ ନିରେଖିଲା। ଅନୁଭବ କରିପାରୁଥିଲା, ତା ଗର୍ଭରେ କେଉଁଠି ଫୁଟି ଉଠୁଛି ଗୋଟିଏ ଖାସ୍ ଫୁଲକଢ଼ି। ସୁବାସିତ ସମ୍ମୋହନରେ ଜୀଇଁଯିବା କଥା କହୁଛି କାନର ଅତି ପାଖକୁ ଆସି।

ପଲକର ଯାଦୁପରି ନୀଳିମା ଦେହରେ ସଂଚରି ଆସୁଥିଲା ଉପଶମ। କାହାର ଅଦୃଶ୍ୟ ପରଶରେ ଥମି ଆସୁଥିଲା ଦେହର ଯନ୍ତ୍ରଣା। ମନର ଜ୍ୱଳନ।

ଚୋରା ବସନ୍ତ

ଓଃ !.........କି ଭୟଙ୍କର ଗୁଲୁଗୁଲି..... !

ପିନ୍ଧିଥିବା ସାର୍ଟର ଉପରପଟୁ ଦୁଇଟା ବୋତାମକୁ ସହସା ଖୋଲିପକାଇ ଟିକେ ଉଶ୍ୱାସ ନେବାକୁ ଚେଷ୍ଟା କଲେ ପୀତାମ୍ବର ବାବୁ। ମୁଣ୍ଡ ଉପରର ସିଲିଂ ଫ୍ୟାନ୍‌ଟା ପୁରା ଜୋରରେ ବୁଲୁଥିଲେ ବି ତାଙ୍କର ଏହି ଗରମଜନିତ ଅସହ୍ୟପଣକୁ ଦୂର କରିବାରେ ଥିଲା ଅସମର୍ଥ। କପାଳ ସାରା ବୁନ୍ଦା ବୁନ୍ଦା ଝାଳ। ଦେହଟା କେମିତି ଭିତରେ ଭିତରେ ଲାଗୁଥିଲା ଅଠାଳିଆ। ଏତେ ଅସହଜ ବୋଧ ସତ୍ତ୍ୱେ ତଥାପି ସେ ଆଜି ଗୋଦ୍‌ରେଜ୍‌ ଆଲମାରୀରୁ ଆଇରନ୍‌ କରା ଫୁଲ୍‌ ସାର୍ଟ ଓ ପ୍ୟାଣ୍ଟ ଆଣି ଦେହରେ ଗଲାଇ ପକାଇଥିଲେ। ଆଉ ସେ ପୋଷାକ ବି ତାଙ୍କ ପାଇଁ ଟିକେ ଥିଲା ଖାସ୍‌। କପଡା ଟିକେ ମୋଟା ହେଲେ ବି ଦେଖିବାକୁ ଆକର୍ଷଣୀୟ। ପୁରା ଫର୍ମାଲ ଲୁକ୍‌। ସେମିତି କିଛି ବିଶେଷ ଆବଶ୍ୟକତା ନ ଥିଲେ ସେହି ପୋଷାକକୁ ବାହାର କରନ୍ତି ନାହିଁ କହିଲେ ଚଲେ।

କେତେବେଳେ ଅତିଷ୍ଠ ହୋଇ ଝର୍କା ପାଖରେ ଆସି ଛିଡା ହୋଇଯାଇଥିଲେ। ଦୁଇ ଅସ୍ତବ୍ୟସ୍ତ ପାଦ ସାଙ୍ଗକୁ ଅବୁଝା ମନ। ବିଲକୁଲ୍‌ ଅଫୁଟ ଛୁଆଙ୍କ ପରି। ପାଇବା ପର୍ଯ୍ୟନ୍ତ ଜିଦି। ବାସ୍‌, ଥରେ ପାଇଗଲେ ସଲଲା। ସେହିଭଳି ଏକ ଉଚ୍ଚଟିତ ଆବେଗ ତାଙ୍କ ଅଧିର ମୁଖମଣ୍ଡଳ ସାରା ଖେଳିବୁଲୁଥିଲା ଚପଳ ଭଉଁରୀ ପରି। ଆଖି ସେପଟେ ଗୁମ୍‌ ମାରି ଶୋଇଥିଲା କ୍ଲାନ୍ତ ଗ୍ରୀଷ୍ମର ଅପରାହ୍ନ। ଯେଉଁ ପର୍ଯ୍ୟନ୍ତ ଆଖି ପାରିଲେ ବି ସାମ୍‌ନା ରାସ୍ତାଟା ଦିଶୁଥିଲା ନିଛାଟିଆ, ଏକାକୀ ଓ ଖାଁ ଖାଁ।

ଏପରି ସମୟ ଗଡାଇବାକୁ କେବେ ପସନ୍ଦ ନ ଥିଲା ତାଙ୍କର। ଏକୁଟିଆ ମଣିଷ ହେଲେ ବି କିଛି ନା କିଛି ରୁଟିନ୍‌ ଭିତରେ ବନ୍ଧା ତାଙ୍କର ଜୀବନ। ଅନ୍ୟ କୋଉ ଦିନ ହୋଇଥିଲେ ବିଛଣାରେ ଲଥ କରି ପଡିରହିଥାନ୍ତେ। ଅଳସ ଖରାବେଳକୁ

ଶୋଇ ଶୋଇ କାଟିଥାନ୍ତେ। ଅପେକ୍ଷା କରିଥାନ୍ତେ ଗ୍ରୀଷ୍ମର ନିଷ୍ଠୁର ତେଜ ବିହୀନ ମ୍ଲାନ ଆକାଶକୁ। ଆଖିକୁ ନିଦ ଥିଲେ ଭଲ ନ ହେଲେ ଚଷମା ନାଇ ଖବରକାଗଜରୁ ଟିକିନିଖି ଖବର ପଢୁଥାନ୍ତେ।

କାହାର ଆସିବା ଅପେକ୍ଷାରେ ତାଙ୍କର ଦୁଇ ବୟସ୍କ ଆଖି କ୍ରମଶଃ ଅଳ୍ଟ ହୋଇ ଉଠୁଥିଲା। ବାରମ୍ବାର ଚାହିଁ ରହୁଥିଲା ଦିଶୁଥିବା ସେହି ନିର୍ଜନ ରାସ୍ତାର ଶେଷ ମୁଣ୍ଡ ଯାଏଁ। ପ୍ରଲମ୍ବିତ ଦୃଷ୍ଟିରେ ଭରି ରହିଥିଲା ଉକ୍ରଣ୍ଠା। 'ଏମିତିରେ ତାଙ୍କ ବୟସ କେତେ ହେବ ? ପୁରା ଯୁବତୀ ବୋଲି ତ କହିହେବନି, ତା ଛଡା ମଧ୍ୟବୟସ୍କା ଜମାରୁ ନୁହେଁ......!' ପୀତାମ୍ବର ବାବୁଙ୍କ ଚକ୍ଷୁଯୁଗଳରେ ରୋମାଞ୍ଚର ପୂର୍ବରାଗ ଏପରି ଅଙ୍କ କକ୍ଷା ଆରମ୍ଭ କରିଦେଇଥିଲା। ପତ୍ରଝଡା ହେମନ୍ତ ରତୁରେ ବସନ୍ତର ସମ୍ମୋହନ ପରି ତାଙ୍କ ଜୀବନ ଭିତରେ ପ୍ରବେଶ କରିଥିଲେ ଅକସ୍ମାତ୍ ସେହି ନର୍ସ ଜଣକ। ରତୁଚକ୍ର ଛାଇଁ ବଦଳିଗଲା। ଶୁଷ୍କ ନଈପଠାକୁ ଆଦ୍ର କରିପକାଇଲା ଅଦିନିଆ ଜୁଆରର ସ୍ରୋଥ। ଦେଖୁ ଦେଖୁ ଜୀବନ ଚର୍ଯ୍ୟାରେ ସବୁ ଧାରାବାହିକତା କୁଆଡେ ଉଭେଇଗଲା। ଏବେ ସେ ଯେପରି କଲେଜ ପଢୁଆ ଛୁଆଙ୍କ ପରି ଉଦ୍ଦାମିତ ପୁଣି ବିଶୃଙ୍ଖଳ। କେଉଁଠି ସାର୍ଟ ପଡିରହୁଛି ତ କେଉଁଠି ବହିପତ୍ର। ଖାଇବା ପିଇବାରେ ଠିକଣା ନାହିଁ। ତାହା ପୁଣି ଯେତେବେଳେ ମନ ହେଲେ।

ଯୋଗକୁ ସାବିତ୍ରୀ ପାଖରେ ନାହିଁ ! 'ସେ ଯଦି ଏସବୁ କଥାଗୁଡାକ ଦେଖନ୍ତା କ'ଣ ଭାବନ୍ତା କେଜାଣି ! ଏମିତି ତ ମଝିରେ ମଝିରେ ଟିକେ କ'ଣ, ଏପଟସେପଟ ହେବାର ଦେଖିଲେ କହିପକାଏ, 'କ'ଣ ଆଉ ଥରେ ପିଲା ହୋଇଗଲାଣି କି ?' ତା ସତର୍କ ଦୃଷ୍ଟିର ବଳୟରୁ ଏବେ ସେ ଆପାତତଃ ସାମୟିକ ଭାବେ ମୁକ୍ତ। ସତେଜ ଆଶ୍ୱାସଟିଏ ଖେଳି ଉଠୁଥିଲା ତାଙ୍କ ମୁଖମଣ୍ଡଳରେ।

ମଝିରେ ହଠାତ୍ ଅସୁସ୍ଥ ହୋଇପଡିବା ଖବରଟା ସେ ସାବିତ୍ରୀକୁ ଜଣାଇ ନଥିଲେ। ବହୁତ ଇଚ୍ଛା କରିଥିଲେ, ହେଲେ ଶେଷ ମୁହୂର୍ତରେ ନିଷ୍ପତି ପରିବର୍ତ୍ତନ କରିବାକୁ ଏକରକମର ବାଧ୍ୟ ହୋଇଥିଲେ ପରିସ୍ଥିତିରେ ଚାପରେ। ଅନ୍ୟ ଉପାୟ ମଧ୍ୟ ନଥିଲା। ଝିଅ ବନ୍ଦନାର ଗର୍ଭ ମାସ ଚାଲିଥିଲା। ପାଖରେ ଯାଇ ରହିବାର ଆବଶ୍ୟକତା ଥିଲା ବହୁତ। କାହିଁ ସୁଦୂର ବାଙ୍ଗାଲୋର ! ସେଠି ପୁଣି ଡେଲିଭରି କରାଇବା, ଏତିକି ବେଳେ ଝିଅଟା ପାଖରେ ନ ରହିଲେ ନ ହୁଅନ୍ତା !

ଇଆଡେ ଶରୀରର ଅସୁସ୍ଥତା ସାଙ୍ଗକୁ ପତ୍ନୀଙ୍କର ଅନୁପସ୍ଥିତି। ପାଖରେ ଆହାଃ ବୋଲି ପଦେ କହିବାକୁ କେହି ନାହିଁ। ଯେଉଁ ନୀର ଗଉଡ ତାଙ୍କ ଘରର ହତାକୁ ଲାଗି ଚାଲିଆ କରି ରହୁଛି, ସେ ଆଉ ତାର ସ୍ତ୍ରୀ ଦୁଇଜଣଙ୍କୁ ଗାଈ ଗୁହାଳ କାମରୁ ଫୁରସତ୍

ଅବା କାହିଁ। ସକାଳ ନ ପାହୁଣୁ ଗୁହାଳ କାମ, ଗୋରୁ କୁଣ୍ଡରେ ଦାନା ଚୋକଡ ଯୋଗାଇବା, ଗାଈ ଦୁଆଁ, ଏତିକି ସରିଥିବ କି ନାହିଁ କ୍ଷୀର କେନ୍ ଧରି ଲୋକେ ଆସି ଧାଡି ଲାଗିଯାଇଥିବେ। ଅବଶ୍ୟ ସେହି ସଂଧ୍ୟାରେ ତାଙ୍କୁ ଯେ ଭୀଷଣ ଜ୍ୱର, କଥାଟା ଜାଣିବାକୁ ପାଇଥିଲା ସେବତୀ, ନୀରର ସ୍ତ୍ରୀ। ଗଲାବେଳେ ସାବିତ୍ରୀ ତାକୁ ଡାକି, ଦେଖାରେଖା ଜିମାଟା ଧରାଇଯାଇଥିଲା। ଯେତେବେଳେ ସଂଧ୍ୟାରେ ଦୁଇପଟ ରୁଟି ତିଆରି ସହ କ୍ଷୀର ଗିଲାସେ ଗରମ କରି ଦେବା କାମଟା ଥିଲା ତାର। ଗାଧୁଆ ବେଳେ ଖାଇବା ଆଗରୁ ସେମିତି ଭାତ ଦି'ମୁଠା ସାଙ୍କୁ କ'ଣ ଗୋଟେ ତରକାରୀଟେ କରିଦେଇ କାମଟା ଚଲାଇଦିଏ।

ସେବତୀଠୁ ଖବର ପାଇ ସଂଧ୍ୟା ଗଡିଛି କି ନାହିଁ ନୀର ପାଖ ବଜାର ଛକରୁ ସାଙ୍ଗରେ ଧରି ଆଣିଥିଲା ନର୍ସ ଦିଦି ଜଣଙ୍କୁ। ଛଅ'ଟା ବାଜିଯାଇଥିବାରୁ କ୍ଲିନିକ୍ ଛାଡି ସାରିଥିଲେ ଡାକ୍ତର। କେମିତି କ'ଣ ଅନୁନୟ କରି ସାଙ୍ଗରେ ଘେନି ଆସିଥିଲା ନୀର। ସେପଟୁ ନର୍ସ ଦିଦିଙ୍କର ସର୍ତ, 'କାମ ସରିଲେ, ଘର ପାଖରେ ଯାଇ ଛାଡି ଦେଇ ଆସିବ'। ସେତେବେଲକୁ ରାତି ହୋଇଯାଇଥିଲା। ଆଉ ତାଙ୍କର ରହିବା ଘର ଥିଲା ଏଠାରୁ ଯଥେଷ୍ଟ ଦୂରରେ।

ଅସହ୍ୟ ତାତିର ଜ୍ୱାଲାରେ ଛଟପଟ୍ ହେଉଥିଲା ସାରା ଦେହଟା। କିଛି ସମୟ ଧରି ନର୍ସ ଜଣକ ପାଣି ପଟି ମୁଣ୍ଡରେ ପକାଇବାରୁ ଟିକେ ନିୟନ୍ତ୍ରଣକୁ ଆସିଲା। ସାଙ୍ଗରେ ଆଣିଥିବା ଔଷଧରୁ ପାନେ ଖୁଆଇ ଦେଇ 'ସକାଳକୁ ଜ୍ୱର କମିଯାଇଥିବ। ଆଦୌ ବ୍ୟସ୍ତ ହେବେନି। ସୁନା ପିଲାଟା ପରି ଶୋଇଯିବାକୁ ଚେଷ୍ଟା କରନ୍ତୁ। ବାସ୍ ସବୁ ଠିକ୍ ହୋଇଯିବ।' ଏତିକି କହି ଓଠରେ ଧାରେ ଚପଲ ହସକୁ ଖେଳାଇ ଚାଲିଯାଇଥିଲେ ନର୍ସ ଜଣକ। ଦେହରେ ତାତିର କୋପ ସାମାନ୍ୟ ପ୍ରଶମିତ ହେବା ପରି ଲାଗୁଥିଲା। ଟିକେ ଲାଗୁଥିଲା ଆରାମ୍। ପୂର୍ବ ଅପେକ୍ଷା ଭଲ। ରୁମରୁ ବାହାରିବା ପର୍ଯ୍ୟନ୍ତ ସେମିତି ମୁଣ୍ଡକୁ ଏକ ପାଖକୁ କଡେଇ ପୀତାମ୍ବର ବାବୁ ଏକ ଦୃଷ୍ଟିରେ ଚାହିଁ ରହିଥିଲେ ସେହି ନର୍ସଙ୍କୁ। ଭିତରେ ଚେଇଁ ଉଠିଥିଲା ଏକ ଅଲଗା ପୁଲକ। ଭିନ୍ନ ଉନ୍ମାଦନା। ଅବ୍ୟକ୍ତ ଶିହରଣ।

ତିନି ଦିନ ହୋଇଯାଇଥିଲା। ପୁରା ସୁସ୍ଥ ନ ହେଲେ ବି ଜ୍ୱର ସଂପୂର୍ଣ୍ଣ ଭାବେ ଓହ୍ଲାଇଯାଇଥିଲା ଦେହରୁ। ଖାଲି ଟିକେ ଦୁର୍ବଳତା ଥିଲା ଶରୀରରେ, ସେତିକି। ନର୍ସ ଜଣକ ପାଖରେ ବସି ଥର୍ମୋମିଟର ଜିଭ ତଲେ ଦେଇ ନିଶ୍ଚିତ ହେବାକୁ ଚାହୁଁଥିଲେ ସେହି ବିଷୟରେ। ନଢିଲା ସନ୍ଧ୍ୟାର ରଙ୍ଗ ଗାଢ ହୋଇ ଆସୁଥିଲା ଚାରିପଟେ। ଘର ଭିତରେ ଆଲୁଅ ଜଳିସାରିଥିଲେ ବି ଝର୍କା ସେପଟୁ ବାହାରଟା ଦିଶୁଥିଲା ମନୋରମ।

ଧଳା କାଗଜରେ ଢାଲି ହୋଇଯାଇଥିବା ଗାଢ ନୀଳରଙ୍ଗର ସ୍ୟାହି ପରି। ଗଛର ପତ୍ର ଗୁଡ଼ିକ ପିନ୍ଧି ସାରିଥିଲେ ସବୁଜ ରଙ୍ଗ ସହିତ ହାଲ୍କା କଳାର ପୋଷାକ। ଅସ୍ତ ଆକାଶର ପତଳା ଛିଟା ସହିତ ମିଶି ତିଆରି କରୁଥିଲା ଏକ ସୁନ୍ଦର ଲ୍ୟାଣ୍ଡସ୍କେପ। ଯେପରି ଅଏଲ୍‌ପେପରରେ ଛପା ହୋଇଥିବା କେଉଁ ଫଟୋଗ୍ରାଫରର ଚମ୍‌କାର ଗୋଟିଏ ମାଷ୍ଟର ପିସ୍‌।

'ଆପଣ ତ ପୁରା ଭଲ ହୋଇଗଲେଣି। ଆଉ ଜ୍ୱର ଫର କିଛି ନାହିଁ।' ହାତରେ ଥର୍ମୋମିଟରକୁ ଉପରକୁ ଟେକି ପାରଦର ସ୍ଥିତିକୁ ପରଖି ନେଉ ନେଉ ମନ୍ତବ୍ୟ ରଖିଥିଲେ ନର୍ସ। ଆଉ ପଛକୁ କ'ଣ କହିଥାନ୍ତେ ବୋଧେ, କଥାଟାକୁ ସେଇଠି ଛାଡ଼ି ପ୍ରଥମେ ଚାହିଁଲେ ପୀତାମ୍ବର ବାବୁଙ୍କ ଆଡ଼କୁ। ତତ୍‌ ପରେ ତାଙ୍କୁ ସାଙ୍ଗରେ ନେଇ ଆସିଥିବା ନୀରକୁ କହିଲେ, 'ଏଥର ଚାଲ, ମୋତେ ଛାଡ଼ି ଦେଇ ଆସିବ, ତମ ବାବୁ ତ ପୁରା ଠିକ୍‌ ହୋଇଗଲେଣି।' ଆତ୍ମୀୟ ଲୋକଙ୍କ ଅନୁପସ୍ଥିତିରେ ବୁଝାସୁଝା। ଦାୟିତ୍ୱଟା ଯେତେବେଳେ ଥିଲା ତାର।

ଦିନ କେଇଟାର ବେମାର ପରେ ଟିକେ ସତେଜ ଲାଗୁଥିବା ପୀତାମ୍ବର ବାବୁଙ୍କ ମୁହଁର ରଙ୍ଗଟା ହଠାତ୍‌ ଯେପରି କାମଲ ବର୍ଣ୍ଣ ଧାରଣ କଲା। ଉଦିତ ତାଜା ଜହ୍ନକୁ ପୁଣି ଘୋଡ଼ାଇ ପକାଇଲା ରୁଗ୍‌ଣ କଳା ବାଦଲର ଚାଦର। କ'ଣ କହିବାକୁ ବ୍ୟାକୁଳ ହୋଇଉଠୁଥିଲେ ବୋଧେ। ସେହି ଅକୁହା ଭାଷାକୁ ଯେପରି ପଢ଼ିପାରିଲେ ନର୍ସ ଜଣକ। କଥାଟାର ମୋଡ଼କୁ ନିଜ ଆଡୁ ଟିକେ ବଦଳାଇ 'ଆପଣ ଆଗେ ଠିକ୍‌ରେ ଖିଆପିଆ କରି ସୁସ୍ଥ ହୁଅନ୍ତୁ, ମୁଁ ମଝିରେ କେତେବେଳେ ସୁବିଧା ଦେଖି ଆପଣଙ୍କ ଆଡ଼କୁ ଆସିବି' ବୋଲି କହିଲେ।

ବ୍ୟାକୁଳତାର ସହ ଚାହିଁରହିଥିବା ପୀତାମ୍ବର ବାବୁଙ୍କ ଉଦଗ୍ରୀବ ଆଖି ଯୋଡ଼ିକ ନିମନ୍ତେ ଏହା ଯେପରି ଥିଲା ପଲକ ପାତର ଆଶ୍ୱାସନା। ଅବିଳମ୍ବେ ତାଙ୍କ କ୍ଷୀଣ କଣ୍ଠ ଦେଇ ବାହାରି ଆସିଲା ପ୍ରତ୍ୟାଶା ଭରା ପ୍ରଶ୍ନ, 'କେବେ ଆସିବେ...?' ସେତେବେଳକୁ ନର୍ସ ଜଣକ ଯିବାକୁ ଉଠିସାରିଥିଲେ। 'ରବିବାର ଅପରାହ୍ନରେ ଯଦି ସମୟ ହୁଏ, ତା ହେଲେ ଆସିବି'। ଯିବା ପୂର୍ବରୁ ତାଙ୍କ ମୁହଁରୁ ବାହାରିଆସିଥିଲା ଏହି ଆସ୍ଥା ସୂଚକ ଧାଡ଼ି। ସେତେବେଳକୁ ନୀର ବାଟ କଢ଼ାଇଦେବାକୁ ଯାଇଁ ଆଗରେ କବାଟ ପାଖରେ ଛିଡ଼ା ହୋଇସାରିଥିଲା।

ରବିବାର ହେବାକୁ ଆହୁରି ମଝିରେ ଚାରିଦିନ ବାକି ଥିଲା କାନ୍ଥ କ୍ୟାଲେଣ୍ଡରରେ। ଦେହରୁ ଜ୍ୱରଟା ସଂପୂର୍ଣ୍ଣ ରୂପେ ଛାଡ଼ିଯାଇଥିଲା ସତ କିନ୍ତୁ ତା'ର ପରବର୍ତ୍ତୀ ଦୁର୍ବଳତାଟା ଏହି ମଝି ଚାରିଦିନ ପରି ଲମ୍ବିରହିଥିଲା। ମନର ଉପତ୍ୟକାରେ

କାହାର ଲମ୍ବା ଛାଇ ଦ୍ୱିପ୍ରହରର ନିର୍ଜନତା ପରି ଥିଲା ଅସହ୍ୟ। ଅଜାଣତରେ ଆଖି ଅନେକ ସମୟ ନିବଦ୍ଧ ରହୁଥିଲା ସେହି ସ୍ଥିର କ୍ୟାଲେଣ୍ଡରର ପୃଷ୍ଠା ଉପରେ। କୋଉଠୁ ଯେମିତି ଇଚ୍ଛାଟେ ଆସୁଥିଲା, 'କୋଉ ଚୋରା ପବନ ଆସି ଉଡ଼ାଇଦିଅନ୍ତା ଭଲା ଏହି କ୍ୟାଲେଣ୍ଡରର ପୃଷ୍ଠା ! ଫରଫର ହୋଇ ଆଗକୁ ଓଲଟିଯାଆନ୍ତା ସେଥିରୁ ଦୁଇ ଚାରିଟା !' ସେହି ଅବଦମିତ ଇଚ୍ଛାରେ ପ୍ରଭାବିତ ହୋଇ ପରେ ଦୁଇ ଥର ଖଣ୍ଡେ ଆବଶ୍ୟକ ନଥାଇ ସୁଦ୍ଧା ସେବତୀକୁ ଫ୍ୟାନ୍‌ର ସ୍ୱଇଚ୍‌ଟା ପାଞ୍ଚଯାଏଁ ବଢ଼ାଇଦେବାକୁ କହିଥିଲେ। କାଲେ ସେହି ପବନରେ ଉପରପୃଷ୍ଠା କେଇଟା ସହସା ଓଲଟିପଡ଼ିବ। ଚାହୁଁ ଚାହୁଁ ନାଲି କାଲିର ଶୁଭ ରଙ୍ଗ ନେଇ ଆସିଯିବ ରବିବାର। ହେଲେ, କୋଉ ସେମିତି ହୁଏ ? ଓଲଟି ସେବତୀ ସେପଟୁ ପ୍ରଶ୍ନ କଲା ଭଙ୍ଗୀରେ କହେ 'ମଲା, ଏବେ ଆପଣଙ୍କୁ ଜ୍ୱର ଛାଡ଼ିଛି, ଏତେ ଜୋରରେ ପଙ୍ଖା ପବନ କ'ଣ ଦେହକୁ ଭଲ ?' ଅବୁଝା ଆଖିରେ ସେପରି ଚାହିଁ ରହି ସେ କେତେବେଲେ ରୁମ୍‌ରୁ ବାହାରି ଆସିଥାଏ ପଦାକୁ।

ହାତ ଆଙ୍ଗୁଠିରେ ଗଣିଲେ ଜମା ତିନି ଦିନ ଚପିନ ଥିବ ଏହି ଚିହ୍ନା ପରିଚୟ। ତାହା ପୁଣି ମାତ୍ର କେଇ ମିନିଟ୍‌ର ଉପସ୍ଥିତି। ସବୁଥର ଆଗେ ଆଗେ ବାଟ ଦେଖାଇଲା ପରି ମାଡ଼ି ଆସୁଥିବ ନୀର। ପଛରେ ଶାଢ଼ୀ ଉପରେ ସଫା ରଙ୍ଗର ଖଣ୍ଡେ ଆପ୍ରୋନ୍ ପିନ୍ଧି ପାଖରେ ଆସି ଛିଡ଼ା ହୋଇଥିବେ ସେହି ନର୍ସ। ହାତ ବ୍ୟାଗ୍‌ରେ ଭର୍ତ୍ତି ହୋଇଥିବ ବ୍ଲଡ଼ପ୍ରେସର ମାପା ମେସିନ୍, ପ୍ଲାଷ୍ଟିକ ଖୋଲରେ ଭର୍ତ୍ତି ଗୋଟିଏ ଥର୍ମୋମିଟର, ଅବ୍ୟବହୃତ ଇଞ୍ଜେକ୍‌ସନ୍ ସିରିଞ୍ଜରୁ କେଇଟା। ସେପର୍ଯ୍ୟନ୍ତ କିଛି ନିଆରା ଲାଗୁନଥିବ। କିଛି ବିଚିତ୍ରତା ବି ବାରି ହେଉ ନଥିବ। ଯେତେବେଲେ ହାତରେ ଥର୍ମୋମିଟରଟା ଧରି ମୁଣ୍ଡକୁ ଆଉଁସି 'ଟିକେ ଏଥର, ଆଁ କଲେ........।' ପଦଟା ବାହାରିଆସେ, ସେଇଠୁ ଆରମ୍ଭ ହୋଇଯାଏ ରକ୍ତର ପରିବର୍ତ୍ତନ। ରୋଗଗ୍ରସ୍ତ ନିଦାଘ ସଞ୍ଚରେ କାହୁଁ ସଂଚରି ଆସେ ମୃଦୁ ଶୀତଲ ପବନ। ଯେପରି ହଠାତ୍ ଅସରାଏ ବର୍ଷାର ଆରାମପଣ। ସେହି ଛୁଆଁରେ ଦଲକାଏ ସତେଜ ସ୍ପର୍ଶ ପାଇଲା ପରି ବିଛଣାରୁ ଉଠିପଡ଼ି ଦେହକୁ ଆଉଜାଇ ପକାନ୍ତି ଖଟବାଡ଼ରେ। କିଛି ମୁହୂର୍ତ୍ତର ଗପସପ। ଅନ୍ତରଙ୍ଗତା। ଆତ୍ମୀୟପଣ। ମିଠା ବୋଲା ଅଭିସାର ପରି ଲାଗେ ସେହି ଅପସୃୟମାଣ ସଞ୍ଜ।

ଆରମ୍ଭରୁ ସେବତୀ କହୁଥିଲା, ଏଇ ଦେହ ଅସୁସ୍ଥ କଥାଟା ମା'କୁ ଟିକେ ଜଣାଇଦେଲେ ହୁଅନ୍ତାନି। ପୁଣି ଆସିକି ଏଠି କିଛି ଦିନ ରହିକି ହେଲେ ଯାଆନ୍ତେ ! ଏ ବୟସରେ ଦେହପା' କଥା, ଜଣେ ପାଖରେ ନ ରହିଲେ କେମିତି ହେବ ? ଠିକ ସେଇଆ ମଧ୍ୟ ଚିନ୍ତା କରୁଥିଲେ ସେ। ଭାବିଥିଲେ, ଝିଅ ବନ୍ଦନାକୁ ଫୋନ୍ କରି ରାତିରେ କଥାଟା ଜଣାଇଦେବେ। କେମିତି କ'ଣ ଜ୍ୱାଇଁକୁ କହି ତୁରନ୍ତ ସାବିତ୍ରୀର

ଏଠିକି ଆସିବା ବ୍ୟବସ୍ଥା କରାଇଦେବାକୁ କହିବେ। ଅନ୍ୟଥା, ତା' ବିନା ସବୁ ମୁସ୍କିଲ ଯେମିତି ହୋଇଯିବ। ଆଗରୁ ଯେତେ ଥର ଦେହ ଖରାପ ହୋଇଛି, ସବୁବେଳେ ସେ ହିଁ ପାଖରେ ଥାଏ। ନ ହେଲେ, ତାଙ୍କର ଯେପରି ଭୁଲା ମନ ଔଷଧ ଖାଇବା କଥା ବି ଭୁଲିଯାଇଥିବେ। ଛାଏଁ ମନକୁ ଆସୁଥିଲା, 'ଆଛା କଥା……! ଦେହଟା ବିଗିଡ଼ିଲା ପୁଣି ସାବିତ୍ରୀର ଅନୁପସ୍ଥିତିରେ………।'

କମ୍ବଳ ତଳେ କମ୍ପିଉଠୁଥିଲା ଦେହ। ଯାହାକୁ କହନ୍ତି ଖାଇଫୁଟା ତାତି। ସହ୍ୟ କରିବା ଥିଲା ଏକରକମର ଅସମ୍ଭାଳ। କେତେବେଳୁ ନୀର ଯାଇଥିଲା ଡାକ୍ତର ଡାକି। 'ହେ…… ଭଗବାନ ଇଆଡେ ପାଖରେ କେହି ନଥିଲା ବେଳକୁ ଏହିଭଳି ଦେହକଷ୍ଟ, ୟ……।' ଯନ୍ତ୍ରଣାର ଅନ୍ତର୍ଭେଦୀ ସ୍ୱରଟେ ତାଙ୍କ ଥର ଥର ୟଠ ଦେଇ ବାହାରି ଆସୁଥିଲା ପଦାକୁ। କଷ୍ଟରେ ଜର୍ଜରିତ ହୋଇଉଠୁଥିଲା ସମଗ୍ର ଦେହ, ମନ, ପ୍ରାଣ। ହଠାତ୍ ମଥା ଉପରେ କାହାର ପାପୁଲି ସ୍ୱର୍ଶରେ ଆଖି ଖୋଲିଲା ବେଳକୁ ମୁଣ୍ଡ ପାଖରେ ଆସି ବସି ସାରିଥିଲେ ନର୍ସ ଜଣକ। 'ଆହାୟ, ……ଏତେ କଷ୍ଟ ପାଉଛନ୍ତି ?' ଏତକ କହି ଯଥାଶୀଘ୍ର ପାଣି ପଟି ଆଣିବା ପାଇଁ ବରାଦ କଲେ। ଢେର ସମୟ ଯାଏଁ ନିଜେ ସେହିପରି ବସି ରହି ପାଣି ପଟି ବଦଲାଇ ଚାଲିଥିଲେ ଯେ ପର୍ଯ୍ୟନ୍ତ ଜ୍ୱରର କୋପଟା ନ କମିଯାଇଛି।

ସେମିତି ଦେଖିବାକୁ ଗଲେ ଏଇଟା ତାଙ୍କର ପ୍ରଥମ ଜ୍ୱରରେ ପଡ଼ିବା ନ ଥିଲା। କେତେ ଥର ଆସିଛି, ପୁଣି ଓହ୍ଲାଇ ଯାଇଛି। ଫରକ୍ ଥିଲା ଏତିକି, ସବୁଥର ପାଖରେ ଥାଆନ୍ତି ସାବିତ୍ରୀ। ସେବା ଶୁଶ୍ରୁଷା କରିବାରେ କିଛି କମ୍ ନ ଥାଏ ତାଙ୍କ ଆଡ଼ୁ। ଔଷଧପତ୍ର ଦେବା ଠାରୁ ପାଟିକୁ ରୁଚିଲା ଭଳି ଖାଦ୍ୟ ପ୍ରସ୍ତୁତି କରିଦେବାରେ ପଛାନ୍ତି ନାହିଁ। କିନ୍ତୁ ଗୋଟାଏ କଥା ଖାଲି ଅଖାଉଆ ଲାଗେ, ତାଙ୍କର ସେହି କର୍କଶିଆ ଉପଦେଶ ଗୁଡ଼ା। 'କୋଉ ଦିନ ଗୋଟା ଗାଧୁଆ ଟାଇମ୍ ଠିକ୍ ରଖିବନି ? କାଲି ସକାଳେ ତ ଆଜି ଦ୍ୱିପ୍ରହର। ଖାଇବା ପିଇବାରେ ବି ସେଇଆ…… ହାଁ, ତମକୁ ରୋଗବୈରାଗ ଧରିବ ନାହିଁ ତ ଆଉ କ'ଣ ଶତ୍ରୁକୁ ?' ଏହି ତାଗିଦା ପଛରେ ତା' ଭଲ ପାଇବାଟାକୁ ସିନା ବୁଝି ହୋଇଯାଏ। ହେଲେ, ସେହି ଦୋହରା କଥାଗୁଡ଼ା ଶୁଣି ଶୁଣି ମଣିଷ ବିରକ୍ତ ହୋଇଯାଏ। 'ଅନ୍ୟ ଯାହା ଯେତେବେଳେ କହିବା କଥା ତ କହୁଛ। ଏ ବେମାର ବେଳରେ ବି ପିଚା ଟିକେ ଛାଡ଼ୁନା ଶ……।'

ସେଦିନ ଯଦି ନୀର ଡାକ୍ତରକୁ ନ ପାଇ ଖାଲି ଫେରି ଆସିଥାନ୍ତା, କଣ ହୋଇଥାନ୍ତା ? ଯାହା ହେଉ ଗଉଡ ଘରର ପୁଅ ହେଲେ ବି ଅସଲ ସମୟରେ ବୁଦ୍ଧି କାଢ଼ି ନର୍ସକୁ ସାଙ୍ଗରେ ନେଇଆସିଥିଲା। 'ଯାହା ଯେମିତି ହେଉ ଦେହଟା ତ ଭଲ

ହୋଇଗଲା, ସେଇଟା ବଡ କଥା ।' ନୀର ପ୍ରତି କୃତଜ୍ଞତାର ଭାବ ସଂଚରି ଆସୁଥିଲା ଭିତରେ । ଆଉ ଗୋଟିଏ ଅପ୍ରକାଶ୍ୟ କାରଣ ପାଇଁ ବି ମନଟା ତା' ଉପରେ ଥିଲା ପ୍ରସନ୍ନ । ନଚେତ୍, ସବୁଦିନ ସକାଳୁ ଉଠି ତାଙ୍କ ମୁହଁରୁ ଆଗେ ଗାଳି ଶୁଣିବା ଅଭ୍ୟାସଟି ରହିଥିଲା ତାର । ଗୁହାଳରୁ ଗୋବର ତକ ଆଣି ଗଦେଇଥିବ ପାଖ ପାଚେରୀ କଡରେ । ଜାଗାଟାକୁ ପୁରା ସତସତିଆ କରି ରଖିଥିବ । ସେଇଠି ଯେତେବେଳେ ଦେଖିବ ପୋକ ମାଛି ହାଉଜାଉ । ସେଗୁଡାକ ଘର ଭିତରକୁ ଉଡି ପଶିଆସନ୍ତି ବେଲେବେଲେ । ସେଇଥିପାଇଁ ସବୁଦିନ ତାକୁ ବାରଣ କରିବାକୁ ପଡେ । 'ପୁରୁଣା ଅଭ୍ୟାସଟା କୋଉ ସହଜେ ବଦଳୁଛି । ସେଇ ପାଖରେ ଆଣି ଗଦେଇଦେଲେ ଗଲା । କିଏ ବୋହି ନେଇ ଯାଉଛି ଦୂରକୁ ?'

ଏ ମାମଲାରେ ତା' ପ୍ରତି ଦୃଷ୍ଟିକୋଣ ଟିକେ ବଦଳିଯାଇଥିଲା ଦିନ କେଇଟା ଭିତରେ । ଟିକେ ହୋଇଯାଇଥିଲେ ଉଦାର । ହେବନି ବା କାହିଁକି ? ଠିକ୍ ସମୟରେ କାମଟା ବି ସେମିତି କରିଥିଲା । ତା ସହିତ ଗୋଟେ ଭଲ ସଂଯୋଗ ବି...... । ମନ ତଳର ଗୋପନ ଭାବନା ଛାୟଁ ଚାଲିଆସୁଥାଏ ବାହାରକୁ । ସେମିତି ମଧ୍ୟ ଲାଗୁଥିଲା ଏଇ କେଇ ଦିନ । ସ୍ନେହବୋଲା ମାହୋଲର ଅନୁଭବଟିଏ ତାଜା ଫୁଲର ସୁଗନ୍ଧ ପରି ତାଙ୍କୁ ଆବେଶ କରୁଥାଏ । କପାଳରେ ସେହି କେଇମୁହୂର୍ତ୍ତର ହାତର ସ୍ପର୍ଶ । ଆବେଗଭରା ଚାହାଁଣୀରେ ଅଯାଚିତ ଆତ୍ମୀୟପଣ । ମନ ମୋହିନେଲା ଭଲି କଥାର ଯାଦୁ । ତାଙ୍କୁ ଲାଗେ ସେ ଯେତେଥର ଥର୍ମୋମିଟର ଜିଭ ତଳେ ରଖି କାଢଥାନ୍ତି, ତା ସହିତ କିଛି କିଛି ହୋଇ କାଢି ହୋଇଯାଏ ସତସତିକା ରୋଗ । ଜମାଟ ବାନ୍ଧୁଥିବା ବୟସ୍କ ଭାବ । ସେହି କାଉଁରୀ ଛୁଆଁରେ ଥୁଣ୍ଟା ମନର ଡାଳରେ ସବୁଜପତ୍ର କେଉଁଠ ଯେପରି କଅଁଳି ଉଠେ ।

ସେହି ପଲକ ମାତ୍ର କିମିଆ...... କ୍ଷଣିକ ମାତ୍ର ଛୁଆଁର .....ନାଁ କ'ଣ ଜାଣିବାକୁ ଅତୀବ କୌତୂହଳତାର ସହ କେତେ ଥର ଚାହିଁ ବସିଛନ୍ତି । ସୁଯୋଗ ଆସିଛି ପୁନି ଯାଇଛି । ତଥାପି କାହିଁକି କେଜାଣି ପଚାରି ପାରିନାହାଁନ୍ତି । ସଫେଦ ବାଦଲର ଶାଢୀ ପିନ୍ଧିଥିବା ଗୋଟେ ପରୀ ପରି ଯେମିତି ଓହ୍ଲାଇ ଆସିଥିଲେ ଆକାଶରୁ । ନିଜର କରିନେଇଥିଲେ ନିମିଷେକର ଉପସ୍ଥିତିରେ । ତାଙ୍କ ନାଁ ଟା ବି ନିହାତି ହୋଇଥିବ ସେମିତି କିଛି । 'ଭସା ଭସା......ବାସ୍ନା ବାସ୍ନା......ମୟ । ଯେମିତିକି ରଜନୀଗନ୍ଧା...... ଯେମିତିକି ପ୍ରାତିଛ୍ଛଦା....।' ଦୁଷ୍ଟ ଚପଳ ହସଟେ ଖେଳି ଉଠୁଥିଲା ତାଙ୍କ ଓଠର ଦୁଇକୋଣରେ । ଅତୀତର ପୁନରାବୃତ୍ତି ପରି ରୋମାଣ୍ଟିକ ବୟସ ଆଉଥରେ ଯେପରି ଟିପଟିପ୍ ପୋଷାକ ପିନ୍ଧି ଛିଡା ହୋଇଥିଲା ଆଗରେ । ରାଜେଶ ଖାନ୍ନା ଷ୍ଟାଇଲରେ

ମୁଣ୍ଡରେ ହେୟାର କଟିଙ୍ଗ। ଓଠରେ କେଉଁ ହିଟ୍ ହିନ୍ଦୀ ଫିଲ୍ମ ଗୀତର ସୁସୁରି। ଭେଲ୍ ପ୍ୟାଣ୍ଟ ବାଲା ଗୋଡ ତଳେ ଲୁଚି ଥିବା ଚକ୍ ଚକ୍ କଳା ବୁଟ୍। ସୁସୁରି ରିଦିମ୍‌ର ସହ ତାଳ ଦେଇ ତା'ର ଠକ୍ ଠକ୍।

ଏଥର ସେ ଆସିଲେ ତାଙ୍କୁ ସବା ଆଗ ସେହି ପୁରୁଣା ଆଲବମ୍‌ଟା ନିଶ୍ଚୟ ଦେଖାଇବେ। ଯୋଉଥିରେ ଏହି ପୋଜ୍‌ରେ ନିଜର କଳାଧଳା କେତୋଟି ଫଟୋ ରହିଛି। ପୀତାମ୍ବର ବାବୁଙ୍କ ଆଖିରେ ଚୂନା ଚୂନା ନିଷିଦ୍ଧ ସପନ ସବୁ ଦାନା ବାନ୍ଧିବା ଆରମ୍ଭ କରିଦେଇଥିଲା। ନିଜ ବୟସ କେତେ, ଆଉ ତାଙ୍କ ବୟସ କେତେ ? ଏହି ତାରତମ୍ୟର ପାଚେରୀ ସେପଟେ ସେ ଦେଖୁଥିଲେ ଗୋଟେ ସୁନ୍ଦର ଦିଗ୍‌ବଳୟ। ଆକାଶ ନଇଁ ଆସୁଛି ମାଟି ଆଡକୁ, ମାଟି ସମର୍ପି ଯାଇଛି ଆକାଶର ବାହୁରେ। ସେଠି ଖୋଜିଲେ କ'ଣ ବା ଉତ୍ତର ମିଳିବ ଆକାଶର ବୟସ କେତେ ? ଆଉ ମାଟିର ବୟସ କେତେ ? ଦିଗ୍‌ବଳୟ ଗୁଡିକ ସବୁବେଳେ ଏହି ସୀମାରେଖାକୁ ଭାଙ୍ଗିଥାନ୍ତି। ହେଲେ, ଦିଗ୍‌ବଳୟ ମାନେ ହିଁ ସବୁବେଳେ ଅସ୍ପଷ୍ଟ। ସବୁବେଳେ ଦୂରନ୍ତ। କିଏ ଅବା ଗ୍ୟାରେଣ୍ଟି ଦେଇପାରିବ ସେମାନଙ୍କ ମିଳନର ବିନ୍ଦୁ ?

ଅପରାହ୍ନର ଆଲୋକ କ୍ରମଶଃ ମ୍ଲାନ ହୋଇ ଆସୁଥିଲା ଚାରିପଟେ। ଗୋଟେ ଭୋଲ୍‌ଟେଜ୍ ହୀନ ବଲ୍‌ ପରି ଆକାଶର ପଶ୍ଚିମ କୋଣରେ ନିସ୍ତେଜ ହୋଇ ଆସୁଥିଲା ସୂର୍ଯ୍ୟର ରଙ୍ଗ। ଗଛର ପତ୍ର ଫାଙ୍କ ଦେଇ ତେରଛା ରକ୍ତିମ କିରଣ ସବୁ ଶର ପରି ବିଛାଡି ହୋଇପଡ଼ିଥିଲେ ଭୂମିର ଚଟାଣ ଉପରେ। ଏକ ନିସ୍ତବ୍ଧ ଚାଦର ଧୀରେ ଧୀରେ ଢାଙ୍କି ପକାଉଥିଲା ମାଟିର ଦେହକୁ। ସେହିପରି ନିର୍ନିମେଷ ନୟନରେ ଚାହିଁ ରହିଥିଲେ ପୀତାମ୍ବର ବାବୁ। ୫କଁ ସେପଟ ପୃଥିବୀର ରଙ୍ଗ ବଦଲି ଆସୁଥିଲା। ଅପରାହ୍ନ ଉପନୀତ ହୋଉଥିଲା ଆସି ସଂଧ୍ୟାରେ। ତଥାପି ଦେଖା ନଥିଲା ସେହି ନର୍ସକୁର। ଆଉ ଥରେ ଦୋହରେଇ ଭାବୁଥିଲେ 'ରବିବାର, ଆସିବା ପାଇଁ ତ କହିଥିଲେ...... ଏ ଯାଏଁ ଆସିଯିବା କଥା !' ବିସ୍ମୟର ଅସଂଖ୍ୟ ଚିହ୍ନ ପଛକୁ ପଛ ଆଙ୍କି ହୋଇଯାଉଥିଲା ତାଙ୍କ ମନରେ।

ଖରାର ତେଜ଼ଟା ଅପସରି ଯାଇଥିଲେ ବି କେମିତି ଗୋଟେ ଅସହ୍ୟ ଗୁଲୁଗୁଲି ଛାଇ ରହିଥିଲା ସବୁଆଡେ। ଘର ବାହାର ସବୁଆଡ ଲାଗୁଥିଲା ଗୁମ୍‌ସୁମ୍। ତତଲା ବାଙ୍କରେ ଭରା। ହାତଟା ଆପଣାଛାଏଁ ଚାଲି ଆସୁଥିଲା ସାର୍ଟର ବୋତାମ ପାଖକୁ। ପିନ୍ଧିଥିବା ଫୁଲ୍‌ସାର୍ଟା ସେତେବେଳକୁ ଅସହିଷ୍ଣୁତାର ସବୁ ପରୀକ୍ଷା ନେଇସାରିଥିଲା। ସାଙ୍ଗେ ସାଙ୍ଗେ ଖୋଲି ଫୋପାଡି ଦେବାକୁ ଇଚ୍ଛା ହେଉଥିଲା। ଆଲେନ୍‌ସୋଲି ବ୍ରାଣ୍ଡର ସାର୍ଟ। ତାଙ୍କ ଫେଭରାଇଟ୍ ବ୍ରାଣ୍ଡ। ଆଇରନ୍ କରାଯାଇ ଚାରିଭାଙ୍ଗ ହୋଇ ରଖାଯାଇଥିଲା ଆଲମୀରାରେ। ବାଛି ପିନ୍ଧିଥିଲେ ନିଜ ଆଡ଼ୁ। ଖୋଲିବାକୁ ଇଚ୍ଛା ନଥିଲେ ବି ଏ ଗରମଟା

ବିଲ୍‌କୁଲ୍‌ ପିଛା ଛାଡୁ ନଥିଲା । ଅତିଷ୍ଠ କରି ପକାଉଥିଲା ସିଏ ଦେହର ଗନ୍ଧରେ । ତା’ ଛେଡ଼ା ସେହି ନର୍ସ ଜଣଙ୍କର ଆସିବାର ଯେ ଥିଲା .... ।

ନୀର ସେ ପର୍ଯ୍ୟନ୍ତ ଫେରି ନଥିଲା । ବିଳମ୍ବ ହେଉଥିବାର ଦେଖି ତାକୁ ପଠାଇଥିଲେ ସାଙ୍ଗରେ ନେଇ ଆସିବାକୁ । ଯେପରି ପୂର୍ବରୁ ଦେହ ଖରାପ ବେଳେ ସାଙ୍ଗରେ ଧରି ଆସୁଥିଲା ଘରକୁ । ବାହାର ଅନ୍ଧାରଟା ଜମାଟ୍‌ ବାନ୍ଧି ମାଡ଼ି ଆସୁଥିଲା ଭିତରକୁ । ସେବତୀ କେତେବେଳେ ଆସି ଚକ୍‌ କରି ଆଲୁଅ ସୁଇଚ୍‌ଟା ଚିପି ଦେଇଥିଲା ରୁମ୍‌ର । ପୀତାମ୍ବର ବାବୁଙ୍କୁ ଏହି ରୂପରେ ଦେଖି ଆଖି ତରଟିଲା ଭଳି ଅବିଶ୍ୱସନୀୟ ଭଙ୍ଗୀରେ ଚାହିଁ ପୁଣି ଚାଲିଗଲା ରୋଷେଇ ଘର ଭିତରକୁ । ବୋଧେ ଏହିଭଳିଆ ଫିଟ୍‌ଫାଟ୍‌ ରୂପରେ ବାବୁଙ୍କୁ ଦେଖିବ ସେ କଥାଟା ସେ କେବେ ଭାବି ପାରି ନଥିଲା । ଅଟା ଦଲା କାମରେ ଲାଗୁ ଲାଗୁ କ’ଣ ସବୁ ଗୁଣୁଗୁଣୁ ହୋଇ କହିଯାଉଥିଲା ମନକୁ ମନ । ହୁଏତ ଆଖି ଦେଖିଥିବା ବାବୁଙ୍କ ଏହି ଅଦିନିଆ ବେଶକୁ ନେଇ ଯୁଡ଼ିହେଉଥିଲା ଛାଁ କୁ ଛାଁ ।

ପ୍ରଥମେ ଦ୍ୱିପ୍ରହର, ତାପରେ ଅପରାହ୍ନ, ପଛକୁ ଏବେ ସନ୍ଧ୍ୟା ଗଡ଼ିଯିବାକୁ ବସିଲାଣି । ତଥାପି କୌଣସି ମତେ ନିଜ ଗୋଡ ହାତରେ ଗଲାଇଥିବା ପ୍ୟାଣ୍ଟ ସାର୍ଟକୁ ଖୋଲିବାକୁ ପ୍ରସ୍ତୁତ ନଥିଲେ ସେ । ପ୍ରତୀକ୍ଷାର କିରଣ ସଞ୍ଜ ସଲିତା ପରି ଦିକିଦିକି ଜଲିଚାଲିଥିଲା ତାଙ୍କ ଆଖିର ଅଗଣାରେ । କିଏ ଯେମିତି ଭିତରୁ ଅବାଧ୍ୟ ସ୍ୱରରେ କହୁଥିଲା ‘ନାଇଁ,........ ସେ ଆସିବେ । ଆଜି ରବିବାର, ଆସିଲେ ଖୁବ୍‌ ଗପସପ ହେବ । ଆଉ କଥା ମଝିରେ ପଶି ଆସୁନଥିବ ଥର୍ମୋମିଟର । ଟିକେ ନିବିଡ ଭାବରେ ଦେଖିହେବ । ଟିକେ ନିବିଡ ଭାବରେ ବୁଝିହେବ । ହଁ, ଆଉ ଯେଉଁ କଥାଟା ଜାଣି ପାରି ନ ଥିଲେ ଏତେ ଦିନ ଯାଏଁ, ନିହାତି ସେଇଟା ପଚାରିବସିବେ ....ନାଁ ’ଟା କ’ଣ ?’ ।

ନୀର ଘର ଭିତରକୁ ପଶିସାରିଥିଲା । ଅସରନ୍ତି ପ୍ରତ୍ୟାଶାର ସହ ତା’ ଆଡ଼କୁ ଥରଟେ ଚାହିଁ ନଜର ଘୁରାଇ ଆଣିଲେ ଖୋଲା ଦ୍ୱାର ଯାଏଁ । ‘ନର୍ସ ଦିଦି କାଇଁ ଆଜି ଆସି ନଥିଲେ ? କ୍ଲିନିକ୍‌ରେ ପଚାରିବାରୁ ସେ ତାଙ୍କ ସ୍ୱାମୀଙ୍କ ପାଖକୁ ଛୁଟିରେ ଯାଇଛନ୍ତି ବୋଲି କହିଲେ । ଜାଣିବାକୁ ପାଇଲି, ଏଇ କିଛି ଦିନ ହେଲା ତାଙ୍କ ବାହାଘର ହୋଇଛି ବୋଲି ।’ କୌଣସି ବିରାମ ନ ନେଇ କଥା ତକ ଶେଷ କରିଦେଇ ତା’ ବାଟରେ ଚାଲିଗଲା ନୀର । ତାକୁ ଆଉ ତର ନ ଥାଏ । ଗାଈ ଗୁହାଲରେ ସିଆଡ଼େ କେତେ କାମ ।

ଶୋଇବା ଘରୁ ଲ୍ୟାଣ୍ଡଫୋନ୍‌ଟା ବାଜି ଉଠିଲା । ନୀର କଥାରେ ହତପ୍ରଭ

ହୋଇଆସୁଥିଲେ ବି କୌଣସି ମତେ ଯାଇ ରିସିଭରକୁ ଉଠାଇଲେ ପୀତାମ୍ବର ବାବୁ। ସେପଟୁ ଜ୍ୱାଇଁଙ୍କ କଣ୍ଠ ସ୍ୱର, 'ବାପା, ବୋଉଙ୍କୁ ଏଇନେ ଟ୍ରେନ୍‍ରେ ବସାଇ ଆସିଲି। ଆମ ଅଫିସର ଓଡ଼ିଆ ସ୍ଟାଫ୍ ଜଣେ ସାଙ୍ଗରେ ଯାଉଛନ୍ତି ଛାଡ଼ି ଦେଇ ଆସିବାକୁ। କାଲି ସଂଧ୍ୟା ସୁଦ୍ଧା କଟକରେ ପହଞ୍ଚିଯିବେ। ଆପଣଙ୍କ ଦେହ ଖରାପ ଖବରଟା ସେବତୀ ଠାରୁ ଶୁଣି ବନ୍ଦନା ଏଣେ ବ୍ୟସ୍ତ କରିପକାଇଲା। ଆଉ ଏବେ ଆପଣଙ୍କ ଦେହ କେମିତି ଅଛି...... ?' ଆପାତତଃ କିଛି ଗୋଟିଏ ଉତ୍ତର ଦେବାକୁ ଇଚ୍ଛା ହେଉ ନଥିଲା ତାଙ୍କର। ସେମିତି ରିସିଭରଟାକୁ କାନ ପାଖରେ ଧରି ଛିଡ଼ା ହୋଇଥିଲେ ଆଗ୍ରହହୀନ ଭାବରେ। ଭାବୁଥିଲେ, 'ସାବିତ୍ରୀ ପାଇଁ ତ କାଲିକି ଅପେକ୍ଷା। ହେଲେ, ଆଜି ଯେଉଁ ଚୋରା ବସନ୍ତ ପାଇଁ ପ୍ରତୀକ୍ଷା ଥିଲା ତାହା କଣ କାଲିକି ଆସିବ ?'

ଅଗଣା ଭର୍ତ୍ତି ତାରା

ଠିକ୍ ଏତିକି ବେଳେ ବାହାରେ ଘେରାଏ ବୁଲି ପଡ଼ିବାକୁ ଇଚ୍ଛା ହୁଏ। ଏ ମାଡ଼ିହୋଇପଡ଼ୁଥିବା ଇଚ୍ଛାଟା ଖାଲି ଆଜିର ନଥିଲା ତାଙ୍କ ପାଇଁ। ଗଲା କେଇ ଦିନ ହେଲାଣି ସଂଧ୍ୟାବେଳର ବୁଲାଟା ଏକ ରକମ ବନ୍ଦ ହୋଇଯାଇଛି କହିଲେ ଚଳେ। ଅଭ୍ୟାସଟା ଆଉ ଆଗଭଳିଆ ବଳବତ୍ତର ନାହିଁ।

ସେଇଥିପାଇଁ ମନ ଟିକେ ଉଣା। ଯାହା ଲୁଚାଚୋରା ଇଚ୍ଛା ଥିଲେ ବି ସେପଟେ ବାରମାସିର କଟକଣା – 'ମଉସା, ଆପଣ ଆଉ ଏବେଲାରେ କୁଆଡ଼େ ଯାଇପାରିବେ ନାହିଁ। ଭଲ କରି ଦେଖାଯାଉନି, ଦି' ଥର ଖଣ୍ଡେ ପଡ଼ିସାରିଲେଣି। ସେକ୍ରେଟାରୀ ସଫା ସଫା ମନା କରିଛନ୍ତି ତମକୁ ସଂଧ୍ୟାରେ ପଦାକୁ ଛାଡ଼ିବାକୁ' ! ଚୌକିଆର ଛଅହାତେ ଉଚାଁ ଠେଙ୍ଗା ପରି ଲାଗେ ବାରମାସିର ଏହି ତାଗିଦାଟା। କଣ ବା' ଆଉ କରିହେବ ନ ମାନିବା ଛଡ଼ା ? ଗୋଟେ ତୀବ୍ର ମଲିଚିଆ ବିବଶପଣ ମ୍ଲାନ ସଂଧ୍ୟାର ଆଲୋକ ସହ ମିଶି ଢାଙ୍କି ପକାଉଥିଲା ରଘୁନାଥଙ୍କ ଜରାଜୀର୍ଣ୍ଣ ମୁଖମଣ୍ଡଳକୁ।

ଜରାଶ୍ରମର ଅପ୍ରଶସ୍ତ ଅଗଣାକୁ ସତେ ଯେପରି ଚାରିଆଡ଼ୁ ନାକାବନ୍ଦୀ କରିଦେଇଥିଲା ଯାବତୀୟ ଏକାକୀପଣ। ନିଃଶ୍ୱାସ କେଉଁଠି କେମିତି ଅଟକି ଗଲା ପରି ରୁନ୍ଧା ରୁନ୍ଧା ଲାଗୁଥିଲା। ବାକି ଅନ୍ତେବାସୀମାନେ କିଏ କେମିତି ସଂଧ୍ୟାଭ୍ରମଣରେ ବାହାରନ୍ତି, କେବଳ ତାଙ୍କୁ ଛାଡ଼ି ? ଅବଶ୍ୟ ସେମାନେ ତାଙ୍କଠାରୁ ବୟସରେ ପାଞ୍ଚ ଦଶ ସରିକି ସାନ ହେବେ। ଏଇଗଲା ଚୈତ୍ରରେ ତାଙ୍କୁ ଅଶୀ ଛୁଇଁ ସାରିଛି।

ଆଦ୍ୟ ବୈଶାଖର ହାବୁକାଏ ଚହଲା ପବନ ଅଗଣା ଭିତରେ ଭଉଁରୀ କାଟିଲା ପରି ନିସ୍ତେଜ ପ୍ରାଣକୁ ଟିକେ ସଂଚରି ଦେଲା। ଧାପେ ଜୀବନ ପହଁରିଗଲା। ରଘୁନାଥ ଟିକେ ଉସ୍ସାହିତ ହୋଇପଡ଼ି ଉପରକୁ ଚାହିଁଲେ। ଆଖିକୁ ସେତେଟା ସଫା ଦିଶୁ ନଥିଲେ

ବି ଆକାଶଟା ଈଷତ୍ ନୀଳ ହୋଇ ଝୁଲି ରହିଥିଲା ଅଗଣା ଉପରେ। ଟିକେ ଫିକା ହୋଇ ଆସୁଥିଲା ଆଉ ବେଳୁସ୍କ ପରେ ଅସ୍ତ ସୂର୍ଯ୍ୟ ସହ ଢାଙ୍କି ହୋଇଯିବ ଅନ୍ଧାର। ଗୋଟା ଗୋଟା ହୋଇ ଗଣି ହୋଇଯାଉଥିବା ତାରା କେଇଟା ଆଖିକୁ ଝାପ୍‌ସା ହେଲେ ବି ବାରିହୋଇପଡୁଥିଲେ। ସଞ୍ଜ ଗଡିଗଲେ ଏଗୁଡାକ ଦୀପଶିଖା ପରି ଦାଉ ଦାଉ ହୋଇ ଜ୍ୱଳିଉଠିବେ ଆକାଶ ବୁକୁରେ।

ସ୍ମୃତିର ସଲିତା ତେଜି ହୋଇ ଆସୁଥିଲା ତାଙ୍କ ମନରେ। ଭାରୀ ବୟସର ବୋଝ ସତ୍ତ୍ୱେ ବି ଲକ୍ଷ୍ମୀ ଚଉଁରା ମୂଳରେ ସଞ୍ଜବତୀ ଦେବାରେ ହେଲା କେବେ କରୁନଥିଲା। ତା' ଦୁଇ ପାପୁଲିର ଆଙ୍ଗୁଳି ଭିତରେ କେତେ ନିରାପଦ ଥିଲା ସତରେ ! ମନଲାଖି ପାଦ ଥାପୁଥିଲା ଜୀବନ। ନିତି ସକାଳୁ ଉଠିବା ଆଗରୁ ଅଗଣା ପିଣ୍ଡାରେ ସଜ କରି ରଖିଦେଉଥିଲା ସାହାଡା କାଠି ଖଣ୍ଡେକୁ ପାଣି ନୋଟା। କଂସାରେ ନାଲି ଚା'କୁ ମୁଢ଼ି ନହେଲେ ଭଜା ଚୂଡାରୁ ଦି' ମୁଠା। ଗାଧୁଆ ବେଳେ ଗରମ ଭାତ ସାଙ୍କୁ ତୁଣ ତା ସାଙ୍କୁ ବାଡି ତୋଲା ଶାଗ। ସବୁଦିନ ବେଳ ପାଇଲେ ଆରଓଳି ରୁଖାବତୀରେ ଭାଗବତରୁ ଅଧାୟେ ପଢ଼ି ଶୁଣାଇଥାନ୍ତି ଲକ୍ଷ୍ମୀକୁ। ଖାଲି କାନ ତ ଡେରେନା, ମନ ପ୍ରାଣ ସବୁ ଏକାଠି ଯୋଡି ଦେଇଥାଏ ଗାଦି ପାଖରେ। ରୁଖା ଆଲୁଅରେ ଝୁଟକୁଥାଏ ତା ମୁହଁ। ତା'ର କର୍ମରେ ଧରମବଳ ଯୋଗାଡିଥିଲା ବେଶୀ। ସେ ଲାଗି ମୁଣ୍ଡରେ ନାଲି ସିନ୍ଦୁର ମାଖି ଗଲା। ଅଲକ୍ଷ୍ୟରେ ହା...... ପାଲଟି ମେଲି ହୋଇଯାଇଥିଲା ରଘୁନାଥଙ୍କ ପାଟି। ଅଗଣାଯାକର ସବୁ ଶୂନ୍ୟତା ନୀରବରେ ଭଉଁରୀ କାଟୁଥିଲେ ତାଙ୍କ ପାଟିର ସେଇ ସୀମାହୀନ ଗହ୍ୱର ଭିତରେ।

ଲକ୍ଷ୍ମୀ ଚାଲିଯାଇଥିଲା ତା ବାଟରେ। ଦିନ କେତେଟା ଯାଇଛି କି ନାହିଁ, ତା ହାତରୁ ପାଣି ଖାଇ ଚାଲ ମାଥାନ ଉପରେ ଡଙ୍କ ଲଟେଇଥିବା କଖାରୁ ଗଛଟା ଫଳ ଦେବା ବନ୍ଦ କରିଦେଇଥିଲା। ଫୁଲ ଫୁଟୁଥିଲା ତ ଖାଲି ନିଷ୍ଫଳା। ଅସ୍ଥିରା। ଗୋଟା ଗୋଟା ହୋଇ ମରି ଆସୁଥିଲା ପତର। ଶୁଖି ଆସୁଥିଲା ମୂଳ। ସେଇ କଥାକୁ କେଇଦିନ ହେବ ନିଘେଇ ଦେଖୁଥିଲେ ରଘୁନାଥ। ଅଣଦେଖା ହୋଇ ଗଡି ଚାଲିଥିଲା ଦ୍ୱିପ୍ରହର। ପେଟରେ ତତଲା କରେଇ ପରି ସେଁ ସେଁ ହେଉଥିଲା ଭୋକ। 'କିଏ ପଚାରୁଛି ଖା' ନ ଖା' ! କ'ଣ ବା ଫରକ୍ ଆଉ ସେଠିରେ ପଡୁଛି ! ଘର ଭିତରେ ପୁତୁରା ବୋହୂ କବାଟ ଆଉଜେଇ ଶୋଇଯାଇଥିଲେ ନିରୁପଦ୍ରବ ନିଦରେ'।

କ୍ରମଶଃ ଆହୁରି ମଲିଚିଆ ପାଲଟୁଥିଲା ଅନ୍ଧାର। ଅସ୍ତିତ୍ୱ ହରାଉଥିଲା ଆଲୁଅ। ଯେଉଁଦିନ ହାତ କାଟି ଘରବାଡି ଆଦି ସବୁ ସ୍ଥାବରକୁ ରକ୍ତସଂପର୍କର ପୁତୁରାଟା ନାଁରେ କରିଦେଲେ, ସେହି ଦିନରୁ ତାଙ୍କ ଅଧା ଅସ୍ତମିତ ଭାଗ୍ୟକୁ ଆବୋରି ପକାଇଥିଲା

ଅନ୍ଧାର। କିଟ୍‌ମିଟ୍‌ ଅନ୍ଧାର। ଘନକଳା ଅନ୍ଧାର। କାଳ ବୈଶାଖୀର ଝଡ ପରି ହଠାତ୍‌ ସବୁ ଭାଙ୍ଗିରୁଜି ଇତଃସ୍ତତଃ କରିଦେଇଥିଲା। ଅଦିନ କୁଆରେ ଉଚ୍ଛନ୍ନ ହୋଇପଡୁଥିଲା ନଈର ଦୁଇ କୂଳ। ଶେଷକୁ ରାହାଟିଏ ପାଇଁ କୂଳ ଲଂଘିବାର ହିଁ ଥିଲା।

କେତେବେଳେ ବାରମାସି ଆସି ଅଗଣା ବାରଣ୍ଡାର ସୁଇଚ୍‌ ଟିପି ସାରିଥିଲା। ଆଖିର ପରଦାରେ ପତଳା ହଳଦିଆ ପରଲ ପରି ମିଞ୍ଜି ମିଞ୍ଜି ହୋଇ ଜଳୁଥିଲା ବଲ୍‌ବ। ଧାପେ ଧାପେ ହୋଇ ମନ ଭିତରେ ଛାଁକୁ ଛାଁ ଭୁକି ଯାଉଥିଲା ଅନୁଭୂତିର ଛୋଟ ବଡ ଖିଅ। ଖରା ଝାଉଁଳା ପତରରେ ମେଞ୍ଛାଏ ତତ୍‌କା ପାଣିର ଛାଟ। କୋଉଠୁ କେମିତି ସତେଜ ଟିକେ ଲାଗୁଥିଲା ଭିତରେ। 'ଆମ ପକ୍ଷକୁ କିଏ ?' ଏମିତି ଗହୀରିଆ କଥାଟା ପଡିଥିଲା ଲକ୍ଷ୍ମୀ ସାଙ୍ଗରେ। ଥରେ କି ଦି' ଚାରି ଥର ନୁହଁ, ଅସଂଖ୍ୟ ଥର ବୋଧେ ପଡିଥିବ ଏ ପ୍ରସଙ୍ଗଟା। ତା ଖାଲି ପଣତକାନିଟା ନିଃସନ୍ତାନର ଶୂନ୍ୟତାକୁ ଧରି ଏପାଖ ସେପାଖ ହେଉଥାଏ ଦିନ ଶେଷର ଧୀର ପବନରେ। ବେଶୀ ଅପ୍ରଗଲ୍‌ଭ ନ ହୋଇ ଲକ୍ଷ୍ମୀ ସେମିତି ବାଢିଦେଇଥାଏ ଉତ୍ତର, 'କେଇ ନ ରହିଲେ ନାହିଁ, କ'ଣ ଏମିତି ଭାସିଯାଉଛି କି ! କା' ସଂସାର ଅଟକିବ କି ଗଡିବ ସେ ଚିନ୍ତାଟା ତା'ର !' ଏତିକି କହୁ କହୁ ସଂଧାଦୀପ ସହ ଦୁଇ ବାହାକୁ ତୋଲି ଦେଇଥାଏ ଉପରକୁ। ସବୁଥର ଏହି ହାଲୁକା କେଇପଦ କଥାରେ ସହଜ କରିଦିଏ ସବୁକିଛି। ତା' ହାତ ଆଙ୍ଗୁଲି ଫାଙ୍କାରେ ଦିଶୁଥିବା ଦିକିଦିକି ସଞ୍ଜବତୀର ରହସ୍ୟ ପରି ଆଖିକୁ ଲାଗେ ସେହି ଉତ୍ତର।

ଅନ୍ଧାର ବିରାଜି ସାରିଥିଲା ଆକାଶରେ। ପୁଣି ସେହି ଅନ୍ଧାର ଅଗଣାରେ। କିଛି କୂଳ କିନାରା ଦିଶୁ ନଥିଲା ଆଖିକୁ। ଦୋହରେଇ ଦୋହରେଇ ଆଶଙ୍କାର ଅସଂଖ୍ୟ ଅସମାହିତ ପ୍ରଶ୍ନ ସବୁ ବିଜୁଲି ପାଲଟି ତୀକ୍ଷ୍ଣ ହତାଶାବୋଧରେ ଆକ୍ରାନ୍ତ କରୁଥିଲା ରଘୁନାଥଙ୍କ ମନ ଗହନକୁ। ବର୍ତ୍ତମାନକୁ ... ଆସୁଥିବା କାଲିକୁ ... ସବୁ ଯେମିତି ଠେଲି ହୋଇଯାଉଥିଲା ସେହି ଅନ୍ଧାରର ମଡକ ଭିତରେ।

ଏଇ ଚରମ ନିଛାଟିଆ ବେଳରେ ଆଜି କାଇଁ ପୁଣି ଥରେ ମନେ ପଡୁଥିଲା ଲକ୍ଷ୍ମୀ। ମନେ ପଡୁଥିଲା ତା'ର ସେହି ଅଭୟପ୍ରଦ ଉତ୍ତର। ବୁଝିବାକୁ ସିଧା ଆଉ ସଲଖ। ଅବିକଳ ସେପରି ବେପରୁଆ ଭାବରେ ସେ ଏଥର ଚାହିଁଲେ ଆକାଶ ଆଡକୁ। ଲକ୍ଷ୍ମୀର ହାତ ଆଙ୍ଗୁଲି ମଝିର ଦୀପଶିଖା ପରି ଦାଉ ଦାଉ ଜଳି ଉଠୁଥିଲା ଉପରେ କେଇଟା ତାରା। ମିଞ୍ଜି ମଞ୍ଜି ହୋଇ ଜମାଟ ବାନ୍ଧୁଥିଲେ ଅଗଣା ଉପରେ। ଆକାଶ ଦିଶୁଥିଲା ଟିକେ ଅଲଗା। ସାମନ୍ୟ ଆଶ୍ୱାସନାରେ ଭରା। କେମିତି ଟିକେ ଦମ୍ଭ ଲାଗୁଥିଲା ରଘୁନାଥଙ୍କୁ।

ପୂର୍ଣ୍ଣ ଓ ଶୂନ୍ୟ

ଷ୍ଟେସନର ଭିଡ଼ ଭିତରେ ହଠାତ୍‌ ପଛରୁ କାହାର ଡାକ ଶୁଣି ଅଟକିଗଲା ନଭେଶ। ରାଉରକେଲାକୁ ତା'ର ଆସିବା ଏଇଟା ପ୍ରଥମ ନହେଲେ ସୁଦ୍ଧା। ଅନେକ ବର୍ଷର ବ୍ୟବଧାନ ପରେ ଆସୁଥିଲା। ସୁତରାଂ, ଏଠି ସେପରି କେହି ଚିହ୍ନା ଜଣା ଥିବା ତା ପାଇଁ ଥିଲା ସଂପୂର୍ଣ୍ଣ ଅପ୍ରତ୍ୟାଶିତ। କୌତୁହଳବଶତଃ ସମାନ୍ୟ ପଛକୁ ବୁଲି ଦୁଇପଟକୁ ନଜର ବୁଲାଇଆଣିଲା। ଯାତ୍ରୀମାନଙ୍କ ଗହଳ ଚହଳ ଠାରୁ ଟିକିଏ ଦୂରରେ ଛିଡ଼ା ହୋଇଥିବା ମହିଳା ଜଣକ ଚିହ୍ନାପରିଚିତ ପରି ଜଣାପଡ଼ୁଥିଲେ। ଏଥର ଆଉ ଟିକେ ଭଲ କରି ରୁହିଁଲା ସେହି ମହିଳା ଜଣକ ଆଡ଼କୁ। ଅତି ସହଜରେ ତା'ର ମନେପଡ଼ିଲା। ଆଉ ଚିହ୍ନିବାକୁ ବାକି ନଥିଲା, ସେ ଥିଲା ସୌମ୍ୟା ସାମନ୍ତରାୟ।

ଯା' ଆସ କରୁଥିବା ଯାତ୍ରୀମାନଙ୍କର ଭିଡ଼ କାଟି ସେତେବେଳକୁ ସୌମ୍ୟା ପାଖକୁ ଆସିସାରିଥିଲା। ତା' ଆଡ଼ୁ କହିଲା, 'କ'ଣ ଚିହ୍ନିପାରିଲ ନା ନାହିଁ, ସେମିତି ବଲବଲ କରି ରୁହିଁଛ ଯେ.....?' 'ନାଇଁ......ଏତେ ବର୍ଷ ପରେ ଦେଖୁଛି ଯେତେବେଳେ.....!' ଉତ୍ତର ଦେଲା ନଭେଶ। ବହୁ ବର୍ଷର ବ୍ୟବଧାନ ପରେ ସେ ତାକୁ ଦେଖୁ ଥିଲା। ପ୍ରାୟ ଦଶବର୍ଷ ପାଖାପାଖି ହୋଇଯିବଣି। ଅପଲକ ନୟନରେ ସେ ରୁହିଁରହିଥିଲା ତାରି ଆଡ଼କୁ। ଦେଖୁଥିଲା ସେଇ ଆଖ, ସେଇ ନାକ, ସେଇ ଓଠ, ସେଇ ପରିଚିତ ମୁଖମଣ୍ଡଳକୁ। ଯାହା ଉପରେ ଖାଲି ବସିଯାଇଥିଲା ସମୟର ଧୂଳି। ସମାନ୍ୟ ବୟସ୍କ ଲାଗୁଥିଲେ ମଧ ତା ଚେହେରାର ଆକର୍ଷଣରେ କିଛି କମ୍‌ ଜଣାପଡ଼ୁ ନଥିଲା। ପରିପାଟୀରେ ବେଶ୍‌ ସମ୍ଭ୍ରାନ୍ତ ଓ ରୁଚିସଂପନ୍ନା ଲାଗୁଥିଲା ସେ। ଏକ ବିସ୍ମୟକର ମୁହୂର୍ତ୍ତ ପାଲଟି ଦୁହିଁଙ୍କ ଆଗରେ ଯେପରି ଉଭା ହୋଇଥିଲା ସମୟ। ଅନେକ ଦିନ ପରେ ସେମାନେ ଭେଟୁଥିଲେ ପରସ୍ପରକୁ, ତାହା ପୁଣି ପ୍ଲାଟ୍‌ଫର୍ମର ଏହି ବ୍ୟସ୍ତବହୁଲ କୋଲାହଲମୟ ପରିବେଶରେ।

କେଇ ମୁହୂର୍ତ୍ତର ନିରବତା ଭାଙ୍ଗି ନଭେଶ କହିଲା, 'ମୋର ରାଉରକେଲା ବଦଲି ହୋଇଛି । ଏଇ ସଙ୍ଗେ ସଙ୍ଗେ ଟ୍ରେନ୍‌ରୁ ଓହ୍ଲାଇ ମୁଁ ବାହାରିଥିଲି ବ୍ୟାଙ୍କ୍ ଅଭିମୁଖେ । ଭଲ ହେଲା, ତମ ସହିତ ଅଚାନକ ଏମିତି ଦେଖାହୋଇଗଲା । ତାହା ପୁଣି କେତେ ଗୁଡ଼ାଏ ବର୍ଷ ପରେ! ତମ ଖବର ତ ବିଲକୁଲ୍ ମୋ ପାଖରେ ନଥିଲା!' ଅନିସନ୍ଧିସୁ ଆଖିରେ ରହିଁରହିଲା ସୌମ୍ୟା ଆଡ଼କୁ । 'ମୋର ଜଣେ ବାନ୍ଧବୀଙ୍କୁ ନେବାକୁ ଆସିଥିଲି । ଏଇଠି ଅପେକ୍ଷା କରିଥିଲି ଟ୍ରେନ୍‌ର ଆସିବାକୁ । ମୋର ତମ ଉପରେ କେମିତି କ'ଣ ନଜର ପଡ଼ିଗଲା । ଏତେବର୍ଷ ପରେ ହେଲେ ବି ତମକୁ ଚିହ୍ନିବାରେ ବେଶୀ କିଛି ଅସୁବିଧା ନଥିଲା । ପୂରାପୂରି କାଲି ଯାହା ଥିଲ ଆଜି ସେଇଆ ଅଛ ତମେ ।' କହି ନଭେଶ ଆଡ଼କୁ ହସି ହସି ରହିଁଲା ସୌମ୍ୟା ।

ରେଲଷ୍ଟେସନର ହୋହାଲ୍ଲା ମଧରେ କିଛି ସମୟ ପାଇଁ ଆମୃବିସ୍ତ ହୋଇଯାଇଥିଲେ ଦୁହେଁ । ସେମାନଙ୍କ ଭିତରେ ଚେଇଁ ଉଠୁଥିଲା ଛାଡ଼ିଆସିଥିବା ସୁନ୍ଦର ଅତୀତର ରଙ୍ଗିନ ପ୍ରତିଛବି । ଦୁଇଟି ଭାବବିହ୍ୱଳ ହୃଦୟ ପରସ୍ପରର ସମ୍ମୁଖୀନ ହେଲେ ଯେପରି ଅବସ୍ଥା ହୁଏ ସେପରି ଅବସ୍ଥା ଥିଲା ସେମାନଙ୍କର । ଏକ ସମୟରେ ଅନେକ କଥା ପରୁରିବସିବାକୁ ପୁଣି ଶୁଣିବାକୁ ଇଚ୍ଛା ଥିଲା ଦୁଇପଟରୁ । ସୌମ୍ୟା ପୁଣି ଆରମ୍ଭ କଲା, 'ତମେ ରୁଲ ମୋ ସହିତ ଆମ ଘରକୁ । ସେଇଠି ରୁ'ପିଲ ବହୁତ କଥା ହେବା ।' ସେହି ପ୍ରସ୍ତାବରେ ଟିକେ ଅପ୍ରସ୍ତୁତ ଜଣାପଡ଼ିଲା ନଭେଶ । କହିଲା, 'ମୋର ଆଜି ବ୍ୟାଙ୍କରେ ଜଏନିଙ୍ ଅଛି । ରୁ' ପ୍ରୋଗ୍ରାମ୍‌ଟା ଅନ୍ୟ କେଉଁଦିନକୁ ଥାଉ । ତମ ଠିକଣାଟା ମୋତେ ଦେଇଥାଅ । ମୁଁ କୌଣସି ରବିବାର ଦେଖି ନିଶ୍ଚୟ ଯାଇ ପହଞ୍ଚିବି ।' ଭ୍ୟାନିଟିରୁ ଖଣ୍ଡିଏ ଭିଜିଟିଙ୍ କାର୍ଡ କାଢ଼ି ସୌମ୍ୟା ବଢ଼ାଇଦେଲା ନଭେଶ ଆଡ଼କୁ । ବିଦାୟ ଜଣାଇ ନଭେଶ ରୁଲିଆସିଥିଲା ଷ୍ଟେସନ ବାହାରକୁ ।

ଅଟୋରିକ୍‌ସାରେ ବସି ନିଜର ଗନ୍ତବ୍ୟ ସ୍ଥଳ ବିଷୟରେ ସ୍ତରୁଇସାରିଥିଲା ରୁଲକଙ୍କୁ । ହାତରେ ଧରିଥିବା ଭିଜିଟିଙ୍ କାର୍ଡ ଉପରେ ଥରେ ଆଖି ବୁଲାଇ ଆଣିଲା । ପଢ଼ି ଉଲ୍ଲସିତ ହୋଇଉଠିଲା । ଲେଖା ଥିଲା, ସୌମ୍ୟା ସାମନ୍ତରାୟ, ତଳକୁ ପ୍ରେସିଡେଣ୍ଟ-ରାଉରକେଲା ଲେଡିଜ୍ କ୍ଲବ୍, ତଳକୁ ମାର୍ଫତ୍-ମହେଶ ଅଗ୍ରୱାଲ, ଇଣ୍ଡଷ୍ଟ୍ରିଆଲିଷ୍ଟ, ତା ତଳକୁ ଘର ଠିକଣା । କାର୍ଡର ଆରପଟ ଉପରମୁଣ୍ଡରେ ଦୁଇଟି ମୋବାଇଲ ନମ୍ବର । ଖୁସି ଲାଗୁଥିଲା ଦେଖି ସୌମ୍ୟା ନିଜକୁ ଯଥେଷ୍ଟ ସକ୍ରିୟ ରଖିପାରିଛି । ଲେଡିଜ୍ କ୍ଲବର ପ୍ରେସିଡେଣ୍ଟ ହୋଇପାରିଛି । ହେଲେ ତା' ପାଇଁ ସବୁଠାରୁ ଚମକପ୍ରଦ ଥିଲା ସେହି ଭିଜିଟିଙ୍ କାର୍ଡରେ ଉଲ୍ଲେଖ ଥିବା ମହେଶ ଅଗ୍ରୱାଲ, ଇଣ୍ଡଷ୍ଟ୍ରିଆଲିଷ୍ଟ ଧାତିଟି । ଯାହା

ଛାଡ଼ି ଆସିଥିବା ଅନେକବର୍ଷ ତଳର ଏକ ଘଟଣାକୁ ମନେ ପକାଇଦେଉଥିଲା। ଘଟଣା ତ ନୁହେଁ, ତା ପାଇଁ ଥିଲା ଏକ ଅଭୁଲା ସ୍ମୃତି।

ସେଦିନ ଥିଲା ଜ୍ୟେଷ୍ଠ ମାସର ଏକ ଉତ୍ତପ୍ତ ଅପରାହ୍ନ। ପି.ଜି ଶେଷ ବର୍ଷର ପରୀକ୍ଷା ସରିଥାଏ। ରେଜଲଟ୍ ବାହାରିବାକୁ ଥାଏ ଅପେକ୍ଷା। ଗରମ ଲାଗୁଥିବାରୁ ପବନ ଟିକେ ବାଜିବା ଆଶାରେ ନିଜ କୋଠରିର ଝରକା ଓ କବାଟତକ ମୁକୁଲା କରି ବସିରହିଥିଲା ସେ। ଗରମରୁ ବର୍ତ୍ତିବା ପାଇଁ ଆଉ କିଛି ଉପାୟ ନଥିଲା ତା'ର ସେହି ଛୋଟ ଭଡ଼ା ଘରେ। ଏହି ସମୟରେ ଦେଖିଲା କିଛି ଦୂରରେ ଏକ ହୁଡ୍‌ଖୋଲା ରିକ୍ସାରୁ ଓହ୍ଲାଇ ପାଖ ଲୋକଙ୍କ ଠାରୁ କାହାର ଠିକଣା ପଚାରି ବୁଝୁଥିଲା ଝିଅଟିଏ। କିଛି ସମୟ ପରେ ସେହି ରିକ୍ସାଟି ଆସି ତାରି ଘରର ଗେଟ୍ ସାମନାରେ ଅଟକିଲା। ତାକୁ ଆଶ୍ଚର୍ଯ୍ୟ କଲାପରି ସେଥିରୁ ଓହ୍ଲାଇ ପଡ଼ିଥିଲା ସୌମ୍ୟା ସାମନ୍ତରାୟ। ତା' ପି.ଜି କ୍ଲାସର ସହପାଠିନୀ।

ବିସ୍ମିତ ଓ ଆଗ୍ରହର ସହିତ ସେ ତାକୁ ପାଛୋଟି ଆଣିବାକୁ ଉଠିଯାଇଥିଲା। ଗେଟ୍ ପାଖକୁ। ସୌମ୍ୟା ସେଦିନ ଦିଶୁଥିଲା ବିକ୍ଷୁବ୍ଧ ଆଉ ବିଚଳିତ। ଏପରି ସେ କେବେ ତାକୁ ଆଗରୁ ଦେଖି ନ ଥିଲା। ଅନ୍ତତଃ ଏହି ଦୁଇ ବର୍ଷର ପାଠପଢ଼ା ଭିତରେ। ତାଙ୍କ କ୍ଲାସର ହାତଗଣତି ରୂପସୀ ଝିଅମାନଙ୍କ ଭିତରେ ସେ ଥିଲା ଅନ୍ୟତମା। ସ୍ୱଭାବରେ କଥାକୁହା ଆଉ ହସଖୁସି ମିଜାଜର ଝିଅ ପାଠପଢ଼ାରେ ଆଗୁଆ ତା ସହିତ ଭଲ ବକ୍ତୃତା ବି ଦେଇପାରେ। ବିଶ୍ୱବିଦ୍ୟାଳୟରେ ଯେତେ ବକ୍ତୃତା ପ୍ରତିଯୋଗିତା ହୁଏ ସବୁଥିରେ ଭାଗ ନେଇ ପୁରସ୍କାର ଜିତେ। ଦେଖିବାକୁ ଗଲେ ପାଠ ଓ ସାଠ ଯୋଡ଼ାଏ ଜିନିଷରେ ତା'ର ଭଲ। କ୍ଲାସ୍ ବାହାରେ ସାଙ୍ଗମାନଙ୍କ ସହିତ ନାନାଦି ବିଷୟରେ ଆଲୋଚନା କରେ। ଏସବୁ ଭିତରେ ତା'ର ସବୁଠାରୁ ଅଧିକ ଦକ୍ଷତା ଥାଏ ଚିତ୍ରକଳା ସମୀକ୍ଷା କରିବାରେ। ଆଧୁନିକ ଚିତ୍ର ସବୁରେ ଥିବା ରଙ୍ଗ ଓ ବିଷୟ ବିନ୍ୟାସର ପ୍ରତୀକାତ୍ମକ ପରିଭାଷାକୁ ସେ ଖୁବ୍ ସୁନ୍ଦର ଭାବରେ ବ୍ୟାଖ୍ୟା କରିପାରେ। ବିଶେଷ କରି ତା ଦ୍ୱାରା ଅଙ୍କିତ ସବୁ ସ୍କେଚ୍, ଲ୍ୟାଣ୍ଡସ୍କେପ୍ କିମ୍ୱା ପୋଟ୍ରେଟ୍ ପେଣ୍ଟିଙ୍ଗ୍ ଗୁଡ଼ିକୁ ଖୁବ୍ ପ୍ରଶଂସା କରିଥାଏ ସୌମ୍ୟା। ଏକ ଭଲ କ୍ରିଟିକ୍ ପରି ନିଜର ମତାମତ ରଖିଥାଏ। ସେହି ଦୃଷ୍ଟିରୁ ସୌମ୍ୟା ସହିତ ତା'ର ବନ୍ଧୁତ୍ୱ ଯଥେଷ୍ଟ ଆନ୍ତରିକତା ପୂର୍ଣ୍ଣ ଥିଲା।

ତା ପଛେ ପଛେ ଅଧୈର୍ଯ୍ୟ ହୋଇ ରୁମ୍ ଭିତରକୁ ପଶି ଆସିଥିଲା ସୌମ୍ୟା। ସାମାନ୍ୟ କାଳ ବିଳମ୍ବ ନ କରି କହିଲା, 'ଅନେକ ଆଶା ନେଇ ତମ ପାଖକୁ ଆସିଛି ନବେଶ! ମୋ ପାଇଁ କାମଟିଏ କରିଦେବ ପ୍ଲିଜ୍।' କିଛି ବୁଝି ନ ପାରି କେବଳ ଅବୁଝା ଆଖିରେ ଚାହିଁ ରହିଥିଲା ସେ। ତାପରେ ସୌମ୍ୟା ଆରମ୍ଭ କଲା, 'ମୋ

ଜୀବନର ଆଜି ଚରମ ବିପର୍ଯ୍ୟୟର ଦିନ । ମୋର ସବୁକିଛି ଆଶା ଆଜି ତାସ୍‌ର ଘର ପରି ଧୂଳିସାତ୍‌ ହୋଇଯାଇଛି । ପାଣି ଫୋଟକା ପରି କୁଆଡେ ମିଳାଇଯାଇଛି ସବୁଟକ ସ୍ୱପ୍ନ । ଯୋଉଠି ଭରସା କରିଥିଲି ସେଇଠି ଶେଷରେ ମିଳିଲା ଧୋକା ! ମୋତେ ସେ ପ୍ରତାରଣା କରିଛି, ହଁ ନଚିକେତା ମୋ ସବୁ ବିଶ୍ୱାସକୁ ଭାଙ୍ଗିଦେଇଛି !' କହି କଇଁ କଇଁ କଣ୍ଠରେ କାନ୍ଦି ଉଠିଲା ସୋମ୍ୟା । ଢେର ସମୟ ଅନୁରୋଧ କଲାପରେ ଯାଇ ସେ ଚୁପ୍ ରହିଥିଲା ।

କିଛି ସମୟ ଧରି ଦୁଇ ଜଣଙ୍କ ମଝିରେ ଛିଡା ହୋଇ ରହିଥିଲା ଏକ ଅବର୍ଣ୍ଣନୀୟ ନିରବତା । ଋରିପଟେ ବିରାଜମାନ ଅପରାହ୍ନରେ ସେହି ନିରବ ଉଷ୍ମତା ଭରି ହୋଇଯାଇଥିଲା । ନିଜର ଭାବାବେଗକୁ ସମ୍ଭାଳି ସୋମ୍ୟା ପୁଣି କହିଲା, 'ମୁଁ ଋହୁଁଛି ସେହି ପ୍ରତାରକକୁ ତା'ର ବାହାଘରରେ ଏକ ମନେରଖିଲା ଭଳି ପେଣ୍ଟିଂ ଉପହାର ଦେବି । ଯେଉଁ ପେଣ୍ଟିଂରେ ଥିବ ପ୍ରେମ ଆଉ ପ୍ରତ୍ୟାଖାନର, ପ୍ରାପ୍ତି ଓ ନୈରାଶ୍ୟର ଫେଣ୍ଟାଫେଣ୍ଟି ମିଶ୍ରିତ ଛବି । ଯାହା ଏକ ସମୟରେ ମନେ ପକାଇ ଦେଉଥିବ ପୂର୍ଣ୍ଣତା କ'ଣ ଓ ପୁଣି ଶୂନ୍ୟତା କ'ଣ ? ଯାହାକୁ କେବଳ ତୁମେ ହଁ କରିପାରିବ ନଢେଶ ।' ଏତକ କହି ଅପଲକ ନୟନରେ ଖୁବ୍ ଆଶାପୂର୍ଣ୍ଣ ଭାବରେ ଋହିଁ ରହିଲା ତା' ଆଡକୁ । କେବଳ ସମବେଦନାର ପ୍ରତିସ୍ୱର ଆଶା କରୁନଥିଲା ବରଂ ଏଥିନେଇ ଏକ ଉତ୍ତରଦାୟିତ୍ୱ ବି ଋହୁଁଥିଲା ତା'ଠାରୁ ।

ଅଳ୍ପ ସମୟ ପାଇଁ ଗୋଟିଏ ଜଟିଳ ଗଣିତ ପରି ଲାଗୁଥିଲା ସୋମ୍ୟାର କଥାବାର୍ତ୍ତା । ସେ ଯେ ପ୍ରେମରେ ବିଫଳ ହୋଇଛି ଏବଂ ତାର ପ୍ରେମିକ ତାକୁ ପ୍ରତ୍ୟାଖ୍ୟାନ କରି ଆଉ ଜଣକୁ ଯେ ବାହା ହେବାକୁ ଯାଉଛି, ଏକଥା ବୁଝିବାକୁ ଆଉ ବାକି ନ ଥିଲା । ମନେ ପକାଇଲା, କେଉଁଠି ପଢିଥିଲା ପ୍ରେମର ବିଫଳତା ମଣିଷକୁ ଦାର୍ଶନିକ କରିଦିଏ । ତା' ସମ୍ମୁଖରେ ବିଫଳ ମନୋରଥରେ ଅଧୀର ହୋଇ ଛିଡା ହୋଇଥିବା ଝିଅଟି ଯେ ସେହିଭଳି ଭାଙ୍ଗିପଡି ଦାର୍ଶନିକ ହେବାକୁ ବସିଛି ଏଥରେ ସେ ନିଶ୍ଚିତ ହେବାକୁ ଯାଉଥିଲା । ସୋମ୍ୟା ଯେହେତୁ ତା'ର ଜଣେ ଭଲ ସାଙ୍ଗ ଏଥିପାଇଁ ଯେ କେବଳ ତା ସହିତ ଏକା କ୍ଲାସରେ ପଢେ ବୋଲି ନୁହେଁ, ଅଧିକନ୍ତୁ କ୍ଲାସ ବାହାରେ କଳାମ୍ନକ ବିଷୟରେ ହେଉ କି ଆଉ ସେମିତି କିଛି ବିଷୟରେ ହେଉ ଘନିଷ୍ଟ ସମ୍ପର୍କ ଥିଲା । ସବୁବେଳେ ତାକୁ ଆଗରୁ ଖୁସି ଓ ସତେଜ ଦେଖିଆସିଛି । ଏଣୁ ତେଣୁ ଅନେକ ବିଷୟରେ କଥା ହୋଇଛି । ହେଲେ, କେବେ ତାକୁ ସେ ତା'ର ବ୍ୟକ୍ତିଗତ ପ୍ରେମ ସମ୍ପର୍କରେ ଜଣାଇ ନଥିଲା । ଯଦିଓ ଏକଥା ମନକୁ ଆସିଛି ତାହା ବନ୍ଧୁତାର ସୀମା ଲଙ୍ଘନ କରିବ ଭାବି କେବେ ଖୋଲି ପରଢିବାର ସାହାସ କରିନଥିଲା ।

ସୋମ୍ୟାକୁ ଏପରି ବ୍ୟତିବ୍ୟସ୍ତ ଓ କରୁଣ ଅବସ୍ଥାରେ ଦେଖି ସହିପାରୁନଥିଲା। ସେ ବୁଝିବାକୁ ଚେଷ୍ଟା କଲା ତା'ର ଏହି ବେଦନାର ଗଭୀରତାକୁ। ସାଙ୍ଗ ହିସାବରେ ସମବେଦନା ଜଣାଇବାକୁ ଚାହୁଁ ଥିଲା ତା ଦୁଃଖରେ। ସେଥିପାଇଁ ନିଜ ଆଡୁ କ୍ଷୋଭ ପ୍ରକାଶ କରି କହିଲା, 'ତମ ପରି ଝିଅ ସହିତ ଯିଏ ପ୍ରତାରଣା କରିଛି, ସେ କେବେହେଲେ ଠିକ୍ କରି ନାହିଁ। ଏଥିପାଇଁ ସେ ନିଶ୍ଚୟ ଭବିଷ୍ୟତରେ ପଶ୍ଚାତାପ କରିବ। ଈଶ୍ବର ତାକୁ କେବେ ହେଲେ କ୍ଷମା କରିବେ ନାହିଁ। ଯିଏ ତମ ପରି ଝିଅର କୋମଳ ହୃଦୟ ସହ ଖେଳିଛି, ବିଶ୍ବାସଘାତକତା କରିଛି?' ସେ ଅସ୍ଥିର ହୋଇପଡୁଥିଲା ତା'ର ଏହି ଅବସ୍ଥା ଦେଖି। ନିଜଆଡୁ ସବୁମତେ କିପରି ସାନ୍ତ୍ବନା ଦେଇ ତା' ଦୁଃଖରେ ସମଦୁଃଖୀ ହେବ ତାହା ଥିଲା ତା'ର ପ୍ରୟାସ।

ଆଶ୍ବାସନା ଦେଇ କହିଲା, 'ତମେ ଯେପରି ପେଣ୍ଟିଂ ଚାହୁଁଛ, ସେହିପରି ପେଣ୍ଟିଂ ମୁଁ ତିଆରି କରିବାକୁ ଚେଷ୍ଟା କରିବି। ହେଲେ ପ୍ରଥମେ ନିଜକୁ ଟିକେ ସମ୍ଭାଲି ନିଅ। ମୁଁ ଅନୁଭବ କରିପାରୁଛି, ତମ ଭିତରେ ଘଟି ଚାଲିଥିବା ଦାରୁଣ ଯନ୍ତ୍ରଣାର ମର୍ମଦାହକୁ। ତମେ ନିଜ ତ ପୂର୍ଣ୍ଣତାକୁ ହରାଇ ଶୂନ୍ୟତାରେ ଆସି ପହଁଛ! ଘନ ସବୁଜିମାରୁ ଉଡ୍ଡୀନ ମରୀଚିକାରେ ଅବତରଣ କରିଛି! ରଙ୍ଗତୂଳୀରେ ତା'ର ଗଭୀରତାକୁ ମୁଁ କେତେ ଦୂର ପ୍ରତିବିମ୍ବିତ କରିପାରିବି ତାହା ତ ଏକ ଭିନ୍ନକଥା, ତଥାପି ମୁଁ ଚେଷ୍ଟା କରିବି।' ତା ସ୍ବରରେ ଭରି ରହିଥିଲା ଆମ୍ପ୍ରତ୍ୟୟ।

ଏମିତି ଚିତ୍ରକଳାରେ କୌଣସି ପେଶାଦାର ଶିକ୍ଷାଗତ ତାଲିମ ନଥିଲା ନବେଶର। ପିଲାଟି ଦିନରୁ ଅଭ୍ୟାସ କରି କରି ଯାହା ଶିଖି ଆସିଛି। ପରେ ପାଠପଢା ସହିତ ଏ ଦିଗରେ ବିଶେଷ ରୁଚି ତାର ଦକ୍ଷତାକୁ ବଢାଇଦେଇଥିଲା। ସାଙ୍ଗସାଥୀ ମହଲରେ ସ୍ବତନ୍ତ୍ର ପରିଚୟଟିଏ ତିଆରି କରି ପାରିଥିଲା ନିଜ ପାଇଁ। ବହିପଢା କିମ୍ବା ନୋଟ୍ ଖାତା ଲେଖାରୁ ଫୁରସତ୍ ମିଲିଲେ ସେ ଛବି ତିଆରି କରିବାରେ ହଜିଯାଏ। ଖୁବ୍ ମଜା ପାଇଥାଏ ସେଥରୁ। ଯୋଉଥି ପାଇଁ ଅନ୍ୟମାନେ ତାକୁ 'ଭାବୁକ ଚିତ୍ରକର' ବୋଲି ଡାକନ୍ତି। ଏହି ଉପାଧିଟା ମିଲିଥିଲା ତାକୁ ୟୁନିଭରସିଟି ସହପାଠୀମାନଙ୍କ ପାଖରୁ। କ୍ୟାମ୍ପସରେ ଏକାଧିକ ଥର ଏକକ ଚିତ୍ରକଳା ପ୍ରଦର୍ଶନୀ କରିଛି। ୱାଲ୍ ମ୍ୟାଗାଜିନ୍‌ରେ ଚିତ୍ର ଆଙ୍କିଛି। ସାଙ୍ଗସାଥୀଙ୍କୁ ବସାଇ ସ୍କେଚ୍ ଆଙ୍କିଛି। ଶିକ୍ଷକମାନଙ୍କର ପୋଟ୍ରେଟ୍ ଆଙ୍କିଛି। ନିଜର ପି.ଜି ପାଠକୁ ଛାଡି ଏପରି ସଂପୃକ୍ତି ଓ ଅଭିଜ୍ଞତା ରହିଥିଲା ତା'ର ଚିତ୍ରକାରିତାରେ। ସେହି ଆମ୍ବିଶ୍ବାସରେ ସୋମ୍ୟାର ଅନୁରୋଧକୁ ଏଡାଇ ନପାରି ପେଣ୍ଟିଂଟି କରିବା ପାଇଁ ହଁ ଭରି ଦେଇଥିଲା।

'ଆଛା, ପେଣ୍ଟିଂଟି ତମେ କେମିତି ହେବାକୁ ଚାହୁଁଛ?' ମାନେ କ'ଣ ସବୁ

ସବ୍‌ଜେକ୍‌ସ୍‌ର ସିମ୍‌ଲସ୍‌କୁ ନେଇ ତିଆରି କରିବାକୁ ରଖୁଛ ?' କିଛି ସମୟ ଚିନ୍ତା କରି ସେ ପରଛି ବସିଲା। ସ୍ଥିର ମୂର୍ତ୍ତିଟେ ପରି ଖଟ ଉପରେ ବସିଥିଲା ସୌମ୍ୟା। ଲୁହଭରା ଆଖିରେ ରୁହିଁ ରହିଥିଲା ଫର୍କ। ସେପଟ କ୍ଲାନ୍ତ ଉଦ୍‌ଭାର୍ଷ ଅପରାହ୍ନର ମଳିନ ଆକାଶ ଆଡ଼କୁ। ସେପରି ସେୟାଡ଼କୁ ରୁହିଁରହି କହିଲା, 'ସେଥିରେ ପୂର୍ଣ୍ଣିମାର ଗୋଲ ଅକ୍ଷତ ସୁନା ରଙ୍ଗର ଜହ୍ନଟିଏ ରହିଥିବ ଯାହା ପୂର୍ଣ୍ଣତାକୁ ସୂଚାଉଥିବ। ତଳେ ପାହାଡ଼ଟିଏ ଥିବ। ଯାହାର ଶିଖର ଜହ୍ନ ନିକଟଯାଏଁ ହୋଇଥିବ। ଆଉ ସେହି ଶିଖର ଦେଶରୁ ବିଭିନ୍ନ ମଣିଷ ଆକୃତିର ଖଣ୍ଡ ଖଣ୍ଡ ପଥର ସବୁ ତଳକୁ ଖସିପଡ଼ୁଥିବେ। ଆକାଶର ଏକ ଅନ୍ଧକାର କୋଣରେ ଗୋଟିଏ ନାରୀର ଦୁଇଟି ଆଖି ସଦୃଶ ଦୁଇଖଣ୍ଡ ଟୁକୁରା ବାଦଲ ଭାସିଯାଉଥିବ। ଯେଉଁଥିରୁ ଦୁଇବୁଦା ହୋଇ ଓହଲିଆସିଥିବ ବର୍ଷାରୂପକ ଲୁହ। ପୂର୍ଣ୍ଣିମାର ପୂର୍ଣ୍ଣତା ଦିନେ ଭଗ୍ନ ପାହାଡ଼ ଶିଖରର ପଥରଖଣ୍ଡ ପରି ହଜିଯିବ ଅମାବାସ୍ୟାର ଅନ୍ଧକାର ଭିତରେ। ମୁଁ ଭାବୁଛି ଏଇଟା ଠିକ୍‌ ହେବ ନଚିକେତାକୁ ଚେତାଇ ଦେବା ପାଇଁ।' ଦୀର୍ଘନିଶ୍ବାସଟେ ଛାଡ଼ି ଚୁପ୍‌ ହୋଇ ବସିରହିଲା ସୌମ୍ୟା।

ତା କଥା ଶୁଣି ଟିକେ ଗମ୍ଭୀର ହୋଇଉଠିଲା ସେ। କେଇ ମୁହୂର୍ତ୍ତ ସେଇ ଭାବନାରେ ନିମଗ୍ନ ରହି ହଠାତ୍‌ କିଛି ଗୋଟେ ମୁଣ୍ଡକୁ ଆସିଗଲା ପରି କହିପକାଇଲା, 'ତାହେଲେ ସେହି ଚିତ୍ରର ନାମ 'ପୂର୍ଣ୍ଣ ଓ ଶୂନ୍ୟ' ବୋଲି ରଖାଯାଉ। କ'ଣ କହୁଛ..... ? ଏହି ଟାଇଟେଲ ତମକୁ ଠିକ୍‌ ଲାଗୁଛି ତ.... ?' ପରଛି ରହିଲା ତା ଆଡ଼କୁ। ସୌମ୍ୟାର ସଫେଦ୍‌ ମୁହଁଟା ଆହୁରି ଝାଉଁଳା ଦିଶୁଥିଲା ଶେଷ ଅପରାହ୍ନର ଆଲୋକରେ। ଏତେ ସିରିୟସ୍‌ ହେବାର ତାକୁ ସେ କେବେ ଆଗରୁ ଦେଖି ନଥିଲା। ତା ଚେହେରା ଦିଶୁଥିଲା ବିଲ୍‌କୁଲ୍‌ ମେଘଗ୍ରସ୍ତ ଆକାଶ ପରି ଅନ୍ଧାରିଆ। ପରିବେଶକୁ ଟିକେ ହାଲ୍‌କା କରିବାକୁ ଯାଇ ସେ କହିଲା, 'ଏବେ ସେହି ପୂର୍ଣ୍ଣତା ଓ ଶୂନ୍ୟତାକୁ ଟିକେ ବିରାମ ଦିଅ। ଆଗେ କହିଲ, ତମର ସେହି ନଚିକେତା ନାମଧାରୀ ପ୍ରତାରକ ପ୍ରେମିକ କରନ୍ତି କ'ଣ ?' 'ସେ ଜଣେ ଇଣ୍ଡଷ୍ଟ୍ରିଆଲିଷ୍ଟ।' ତତ୍‌କ୍ଷଣାତ ଉତ୍ତର ଦେଲା ସୌମ୍ୟା। ପୁଣି କହିଲା 'ସେଇଥିପାଇଁ ସେ ମୋତେ ବାହାହେବାକୁ ମନା କଲା। ସ୍ଟାଟସ୍‌ରେ ମୁଁ ତା'ର ସମକକ୍ଷ ନୁହେଁ। ମୁଁ ଜଣେ ୟୁନିଭରସିଟି କିରାଣିର ଝିଅ। ଆଉ ସେ....।'

ଏଇ କାଲି ପରି ଲାଗୁଥିଲା ନଭେଶକୁ ସେହି ବର୍ଷପୁରୁଣା ଘଟଣା। ତେବେ ଯାହା ହେଉ ସେ ଭାରି ଆନନ୍ଦିତ ହୋଇଥିଲା ସୌମ୍ୟାକୁ ଏକ ସଫଳ ଓ ସମ୍ଭ୍ରାନ୍ତ ଜୀବନ ଜୀଉଁଥିବାର ଦେଖି। ତା ପାଇଁ ସବୁଠାରୁ ଅଧିକ ଚମକପ୍ରଦ ପୁଲକ ଥିଲା ଯେ ସୌମ୍ୟାର ସ୍ୱାମୀ ଜଣେ ଇଣ୍ଡଷ୍ଟ୍ରିଆଲିଷ୍ଟ। ଯେଉଁ ମାପକାଠିରେ ଦିନେ ସେ ପ୍ରେମରେ ପ୍ରବଞ୍ଚନା ପାଇଥିଲା, ଆଜି ସେହି ମାପକାଠି ତା'ର ପରିଚୟ। ଅର୍ଥାତ୍‌ ଜଣେ କିରାଣିର

ଝିଅ ବୋଲି ସେଦିନ ସୋମ୍ୟାକୁ ତା'ର ଶିକ୍ଷକପତି ପ୍ରେମିକ ବିବାହ ପାଇଁ ଯୋଗ୍ୟ ମନେ କରି ନଥିଲା । ଏବେ ସେହି ଝିଅର ସ୍ୱାମୀ ଜଣେ ଶିକ୍ଷକପତି । ମନେ ମନେ ତା'ର ଭାଗ୍ୟକୁ ପ୍ରଶଂସା ନକରି ରହିପାରି ନଥିଲା । 'ଯାହା ହେଉ, ଭଗବାନ ତାକୁ ବହୁତ ଭଲରେ ରଖିଛନ୍ତି ।'ଏକ ପ୍ରକାର ଆଶ୍ୱସ୍ତ ହେବା ପରି ଈଶ୍ୱରଙ୍କୁ ଧନ୍ୟବାଦ ଜଣାଇଥିଲା ସେ । କାରଣ ଅନେକ ଗୁଡିଏ ବର୍ଷପରେ ଭେଟୁଥିଲା ତାକୁ । ଯାହା ମନେ ପଡୁଥିଲା ଯେଉଁଦିନ ସେ ଆସି ତା'ଠାରୁ ପେଣ୍ଟିଂଟି ନେଇ ଯାଇଥିଲା, ସେବେଠୁ କାହା ସହିତ କାହାର ଦେଖାସାକ୍ଷାତ ନଥିଲା ।

ବ୍ୟାଙ୍କରେ ରୁକିରି କଲା ପରେ ପେଣ୍ଟିଂ ଅଭ୍ୟାସଟା ପୁରା କମି ଯାଇଥିଲା ନଭେଶ୍ୱର । ଖୁବ୍ କମ୍ ସମୟ ପାଉଥିଲା ସେଥିପାଇଁ । ତଥାପି ମଝିରେ ମଝିରେ ଛୁଟିଦିନ ଅବା ରବିବାରଟିଏ ପଡିଲେ ତା'ର ରଙ୍ଗତୁଳୀ କଥା ମନେ ପଡେ । ତାହା ପୁଣି ପାରିବାରିକ ଜଞ୍ଜାଳରୁ ଯଦି ଫୁରସତ୍ ମିଳିଲେ । ଆଗରୁ ସେ ବିଭିନ୍ନ ଚିତ୍ର ପ୍ରଦର୍ଶନୀରେ ଭାଗ ନେଉଥିଲା । ନିଜର ନୂତନ କଳାକୃତିକୁ ସେଠରେ ସ୍ଥାନ ଦେଇ ଦର୍ଶକମାନଙ୍କର ପ୍ରଶଂସା ପାଉଥିଲା । ମଝିରେ ମଝିରେ ନିଜ ଚିତ୍ରକଳାର ଏକକ ପ୍ରଦର୍ଶନୀର ଆୟୋଜନ କରି କଳାସମୀକ୍ଷକ ମାନଙ୍କ ଦୃଷ୍ଟି ମଧ୍ୟ ଆକର୍ଷଣ କରୁଥିଲା । ଏହି ବ୍ୟାଙ୍କ୍‌ରୁକିରି, ତା ପଛକୁ ବାହାଘର ଓ ପିଲାସଂସାର ପରେ ପେଣ୍ଟିଂରେ ଆଉ ପୂର୍ବ ପରି ମନୋନିବେଶ କରିବା ସମ୍ଭବପର ନଥିଲା ।

ଆଜି ରବିବାର ଥିଲା । ଫୁରସତ୍ ମିଳିଥିଲା ଟିକେ ନିତିଦିନର କାର୍ଯ୍ୟ ଦିବସରୁ । ରାଉରକେଲାକୁ ବଦଳି ହୋଇ ଆସିବାପରଠାରୁ ନିଜର ପରିବାରକୁ ଆଣିପାରିନଥିଲା ସାଙ୍ଗରେ । ସେଥିପାଇଁ ଭଲ ଭଡାଘର ଖଣ୍ଡେ ଯୋଗାଡ କରିପାରି ନଥିଲା ଏ ଯାଏଁ । ନୂଆ ଜାଗାରେ ଏସବୁ ସଙ୍ଗେ ସଙ୍ଗେ ଠିକ୍ ଠାକ୍ କରିବା ସହଜ କଥା ନୁହେଁ । ଚିହ୍ନାଜଣା ଲୋକ କିଏ ମିଳିଲେ ଏସବୁ ବୁଝାବୁଝି କରିବାରେ ଟିକେ ସୁବିଧା ହୋଇଥାଏ । ତା'ର ମନେପଡିଗଲା ସୋମ୍ୟାର କଥା । ଏଠିକି ଆସିବା ପରଠାରୁ ତା ସହିତ ଆଉ ଦେଖାରୁହାଁ ହୋଇ ନଥିଲା । ଭାବିଲା, ଏହି ବାବଦରେ ସେ ନିଶ୍ଚୟ କିଛି ସାହାଯ୍ୟ କରିପାରିବ । ତା ଛଡା ଦେଖାହେବା ସହିତ ଭଲ କରି ଟିକେ କଥାବାର୍ତ୍ତା ହୋଇପାରିବ । ସେଦିନ ବ୍ୟାଙ୍କରେ ଜଏନିଙ୍ଗ୍ ଥିଲା ବୋଲି ତରତର ହୋଇ ରୁଲି ଆସିଥିଲା । ଦି' ରୁରିପଦ କଥା ସୁଦ୍ଧା ହୋଇପାରିଲା ନଥିଲା ତା ସହିତ ।

ଭିଜିଟିଙ୍ଗ୍ କାର୍ଡ ଉପରେ ଆଖି ଘୁରାଇ ସୋମ୍ୟାର ଘର ଖୋଜି ପାଇବାକୁ ବିଶେଷ କିଛି ଅସୁବିଧା ହେଲା ନାହିଁ । ଭବ୍ୟ ଅଟ୍ଟାଳିକା ସଦୃଶ ଘର । ସାମ୍ନା ଗେଟ୍‌ରେ ସିକ୍ୟୁରିଟି ଗାର୍ଡ । ନାଁ କହିବାରୁ ଫୋନ୍‌ରେ ବୁଝି ଭିତରକୁ ଯିବା ପାଇଁ ଛାଡିଲା ।

ଖୋଲା ଥିବା ଘରର ମୁଖ୍ୟ ଦୁଆର ମୁହଁ ପାଖରେ ପହଞ୍ଚିଛି କି ନାହିଁ ସେପଟୁ, 'ଆସନ୍ତୁ ନଭେଶ ବାବୁ, ଭିତରକୁ ଆସନ୍ତୁ।' କାହାର କଣ୍ଠସ୍ୱର ଆମନ୍ତ୍ରଣ କରୁଥିଲା ତାକୁ। ଉତ୍ସାହିତ ହୋଇପଡ଼ି ଭିତର ଆଡ଼କୁ ରୁହିଁବାରୁ ଦେଖିଲା ଡ୍ରଇଁ ରୁମ୍‌ରେ ଛିଡ଼ା ହୋଇଛନ୍ତି ଜଣେ ଉର୍ଦ୍ଧ୍ୱବୟସ୍କ ବ୍ୟକ୍ତି। ହସି ହସି ସ୍ୱାଗତ ଜଣାଉଥାନ୍ତି। 'ଏତେଦିନ ପରେ କେମିତି ମନେ ପକାଇଲେ? ଆମ ସହରକୁ ଆସି ବ୍ୟାଙ୍କରେ କାମ କଲେଣି ଅଥଚ ଆମ ଆଡେ ପାଦ ପକେଇ ନାହାଁନ୍ତି!' ମୃଦୁ ସମ୍ୟକଶଣଭରା ଅଭିଯୋଗ ଭିତରେ ବସିବା ନିମନ୍ତେ ଇଙ୍ଗିତ ଦେଉଥିଲେ ସେ। କିଞ୍ଚିତ ଅପରିଚିତ ଓ କୌତୂହଲ ମିଶ୍ରିତ ରୁହାଣିରେ ସେ ରୁହିଁ ରହିଥିଲା ତାଙ୍କ ଆଡ଼କୁ।

ତା'ର ଏହି ପ୍ରଶ୍ନିଲ ମୁଖ ମଣ୍ଡଳକୁ ଠିକ୍ ଭାବରେ ପଢ଼ି ପାରିଥିଲେ ବୃଦ୍ଧ ବ୍ୟକ୍ତି ଜଣକ। ଭିତରେ ଆଦୋଲିତ ହେଉଥିବା ଉଦ୍‌କଣ୍ଠାକୁ ପ୍ରଶମିତ କରିବାକୁ ଯାଇ କହିଲେ, 'ମୁଁ ହେଉଛି ମହେଶ ଅଗ୍ରୱାଲ, ସୌମ୍ୟାର ସ୍ୱାମୀ।' ହତଚକିତ ହୋଇ ରୁହିଁଲା ପରି ସେ ରୁହିଁ ରହିଥିଲା ସେହି ବୃଦ୍ଧଙ୍କ ଆଡ଼କୁ। ତା କଳ୍ପନାରେ ଯେପରି ସୃଷ୍ଟି ହୋଇଥିଲା ଏକ ବିସ୍ଫୋରଣ। ଯେପରି ଭାବିଥିଲା, ତାକୁ ହତବାକ୍ କଲାପରି ଦେଖୁଥିଲା ଆଉ କିଛି। ସୌମ୍ୟାର ବର ଯେ ଜଣେ ବୃଦ୍ଧ ହୋଇଥିବ ଏକଥା ସେ କେବେ ଚିନ୍ତା ସୁଦ୍ଧା କରିନଥିଲା। ଅପ୍ରସ୍ତୁତ ହୋଇପଡୁଥିଲା ନିଜ ଭିତରେ କେମିତି କ'ଣ କହି ନିଜ ଆଡୁ କଥା ଆରମ୍ଭ କରିବ!

'କ'ଣ ରଃ' ପିଇବ ନା କଫି?' ତାଙ୍କ ଆଡୁ ପ୍ରସ୍ତାବ ଦେଲେ ଏବଂ କହିଲେ, 'ସୌମ୍ୟା ବାହାରକୁ ଯାଇଛି। ଆଜି ତା ଲେଡିଜ୍ କ୍ଲବ୍‌ର ଫଙ୍କସନ୍ ଅଛି। ଆପଣ ଅପେକ୍ଷା କରନ୍ତୁ, ମୁଁ ତାକୁ ଫୋନ୍ କରି ଜଣାଇଦେଉଛି। ଆପଣଙ୍କ ନାଁ ଶୁଣିଲେ ସେ ଶୀଘ୍ର ରୁଲିଆସିବ।' ସେପରି ନିରୁତ୍ତର ଅବସ୍ଥାରେ ମୁଣ୍ଡ ହଲାଇ ହଁ ଭରି ଖାଲି ରୁହିଁ ରହିଥିଲା ତାଙ୍କ ଆଡ଼କୁ। ଧୀରେ ଧୀରେ କୁହୁଡ଼ି ଜମାଟ ବାନ୍ଧିଲା ପରି ଦୁଇ ଆଖିରେ ଠୁଲ ହେଉଥିଲା ଯେତିକି ପ୍ରଶ୍ନ ସେତିକି ଅବିଶ୍ୱାସ। ବୋଧେ, ଏସବୁ କଥା ଅନୁମାନ କରି ପାରିଥିଲେ ବୃଦ୍ଧବ୍ୟକ୍ତି ଜଣକ। ସବୁ ରହସ୍ୟ ଉନ୍ମୋଚନ କରିବାକୁ ଯାଇ କହିଲେ, 'ଆପଣ ନିଶ୍ଚୟ ମୋତେ ଦେଖ ଆଶ୍ଚର୍ଯ୍ୟ ହୋଇଥିବେ! ସୌମ୍ୟାର ସ୍ୱାମୀ ବୋଲି ଅବିଶ୍ୱାସ କରୁଥିବେ! ଏଇଟା ଆପଣଙ୍କ ପକ୍ଷରେ ସ୍ୱାଭାବିକ। ଯେହେତୁ ଆପଣ ସୌମ୍ୟାର ଜଣେ ପୁରୁଣା ସାଙ୍ଗ, ପ୍ରକୃତ କଥାଟା ଜାଣିବା ଆବଶ୍ୟକ। ତାହା ହେଉଛି, ସୌମ୍ୟା ମୋତେ ନିଜ ଆଡୁ ବିବାହ କରିବା ନିମନ୍ତେ ରାଜି ହୋଇଥିଲା। ଏହା ହିଁ ସତ୍ୟ। ମୋର ପ୍ରଥମ ପନ୍ତୀର ମୃତ୍ୟୁ ଘଟିଥିଲା ବହୁ ବର୍ଷ ଆଗରୁ। ପିଲାମାନେ ବଡ ହୋଇ ଅନ୍ୟ ଆଡେ ଶିକ୍ଷ ବ୍ୟବସାୟ କରି ସେଠାରେ ରହୁଛନ୍ତି। ଏହି ବୟସରେ

ନିଃସଙ୍ଗ ଜୀବନ କାଟିବା ମୋ ପକ୍ଷରେ ସମ୍ଭବ ନଥିଲା । ସେଥିପାଇଁ ଦ୍ୱିତୀୟ ବିବାହ ନିମନ୍ତେ ବିଭିନ୍ନ ମ୍ୟାଟ୍ରିମୋନିଆଲରେ ବିଜ୍ଞାପନ ଦେଇଥିଲି ।' ନିସଙ୍କୋଚ ଭାବରେ ସବୁକଥା ଖୋଲି ରଖିଥିଲେ ।

ଏକ ସମାଧାନହୀନ ଗଣିତକୁ ଯେମିତି ଖାତାରେ ଧରି କଷି ହେଉଥିଲା ସେମିତି ଲାଗୁଥିଲା ନଭେଶକୁ । ଯେତିକି ବୁଝୁଥିଲା ତାଠାରୁ ଅଧିକ ଅବୁଝ ଲାଗୁଥିଲା ସେହି ଗଣିତ । ଏକ ଅସମାହିତ ପ୍ରଶ୍ନ ପାଲଟି ଯାଇଥିଲା ସୋମ୍ୟା ତା ପାଇଁ । କ'ଣ ପାଇଁ ସେ ଏପରି ନିଷ୍ପତ୍ତି ନେଲା.... ? କ'ଣ ପାଇଁ ସେ ଏପରି ନିଜ ଜୀବନ ସହ ଖେଳିଲା.... ? କ'ଣ ସେ ପାଇଲା ଏଥିରୁ .... ? ଏହିପରି ଅନେକ ଥାକ ଥାକ ପ୍ରଶ୍ନ ଖେଳି ବୁଲୁଥିଲା ତା ମୁଣ୍ଡରେ । ହଠାତ୍ ଦୃଷ୍ଟି ପଡ଼ିଲା ଡ୍ରଇଂରୁମର କାନ୍ଥରେ ଝୁଲୁଥିବା ଗୋଟିଏ ପେଣ୍ଟିଂ ଉପରେ । ସେହି ପେଣ୍ଟିଂଟି ତା'ର ଅତି ପରିଚିତ ଥିଲା । କାରଣ ତାକୁ ସିଏ ହିଁ ତିଆରି କରିଥିଲା । ମନେ ପଡ଼ିଥିଲା ବହୁବର୍ଷ ତଳେ ସୋମ୍ୟା ଏହି ପେଣ୍ଟିଂଟିକୁ ତା ପାଖରେ କରାଇଥିଲା । ଯାହାର ନାମ ସେ ରଖିଥିଲା 'ପୂର୍ଣ୍ଣ ଓ ଶୂନ୍ୟ' । ଯୋଉଟାକୁ ସେ ତିଆରି କରାଇଥିଲା ତା ପ୍ରତାରକ ପ୍ରେମିକ ପାଇଁ । ତେବେ କ'ଣ ପାଇ ସେ ତାକୁ ନଦେଇ ନିଜ ପାଖରେ ରଖିଛି ? ଅଡୁଆ ସୂତା ପରି ଆଉ ଗୋଟିଏ ପ୍ରଶ୍ନ ପୁଣି ତା ମୁଣ୍ଡରେ ଖେଳି ଉଠିଲା । ଡ୍ରଇଂରୁମର ସେହି ସୁଶୋଭିତ ଘରିକାନ୍ଥ ଭିତରେ ସେ ଯୁଝିହେଉଥିଲା ଗୋଟିଏ ପରେ ଗୋଟିଏ ପ୍ରଶ୍ନ ସହିତ ।

ସେସବୁର ଉତ୍ତର ଖୋଜିବାକୁ ଯାଇ ଏକ ଲୟରେ ରୁହିଁ ରହିଲା କାନ୍ଥରେ ଝୁଲୁଥିବା ପେଣ୍ଟିଂ ଆଡ଼କୁ । ନିଜେ ଆଙ୍କିଥିବା ସେହି କାନ୍ଭାସ ଉପରେ ପୂର୍ଣ୍ଣମୀର ଗୋଟା ଜହ୍ନ, ଅତିକାୟ ଏକ ପାହାଡ଼ର ଶିଖରରୁ ଧସିପଡୁଥିବା ମଣିଷର ସ୍ୱପ୍ନ, ଆଉ ସେହି ସ୍ୱପ୍ନଭଙ୍ଗର ଲୁହଭିଜା ସ୍ୱାକ୍ଷର ସଦୃଶ ଅଶ୍ରୁ ଝରାଉଥିବା ବାଦଲଖଣ୍ଡ । ସେଥିରେ ପୂର୍ଣ୍ଣତା ଓ ଶୂନ୍ୟତାର ଖେଳକୁ ପୁଣି ଥରେ ଦେଖୁଥିଲା ସେ । ଅନୁଭବ କରୁଥିଲା ଯେପରି ସେହି କାନ୍ଭାସରେ ଦିଶୁଛି ଆଉ ଗୋଟିଏ ମୁହଁ । ଯାହାର ବାହାରର ରଙ୍ଗ ଟିକ୍‌ମିକ୍ ଆଲୁଅରେ ଭରା ଆଉ ଭିତରପଟ ଅସ୍ପଷ୍ଟ ଗାଢ଼ ଅନ୍ଧାରରେ ପରିପୂର୍ଣ୍ଣ । ସେହି ମୁହଁଟି ଲାଗୁଥିଲା ଅବିକଳ ସୋମ୍ୟାର ମୁହଁ ପରି । ଭାବି ବିସ୍ମିତ ହେଉଥିଲା, କିପରି ସେ ନିଜ ଭିତରେ ଏତେ ଶୂନ୍ୟତାକୁ ଲୁଚାଇ ରଖିପାରିଛି ! କିପରି ପୂର୍ଣ୍ଣତାର ଛଦ୍ମବେଶରେ ବଞ୍ଚି ପ୍ରତିଶୋଧ ନେଇଚାଲିଛି ନିଜ ଉପରେ ! ସେଦିନ କିରାଣିର ଝିଅ ବୋଲି ବାହାହେବାକୁ ମନା କରିଦେଇଥିଲା ନଚିକେତା । ସେ ପୁଣି ବୃଦ୍ଧ ଶିଳ୍ପପତି ମହେଶ ଅଗ୍ରୱାଲକୁ ବରଣ କରି କେଉଁ କ୍ଷତିର ଭରଣା କରିଚାଲିଛି ? ଏସବୁ ଚିନ୍ତା କରି ଅଧିକରୁ ଅଧିକ ଗୋଲିଆ ହୋଇଯାଉଥିଲା ତା'ର ମସ୍ତିଷ୍କ ।

ଆଉ ବେଶୀ ସମୟ ସେଠାରେ ରହିବା ଯେପରି ଅସହ୍ୟ ହୋଇପଡ଼ିଥିଲା ନଭେଶ ପାଇଁ। ସୋମ୍ୟାକୁ ଦେଖା କରିବାକୁ ଆଗ୍ରହ ଆସୁନଥିଲା ଭିତରେ। ସାମ୍ନାରେ ଥୁଆ ହୋଇଥିବା କଫି କପ୍‌କୁ ଏକାଥରକେ ନିଃଶେଷ କରିଦେଇ ଝଲି ଆସିଲା ବାହାରକୁ। ଏଥର ଟିକେ ଖୋଲାରେ ନିଃଶ୍ୱାସ ନେବାକୁ ଆରମ୍ଭ କଲା। ଘରଟା ଭିତରେ ପଶି ଯେପରି ପୂର୍ଣ୍ଣ ଓ ଶୂନ୍ୟର ଗୋଲକଧଧା ଭିତରେ ଛନ୍ଦିହୋଇ ଯାଇଥିଲା ସେ।

ଘର ଭିତରୁ ଆତ୍ମିତ ହୋଇ ଝହିଁ ରହିଥିଲେ ବୃଦ୍ଧ ଅଗ୍ରୱାଲ ମହାଶୟ।

କମ୍ଫିଂ

ଗହନ ରାତି ଡେଣା ମେଲାଇ ସାରିଥିଲା ମାଲକାନ୍‌ଗିରି ସହର ଉପରେ। ସଂଧ୍ୟା ଆସିବା କ୍ଷଣି ଛୋଟିଆ ସହରକୁ ଚାରିପଟେ ମେଘ ଢାଙ୍କିଲା ପରି ଘୋଡ଼ାଇ ପକାଇଥିଲା ପାହାଡ଼ୀ ରାତିର ଅନ୍ଧାର। ଲମ୍ବା ଡେଙ୍ଗା ଡେଙ୍ଗା ଗହୀରିଆ ଛାଇ ସବୁ ମିଶି ଗଛର ପତ୍ରକୁ ଆହୁରି ଗାଢ କରି ଦେଇଥିଲା। ସବୁଆଡେ ଶୁନ୍‌ଶାନ୍ ନିର୍ଜନତାର ଧୀର ପଦପାତ ବାରି ହୋଇପଡ଼ୁଥିଲା ସ୍ପଷ୍ଟ ଭାବରେ। ତା ସହିତ ତାଳ ଦେଇ ଫେଣ୍ଟ ହୋଇଯାଇଥିଲା ଏକ ଅପ୍ରକାଶ୍ୟ ଆତଙ୍କ। ଅଜଣା ଭୟର ନିଃଶବ୍ଦ କୁହାଟ। ରକ୍ତ ଆଉ ବାରୁଦର ଭୁରୁଭୁରୁ ଗନ୍ଧ।

ଜଙ୍ଗଲର ଚୋରା ବାଟ ଦେଇ ରଘୁ ହନ୍ତାଳ ଧୀରେ ଧୀରେ ପ୍ରବେଶ କରୁଥିଲା ସହରଆଡ଼କୁ। ଲକ୍ଷ୍ୟସ୍ଥଳ ଯେତିକି ପାଖେଇ ଆସୁଥିଲା ତା' ଗତିର ତୀବ୍ରତା ସେତିକି ବେଗରେ ଧୀମେଇ ଯାଉଥିଲା। କିଏ ଯେପରି ଭିତରେ ରୁନ୍ଧା ରୁନ୍ଧା କରିଦେଉଥିଲା ଛାତିର ନାଡ଼ିକୁ ଟିପି। ଝରଣାର ସୁଅ ଆଗରେ ଆଣି ରଖିଦେଉଥିଲା ଉଁଚା ଉଁଚା ପାହାଡ଼ୀ ପଥର। ଥରକୁ ଥର ବାଟ ଓଗାଳୁଥିଲା। ଫେରିଯିବାକୁ କହୁଥିଲା ପୁଣି ତା'ର ଉସ୍କୁ। 'ହେଲେ ସେ ତ ଡଙ୍ଗରୀ ଆକଟ କାଟି ବହିଯିବାକୁ ବାହାରିଛି। ମିଶିଯିବାକୁ ବାହାରିଛି ମୁଖ୍ୟ ସ୍ରୋତରେ। ସେହି ସୁଅର ବେଗଟା ଶିଥିଳ ହୋଇଯିବ ସିନା କିନ୍ତୁ ପାଦରେ ଶିକୁଳି ବାନ୍ଧି ଅଟକି ଯିବ ନାହିଁ ଆଉ ବାଟରେ। ଏହି ମର୍ମରେ ରଘୁର ହାତରେ ହାତଛନ୍ଦି ବାଟସାରା ମନବଳ ବଢ଼ାଇଚାଲିଥିଲା କାନ୍ସୀ ପାଙ୍ଗି। ରଘୁର ହୁଗୁଲା ହାତମୁଠା ସେହି କଥା ଦି'ପଦରେ ବଳ ପାଇଲା ପରି ମଝିରେ ମଝିରେ ଖୁବ୍ ଜୋରରେ ଜାବୁଡ଼ି ଧରିପକାଉଥିଲା କାନ୍ସୀର ବଢ଼ିଲା ହାତକୁ। ଉସ୍ଟାହିତ କଲାପରି ସେ ଶୁଣାଉଥିଲା, 'ଦେଖ୍‌, ତୁ ଆତ୍ମସମର୍ପଣ କରିଦେଲେ

ସରକାର ତୋ କଥା ବୁଝିବ । ତତେ ଥଇଥାନ କରିବ । କାମଧନ୍ଦା କରିବାକୁ ପଇସା ଯୋଗାଇବ । ଆଉ ତୁ ଥରେ ରୋଜଗାର କଲେ ମୋ ଦୁଃଖ ସରିଲା । ପଛେ ପଛେ ତୋ ବାଟ ଧରିବି । ପାହାଡ଼ୀ ଖୋଲରେ ଏଠି ସେଠି ଡେରାପକାଇ ଲୁଚିବା ଛାଡ଼ି ଏଇ ସମତଲ ଭୁଇଁରେ ଆମେ ଦୁହେଁ ଏକାଠି ବସା ବାନ୍ଧିବା । ଅନ୍ୟ ସମସ୍ତମାନଙ୍କ ପରି ରହିବା, ଚଳିବା ।' ଉଚ୍ଚଳ ଭାବନାରେ ଗଦ୍‌ଗଦ୍‌ ହୋଇଯାଉଥିଲା କାନ୍‌ସୀ । ରାତିର ନରମ ପବନ ଆହୁରି ଖିଲ୍‌ଖିଲ୍‌ ହୋଇଉଠୁଥିଲା ତା'ର ସେହି ଆଗତ ଉଲ୍ଲାସରେ । ନୂଆ ସବୁଜ ପତ୍ରର ସ୍ୱପ୍ନ ସଞ୍ଚରିଯାଉଥିଲା ବାତ୍ୟାସାରା । ଯେମିତି ସେହି ନିଘଞ୍ଚ ପଥର ଧାରେ ଧାରେ ଛିଡ଼ା ହୋଇଥିବା ଗଛଗୁଡ଼ା ଆଗ୍ରହର ସହ ଶୁଣି ଚାଲିଥିଲେ ସେମାନଙ୍କ କଥା । ମିଟିମିଟି ନିବୁଜ ରାତିରେ ତାରା ପରି ଫୁଟି ଚାଲିଥିଲା ପେଣ୍ଡା ପେଣ୍ଡା ସ୍ୱପ୍ନର ଫୁଲ । ତା'ର ଅଦୃଶ୍ୟ ମହକରେ ପୁଲକିତ ହୋଇଉଠୁଥିଲା ରଘୁ ହନ୍ତାଳ । ଆହୁରି ଜୋର୍‌ରେ ଜୋର୍‌ରେ କାନ୍‌ସୀର ହାତକୁ ଭିଡ଼ି ପକାଉଥିଲା ଆବେଗସିକ୍ତ ପ୍ରଗଲ୍‌ଭତାରେ ।

ପୋଲିସ୍ ମୁଖ୍ୟ ଦପ୍ତର ପାଖେଇ ଆସୁଥାଏ । ରାତିର ନିସ୍ତବ୍ଧତା ଭିତରେ ସବୁଥିଲା ଶୁନ୍‌ଶାନ୍ । ସବୁ ଥିଲା ଗଭୀର ମୌନତାରେ ଆଚ୍ଛନ୍ନ । ପଛେ ପଛେ ସହଯାତ୍ରୀ ହୋଇ ଆସୁଥିବା ପାଦ ଦୁଇଟି ଠାର୍ଁ ଅଟକିଗଲା । ଏଇଠୁ କାନ୍‌ସୀକୁ ଫେରିଯିବାକୁ ପଡ଼ିବ । ସେ ପୁଣି ଲେଉଟିଯିବ ତା'ର ଅସ୍ଥାୟୀ ଠିକଣା ଆଡେ । ବିଚ୍ଛେଦର ବହଳ ଅଶ୍ରୁ ଆଖିର ଦୁଇକୂଳକୁ ଲଙ୍ଘି ଝରିଆସୁଥିଲା ଧାର ଧାର ହୋଇ । ଗାଢ଼ ଅସରାଏ ଅମାନିଆ ଶ୍ରାବଣର ବର୍ଷା । ତାକୁ ଆଟକ କରିବ କିଏ ? ସେ ଜାଣିଥିଲା କମ୍ପ୍ରେଡ୍‌ର ଆଖିରେ ଲୁହ ହେଉଛି ଦୁର୍‌ବଳତା । ପ୍ରଜାମୁକ୍ତିର ମହାଯଜ୍ଞରେ ସଶସ୍ତ୍ର ସିପାହୀ ଭାବେ ସାମିଲ ହେବା ଦିନଠୁ ସେହି ଯଜ୍ଞ କୁଣ୍ଡରେ ଆହୁତି ଦେଇଥିଲା ତା'ର ଯେତକ କୋମଳ ଭାବପ୍ରବଣତା । ପୁଣି କାହିଁ ଏ ଅଶ୍ରୁ ? ସେ ତ ଏବେ କମ୍ପ୍ରେଡ୍‌ ନୁହେଁ ! ରଘୁର ପ୍ରେମିକା କାନ୍‌ସୀ । ତା'ର କାନ୍ଦିବାର ଅଧିକାର ଅଛି । ସେହି ଅଧିକାରରେ ଲୁହର ବନ୍ୟା ଛୁଟିଚାଲିଥିଲା ତା' ଆଖିରୁ । ନିକାଞ୍ଚନ ଜଙ୍ଗଲର ପାଦଦେଶରେ ଦୁଇ ବିଚ୍ଛେଦିତ ହୃଦୟର ବିଲାପ ଖୁବ୍‌ କରୁଣ କରିଦେଉଥିଲା ସମଗ୍ର ପରିବେଶକୁ ।

ଆଖିର ଲୁହ ପୋଛି ଆଗକୁ ଯିବା ପାଇଁ ପ୍ରସ୍ତୁତ ହେଲା ରଘୁ ହନ୍ତାଳ । ସଜାଡ଼ି ନେଲା କାନ୍ଧରେ ପକାଇଥିବା ରାଇଫଲ । ପାହାନ୍ତି ଆକାଶ ଫିଟି ଆସୁଥାଏ କଢ଼ି ଫୁଟିଲୋ ପରି । ଝାପ୍‌ସା ଅନ୍ଧାରରେ ଥରଟେ ଚାହିଁଲା କାନ୍‌ସୀ ଆଡ଼କୁ । ସବୁ ଚାପା କୋହର ବଳ ଲଗାଇ ଛାତିର ସନ୍ଧିରେ ଜାବୁଡ଼ି ଧରିଲା କାନ୍‌ସୀକୁ । ଶେଷଥର ପାଇଁ ନିବିଡ଼ ଅଶ୍ଳେଷର ବନ୍ଧନରେ ଏକାମ୍ର ହେଉଥିଲା ଦୁଇଟି ଶରୀର । ଏହାପରେ

ଦୁହିଁଙ୍କ ପାଇଁ ଉନ୍ମୁଖ ଥିଲା ଦୁଇଟି ପୃଥକ୍ ପଥ। ଗୋଟିଏ ଅଙ୍କାବଙ୍କା ହୋଇ ଲମ୍ବିଯାଇଥିଲା ବଣ ପାହାଡର ଦୂର ଉପତ୍ୟକା ଆଡକୁ। ଆରଟି ବିସ୍ତୃତ ହୋଇ ମାଡିଯାଇଥିଲା ଜନପଦର ମୁଖ୍ୟ ସ୍ରୋତକୁ। ଏବେ ଥିଲା ପରସ୍ପରଠୁ ବିଦାୟ ନେବାର ବେଳ। ସ୍ୱପ୍ନିଳ ଆଶାରେ ଭରା ଉନ୍ମୁକ୍ତ ଭବିଷ୍ୟତ ପରି ପୂର୍ବ ଆକାଶରେ ଫିଟି ଆସୁଥିଲା ସିନ୍ଦୂରା। ଉଦୟର ପ୍ରତିଶ୍ରୁତି। ଦୁହେଁ ଭରା ଆବେଗରେ ଚାହିଁ ରହିଥିଲେ ଆଶ୍ୱାସନାର ସେହି ନୂଆ ଦିଗ୍‌ବଳୟ ଆଡକୁ। ଏଇଠୁ ଅପେକ୍ଷା ରହିବ ଆସନ୍ତାକାଲି ପାଇଁ। ବାଷ୍ପରୁଦ୍ଧ କଣ୍ଠକୁ ଫିଟାଇ ପଦୁଟିଏ ମାତ୍ର ଶବ୍ଦ ଉଚ୍ଚାରିଲା ରଘୁ-ବିଦାୟ। ଜାଣି ଜାଣି ଯୋଉ ଫାଶରେ ଦିନେ ଗୋଡ ଭରିଥିଲା ଏବେ ସେଇ ଫାଶର କବଳରୁ ଚାହୁଁଥିଲା ମୁକ୍ତି। ସେଇ ଫାଶର ବନ୍ଧନଟା ଦିନକୁ ଦିନ ତା'ପାଇଁ ଜେଲଖାନାର ଲୁହା ଶିକୁଳି ପରି ମନେ ହେଉଥିଲା। ସବୁବେଳେ ଅନୁଭବ କରୁଥିଲା ସେହି ନିର୍ମମ ବ୍ୟାଧର ଜାଲରେ ଛନ୍ଦା ତା'ର ଦୁଇପାଦ। ଯେତେ ଛାଟିପିଟି ହେଲେ ବି ସେଥିରୁ ନିସ୍ତାର ନାହିଁ। ଛିନ୍ନ ହେବାର ଅବକାଶ ନାହିଁ। ଅତିଷ୍ଠ ହୋଇଯାଇଥିଲା ଏଇ ବଣ ପାହାଡର ଲୁଚା ଚୋରା ଜୀବନ ଜୀଇଁ ଜୀଇଁ। ଅନ୍ତରୁ କିଏ ଚିତ୍କାର କରୁଥିଲା, 'ବେଶ୍ ହୋଇଗଲା। ଆଉ ନୁହେଁ ଆଉ ନୁହେଁ......।' ଏବେ ଲୋଡା ତ ଏକ ନିର୍ମଳ ଆକାଶ। ଲୋଡା ତ ଏକ ସାଧାରଣ ମଣିଷର ଜୀବନ। ଯେଉଁଠି ଯବାନ ମାନଙ୍କର କମ୍ବିଂ ଅପରେସନ୍‌ର ଭୟ ନଥିବ। ଯେଉଁଠି ଆତ୍ମରକ୍ଷା ପାଇଁ କ୍ୟାମ୍ ଉଠାଇ ଆତ୍ମଗୋପନ କରିବାକୁ ପଡୁନଥିବ ଗହଁଳ ଜଙ୍ଗଲର କୋରଡରେ। ସବୁଥିବ ସାଧାରଣ। ସବୁ ଥିବ ସ୍ୱାଭାବିକ। ଦିନର ଆଲୁଅ ପରି ଆତ୍ମଘାତ ହେଉଥିବ ମୁକୁଳା ଜୀବନ।

ଯେଉଁଦିନ ପ୍ରଥମ କରି ଦେହରେ ଗଳାଇଥିଲା ମାଓବାଦୀର ପୋଷାକ, ଆଖିରେ ଗୋଟା ସୂର୍ଯ୍ୟଚନ୍ଦ୍ର ପରି ଚମକୁଥିଲା କିରଣ। ଅଲଗା ଦୁନିଆର କଚ୍ଚନାରେ ଥିଲା ବିଭୋର। ଶୋଉଥିଲା ସେହି ଦୁନିଆର ଚିତ୍ର ନେଇ। ଉଠୁଥିଲା ସେହି ପୃଥିବୀର ସଂକଳ୍ପରେ। ଶୋଷଣହୀନ ଦୁର୍ନୀତି ମୁକ୍ତ ସମତୁଲ ପୃଥବୀ। ସାହୁକାରର ଜୁଲମ ନଥିବ। ଜମିଦାରର ଉତ୍ପୀଡନ ନଥିବ। ଅତ୍ୟାଚାର କରିବାକୁ ସାହେବୀ ପୋଲିସ୍ ଫୌଜ ନଥିବ। ଥିବ ସେଠି ସାଧାରଣ ପ୍ରଜାର ଶାସନ। ଝଡର ବେଗ ସଦୃଶ ତା' ଦେହରେ ପିଟି ହେଉଥିଲା କ୍ଷୁଧାର୍ତ ପବନ। ନୂଆ ସୃଷ୍ଟି ପାଇଁ ଯିଏ ରଚିବାକୁ ଚାହୁଁଥିଲା ଧ୍ୱଂସର ତାଣ୍ଡବ। ହାତରେ ଉଠାଇଥିଲା ବନ୍ଧୁକ। ଗଗନ ପବନକୁ ପ୍ରକମ୍ପିତ କରି ଶୁଭୁଥିଲା ପ୍ରତିଧ୍ୱନି। ଇନ୍‌କିଲାବ୍ ଜିନ୍ଦାବାଦ୍... ମାଓବାଦ ଜିନ୍ଦାବାଦ୍।

ଇତିହାସର ତାରିଖ ପରି ସେହିଦିନ ଏବେ ବି ମନ ଭିତରେ ରହିଥିଲା ଅପାସୋରା। ତାହା ଥିଲା କୋଡିଏ ବର୍ଷ ତଳର ଅତୀତ। ସେହି ଅତୀତର ପୃଷ୍ଠାରେ

ନାଚିଯାଉଥିଲା ବିସ୍ତୃତ ଶୈଶବର ଛବି। ପେଟର ଭୋକକୁ ମେଣ୍ଟାଇବାକୁ ଯାଇ ରାଜଧାନୀର ରାଜରାସ୍ତାରେ ଆସି ଶରଣ ନେଇଥିଲା ସୁଦୂର ମାଲକାନଗିରିର ଗୋଟିଏ ଆଦିବାସୀ ପିଲା। ହୁଏତ ସେଦିନଟି ଥିଲା ଇତିହାସର କଡ ଲେଉଟାଇବାର ଦିନ। ପିଲାଟି ମାଷ୍ଟର କ୍ୟାଣ୍ଟିନ୍ ଛକରେ ଏକ ଚା' ଦୋକାନରେ ଅଇଁଠା କାଚ ଗ୍ଲାସକୁ ପାଣିରେ ଧୋଇ ରଖୁଥାଏ ଗୋଟା ଗୋଟା କରି। ଏହି ସମୟରେ ବିରାଟ ଶବ ଶୋଭାଯାତ୍ରାଟିଏ ବାହାରି ଆସୁଥିଲା। ମୁହାଁଉଥିଲା ସତ୍ୟନଗର ମଶାଣି ଆଡକୁ। ଆଗପଛ ଲୋକଙ୍କ ଜମାଟ ମଝିରେ କାନକୁ ଖାଲି ଶୁଭୁଥିଲା – 'ଲାଲ୍ ସଲାମ୍।' ବିସ୍ତାରିତ ଆଖିରେ ପାଖରେ ଛିଡା ହୋଇଥିବା ଜଣେ ଭଦ୍ରଲୋକଙ୍କୁ ପଚାରିଦେଲା 'ଏତେ ବଡ ଶିବ ଯାତ୍ରା କାହାର।' ଭଦ୍ରଲୋକ ଉତ୍ତର ଦେଲେ 'ନକ୍ସଲ ନେତା ନାଗଭୂଷଣ ପଟ୍ଟନାୟକଙ୍କର।' 'ସେ କିଏ ?' ପୁଣି ଲେଉଟାଇ ପଚାରିଲା। 'ବହୁତ ବଡ ସାଧାରଣ ଜନତାଙ୍କର ପ୍ରିୟ ନକ୍ସଲ ନେତା।' 'ନକ୍ସଲନେତା......ମାନେ   ?' ଭଦ୍ରଲୋକ ଜଣକ ବୁଝାଇଥିଲେ, 'ସେ ଆଦିବାସୀ ଆଉ ସାଧାରଣ ଦରିଦ୍ର ଜନତାଙ୍କ ଶୋଷଣ ବିରୁଦ୍ଧରେ ଲଢିଥିବା ଜଣେ ମହାନ ବ୍ୟକ୍ତି। ହିଂସାର ମାର୍ଗରେ ସମାଜର ପରିବର୍ତ୍ତନ, ଧନୀ ଗରିବ ଭେଦଭାବର ଅନ୍ତ ଥିଲା ତାଙ୍କ ଦୃଷ୍ଟି ଓ ଦର୍ଶନ। ଲକ୍ଷ୍ୟ ଓ ଅଭିଳାଷ।' ଏତକ ଶୁଣିଲା ପରେ ପିଲାଟି କେତେବେଳେ ସେହି ଯାତ୍ରାରେ ସାମିଲ ହୋଇଯାଇଥିଲା। ପାଟିରେ ବିଦାୟୀ ସଲାମ୍ର ନାରା। ହାତ ଟେକି ହୋଇଯାଉଥିଲା ଉପରକୁ ଆପଣାଛାଏଁ। ସେହିଦିନଠୁ ବାଛିନେଇଥିବା ଏହି ଦୁର୍ଦ୍ଦର୍ଶ ବନ୍ଧୁର ପଥରେ ରଘୁହନ୍ତାଲର ନିରବଚ୍ଛିନ୍ନ ଯାତ୍ରା। ସମତୁଲ ସମାଜ ପାଇଁ ସ୍ୱପ୍ନର ଅନ୍ଵେଷଣ। ଶୋଷଣ ଅନ୍ୟାୟର ବିଲୋପ ପାଇଁ ଶ୍ରେଣୀ ସଂଗ୍ରାମ।

ଅତୀତର କବରତଳୁ ଟେଇଁ ଉଠୁଥିଲା କେତେକେତେ ଘଟଣା। ନାଚିଯାଉଥିଲା ତା'ର ରୋମଟ୍ଟନକାରୀ ଚିତ୍ର। ଅଗଣିତ....ସଂଖ୍ୟାହୀନ ସେହିସବୁ ଅଲିଖିତ ଘଟଣାର କ୍ରମ। ସବୁଠି, ସବୁଠାରେ ବିଶ୍ୱସ୍ତ ଶୃଙ୍ଖଳିତ ସୈନିକ ପରି ସେ ପ୍ରମାଣିତ କରିଛି ନିଜର ଆଦର୍ଶ-ବଦ୍ଧତା ଓ ଲଢୁଆ ସାହସିକତା। ସମୟକ୍ରମେ ଶ୍ରୀକାକୁଲମ୍-କୋରାପୁଟମଣ୍ଡଳର ସକ୍ରିୟ ସଦସ୍ୟରୁ ଉନ୍ନୀତ ହୋଇଛି ଏରିଆ କମାଣ୍ଡର ଭାବରେ। ତାରି ନେତୃତ୍ୱରେ ସଂରଚିତ ହୋଇଛି ଏକାଧିକ ଲ୍ୟାଣ୍ଡମାଇନ୍ ବିସ୍ଫୋରଣର ଷଡଯନ୍ତ୍ର। ଅପର ପକ୍ଷର ଦନ୍ତାହାତୀ ପରି ବଡ ବଡ ଶତ୍ରୁ ସୈନ୍ୟବାହୀ ଭୟାନକୁ ରାସ୍ତାରେ ଲେଉଟାଇ ଧରାଶାୟୀ କରାଇ ମାଟି ଚଟାଇଛି। ସମ୍ମୁଖ ଯୁଦ୍ଧରେ ରହି ସଫଳ କରାଇଛି ଅସ୍ତ୍ରାଗାର ଲୁଟ୍ର ଯୋଜନା। ଗୋଟା ଗୋଟା କରି ଏକାଧିକ ଟେଲିଫୋନ୍ ଟାୱାରକୁ ମୁଣ୍ଡ କାଟିଲା ପରି ବିସ୍ଫୋରଣରେ ଖଣ୍ଡ ଖଣ୍ଡ କରି ଉଡାଇ

ଦେଇଛି । କେବଳ ଏତିକି ନୁହେଁ, ପ୍ରଜାକୋର୍ଟରେ ଦଣ୍ଡିତ ଆସାମୀର ହାତ ବାନ୍ଧି ଗଲା କାଟିବା ବେଳେ କେବେ ସୁଦ୍ଧା ତା’ର ହାତ ପଶ୍ଚାତାପରେ ଥରି ଉଠି ନାହିଁ । ଏକ ପରେ ଆରେକ କଠୋର ପରୀକ୍ଷାରେ ଅବତୀର୍ଣ୍ଣ ହୋଇଛି । ଧ୍ଵସଂ ଓ ରକ୍ତପାତର ଏସବୁ ପରୀକ୍ଷାରେ ନିର୍ଭୟରେ ଆପଣାକୁ ସାବ୍ୟସ୍ତ କରିଛି । ପ୍ରତିଥର ବିଜୟର ଉଲ୍ଲାସରେ ସ୍ଲୋଗାନ୍ ଦେଇଛି, ଇନ୍‌କିଲାବ୍ ଜିନ୍ଦାବାଦ୍‌……ମାଓବାଦ ଜିନ୍ଦାବାଦ ।’

ଆଜି ଲାଗୁଥିଲା ଯେପରି ଏକ ଅପହଞ୍ଚ ଦିଗ୍‌ବଳୟ ଆଡକୁ ଥିଲା ତାର ସେହି ଯାତ୍ରା । ନିରୁଦ୍ଦିଷ୍ଟ ପଥିକ ହୋଇ ହଜିଯାଇଥିଲା ସେହି ସୀମା ସରହଦ ନଥିବା ଇଲାକାରେ । ସେଠି ସବୁ ରକ୍ତର ରଙ୍ଗ ପରି ଲାଲ୍ । ମନ, ଭାବନା, ଦର୍ଶନ ସବୁକିଛି…… । ଶ୍ରେଣୀ ଶତ୍ରୁର ରୁଧିରରେ ଅଭିଷିକ୍ତ । ଅନିର୍ଦ୍ଦିଷ୍ଟ ଲକ୍ଷ୍ୟ ଦିଗରେ ସମ୍ମୁଖରେ ଅଗ୍ରସର ଲାଲ୍ ପଥ । କଦମ୍‌ତାଲ କରୁଥିବା ଲାଲ୍ ସିପାହୀ । ଯେଉଁମାନଙ୍କ ଆଖିରେ ଶତ୍ରୁର ରକ୍ତକୁ ଅଞ୍ଜନ ପରି ଭରିଦିଆଯାଏ ପ୍ରତିଶୋଧର ବିନିଦ୍ର ସ୍ଵପ୍ନରେ । ପ୍ରତି ସକାଳୁ ମାଓବାଦୀ ଦେଖେ ସେହି ସଂଘର୍ଷର ରକ୍ତିମ ରଙ୍ଗ ଉଦିତ ସୂର୍ଯ୍ୟ ଠାରେ । ପଛକୁ ଚାହିଁ ଆଶ୍ଚର୍ଯ୍ୟ ହେଉଥିଲା, ‘କେମିତି ଚାଲିପାରିଥିଲା ଏତେଗୁଡା ବାଟ ! ଗତାନୁଗତିକ… କ୍ରାନ୍ତିକର……ନିର୍ଦ୍ଧୟତାରେ ଭରା । ଆଃ………କାନ୍‌ସୀ ଯଦି ନଥାନ୍ତା, ସେ କ’ଣ ଅତିକ୍ରମ କରିପାରିଥାନ୍ତା ଏହି ସୁଦୀର୍ଘ, ବିପଦ ଶଂକୁଳ ପଥ ?’ ଟିକେ ଆଶ୍ଵସ୍ତ ଲାଗୁଥିଲା ଭାବି ।

ଜଙ୍ଗଲର ନିଶୁନ୍ ଇଲାକା ମଝିରେ ଟ୍ରେନିଂ କ୍ୟାମ୍ପ ଚାଲିଥାଏ । ନୂଆକରି ସାମିଲ୍ ହୋଇଥିବା କିଛି ମହିଲା କ୍ୟାଡର ମାନଙ୍କୁ ବନ୍ଧୁକ ଚଲାଇବାର ପ୍ରଶିକ୍ଷଣ ଦେଉଥାଏ ସେ । ହାତର ବନ୍ଧୁକକୁ କାନ୍ଧକୁ ଛୁଆଁଇ ସାମ୍‌ନା ନଳୀବାଟେ କିପରି ନିଶାନା କରାଯାଏ ଆଉ କିପରି ଲକ୍ଷ୍ୟଭ୍ରଷ୍ଟ ନ ହୋଇ ଶତ୍ରୁର ବକ୍ଷକୁ ଗୁଲିର ତୀରରେ ଭେଦ କରାଯାଏ ସେହି କୌଶଲ ଶିଖାଉଥିଲା ସେମାନଙ୍କୁ । ତାଙ୍କ ଭିତରେ ଜଣେ ଯୁବତୀ ଥିଲା କାନ୍‌ସୀ ପାଙ୍ଗୀ । ପଟାଙ୍ଗି ମାଟିର ଝିଅ । ବାପା ସାହୁକାରର ମୂଳ ସହ କଲନ୍ତର ସୁଝିଲା ପରେ ବି ତା’ ଖାତାରୁ ସୁଧଖୋର ଜୁଲୁମ୍‌ଟା କଟିନଥିଲା । ଯୋଉଥର ମୁହେଁ ମୁହେଁ ଆଗକୁ ସୁଧ ପଇସା ଦବାକୁ ବାପା ମନା କଲା, ପୋଲିସ୍‌କୁ ଲାଞ୍ଚ ଖୁଆଇ ମିଛ କେସ୍‌ରେ ବାନ୍ଧିନେଇଗଲା ଥାନାକୁ । କାନ୍‌ସୀ ପଟାଙ୍ଗି କଲେଜ୍‌ରେ ସେହି ବର୍ଷ ନାଁ ଲେଖାଇଥିଲା । ସାହୁକାର ବିରୁଦ୍ଧରେ ପ୍ରତିଶୋଧର ନିଆଁରେ ଭର୍ତ୍ତି ହୋଇଗଲା ଆସି ମାଓ କ୍ୟାମ୍ପରେ । ପଢ଼ୁଆ କଲେଜ ଛାତ୍ରୀରୁ ପରିବର୍ତ୍ତିତ ହୋଇଗଲା ମହିଲା ମାଓବାଦୀ ।

ଏହା ଭିତରେ ଦଶ ବର୍ଷର ଲମ୍ବା ରାସ୍ତାକୁ ଡେଇଁ ସାରିଥିଲା ସମୟ । ପାହାଡର

ଗଡ଼ାଣି ଉଠାଣି, ଘଞ୍ଚ ବଣର ଅନ୍ଧାର ମିଶା ଝାପି ଝାପି ଆଲୁଅ, ଦୁର୍ଗମ ଝିଲାକାର ଆବୁଡ଼ା ଖାବୁଡ଼ା ପଥ ଏସବୁ ଦେଇ ଝରଣାର ମନ୍ଦ ସ୍ରୋତ ପରି ନିରବରେ ବହିଯାଇଥିଲା ସମୟ । ତା ଭିତରେ ସକାଳର କାକର ଦିନ ଆଲୁଅରେ ଅଦୃଶ୍ୟ ହେବାପରି ଲେଖି ହୋଇଯାଇଥିଲା ଅନେକ କାହାଣୀ । ରଘୁ ଓ କାନ୍ସୀ ରାତିର ସେହି ଅଦୃଶ୍ୟ ଅନ୍ଧାର ଭିତରେ ପାଖେଇ ଆସିଥିଲେ କେତେବେଳେ । ପରସ୍ପରକୁ ଛୁଇଁସାରିଥିଲେ ଛାତିର ଗହନ ବନରେ । ନିର୍ଜନ ରାତିର ଉଦିଆ ଜହ୍ନ ଥିଲା ଦୁହିଁଙ୍କ ମିଳନର ସାକ୍ଷୀ । ପ୍ରେମ ବନ୍ଧନର ପାହାଡ଼ୀ ଡୋର । ସମସ୍ତଙ୍କ ଅଲକ୍ଷ୍ୟରେ ଲତା ପରି ଛନ୍ଦି ହୋଇଯାଇଥିଲା ଦୁଇଟି ହୃଦୟ । ମାଓବାଦୀର ଗରିଲା ପୋଷାକ ତଳେ ନେଥା ନେଥା ଫୁଲର ବାସ୍ନା ଖୋଜି ଉଡ଼ିବୁଲୁଥିଲା ପ୍ରଜାପତି । ଆନମନା ପ୍ରଜାପତି । ବାହାରର ନୂଆ ରଙ୍ଗରେ ବିସ୍ମିତ ହେଉଥିଲା । ଉଲ୍ଲସି ଉଠୁଥିଲା ସେହି ରଙ୍ଗର ଟିକେ ପରଶ ପାଇଁ । ଆ’...ଆ’ କରି ପାଖକୁ ଡାକୁଥିଲା ସେହି ଦୁନିଆ ତାର ନୂତନ ରଙ୍ଗଭରା କିମିଆରେ ।

ଚାରିପାଖରେ ପୋଲିସ୍ ଫଉଜର କମ୍ବିଂ ଅପରେସନ୍ ଜୋର ଧରିଥାଏ । କଳା ଘୁମର ମେଘ ଯେମିତି ଢାଙ୍କିଲା ଛାଇରେ ଆହୁରି ଅନ୍ଧାର କରିପକାଏ ପାହାଡ଼ୀ ଜଙ୍ଗଲର ନିଘଞ୍ଚ ଭୂଇଁକୁ, ସେମିତି ଆତଙ୍କ ଘନେଇ ଆସୁଥାଏ ପାଖକୁ । ଦୂରରୁ ରହି ରହି ଶୁଭୁଥାଏ ବନ୍ଧୁକର ଗୁଡୁମ୍.... ଗୁଡୁମ୍ । ଦିନେ ରାତିର ନିସ୍ତବ୍ଧ ପ୍ରହରରେ କାନ୍ସୀ ପଚାରିଲା, ‘ଆମେ କ’ଣ ଏଇ ବଣ ଜଙ୍ଗଲର ମୂଲକରେ ଯୁଝି ହେଉଥିବା ସାରା ଜୀବନ ? ଏ ଖୋଲରୁ ଯାଇ ସେ ଖୋଲରେ ଡେରା ତଳେ ଆମ୍ଗୋପନ କରୁଥିବା ! କେବେ ଶେଷ ହେବ ଏ ଲୁଚାଛପାର ଲଢ଼େଇ ? ତା’ର କ’ଣ ବା ଠିକ୍ ଠିକଣା ? ମୁକ୍ତିର ବାଟ ଖୋଜିବା ଭିତରେ ଆମକୁ ସେଥିରୁ ନିସ୍ତାର ମିଳିବ ତ ? ’ ତା ପ୍ରଶ୍ନାକୁଳ କଣ୍ଠରେ ଭରିରହିଥିଲା ତୀବ୍ର ନୈରାଶ୍ୟର ସ୍ୱର । କିଛି ମୁହୂର୍ତ୍ତର ଗାମ୍ଭୀରତା ପରେ ଚକିତ କଲାପରି ପ୍ରସ୍ତାବ ବାଢ଼ିଥିଲା, ‘ତମେ ଆମ୍ସମର୍ପଣ କରିଗଲେ କେମିତି ହୁଅନ୍ତ ! ତମର ଆଗେ ଥଇଥାନ ହୋଇଗଲେ, ପଛେ ପଛେ ମୁଁ ଚାଲିଯାନ୍ତି ସେହି ବାଟରେ । ସବୁଦିନ ପାଇଁ ଛାଡ଼ିଦିଅନ୍ତେ ଏ ଅନିଶ୍ଚାସ ଭରା ଦୁନିଆ । ଆଉ ଯାହା ରହିଲା ଜୀବନ, ଦଣ୍ଡେ ଖୋଲା ନିଃଶ୍ୱାସ ନେଇ ଜିଅନ୍ତେ ଏକାଠି ।’

ଚାଉଁକିନା ଲାଗିଥିଲା ତା’ କଥାଟା କାନକୁ । ମାଓବାଦରେ ଅଟୁଟ ଆସ୍ଥା ରଖୁଥିବା ଜଣେ ମୁକ୍ତିକାମୀ ସିପାହୀ ପାଇଁ ଏହା ଯେପରି ଥିଲା ଏକ ଘଡ଼ିସନ୍ଧି ବେଳା । ଯିଏ ବର୍ଷ ବର୍ଷ କାଳ ବଣ ପାହାଡ଼ର ମୂଲକରେ ଘୁରି ବୁଲି ତା’ର ଯୁଆନ୍ ବୟସ ସବୁକୁ ନିଃଶେଷ କରିଛି, ସିଏ ପୁଣି ମୋଡ଼ ଭାଙ୍ଗିବ ଅଧା ବାଟରୁ ? ମୁକ୍ତିର ସୁରୁଜ

ଯେ ଦେଖିବା ବାକି ଅଛି ? ପ୍ରଜାର ଶାସନ ଫେରିବା ଯେ ବାକି ଅଛି ? ହେଲେ କେବେ....?' ଦ୍ବନ୍ଦ ଆଉ ଅନିଷ୍ଠିତତାର ଉଦ୍‌ବେଳନରେ ଶିହରି ଯାଉଥାଏ ଶରୀର। ତା' ପାଇଁ ଯେପରି ସେହି ଗୋପନ ରାତିର ଅଭିସାର ବିରାଟ ଦୋ'ଛକି ପାଲଟି ଛିଡା ହୋଇଥିଲା ସମ୍ମୁଖରେ। ଯିବ ତ କୁଆଡେ ଯିବ ? ଗୋଟିଏ ପଟେ ଦୁରନ୍ତ ଲାଲ୍ ସୂର୍ଯ୍ୟର ଉପତ୍ୟକା। ନିରନ୍ତର ବନବାସ। ଆରପଟେ ଉଦୟର ଚେନାଏ କିରଣ। ନିରବତାର ଗଭୀର ଲଗ୍ନ ବରଫ ପରି ଜମାଟ ବାନ୍ଧୁଥାଏ ଦୁହିଁଙ୍କ ଚାରିପଟରେ। କାନ୍ସୀର ହାତରେ ହାତ ରଖିଲା ରଘୁ। ଅନ୍ଧାର ଆକାଶକୁ ଦୁଇ ଫାଳ କରି ଯେମିତି ଧାରେ ବିଜୁଳି ଖେଳିଉଠିଲା ଉପରେ। ଏକ ଲୟରେ ସେମାନେ ଚାହିଁ ରହିଥିଲେ ତମସାଚ୍ଛନ୍ନ ରାତିର ଆସନ୍ନ ବିଲୟକୁ। ଦେଖୁ ଦେଖୁ ସେହି ଦିଗରେ ମୁହାଁଇଚାଲିଲା ଦୁଇ ଯୋଡା ପାଦ। ଏକ ନୂଆ କଦମ୍‌ତାଲର କୋମଳ ଜୀବନ ସଂଗୀତ ଲହରେଇ ଯାଉଥିଲା ବାତ୍ସାରା।

        ପୋଲିସ୍ ମୁଖ୍ୟାଳୟ ମାଲକାନ୍‌ଗିରିରେ ସାମ୍ୟଦିକ ସମ୍ମିଳନୀ ଆରମ୍ଭ ହେବାକୁ ଥାଏ। ମଝି ଚୌକିରେ ଆସୀନ ହୋଇସାରିଥାନ୍ତି ମୁଖ୍ୟ ପଦାଧିକାରୀ ଜଣକ। ସଫଳତାର ସ୍ପଷ୍ଟ ଚିହ୍ନ ବେଶ୍ ବାରି ହୋଇ ପଡୁଥାଏ ତାଙ୍କ ମୁହଁରେ। ହଲ୍ ସାରା ଚାପା ଚାପା ଗୁଞ୍ଜରଣ। ସବୁ ଗଣମାଧମ ପ୍ରତିନିଧିଙ୍କ ମଧ୍ୟରେ ସମାନ ଧରଣର ଉତ୍ସୁକତା, 'ଏମିତି କେଉଁ ବିଶେଷ କାରଣ ନିମନ୍ତେ ସକାଳୁ ସକାଳୁ ପୋଲିସ ସାହେବ ପ୍ରେସ୍ ମିଟିଙ୍ ଡକାଇଲେ !'

        ଆରମ୍ଭ ହେଲା ସମ୍ମିଳନୀ। ସମୟ ଅତିକ୍ରାନ୍ତ ନକରି ସାହେବ୍ ଘୋଷଣା କଲେ, 'ଦୁର୍ଦ୍ଦାନ୍ତ ମାଓବାଦୀ ରଘୁ ହନ୍ତାଲ କମ୍ବିଂ ଅପରେସନ୍‌ରେ ନିହତ। ତା' ପାଖରୁ ଗୋଟିଏ ରାଇଫଲ, ଦଶଗୋଟି ଅଫୁଟା ଗୁଳି, ଆଠଟି ଡିଟୋନେଟୋର, କିଛି ଗିଲୋଟିନ୍‌ସ୍ଟିକ୍ ଆଦି ବିସ୍ଫୋରକ ସାମଗ୍ରୀ ଉଦ୍ଧାର କରାଯାଇଛି।' ସାମାନ୍ୟ ବିରାମ ପରେ ପୁନି ତା' ସମ୍ପର୍କରେ ସବିଶେଷ ସୂଚନା ଦେଇ କହିଲେ, 'ଏହି ମୃତ ହାଡକୋର ମାଓବାଦୀ ସଂଖ୍ୟାଧିକ ଲ୍ୟାଣ୍ଡମାଇନ୍ ବିସ୍ଫୋରଣ, ଟାୱାର୍ ପୋଡି, ଅସ୍ତାଗାର ଲୁଟ୍ ଓ କୋଡିଏରୁ ଊର୍ଦ୍ଧ୍ୱ ଜଘନ୍ୟ ହତ୍ୟାକାଣ୍ଡରେ ସମ୍ପୃକ୍ତ। ସରକାର ଏହି ମୋଷ୍ଟ ୱାଣ୍ଟେଡ୍ ମାଓବାଦୀକୁ ଧରିବା ପାଇଁ ଦଶଲକ୍ଷ ଟଙ୍କାର ପୁରସ୍କାର ରଖିଥିଲେ।' କହିବା ବେଳେ ଅଧିକାରୀ ଜଣଙ୍କ ଉତ୍‌ଫୁଲ୍ଲିତ ଚେହେରା କ୍ୟାମେରାରେ ବାନ୍ଧି ହୋଇଯାଉଥାଏ। ଦୀର୍ଘ ଦିନର ବ୍ୟବଧାନ ପରେ ଏହା ଯେପରି ଆଣି ଦେଇଥିଲା ଜିଲ୍ଲା ପୋଲିସ୍ ପାଇଁ ବିଜୟର ସ୍ବାଦ।

        ଘଟଣାର ପ୍ରତିବାଦରେ ବନ୍ଦ ଘୋଷଣା କରିଥିଲା ମାଓ ସଂଗଠନ। ପୂରା

ସପ୍ତାହବ୍ୟାପୀ ବନ୍ଦ। ଲାଲ୍ କରିଡର୍‌ରେ ସବୁଠି ବିଛାଡି ହୋଇଯାଇଥିଲା ଆତଙ୍କର ଭୟ। ବଡ ବଡ କଟା ଗଛ ସବୁ ଅବରୋଧ କରି ପଡି ରହିଥିଲା ରାସ୍ତା ଉପରେ। ସବୁଠି ଛାଇ ରହିଥିଲା ଭୟାର୍ଦ୍ଦ ନିର୍ଜନତା। ସ୍ଥାନେ ସ୍ଥାନେ ଝୁଲୁଥିଲା ହାତ ଲେଖା ପୋଷ୍ଟର ଓ ବ୍ୟାନର୍। ସିଲାକୋଟାର ଅଗମ୍ୟ ଜଙ୍ଗଲ ମଝିରେ ପାଳନ ଚାଲିଥାଏ ରଘୁ ହତ୍ୟାଳ ପାଇଁ ଶହୀଦ୍ ସପ୍ତାହ। ସମ୍ମୁଖକୁ ଚାହିଁ ଧାଡି ଧାଡି କରି ଛିଡା ହୋଇଥାନ୍ତି ମାଓବ୍ୟାଡର୍‌ର ସଦସ୍ୟମାନେ। ସବା ଆଗରେ ଛିଡା ହୋଇଥିଲା କାନ୍‌ସୀ ଓରଫ୍ କାନ୍‌ସୀ ପାଙ୍ଗୀ। ରଘୁ ପରେ ନୂଆ ଏରିଆ କମାଣ୍ଡର। ତା' ଦୃପ୍ତ କଣ୍ଠରୁ ଶୁଭୁଥିଲା, 'ଲାଲ୍ ସଲାମ୍... ଲାଲ ସଲାମ୍ ....ଶହୀଦ୍ ରଘୁ ହତ୍ତାଳ......ଲାଲ୍ ସଲାମ୍।'

ସେପଟେ ଆଉ ଗୋଟିଏ ମିଥ୍ୟା କମ୍ବିଂ ଅପରେସନ୍‌ର ଶୀକାର ଖୋଜୁଥିଲା ମିଳିତ ପୋଲିସ୍‌ର ଫଉଜ। ନିଛାଟିଆ ପାହାଡି ଉପତ୍ୟକାରେ ରହି ରହି ଶୁଭୁଥିଲା ଗୁଡୁମ୍ ....ଗୁଡୁମ୍।

ଅପହଞ୍ଚ

ଆଗରୁ କେବେ ଖାଲିପାଦରେ ଏତେ ବାଟ ଆସି ନଥିଲେ ସୁଧା । ଯାଇ ଯାଇ କେବେ ସାମ୍‌ନା ବଗିଚ ଯାଏଁ ଭୁଲ୍‌ରେ ପାଦ ପକେଇ ଦେଇଥାନ୍ତି, ତାହା ପୁଣି ବ୍ୟତିକ୍ରମ ପରିସ୍ଥିତିର ରୁପରେ । ଦୈବାତ୍‌ ଘାସ ଲନ୍‌ ମଝିରେ ଥିବା ପାଇପ୍‌ଟା ଯଦି ଖୋଲାରହିଥିବାର ଆଖିରେ ପଡେ, ଆଉ ସେଥିରୁ ବାହାରି ଉଚ୍ଛୁଲା ପାଣି ପୂରା ବଗିଚକୁ ଓଦା ସରସର କରିଦେଇଥାଏ । ନଚେତ୍‌ ବୁଲା ଗୋରୁ କିମ୍ଭ ଛେଲିଟାଏ ଯଦି ଦରମେଲା ଗେଟକୁ ଟପି ତାଙ୍କ ସଯନ୍‌ ଫୁଲଗଛର ପତ୍ରଗୁଡିକୁ ଖେ‌ବାଉଥିବାର ଦୃଶ୍ୟ ଆଖିରେ ପଡେ । ଏହିଭଳି କିଛି ଜରୁରିକାଳୀନ ବେଲାରେ ତାଙ୍କ ସତର୍କ ପାଦ ଦୁଇଟା ଏତେ ତତ୍‌ପର ହୋଇପଡେ ଯେ ପିଣ୍ଡାତଲକୁ ଓହ୍ଲାଇଲାବେଲକୁ ଚପଲ ପିନ୍ଧିବାକୁ ସୁଦ୍ଧା ଭୁଲିଯାଆନ୍ତି ।

ଆଜି ଖୁବ୍‌ ଅନ୍ୟମନସ୍କ ଜଣାପଡୁଥିଲେ ସୁଧା । ଚୂଲିର ଉତୁରା କ୍ଷୀର ପରି ବହିଯାଉଥିଲେ ରୁପିପଟ ସୀମାକୁ ଡେଙ୍ଗ । ନା ତାଙ୍କର ଜଲନ୍ତା ନିଆଁ ପରି ସାମାଜିକ ଲକ୍ଷ୍ମଣରେଖାରେ ପୋଡି ହୋଇଯିବାର ଡରଥିଲା ନା ଭୟ । ପରିଣାମର ସବୁ ଶୃଙ୍ଖଲକୁ ଭାଙ୍ଗି ଦେବାକୁ ତୟାର ଥିଲା ତାଙ୍କର ଦୁଇ ପାଦ । ସେ ବାଟ ହେଉ କି ଅବାଟ, ଅମାନିଆ ସ୍ରୋତ ପରି ବହିଯିବାକୁ ରୁହୁଁଥିଲେ ଅନ୍ତରର ଉଦ୍‌ବେଳନରେ ।

ସବୁକିଛି ଆଜି କ୍ଷଣିକ ଭିତରେ ଆକସ୍ମିକ ସମ୍ମୋହନରେ ବଦଲିଯାଉଥିଲା । ବଦଲିଯାଉଥିଲା ରୁପିପଟ ପୃଥିବୀର ରଙ୍ଗ । ଘରର ରୁରିକାନ୍ତୁର ଚଉସୀମା, ସାମାଜିକ ପରିଚିତି, ଆଭିଜାତ୍ୟର ଅହଂକାର । କାହାର ସ୍ତ୍ରୀ, କାହାର ମା'ର ପରିଚୟ । ଏସବୁ ବାଧାବନ୍ଧନ ଅର୍ଥହୀନ ହୋଇପଡିଥିଲା ତାଙ୍କ ପାଇଁ । ଏକ ଅନାହତ ଆକର୍ଷଣୀୟ ତାଡନା ତାଙ୍କ ଭିତରେ ଉଥାଲ ଢେଉ ପରି ମଥା ପିଟୁଥିଲା । ସୁଅ ମୁହଁରେ ପତ୍ର ପରି ସେ ଭାସିଯାଉଥିଲେ ସେହି ଅଦୃଶ୍ୟ ପ୍ରଗଲ୍‌ଭତାରେ ।

ଏହି କିଛି ସମୟ ଆଗରୁ ସବୁ ଠିକ୍‌ଠାକ୍‌ ରହିଥିଲା। ସକାଳୁ ନିଜର ନିତ୍ୟକର୍ମ ସାରି ଠାକୁରପୂଜା ଆଉ ଯାହା ନିୟମିତ କାର୍ଯ୍ୟ ଯେପରି ଆଦିତ୍ୟଙ୍କ ପାଇଁ ଦଶଟା ପୂର୍ବରୁ ରୋଷେଇ ପ୍ରସ୍ତୁତ କରିବା ସହ ଦ୍ୱିପ୍ରହର ପାଇଁ ଟିଫିନ୍‌ ତିଆରି କରିଥିଲେ। ଆଦିତ୍ୟ ମଧ ତାଙ୍କର ରୁଟିନ୍‌ ଅଭ୍ୟାସ ପରି ଯଥା ସମୟରେ ଗାଧୁଆ କାମ ସାରି ଭାତଖାଇ ଅଫିସ୍‌ ବାହାରିଯାଇଥିଲେ। ଖାଲି ରହିଯାଇଥିଲେ ଘରେ ଏକା ସୁଧା। କ'ଣ ଟିକେ ଜଳଖିଆ ଖାଇନେଇ ଖବରକାଗଜ ପଢିବା ନହେଲେ ସାମ୍ନା ଲନ୍‌ରେ ଧାଡି କରି ଲଗାହୋଇଥିବା ଗଛଗୁଡିକୁ ବୁଲି ବୁଲି ନଜର ପକେଇ ଆସିବାରେ ତାଙ୍କର ସମୟ କଟେ। ଏଇ ମଧ୍ୟାହ୍ନ ସମୟଟା ପୂରା ଫାଙ୍କାରେ କଟିଥାଏ ତାଙ୍କର। ସକାଳୁ ଦ୍ୱିପହର ପାଇଁ ରୋଷେଇ ସରିଯାଇଥାଏ, ସେଥିପାଇଁ ଆଉ ଚିନ୍ତା ନଥାଏ। ଯଦି ଇଚ୍ଛା ହୁଏ ତ ବନ୍ଧୁବାନ୍ଧବ ବା ସାଙ୍ଗମାନଙ୍କ ପାଖକୁ ମୋବାଇଲରେ ନମ୍ବର ଚିପି କଥା ହୁଅନ୍ତି। କିଛି ନ ହେଲେ ଅଳସ କାଟିବାକୁ ଯାଇ ଘଣ୍ଟାଏ ଅଧେ ଶୋଇପଡନ୍ତି ଖଟଟା ଉପରେ।

ମୂହୁର୍ତ୍ତକ ଭିତରେ ସବୁକିଛି ହଠାତ୍‌ ବଦଳିଗଲା। ହଷ୍ଟେଲରୁ ଫୋନ୍‌ ଆସିଥିଲା ପୁଅର। ସେମାନଙ୍କର ଏକମାତ୍ର ପୁଅ ପଲ୍ଲବ। ଏଇ କିଛିଦିନ ହେବ ସହରର ପ୍ରତିଷ୍ଠିତ ରେସିଡେନ୍‌ସିଆଲ୍‌ ସ୍କୁଲରେ ତା'ର ନାମ ଲେଖାଇଛନ୍ତି। ପ୍ରଥମ ଥର କରି ସେମାନଙ୍କ ପାଖ ଛାଡି ହଷ୍ଟେଲରେ ରହୁଛି। ନୂଆ ଜାଗା, କେମିତି ରହିବ, ପୂର୍ବରୁ ସେହି ଚିନ୍ତା ଘାରୁଥିଲା ତାଙ୍କୁ। ସେଥିପାଇଁ ଆରମ୍ଭରୁ ରେସିଡେନ୍‌ସିଆଲ ସ୍କୁଲରେ ଛାଡିବାକୁ ଆଦୌ ରାଜି ନଥିଲେ। ହେଲେ ଆଦିତ୍ୟଙ୍କର ଏକାଜିଦ୍‌ ଆଗରେ ତାଙ୍କୁ ନରମିଯିବାକୁ ପଡିଥିଲା। ମଣିଷ ହିସାବରେ ଆଦିତ୍ୟ ଯେତିକି କୋମଳ ପୁଣି ସେତିକି କଠୋର। ଗାଁ ମାଟି ପାଣି ପବନରେ ବଢିଆସିଛନ୍ତି। ସଂଘର୍ଷ କରି ହଷ୍ଟେଲରେ ରହି ପାଠ ପଢିଛନ୍ତି। ସେଥିପାଇଁ ଗୋଟାଏ ବୋଲି ପୁଅ ହେଲେ ସୁଧା। ପଲ୍ଲବକୁ ସ୍ୱାବଲମ୍ବୀ କରି ବଢ଼ଶିଖାଇବା ତାଙ୍କର ଇଚ୍ଛା   । ତେଣୁ ସପ୍ତମ ପାସ୍‌ କଲାପରେ ପୁଅର ନାଁ ସେହି ସ୍କୁଲରେ ଲେଖାଇଦେଇଥିଲେ। ଅନ୍ତତଃ ପିତାମାତାଙ୍କ ସାହାଯ୍ୟ ଛାଡି ଅନେକ କିଛି କାମରେ ନିଜ ଉପରେ ନିର୍ଭରଶୀଳ ହୋଇପାରିବ। ଯଥା ଘଣ୍ଟାରେ ଆଲାରାମ୍‌ ଦେଇ ନିଜେ ଶୋଇକି ଉଠିବ, ନିଜେ ଠିକ୍‌ ସମୟରେ ଦାନ୍ତ ଘଷିବ, ଗାଧୋଇବ, ଖାଇ ବାସନ ଧୋଇବ, ନିଜ ପ୍ୟାଣ୍ଟସାର୍ଟ ବହିପତ୍ର ଯତ୍ନ ନେବ ପ୍ରଭୃତି।

ପ୍ରଥମରୁ ପିଲାଟା ନିଜେ ଏସବୁ କରିପାରିବ କି ନାହିଁ ଭାବିଥିଲେ ସୁଧା। ଯାହାକୁ ଘରି ପାଞ୍ଚଥର ହେଲେଇ ହାଲେଇ ନ ଡାକିଲେ ସକାଳୁ ନିଦ ଭାଙ୍ଗେନା, ପୁଣି ବ୍ରଶ୍‌ରେ ପେଷ୍ଟ ଲଗାଇ ହାତରେ ଧରାଇଲେ ଯାଇ ଦାନ୍ତ ଘଷିବ ନ ହେଲେ ସେମିତି

ଖଟଟାରେ ବସି ଢୋଲାଉଥିବ। ତାହା ପୁଣି ଦୁଇ ଝୁରି ଥର ବଡ ପାଟିରେ ଡାକ ମାରିବାକୁ ପଡ଼ିବ, 'ଏ ପଲ୍ଲବ, ଦାନ୍ତ ଘଷିବୁ ଆସେ, ଉଠିକି ଆସିଲୁ ନା ନାହିଁ...।' ଯୋଗକୁ ଏ ସବୁକୁ ଦେଖିବାକୁ ସକାଳଓଳି ଆଦିତ୍ୟ ଘରେ ନଥାନ୍ତି। ତାଙ୍କ କାମ ସାରି ପ୍ରତିଦିନ ଯୋଗକ୍ଲାସ୍ କରିବାକୁ ଯାଇଥାନ୍ତି। ସେ ଫେରିଲାବେଳକୁ ଝ୍ୟା'ର ସ୍କୁଲ ଯିବା ସମୟ ହୋଇଯାଇଥାଏ। ଅନ୍ୟ ଛୁଟିଦିନମାନଙ୍କରେ ଯଦିଓ ଏହି ବ୍ୟତିକ୍ରମ ତାଙ୍କ ଆଖିରେ ପଡ଼ିଥାଏ ଏବଂ ସେ ବିରକ୍ତ ହୋଇ ଉଠନ୍ତି। 'ସବୁଦିନ ସ୍କୁଲ ଯିବାକୁ ବଡି ସକାଳୁ ଉଠୁଛି। ଆଜି ଟିକେ ଶୋଇପଡ଼ିଛି....ଥାଉ।' କହି କଥାଟାକୁ ହାଲ୍କା କରଦିଅନ୍ତି ସୁଧା।

ରେସିଡେନ୍‌ସିଆଲ ସ୍କୁଲରେ ନାମ ଲେଖାପରେ ଯେତେବେଳେ ତା'ର ହଷ୍ଟେଲକୁ ଯିବାର ସମୟ ଆସିଲା, ସେତେବେଳେ ସେ ତାକୁ କେତେ ଶିଖେଇ ବୁଝେଇ ନଥିଲେ। କେମିତି ଘଣ୍ଟାରେ ଆଲାରାମ୍ ଦେଇ ସକାଳୁ ଉଠିବ, ଦାନ୍ତ ଘଷିବ, ଠିକ୍‌ରେ ପ୍ୟାଣ୍ଟସାର୍ଟ ପିନ୍ଧିବ। ସବୁକଥା ଗୋଟା ଗୋଟା କରି ବତେଇ ଦେଇଥିଲେ। କେଇଦିନ ଆଗରୁ ସବୁକୁ ଅଭ୍ୟାସ କରି ଶିଖାଇଦେଇଥିଲେ। ଏମିତିକି ହଷ୍ଟେଲରେ ରହିବା ଦିନରୁ ଫୋନ୍ କରି ମନେ ପକାଇ ଦେଉଥିଲେ, 'ତୋତେ ଯେମିତି ସବୁ କହିଛି ତୁ ସେମିତି ସବୁ କରିବୁ। ମୋ ବାବାଟା ପରା....।' ତଥାପି ସେ ଠିକ୍‌ରେ ତା ନିତ୍ୟକର୍ମ କରୁଥିବ କି ନାହିଁ ଭାବି ଚିନ୍ତିତ ହୋଇପଡ଼ୁଥିଲେ। ଆଦିତ୍ୟ ବୁଝାଇ ଦେଇଥିଲେ, 'ତା' ସହିତ ଅନ୍ୟ ରୁମମେଟ୍‌ମାନେ ଅଛନ୍ତି। ତାଙ୍କ ସାଙ୍ଗରେ ରହି ସବୁ ଠିକ୍ ସମୟରେ କରୁଥିବ। ତମେ ସେଥ୍ ପାଇଁ ଜମାରୁ ବ୍ୟସ୍ତ ହୁଅନି'। ତଥାପି ମନ ବୁଝୁ ନଥିଲା ସୁଧାଙ୍କର। ରୀତିମତ୍ ପୁଅ ପାଖକୁ ଫୋନ୍‌ଯୋଗେ ଏସବୁ ଜାଣିବାକୁ ଭୁଲି ନଥାନ୍ତି। ପ୍ରାୟ ପ୍ରତ୍ୟେକ ଦିନ ତାଙ୍କ ଆଡୁ ହଷ୍ଟେଲକୁ ଫୋନ୍ କରିଥାନ୍ତି ନଚେତ୍ କୌଣସି ଆବଶ୍ୟକତା ଥିଲେ ପଲ୍ଲବ ତା' ଆଡୁ ଆଗୁଆ ଫୋନ୍ କରିଥାଏ।

ସେଦିନ ଫୋନ୍ କରିଥିଲା ପଲ୍ଲବ। ହଷ୍ଟେଲର ନୂଆ ଖବର ଜଣାଇ କହିଥିଲା, 'ଜାଣିଲ ମାମା, ଆଜି ସକାଳେ ହଷ୍ଟେଲରେ ମୋର ରୁମ୍ ବଦଳାଯାଇଛି। ଜଣେ ସିନିୟରଙ୍କ ସାଙ୍ଗରେ ମୁଁ ଏବେ ମିଶିକି ରହିବି। ତାଙ୍କର ନାଁ ସୁଧାଶଙ୍କର।' ଆଉ କ'ଣ କିଛି ଅଧିକ ଶୁଣିବା ଆଗରୁ ଏପଟେ ସୁଧାଙ୍କ ହାତରୁ ମୋବାଇଲ ଫୋନ୍‌ଟା ଖସିପଡ଼ିଥିଲା। ହଠାତ୍ ଏକ ଚମକପ୍ରଦ ସମ୍ବାଦ ପାଇଲା ପରି ପ୍ରତିକ୍ରିୟାରେ ଝଙ୍କୃତ ହୋଇଉଠିଥିଲା ତାଙ୍କ ସମଗ୍ର ଶରୀର। ଅସମ୍ଭବ ଆବେଗର ବିସ୍ଫୋରଣ ଯେପରି ଘଟିବାକୁ ଯାଉଥିଲା ଏହି ଖବର ପ୍ରାପ୍ତିରେ। ସେହି ନାଁ ପାଖରେ ଝୁଣ୍ଟି ଯାଇଥିଲେ ସୁଧା। ଅଭିଭୂତ ହୋଇପଡ଼ୁଥିଲେ ଉତ୍ତାଳ ଭାବାବେଗରେ। ତାଙ୍କ ସମ୍ମୁଖରେ ଗୋଟିଏ

ଲୁକ୍‌କାୟିତ ଅତୀତ ବର୍ତ୍ତମାନରେ ରୂପାନ୍ତରିତ ହେବାକୁ ବସୁଥିଲା। ଆଖିର ପରଦା ତଳେ ଚାପି ହୋଇ ରହିଥିବା ଏକାନ୍ତ ଗୋପନୀୟ କ୍ଷତାକ୍ତ ସ୍ମୃତି ସବୁ ପତ୍ର ମେଲିବା ପରି ଟେଙ୍କ ଉଠିଥିଲେ। ଅଥଳ ହୋଇପଡିଥିଲା ତାଙ୍କର ବିଚଳିତ ହୃଦୟ। ଅସମ୍ଭାଳ ହୋଇ ବାହାରି ଆସିଥିଲେ ଯେ ଘରୁ ଭୁଲିଯାଇଥିଲେ କାହାର ସ୍ତ୍ରୀ, କାହାର ମା' ଆଉ ସବୁକିଛି। ଏକ ଅଦମନୀୟ ଆକର୍ଷଣରେ ସମ୍ମୋହିତ ହେଲାପରି ତାଙ୍କର ଦୁଇ ଉଦ୍ଧାନପାଦ ସବୁ ସୀମାରେଖାକୁ ଅତିକ୍ରମ କରିବାକୁ ବସିଥିଲା। କେବଳ ସେ ପାଦପକାଇ ଚାଲିଥିଲେ ଆଗକୁ ଆଗକୁ ବିରାମହୀନ ଦ୍ରୁତଗତିରେ।

ନଦୀର ଉଚ୍ଛୁଳା ଢେଉ ପରି ଅମାନିଆ ମାତୃତ୍ୱ ମଥାପିଟିଚାଲିଥିଲା ତାଙ୍କ ଭିତରେ। ବ୍ୟାକୁଳ ହୋଇପଡିଥିଲା ଭେଟିବାକୁ ସେହି ବିଗତ ସ୍ମୃତିର ଜୀବନ୍ତ ପ୍ରତିରୂପକୁ। ଅନ୍ତରଙ୍ଗ ଆଲିଗଂନରେ ନିବନ୍ଧ କରିବାକୁ ଚାହୁଁଥିଲା। ସେହି ପ୍ରାଣର ଶଂଖୁଳିକୁ। 'ସୁଧାଶଙ୍କର....ମୋ ଧନ....ମୋ ପୁଅ...' ସ୍ୱଗତୋକ୍ତି ପାଲଟି ବାହାରି ପଡିଥିଲା ତାଙ୍କ ମୁହଁରୁ। ବହିର ପୃଷ୍ଠା ପୁଣି ପଛ ଆଡକୁ ଲେଉଟିବା ଆରମ୍ଭ କରିଦେଇଥିଲା। ଲୁଚିଯାଇଥିବା ନିଭୃତ ସମୟର ଚିତ୍ର ସବୁ ଟେଙ୍କ ଉଠୁଥିଲେ ଆଉଥରେ।

ତାଙ୍କୁ ଆଣି ରଖାଯାଇଥିଲା ସୁଦୂର ଏକ ସହରରେ। ଯେଉଁଠି କାହା ସହିତ ସଂପର୍କ ନଥିଲା। ପାଖରେ ଥିଲେ କେବଳ ମା'। ଆଉ ସେହି ଦୂର ସହରର ପରିଚିତ ବିଶ୍ୱସ୍ତ ବ୍ୟକ୍ତି। ସେପରି ଗୁପ୍ତ ଭାବରେ ରହିବାଛଡା ଅନ୍ୟ କୌଣସି ଉପାୟ ନଥିଲା। ଶେଷ ମୁହୂର୍ତ୍ତରେ ଡାକ୍ତରଙ୍କ ଆଶ୍ରୟ ନେଲାବେଲକୁ ଆଉ ଗର୍ଭପାତ ସମ୍ଭବ ନୁହେଁ ବୋଲି ଡାକ୍ତର ସ୍ପଷ୍ଟ ଭାବରେ ଜଣାଇସାରିଥିଲେ। ଅବିବାହିତ ଝିଅଟିର ଗର୍ଭଧାରଣ କରିବା କଥାଟାକୁ କିପରି ଗ୍ରହଣ କରିଥାନ୍ତା ସମାଜ ? ସେମାନଙ୍କ ବଂଶ ବୁନିଆଦି, ସାମାଜିକ ପରିଚୟ ଓ ପ୍ରତିଷ୍ଠା ସବୁକିଛି ସେହି ଅପବାଦର ସ୍ରୋତ ମୁହଁରେ ଭାସିଯାଇଥାନ୍ତା। ଆଉ କିଛି ଚାରା ନ ପାଇ ସେହି ବାଟର ଆଶ୍ରୟ ନେବାକୁ ପଡିଥିଲା। ଚାରିପାଖର ସାମାଜିକ ବଳୟ ଠାରୁ ବହୁତ ଦୂର ଏକ ନର୍ସିଂହୋମ୍‌ରେ ସେ ଜନ୍ମ ଦେଇଥିଲେ ତାଙ୍କ ପରିଚୟହୀନ ସନ୍ତାନକୁ।

ଦୁର୍ଘଟଣାରେ ଶଙ୍କରଙ୍କ ମୃତ୍ୟୁ ନ ହୁଅନ୍ତା କି ତାଙ୍କୁ ଏହି ଅବସ୍ଥା ଦେଇ ଗତି କରିବାକୁ ପଡି ନଥାନ୍ତା ! ଆଉ କେଇଟା ଦିନ ପରେ ହୋଇଥାନ୍ତା ବାହାଘର। ଦୁହେଁ ପ୍ରେମିକ ପ୍ରେମିକା ସଂପର୍କରୁ ପରିବର୍ତ୍ତିତ ହୋଇଥାନ୍ତେ ପତିପତ୍ନୀର ବନ୍ଧନରେ। ସେମାନଙ୍କ ଦୀର୍ଘଦିନର ନିବିଡ ଭଲପାଇବାର ଆଉ କ'ଣ ବା' ସୁଖଦ ପରିଣତି ହୋଇଥାନ୍ତା ! ନିମିଷେକ ଭିତରେ ବଦଳିଯାଇଥିଲା ସବୁକିଛି। ଚୁକୁରା ଚୁକୁରା କାଚଖଣ୍ଡ ପରି ଚୂରମାର୍ ହୋଇଯାଇଥିଲା ସାଇତା ସପନ। ନିଷ୍ଠୁର ସମୟର ନଜର ଲାଗିଯାଇଥିଲା

ଯେପରି, ତିଲତିଲ କରି ଜାଳିଦେଇଥିଲା ଏକ ସମ୍ଭାବିତ ସକାଳର ଆକାଂକ୍ଷାକୁ।

ଗୋଟିଏ ସମୟ ଥିଲା ୟୁନିଭରସିଟି କ୍ୟାମ୍ପସରେ ଘୁରିବୁଲୁଥିଲା ସେମାନଙ୍କ ଚର୍ଚ୍ଚିତ ପ୍ରେମକାହାଣୀ। ସୁଧା-ଶଙ୍କର ଏଇ ଯୋଡ଼ା ପ୍ରେମୀ ଯୁଗଳଙ୍କ ନାମ ସହ ଅନେକ ଥିଲେ ବେଶ୍ ପରିଚିତ। କ୍ଲାସରୁମ୍ରୁ ଲାଇବ୍ରେରି ଯାଏଁ, ଲାଇବ୍ରେରିରୁ କ୍ୟାଣ୍ଟିନ୍ ଯାଏଁ, କ୍ୟାଣ୍ଟିନ୍ରୁ ପାର୍କ ଯାଏଁ ସବୁଟି ବିସ୍ତରିଯାଇଥିଲା ସେମାନଙ୍କ ପ୍ରେମର ପରିଧି। ଦୁଇହଳ ପାଦଚିହ୍ନର ସମ୍ମୋହିତ ସ୍ୱାକ୍ଷର। ଶଙ୍କର କେବଳ ନଥିଲା ତାଙ୍କର ସହପାଠୀ ବରଂ ପାଲଟିଯାଇଥିଲା ଏକକ ଆତ୍ମିକ ପୁରୁଷ। ୟୁନିଭରସିଟିର ପାଠ ସରିବା ପରେ ମଧ୍ୟ ସେହି ଅଭେଦ୍ୟ ସଂପର୍କରେ ସମାପ୍ତି ଘଟି ନଥିଲା। ବରଂ ପରସ୍ପରର ଦୂରତା ଆହୁରି ନିବିଡ଼ରୁ ନିବିଡ଼ତର ପାଲଟିଥିଲା। ଦୁଇଜଣଙ୍କ ପରିବାର ଗ୍ରହଣ କରିନେଇଥିଲେ ସେମାନଙ୍କ ସଂପର୍କକୁ। କେବଳ ଆନୁଷ୍ଠାନିକ ବନ୍ଧନର ସ୍ୱୀକୃତି ବାକିଥିଲା। ସେତେବେଳକୁ ଶଙ୍କର ବ୍ୟାଙ୍କ୍ କମ୍ପିଟେଟିଭ୍ ପରୀକ୍ଷାରେ କୃତକାର୍ଯ୍ୟ ହୋଇ ଟ୍ରେନିଂରେ ଥାଆନ୍ତି। ଅପେକ୍ଷା ରହିଥାଏ ଟ୍ରେନିଂ ସରିବା ପର୍ଯ୍ୟନ୍ତ।

ନିୟତିର ନିଷ୍ଠୁର ଉପହାସକୁ ସହିବାକୁ ପଡ଼ିଥିଲା ସୁଧାକୁ। କେବଳ ସବୁଦିନ ପାଇଁ ଶଙ୍କର ବିଦାୟ ନେଇଯାଇ ନଥିଲେ ବରଂ ଏକ ନିଦାରୁଣ ଶୂନ୍ୟତାର ବଳୟ ଭିତରେ ଛାଡ଼ିଯାଇଥିଲେ ତାଙ୍କୁ। ନର୍ସିଂହୋମ୍ର ସେହି ଲେବର ରୁମ୍ ଭିତରେ ପ୍ରସବ ଦେଇଥିଲେ ଉଭୟଙ୍କ ମିଳନର ସ୍ମାରକୀକୁ। ଖାଲି ସାମାଜିକ ଲୋକଲଜ୍ଜା ଓ ପାରିବାରିକ ଅସମ୍ମତିର ଭୟରେ ରାଜି ହୋଇଯାଇଥିଲେ ସେହି ଆମ୍ରର ପିତୁଲାକୁ ନିଜଠାରୁ ଅନ୍ତର କରିବା ପାଇଁ। ନହେଲେ ତା'ର ମୁଖ ଦେଖି ଅବଶିଷ୍ଟ ଜୀବନ ଜିଇଁବାରେ କୌଣସି କୁଣ୍ଠା ନଥିଲା। ଅତିକଷ୍ଟରେ ସେ ସଦ୍ୟଜାତ ସନ୍ତାନକୁ ଅନାଥାଶ୍ରମରେ ଛାଡ଼ିବାକୁ ରାଜି ହୋଇଥିଲେ। ସମସ୍ତ ପ୍ରକ୍ରିୟା ସଂପୂର୍ଣ୍ଣ ଗୋପନରେ ଘଟିଥିଲା। କେବଳ ଗୋଟିଏ ସର୍ତ ରଖିଥିଲେ ସେ ଯେ ପିଲାଟିର ନାମ ରହିବ ସୁଧାଶଙ୍କର। ପରେ କେବଳ ଏତିକି ଶୁଣିଥିଲେ କେହି ଜଣେ ସନ୍ତାନହୀନ ଧନିକ ଦମ୍ପତି ସୁଧାଶଙ୍କରକୁ ସେହି ଅନାଥାଶ୍ରମରୁ ଆଦରି ନେଇଛନ୍ତି। ମଞ୍ଝିରୁ ତାରଟେ ଛିନ୍ନ ହେବା ପରି ତା'ପରଠାରୁ ଆଉ କୌଣସି ସଂପର୍କ ନଥିଲା ତାଙ୍କର ସେହି ତିକ୍ତ ଅତୀତ ସହିତ।

ଏକ ପରେ ଆରେକ ଦୃଶ୍ୟ ପରି ସତେଜ ହୋଇଉଠୁଥିଲା ବିଗତ ଦିନର ସେହି ବିଭଙ୍ଗ ସ୍ମୃତି। ଯାହା ସହିତ ଜଡ଼ିତ ହୋଇ ରହିଥିଲା ତାଙ୍କ ମାତୃ ହୃଦୟର ନିବିଡ଼ ଆକ୍ଷେପ। ଜନନୀ ହେବାର ପ୍ରଥମ ପୁଲକ। ପରିସ୍ଥିତିର ରୂପରେ ତାହା ଏବେ ତାଙ୍କର ଛାଡ଼ିଆସିଥିବା ଅନ୍ଧକାରମୟ ଅତୀତ। ସମୟର ସ୍ରୋତରେ କେବେ ଧୋଇ ହୋଇଯାଇଥିଲା ସେହି ଅତୀତ। ସଂପୂର୍ଣ୍ଣ ନିର୍ଣ୍ଣିହ୍ନ ହୋଇ ନଥିବା ସେହି ସ୍ମୃତିର ଋଜା

ଟିକିକ ଏବେ ହଠାତ୍‌ ଶାଖା ମେଲାଇ ଯେପରି ଆଗରେ ଉଭା ହୋଇଛି । ଆମନ୍ତ୍ରଣ କରୁଛି ମା' ମା' ଡାକି । ସମ୍ମୋହିତ କରିରଖିଛି ଅଦମନୀୟ ଭାବରେ । ସେ ଶୁଣିପାରୁଛନ୍ତି ଯେପରି ସେହି ସୀମାହୀନ ଡାକର କ୍ଷୁଧାକୁ । ସେହି ନାମଟି ଶୁଣିବା ପରଠାରୁ ଉତ୍‌ଥିତ ଲହଡ଼ି ସଦୃଶ୍ୟକୂଳ ଲଂଘିବାକୁ ବାହାରିଛନ୍ତି ସେ । ଏକ ଲକ୍ଷ୍ୟ ଏକ ଦୃଷ୍ଟିରେ ଧାଇଁ ରଖିଛନ୍ତି ପୁଅ ପଲ୍ଲବର ହକ୍ସେଲ ଆଡ଼କୁ ଯେଉଁଠି ଶୁଣିଛନ୍ତି ସୁଧାଶଙ୍କର ଠିକଣା ।

ଯେତିକି ପାଖେଇ ଆସୁଥାଏ ସେହି ଠିକଣା, ହୃଦୟାବେଗର ତୀବ୍ରତା ସେତିକି ପ୍ରଖର ହୋଇଉଠୁଥାଏ । ଭିତରେ ପୁଞ୍ଜିଭୂତ ଭାବାବେଗରେ ଅପ୍ରତିହତ ଜୁଆର । 'ସୁଧାଶଙ୍କର....ମୋ ଧନ....ମୋ ପୁଅ ।' ଛାତିର ବୁକୁରୁ ଥରକୁ ଥର ବାହାରି ଆସୁଥିଲା ଏହି ଉଚ୍ଚାରଣ । ମନେ ମନେ ବିଳୁଥିଲେ, 'ଅନ୍ଧାର ଭାଗ୍ୟ ନେଇ ଜନ୍ମ ହୋଇଥିଲା ଆହାଃ, ସେଇଥିପାଇଁ ବିସ୍ତିର ଗହ୍ବର ଭିତରେ ହଜିଯାଇଥିଲା ଏତେ ଦିନ !' ତାରି ପାଇଁ କମ୍‌ ଅଧୀର ହେବାକୁ ପଡ଼ିନାହିଁ, କମ୍‌ ଲୁହ ଝରାଇବାକୁ ପଡ଼ିନାହିଁ ।

ବାହାର ଦୁନିଆ ପାଇଁ ଅଲୋଡ଼ା ସେହି ସନ୍ତାନକୁ ଜନ୍ମଦେଇ ଯେଉଁ ଦିନ ନିଜ ହାତରେ ଟେକି ଦେଇଥିଲେ ଅନାଥଶ୍ରମକୁ, ବିଳପି ଉଠିଥିଲା ତାଙ୍କ ମାତୃତ୍ୱ । ଅସହ୍ୟ ହୋଇପଡ଼ିଥିଲା ତାଙ୍କ କୋଳର ଶୂନ୍ୟତା ସହ ଯୁଝିବା । ମା'ଠାରୁ ଛୁଆ ଅଲଗା ହେଲେ କ'ଣ ଦଶା ହୁଏ ତାକୁ ମରମେ ମରମେ ଭୋଗିରଖିଥିଲେ । ନିରବରେ ସହ୍ୟ କରି ରଖିଥିଲେ ସେହି ଅସୁମାରୀ ପୀଡ଼ାକୁ, ଯାହା ରହିଁଲେ ସୁଦ୍ଧା ଭରଣା କରିବା ସମ୍ଭବ ନଥିଲା । ଶଙ୍କରଙ୍କ ଶୂନ୍ୟସ୍ଥିତି ବିକ୍ଷୁବ୍ଧ କରିଦେଇଥିଲା ତାଙ୍କ ବର୍ତ୍ତମାନକୁ । ଝୁରି ହେଉଥିଲେ ନିଜ ପ୍ରିୟତମ ମଣିଷକୁ, ଯାହାର ସ୍ମତି ପ୍ରତିନିୟତ ବିଗଳିତ କରିରଖିଥିଲା ତାଙ୍କୁ । ଗୋଟେ ପଟେ ଦିବଂଗତ ପାଲଟି ବହୁ ଦୂରକୁ ରଖି ଯାଇଥିଲା ସେହି ମଣିଷ । ଆରପଟେ, ତାରି ପ୍ରତୀକ ସାଜି ଭୂମିଷ୍ଟ ହୋଇଥିବା ପିଲାଟି ଥାଇ ମଧ୍ୟ ହୋଇଯାଇଥିଲା ସାତ ଦରିଆ ଦୂର । ପାରିବାରିକ ରୂପ, ଲୋକଲଜ୍ଜା, ସାମାଜିକ ନିଗଡ଼ର ପ୍ରହାରରେ ଦୁଇଖଣ୍ଡ ହୋଇଥିଲା ଗୋଟିଏ ଆତ୍ମା ।

ସେହି ଅବସାଦର ରୂପରେ ଅନେକଦିନ ଯାଏଁ ସ୍ୱାଭାବିକ ହୋଇପାରି ନଥିଲେ ସୁଧା । ଅଧିକାଂଶ ସମୟ ଅକଥନୀୟ ଯନ୍ତ୍ରଣାର ରୂପରେ ନିରବ ପ୍ରାୟ ରହୁଥିଲେ । ଭୁଲିଯାଇଥିଲେ ନିଜର ଅସ୍ତିତ୍ୱ, ନିଜର ବର୍ତ୍ତମାନ, ଭବିଷ୍ୟତ ସବୁକିଛି । କୌଣସି କଥାରେ ନା ଥିଲା ଆଗ୍ରହ ନା ଥିଲା ଉସାହ । ଘରଲୋକ ବ୍ୟତିବ୍ୟସ୍ତ ହୋଇପଡ଼ୁଥିଲେ ଏସବୁ ଦେଖି । ସବୁବେଳେ ପଛକଥାକୁ ଭୁଲିଯାଇ ଆଗକୁ ରହିଁବାକୁ ପ୍ରବର୍ତ୍ତାଇ ଥିଲେ । ଥରେ ନୁହେଁ ଅନେକଥର ବାପା ମା' ବୁଝାଇଥିଲେ, 'ଯାହା ହୋଇଗଲା ହୋଇଗଲା, ପଛ କଥା ଭାବି କିଛି ଲାଭ ନାହିଁ ମା'.....ଏଥର ଭବିଷ୍ୟତ ଆଡ଼କୁ ଦେଖ.... ।'

କାହାକୁ ଦେଖୁଥାନ୍ତେ, କାହାକୁ ବା ଭୁଲିଥାନ୍ତେ ସେ ? ତାଙ୍କ ପାଇଁ ଭୁଲିଯିବା ସେତେ ସହଜ ନଥିଲା ଶଙ୍କରଙ୍କ ଆକସ୍ମିକ ବିୟୋଗ ଜନିତ ଦାରୁଣ ଦୁଃଖ ଓ ନିଜର ଜନ୍ମିତ ପୁତ୍ରଠାରୁ ସବୁଦିନ ପାଇଁ ଦୂରରେ ରହିବାର ମର୍ମବେଦନା। ସବୁକିଛି ମିଶି ତାଙ୍କୁ ଏକରକମ ନିର୍ବାକ୍ କରିଦେଇଥିଲା କହିଲେ ଚଳେ।

ଏଣେ ବାହାଘର ଖୋଜିବାରେ ଲାଗିପଡ଼ିଥିଲେ ଘରଲୋକ। କୌଣସିମତେ ମନ ବଦଳାଇ ରାଜି କରେଇବାକୁ ଚେଷ୍ଟା କରୁଥିଲେ। ସେ ଯେପରି ମୃତ ଅତୀତକୁ ନଷ୍ଟ ସମୟର ବାସ୍ତବତାକୁ ଗ୍ରହଣ କରୁ, ସ୍ୱୀକାର କରିନେଉ ନୂଆ ଜୀବନର ଅୟମାରମ୍ଭକୁ। ତାହା କେତେ ଦୂର ସମ୍ଭବ ଥିଲା ତାଙ୍କ ପାଇଁ ସେତେବେଳେ ଏକ ପ୍ରଶ୍ନବାଚୀ ଥିଲା। ସବୁକୁ ଲୁଚାଇ ପଛ କରି କେମିତି ଏକ ବର୍ତ୍ତମାନ ଆରମ୍ଭ କରିହେବ ସେଇଟା ଥିଲା ତାଙ୍କ ପାଇଁ ଅଗ୍ନିପରୀକ୍ଷା ଭଳି। ମା' ବୁଝାଉଥିଲେ, କେତେଦିନ ଏମିତ ଚଳିବ ? ଆମେ କ'ଣ ସବୁବେଳେ ତୋ ପାଖରେ ଥିବୁ ? ତୋର ପୁଣି ଭବିଷ୍ୟତ ବୋଲି କିଛି ଅଛି ନା ନାହିଁ ....? ବାପା ଗୋଟିଏ କଥାକୁ ଦୋହରାଉଥିଲେ, 'ସମୟ ଗଡ଼ିଯିବା ଆଗରୁ ରାଜି ହୋଇଯା....ମା'।' ଶେଷକୁ ବାଧ୍ୟ ହୋଇ ମୁଣ୍ଡ ନୁଆଁଇଥିଲେ ଘର ଲୋକଙ୍କ ଆଗରେ। ଅତୀତକୁ କବର କରି ପୂର୍ଣ୍ଣଚ୍ଛେଦ ଟାଣିଥିଲେ ସବୁଦିନ ପାଇଁ।

ସ୍ୱାମୀ ହିସାବରେ ଆଦିତ୍ୟ ଥିଲେ ଖୁବ୍ ଦାୟିତ୍ୱବାନ୍ ଆଉ ଯତ୍ନଶୀଳ। ବେଲେବେଲେ ତାଙ୍କର ଆଦର୍ଶ ଓ ନୈତିକତାବୋଧ ସୁଧାଙ୍କୁ ବିଚଳିତ କରିଦେଇଥାଏ। ଅନ୍ୟଥା ନିଜର ବୈବାହିକ ଜୀବନକୁ ନେଇ ତାଙ୍କର କୌଣସି ଆପତ୍ତି କିମ୍ବା ଅଭିଯୋଗ ନଥାଏ। ହେଲେ ମନ ଭିତରେ ଉର ଥାଏ ଦେହର ଛାଇ ପରି ଜଡ଼ି ରହିଥିବା ନିଜର ବିଗତ ଅବସୋସ ପାଇଁ। ଯେଉଁଠି ଲୁଚିରହିଥିଲା ତାଙ୍କ ସ୍ଖଳିତ ସତୀତ୍ୱ ଓ ଅପୂର୍ଣ୍ଣ ପ୍ରେମ କାହାଣୀର ଇତିହାସ। ବିଫଳ ମାତୃତ୍ୱର ପ୍ରତିଲିପି। ସମୟର ସ୍ରୋତରେ ଯାହାକୁ ଏକ ଦୁଃସ୍ୱପ୍ନ ଭାବି ସେ ପ୍ରାୟ ପାସୋରି ସାରିଥିଲେ କହିଲେ ଠିକ୍ ହେବ। ଆଜି ପୁଣି ସେହି ଅଣଲେଉଟା ଇତିହାସର ପୃଷ୍ଠା ଫିଟିପଡ଼ିଥିଲା ଆଉଥରେ। ଯେତେବେଳଥୁ ସେ ସୁଧାଶଙ୍କର ବିଷୟରେ ଶୁଣିଥିଲେ ପୁଅ ପଲ୍ଲବ ପାଖରୁ ସେତେବେଳଠୁଁ ତାଙ୍କ ଭିତରେ ଉଜ୍ଜୀବିତ ହୋଇସାରିଥିଲା ସେହି ଇତିହାସ। ଅପ୍ରତିହତ ଜିଜ୍ଞାସାରେ ତାଙ୍କ ମାତୃତ୍ୱକୁ ଆବାହନ କରିଚାଲିଥିଲା। ଯାହାର ତାଡ଼ନାରେ ସେ ଧାଇଁ ଚଳିଥିଲେ ଅବିରାମ ଭାବରେ, ଲଙ୍ଘିବାକୁ ବସିଥିଲେ ସବୁ ସାମାଜିକ ଆକଟର ଗାର।

ଚେତା ଫେରିଆସିଲାବେଲକୁ ମୁଣ୍ଡ ପାଖରେ ବସିଥାନ୍ତି ଆଦିତ୍ୟ। ସୁଧା ନିଜକୁ ଆବିଷ୍କାର କରୁଥାନ୍ତି କୌଣସି ଏକ ଅଜଣା ହସ୍ପିଟାଲର ଚେରିକାଟୁ ଭିତରେ। ଆଶ୍ଚର୍ଯ୍ୟ ଚକିତ ହୋଇ ଥରେ ଚେରିଆଉକୁ ଚାହିଁ ପୁଣି ଆଦିତ୍ୟଙ୍କ ଆଡ଼କୁ ଚାହୁଁଥାନ୍ତି। ବୁଝିବାକୁ

ଚେଷ୍ଟା କରୁଥାନ୍ତି ତାଙ୍କର ବାସ୍ତବ ସ୍ଥିତି ସଂପର୍କରେ। ପୁଣି ସେହି ଅବୁଝା ରହାଣିରେ ଅନାଇ ରହୁଥାନ୍ତି ଆଦିତ୍ୟଙ୍କ ଆଡକୁ। ଏପଟେ ସୁଧାଙ୍କ ହୋସ୍ ଫେରିବା ଦେଖି ଖୁସି ହୋଇଉଠିଥିଲେ ଆଦିତ୍ୟ। ତାଙ୍କ ଠାରେ ଏପରି ପ୍ରଶ୍ନିଳ ହାବଭାବକୁ ଦେଖି କହିଲେ, 'ବ୍ୟସ୍ତ ହୁଅନି, ତମର କିଛି ହୋଇନି, ଈଶ୍ୱରଙ୍କ ଦୟାରୁ, ଦୁର୍ଘଟଣାରୁ ଅଛୁକେ ବର୍ତ୍ତିଯାଇଛ! ଖାଲି କିଛି ସମୟ ପାଇଁ ଚେତା ପଲେଇଯାଇଥିଲା ଯାହା। ଡାକ୍ତର କହୁଛନ୍ତି, ବିଶ୍ରାମ ନିଅ, ପୂରା ଠିକ୍ ହୋଇଯିବ।' ମୁହଁରେ ତାଙ୍କର ଥିଲା ସ୍ନେହଭରା ଆଶ୍ୱାସନା। ସୁଧା ସ୍ମରଣ କରି ରଖିଥିଲେ ସେହି ଦିନର ଘଟଣା ସଂପର୍କରେ। କିପରି ପୁଅଠାରୁ ଫୋନ୍ ପାଇ ଅନିଶ୍ୱାସୀ ହୋଇ ଧାଇଁ ପଡିଥିଲେ ଏକ ଲୟରେ। କିପରି ଅତୀତର ଛିନ୍ନ ପୃଷ୍ଠାରୁ ହାତଠାରି ଡାକିଥିଲା ବର୍ତ୍ତମାନ। କିପରି ସେ ଅଣାୟତ୍ତ ହୋଇ ପଡିଥିଲେ ସେହି ନାଁକୁ ଶୁଣିବା ମାତ୍ରକେ।

ଆଦିତ୍ୟଙ୍କ ପାଖରେ ଛିଡା ହୋଇଥିଲା ପଲ୍ଲବ। ମାମାକୁ ଏପରି ଅବସ୍ଥାରେ ଦେଖି ତା' ମୁହଁଟି ଦିଶୁଥିଲା ଖୁବ୍ କରୁଣ। ସୁଧାକୁ ଆଖି ଖୋଲି ରହିଁବାର ଦେଖି ନିଜ ଆଡୁ ଉତ୍ସାହିତ ହୋଇପଡି କହିଲା, 'ମାମା ତମ ଚେତା ନଥିଲା ବେଳେ ଖାଲି ସୁଧାଶଙ୍କର ସୁଧାଶଙ୍କର ବୋଲି କହୁଥିଲା। ହେଇ ଦେଖ, ମୁଁ ତାଙ୍କୁ ତମ ପାଖକୁ ନେଇଆସିଛି।' ବିସ୍ମୟ ନୟନରେ ରହିଁ ରହିଥିଲେ କିଛି ଦୂରକୁ, ଯେଉଁଠି ଛିଡା ହୋଇ ରହିଥିଲା ସୁଧାଶଙ୍କର। ଅପରିଚିତ ସ୍ମିତ ହସରେ ଅଭିନନ୍ଦନ ଜଣାଉଥିଲା ତାଙ୍କୁ। ଅପଲକ ଆଖିରେ ସେ କିଛି ସମୟ ରହିଁରହିଲେ ତା' ଆଡକୁ। କୌଣସି ପ୍ରତିକ୍ରିୟାରେ ବିହ୍ୱଳିତ ହେବା ପୂର୍ବରୁ ପୁଣି ଆଖି ଫେରାଇଆଣିଲେ। ନିରବରେ ରହିଁରହିଲେ ନିଜର ସ୍ୱାମୀ ଓ ପୁଅ ଆଡକୁ। ଯେଉଁଠି ରହିଥିଲା ତାଙ୍କର ବାସ୍ତବ ପରିଚୟ, ସାମାଜିକ ସ୍ଥିତିର ବଳୟ। ଏତେ ପାଖରେ ଥାଇ ବି ଅପହଞ୍ଚ ହୋଇଯାଇଥିଲା ଆରଜଣକ। ଯାହାକୁ ପୁଅ ବୋଲି ଡାକିବାକୁ ରହିଁ ବି ଡାକିପାରୁନଥିଲେ। ଧନ ବୋଲି କୋଳେଇ ନେବାକୁ ରହିଁ ବି ଆଦରିପାରୁ ନଥିଲେ। ସାହାସ କୁଳାଇ ପାରୁନଥିଲେ ସାମ୍ନାରେ ଉଭା ହୋଇଥିବା ସତ୍ୟକୁ ସ୍ୱୀକାର କରିବାକୁ। ଯେପରି ତାଙ୍କର ଅତୀତ ଓ ବର୍ତ୍ତମାନ ମଝିରେ ରହସ୍ୟମୟ ଘନକୁହୁଡିର ଆସ୍ତରଣ ପାଲଟି ଅଦୃଶ୍ୟ ହୋଇ ଯାଉଥିଲା ସୁଧାଶଙ୍କର। ତାଙ୍କର ପ୍ରିୟ ଅତୀତ ପୁଣି ଅଲୋଡା ବର୍ତ୍ତମାନ।

ଶ୍ରାବଣର ବର୍ଷଣମୁଖୀ କୋହକୁ ଫେରାଇ ନେଉଥିଲେ ନିଜ ଭିତରକୁ ସୁଧା।

ବର୍ଣ୍ଣାଲିର କବିତା

ବର୍ଣ୍ଣାଲି ରୁହିଁଥିଲା ଆକାଶ ଆଡକୁ। ଦେଖୁଥିଲା ସଂଧ୍ୟା ଆକାଶର ବର୍ଣ୍ଣବିଭା। ଅସଂଖ୍ୟ ତାରାଗଣଙ୍କ ଚିତ୍ରିତ ସମାବେଶ। ଅନ୍ଧାର ଆଉ ଦିକିଦିକି ଆଲୁଅର ନିରବ ଯୁଗଳବନ୍ଦୀ। ଏକ ଲୟରେ ରୁହିଁରହିଥିଲା ସେହି ଦୂରନ୍ତ ଅପରୂପ ଶୋଭା ଆଡେ। କ'ଣ ଭାବି ଅନ୍ୟମନସ୍କ ହୋଇଉଠୁଥିଲା। ଅସ୍ଥିର ହୋଇପଡୁଥିଲା ସେଥିରେ। ତା' ଛୋଟ ଛୋଟ ଦୁଇ ଆଖିପତାକୁ କିଛି ସମୟ ପାଇଁ ମୁଦି ପୁଣି ଖୋଲି ରୁହୁଁଥିଲା ତାରାଗଣଙ୍କ ଆଡକୁ। କିଛି ବି ଫରକ ଦେଖୁ ନଥିଲା ସେହି ଗୋଟି ଗୋଟି ତାରା ଆଉ ତା' ମାମା ଭିତରେ। ରୁରିପଟର ଭିଡ ମଝିରେ ଦୁହେଁଯାକ ଥିଲେ ଏକୁଟିଆ। ସେପଟେ ଏତେ ତାରା ଭର୍ତ୍ତି ଆକାଶ, ହେଲେ ସମସ୍ତେ ଏକାକୀ। ସମସ୍ତେ ପରସ୍ପର ଠାରୁ ଦୂରରେ। ଏପଟେ ମାମାର ସବୁଦିନର ସଭାସମିତି। ଏତେ ଲୋକଙ୍କ ସହ ବସାଉଠା। ତଥାପି ଏକୁଟିଆ।

ତାକୁ ଏହି ଏକୁଟିଆ ହେବାଟା ଭାରି ଖରାପ ଲାଗେ। ଆଉ ଲାଗେ ବୋର ବି। ହୋମୱର୍କ, ସ୍କୁଲ, ଟିଉସନ ଏମିତିରେ ବ୍ୟସ୍ତ ରହିଯାଏ ଦିନଟା। ଜାଣିପାରେନା କୁଆଡେ କେମିତି ସକାଳଟା କଟି ସଂଧ୍ୟା ହୋଇଯାଏ। ସବୁଦିନ ସଂଧ୍ୟାରେ ଯେତେବେଳେ ଏହି ଛାତ ଉପରେ ବସି ଆକାଶକୁ ରୁହେଁ, ତାକୁ ତାରାମାନେ ଖୁବ୍ ଏକାକୀ ଲାଗନ୍ତି। ଖୁବ୍ ନିରୀକ୍ଷଣ କଲାପରି ସେହି ତାରାମାନଙ୍କୁ ଢେର ସମୟ ରୁହେଁ। ବହୁ ସମୟ ଧରି ସେମାନଙ୍କ କଥା ଭାବି ହୁଏ। ମନେ ମନେ ସେୟାଡକୁ ରୁହିଁ କଥାଭାଷା ହୁଏ। ଭାବେ, ହୁଏତ ତା ସହିତ କଥା ହେଲେ କିଛି ସମୟ ପାଇଁ ସେମାନଙ୍କ ବୋରିଂ କଟିଯିବ। ଆଉ ଏକୁଟିଆ ଲାଗିବ ନାହିଁ। ପୁଣି ଉପରକୁ ରୁହିଁ ଆଷ୍ଚର୍ଯ୍ୟ ହୋଇ ଭାବେ, ଆଚ୍ଛା ତାରାମାନେ ତ ନିଜ ନିଜ ଭିତରେ କଥା ହେଉଥିବେ ନା

ବହୁତ ଦୂର ହୋଇଯାଉଥିବ ଜଣଙ୍କ କଥା ଆଉ ଜଣଙ୍କ ପାଖରେ ପହଞ୍ଚିବା ପାଇଁ ! ଓହୋ ବିଚରା ! ଭାବି ଦୁଃଖୀ ହୋଇପଡେ ସେମାନଙ୍କ ପାଇଁ ।

ଏହି ତାରାମାନଙ୍କୁ ଦେଖିଲେ ଆପେ ଆପେ ତା'ର ମାମା କଥା ମନକୁ ଆସିଯାଏ । ମାମା କବିତା ଲେଖେ । କହେ, ଏହି ତାରାମାନେ ହେଉଛନ୍ତି ଆକାଶର ଟିକି ଟିକି ଫୁଟିଥିବା ଫୁଲ । ସେହି ଫୁଲର ବାସ୍ନା ଆଲୁଅ ପାଲଟି ଭାସିଆସେ ଦୂର ଏହି ପୃଥିବୀକୁ । ଆମୋଦିତ କରେ ଆମ ଦୁଇ ଆଖିକୁ । ସେ ମାମା ପରି ତାରାମାନଙ୍କୁ ଫୁଲ ଭଳି ଦେଖିବାକୁ ଚେଷ୍ଟା କରେ । ଟିକେ ବିହ୍ୱଳିତ ହୋଇପଡେ । ଆଉ ଦେଖେ ଏହି ଛୋଟ ଛୋଟ ତାରାଫୁଲମାନେ ମିଶି କେତେବେଳେ ପେଣ୍ଟା ପାଲଟି ଯାଉଛନ୍ତି ତ କେତେବେଳେ ଗୋଟିଏ ହାର ପାଲଟି ପଛକୁ ପଛ ଗୁନ୍ଥି ହୋଇଯାଉଛନ୍ତି । ଗୋଟିଏ ଗୋଟିଏ ସୁନ୍ଦର ଚିତ୍ର ପାଲଟିଯାଉଛନ୍ତି ସଂଧ୍ୟା ଆକାଶର ବ୍ଲାକ୍‌ବୋର୍ଡ ଉପରେ । ପୁଣି ସ୍ୱାଭାବିକ ହୋଇ ଫେରିଆସେ । ମନ ଉଣା କରିପକାଏ ଯେତେବେଳେ ଦେଖେ ତାରାଗୁଡ଼ିକ ଫୁଲର ପେଣ୍ଟା କି ହାର ନ ହୋଇ ଗୋଟା ଗୋଟା ଇତସ୍ତତଃ ହୋଇ ଆକାଶସାରା ଖେଳେଇ ହୋଇ ପଡ଼ିଛନ୍ତି । ଅଳ୍ପରୁ ଦୂର ଯାଏଁ ଅଲଗା ଅଲଗା ହୋଇ ରହିଛନ୍ତି ଜଣେ ଆର ଜଣଙ୍କ ଠାରୁ ।

ତାରାମାନଙ୍କର ଏହି ଅଲଗା ରହିବାଟା ବିଲକୁଲ୍‌ ଭଲ ଲାଗେନି ବର୍ଷାଲିକୁ । ଭଲ ନ ଲାଗିଲେ ବି ସେ ନିରୁପାୟ ହୋଇ ଦେଖିବା ଛଡ଼ା ଆଉ କ'ଣ ବା କରି ପାରନ୍ତା ? ଯେମିତି କିଛି ବର୍ଷ ହେଲା ଦେଖି ଆସୁଛି ବାବା ଆଉ ମାମାଙ୍କୁ । କେହି କାହା ପାଖରେ ନରହି ରହୁଛନ୍ତି ପରସ୍ପର ଠାରୁ ଦୂରରେ । ମାମା ପାଖରେ ସିଏ ରହୁଛି । ବାବା ତାଙ୍କୁ ଛାଡ଼ି ଆଉ କେଉଁଠି ରହୁଛନ୍ତି । ସେମାନଙ୍କୁ ସେ ଏହି ତାରାମାନଙ୍କ ପରି ଅଲଗା ଅଲଗା ରହିବାକୁ ଦେଖିବାକୁ ଚାହେଁନି । ନ ଚାହିଁଲେ ସୁଦ୍ଧା ଦେଖେ । ତା' ମନ ତଳର ଇଚ୍ଛାକୁ କିଏ ଦେଖୁଛି ? କିଏ ପଚାରୁଛି ତା'ର ଚାହିଁବାକୁ ? ସେତିକି ପଚାରୁଥିଲେ କି ଦେଖୁଥିଲେ ବାବା ଆଉ ମାମା କାହିଁକି ବା ଅଲଗା ରହିଥାନ୍ତେ ? ମନ ଭିତରେ ଉଠୁଥିବା ପ୍ରଶ୍ନକୁ ନିଜକୁ ନିଜେ ଦେଇ ଚାଲିଥିଲା ଉତ୍ତର । ସେଥିରୁ ନା ସେ ନିଜକୁ ବୁଝାଇପାରୁଥିଲା, ନା ନ ଭାବି ରହିପାରୁଥିଲା ।

ମନେ ପକାଉଥିଲା, ଯେଉଁଦିନ ଭେଟ ହୋଇଥିଲା ବାବାଙ୍କ ସହିତ ତା'ର । ଗଲା ଜନ୍ମଦିନରେ ବାବା ଆସିଥିଲେ ଘରକୁ । ଠିକ୍‌ ଏହି ସଂଧ୍ୟା ସମୟରେ ଯେତେବେଳେ ସେ ତାଙ୍କ ଆସିବା ବାଟକୁ ଅପେକ୍ଷା କରି ରହିଥିଲା । ଏହି ଦିନକୁ ଛାଡ଼ିଲେ ଅନ୍ୟ କୌଣସି ଦିନ ତାଙ୍କୁ ଦେଖି ନଥାଏ । ଯଦିଓ ସେହି ଗୋଟିଏ ସହରରେ ସେ ରହିଥାନ୍ତି । ତା'ର ଏହି ପ୍ରତି ଜନ୍ମଦିନକୁ ଏପରି ଆସିଥାନ୍ତି । କିଛି ସମୟ ରହି

ରଖିଯାଇଛନ୍ତି । ସବୁଥର ଆସିଲାବେଳେ ସାଙ୍ଗରେ ତା ପାଇଁ କିଛି ନା କିଛି ଉପହାର ନେଇ ଆସିଥାନ୍ତି । ଏଥର ସାଙ୍ଗରେ ଆଣିଥିଲେ ଜବାହରଲାଲ ନେହେରୁ ଜେଲ୍‌ରେ ଥିବା ବେଳେ ତାଙ୍କ ଝିଅଙ୍କ ପାଖକୁ ଲେଖିଥିବା ଚିଠି ସବୁର ବହି । ପାଖରେ ଛିଡାହୋଇ ସମସ୍ତଙ୍କ ସହିତ ମିଶି ହାପି ବାର୍ଥଡେ କହିଲେ, ହାତ ଧରି କେକ୍‌ କାଟିଲେ । ଗଲାବେଳେ ମୁଣ୍ଡ ଆଉଁସି କହିଲେ, 'ବର୍ଷାଲି ମୁଁ ଦୂରରେ ରହିଥିଲେ ବି ଜାଣିଥା,ସବୁବେଳେ ତୋ ପାଖରେ ରହିଛି ।' ବାବାଙ୍କ କଥା ଶୁଣି ଆଖି ଛଳଛଳ ହୋଇଯାଇଥିଲା ସେଦିନ । ପଚରିବାକୁ ରୁହିଁଥିଲା, 'ଦୂରରେ କାହିଁକି ବାବା, ପାଖରେ କାହିଁକି ନୁହଁ .... ?' ପଚରି ନ ପାରି ନିରବରେ ଖାଲି ତାଙ୍କ ମୁହଁକୁ ରୁହିଁ ରହିଥିଲା ।

ଭାରି ଜୋରରେ ମନେ ପଡୁଥିଲା ତା'ର ଛୋଟବେଳର କଥା । ଯେତେବେଳେ ବାବା,ମାମା ଦୁହେଁ ଏକାଠି ମିଶି ରହୁଥିଲେ । ଦୁହେଁଯାକ ଖୁବ୍‌ ଭଲ ପାଉଥିଲେ ପରସ୍ପରକୁ । ମାମା ଯାହା କହୁଥିଲା, କବିତା ଲେଖାରୁ ଆରମ୍ଭ ହୋଇଥିଲା ସେମାନଙ୍କର ସମ୍ପର୍କ । କେଉଁଠି କବିତା ପାଠୋସ୍ୱ ହେଲେ ଦି'ଜଣଯାକ ସେଠରେ ଅଂଶ ଗ୍ରହଣ କରିଥାନ୍ତି । ସେଠି ନିଜେ ନିଜର କବିତା ପାଠ କରିଥାନ୍ତି । ପ୍ରତିବଦଳରେ ଶ୍ରୋତାମାନଙ୍କ ଠାରୁ ଶୁଣିବାକୁ ପାଆନ୍ତି ପ୍ରଶଂସା ଓ କରତାଲି । ସେହି ସମୟରେ କୁଆଡେ ପ୍ରତିଭାସଂପନ୍ନ ଯୁବକବି ଭାବରେ ବାବା ଆଶୁତୋଷ ମହାନ୍ତି ଓ ମାମା ପ୍ରୀତିନିଧୀ ସାମଲଙ୍କ ଠେର ସୁନାମ ଥିଲା । କବିତା ଲେଖାରୁ ସେମାନେ ପରସ୍ପର ସହ ମିଶିଥିଲେ । ଏହି ମିଶିବା ପରେ ପରିଣତ ହୋଇଥିଲା ବନ୍ଧୁତାରେ । କିଛି ଦିନପରେ ଏହି ବନ୍ଧୁତା ସମ୍ପ୍ରସାରିତ ହୋଇଥିଲା ବିବାହରେ ।ସେହି ସମୟରେ ସାହିତ୍ୟ ମହଲରେ ସେମାନଙ୍କ ବିଭାଘର ବହୁତ ଚର୍ଚିତ ହୋଇଥିଲା ବୋଲି ମାମା କହେ ।

ଆହୁରି ମଧ୍ୟ ମାମା କହେ,ସିଏ ଜନ୍ମ ହେଲାପରେ ଅଧିକ ବଢ଼ିଯାଇଥିଲା ସେମାନଙ୍କ ଖୁସିର ମାତ୍ରା । ତିନିଜଣଙ୍କୁ ନେଇ ଛୋଟିଆ ସଂସାର ପୂରି ଉଠିଥିଲା ହସଖୁସିର ଢେଉରେ । ଏମିତିକି ତା'ର ନାମରେ ଦୁହେଁ ମିଶି ଆରମ୍ଭ କରିଥିଲେ ଏକ ପୁସ୍ତକ ପ୍ରକାଶନ ସଂସ୍ଥା 'ବର୍ଷାଲି ପ୍ରକାଶନୀ' । ଆରମ୍ଭରେ ଏହି ବ୍ୟବସାୟ ବହୁତ ଭଲ ରୁଲିଥିଲା । ଯୁବ ସାହିତ୍ୟିକ ଏବଂ ନାମୀଦାମୀ ଲେଖକଙ୍କର ବହି ସବୁ ପ୍ରକାଶ କରି ପାଠକ ମହଲରେ ତିଆରି କରିଥିଲା ନିଜର ପୃଥକ୍‌ ପରିଚୟ । ପ୍ରତିବର୍ଷ ତା'ର ଜନ୍ମଦିନରେ ଏକ କବିତା ପାଠୋସ୍ୱ ହୁଏ । କାରଣ ସେହିଦିନ ହିଁ 'ବର୍ଷାଲି ପ୍ରକାଶନୀ'ର ଜନ୍ମୋସ୍ୱ ପାଳନ ହୋଇଥାଏ । ଜନ୍ମରାତିରେ ଘରର ଛାତ ଉପରେ କବିତା ପାଠ କରିଥାନ୍ତି ଜଣେ ପରେ ଜଣେ ନିମନ୍ତ୍ରିତ କବି । ଖାଇବା ପିଇବା ସାଙ୍ଗକୁ କବିତା ଆସର ଜମିଥାଏ ଢେର ରାତି ଯାଏଁ । ସେତେ ବେଳକୁ ସେ ଖୁବ୍‌

ଛୋଟ ହୋଇଥାଏ। ହାଲ୍‌କା ଶୀତରେ ଜାକିଜୁକି ହୋଇ ଶୋଇ ରହିଥାଏ ମାମାର କୋଲରେ।

ସେ ଯେତେବେଳେ ନୂଆ ନୂଆ ସ୍କୁଲ୍‌କୁ ଗଲା, ପାଠବହିର ରାଇମ୍‌ସକୁ ମୁଖସ୍ଥ କରୁଥିଲା ଥରକୁ ଥର। ତଥାପି ଭଲ ଭାବରେ ମନେ ରଖି ପାରୁନଥିଲା। ଯେଉଁଠି ଅଟକିଯାଉଥିଲା କି ବୁଝି ନ ପାରୁଥିଲା ବାବାଙ୍କୁ ପଚରୁଥିଲା, 'ତା'ପରେ କ'ଣ' ବୋଲି। ବାବା ବୁଝାଇ କହୁଥିଲେ, 'ଆରେ ଏସବୁ ହେଉଛି ଛୋଟପିଲାଙ୍କ କବିତା।' ଅବଶିଷ୍ଟ ରାଇମ୍‌ସ ପଢିବା ଆଗରୁ ଏହାକୁ ଏପରି ଗାଇବାକୁ ପଡେ କହି ତା' ଆଗରେ ଆବୃତ୍ତି କରୁଥିଲେ ସେହିସବୁ ରାଇମ୍‌ସକୁ। ତାଙ୍କ ପାଖରୁ ଶିଖି ସେ ଚେଷ୍ଟା କରୁଥିଲା ସେପରି ବୋଲିବାକୁ। ସେହି ରାଇମ୍‌ସକୁ ପଢି କବିତା କ'ଣ କେମିତି ସେସବୁ ଟିକେ ଟିକେ ବୁଝିବା ଆରମ୍ଭ କରିଥିଲା। ତା'ର ବାବା, ମାମା ଦୁଇଜଣଯାକ କବିତା ଲେଖନ୍ତି। ସେଥିପାଇଁ ଆଗଭର ହୋଇ ବାବାଙ୍କୁ ପଚରିଥିଲା, 'ବାବା, ଆମ ପାଠ ବହିରେ ଯେଉଁଟା ଅଛି ସେଇଟା ତ ଛୋଟ ପିଲାଙ୍କ କବିତା ଆଉ ତମେ ଆଉ ମାମା ଯେଉଁଟା ଲେଖୁଛ ସେଇଟା....?' ବାବା ଉତ୍ତର ଦେଇଥିଲେ, 'ତାହା ହେଉଛି ବଡ ପିଲାଙ୍କ କବିତା। ଯେତେବେଳେ ତୁ ଆହୁରି ଟିକେ ବଡ ହୋଇଯିବୁ ସେତେବେଳେ ଏସବୁ କବିତା ବୁଝିପାରିବୁ। ଆଉ ଆମ ପରି ଲେଖିପାରିବୁ।'

ସବୁଦିନ ବାବାଙ୍କୁ ଦେଖେ ରାତିଯାଏ କମ୍ପ୍ୟୁଟରରେ ବହିକାମ କରନ୍ତି। କ'ଣ ସବୁ ପଢି ଏଶୁତେଣୁ ଟାଇପ କରୁଥାନ୍ତି। ସିଏ ବି କେତେଥର କୌତୁହଳ ବଶତଃ କମ୍ପ୍ୟୁଟର ପରଦା ଆଗରେ ମୁହଁ ମାଡି ପଢିବାକୁ ଚେଷ୍ଟା କରିଥାଏ। ବାବା କହନ୍ତି, 'ନା ବର୍ଷାଲି, ଏତେ ପାଖରୁ ପଢନା। ଆଖି ଖରାପ ହୋଇଯିବ।' ତାପରେ ବାବା ସେହି କବିତାଟିକୁ ପଢନ୍ତି। ପଢି କହନ୍ତି ଏ କବିତା ହେଉଛି ଅମୁକ କବିଙ୍କର। ତାଙ୍କର ବହି ତିଆରି କାମ ଚାଲିଛି। ଗୋଟିଏ ପରେ ଗୋଟିଏ ବହି ଏମିତି ତିଆରି ହେବାର ସେ ଦେଖେ। କେତେବେଳେ ବାବାଙ୍କୁ ଦେଖେ ତ କେତେବେଳେ ମାମାଙ୍କୁ ଦେଖେ କମ୍ପ୍ୟୁଟର ଆଗରେ ବସି ବହି କାମ କରୁଥିବାର। ଘରସାରା ଦେଖେ ଖାଲି ଥାକ ଥାକ ବହି। ରଙ୍ଗୀନ୍ ମଲାଟ ପିନ୍ଧି ଗଦା ହୋଇଥାନ୍ତି ଏଠି ଆଉ ସେଠି। କବିତା କ'ଣ କେମିତି, ସେ ଶିଖିଥିଲା ରାଇମ୍‌ସ ବହିରୁ ପଢି। ସେହି କବିତା ସବୁ ମିଶି କିପରି ତିଆରି ହୁଏ ବହି ତାହା ଅତି ପାଖରୁ ଦେଖିଥିଲା ନିଜ ଘରେ।

ଏହି ବହି କଥା ମନକୁ ଆସିବାରୁ ତାର ମନେପଡିଲା ସେ ଲେଖିଥିବା ଶିଶୁ କବିତା ବହି। ବହିର ନାଁ 'ଆସ ଗୀତ ଗାଇବା, ଆସ ମିତ ବସିବା'। ପଞ୍ଚମ କ୍ଲାସରେ ପଢିଲାବେଳେ ସେ ଏହି କବିତା ସବୁ ଲେଖିଥିଲା। ପ୍ରଥମେ ଲେଖିଥିଲା ଗୋଟିଏ

କବିତା । ତାକୁ ନେଇ ଦେଖାଇ ଥିଲା ବାବାଙ୍କୁ । ବାବା ଦେଖି କହିଥିଲେ, 'ବାଃ, ଭାରି ବଢ଼ିଆ ହୋଇଛି ତ ! ୟାକୁ ତୁ ଲେଖିଛୁ ନା !' ଖୁସିରେ ମାମାକୁ ଡାକି ଦେଖାଇ କହିଥିଲେ, 'ହେଇ ଦେଖ, ଆମ ବର୍ଷାଲି ବଢ଼ିଆ କବିତା ଲେଖିଲାଣି !' ପଢ଼ି ଗାଲ ଆଉଁସି ପକାଇଥିଲା ମାମା । ସେହି ଉସାହରେ ସେ ଗୋଟିଏ ପରେ ଗୋଟିଏ କବିତା ଲେଖି ପକେଇଥିଲା । ସେଥିରେ ଥିଲା ସାଙ୍ଗ, ଘର, ଥୁକୁଲ ଥାକୁଲ, ବର୍ଷା ଗୋଟିଏ ଦୁଷ୍ଟ ପିଲା, ବାବା ଓ ମାମା, ଏହିପରି ଆହୁରି କେତେ କବିତା । ସେଥିରେ ସବୁଠାରୁ ମଜାଲିଆ କବିତା ଥିଲା, 'ବର୍ଷା ଗୋଟିଏ ଦୁଷ୍ଟ ପିଲା' ।   ଲେଖିଥିଲା- 'ବର୍ଷା ଗୋଟିଏ ଦୁଷ୍ଟ ପିଲା

ପାଣି ପିଚ୍‌କାରୀ ମାରିଦେଲା

ଦେହସାରା କଳା କାଦୁଅ ପାଣି

ଓଦା ସରସର ନାକେ ସିଙ୍ଘାଣି ।'

ମନେପକାଇ ହସି ଉଠିଲା ବର୍ଷାଲି । ସେଇ ବହିରେ ତାର ସବୁଠାରୁ ପ୍ରିୟ 'ବାବା ଓ ମାମା' କବିତାଟି ଥିଲା । ସଂପୂର୍ଣ୍ଣ ମନେ ରହିଯାଇଥିଲା ତା'ର ଏହି କବିତାଟି । ଲେଖିଥିଲା-

'ବାବା ମାମା ଯାହାର

ଚିନ୍ତା ନାହିଁ ତାହାର

ମାମା ଦିଏ ଖୁଆଇ

ବାବା ଦିଏ ପଢ଼ାଇ

ବାବା କହେ ଗେହ୍ଲା

ମାମା କହେ ଫୁଲେଇ

ମାମା ଚାଣେ ମଞ୍ଜୁରି

ବାବା ମାରେ ଘୁଙ୍ଗୁଡ଼ି....।'

କବିତାଟିକୁ ପୁରା ବୋଲି ସାରିଲାବେଲକୁ ଗମ୍ଭୀର ହୋଇଯାଇଥିଲା ବର୍ଷାଲି ।

ଈଷତ୍‌ ଆଲୁଅ ଆଉ ଅନ୍ଧାର ମିଶା ସଞ୍ଜର ରଙ୍ଗଟା ହଠାତ୍‌ ଗାଢ଼ ହୋଇଯିବା ପରି ଲାଗୁଥିଲା ଆଖିକୁ । ତା'ର ସତେଜ ମୁହଁଟା ସେହି ଉତୀର୍ଣ୍ଣ ବେଲାର ନିସ୍ତେଜ ଆଲୋକରେ ଦିଶୁଥିଲା ଖୁବ୍‌ ମଲିନ । ଅପ୍ରତିହତ କୋହରେ ଅସମ୍ଭାଳ ହୋଇଉଠୁଥିଲା ହୃଦୟ । ସଂଧ୍ୟା ଅକାଶର ମ୍ଲାନ ଦିଗନ୍ତ ଆଡ଼କୁ ରହିଁରହିଲା ଅତି କରୁଣ ଭାବରେ, ଯେପରି ତା' ଦୃଷ୍ଟିପଥ ସାରା ଭରି ରହିଥିଲା କାହାର ଶୂନ୍ୟସ୍ଥାନ । କାହାର ଅନ୍ତରଙ୍ଗ ଅନୁପସ୍ଥିତି । ବାହାରେ ଭିତରେ ସବୁଠି ସେଇ ଜଣକର ଅଭାବକୁ ଖୋଜିବାକୁ ଲାଗିଲା

ବିକଳ ଭାବରେ । ଖୋଜି ନିରାଶ ହୋଇଉଠୁଥିଲା । ଅଧୈର୍ଯ୍ୟ ହୋଇପଡୁଥିଲା ନିଜ ଭିତରେ ।

ବେଶୀ ବେଶୀ ମନେ ପଡୁଥିଲା ବାବାଙ୍କ କଥା । ଛବି ବହି ଭଳି ନାଚିଉଠୁଥିଲା ତାଙ୍କ ସହ ବିତାଇଥିବା ମୁହୂର୍ତ୍ତସବୁ । ଆଗରୁ ସ୍କୁଲ, ବଜାର, ପାର୍କ ସବୁ ଆଡ଼କୁ ସାଙ୍ଗରେ ନେଇ ଯାଉଥିଲେ ବାବା । ସେ ମଟରସାଇକେଲର ପଛ ଆଡ଼େ ବସି ପିଠିପଟୁ କୁଣ୍ଢାଇ ଧରିଥାଏ । ବାବା ସବୁଦିନ ସ୍କୁଲକୁ ନେଇ ଯାଆନ୍ତି, ପୁଣି ଘରକୁ ଆଣନ୍ତି । ବଜାର କିମ୍ବା ପାର୍କକୁ ଗଲାବେଳେ ସାଙ୍ଗରେ ମାମା ଯାଏ । ମଟର ସାଇକେଲ ପଛରେ ବସେ ଆଉ ମଝିରେ ସିଏ । ତିନି ଜଣ ସାଙ୍ଗ ହୋଇ କେତେ କୁଆଡେ ନ ବୁଲିଛନ୍ତି । ପ୍ରତିଥର ନୂଆ ଫିଲ୍ମ ପଡ଼ିଲା ମାତ୍ରେ ସିନେମାହଲକୁ । ସବୁ ରବିବାର କିମ୍ବା ସ୍କୁଲ ଛୁଟି ଥିବା ଦିନ ନେହେରୁ ପାର୍କକୁ । ଗଣେଶ ପୂଜା, ଦଶହରା ବେଳେ ମେଢ଼ ପରେ ମେଢ଼ ଦେଖି ଏକାଠି ସାଙ୍ଗ ହୋଇ ବୁଲନ୍ତି ।

ଏବେ ସ୍କୁଲକୁ ମାମା ନେଇଯାଉଛି ସ୍କୁଟିରେ । ପୁଣି ଆଣୁଛି । ଟିଉସନକୁ ବି ସେମିତି ନେଉଛି ଆଉ ଆଣୁଛି । କେତେବେଳେ କେମିତି ବଜାରକୁ ଗଲେ ସାଙ୍ଗରେ ନେଉଛି । ବାସ୍ ସେତିକି । ବାହାରକୁ ବୁଲିଯିବାର ଆଉ ସୁଯୋଗ ନାହିଁ । ପାର୍କ, ସିନେମା ଏସବୁକୁ ଯିବା ପୂରାପୂରି ବନ୍ଦ ହୋଇଗଲାଣି । କୁଆଡେ ଯିବାକୁ ମାମାକୁ କହିଲେ, ସେ କହିବ, 'ମୋର ଆଜି ମନ ଭଲ ନାହିଁରେ ବର୍ଷାଲି, ଆଉ କୌଦିନ ଯିବା ।' କହି କଥାଟାକୁ ଟାଳିଦିଏ । ଯେତେବେଳେ ଦେଖିବ ଗୁମ୍ସୁମ୍ ହୋଇ ବସିରହିଥିବ । ନା ଅଧିକ କିଛି କଥା କହେ ନା ଶୁଣେ । ବେଶୀ କିଛି ପଚରି ବସିଲେ କହେ, 'ମୋତେ ଆଉ ବିରକ୍ତ କରନା ପ୍ଲିଜ୍...।' ମାମାକୁ ଏପରି ଦେଖି ଚୁପ୍ ହୋଇଯାଏ ସିଏ । ବେଶୀ ଭଲ ନ ଲାଗିଲେ ଛାତ ଉପରକୁ ଚାଲିଆସେ ।

ଭାରି ଉଦାସ ଲାଗେ ସେତେବେଳେ ମନଟା । ଘର ଭିତରେ ବାହାର ଯେଉଁଠି ଗଲେ ବି ଖାଁ ଖାଁ ଲାଗେ । ଛାତଟା ଉପରେ ଏକୁଟିଆ ବସି ରହିବା ଛଡ଼ା ଆଉକିଛି ବାଟ ନଥାଏ ତା' ପାଖରେ । ବସି ବସି ଅସ୍ତଗାମୀ ଦିଗ୍‌ବଳୟରେ ଅନ୍ଧାର ଆସିବାଯାଏଁ ଚାହିଁ ରହିଥାଏ । ଦେଖେ, ଚର୍ତ୍ତୁଦିଗରୁ ଢାଙ୍କି ଆସୁଛି କେମିତି କଳାଧୂଆଁ ପରି ଅନ୍ଧାର । ସେମିତି ଅନ୍ଧାର ଆସି ଆଚ୍ଛାଦିତ କରିପକାଇଛି ତାଙ୍କ ଛୋଟିଆ ପରିବାରକୁ । ଯେବେଠୁ ବାବା ଆଉ ମାମା ଅଲଗା ହୋଇ ରହୁଛନ୍ତି, ସେବେଠୁ ସବୁ ହସ ଖୁସିର ସୂର୍ଯ୍ୟାସ୍ତ ହୋଇସାରିଛି । ବାବା ତାଙ୍କ ବାଟରେ । କୋଉଠି ରହୁଛନ୍ତି, କେମିତି ରହୁଛନ୍ତି, ସେ ବିଷୟରେ ତାକୁ କିଛି ମାଲୁମ୍ ନାହିଁ । ପାଖରେ ଦେଖେ ତ କେବଳ ମାମାକୁ । ଆଗପରି ତା'ର କଥା କହିବା, ହସିବା ସବୁ ବନ୍ଦ ହୋଇଯାଇଛି । ସେ ତା' ନିଜ ଆଖିକୁ ବି

ବିଶ୍ୱାସ କରିପାରେନା ମାମା ଏପରି ବଦଳିଯିବି ବୋଲି ! ଆଗରୁ ବେଶ୍ କଥା କହୁଥିଲା, ଘଣ୍ଟା ଘଣ୍ଟା ଧରି ମୋବାଇଲରେ କଥା ହେଉଥିଲା। ବାବାଙ୍କ ପାଖରେ ବସି ନିଜ ଲେଖା କବିତା ପଢ଼ି ଶୁଣାଉଥିଲା, ବାବାଙ୍କଠାରୁ ବି ଶୁଣୁଥିଲା ତାଙ୍କରି ଲେଖା କବିତା। କେତେବେଳେ ଲେଖା ବିଷୟରେ ଆଲୋଚନା କରୁଥିଲା ତ କେତେବେଳେ ତା ପାଠ ପଢ଼ା ନେଇ ଅଭିଯୋଗ କରୁଥିଲା ବାବାଙ୍କ ଆଗରେ। ତା'ର ସବୁବେଳେ ସେହି ଗୋଟାଏ ଅଭିଯୋଗ, 'ବର୍ଷାଲିକୁ କିଛି କହୁନାହଁ। ଏତେ ଗେହ୍ଲା କରି ରଖିଛ ଯେ ଘରେ ଜମାରୁ ପାଠ ପଢ଼ୁନାହିଁ। ଯେତେବେଳେ ଦେଖିବ ଟିଭି ଲଗେଇ କାର୍ଟୁନ ସିରିଆଲ ଦେଖୁଛି।' ବାବା ଟିକେ ହସନ୍ତି ଆଉ କହନ୍ତି, 'ତମେ ବ୍ୟସ୍ତ ହୁଅନି। ଦେଖିବ ସେ ଠିକ୍ ପଢ଼ିବ। ମୋ ସୁନା ଝିଅଟି ସେ....।' ପାଠ ପଢ଼ାକୁ ନେଇ ବାବା ସେପରି ଜୋରରେ କେବେ କିଛି କହନ୍ତି ନାହିଁ ତାକୁ କାରଣ ସବୁଥର ସେ ପରୀକ୍ଷାରେ ଭଲ କରିଥାଏ। ଭଲ ରେଜଲ୍ଟ୍ ବି ରଖେ। ଏବେ ସେପରି କ୍ଲାସ ପରୀକ୍ଷା ଦେଉଛି ସତ, ପ୍ରତିବର୍ଷ ରେଜଲ୍ଟ୍ ବାହାରୁଛି ଆଉ ସେ ଭଲ କରୁଛି ସତ ହେଲେ, ଶୁଣି ସାବାସି ଦେବାଲାଗି ପାଖରେ ପୂର୍ବପରି ନଥାନ୍ତି ବାବା।

ମାମାକୁ ଖୁସି ଦେଖିବାକୁ ତା'ର ଭାରି ଇଚ୍ଛା। ସେଥିପାଇଁ ମନଦେଇ ପାଠପଢ଼େ। କ୍ଲାସ ପରୀକ୍ଷାରେ ଭଲ ନମ୍ବର ରଖିବାକୁ ଚେଷ୍ଟାକରେ। ରଖେ ମଧ୍ୟ। ମାମା ଖୁସିହୁଏ। ହେଲେ, ସେଥିରେ ସେ ମନକୁ ବୁଝାଇପାରେନା। କେମିତି ଫିକା ଫିକା ଲାଗେ ସେହି ଖୁସି। ଏମିତିରେ ତିନିବର୍ଷ ପ୍ରାୟ ବିତିସାରିଲାଣି ବାବାଙ୍କ ବିନା ରହିବା। ଏ ସମୟଟକ ଲାଗୁଥିଲା ଯୁଗଟିଏ କାଟିବା ପରି। ମାମା କଥା ହେଉଥିଲା, ଅନ୍ୟମାନଙ୍କ ସହ ମିଶୁଥିଲା, ସାହିତ୍ୟ ସଭାକୁ ଯାଉଥିଲା, ଘରର ମାର୍କେଟିଙ୍ଗ୍ କରୁଥିଲା, ତାସହିତ ତା' ହୋମୱାର୍କ ଦେଖୁଥିଲା ତଥାପି ସ୍ୱାଭାବିକ ପରି ଆଦୌ ଜଣାପଡ଼ୁନଥିଲା। ଏଇନେ ଥିବ ଥିବ ତା'ର ମନଟା ଠିକ୍ଠାକ୍ ଥିବ କିଛି ସମୟ ପରେ କୁଆଡେ ପୁଣି ବିଗିଡ଼ି ଯିବି। ଖାଲି ସ୍ଥିର ମୌନ ମୂର୍ତ୍ତିଟେ ପରି ଆଚରଣ କରୁଥିବ ଯାହା। ମୁହଁରେ କିଛି ନକହିଲେ ବି ତାହାର ଏକାକୀପଣକୁ ଅନୁଭବ କରିପାରୁଥିଲା ବର୍ଷାଲି।

ସେ ଜାଣିଥିଲା ସିଏ ଯେପରି ବହୁତ ମିସ୍ କରୁଥିଲା ବାବାଙ୍କୁ, ମାମା ସେପରି କରୁଥିଲା। ହେଲେ, ଭିତରେ ଉଦାସ ରହିବା ଛଡ଼ା କେହି କାହାକୁ କିଛି କହୁନଥିଲେ। ସବୁଦିନ ସେହି ରୁଟିନ୍ ବନ୍ଦା ଜୀବନ କଟୁଥିଲା ଦୁହିଁଙ୍କର। ସବୁଦିନର ସେହି ରୁଟିନ୍ ଭିତରେ କେଉଁଠି ନା କେଉଁଠି କିଛି ରହିଯିବା ପରି ଲାଗେ। ଡାଇନିଙ୍ଗ୍ ଟେବୁଲରେ ବସି ଖାଇଲାବେଳେ ଗୋଟିଏ ପାଖରେ ମାମା ବସିଥାଏ। ଆରପାଖଟା ଖାଲି ପଡ଼ିଥିବାର ଦେଖେ। ରାତିରେ ଶୋଇବାକୁ ଗଲାବେଳେ 'ଗୁଡ୍ନାଇଟ୍ ମାମା' କହୁ କହୁ ପାଟିରୁ

'ଗୁଡ୍‌ ନାଇଟ୍‌ ବାବା' ବାହାରି ଯାଏ । ବେଲେବେଲେ ସିଏ ଅନ୍ୟମନସ୍କ ହୋଇଯାଏ । ମାମାକୁ ବି ଅନ୍ୟମନସ୍କ ହେବାର ଦେଖେ । ଲାଗେ, ଯେପରି ସମସ୍ତେ କିଛି ନା କିଛି ହରାଇ ରଖିଛନ୍ତି ନିଜର ଭିତରେ । ଚେଷ୍ଟାକରି ବୁଝିପାରେନା ଏପରି କାହିଁକି ହେଲା ? ଏପରି ନହୋଇଥିଲେ କେତେ ଭଲ ହୋଇଥାନ୍ତା ସତରେ !

ସେହି ଦିନକୁ ମନେ ପକାଉଥିଲା ଯେଉଁଦିନ ସଂଧ୍ୟାରେ ବାବାଙ୍କ ମୋବାଇଲକୁ ଗୋଟିଏ ଫୋନ୍‌କଲ୍‌ ଆସିଥିଲା । ତାପରେ ରହୁଁ ରହୁଁ ବିକ୍ଷିପ୍ତ ହୋଇଗଲା ତାଙ୍କ ପରିବାରର ବନ୍ଧନ । ମୁହୂର୍ତ୍ତକ ମଧ୍ୟରେ ତିକ୍ତ ହୋଇଉଠିଲା ବାବା ମାମାଙ୍କ ମଧୁର ସଂପର୍କ । କଥାଟା ଥିଲା, ସେହି ବର୍ଷ ପାଇଁ 'କଳିଙ୍ଗ ଏକାଡେମୀ' ପୁରସ୍କାର

ଘୋଷଣା ହେବାକୁ ବାକିଥାଏ । ଏଥିପାଇଁ ସାହିତ୍ୟିକ ମହଲରେ ସେତେବେଲେ ଜଣକ ନାମକୁ ନେଇ ଚର୍ଚ୍ଚା ରହିଥାଏ । ସେହି ନାମ ଥିଲା ଯୁବକବି ଆଶୁତୋଷ ମହାନ୍ତିଙ୍କର । ମାନେ ତା' ବାବାଙ୍କର । ପୁରସ୍କାର ଯେମିତି ବଡ ଥିଲା ପୁରସ୍କାରର ରାଶି ମଧ୍ୟ ସେମିତି ବଡ ଥିଲା । ସେଥିପାଇଁ ସବୁ କବି ଲେଖକଙ୍କର ନଜର ରହିଥାଏ ଏହି ପୁରସ୍କାର ଉପରେ । ବାବାଙ୍କ ନାଁ ଶୁଣା ଯାଉଥିବାରୁ ଭାରି ଖୁସିଥିଲେ ସେ ନିଜ ଭିତରେ । ଏମିତିକି ତାଙ୍କ କବିବନ୍ଧୁମାନେ ଆଗୁଆ ଶୁଭେଚ୍ଛା ମଧ୍ୟ ଜଣାଇ ସାରିଥିଲେ । କିନ୍ତୁ ସେଦିନ ସଂଧ୍ୟାରେ ଯେଉଁ ଫୋନ୍‌ଟା ଆସିଥିଲା ସବୁ ଓଲଟ୍‌ପାଲଟ୍‌ କରିଦେଇଥିଲା ପୂର୍ବ ଗଣନାକୁ । ସମସ୍ତଙ୍କୁ ଆଶ୍ଚର୍ଯ୍ୟ କଲାପରି ବାବାଙ୍କ ନାମ ବଦଲରେ ମାମା ପ୍ରୀତିନନ୍ଦା ସାମଲଙ୍କ ନାମ ଘୋଷିତ ହୋଇଥିଲା ସେହି ପୁରସ୍କାର ପାଇଁ । ସେହି ଖବର ଶୁଣି ହଠାତ୍‌ କ'ଣ ଗୋଟିଏ ଜଳିଯିବା ପରି ବାବା ଉତ୍କ୍ଷିପ୍ତ ହୋଇପଡିଥିଲେ । ମାମା ଆଡକୁ ଥରୁଟିଏ ରହିଁ ବାହାରି ଯାଇଥିଲେ ଘରୁ । ଯାଇଥିଲେ ଯେ ନା ସେହିଦିନ ଠାରୁ ଆଉ ଫେରିଥିଲେ ନା ମାମା ସହିତ କଥା ହେଉଥିଲେ ।

ସଂଧ୍ୟା ଉତ୍ତୀର୍ଣ୍ଣ ହୋଇ ଆସୁଥିଲା ଆକାଶରେ ବିଷାଦର କାଳି ରଙ୍ଗ ଢାଳି । ଝରିପଟରେ ଜମି ଆସୁଥିଲା ନିରବତା । ମିଞ୍ଜିମିଞ୍ଜି ଜଳୁଥିବା ତାରାମାନେ ବାରି ହୋଇପଡୁଥିଲେ ଅନ୍ଧାର ଭିତରେ । ତଥାପି ଲାଗୁଥିଲେ ଏକୁଟିଆ । ସେ'ୟାଡକୁ ରହିଁ ପଛକଥା ସବୁ ଭାବି ନିଜ ଭିତରେ ଗୁଣି ଫେଡି ହୋଇରଖିଥିଲା ସେ । କିଏ କ'ଣ କହୁ ନ କହୁ ସେ ଏଥିପାଇଁ ଦାୟୀ କରୁଥିଲା କବିତାକୁ । ଯେଉଁଥିପାଇଁ ସେହିଦିନ ଠାରୁ କବିତା ଲେଖିବା ପୂରାପୂରି ବନ୍ଦ କରିଦେଇଥିଲା ବର୍ଷାଲି ।

ବସନ୍ତ ବିଳାସ

ବେଳେବେଳେ ପବନ ଏମିତି ଦୁଷ୍ଟାମି କରେ । କେହି ନ ଥିବେ, ଗେଟ୍‌ଟା ଆପଣାଛାଏଁ ଖୋଲିହୋଇଯାଏ । କେଉଁଠୁ ଦଳକାଏ ପବନ ସହିତ ଚେନାଏ ଶିହରଣ ଆସି ଆନମନା କରିପକାଏ ଶେଫାଲିର ମନକୁ । ଚୂନା ଚୂନା ତରଙ୍ଗ ସବୁ ଛାତିରେ ସିଆର କାଟି ଉଲ୍ଲସିତ କରିପକାଏ ।

ହାତରେ କଣ୍ ଆମ୍ୟ ବଉଳର ତାଜା ମହକ । ତା' ଗହନ ହୃଦୟକୁ ସେହି ବିଚ୍ଛୁରିତ ମହକ ଧୀରେ ଧୀରେ ଆକ୍ରାନ୍ତ କରୁଥାଏ । ସେ ଅନ୍ୟମନସ୍କ ହୋଇ ପଡୁଥାଏ ପୁଣି ଅଧୀର ବି । ମୁକୁଳା ଗେଟ୍‌ର ଫାଙ୍କ ଦେଇ ମନ୍ଦ ମନ୍ଦ ପବନ ମାଟିରେ ଆସି ଛୁଇଁଯାଉଥାଏ ନିମଜ୍ଜିତ ଚେତନାର ସ୍ବଚ୍ଛ ଉପବନ । ସେଠି କେଉଁ ନିଭୃତ ପ୍ରଦେଶରୁ ସେ ଶୁଣିପାରେ କୋଇଲିର କୁହୁତାନ । ସବୁଜ ପତ୍ର ଗହଳରେ ଚପଳ ପବନର ରୋମାଞ୍ଚ । କିମିଆ ଲାଗିବା ପରି ଏକ ନିବିଡ ମାଦକତା । ଅବର୍ଣ୍ଣନୀୟ ପୁଲକ ।

କେହି ଯେମିତି ଚୁପୁର୍ ଚୁପୁର୍ କହି ଦେଉଥିଲା, 'ହଁ, ଏଇତ ସେ ଆସୁଛନ୍ତି, ନା'....ନା' ଆସିଗଲେଣି ବୋଧେ !' କାନକୁ ଜୋଆରେ ଶୁଭୁଥିଲା ଶୁଭ ଶଙ୍ଖର ନାଦ । ବାଟ ବରଣୀ ପ୍ରସ୍ତୁତି ପାଇଁ ସମସ୍ତ ସଜବାଜ । ତେଲିଙ୍ଗି ବାଜାର ତାଲେ ତାଲେ ମହୁରିଆର ସହନାଇ । ଛି..... ଛିଗୁଲିଆ କୋଉଠିକାର !' ମଧୁର ବିରକ୍ତିରେ ବହମାନ ଚଞ୍ଚଳ ପବନ ଆଡୁ ମୁହଁକୁ ଫେରାଇ ଆଣିଲା ଶେଫାଲି ।

ଉତ୍ତୀର୍ଷ ମଧାହ୍ନ କ୍ରମଶଃ ବୟସ୍କ ପାଲଟି ଅପରାହ୍ନ ଆଡକୁ ମୁହାଁଉଥିଲା । ସାମ୍ନା ହାତରେ ଥମ୍ ପଡି ଆସୁଥିଲା ଚୋରା ଚଇତାଲିର ପାଦର ନୂପୁର । ତା'ର ସୁଲୁସୁଲୁ କିମିଆ । ସମ୍ମୋହନର ପାର୍ବଣ । ଶେଫାଲିର ଶୋଇବା ଘର ଝରକା ଦେଇଁ ସନ୍ତର୍ପଣରେ ପ୍ରବେଶ କରୁଥିଲା ନିର୍ଜନତା । ଖାଁ....ଖାଁ ଏକାକୀପଣ । ଚୁପ୍ ଚୁପ୍ ପାଦ ଥାପି ପଶି

ଆସୁଥିଲା ଭିତରକୁ। ଅବାଧରେ.....ଅପ୍ରତିହତ ଭାବରେ। '୩୪....କି ଅସହ୍ୟ, ହୃଦୟହୀନ ଏ ମୁହୂର୍ତ !' ଚାପା ଚାପା କୋହ ସବୁ ସହସା ଉତ୍କ୍ଷିପ୍ତ ଢେଉ ପାଲଟି ବିଳପି ଉଠୁଥିଲା ଭିତରେ। ଅନ୍ତର୍ଦାହରେ ଥରି ଉଠୁଥିଲା ହିଆ।

ଚାହୁଁ ଚାହୁଁ ତିରିଶି ବସନ୍ତ ଆସି ଛୁଇଁ ସାରିଥିଲା ତା ଦେହକୁ। ଶଙ୍କିତ ଚାହାଁଣିରେ, ଚୈତ୍ର ଏଇ ଶେଷ ସନ୍ଧିକ୍ଷଣରେ ତଥାପି ଯେପରି ଥିଲା ତା'ର ଅପେକ୍ଷା। ମଧୁର ପ୍ରତୀକ୍ଷା। ମନର ପୁରୁଷ ପାଇଁ ଉଦ୍ବୀର୍ଣ ବୟସର ଅଭିସାର। ଏଣେ, ପଛକୁ ପଛ ହୋଇ ଗୋଟିଏ ପରେ ଗୋଟିଏ ବସନ୍ତ ତାକୁ ଅତିକ୍ରମ କରିଚାଲିଛି। ଥୋପା ଫୁଲରୁ ଥର ଥର ହୋଇ ଝରିପଡୁଛି ଏକ ପରେ ଏକ ବୟସ ଫୁଲର ପାଖୁଡା। ଛନ୍ ଛନ୍ ସବୁଜ ପତ୍ରରେ ଶିଉଳିର ଦାଗ ପରି ସଂଚରି ଯାଉଛି ବଢା ବୟସର ଛାପ। 'କେଉଁ ବସନ୍ତ ବା ଅପେକ୍ଷା କରିଛି ତା' ସତସତିକା ଅଭିସାର ପାଇଁ ? ସବୁ ଥର ଧୋକା ଦିଆଙ୍କ ପରି ଲେଉଟି ଯାଇଛି ଦୁଆର ହତାରୁ ?' ତା' ପାଇଁ ଆମ୍ୟ କଷ୍ଟ ପରି ଇଏ ଯେପରି କେଇ କ୍ଷଣର ଚହଟା ବାସ୍ନା। ସ୍ୱପ୍ନଭୁକ୍‌ର ପ୍ରହର। ବିଭୋର ମରୀଚିକା।

ଚିଟି ଲାଗୁଥିଲା ତା'ର ନାଁକୁ ନେଇ। କାଲି ଝିଅର କମିଟିକୁ ନେଇ ଥରକୁ ଥର ବାହା ଘର ଭାଙ୍ଗି ଚାଲିଥିଲା ବେଳେ କୋଉ ଉଚ୍ଚୁରା ରଙ୍ଗକୁ ଦେଖି ନାଁ ଟାକୁ ଶେଫାଲି ରଖିଥିଲେ କେଜାଣି ? ଇଚ୍ଛା ହେଉଥିଲା ବୋଉ ଉପରେ ସବୁଟକ ରାଗ କୁଢେଇ ଦେବାକୁ। ତା' ଲମ୍ବା ପଣତରେ ଅମାନିଆ ଲୁହକୁ ଭିଜାଇ ପଚାରିବାକୁ ଚାହୁଁଥିଲା ଏହି ମର୍ମଦାହୀ ପ୍ରଶ୍ନ। 'କାହିଁକି, ଏ ବିଦ୍ରୂପ ତା ପାଇଁ ?' ହେଲେ, ତା'ର ଏ ପ୍ରଶ୍ନର ଉତ୍ତର ଦେବାକୁ ବୋଧେ ବୋଉ କେବେଠାରୁ ବାଟ କାଟିସାରିଥିଲା। ବର୍ଷର ଅଧିକାଂଶ ଦିନ ମଧ୍ୟସ୍ଥ ମାନଙ୍କର ଯା' ଆସ ସେ ଦେଖିଆସୁଛି। ଟିପ୍ପଣୀ ସହିତ କିଛି ବାଟ ଖର୍ଚ ଧରି ଉଠିଲା ବେଳକୁ ପ୍ରତିଥର ବାପାଙ୍କ ଖଣ୍ଡିକାଂଶ ଶୁଭୈ। ତା'ପରେ ସେହି ଦୋରସ୍ତ ଡାକ 'ଶେଫାଲି ଇଆଡେ ଟିକେ ଆସିବୁ ତ !' ପାଦ ନଖରୁ ମୁଣ୍ଡର କପାଳ ପର୍ଯ୍ୟନ୍ତ ଡଗଡଗ ପଢିଯାଉଥିବା ସେହିସବୁ ପଣ୍ଡିତ ଗୁଡାକ ଅଙ୍କ କଷିଲା ପରି ତା ଆଡକୁ ଚାହିଁ କ'ଣ ସବୁ ଗୁଣୁ ଗୁଣୁ ହୁଅନ୍ତି ମନେ ମନେ। ତା'ପରେ ବାପାଙ୍କ ଆଖି ଠାରରେ ସେ କେତେବେଳେ ଚାଲି ଆସିଥାଏ ଭିତର ଘରକୁ।

ବାପାଙ୍କୁ ଦେଖେ। ଚାକିରିରୁ ଅବସର ପରେ ପଞ୍ଚ ବର୍ଷ ଗଡିଗଲାଣି ତାଙ୍କର ଯ୍ୟା ଭିତରେ। ଭାରି ଇଚ୍ଛା ରଖିଥିଲେ, ଚାକିରିଟା ଥିବା ଭିତରେ ଝିଅ ବାହାଘର କାମଟା ସାରିଦେବାକୁ। ଏବେ ଦିନକୁ ଦିନ ଭାରାକ୍ରାନ୍ତ ଓ ଅନ୍ୟମନସ୍କ ଲାଗୁଥିଲା ତାଙ୍କ ମୁଖମଣ୍ଡଳ। ବୋଉର ଅନୁପସ୍ଥିତିରେ ଭାରଟା ଯେତେବେଳେ ଏକୁଟିଆ ତାଙ୍କ କାନ୍ଧରେ, ସେଥିପାଇଁ ଅନେକଥର ଭାବିଲା ପରେ ସୁଦ୍ଧା କେବେ ବାପାଙ୍କୁ କିଛି

ପଚାରି ବସିବାକୁ ଚାହିଁ ନାହିଁ। ହୁଏତ, ଯେଉଁ ବେଦନାକୁ ସେ ଅନାୟାସରେ ପଚାରି ପାରିଥାନ୍ତା ବୋଉକୁ, ତଲବ କରିପାରିଥାନ୍ତା ତା'ଠାରୁ ଉତ୍ତର।

ସେପଟେ ମେଲାପଡ଼ିଥିଲା ବାଟଘର। ଦୁଆର ଖୋଲା। ରଖି ବାପା କେତେବେଲେ ଶୋଇଯାଇଥିଲେ ଚଉକି ଉପରେ। ଆଖି ନିଦରେ ଲାଖି ଯାଇଥିଲେ ବି ଅପେକ୍ଷା ଥିଲା କାହାର ଆସିବା ବାଟକୁ। ଶେଫାଲି ଚାହିଁଲା, ସେଇ ବାଟଘରର ଦୁଆର କଡ଼କୁ ଢାଙ୍କି ଛିଡ଼ା ହୋଇଥିବା ସବୁଠୁ ପୁଣୁଣା ଆମ୍ବଗଛକୁ। ମୃଦୁ ଗୁଞ୍ଜରଣ ପରି ହଠାତ୍ କାନକୁ ଶୁଭିଲା ଟପଟପ୍ ଖସିପଡ଼ୁଥିବା କିଛି ଝଡ଼ା ଆମ୍ବ ପଡ଼ିବାର ଶବ୍ଦ। ଗଛ ସାରା ଭରି ରହିଥିଲା ମେଞ୍ଛା ମେଞ୍ଛା ଝଡ଼ା ବଉଳ ଫୁଲର ପସରା। ସେ ଭାବୁଥିଲା, 'ସବୁ ଆମ୍ବକଷି କ'ଣ ବଡ଼ ହେବାର ଭାଗ୍ୟ ପାଏ ? କିଛିକୁ ଜାଲିପକାଏ ନିର୍ଦ୍ଧୟ କୁହୁଡ଼ି। ଆଉ କିଛି ଦୁର୍ବଲତାରୁ ଏମିତି ଝଡ଼ିଯାଆନ୍ତି ହାବୁକା ହାବୁକା ପବନରେ।' ତା' ଆଖିକୁ ଏସବୁ ଦିଶୁଥିଲା ବୁଢ଼ିଆଣି ଜାଲର ଅବୁଝ ଚିତ୍ର ପରି। ଯେପରି ଆଶା ଆଉ ହତାଶାର ଅଭେଦ୍ୟ ଏକ ଗୋଲକ ଧନ୍ଦା।

ବାହାରେ ଅଲସ ଅପରାହ୍ନ ସାରା ଭରି ରହିଥିଲା ଆଉଟା ନିଆଁ। ଫୁଟା ବଉଳ ପେନ୍ଚାର ଉଚ୍ଛ୍ୱାସମୟ ଆମନ୍ତ୍ରଣ। ଖୋଲା ଝର୍କା ଦେଇ ମଝିରେ ମଝିରେ ହାଲ୍କା ଉଷ୍ମ ପବନର ଛୁଆଁ ଚହଟେଇ ଦେଉଥିଲା ତା'ର ସଂଗୁପ୍ତ ମନକୁ। ଦେହସାରା ଭରି ଆସୁଥିଲା ଅଜଣା ତାତି। ପୁଣି ଓହ୍ଲାଇ ଯାଉଥିଲା ପୁଣି ଫେରୁଥିଲା ଦେହର ସୁଦୂର ଗୋହିରି ଯାଏଁ। ବସନ୍ତର ଏଇ ନିବିଡ଼ ଆଶ୍ଲେଷ କେତେବେଲେ ତାକୁ ସଂପୂର୍ଣ ଭାବମଗ୍ନ କରି ଦେଉଥିଲା, ପୁଣି କେତେବେଲେ ଆମ୍ବ ଗଛର ପୋଡ଼ା ବଉଳକୁ ଦେଖି ଚମକି ଉଠୁଥିଲା ଶେଫାଲି।

ବାଟ ଘରୁ ସେପଟୁ ବାପାଙ୍କ ପାଟି ଶୁଣାଗଲା, 'ଶେଫାଲି, ଇଆଡେ ଟିକେ ଆସିବୁ ତ !'

ଥୁଣ୍ଟା ବଉଳ ସବୁ ପୁଣି ଥରେ ମୁଣ୍ଡ ହଲାଇ ନାଚିବା ଆରମ୍ଭ କରିଦେଇଥିଲେ।

ଲେଉଟାଣି

ସଂଜ ମାଛି ଅନ୍ଧାର ଡେଇଁଛି କି ନାହିଁ ଶାମାଗୁଡିଆ ଜଳଖିଆ ଦୋକାନ ଅଗରେ ହୋହାଲ୍ଲା । ମାଟି ପିଣ୍ଢାରୁ ଦୁଲୁକିନା ତଳକୁ ଗଡିପଡିଥିଲା ବୁଢ଼ିଆ । ମୁହଁରେ ଭଣ ଭଣ ଦେଶୀ ମଦର ଗନ୍ଧ । ନିଶାରେ ହୋସ୍ଟା ପୂରା ନ ଯାଇଥିଲେ ବି କ'ଣ ଗୋଟା ବିଲିବିଲି ହେଉଥିଲା ବ.... ଅସ୍ୱସ୍ତ ଭାବରେ । ହୋ...... ହୋ ହୋଇ ଲୋକଗୁଡାକ ସେତେବେଳକୁ ଚାରିକଡରେ । ଗମାତରେ ଭରିଯାଇଥିବା ତାସ୍ ଖେଳଟା ଲଥ୍ କରି ବନ୍ଦ ହୋଇସାରିଥିଲା ଅଧାରୁ । ଜଣ ଜଣ କରି ସବୁ ଓହ୍ଲାଇ ଆସିଥିଲେ ପିଣ୍ଢା ତଳକୁ । ମୁଣ୍ଡରୁ ତାସର ନିଶା, ତା ସାଙ୍ଗରେ ମଦର ନିଶା କୁଆଡେ ଛୁ.....।

ଦି' ଚାରି ପାଣି ଛାଟରେ ଚେତା ଲେଉଟିଲା ବେଳକୁ ହାତ ଗୋଡ ଚାରିକାତ ମେଲାଇ ବୁଢ଼ିଆ ପଡିଥିଲା ସଅପ ଉପରେ । ମୁଣ୍ଡର ଅତିପାଖରୁ ଦମାକାଶଟା ରହି ରହି ଶୁଭୁଥିଲା କାନକୁ । ବା' ତା'ର ଛାଁ କୁ ଛାଁ ବିଲପି ଚାଲିଥିଲା 'ଭଲା କାହିଁକି ଦୁର୍ଯୋଗକୁ ଡାକିଲିରେ । ଯା ଯେମିତି ବିଦେଶରେ ଥିଲା, ଅଇଲା ଦିନରୁ ନରକକୁ ଗଲା । ଏଇଆ ଦେଖିବାକୁ ଶେଷରେ ରଖିଲୁରେ ଦଇବ....।' ଫେରିଲା ହୋସରେ ଧୀରେ ଧୀରେ ଟିକେ ବାଗେଇ ଆସୁଥିଲା ବୁଢ଼ିଆ । ରାତିର ଅନ୍ଧାର ବହଳ ଚାଦରରେ ଘୋଡାଇ ପକାଇଥିଲା ସାରା ଘରଟାକୁ । ବାରଣ୍ଡାରେ ମିଞ୍ଜି ମିଞ୍ଜି ଜଳୁଥିଲା ଡିବିରି ଆଲୁଅ । ମେଲା କବାଟ ଦେଇ ନିସ୍ତବ୍ଧ ଆଲୁଅରୁ ଧାରେ ଘର ଭିତର ଯାଏ ମାଡି ଆସିଥିଲା । ସେଇ କ୍ଷୀଣ ଆଲୁଅର ପରସ୍କୁ ଥରେ ନିରୀକ୍ଷଣ କଲା । ଆଉ ଥରେ ମୁହଁ ଉଠାଇ ଅନ୍ଧାର ଭିତରେ ଦରାଣ୍ଡି ଖୋଜି ନେଲା ବା'ର ଅସ୍ୱସ୍ତ ଚେହେରା । ଧୁଁ...ଧୁଁ ହୋଇ ବେଲେବେଲେ ସେଇଠୁ ଉକୁଟି ଆସୁଥିଲା ଲହରା କାଶଟା । ତା' ଛାତିଟା ବି ଟାଣି ହୋଇଯାଉଥିଲା ସେଥିରେ । 'ଛ୍ୟା....ଦେ' ଛାଡିଲି ମଦ ପାଣି । ଆ' ପରେ

ଆଉ ଜମା ନୁହଁ......।' ଶପଥ ନେଇଥିଲା ବୁଢ଼ିଆ ସେଇ ଏକାନ୍ତ ରାତିର ଅସ୍ଥିର ପ୍ରହରରେ।

ଥରେ କି ଅଧେ ନୁହେଁ, କେତେଥର ହୋଇଥିବଣି ମୁଣ୍ଡ ଛୁଆଁଇ ମଦ ଛାଡ଼ିବାକୁ ବାରଣ କରିଥିଲା ବା'। କେଉ ବାଡବନ୍ଧ ଅବା ତାକୁ ଆକଟ କଲା ? ଦିନେ ଦି'ଦିନ ଯାଇଥିବ କି ନାହିଁ ପୁଣି ସେହି ଶାମାଗୁଡ଼ିଆ ପିଣ୍ଢାକୁ ଚଢ଼ିବ। ହାତରେ ତାସ୍ ଫେଣ୍ଟି ବହେ ଖେଳିବ। ଦେଶୀ ମଦ ସହ ଆଲୁକ୍ଷାର ଚାଖଣା ମିଶାଇ ଢୋକେ ଢୋକେ କରି ଗିଲାସେ ପେଟକୁ ନବ। ଆସର ଜମୁଥିବ ରାତି ଢେର ଯାଏଁ। ଫେରିଲାବେଳକୁ ଚୌକିଦାରୀ କଲା ପରି ମୁକୁଲା ଘରକୁ ସେୟାଡେ ଜଗି ବସିଥିବ ବା'। କଣ ଦି'ଟା ହାଣ୍ଡିଶାଳରେ ଫୁଟେଇ ମଞ୍ଜୁ ଚାଲିଯାଇଥିବ ତା' ଘରକୁ। ଖାଡ଼ା ଉପାସରେ ଇୟାଡେ ବାଟ ଚାହିଁ ରହିଥିବ ପୁଅର। ଥାଲି ଗୋଟାକରେ ବାଡ଼ିଆଣି ଥୋଡ ଥୋଡ ମନର କଥାକୁ ଓଗାଳିବ। ସେଇ ଦୋହରା କଥା, 'ନିଶାପାଣି ଛାଡ଼େ..., ବା....ସା ହ..., ଘର ସଂସାର କ.. ର।' କଥାଗୁଡ଼ା ରାତିରେ କାନକୁ ପଶେ ହେଲେ ସକାଳକୁ ନଥାଏ।

ଜାଲୁଜାଲୁ ହୋଇ ଆଖି ଆଗରେ ନାଚିଯାଉଥିଲା ଏଇ ଗଲାସନର ଘଟଣା। ନଟିଆ ଭାଇ ହାତରେ ବା' ପଠେଇଥିବା ଚାରିଭାଙ୍ଗ କରା ଚିଠିର ଦୋହରା ଦୋହରା ଅକ୍ଷରର ଧାଡ଼ିଗୁଡ଼ାକ। ବାରମାସୀ ଲୁହରେ ବତୁରା ଛାତି ତଳର ମରମ କଥାକୁ ଥରିଲା ହାତରେ ଲେଖି ଦୁଇ ଚାରି ଧାଡ଼ି କରେ ସାରିଦେଇଥିଲା। 'ଆଉ ପାରୁନିରେ ବୁଢ଼ିଆ, କେତେବେଳେ ଯେ ଡାକରା ଆସିଯିବ କିଏ କହିବ ? ତୋ ବୋଉ ତ' ଆଗରୁ ସୁଖରେ ବାଟ କାଟିନେଲା। ମୋ କପାଳରେ କେଉ ଯୋଗ ଦେଇବ ସାଧିଛି କେଜାଣି !' ଏକା ନିଶ୍ୱାସକେ ପଢ଼ିପକାଇଥିଲା ଧାଡ଼ି କେଇଟା। ମଞ୍ଜି ଭିତରଟା ଉଚ୍ଚୁଲା କୋହର ଲୁହରେ ହୋଇଯାଇଥିଲା ପୁରା ଉବୁଟୁବୁ। ଯେତେ ଜୋରେ ନିଶ୍ୱାସ ଢୋକୁଥିଲା ଭିତରକୁ, ତାଠାରୁ ଆହୁରି ଜୋରେ ଛାଡ଼ୁଥିଲା ପଦାକୁ। ଦୁଇ ଆଖିଯାକ ଝୁଲନ୍ତା ବର୍ଷାଖଣ୍ଡ ପରି ଓଦା ହୋଇ ଟୁଲ୍ ଟୁଲ୍। ହାତ ବୁଲାଇ ଦୁଇ ଘେରା ପୋଛି ପକାଇଲା ସେହି ଅଣାୟତ ଧାରକୁ। ଦଣ୍ଡେ ଖଣ୍ଡେ ରହିଯାଇ ଛେପ ଢୋକିଲା, ପୁଣି ନଜର ପକାଇଲା ବାକି ଥିବା ଚିଠିର ଶେଷ ଦୁଇ ଧାଡ଼ି ଉପରେ। ଏଥର ବା' ପୁରା ପ୍ରସଙ୍ଗଟା ବଦଲାଇ ଦେଇଥିଲା। ଲେଖିଥିଲା, 'ବୁଢ଼ିଆରେ ଗାଁରେ ଏବେ ଶଯ୍ୟାରେ ସରକାରୀ ଚାଉଳ ସାଙ୍ଗକୁ ପୋଖରୀ ଖୋଲା, ରାସ୍ତା କାମରେ ବି ମଜୁରି ଭଲ ଦି' ପଇସା ମିଳୁଛି। ଆଉ ଡେରି ନକରି ଚାଲି ଆରେ ବାପା।'

ସେଦିନ କେଇଟା ମୁହୂର୍ତ୍ତ ପାଇଁ ଯେମିତି ପାଦ ତଳର ସମୟଚକ ଠପ୍ ହୋଇଯାଇଥିଲା। ଚିଠିର ଛୋଟ ଚଉହଦି ଭିତର ଦେଇ ଛବି ପରି ଫୁଟି ଉଠୁଥିଲା ଗାଁ

ମାଟିର ଚିତ୍ର। ସାହାଣୀ ଘର ମୋଡ ଭାଙ୍ଗିଲେ କରଞ୍ଜ ଗଛର କଡେ କଡେ କେଇ ହାତ ପାଦଚଲା ବାଟ। ସାମ୍ନାରେ ଗମ୍ଭୀର ମୁହଁ ଉଚ୍ଚା ଚାଳର ପୁରୁଣା ଘର। ମାଟି ପିଣ୍ଡାରେ ପିଠାଶାଳ କାଠର ରଙ୍ଗ ଛଡ଼ା ଅଧା ଭଙ୍ଗା ଲମ୍ବା ଚଉକି ଖଣ୍ଡେ। ତା' ଉପରେ ବସି ମଝିରେ ମଝିରେ ଖୁଁ.... ଖୁଁ କାଶୁଥିବା ବା'। ପୁରୁଣା ଦମା ରୋଗୀ। ଆଇଲା ବେଳେ ତାକୁ ଦି' ବାର ବାରଣ କରି କହିଥିଲା, ' କଣ୍ଢା ପାଣିକୁ ଜଗୁଥିବୁ। ତୋ ଦେହ ପା'କୁ ଆଉ ଯାଉ ନାହିଁ। ମଞ୍ଜୁକୁ କହିଛି ଗାଧେଇବା ପାଇଁ ଯେମିତି ଗରମ ପାଣି ଗରାଏ ଆଉ ପିଇବା ପାଇଁ ଫୁଟା ପାଣିର ବ୍ୟବସ୍ଥା କରୁଥିବ।' ବା'ର ସେହି ମୁହଁଟା ପରସ୍ତ ପରସ୍ତ ହୋଇ ନାଚି ଯାଉଥିଲା ଆଖି ଆଗରେ। ରଙ୍ଗହୀନ ଉଦାସ ଅପରାହ୍ନର ଆକାଶ ପରି ମାନ୍ଦା ପଡ଼ିଯାଇଥିବା ଚେହେରାଟା। ଊଁ....କି....ଚୁଁ କିଛି କହି ନଥିଲା ପାଟିରେ। ହେଲେ ପେଟ ଭିତରଟା ଛଟପଟ ହୋଇ କଡ ନେଉଟାଉଥିଲା ବାକ୍‌ହୀନ ଶବ୍ଦରେ। ସେଇ ଅସମ୍ଭାଳ ମରମ କଥାକୁ କେତେ ଦିନ ଚାପି ରଖିପାରିଥାନ୍ତା! ଚିଠିରୁ ମୁହଁ ଉଠାଇ ନଟିଆ ଭାଇ ଆଡ଼କୁ ଅପ୍ରସ୍ତୁତ ହତପ୍ରଭ ଆଖିରେ ଚାହିଁ ରହିଲା। କ'ଣ କରିବ ନ କରିବର ଦ୍ୱନ୍ଦ ? ପାଦରୁ ମଗଜ ଯାଏଁ ଅସ୍ଥିରତାରେ ଆଉଟୁ ପାଉଟୁ ହେଉଥିବା ଦେଖି ସେପଟୁ ମୁଣ୍ଡ ଟୁଙ୍ଗାରିଲା ନଟିଆ ଭାଇ। ସବୁଦିନ ପାଇଁ ଗୁଜୁରାଟରୁ ସିଧା ମୁହଁ ଫେରାଇଥିଲା ଗାଁ ବିଶନପୁରକୁ ବୁଢ଼ିଆ।

ହାତରୁ ସାରା ଦେହଟା ଯାଏଁ ବିଦ୍ୟୁତ୍ ପରି ସଂଚରିଯାଉଥିଲା ତାଜା ପୋଡ଼ା କୋହର ଅସହ୍ୟନୀୟ ସ୍ରୋତ। ସୋରା ସୋରା ହୋଇ ଛାତିର କଲିଜାଟା ବିଲପି ଉଠୁଥିଲା। ଏଇନେ ବା'ର ଶୀର୍ଷ ଜରାଗ୍ରସ୍ତ ଦେହଟାକୁ ଜୁଇ ନିଆଁରେ ଜାଳି ଫେରିଛି। ସେହି ଦମା କାଶରେ ଚାହୁଁ ଚାହୁଁ ପିଣ୍ଡ ଛାଡ଼ି ଦେଇଥିଲା ବା'। କିଛି ବି ଫରକ୍ ପଡ଼ିନଥିଲା ତା'ର ଗାଁକୁ ଫେରିବା, ନ ଫେରିବାରେ। ଯେମିତି ବାଟ କାଟିବା କଥା, ବାଟ କାଟିଲା। 'କ'ଣ ଆସି କରି ପାରିଲା ? ଆଖି ଆଗଟାରେ ମଡକ ପଡ଼ିଲା ପରି ସବୁକିଛି ଘଟିଗଲା। .... ସବୁ କିଛି ସରିଗଲା ଦେଖୁ ଦେଖୁ।' ଯନ୍ତ୍ରଣାରେ ପେଷି ହୋଇଯାଉଥିଲା ଭିତରେ। ଅକୂଳ ପାଣିରେ ଭାସିଯାଉଥିଲା ବିଦୀର୍ଣ୍ଣ ହୃଦୟର ଉଚ୍ଛନ୍ନ ଖଣ୍ଡ।

ଗାଁକୁ ଫେରିଲାବେଳେ ସାଙ୍ଗରେ କେତେ ଇଚ୍ଛା ନେଇ ନ ଫେରିଥିଲା ? ସମୟ ଦେଇ ପାରୁନଥିବାରୁ ଦି' ପୁରୁଷ ସରିକି ଖଣ୍ଢା ଘରଟା ବିଲ୍‌କୁଲ୍ ପଡ଼ିରହିଥିଲା ଅଣଦେଖା ହୋଇ। ଅରା ଅରା ହୋଇ ମାଟି ଧସି କାନ୍ଥ ଗୁଡ଼ାକ ଖଣ୍ଡିଆ ଅଲରା କୋଠି ପରି ଦିଶୁଥିଲା ଆଖିକୁ। ଉପର ସଂଗାସାରା ଛୋଟବଡ କଣା, କଳା ମିଟିମିଟି ଅନ୍ଧରେ ଭର୍ତି। ଚଟାଣରେ ଏଣେ ତେଣେ ମୁଷା ଖୋଳା ଗାତ। ଘର ଭିତରୁ ନିବୁଜ

ଗମୁରିଆ ଗନ୍ଧ । ପୂରା ଅପରିଚ୍ଛନ୍ନ ହୋଇ ପଡ଼ି ରହିଥିଲା ଯେମିତି । 'ବା' ଟା ଏକୁଟିଆ ରୋଗୀ ମଣିଷ, ସେ ଆଉ କ'ଣ କରିପାରିଥାନ୍ତା ? ବିଚରା ଦମାରୋଗୀ । ଏଇ ବୁଢ଼ା ବୟସରେ ରୋଗଟା ବି ତାଙ୍କୁ ଏମିତି ଜାବୁଡ଼ି ଧରିଛି, ସେଥିରେ ୟୁ କୋଉଠି ପାଇବ ଏଗୁଡ଼ାକ ଦେଖାରେଖା କରିବାକୁ ?' ହଲପ କରିନେଇଥିଲା, ଫେରିବ ତ ସବା ଆଗେ ସଜାଡ଼ିବ ଏଇ ଦୁଇ ପୁରୁଷ ପୁରୁଣା ଅସଜଡ଼ା ଘର ।

ପୂବେଇ ପବନରେ ଥରି ଉଠୁଥିଲା ଗୋଟା ସୁଢ୍ଧା । ଦାହ କର୍ମ ସାରି ଠାକୁରାଣୀ ଗଡ଼ିଆରୁ ବୁଡ ପକାଇ ଉଠିଥିବା ଓଦା ସରୁସର ଦେହଟାରୁ ପାଲଟା ଲୁଗା ସେୟାଏଁ ଖସି ନଥିଲା । ଶୀତଳ ଦେହଟାରେ ତଥାପି ଥମି ନଥିଲା ଜୁଇର ନିଆଁ । ଚାରିପଟୁ କାଠ ଖେଣ୍ଡିଲା ପରି ଦରପୋଡ଼ା ଅଙ୍ଗାରରେ ଚହଟିଯାଉଥିଲା ନିଆଁର ଲହ ଲହ ଝୁଲ । ଘାଣ୍ଟି ହେଉଥିଲା ମନ ତଳର ଅକୁହା ବେଦନା । ଅପୋଡ଼ା ଭଗ୍ନାଂଶ ପାଲଟି ଜମାଟ ବାନ୍ଧୁଥିଲା ଦୁଇ ନାକ ପୁଡ଼ାର ଦ୍ୱାରେ । ବାହାରକୁ ଖାଲି ଶୁଭୁଥିଲା ଲମ୍ବା ସଁ....ସଁର ଅବ୍ୟକ୍ତ ଆର୍ତ୍ତନାଦ ।

ସବୁଦିନ ପାଇଁ ଚାରିକାନ୍ତୁ ଥାଇ ବି ବେସାହାରା ଲାଗୁଥିଲା ଘରଟା । ମୁଣ୍ଡ ଉପରୁ ଉଠିଯାଇଥିଲା ଏକମାତ୍ର ପ୍ରିୟଜନର ହାତ । ଯୋଉ ମସିଆ ରଙ୍ଗର ଶିରାଳ ହାତଟା ପ୍ରତିଥର ଆସିଲାବେଳକୁ ଛାଏଁ ଛାଏଁ ମୁଣ୍ଡ ଉପରେ ଆଉଁସି ଯାଉଥିଲା, ସେଠି ଶୂନ୍ୟତାର ସୀମାହୀନ ଗର୍ତ୍ତ । ସେହି ଗର୍ତ୍ତ ଦେଇ ଖସୁଥିଲା ଧାର ଧାର ଉଉପ୍ତ ଲାଭା । ଅସହନୀୟ ପୀଡ଼ାରେ ଖିଲ୍‌ବିଲ୍ କରି ଦେଉଥିଲା ତା' ଅରକ୍ଷିତ ଜୀବନର ଅବଶିଷ୍ଟାଂଶ । ଯୁଆଡ଼କୁ ଚାହୁଁଥିଲା ଆଖିରେ ଭରିଯାଉଥିଲା ଶୂନ୍ୟତା । ବିରାମହୀନ ଖାଁ....ଖାଁ ପଣ । ଘର ଉପରେ ମଥାନ ଥାଇ ବି ଲାଗୁଥିଲା ସଂପୂର୍ଣ୍ଣ ଲଣ୍ଡା ପାଲଟି ଯାଇଥିବା ଛେଉଣ୍ଡ ଛୁଆ ପରି ବେସାହାରା । 'ଜଣେ ବୋଲି ତ ଥିଲା ସାହା, ତା'ପରେ ଆଉ କ'ଣ ରହିଲା... ?' ତତଲା ନିଶ୍ୱାସରେ ଆଉ ଥରେ ଦୁକୁଦୁକୁ ହୋଇ ଜଳି ଉଠିଲା ଅଧାପୋଡ଼ା କଲିଜା ଗୋଟାକ । ଛାତି ଭିତରଟା ସାରା ଖେଳେଇ ହୋଇ ଯାଉଥିଲା କୁହୁଲା ନିଆଁର ଧୂଆଁ ।

କ'ଣ ସବୁ ସ୍ୱପ୍ନ ଦେଖି ନଥିଲା ବା'କୁ ନେଇ । ଗୁଜୁରାଟ ଛାଡ଼ି ଗାଁ ମୁହାଁ ହୋଇ ଏମିତି ଧାଇଁ ଆସିବା ପଛରେ ଗୋଟିଏ ବୋଲି ତ ଅଭିଳାଷ ଥିଲା । ସେଇଟା ଯେତେବେଳେ ପୋଡ଼ି ପାଉଁଶ ହୋଇଗଲା ଆଉ କ'ଣ ରହିଲା ପାଖରେ ? କେଡ଼େ ବିକଳ ହୋଇ ନଟିଆ ଭାଇ ହାତରେ ଚିଠି ଖଣ୍ଡେ ଲେଖି ଗୁଞ୍ଜି ଦେଇଥିଲା । ପରିଣାମରେ କ'ଣ ପାଇଲା ? ବୋଉର ହେପାଜତ ବିନା ରୋଗିଣା ଦେହଟାକୁ ଘୋଷାରି ଘୋଷାରି ଟାଣି ଆଣିଥିଲା ଏତେ ଗୁରାବାଟ । ପାଖରେ ଦୋ' ଅଣି ପରି ଆଉ ଯେତିକି ବାକି ଆଶା ଭରସା ବଞ୍ଚାଇ ରଖିଥିଲା ସବୁ ପୁଅ ଉପରେ । ପୁଅ ବୋଇଲେ ଗୋଟିଏ ।

କୂଳକୁ ଏକମାତ୍ର ଯାହା ସାହା । ବଞ୍ଚି ଥାଉ ଥାଉ ନେତ୍ରରେ ପୁଅର ପୂରିଲା ସଂସାର ଟିକେ ଦେଖିବାର ଇଚ୍ଛା । ଏଣେ ରୋଗ ବଇରାଗ ସହ ଯୁଝୁଯୁଝୁ ଅସମ୍ଭାଳ ଅବସ୍ଥା । ସେଇଠୁ ଆଉ କ'ଣ କରିଥାନ୍ତା ? ଛଳକପଟ ନ ରଖି ଗୋପନ ବେଦନାକୁ ସିଧାସିଧା କାଗଜ କାଲିରେ ଉତାରି ପଠାଇ ଦେଇଥିଲା ବିଦେଶ । କ'ଣ ଭୁଲ କରିଥିଲା, ନିଜକୁ ପଚାରୁଥିଲା । ତୁହାକୁ ତୁହା ଭୀଷଣ ବର୍ଷା ପରି ପ୍ରଶ୍ନ ଗୁଡାକ ଅଦୃଶ୍ୟ ଭଙ୍ଗର ମୁନରେ ଛିଦ୍ର କରି ଚାଲିଥିଲା ଭିତରେ । ତା'ର ଚାରିବର୍ଷର ପ୍ରବାସ କାଲରେ କେବେ ଦିନେ ମୁହଁ ଫିଟାଇ ନଥିବା ମଣିଷଟା ହଠାତ୍ କାହିଁକି ଅଧୈର୍ଯ୍ୟ ହୋଇପଡିଲା । ଭାଙ୍ଗିପକାଇଲା କୋହର ବାଡ । ସ୍ଥିର ଧୀର ନଈଟା ଥିଲା ଥିଲା ଉଚ୍ଛୁଳା ଲହଡି ତୋଲି ମଥା କୋଡିଲା ଆସି କୂଳରେ । ସବୁ ଜାଣିଥିଲା । ସବୁ ଚଲାଇ ନେଉଥିଲା । ମାଲୁମ୍ ଥିଲା, ଏଇ କମେଇ ପଇସା ନ ଆସିଲେ ସେଣେ ସବୁ ଅଚଳ । ତେଜରାତି ସଉଦା, ଦେହପା' ପାଇଁ ଯାଇଥାଇକା ଓଷଧ ଖର୍ଚ୍ଚ ଆଉ ଯାହା କିଛି ଭଲ ମନ୍ଦକୁ ନିଅନ୍ତ ।

'ଏ ମଞ୍ଜୁ ହାତଟା ଉପରେ ଆଉ କେତେ ଦିନ ଭରସା କରିବୁ ! ଆଜି ନ ହେଲେ କାଲିକି ପର ଘରକୁ ଯିବ, ତା'ପରେ କ'ଣ ଚିନ୍ତା କଲୁଣି ?' ପାଟିଟାକୁ ଫାଁ ମେଲାଇ ଚାହିଁ ରହିଥାଏ ତା' ଆଡକୁ ସବୁଥର ବା'। ନିଉଛଣା ଆଖିରେ ଖାଲି ସମ୍ପତିଟାକୁ ଅନେଇ ବସିଥାଏ । ବୋହୂ ଖୋଜା ପାଇଁ କେଇଟା ଯୋଗାଡିଆଙ୍କୁ ବି କହିସାରିଥିଲା ଯା' ଭିତରେ । କଥା ବେଶୀ ବାଟ ଆଗେଇ ପାରୁନଥିଲା । 'ଆଗେ ଘର ଖଣ୍ଡେ ଭଲ କି ସଜାଡେ, ତା'ପରେ.....' କହି କୁଆଡେ କେମିତି ଚାଲି ଦେଉଥିଲା ପ୍ରସ୍ତାବ ଗୁଡାକୁ । ମନ ଊଣା କରୁଥିଲା ବା'। ନ କରିବ କେମିତି ? ବୋଉ ପରେ ସେଇ ଗୋଟିଏ ବୋଲି ବିଷୟ ତାକୁ ଅଥୟ କରୁଥିଲା ଯେତେବେଳେ ! 'କଉଥିଲା, ତତେ ଦି' ହାତ ନ କଲେ ଉପରେ ତୋ ବୋଉ ଆଗରେ କ'ଣ ଜବାବ ରଖିବି ? ଏଇୟା' ପୁଅଟାକୁ ଅଭିଆଡା କରି ଛାଡିକି ଆଇଲ !' ଗଣିଲେ ଦିନ କେଇଟା ବି ଯାଇ ନଥିବ, ଅଧାରେ ରହିଗଲା ତା' ଅପୂରା ଆଶାଟା ।

କେତେଥର ବୁଝାଇଥିଲା ବା' କୁ, 'ଆଉ ଟିକେ ଥୟ ଧୟ । ଘରଟା ଟିକେ ବାଗେଇ ଦିଏ.....।' ଭିତରେ ସିଆଡେ କିନ୍ତୁ ସାଇତା ଥିଲା ଚେରା ମନର କଥା । 'କେମିତି ଅବା କହିବ ବାପାଟାକୁ ? ଏକରେ ଜାତିର ନୁହେଁ । ସେ ଯାହା ହୁଅନ୍ତା ନ ହୁଅନ୍ତା ମନସ୍ଥ କରିଥିଲା ମନ୍ଦିରରେ ମାଲା ପିନ୍ଧାଇ ଘିଟି ଆଣିବ ଘରକୁ । ତା'ପରେ ଯାହା ହୋଇଥାନ୍ତା ଦେଖାଯାଇଥାନ୍ତା ! ତା'ର ତ ଘରକୁ ବୋହୂ ଦରକାର । ରୋଷେଇବାସ, ଭଲମନ୍ଦକୁ ଦି'ହାତ ମେଲେଇ ପାରୁଥିବା ମାଇପଟେ ଦରକାର । ସେବତୀ ପାଖରେ କୋଉ ସେଗୁଡା ନାହିଁକି ? ତେଣେ ତା'ର ଏକା ଜିଦି, ବଡନୋନୀ ବାହାଘରଟା

ସରିଲେ ଯାଇ ଯୋଉ କଥା। ବୁଢ଼ା ବାପାଟାକୁ ଏତେ ଗୁଢ଼ା ଗହନ କଥା କେମିତି ବଖାଣି ପାରିଥାନ୍ତା ?' ଅସମାହିତ ପ୍ରଶ୍ନଗୁଡ଼ାକ ଅମାନିଆ ପବନ ପାଲଟି ପିଟି ହେଉଥିଲା ତା ବିରହୀ ବୁକୁର ପଠାରେ। ନିଛାଟିଆ କାଶତଣ୍ଡୀ ଗଛ ପରି ଚାହିଁ ରହିଥିଲା ଫୁଲଫୁଟା ଆଶ୍ୱିନର ପ୍ରତିଶ୍ରୁତି।

କେବେକେବେ ଉତ୍କଣ୍ଠା ସବୁ ଚାରିଗୁଣ ଉଚ୍ଚାୟାକେ ନେଇଯାଏ। ସେତିକିବେଳେ ବୁଢ଼ିଆର ମନ ପବନ ଦୋଳିରେ ଝୁଲେ। ଆଉ କେଇଟା ଦିନର କଥା। ସଇଲେ ଗଲା। ନୂଆ ବୋହୂ ସାଜି ସେବତୀ ଡେଇଁବ ଘରର ଏରୁଣ୍ଡି ବନ୍ଦ। ଯେତେ ଯାହା ଖଣ୍ଡିଆ, ଦଦରା, ଅପରିଷ୍କାର ଲାଗୁଥିବା ଘରଟା ତା' ଗୋବରପାଣି ଲିପା ପୋଛାରେ ଚନ୍ଦ୍ର ଉଦିଆ ଭଳିଆ ଚମକିବ। ବାହାର କାନ୍ଥରେ ଫୁଟିଉଠିବ ଝୋଟି ଚିତାର ଫୁଲ। ବୋଉ ଗଲା ପରଠୁ ମାଣ୍ଡୁ ଉପରେ ଧୂଳି ମାଖି ପାଡ଼ିଥିବା ମାଣ ଖଟୁଲିଟା ପୁଣି ଥାପନ ହେବ ଠାକୁର ଘରେ। ସବୁଠୁ ବେଶୀ ଝଲିଉଠିବ ବା'ର ରଙ୍ଗଛଡ଼ା ମୁହଁ। ପୂନେଇ ରାତି ପରି ଦିଶିବ ପ୍ରସନ୍ନ। ଯାହା ଚାହୁଁଥିଲା ତା ଖଞ୍ଜା ଘରକୁ, ପୁଅର ଦୁଇ ହାତକୁ, ସବୁ ମିଲିଲା। ଏଥର ବାହାର ପିଣ୍ଢା କାଠ ଚଉକିରେ ବସି ଥର ଚିଉରେ ପଢ଼ି ପାରିବ ମନବୋଧ ଚଉତିଶାରୁ ଚାରିପଦ।

'ସେବତୀ ରଙ୍ଗ ବଦଳାଇ ନାହିଁ ତ ?' ବେଲେବେଲେ ଏ ଆଶଙ୍କାଟା କଲାହାଣ୍ଡିଆ ମେଘ ପରି ପଶି ଆସେ। ଅଥିର କରି ପକାଏ। ଆ' ତା' ମୁହଁରୁ ଫୁଟୁର ଫୁଟୁର ଶୁଣୁଥିବା କଥାଗୁଡ଼ା ଯେତେବେଳେ କାନରେ ଗଲେ, ଚାପ କୁଆଡେ କ'ଣ ବଢ଼ିଯାଏ ମଥାର। ଦିକ୍ ଦିକ୍ ଶିରା ପ୍ରଶିରା ଦେଇ ଖର ଚିନ୍ତା ସବୁ ଛୁଟେ। 'ମନ ବଦଳାଇ ନାହିଁ ତ ସେବତୀ....। କାହିଁକି ତା ହେଲେ ଟାଲି ଚାଲୁଛି ବାହାଘର। ଏବେ ବଡ଼ନାନୀକୁ ଆଣି ବାଟ କିଲୁଛି। ଆଗରୁ କହୁଥିଲା, ନାନୀ ଆଉ ବାହାହେବନି, କାହିଁକି ନା ତା'ର ବାତ ବେମାରି। ବୋଧେ ସେ ମଦପାଣି ପିଇବା କଥାଟା ଜାଣି ପାରିଛି, ଅନ୍ୟଥା.... ?'

'ଏ ମଣିଆ ଭାଇଟା ପାଇଁ ସବୁ ଏମିତି ହେଲା। ବାଟ ଛାଡ଼ି ଅବାଟକୁ ଗଲା।' ମନେ ପକାଉଥିଲା ଗୁଜୁରାଟରୁ ଫେରିଆସିଛି କି ନାହିଁ, ଦେଖୁ ଦେଖୁ କହି ପକାଇଲା, 'ଭଲ କଲୁ ବୁଢ଼ିଆ। ଆଉ ବିଦେଶରେ କ'ଣ ପଇସା ରହିଛି ଯେ ପଡ଼ିରହିଥାନ୍ତୁ ? ଗାଁରେ ଏବେ ଯେତିକି ରହିଲେ ସମସ୍ତଙ୍କ ହାତକୁ କାମ। ତୁ ତ ଭେଣ୍ଟାଟା, ହାତକୁ କୋଉ କାମ ମିଲିବା ଅଘଟ ରହିବ ଯେ'। ମଣିଆ ଭାଇ ଗାଁ ୱାର୍ଡମେମ୍ବର। ସରପଞ୍ଚର ପାଖଲୋକ। ତା' ଭରସାରେ ପରତେ ଗଲା। ଡାହାଣ ହାତ ଭଳି ପଡ଼ିରହିଲା ପାଖରେ। ହାତକୁ କାମ ଦେଲା ସତ ସାଙ୍ଗକୁ ଶାମା ଗୁଡ଼ିଆର ପିଣ୍ଢା ମାଡ଼ିବା ବି ଶିଖାଇଲା।

'ଶ୍ୱ....ନିଶାପାଣି ଅଭ୍ୟାସଟାକୁ ପୂରା ଜାରି ପକାଇଲା ଦେହଟାରେ ! ଯୋଉଟା
ଆଗରୁ ଥରେ ଅଧେ କେମିତି ଭୋଜି ମଉଜରେ ହେଉଥିଲା ସେଇଟା ହେଇଗଲା
ସବୁଦିନିଆ । ସଂଜ ବୁଡ଼ିଲେ ଗୁଡ଼ିଆ ପିଣ୍ଡା, ଆଉ ଯେମିତି ଚିନ୍ତାଦକ କିଛି ନାହିଁ ।'

କେତେଥର ଭାବିଥିଲା, ବା'ଟାକୁ ନେଇ କଟକରେ ବଡ ଡାକ୍ତର ପାଖରେ
ଦେଖାଇ ଆଣନ୍ତା । ଭଲ ଔଷଧପତ୍ର ବ୍ୟବସ୍ଥା କରନ୍ତ । ଏଇ ବୁଢ଼ା ବୟସରେ ଦେହ୍‌ପା'
କଥାଟାକୁ ଠିକ୍‌ରେ ନ ଜଗିଲେ ଅସୁବିଧା । ରୋଗଟା ତା'ର ଯେତେ ପୁରୁଣା ହେଉଛି
ସେତେ ବଢ଼ି ଚାଲିଛି । ଦମାଟା ଅଧିକ ଧରିଲେ ପାଖ ମେଡିକାଲ ଯାଇ ବଟିକା
ଆଣିଖାଏ । ଦିନ କେତେଟା ପରେ ପୁଣି ଯୋଉ କଥାକୁ ସେଇ କଥା । ଔଷଧ କାଟୁ
କରେନା । ରୋଗ ମାଡ଼ିଯାଏ ଦି' ପାଦ ଆଗକୁ । କଥା କହୁ କହୁ ଧଇଁ ପେଲି ହୁଏ ।
ଲହରା କାଶ ଉଠାଏ । ଅଣନିଶ୍ୱାସରେ ଛାତିପିଟି ହୁଏ । 'ଆଃ....କେତେ କଷ୍ଟ ନ
ପାଉଥିଲା ଦଦରା ଲୋକଟା ? ଲଗାଣ କାଶରେ ଛାତି କଙ୍କାଳର ମଞ୍ଜିଟା ସୁଦ୍ଧା କମ୍ପି
ଉଠୁଥିଲା ଧାଉଁ ଧାଉଁ ହୋଇ ।'

ଘରକୁ ଯଦି ବୋହୂ ଥାନ୍ତା, ଏତିକିବେଳେ ପିଠି ଟିକେ ଆଉଁଶି ପକାଇଥାନ୍ତା ।
ପାଣି ମୁଦେ ଆଣି ପାଟିରେ ଦେଇଥାନ୍ତା । 'ଏତିକି ବୋଲି ତ ଚାହୁଁଥିଲା ସେ ମଣିଷଟା ।
ଏଇ ବୁଢ଼ା ବେଳରେ ଛାଇ ପରି ହାତ ପାଖରେ ଟିକେ ସାହାରା ।' ସେତିକି ଟିକେ
ଇଚ୍ଛାକୁ ଶେଷ ଯାଏଁ ସୁଦ୍ଧା ବୁଝିପାରିଲା ନାହିଁ । କଥାଟାକୁ ରଖିଲା ନାହିଁ, କି ଶୁଣିଲା
ନାହିଁ । ଗୁହାରି କଲା ଭଳିଆ କେତେ ଥର ସିଧା ବଙ୍କା କରି ପ୍ରସଙ୍ଗ ନ ଉଠାଇଛି !
ନିରାଶ ହୋଇ ଶେଷକୁ ଅନ୍ୟ କାହା ମୁହଁରେ ସୁଦ୍ଧା ପେଟର ଭାଷାକୁ କାନ ପାଖରେ
ଆଣି ଥୋଇଛି । ଖାଇବା ଥାଲି ଆଗରେ ଥୋଉ ଥୋଉ ମଁକୁ କେତେ ଥର ଶୁଣେଇ
ସାରିଥିଲା, 'ଆଉ ଦେରି କରୁଛ କାହିଁକି ନନା' ? ଯୋଉଥିପାଇଁ ଗାଁରେ ଆସି ରହିଲ
ସେଇ କଥାକୁ ଝଟି ନିପଟି ଦେଉନ କାହିଁକି ? ଦାଦିବୁଢ଼ା କଷ୍ଟ କ'ଣ ଆଖିକୁ ଦିଶୁ
ନାହିଁ' ! ଭାତଗୁଣ୍ଟା ଅଧାରୁ ରଖି ଶୁଣୁଥିଲା ସତ କେବେ ସେତେଟା ଗୁରୁତ୍ୱ
ଦେଇନଥିଲା କଥାଟାରେ । ଦେଖିବାକୁ ଗଲେ ବୋଉ ପରେ ପରେ ସେ ହିଁ ଏଯାଏଁ
ଚଲାଇଆସିଥିଲା ଘରଟାକୁ । ସମୟ କାଢ଼ି ବୁଝି ଦେଉଥିଲା ଛୋଟ ବଡ କଥା ।

ହାତରେ ଗଣି ହିସାବ କଲେ ବରଷେ ଖଣ୍ଡେ ପାଖାପାଖି ହୋଇଯିବଣି
ଗୁଜୁରାଟରୁ ଫେରିବା । ଯୋଉଥି ପାଇଁ ମାସିକା ମାସ ନଗଦ କମେଇକୁ ଛାଡ଼ି ଧାଉଁ
ଆସିଥିଲା ଗାଁକୁ ,କିଛି ବୋଲି କରିପାରିଲା ନାହିଁ । ନା' ବୋ'କୁ ନେଇ କଟକରେ
ଦେଖେଇ ପାରିଲା, ନା' ତା' ମନକଥାକୁ ବୁଝି ଘରକୁ ବୋହୂ ଆଣିପାରିଲା ?
ନିଶ୍ୱନ୍‌ ଅଗଣାକୁ ଚାହିଁ ଚାହିଁ ଡୋଲା ଲେଉଟାଇ ଦେଲା ଶେଷକୁ । ଖଞ୍ଜା ଘରର ମଝି

ଶୂନ୍ୟ ଆକାଶ ଆଡକୁ ଚାହିଁ ରହିଥିଲା ବୁଢ଼ିଆ । ଏକ ଲୟରେ, ଭଗ୍ନ ଆବେଶରେ । ଲାଗୁଥିଲା, ବା'ର ଅତୃପ୍ତ ଆମ୍ବାଟା ଏଇଟି ମଝି ଆକାଶରେ କୋଉଠି ଏଠିସେଠି ହୋଇ ଘୁରି ବୁଲୁଛି । ଦେଖିଲା ଭଳି ବାରିପାରୁଥିଲା ତାର ଅଦୃଶ୍ୟ ଉପସ୍ଥିତି । ଜାବ ପକେଇଲା ପରି ଛାତିରେ ଭେଦିଯାଉଥିଲା ତା'ର ବଳକା ଅରମାନ୍ର ଦୁଃଖ । ଘଡିଏ ସୁଦ୍ଧା ଯାଇନଥବ, ତା' ଥିବା ଦେହଟାକୁ ଶ୍ମଶାନ ଗଡ଼ାରେ ଜାଳି ପୋଡ଼ିକି ଆସିଛି । ସାକାର ଶରୀରଟା ଦେଖୁ ଦେଖୁ ଧୂଆଁ ଧାରରେ ପଟଳ ପଟଳ ହୋଇ ନିରାକାର ପାଲଟିଛି । ବା' ଭୂଇଁ-ଛାଡ଼ି ଆକାଶକୁ ଯାଇଛି । କଣ୍ଠନଳି ଫାଟିଆସୁଥିଲା କୋହରେ ଯେମିତି । ବଢ଼ି ପାଣିର ଅତଡା ଖସୁଥିଲା ଭିତରେ । ପୁଲା ପୁଲା ହୋଇ ସେଥରେ ଧସି ପଡ଼ୁଥିଲା ଘଳିଆ ଛାତିର ଅସ୍ତିତ୍ୱ । ଭୋ..... ଭୋ କରି କାନ୍ଦି ଉଠିଲା ବୁଢ଼ିଆ ।

'ଆରେ ବତୁରା ଦେହଟାରେ ଆଉ କେତେ ସମୟ ଛିଡ଼ା ହୋଇ ରହିବୁ !' ଗିରିଆ ଧୋବା ଚେତେଇ ଦେଲାପରି ପାଟି କରି ଉଠିଲା । ଆସିବା ବେଳଠୁ ଚାତକ ପରି ଅନାଇ ବସିଥିଲା ଅଗଣା ପିଣ୍ଡାରେ । କେତେବେଳେ ଓଦା ଲୁଗାଟା ବୁଢ଼ିଆ ଦେହରୁ କାଢ଼ିଲେ ସେହି ପାଲଟା ଖଣ୍ଡକ ଧରି ଘରକୁ ଫେରିବ । ସେହି ପ୍ରାପ୍ୟଟା ଯେତେବେଳେ ତା'ର ଛାଡ଼ିବ ବା କାହିଁକି ?

ଶୂନ୍ୟ ଆକାଶ ଆଡୁ ଖସିଆସୁଥିଲା ବୁଢ଼ିଆ । ପୋଡ଼ା ତାରା ପରି ଛିଣ୍ଡିପଡ଼ୁଥିଲା ମାଟି ଉପରେ । ଯାହା ଥିଲା କେଇ କ୍ଷଣକ ଆଗରୁ ସବୁ ରହିଗଲା ମଥାନ ଉପରେ । ହଜିଗଲା ନିର୍ବାକ ନୀଳିମାର ନିର୍ଜନତାରେ । ଏବେ ଆଖିର କୋରଡ ଖାଲି । ଛାତିର ଗହ୍ବର ଖାଲି । ଖାଲି ଖାଲିର କୋଶ କୋଶ ଅସରନ୍ତି ବାଟ । ରିକ୍ତ ହାତ ମୁଠାରେ ସୀମାହୀନ ଅବସୋସ ।

ଗିରିଆ ଧୋବା ଆଉଥରେ କଥାଟାକୁ ଦୋହରେଇ ଉଠିଲା, 'ଆରେ ଥୁଣ୍ଠା ଗଛ ପରି କାହିଁ ସେମିତି ଛିଡ଼ା ହୋଇ ରହିଲୁ ! ତୋର ମଗଜ ବିଗିଡ଼ି ଗଲାଣି କିରେ !' ଏଥର ସାକ୍ଷମ ହେଲା ବୁଢ଼ିଆ । ଓଦା ଲୁଗାଟାକୁ ସହସା ଅଗଣାରେ ଫୋପାଡ଼ି ସିଧା ପଶିଗଲା ଘର ଭିତରକୁ । ଟ୍ରଙ୍କ୍ ଖୋଲି ଭଣ୍ଡାଲି ପକାଇଲା ନଟିଆ ଭାଇର ନମ୍ବର । ତାକୁ କହିବ, 'ନଟିଆ ଭାଇ, କାମ ବୁଝ, ମୁଁ ଫେରିଯିବ ଗୁଜୁରାଟ ।'

www.blackeaglebooks.org
info@blackeaglebooks.org

Black Eagle Books, an independent publisher, was founded as a nonprofit organization in April, 2019. It is our mission to connect and engage the Indian diaspora and the world at large with the best of works of world literature published on a collaborative platform, with special emphasis on foregrounding Contemporary Classics and New Writing.

www.ingramcontent.com/pod-product-compliance
Lightning Source LLC
Chambersburg PA
CBHW050403110726
47899CB00008B/2632